Für Anne Ellison

DANKSAGUNGEN

Ich danke Bridget Rochard. Und ich danke
dem britischen Seenotrettungsdienst,
insbesondere der Crew des SALCOMBE LIFEBOAT,
die Jemima erlaubt hat, in den
Mannschaftsquartieren zu »wohnen«.

Erster Teil

EINS

Der Mann gegenüber, der per Handy telefonierte, belog seine Frau. Er lehnte sich an den Tisch, betrachtete die Landschaft, die draußen vorbeizog, und sprach mit leiser Stimme. Seine kräftigen Finger mit den gepflegten Nägeln und dem schweren Goldring trommelten nervös auf die Tischplatte, während er sich hin und wieder einen tiefen, ärgerlichen Seufzer abrang.

»Haben wir das nicht alles schon getan, Liebling?« Unüberhörbar schwangen Wut und Ungeduld in der höflich gestellten Frage mit, und dieses »Liebling« war eher eine Ohrfeige als eine Zärtlichkeit. »Ich habe dir doch gesagt – oder etwa nicht? –, dass ich heute Abend wahrscheinlich nicht nach Hause kommen kann … Es interessiert mich, ehrlich gesagt, nicht im Geringsten, was Jill meint … wie lange die Sitzung dauert. Sie hat keine Ahnung … Okay, sie weiß also, dass Lisa auch kommt. Wir waren uns doch einig, dass es keine gute Idee ist, die Ehefrauen meiner Kollegen zu Rate zu ziehen, wenn du wieder einmal einen dieser – Anfälle hast … Ich weiß, aber das ist die Wahrheit. Sie ist zufällig in meiner Abteilung, und wir arbeiten gemeinsam an diesem Projekt. Mehr nicht … *Natürlich* ist es schwierig, aber ich kann doch nicht verlangen, dass man sie rauswirft, nur weil sie jung und attraktiv ist … Meine Güte …«

Er wurde immer lauter, zügelte seine Ungeduld nicht mehr und warf Louise über den Tisch hinweg einen argwöhnischen Blick zu. Louise fühlte sich ertappt, wandte hastig die Augen ab und schaute aus dem Fenster. Auf einer Wiese, die sich zu einem schmalen glitzernden Bach senkte, stand eine junge Frau, ein Kind im Arm, und blickte dem vorbeifahrenden Zug nach. Sie winkte und ermunterte auch das Kind dazu, bewegte seine Hand und ließ es lachend auf der Hüfte wippen, während es unverwandt zum Zug aufsah. Louise beobachtete die beiden erschrocken und war einen Augenblick wie gelähmt, bevor sie sich vorbeugte und fast allzu ungestüm zurückwinkte, bis Frau und Kind in der Ferne verschwanden. Ihr Atem ging rasch, als sie in ihren Sitz sank, bemüht, die Gefühle zu unterdrücken, die sie mit einem Mal überwältigten.

Ihr Mitreisender hatte sein Telefongespräch beendet und musterte sie neugierig. Er taxierte sie wie ein Angler die Chancen auf einen guten Fang. Sie wusste schon, was jetzt kam. Gleich würde er seine Chancen austesten.

»Freunde von Ihnen?«

Das war ein ziemlich harmloser Köder, eine leicht auf und ab wippende, hübsche kleine Fliege, ein nicht gerade aufregender, aber charmanter Versuch, ihre Aufmerksamkeit zu wecken. Sie beschloss, sich ein Stück weit darauf einzulassen, war es doch eine willkommene Ablenkung von ihren verwirrenden Gefühlen beim Anblick der Frau mit dem Kind.

»Nein, nein. Ein Reflex vermutlich. Wenn jemand winkt, ist es doch nur natürlich zurückzuwinken, oder?«

»Tja, ich weiß nicht.« Er rutschte auf seinem Sitz hin und her und streckte dann die Beine unter den leeren Sitz neben ihr. »Kommt ganz darauf an, wer winkt.«

Sein Lächeln und ein kurzes Hochziehen der Augenbrauen deuteten an, dass er ganz bestimmt zurückwinken würde, wenn sie es wäre oder eine andere attraktive junge Frau. Sie ließ sich nicht anmerken, dass sie mit genau dieser Reaktion gerechnet hatte.

»Da ist was dran.« Träge umkreiste sie den Köder.

»Tut mir Leid, dass ich Sie mit meinen … äh … privaten Problemen belästigt habe«, sagte er hastig und deutete auf das Handy, das zwischen ihnen auf dem Tisch lag. »Das gehört sich nicht, aber …« Er spitzte spöttisch die Lippen und fügte in verschwörerischem Ton hinzu: »… diese argwöhnischen Ehefrauen …«

Die Fliege zitterte verführerisch, eine Einladung, sie genauer in Augenschein zu nehmen.

»Woher wollen Sie wissen«, fragte sie beiläufig, aber mit einer Spur amüsierter Koketterie, »dass ich nicht auch so eine ›argwöhnische Ehefrau‹ bin?«

Er machte es sich auf seinem Sitz noch bequemer, voller Zuversicht, sodass sie sich den Angler vorstellen konnte, seinen schief sitzenden Hut, seine Hand, die Rute locker, aber fest im Griff. »Oh, Sie sehen überhaupt nicht danach aus. Dafür sind Sie viel zu hübsch.«

»Finden Sie?«

Angebissen? Er schickte sich an, die Leine ein wenig einzuholen. »Auf jeden Fall. Und offenbar auch selbstbewusst. Nur unsichere Frauen werden eifersüchtig. Und reizlose natürlich.«

»Ist Ihre Frau denn reizlos?« Sie spielte mit dem Köder, verlockte den Mann zum Verrat. »Oder unsicher?«

»Nur ein wenig unausgeglichen. Schwieriges Alter. Ziemlich zermürbend auf die Dauer.«

»Dann bildet sie sich alles nur ein?« Ihre Stimme klang beinahe verächtlich; der Köder erwies sich als ziemlich fade.

»Oh, das würde ich nicht sagen.« Er ließ den Köder erneut tanzen, das spitzbübische Lächeln, das Erfahrung und Lust versprach. »Was sie nicht weiß, macht …« Er zuckte die Achseln.

»Scheint so, als wüsste sie mehr, als Sie gedacht haben.«

Überraschenderweise lachte er, und angesichts dieser spontanen Reaktion konnte sie sich ein Lächeln nicht verkneifen. Wider Willen fühlte sie sich von ihm angezogen.

»Eins zu null für Sie«, sagte er und lächelte zurück … Eine Pause entstand, sie sahen einander an. Die Angelleine straffte sich.

»Heikel, das Ganze, nicht …?« Sie ließ die Frage einen Augenblick im Raum stehen. »Vielleicht habe ich einen argwöhnischen Ehemann.«

»Das würde mich kein bisschen überraschen.« Seine Stimme klang erregt. »Andernfalls wäre er ein Dummkopf.«

»Also?« Sie beugte sich vor, die Ellbogen auf den Tisch gestützt, und täuschte Vertraulichkeit vor. »Wie machen Sie das?«

»Ah.« Er lächelte beinahe selbstgefällig, und sie hatte das Gefühl, langsam, aber unaufhaltsam in seinen Bann gezogen zu werden. »Das habe ich meinem Freund hier zu verdanken, wissen Sie.«

Er hob das Handy hoch, und sie starrte verblüfft darauf. Er kicherte.

»Ich habe es immer bei mir. Keine verdächtigen Anrufe zu Hause, nicht die Ausreden, jemand habe sich verwählt, wenn meine Frau rangeht. Ich bin immer und überall erreichbar. Ich kann Nachrichten verschicken. Na ja, vorausgesetzt, dass die andere Person auch ein Handy hat. Auf der Telefon- oder der Hotelrechnung taucht nichts auf. Natürlich« – ein unmerkliches Augenzwinkern –, »natürlich schalte ich es aus, wenn ich in einer … Sitzung bin.«

»Nachrichten verschicken?«

»Genau. Man kann dem Menschen, den man liebt, alles schriftlich mitteilen. Man muss gar nicht sprechen. So kann man die Verbindung aufrechterhalten. Und in der nächsten Sekunde kann man die Nachricht wieder löschen. Keine Beweise und damit keine Lügen. Haben Sie keins?«

»Nein«, erwiderte sie langsam. »Nein. Ich bin ein bisschen technikfeindlich. Mikrowelle und Video – das genügt. Deshalb – nein, ich besitze kein Handy.«

Er beugte sich noch weiter zu ihr herüber und lächelte wieder, als sei er sicher, sie schon am Haken zu haben. »Vielleicht sollten Sie sich eins zulegen. Ich würde Sie gern beraten …«

Sie musterte ihn eine Weile, bis sie in einen Bahnhof einfuhren. Sie blickte aus dem Fenster.

»Ich muss aussteigen.«

»Was?« Er starrte sie ungläubig an. Die Leine schnellte zurück, seine Beute entwischte ihm, die Angelrolle surrte hilflos. »Wo sind wir? Totnes?«

»Richtig.« Sie schulterte ihre Tasche und nahm ihren Mantel. »Ich mache hier zwei Wochen Ferien. Vielen Dank für die Tipps.«

»Warten Sie.« Er kritzelte eine Nummer auf ein Blatt Papier und riss es aus seinem Filofax. »Falls Ihnen langweilig wird …«

Sie schüttelte lachend den Kopf. »Ganz bestimmt nicht. Viel Spaß bei Ihrer … Sitzung.«

Die Abteiltür ging auf und schloss sich hinter ihr. Der Zug hielt. Er blickte ihr nach, als sie über den Bahnsteig ging.

»Mist!«, murmelte er. Übellaunig wählte er eine Nummer. »Hallo, Lisa … natürlich ist es okay.« Er schmiegte sich in seinen Sitz, als der Zug wieder anfuhr. Seine Miene hellte sich auf. »Du Ärmste, hast du dir etwa Sorgen gemacht? Es ist alles in Ordnung. Ich fahre gerade durch Totnes. Nein, eine sterbenslangweilige Fahrt. Ich habe die ganze Zeit gearbeitet …«

Brigid Foster wartete in ihrem alten Kombi und beobachtete den Ausgang des Bahnhofs, während sie gleichzeitig die Taxireihe im Blick behielt, aus Angst, den Verkehr zu blockieren. Als sie Louise entdeckte, sprang sie aus dem Wagen, um ihr mit dem Gepäck zu helfen und sie herzlich zu umarmen.

»Ich habe keinen Parkplatz gefunden, deshalb konnte ich dich nicht vom Bahnsteig abholen«, sagte sie, als sie losfuhren. »Gott sei Dank war der Zug pünktlich. Die Leute haben mir schon böse Blicke zugeworfen. Wie war die Fahrt?«

»Gut, danke.«

Louise wirkte etwas geistesabwesend, und Brigid musterte sie von der Seite. Seit drei Jahren machte Louise Urlaub in einem von Brigids Ferienhäusern, und die beiden Frauen hatten sich angefreundet. Brigid wusste, dass Martin Parry zweimal im Jahr mit drei alten Freunden vierzehn Tage zum Golfspielen fuhr und Louise diese Zeit in Devon verbrachte. Sie wanderte gern und war von der Flora und Fauna Südwestenglands begeistert. Brigid, deren Mann zur Besatzung eines U-Boots der britischen Marine gehörte, kannte das Alleinsein nur allzu gut. Sie wusste, dass Louise diese Zeit der

Einsamkeit genoss. Brigid war in Dartmoor als einziges Kind eines irischen Archäologen aufgewachsen und hatte von ihrem Vater eine exzentrische Veranlagung geerbt, und so fand sie nichts Sonderbares dabei, wenn man das Bedürfnis hatte, stundenlang allein durch das öde, stille Moor zu wandern.

»Ich mache mir wirklich Sorgen um sie«, sagte Humphrey hin und wieder, wenn sein Urlaub mit Louises Ferien zusammenfiel. »Du bist hier aufgewachsen und kennst das Moor wie deine Westentasche, aber Louise ist ein Stadtmensch. Es kann gefährlich sein hier draußen.«

»Nur weil sie in London lebt, ist sie doch noch lange kein Stadtmensch«, erwiderte Brigid gelassen. »Sie weiß, was sie tut.«

Bei ihren ersten Besuchen hatte Brigid Louise »ihr« Moor gezeigt, ihr von den Tücken und Gefahren erzählt. Doch sie hatte rasch gemerkt, dass Louise nicht unerfahren war. Brigid freute sich auf Louises Besuche. Ab und zu aßen sie gemeinsam zu Abend, kauften zusammen in Ashburton ein, tranken Kaffee im *Green Ginger* oder fuhren nach Salcombe zum Tee zu Brigids Halbschwester Jemima Spencer. Doch keine drängte sich der anderen auf. Obwohl sie sich seit sieben Monaten nicht mehr gesehen hatten, unternahm Brigid keinen Versuch, Louise aus ihren Gedanken zu reißen.

Louise kämpfte gegen die Flut von Erinnerungen an, die beim Anblick der winkenden Mutter mit ihrem Kind draußen vor dem Zugfenster in ihr wach geworden waren. Sie war Brigid dankbar, dass sie nicht in sie drang, und freute sich, ihre Freundin wiederzusehen. Brigids schönes blondes, beinahe schulterlanges Haar war an diesem Tag mit einem ausgeblichenen Baumwolltuch zusammengebunden. Ihre großen dunkelblauen Augen wurden von feinen Fältchen umrahmt. Das viel zu große Sweatshirt, das sie trug, gehörte wahrscheinlich Humphrey, und unter den Jeans zeichneten sich ihre knochigen Knie und ihre eleganten, langen Beine ab. Ihr Gesicht wirkte streng und kühl, man sah ihr nicht an, zu wie viel Herzlichkeit sie fähig war. Louise kannte diese Herzlichkeit –

und noch vieles mehr. Sie wusste, wie stolz Brigid auf ihre beiden Söhne war und wie sehr sie sich über ihr neugeborenes Enkelkind freute. Als sie die Stadt hinter sich gelassen hatten und in Richtung Dartington fuhren, entspannte sich Louise ein wenig.

»Wie geht 's euch so?«, fragte sie. »Was macht Humphrey? Deine Mutter? Blot?«

Brigid schüttelte den Kopf und verdrehte die Augen. »Frag lieber nicht. Humphrey ist für sechs Monate auf die Bahamas versetzt worden; er ist dort für die Logistik oder so etwas zuständig. Mummie ist zu dem Schluss gekommen, dass sie das Frühstadium von Alzheimer erreicht hat, und braucht ständig Aufmunterung, um nicht in Depressionen zu verfallen. Blot schmollt, weil Freunde für die Dauer ihres Urlaubs ihren Hund dagelassen haben. Er fühlt sich dadurch vernachlässigt. Ansonsten hat sich hier auf Foxhole nicht viel verändert. Ach ja, vielleicht sollte ich dich warnen. In Devon hat es in letzter Zeit zwei Morde gegeben.«

»Du meine Güte!«, sagte Louise erschrocken.

»Aber nicht in der Nähe von Foxhole oder dem Moor«, beeilte sich Brigid beruhigend hinzuzufügen. »Der zweite ist drüben an der Nordküste passiert, der erste bei Exeter. Beide Male waren die Opfer alleinstehende Frauen, und daher vermutet die Polizei, dass ein Zusammenhang besteht. Der zweite Mord liegt jedenfalls schon ein paar Wochen zurück und geschah sechzig Kilometer von hier entfernt.« Sie zögerte. Sie musste Louise warnen, wollte sie aber auch nicht unnötig ängstigen. »Devon ist ziemlich groß. Es wäre was anderes, wenn zwei Morde in Chiswick passiert wären.«

»Ja, ich verstehe. Trotzdem, schrecklich.« Louise versuchte ihre ängstliche Reaktion herunterzuspielen. »Keine Sorge, ich leide nicht an Verfolgungswahn!«

»Gut. Hast du schon was zu Mittag gegessen?«

»Ja. Ein Sandwich im Zug.« Sie blickte wieder aus dem Fenster und seufzte zufrieden. »Schön, wieder hier zu sein, Brigid. Das Land wirkt so frisch, strahlend und grün.«

»Das liegt daran, dass es seit drei Tagen regnet.« Brigid fuhr über die Brücke auf die A 38 und nahm die Abzweigung nach Buckfast, die hinter der Abtei vorbeiführte. »Möchtest du in Holne ein paar Einkäufe erledigen, oder willst du damit lieber bis morgen warten? Heute Abend bist du selbstverständlich bei mir zum Essen eingeladen, wie immer. Ich habe auch ein paar Lebensmittel für dich eingekauft.«

»Ja, lieber morgen. Heute hab ich keinen Sinn dafür. Ich habe eine Flasche Wein zum Abendessen mitgebracht.«

Sie verstummte, als sie den Wald von Hembury erreichten und in einen von Licht und Schatten gesprenkelten Blättertunnel eintauchten. Leuchtende, dicke Mooskissen und zarte weiße Buschwindröschen wuchsen zwischen uralten Bäumen. Zwei Elstern stießen mit krächzendem Geschrei herab. Von ihrem Ast aufgescheucht, flatterte eine Ringeltaube in die Luft.

»Ist ja wunderbar.« Brigid fand Louises plötzliches Schweigen sympathisch. Auch wenn man hier seit achtundvierzig Jahren lebte, besaßen manche Orte eine Magie, die einem immer noch den Atem verschlug. »Je älter ich werde, desto lieber trinke ich mal ein Gläschen. Wenigstens das haben Mummie und ich gemeinsam. Allerdings ist sie noch schlimmer als ich. Ich bin mir ziemlich sicher, ihre Alzheimer-Symptome kommen schlicht und einfach daher, dass sie sich vor dem Schlafengehen ein Schlückchen zu viel genehmigt. Seit ihrem Schlaganfall dürfte sie eigentlich gar nichts mehr trinken.«

»Wie kommt sie denn an Alkohol ran?«, fragte Louise betont beiläufig. Sie wusste, dass das Verhältnis zwischen Brigid und ihrer Mutter schwierig war.

»Jemima«, antwortete Brigid knapp.

Als sie Holne hinter sich gelassen hatten und ins Moor hinausfuhren, fragte sich Louise, warum Brigid und ihre Mutter trotz aller Konflikte zusammenlebten. Frummie machte keinen Hehl daraus, dass sie das Landleben hasste. Ob wohl die Abgeschiedenheit von Foxhole der Grund dafür war, dass sie vor fast vierzig Jahren Brigids Vater verlassen hatte? Nun wohnte Frummie in

einem der beiden Cottages, zu denen Brigid und Humphrey die Scheunen auf der anderen Seite des Hofes gegenüber dem hübschen alten Langhaus umgebaut hatten. Eigentlich konnte es nur finanzielle Gründe haben, dass Frummie erneut in Foxhole Zuflucht gesucht hatte. Und der leichte Schlaganfall machte den Umgang mit ihr nicht einfacher, obwohl sie relativ selbstständig leben konnte.
Louise fühlte sich solidarisch mit der unabhängigen Frau neben ihr, doch ihr fiel nichts ein, was sie hätte erwidern können. In der Hoffnung, dass Brigid ihr Schweigen richtig verstand, schaute sie wieder aus dem Fenster. Das Moor von Holne erstreckte sich in Richtung Westen, und sie richtete sich auf wie ein Kind, um den Venford-Stausee nicht zu verpassen: einen kleinen, verborgenen, glitzernden See, den Kiefern säumten. Erfreut nahm Louise die vertrauten und geliebten Orientierungspunkte in der Landschaft wahr: die Felstürme Bench Tor und Combestone Tor und dahinter in der Ferne die Hügel, die im nachmittäglichen Sonnenschein violett und indigoblau schimmerten. Dann überquerten sie auf der Saddle Bridge den O Brook, und Louise hielt bereits Ausschau nach dem alten, knorrigen Weißdorn an dem Weg nach Foxhole, dem massiven Refugium in den Hügeln über den reißenden Wassern des West Dart.

ZWEI

Brigid stellte den Wagen ab und trennte sich von Louise, die sich gleich ans Auspacken machte. Einen Augenblick verweilte sie noch in der warmen Maisonne, um den Schwalben zuzusehen. Sie nisteten jedes Jahr in der offenen Scheune, und Brigid freute sich jedes Mal, wenn sie auftauchten, auch wenn sie den Boden unter den Holzbalken verdreckten. Schon als Kind war sie von den jungen Schwalben fasziniert gewesen, die in ihren Nestern piepsten und flatterten und sich später verstört auf den Balken aneinander drängten, wo sie nach ersten ängstlichen Flugversuchen Schutz suchten. Wie schnell sie doch an Selbstsicherheit und Geschicklichkeit gewannen, bis sie schließlich Nest und Scheune verließen, sich sammelten und ihren Flug gen Süden antraten! Eines Morgens war dann der Himmel leer, und die Schwalben waren bis zum nächsten Frühjahr verschwunden. Als Brigid so in dem kopfsteingepflasterten Hof stand, erkannte sie, wie wichtig die Gewissheit dieses stillen Kreislaufes der Natur in der kleinen Welt ihrer Kindheit gewesen war. Das plötzliche Verschwinden ihrer Mutter hatte dieses Gefühl von Sicherheit und Geborgenheit erschüttert. Danach war nichts mehr gewesen wie zuvor. Sie hatte ihren Vater geliebt, hatte mit ihm zusammen das Moor erkundet, Rundhäuser, Menhire, Siedlungen und stillgelegte Bergwerke besichtigt, aber es war ihre geistreiche, temperamentvolle Mutter gewesen, die stets dafür gesorgt hatte, dass das Leben nicht langweilig wurde. In ihrer Gesellschaft hatte sie immer eine atemlose Anspannung erfüllt, der Wunsch zu gefallen, alles richtig zu machen – Gefühle, die sich im Arbeitszimmer ihres Vaters mit den Papierstapeln und den überall verstreuten Büchern niemals eingestellt hatten.

»Mir macht es nichts aus«, hatte sie ihren wohlmeinenden Schulfreundinnen trotzig erklärt. »Ich bin lieber bei meinem Daddy.« Aber sie hatte begonnen, sich dem Interesse an ihrer Situation, den verlogenen Tröstungsversuchen der entsetzten, aber gleichwohl neugierigen Eltern zu entziehen. Eine Scheidung war damals noch etwas Außergewöhnliches gewesen, und sie hatte sich sehr allein gefühlt. Sie hatte sich einen Schutzpanzer der Gleichgültigkeit zugelegt, eine kühle, brüchige Selbstsicherheit, die, während sie heranwuchs, einen eigentümlichen Reiz gewann und ihre Altersgenossinnen durchaus beeindruckt hatte. Ihre Mutter hatte Geschenke geschickt, ungewöhnliche, sorgfältig ausgewählte Präsente, die die kleine Brigid, auf dem Bett sitzend, verstohlen auspackte. Sie hielt sie in der Hand, roch daran und versuchte etwas von der Eigenart ihrer Mutter zu erspüren. Sie hatte die Schriftzüge auf den Karten und Umschlägen studiert und sich vorgestellt, wie ihre Mutter den Stift gehalten, die Briefmarke befeuchtet und den Umschlag zugeklebt hatte. Als sie mit zwölf erfuhr, dass ihre Mutter ein Baby bekommen hatte, ein zweites Töchterchen, war es, als töte dieser Schock alle ihre Gefühle ab. Wie betäubt hatte sie den Worten ihres Vaters gelauscht.

»Sie heißt Jemima«, hatte er müde gesagt. »Tut mir Leid, mein Liebling, es ist meine Schuld. Ich hätte sie niemals hierher bringen dürfen. Das war verrückt. Vermutlich war es der Reiz des Neuen, was ihr an mir gefiel. Das war für sie eine Herausforderung …«

Sie hatte ihn beobachtet, während er sich einen Reim auf die ganze Geschichte zu machen versuchte, und dann war sie in die Küche gegangen, um für sich und ihren Vater Tee zu kochen.

»Jemima.« Allein in der großen, quadratischen Küche mit dem Steinboden, hatte sie den Namen laut ausgesprochen. »Puddleduck, hässliches Entchen. Jemima Puddle-duck. Ein dickes, dummes Entchen mit riesigen Plattfüßen und kleinen Augen.«

Sie hatte angefangen zu lachen und ihrer Phantasie freien Lauf gelassen, um Jemima lächerlich zu machen. Sie keuchte vor Gehässigkeit, und allmählich schwand die Abgestumpftheit. Die Empfindung kehrte zurück, ein brennendes Gefühl, das sich in glühenden Hass verwandelte. Als sie später erfuhr, dass ihre Mutter auch ihren zweiten Mann verlassen hatte, wollte sie nur eines wissen.

»Hat sie Jemima mitgenommen?«

Die Antwort lautete ›ja‹. Dann war ihr also Puddle-duck, das widerwärtige, fette, lächerliche Entchen – ein Kind mit ungesunder blasser Haut, winzigen Augen und riesigen Plattfüßen –, zu wichtig gewesen, um es zurückzulassen. Geradezu zwanghaft nährte Brigid den Hass und die Verachtung für Mutter und Halbschwester, und als sie *Englische Liebschaften* las, hatte sie einen neuen Namen für ihre Mutter: Bolter, die Ausgebüchste.

»Ist von Bolter und Puddle-duck«, meinte sie geringschätzig und warf die Weihnachtskarte auf den Tisch. Später jedoch betrachtete sie neugierig das beiliegende Foto: das kleine blonde Kind mit dem rosigen Teint, den großen Augen, den Füßchen mit den gekrümmten Zehen und die Frau mit dem kühlen, amüsierten Blick, die das Baby auf den Knien hielt. Brigid legte das Foto mit der Vorderseite nach unten ab und betrachtete sich im Spiegel. Sie hatte das Gesicht ihres Vaters: knochig, gebieterisch, interessant – aber nicht hübsch. Doch Brigids Lächeln blieb jedem unvergesslich, der es einmal gesehen hatte. Die Herzlichkeit, die so unerwartet aufblühte, überraschte jedermann. Brigid aber hatte für ihr Spiegelbild kein Lächeln übrig. Sie starrte sich forschend an und wandte sich mit einem schmerzlichen Gefühl ab, das ihr die Kehle zuschnürte.

Humphrey hatte sie die Kränkung durch ihre Mutter ein Stück weit vergessen lassen und ihr ein gewisses Selbstwertgefühl zurückgegeben. Er hatte sich erfreulicherweise in sie verliebt, vergötterte sie und linderte ihren Schmerz. Die beiden Söhne hatten ihr ein tiefes Glück geschenkt und waren in den langen, öden Monaten, in denen Humphrey zur See fuhr, Beistand und Trost gewesen. Humphrey und ihr Vater hatten sich glänzend verstanden, und als der alte Mann starb, hatte er ihr seinen gesamten Besitz vermacht, einschließlich Foxhole.

»Und für mich nichts?«, hatte ihre Mutter mit ihrem typischen ironischen Lächeln gefragt, die Mundwinkel nach unten gezogen. Sie war zur Beerdigung erschienen, obwohl sie nicht eingeladen war: In tadellosem Schwarz saß sie mit Jemima ganz hinten in der Kirche von Holne. Brigid hatte sich verpflichtet gefühlt, die beiden mit den anderen Trauergästen nach Foxhole einzuladen. »Absolut gar nichts?«

Sie hatte sich umgesehen, als belustige sie die Versammlung, aber die vierzehnjährige Jemima hatte ihre Halbschwester angelächelt.

»Hallo«, sagte sie. »Wir sind Schwestern. Ist das nicht komisch? Ich wollte dich schon immer kennen lernen.«

»Ach ja?« Voll Trauer um ihren Vater, entsetzt über das unerwartete Auftauchen ihrer Mutter und beschäftigt mit den Freunden ihres Vaters, hatte Brigid nicht mehr als diese matte Antwort herausgebracht. Jemimas dickes blondes Haar lugte unter ihrer schwarzen Baskenmütze hervor; sie hatte rosa Wangen und große, strahlende blau-grüne Augen. Sie war ein wenig rundlich, aber alles andere als ein hässliches Entchen.

Brigid kämpfte mit einem Gefühl der Übelkeit. »Ich habe dich immer ›Puddle-duck‹ genannt.«

Diese boshafte Bemerkung weckte bei Jemima keinerlei Rachegelüste. Sie musste vielmehr unbändig lachen – ein angenehmes Geräusch in diesem düsteren Raum, ein spontanes Glucksen, das den bedrückten Gesichtern ein unfreiwilliges Lächeln entlockte.

»Tatsächlich? Ach, wie lustig! Tja, Frummie sagt immer, dass ich einen Watschelgang habe …«

»Frummie?«, wiederholte Brigid scharf.

»Ja. Also, es ist so: Daddy nannte sie Freda, ich nannte sie Mummie, und daraus wurde schließlich Frummie.«

Brigid hatte ihre Mutter angestarrt, die sich soeben mit leeren Händen von dem Tisch mit Sandwiches und Snacks abgewandt hatte. *Frummie*? Diese *erwachsene* Frau? War das die Möglichkeit?

»Ich habe Brigid gerade erzählt, dass dich alle Frummie nennen.« Jemima wünschte sich, ihre Familie glücklich vereint zu sehen. »Sie hat es nicht gewusst.«

Die Mutter ließ sich von dem ungläubigen, spöttischen Blick ihrer älteren Tochter nicht aus der Ruhe bringen. »Nicht *alle*, Liebling«, hatte sie erwidert. »Brigid nicht. Sie nimmt alles so genau wie ihr Vater. Sie mag keine Spitznamen. Sie findet das albern.«

»Aber nein!« Jemima wollte sich mit ihrer Schwester, die sie soeben kennen gelernt hatte, verbünden. »Sie hat mich Puddleduck genannt. Das hat sie mir selbst erzählt.«

»Tatsächlich?«

Diese amüsierte Frage verriet, dass ihre Mutter mit geradezu unheimlichem Gespür den wahren Grund für die Wahl dieses Spitznamens erraten hatte. Brigid errötete bis zu den Haarwurzeln. Die Mutter brach in ein unbarmherziges Gelächter aus.

»Und wie findest du mein hässliches Entchen, meine liebe Brigid?«

Zufrieden mit ihrer Schlagfertigkeit, drehte sie sich um, auf der Suche nach einem Drink. Jemima zuckte verdutzt die Achseln und lächelte beflissen, und Brigid durchströmten zum ersten Mal diese schmerzlich verwirrenden Gefühle, die von nun an ihre Beziehung zu der Halbschwester prägen sollten.

Jetzt, zweiundzwanzig Jahre später, als sie in dem sonnigen Hof stand, wusste Brigid, dass sich daran kaum etwas verändert hatte. Unzufrieden ging sie ins Haus.

Louise ließ ihren Koffer am Fuß der Treppe stehen und sah sich erleichtert um. Merkwürdig, die Rückkehr an diesen Ort war wie eine Heimkehr. Seit Frummie hierher gezogen war, musste Louise das größere Cottage mieten, was jedoch durchaus Vorteile besaß. Brigid hatte beim Umbau der Scheune klugerweise auf die typische Raumaufteilung eines ländlichen Ferienhauses verzichtet und eine große Wohnküche zum zentralen Raum gemacht. Besonders für Familien war dieser gemütliche, helle Raum der ideale Ort, wo man gemeinsam essen, sich erholen und Pläne schmieden konnte. Neben dem kleinen Wohnzimmer mit einem Holzofen und dem obligatorischen Fernseher – »ohne Fernseher kann heute kein Mensch mehr leben«, hatte Brigid gemeint, »nicht einmal im Urlaub« – befand sich im Erdgeschoss noch eine Abstellkammer mit Dusche. Oben gab es zwei Schlafräume und ein Bad. Das größere der beiden war mit einem Doppelbett, einem Einbauschrank und einer Kommode ausgestattet. In dem anderen Zimmer standen zwei Etagenbetten und ein Schrank, sodass insgesamt sechs Personen in dem Cottage übernachten konnten. Aber Louise hielt die Tür des zweiten Schlafzimmers stets geschlossen – das war ja kein Familienurlaub – und genoss die Einsamkeit.

Doch an diesem Nachmittag fühlte sie sich unbehaglich. Ohne sich das einzugestehen, vollzog sie die vertrauten Rituale, mit denen jeder Aufenthalt in Foxhole begann. Ihr Instinkt sagte ihr, dass sie dem Cottage ihren Stempel aufdrücken musste, damit es für diese kurze Zeit ihr »Zuhause« werden konnte. Sie füllte den Wasserkessel und stellte ihn auf den Herd, und während das Wasser heiß wurde, packte sie eine kleine Tasche aus. Ein paar Bücher und ein Fernglas legte sie auf die Fensterbank und einen Paschmina-Schal auf den Sessel neben dem Fenster, ihre Lieblingstasse stellte sie neben den Wasserkessel, ein hübsches Notizheft, ein paar Stifte und ein kleiner Malkasten kamen auf den quadratischen Kiefernholztisch. Diese wenigen persönlichen Dinge verbreiteten eine wohnliche Atmosphäre und erfüllten den Raum mit Leben. Louise öffnete das Fenster, das aufs Moor hinausging, und atmete tief durch. Das ferne Murmeln des Flusses, der fröhliche Gesang einer aufsteigenden Lerche drangen zu ihr herein … Einen Moment lang tauchte das Bild der winkenden und lachenden Frau mit dem Kind vor ihr auf, und Louise wandte sich abrupt ab.

Sie schleppte den schweren Koffer die Treppe hinauf, trug ihn in das große Schlafzimmer und legte ihn auf das Bett. Dann ließ sie das Schloss aufschnappen und nahm die Kleidungsstücke, den Toilettenbeutel und ihre Hausschuhe heraus. Bald sah das Schlafzimmer genauso bewohnt aus wie die Küche, und nachdem Louise den leeren Koffer in den Schrank gestellt und ihren Morgenmantel an einen Haken hinter der Tür gehängt hatte, trat sie auf den schmalen Treppenabsatz hinaus. Diesmal jedoch schloss sie die Tür des anderen Schlafzimmers nicht mechanisch, sondern verharrte einen Augenblick mit seitwärts geneigtem Kopf, als lausche sie gedämpftem Gemurmel, Gesprächsfetzen, die aus diesem Zimmer drangen: – *Ob Daddy wohl mein neues Bett gefallen wird, Mummy? – Bestimmt, aber du sollst nicht immer wieder aufstehen und runterkommen. – Nur Babys haben kleine Betten, stimmt's? – Ja, aber große Mädchen bleiben bis zum nächsten Morgen in ihrem Bett liegen. – Auch wenn sie nicht schlafen können? – Große Mädchen geben sich Mühe einzuschlafen. – Vielleicht könnte ich einschlafen, wenn wir noch eine Geschichte lesen. – Also gut. Aber nur noch eine …*

Louise machte ein bedrücktes Gesicht, schloss energisch die Tür und begab sich nach unten, um den Tee aufzugießen.

»Hallooo? Darf ich reinkommen?« Frummies melodiöses Rufen wurde begleitet von einem vernehmlichen Klopfen an der offenen Haustür, und Brigid seufzte. Frummies übertrieben rücksichtsvolle Art weckte bei ihr ein schlechtes Gewissen, aber sie wusste, dass sie es ebenso wenig ertragen würde, wenn sich ihre Mutter bei ihr »wie zu Hause« fühlen würde. Frummie ließ sie deutlich spüren, dass dieses Bedürfnis nach Privatsphäre ein Zeichen von Schwäche sei und dass andere, weniger neurotische Menschen glücklich wären, wenn ihre Angehörigen bei ihnen ein- und ausgingen. Die unterschwellige Botschaft, dass Jemima ganz anders sei – nämlich großzügig und gastfreundlich –, vermittelte Brigid ein Gefühl der Unzulänglichkeit. Einmal hatte sie Frummie angefahren und sie gefragt, warum sie dann bei ihr und nicht bei Jemima wohnte. »Brigid, Herzchen«, hatte Frummie gemurmelt. »Sei doch nicht gleich … *eingeschnappt*. Du bist zur Zeit derart gereizt.«

Sie hatte sich einen Löffel Zucker aus der Schale genommen

und dabei ein wenig verschüttet. Beim Anblick ihrer runzeligen, mit Leberflecken übersäten Hände und ihres abgewandten Gesichts hatte Brigid Mitleid und Reue empfunden.

»Komm rein«, rief sie jetzt und bückte sich, um den schwarzen Spaniel zu begrüßen, der vor Frummie in die Küche lief. Er hatte am Morgen gebrochen, und deshalb hatte sie ihn nicht mit nach Totnes genommen, aus Angst, er könne Louises Gepäck ruinieren. »Na, du«, murmelte sie und tätschelte das aufgeregte Tier. »Warst du auch schön brav?«

»Ich habe mir eingebildet, ich hätte den Wagen gehört.« Frummie verfolgte die Begrüßung von der Tür. »Er war brav. Hat ein bisschen gewinselt, aber das war alles.«

»Alles nur wegen dem armen Oscar. Er hat sich regelrecht hineingesteigert. Gott sei Dank kommen Thea und George morgen zurück. Ich wusste gar nicht, dass Blot derart eifersüchtig sein kann. Ich trinke gerade Tee, Mummie. Möchtest du auch eine Tasse?«

»Mach dir meinetwegen keine Umstände. Ich hab grade welchen getrunken.« Frummie setzte sich an den Tisch. Auf den ersten Blick mochte die magere und zartgliedrige Frau zerbrechlich wirken, aber das Blitzen in ihren Augen kündete davon, dass in dem schwachen Körper ein unbezwingbarer Geist steckte. »Dann ist Louise also da. Wie geht es ihr?«

»Wie immer.« Während sich Brigid Tee einschenkte, überlegte sie, ob das die richtige Antwort war. Louise war keineswegs wie immer, obwohl Brigid nicht hätte sagen können, woran das lag. »Sie kommt zum Abendessen rüber.«

»Ich habe mich gerade gefragt …« Frummie rutschte auf ihrem Stuhl hin und her. »… ob es eventuell für drei reicht?«

»Für drei?« Brigid warf ihr einen flüchtigen Blick zu. »Wieso …? Ich dachte, Jemima geht mit dir essen.«

»Ihr ist was dazwischengekommen«, sagte Frummie und zuckte betont gleichgültig die Schultern. »Jemand, den sie von früher kennt, macht Ferien in Salcombe. Reist morgen wieder ab. Kommt mir wirklich *sehr* ungelegen. Ich hab nicht viel im Haus, weil ich erst morgen einkaufen gehe.«

»Jemand, den sie von früher kennt?« Brigid verhehlte ihre Zweifel nicht. »So plötzlich? Ich wette, es ist ein Mann.«

»Vermutlich. Aber spielt das eine Rolle? Ich will dir natürlich nicht zur Last fallen. Wenn du ein paar Eier übrig hast, mache ich mir ein Omelett.«

»Sei doch nicht albern!« Brigid klang verärgert. Wie gewöhnlich war sie zwischen Schuldgefühlen und dem Bedürfnis nach Selbstschutz hin und her gerissen. Sie hatte sich so auf das Abendessen mit Louise gefreut. Zwischen ihnen herrschte immer so eine zwanglose Atmosphäre, die sich in Frummies Gegenwart bestimmt nicht einstellen würde. Brigid wollte Louise von ihrem Enkelchen Josh erzählen, die neuesten Fotos zeigen und davon schwärmen, wie hübsch der Kleine war – gewissermaßen zum Trost dafür, dass die kleine Familie im fernen Genf lebte. Unter dem spöttischen Blick ihrer Mutter würde der Abend völlig anders verlaufen, doch ihr blieb nichts anderes übrig, als so sanftmütig wie nur möglich nachzugeben. »Es ist genug da für drei. Aber ich finde, dass Jemima es sich allzu leicht macht.«

»Unsinn. Sie ist jung, das ist alles. Sie hat ihr eigenes Leben.«

Ich auch, dachte Brigid, aber darüber scheinst du dir nicht groß Gedanken zu machen.

»Nun gut.« Jetzt, da Frummie ihr Anliegen vorgetragen und ihr Ziel erreicht hatte, wandte sie sich zum Gehen. »Dann komme ich so gegen acht, oder? Das ist reizend von dir, Herzchen.«

Sie tätschelte Blot, der schwanzwedelnd bis zur Haustür hinter ihr hertapste, dann in die Küche zurückkehrte, überall herumschnupperte und schließlich erwartungsvoll an der Tür zum Wintergarten stehen blieb.

»Ja, da draußen ist er«, sagte Brigid, »und genießt die Ruhe und den Frieden. Verdammt noch mal! Also gut, komm mit! Wir machen zu dritt einen kurzen Spaziergang. Dann werden wir wenigstens unseren Frust los.«

Sie stellte ihre Tasse ab und trat in den Wintergarten. Ein großer Neufundländer, der schlafend dagelegen hatte, erhob sich ängstlich, als Blot herausstürmte.

»Los geht 's!«, rief Brigid, während sie in ihre Gummistiefel schlüpfte und einen Mantel anzog. »Los, hab ich gesagt. Komm, Oscar. Wenn wir laufen, lässt er dich in Ruhe. Glaub mir.«

Sie öffnete die Tür nach draußen und wartete, bis Oscar sich schwerfällig in Bewegung gesetzt hatte und hinaus in die Sonne getrottet war. Dann lief sie hinunter zum Fluss, und die Hunde folgten ihr auf den Fersen.

DREI

Louise kam über den Hof, die versprochene Flasche Wein in der Hand. Das lange, niedrige Haus mit dem alten reetgedeckten Dach hatte etwas Märchenhaftes. Dazu trugen auch die weißen Tauben bei, die in ihrem Schlag gurrten. Vor dem Wintergarten, der an die Küche angrenzte, lag ein großer schwarzer Hund ausgestreckt und schlief. Das musste der Gast sein, den Blot, der Spaniel, nicht leiden konnte. Weit und breit war keine Spur von ihm zu sehen. Louise klopfte an die silbrig schimmernde Eichentür und trat ins Haus. In dem kleinen Flur blieb sie stehen. Sie konnte nicht widerstehen, einen Blick in die Räume zu werfen, die sich nach alter Cottage-Tradition hintereinander auftaten. Die beiden Räume gingen nach Osten aufs Moor hinaus und nach Westen zum Hof; die Fußböden bestanden aus Schieferplatten, die rauen Granitwände waren weiß getüncht. Die Holzöfen an den Innenwänden teilten sich einen Kamin. Der hintere Raum war das Wohnzimmer. Von hier aus führte eine Holztreppe ins Obergeschoss und eine Tür zu den einstöckigen Stallungen auf der anderen Seite des Hofes, in dem früher die Kinderzimmer untergebracht waren. Jetzt wurden das große Spielzimmer und die zwei Schlafräume mit dem Bad von den Familien der beiden Söhne bewohnt, wenn sie zu Besuch kamen. Die andere Hälfte der Scheune wurde als Garage genutzt. Seinerzeit waren Brigid und Humphrey froh gewesen über den zusätzlichen Platz.

»Langhäuser haben etwas sehr Romantisches«, hatte Brigid gesagt, als Louise zum ersten Mal hier war, »aber man kann sich nicht zurückziehen. Alle Zimmer sind miteinander verbunden, und als die Kinder klein waren, war es ein richtiger Albtraum, wenn sie mehrmals in der Nacht aufs Klo mussten.«

Louise beobachtete das Spiel der letzten Sonnenstrahlen auf den weißen unebenen Wänden, den dicken Teppichen und den hohen Krügen mit den Trockenblumen – leuchtend blaue Kornblumen, tiefgelber Sonnenhut und scharlachroter Mohn. Sie kannte die feuchte Kälte, die einem bis in die Knochen drang, und die Unannehmlichkeiten des Lebens im Moor, aber plötzlich beschlich sie ein Gefühl des Neids. Während sie sich in Brigids Wohnzimmer umsah, stiegen Erinnerungen in ihr auf: das Bild eines kleinen steinernen Cottage, ein wärmender Arm, der sich um ihre Schulter legte, und eine beflissene, sanfte Stimme, die sagte: *»Es gab keine Wohnungen für junge Paare. Aber das hier geht auch, oder? Ich habe es für sechs Monate gemietet …«*

Brigid lief leichtfüßig die Treppe herunter und kam durch die beiden Zimmer auf Louise zu.

»Entschuldige, dass ich dich habe warten lassen. Ich war mit den Hunden draußen und wollte mich noch rasch duschen und umziehen. Komm.«

Louise folgte ihr. Während sie Brigid den mitgebrachten Wein überreichte, war sie noch immer ganz benommen, ja verängstigt von der Erinnerung, die so plötzlich aufgeflammt war.

»Mummie kommt auch zum Essen«, sagte Brigid und stellte die Flasche neben einen bereits entkorkten roten Bordeaux. »Tut mir Leid, aber es ging nicht anders. Jemima hat sie versetzt.«

Louise murmelte eine höfliche Bemerkung und nahm ihr Glas. Gleich darauf ertönte ein lautes Klopfen an der Tür, und Frummie trat ein.

»Louise, Herzchen.« Sie küsste die Jüngere leicht auf die Wange. »Wie geht es dir? Schön, dich wiederzusehen! Hat Brigid es dir schon gesagt? Man hat mich versetzt. Aber lasst euch durch mich nicht stören. Ich freue mich auf ein nettes Plauderstündchen.« Sie sah sich in der Küche um. »Weißt du, zu meiner Zeit war hier nicht die Küche, sondern Diarmids Arbeitszimmer. Der einzige Raum, in den er sich zurückziehen konnte, wenn er ungestört sein wollte. Ich verstehe nicht, Brigid, warum du daraus die Küche gemacht hast. Es wäre ein wunderbares Wohnzimmer. Ein Salon wäre natürlich zu elegant für ein Haus wie dieses, aber ist es nicht schade, den einzigen abgeschlossenen Raum ausgerechnet zur Küche umzubauen?«

»Das hab ich dir doch schon hundertmal erklärt«, erwiderte Brigid und stellte eine Schüssel Salat auf den Tisch. »Ich bin nun mal ein Küchenmensch. Hier verbringe ich die meiste Zeit, und hier gefällt es mir am besten. Trink einen Schluck, Mummie, und hör auf zu nörgeln! Du weißt, dass mich das nervös macht.« Sie nahm einen Topf vom Herd. »Es gibt Koteletts in Backpflaumensoße, ich hoffe, es schmeckt euch. Dazu Salat und neue Kartoffeln.«

»Wahrscheinlich ägyptische«, gab Frummie zurück. »Für englische ist es noch zu früh.«

»Sie sind aus Cornwall, wenn du 's genau wissen willst.«

Brigids Stimme klang gereizt, aber als sie sich an den Tisch setzte, sah Louise, dass auf Frummies Gesicht ein fast unmerklich triumphierendes Lächeln lag, als sei sie Siegerin in einem uralten Wettstreit.

»Es sieht köstlich aus«, sagte Louise herzlich. »Ich freue mich jedes Mal auf mein erstes Abendessen hier. Das ist eigentlich schon der Höhepunkt.«

»Brigid ist eine großartige Köchin«, pflichtete ihr Frummie bei. »Eine perfekte Hausfrau, nicht wahr, Herzchen? Ganz im Gegensatz zu mir oder Jemima.«

»Mir ist ja auch nichts anderes übrig geblieben«, gab Brigid barsch zurück und servierte die Koteletts. »Vater hatte für den Haushalt nicht viel übrig.«

»Da hast du allerdings Recht.« Frummie erschauderte leicht. »Ich konnte es gar nicht fassen, dass er hier ganz allein lebt, ohne irgendjemanden, der ihm zur Seite steht. Natürlich war das am Anfang wahnsinnig romantisch, aber die Ernüchterung kam ziemlich schnell. Damals gab es nämlich noch keinen Strom. Und der

Gestank dieser Öllampen! Obwohl ich sagen muss, dass das Licht sehr stimmungsvoll wirkte.« Sie nahm sich von den Kartoffeln. »Ich muss gestehen, dass ich so oft wie möglich nach London geflüchtet bin. Zum Glück ist Brigid nach ihrem Vater geraten und liebt das Landleben.«

»Ja, das war wirklich ein Glück, nicht wahr?«

Brigids Stimme klang zwar beherrscht, aber Louise spürte die Spannung zwischen den beiden Frauen und lenkte das Gespräch auf andere Dinge: den Mietwagen, den sie abholen wollte, die Einkäufe und ihre Pläne für den Urlaub.

»Das Auto holen wir morgen früh«, schlug Brigid vor, »dann kannst du auch Lebensmittel einkaufen. Ich muss sowieso nach Ashburton.«

»Du musst unbedingt nach Salcombe kommen und Jemimas neue Wohnung anschauen«, warf Frummie fröhlich ein. »Nicht wahr, Brigid? Jems Vater ist letztes Jahr an Weihnachten gestorben, Louise, und hat Jem eine kleine Erbschaft hinterlassen. Sie hat eine Wohnung über dem Museum des Seenotrettungsdienstes gemietet. Direkt am Meer. Es ist himmlisch.«

»Es wäre vernünftiger gewesen, das Geld für eine eigene Wohnung zurückzulegen.« Brigid schenkte Wein nach und schob Louise die Salatschüssel hin. »Ist es nicht dumm, das Geld für Miete auszugeben, anstatt sich eine Wohnung zu kaufen?«

»So ein vernünftiges Mädchen«, murmelte Frummie zuckersüß. »Unsere liebe Jem besitzt eben nicht deinen praktischen Verstand. Eine derart hinreißende Wohnung könnte sie sich niemals kaufen. Du musst sie dir anschauen, Louise! Hunderte von Leuten wollten sie haben, aber Jemima hat sie gekriegt. Was für ein Glück, nicht wahr, Brigid?»

»Ja, was für ein Glück.« Brigid lächelte gezwungen. »Jemima fällt immer auf die Füße.«

»Das liegt daran, dass sie große gelbe Plattfüße mit Schwimmhäuten zwischen den Zehen hat.«

Verblüfft hob Louise den Kopf und bemerkte Frummies boshaften Blick und Brigids schmerzliches Erröten. Wieder fühlte sie sich in der Verlegenheit, hastig das Thema zu wechseln. Sie bat um ein weiteres Stück Kotelett. Während sie von der köstlichen Soße nahm, wünschte sie, Frummie wäre mit Jemima essen gegangen. Ihr erster Abend in Foxhole war verdorben. Diese ersten Stunden ihres Ferienaufenthalts waren für sie von besonderer Bedeutung – es ging darum, sich häuslich einzurichten und zu dem gemächlichen Rhythmus des Müßiggangs zu finden. Es war nicht das erste Mal, dass sie eine solche Auseinandersetzung zwischen Brigid und Frummie miterlebte, aber heute Abend hatten diese Reibereien eine ganz neue Qualität.

Du bildest dir das nur ein, dachte sie. Du hattest schon den ganzen Tag so ein merkwürdiges Gefühl, seitdem du dieser Frau zugewunken hast …

»Du hast keine Kinder, Louise, nicht wahr?« Frummie beobachtete, wie Brigid die leeren Teller abräumte. »Du bist ja auch noch jung …«

»Nein, keine Kinder. Martin will keine.« Louise stand abrupt auf und half Brigid, die Teller für den Zitronenkuchen und die Schüssel mit der dicken Sahne auf den Tisch zu stellen. »Das sieht gut aus. Der arme Humphrey! Der Abschied ist ihm bestimmt nicht leicht gefallen.«

»Ich habe ihm Lunchpakete mitgegeben. Jetzt, da Michael im Verteidigungsministerium arbeitet, ist Humphrey oft mit ihm und Sarah zusammen. Ich glaube, er ist sehr dankbar für ihre Anhänglichkeit.«

»Die meisten Leute freuen sich über Humphreys Gesellschaft«, sagte Frummie. »Er ist ein reizender Mensch.«

Mit diesem kleinen Seitenhieb wollte sie wohl ausdrücken, dass Brigid eine der wenigen war, die sich nicht über Humphreys Anwesenheit freuten. Wieder hatte Louise das Bedürfnis, ihrer Gastgeberin zu Hilfe zu kommen.

»Haben Michael und Sarah inzwischen geheiratet?«, fragte sie hastig. »Ich erinnere mich, dass sie davon gesprochen haben.«

»Die jungen Leute heutzutage heiraten doch nicht mehr«, antwortete Frummie anstelle von Brigid. »Sie nehmen eine Hypothek auf – das ist es, was sie aneinander bindet. Aber ich mache ihnen keinen Vorwurf. Zu meiner Zeit haben wir viel zu jung geheiratet. Das wurde von uns erwartet, und so sind wir in Ehen mit völlig unpassenden Partnern hineingeschlittert. Ich beneide die jungen Leute von heute um ihre Freiheit.«

»Das verstehe ich nicht.« Brigid nahm sich von der Sahne. »Du hast dich durch dein Ehegelübde doch nicht gebunden gefühlt.«

»Aber ich habe sie immerhin geheiratet, Herzchen. Alle vier. Heute schäme ich mich dafür.«

»Du schämst dich dafür?« Brigid hielt inne, den Sahnelöffel in der Luft.

»O ja. Es war derart spießig und kleinbürgerlich. Aber ich konnte mich einfach nicht dazu durchringen, mit ihnen in Sünde zu leben. Nun, jedenfalls nicht über einen längeren Zeitraum hinweg. Jemima ist da sehr viel vernünftiger. Sie will sich nicht binden, zumindest im Moment noch nicht. Warum hast du eigentlich geheiratet, Louise? Offenbar nicht, um Kinder zu bekommen …«

»Mummie, *bitte*!«, rief Brigid, peinlich berührt. »Das geht dich gar nichts an. Trinken wir lieber die Flasche aus. Noch etwas Nachtisch, Louise?«

»Kein Problem.« Louise lächelte, um zu zeigen, dass sie keineswegs gekränkt war. »Wahrscheinlich deshalb, weil …« Sie grinste Frummie an. »… weil ich spießig und kleinbürgerlich bin.«

»Auf dich und auf mich.« Brigid hob dankbar das Glas und prostete ihr zu, hilflos die Achseln zuckend. »Verzeihung.«

»Du meine Güte«, grummelte Frummie wie ein schmollendes Kind, »das war doch eine völlig harmlose Frage. Kein Grund, beleidigt zu sein. Ich möchte noch etwas Nachtisch, Brigid. Er schmeckt ausgezeichnet.«

Das ließ sich Brigid nicht zweimal sagen. Sie nahm Frummies Teller, schnitt ein großes Stück Zitronenkuchen ab, reichte ihr die Sahne und stand auf, um Kaffee zu kochen. Louise atmete tief durch. Um die Unterhaltung in weniger heikle Bahnen zu lenken, beschloss sie, sich nach Brigids ältestem Sohn zu erkundigen, auch wenn der eigene Seelenfrieden durch ein Gespräch über Mutterfreuden womöglich gestört würde; auf jeden Fall würde sie Brigid damit eine Freude machen.

»Wie geht es Julian?«, fragte sie. »Haben sie sich in Genf gut eingelebt?«

Frummie, die sich gewöhnlich von solchen Manövern nicht täuschen ließ, widmete sich ihrer zweiten Portion Nachtisch und goss sich den letzten Rest Wein ins Glas. Plötzlich wurde sie von einer ungeheuren Müdigkeit überwältigt; sie schob den leeren Teller beiseite und nickte zufrieden ein, während das Gespräch weiterging. Brigid warf einen Blick auf ihre schlafende Mutter und verzog das Gesicht.

»Ich habe ein paar Fotos von dem Baby«, sagte sie dann leise, ohne zu bemerken, dass Louise unwillkürlich zusammenzuckte. »Der Kleine ist so süß. Darf ich als stolze Großmutter sie dir beim Kaffee zeigen?«

Brigid sah ihrer Mutter nach, wie sie mit unsicheren Schritten über den Hof tappte, und winkte Louise zu, die sich mit einem leisen »Gute Nacht und danke, es war wunderbar« verabschiedet hatte. Dann ging sie ins Haus zurück und schloss die Tür. Von einer ungeheuren Erleichterung überwältigt, musste sie sich kurz an die schwere, alte Tür lehnen. Foxhole war für sie ein Zufluchtsort gewesen, seit sie denken konnte, ein echtes Refugium. Wenn sie sich hier nicht mehr sicher fühlen konnte, würde sie den Verstand verlieren. Aber wovor sollte sie sich denn fürchten? Merkwürdig, dass sie ihren inneren Frieden nur fand, wenn sie allein war. Lag das an dem Gefühl der Unzulänglichkeit, das sie seit dem Schock über den Weggang ihrer Mutter nicht mehr losgelassen hatte? Das prägte seit Kindertagen ihr Verhalten gegenüber anderen Menschen. Seither fürchtete sie sich davor, erneut verlassen zu werden, falls sie den Anforderungen anderer nicht genügte. Es war einfacher, allein zu sein. Und genau darauf hatte Frummie vorhin angespielt. Ja, sie fürchtete sich vor Humphreys Pensionierung. Nicht, dass sie ihn nicht liebte – ihr Mann und die Söhne waren für sie die wichtigsten Menschen auf der Welt. Aber sie hatte in ihrem Leben so viel Zeit allein verbracht, dass sie sich gar nicht vorstellen konnte, ihn ständig um sich zu haben. Die Kinder waren sieben und fünf Jahre alt und besuchten bereits die Vorschule, als sie Foxhole geerbt hatte. Humphrey und sie waren sich einig gewesen, dass es an der Zeit sei, das unstete Wanderleben von Hafenstadt zu Hafenstadt zu beenden und irgendwo sesshaft zu werden. Und nun lebte sie seit über zwanzig Jahren hier allein. Die Jungs waren nur in den Schulferien hier gewesen, und Humphrey hatte nur seinen Urlaub hier verbracht. Aber Brigid hatte sich hier ein eigenes Leben aufgebaut. Der Umbau der Scheunen hatte mehrere Jahre gedauert, weil Brigid einen Großteil der Arbeiten – anstreichen, Fliesen legen und Vorhänge nähen – selbst erledigt hatte. Als sie damit fertig war, musste das Haupthaus renoviert werden, und die Frucht dieser Tätigkeit war ein kleines Atelier für Innenausstattung gewesen. Ein bescheidenes Unternehmen, das sie ohne großen Aufwand betreiben konnte und das ihr nicht nur enorme Befriedigung, sondern auch ein kleines Einkommen einbrachte. Das und die Vermietung der Cottages machten sie glücklich und zufrieden. Aber dieses Glück war nur allzu brüchig, und deshalb brauchte sie dieses Refugium.

Brigid ging in den Wintergarten, öffnete die Tür und ließ Blot herein. Durch das Fenster sah sie, dass Oscar noch immer friedlich auf dem Kopfsteinpflaster schlief. Sie beschloss, ihn draußen zu lassen.

»Er fühlt sich wohl im Freien«, hatte Thea ihr versichert. »Er ist eher ein Shetland-Pony als ein Hund. Aber natürlich braucht auch er seine Streicheleinheiten.«

Aus Sorge, dass Oscar Herrchen und Frauchen vermisste, hatte Brigid ihn oft gestreichelt und getätschelt, ob es ihm passte oder nicht. Er hatte ihre Zuneigung äußerst geduldig und höflich über sich ergehen lassen und sich anschließend mit einem erleichterten Seufzer auf den Boden gelegt. Mittlerweile war er ihr richtig ans Herz gewachsen, aber Blots Eifersucht hatte ihr die Freude etwas verdorben.

»Du bist total verwöhnt, das ist das Problem«, murmelte sie, als er schwanzwedelnd in die Küche tapste. »Aber das ist wohl meine Schuld.«

Sie stellte den Futternapf mit den Überresten des Abendessens neben den Herd und fing an aufzuräumen. Das meiste erledigte die Spülmaschine – »die jungen Leute heute wissen gar nicht mehr, wie gut sie es haben«, hatte Frummie giftig gemurmelt. Brigid schüttelte die Kissen auf der Eckbank auf, rückte den glänzenden blauen Tontopf mit den gelben Tulpen in die Mitte des Tisches und stellte die übrig gebliebene Sahne in den Kühlschrank. Dann öffnete sie das Fenster nach Osten und beugte sich hinaus, um dem murmelnden Wiegenlied des West Dart zu lauschen und den Sternenhimmel zu betrachten. Die Eule, die im Wald von Combestone hauste, durchstreifte das Tal, und ihr dünner wehklagender Schrei hallte von den Felsen wider. Irgendwo heulte ein Fuchs, und dann war es wieder still.

Die Arme auf die Fensterbank gestützt, ließ sich Brigid vom Zauber dieser Szenerie betören – von der ländlichen Stille und der Weite des einsamen Moors. Dankbar sog sie die Luft ein. Von innerem Frieden erfüllt, schloss sie das Fenster und wandte sich wieder der warmen, hellen Küche zu.

An ihrem Schlafzimmerfenster, von dem man über den O Brook auf Combestone Tor blickte, stand Louise und lauschte ebenfalls dem Ruf der Eule. Heute jedoch fand sie in der Stille des ländlichen Lebens keinen inneren Frieden. Sie war unruhig, verwirrt. Seit sie den Mann im Zug getroffen und sein Gespräch belauscht hatte, nagte ein Unbehagen an ihr, und ihr Argwohn gegenüber Martin steigerte sich zu nackter Angst. Auch der Anblick der Frau mit dem Kind hatte sie verstört. Da waren sie wieder, die Schatten der Vergangenheit. Diese Bilder hatten ihre mühsam errungene Selbstbeherrschung untergraben. Deshalb, das wusste sie jetzt genau, war sie so ungeheuer hellhörig für die Spannungen zwischen Brigid und Frummie. Sie hatte gespürt, dass sich hinter Frummies Sticheleien und Brigids Bedrücktheit andere Emotionen verbargen.

Unten im Tal heulte der Fuchs. Es war ein wildes, verstörendes Jaulen, das einem das Blut in den Adern gefrieren ließ. Hastig wandte sich Louise vom Fenster ab, nahm ihren Bademantel und ging ins Bad.

Frummie schloss die Tür hinter sich, überprüfte mit zitternder Hand, ob sie auch wirklich verriegelt war, und steuerte auf den Schrank neben dem Kamin zu, wo sie die alkoholischen Getränke verwahrte. Es war ein großes, hübsches Zimmer mit Fenstern nach Süden und Westen, aber Frummie hatte es Brigid noch immer nicht verziehen, dass sie ihr das kleinere der beiden Cottages zugewiesen hatte.

»Wir brauchen das Geld, Mummie«, hatte Brigid fast flehentlich gesagt. »Das größere Cottage bringt viel mehr Miete. Der Umbau hat Geld gekostet. Bitte, versuch uns zu verstehen.«

»Du brauchst mich nicht *ganz* so deutlich spüren zu lassen, dass ein Bettler nehmen muss, was man ihm gibt«, hatte Frummie bitter geantwortet. »Keine Sorge. Ich bekomme Geld vom Staat und kann euch Miete zahlen.«

Zu ihrer Genugtuung war Brigid vor Verlegenheit errötet. Das hatte es ihr leichter gemacht, die eigene Scham zu ertragen.

»Ich will keine Miete von dir«, hatte Brigid erwidert. »Das weißt du ganz genau. Es ist nur … Ach, vergiss es! Ich will nicht mit dir streiten. Wenn dir das kleinere Cottage genügt, freue ich mich, dass ich dir helfen kann. Tu, was du für richtig hältst!«

Frummie öffnete die Schranktür und griff nach der Whiskyflasche. Bei der Erinnerung an die Szene mit Brigid zog sie eine Grimasse. Sie hatte keine Wahl gehabt. Ihr vierter Ehemann war um einiges jünger und hatte sie schließlich wegen einer Frau verlassen, die halb so alt war wie sie. Der Mietvertrag ihrer gemeinsamen Wohnung lief aus, sie verfügte über kein eigenes Einkommen und hätte die wissenden Blicke ihre neugierigen Freunde nicht ertragen. Diese Demütigung war zu viel. Es hätte keine Gnade gegeben für eine wie sie, die sich in der Vergangenheit so gern über andere lustig gemacht hatte. Die Flucht aufs Land war ihre einzige Hoffnung gewesen; sie brauchte ein Refugium. Es war Brigid hoch anzurechnen, dass sie sie bei sich aufgenommen hatte, aber Frummie fühlte sich in ihrem Stolz verletzt. Für das Entgegenkommen ihrer Tochter zeigte sie keine besondere Dankbarkeit. Immerhin hatte sie in diesem gottverdammten Nest – Foxhole, Fuchsbau, war wirklich ein treffender Name dafür – acht lange, geisttötende Jahre verbracht. Sie hätte eine Entschädigung dafür verdient. Natürlich hatte er alles Brigid vermacht.

Frummie goss sich mit zittriger Hand ein Glas Whisky ein, stellte die Flasche in den Schrank zurück und tappte unsicher die Treppe hinauf. Sie zog sich langsam aus, nahm dazwischen immer wieder einen Schluck und schlüpfte dann ins Bett. Dort saß sie noch ein Weilchen aufrecht, das Glas in der Hand, während eine angenehme Schläfrigkeit über sie kam und sie in den aufgetürmten Kissen einnickte. Auch sie hörte den klagenden Schrei der Eule und das Heulen des Fuchses. Mit einem Schauder kippte sie den letzten Tropfen hinunter und verkroch sich unter die Decke.

VIER

Heute darfst du wieder nach Hause«, sagte Brigid zu Oscar, als sie ihm seinen morgendlichen Hundekuchen brachte und Acht gab, dass Blot ihm die herunterfallenden Krümel nicht vor der Nase wegschnappte. Er kaute bedächtig, als grübele er über ihre Worte nach, und Brigid streichelte seinen großen schwarzen Schädel. »Nicht, dass du glaubst, ich will dich loswerden«, beruhigte sie ihn. »Hau ab, Blot! Friss dein eigenes Futter, und lass Oscar in Ruhe … Ich würde dich so gern hier behalten, wenn dieser neurotische Kerl nicht wäre. Hau ab, Blot! Du strahlst so eine Ruhe aus, Oscar. Kein Wunder, dass Thea immer so ausgeglichen ist. Außerdem hast du etwas von Humphrey. Groß, bodenständig und zuverlässig. Bist du fertig? Wirklich? Gut, dann geh ich jetzt Kaffee trinken.«

Oscar saß vor der Tür zum Wintergarten und musterte mit fast gnädigem Erstaunen Blot, der eifrig umhertapste, um die letzten Krümel zu ergattern. Brigid trat in die lichtdurchflutete Küche und kochte Kaffee, wobei sie eine ungewöhnliche Dankbarkeit erfüllte. Sie hatte schon bald gemerkt, dass erstaunlich viele Feriengäste, die ein Cottage mieteten, sie, Brigid, für das Wetter hier verantwortlich machten.

»Wenn ich gewusst hätte, dass es so viel regnet!«, stöhnten manche verzweifelt. »Ich dachte, Devon wäre eine sonnige Gegend.« Andere murrten: »Wären wir doch auch dieses Jahr wieder ins Ausland gefahren! Dort ist wenigstens anständiges Wetter.« Brigid, die sich in vielen schlaflosen Nächten und sorgenvollen Tagen den Kopf darüber zerbrochen hatte, ob die Cottages den gängigen Standards für Ferienquartiere genügten, empfand solche Bemerkungen als persönliche Kritik.

»Liebste«, hatte Humphrey gesagt und ihr dabei den Arm um die Schulter gelegt, »selbst *du* hast keine Macht über das Wetter. Lass sie ruhig nächstes Jahr ans Mittelmeer oder sonst wohin fahren, wenn es ihnen hier nicht gefällt. Alles wird sich einspielen, und wir werden bestimmt Stammgäste finden, denen es hier wirklich gefällt.«

Er hatte Recht behalten. Trotzdem fiel ihr jedes Mal ein Stein vom Herzen, wenn am ersten Ferientag eines Gastes die Sonne schien. Nicht dass sie sich um Louise hätte Sorgen machen müssen. Louise liebte diese Gegend so sehr wie Brigid, und der Regen gehörte für sie einfach dazu. Viele Feriengäste waren zu Freunden geworden; sie schickten ihr Weihnachtskarten, und Brigid hatte miterlebt, wie die Kinder groß wurden. Ihre allerersten Gäste waren inzwischen Großeltern wie Brigid und Humphrey. Die meisten von ihnen suchten hier Ruhe und Beschaulichkeit, erwanderten und erkundeten die Gegend, stellten geringe Ansprüche und passten gut hierher. Mit einigen hatte sich ein engeres Verhältnis entwickelt. Man aß gemeinsam zu Abend, machte einen Ausflug zum Church House Inn in Holne, zeigte sich bei einer Tasse Tee oder einer Grillparty gegenseitig Hochzeits- und Tauffotos. Aber nur Louise hatte den Schutzwall durchbrochen, den Brigid um sich errichtet hatte, und in Brigids Seelenleben Einblick gewonnen.

Es war Brigid nicht leicht gefallen, den Stammgästen zu erklären, dass eines der Cottages von nun an nicht mehr zur Verfügung stand. Denn es bedeutete, dass einige von ihnen ihre Ferien auf das Frühjahr oder in den Herbst verlegen mussten. Louise war eine der wenigen gewesen, die ihren alten Urlaubstermin – zweimal im Jahr vierzehn Tage – beibehalten durfte. Ende Mai und Mitte September war zwar die Nachfrage geringer, aber auch wenn es anders gewesen wäre, hätte Brigid Louises Terminplan auf keinen Fall in Frage gestellt.

»Manche Gäste sind einem eben lieber als andere«, hatte sie

fast entschuldigend gesagt, »und ich habe das Gefühl, für Louise ist der Urlaub hier wichtiger als für die meisten.«

»Das glaube ich auch«, meinte Humphrey lächelnd. »Du brauchst mich also nicht erst davon zu überzeugen.«

»Ich weiß.« Sie hatte über sich selbst gelacht, aber dann doch bedrückt den Kopf geschüttelt. »Es fällt mir nicht leicht, Leute abzuweisen, die wir schon so lange kennen ...« Sie hatte es sich verkniffen hinzuzufügen: »... und das alles nur wegen meiner schrecklichen Mutter«, aber er hatte verstanden.

»Wir hatten doch keine Wahl«, hatte er leise erwidert. »Wir konnten sie doch nicht einfach im Stich lassen.«

»*Sie* hat *mich* im Stich gelassen«, hatte Brigid voller Empörung ausgerufen und sich abgewandt, damit er nicht sah, dass ihr die Tränen herunterliefen.

»Aber doch nicht allein und unter Fremden«, entgegnete er im selben ruhigen Tonfall. »Es ist komisch, aber wenn wir sie nicht aufgenommen hätten, wärest du vor Schuld vergangen. Eine vertrackte Situation.«

»Ich weiß.« Sie hatte sich die Nase geputzt und ihn dankbar angelächelt. »Entschuldige!«

»Wofür? Wir wissen doch beide, wie es ist, wenn Eltern nur an sich denken. Einen guten Elternteil hatten wir doch.«

Während sie die vertrockneten Geranienblüten abbrach, den Wasserkessel füllte und sich in der Küche zu schaffen machte, überlegte Brigid, warum sie sich eigentlich vor Humphreys Pensionierung so sehr fürchtete. Er war ein liebenswürdiger, ausgeglichener Mensch, dem es immer wieder gelang, sie aufzumuntern, wenn sie niedergeschlagen oder besorgt war. Sie vermisste ihn und freute sich auf die Wochenenden mit ihm und auf seinen Urlaub. Wovor also sollte sie sich fürchten? Ob er wohl gekränkt wäre, wenn sie gelegentlich das Bedürfnis verspüren würde, allein zu sein? Wie würden sie damit zurechtkommen, ständig zusammen zu sein, wo sie doch so oft getrennt gewesen waren? Die Vorstellung, dass die Mieteinnahmen der Ferienhäuser für den gemeinsamen Lebensunterhalt ausreichten, sodass Humphrey frühzeitig in den Ruhestand gehen konnte, war vor achtzehn Jahren etwas Wunderbares gewesen. Aber jetzt, da dieser Zeitpunkt näher rückte, überfiel sie diese schreckliche Angst. Humphrey dagegen konnte es gar nicht erwarten. Er plauderte gern mit den Gästen. Befürchtete sie etwa, dass er mit seiner Aufgeschlossenheit ihre sorgsam gehütete Privatsphäre zerstören würde? Rasch schob sie diese lähmende Angst beiseite.

»Ich bin eben ein introvertierter Mensch«, sagte sie zu Blot. »Das ist mein Problem.«

Er sah sie treuherzig an und wedelte dabei freundlich mit dem Schwanz. Sie bückte sich und tätschelte ihn. Sein lockiges Fell war weich und warm, und sie kitzelte seine Nase mit einem seiner langen Ohren. Als das Telefon klingelte, stand sie unwillig auf.

»Ein reizender Abend, Herzchen. Es hat mir so gut gefallen.« Frummie klang putzmunter. »Ich wollte fragen, ob du mich mitnehmen kannst, wenn du Louise zum Autoverleih fährst. Ich bräuchte ein paar Sachen aus Ashburton, und es wäre doch albern, mit zwei Autos zu fahren.«

»Selbstverständlich.« Brigid fand sowieso, dass Frummie nach ihrem kleinen Schlaganfall überhaupt nicht mehr Auto fahren sollte. »In einer halben Stunde, ja?«

»Wunderbar. Ach, übrigens, Jemima kommt heute gegen Mittag, und wir gehen ins Pub, um den gestrigen Abend nachzuholen. Wir haben uns überlegt, ob du nicht mitkommen möchtest.«

Brigid schwieg einen Augenblick. Normalerweise trafen sich die beiden lieber allein. Diese Einladung war eindeutig eine Geste der Versöhnung. »Das ist nett von euch«, antwortete sie schließlich. »Der Haken an der Sache ist nur, dass Thea heute Nachmittag kommt.«

»Wir bleiben nicht so lange. Und es macht ihr doch bestimmt nichts aus, ein paar Minuten zu warten. Wahrscheinlich erscheint sie doch erst zum Tee. Willst du dir da ein nettes Mittagessen entgehen lassen? Du darfst alles nicht so eng sehen, Herzchen.«

»Nein. Na gut, ich werde Thea anrufen und ihr sagen, dass sie erst zum Tee kommen soll.«

»Tu das.«

Damit war das Gespräch abrupt zu Ende, und Brigid legte langsam den Hörer auf die Gabel. »Na«, sagte sie zu Blot, »das ist ja eine Überraschung. Hoffen wir mal, dass es nicht in wüste Beschimpfungen ausartet.«

Sie schaute in den Spiegel und schnitt eine Grimasse. Jetzt bereute sie, dass sie sich nicht die Haare gewaschen hatte. Dann setzte sie sich achselzuckend an den Tisch, um die Einkaufsliste zu schreiben.

Louise stand vor der geöffneten Tür in der Sonne, einen Teebecher in der Hand. Sie hatte unruhig geschlafen und war nun froh über den klaren, hellen Morgen. In der Nacht hatte es heftig geregnet. Doch als sie aufstand, zogen draußen vor dem offenen Fenster die Tauben ihre Kreise – die blendend weißen Flügel zeichneten sich gegen den rein gewaschenen, makellos blauen Himmel ab. Sie hatte sich aus dem Fenster gelehnt, ihre weichen dunklen Locken im Nacken zusammengebunden und die frische kühle Luft eingesogen. Sie wollte an dem Zauber dieses strahlenden Morgens teilhaben. Rasch hatte sie Jeans und ein Sweatshirt übergestreift und ein Glas Orangensaft getrunken, ihre Wanderstiefel angezogen und war zum Fluss hinuntergegangen. Ihre Mühe wurde durch den großartigen Anblick des rauschenden Wassers belohnt, das mit mächtigem Tosen dem East Dart unten im Tal entgegeneilte. An diesem Morgen schien es, als könne der Fluss die Vereinigung kaum erwarten, so ungeduldig brauste er durch sein felsiges Bett. Sein Rauschen übertönte den Gesang der Vögel, und selbst die tief herabhängenden Zweige der Weide wurden von der reißenden Strömung erfasst.

Überwältigt von diesem Schauspiel, entfernte sich Louise in Week Fort von dem Uferweg und folgte dem Pfad zur Saddle Bridge, wo der O Brook, gesäumt von Ebereschen, beschaulich dahinplätscherte. Auf die Steinbrücke gelehnt, beobachtete sie zwei Schwarzkehlchen, die in einem Stechginster miteinander flirteten. Die Sonne stieg immer höher, und schließlich meldete sich der Hunger. Auf der einsamen Landstraße kehrte Louise nach Foxhole zurück. Als sie später am Tisch saß und gerösteten Toast mit Honig verzehrte, fielen ihr die Schwarzkehlchen wieder ein, und sie notierte sich noch ein paar weitere reizvolle Eindrücke, den blühenden Ginster und den Weißdorn am steinigen Flussufer … Anschließend widmete sie sich der nüchternen Aufgabe, ihre Einkaufsliste zu schreiben.

Dann ging sie hinaus in die Sonne, trank Tee und sann über ihre Gefühle nach. Diesmal war sie mit einem Verdacht in die Ferien gefahren, der ihre Freude trübte. Die Vermutung, dass Martin eine Affäre hatte, war aus vagen Empfindungen erwachsen, aus Beobachtungen von unmerklichen Veränderungen, die sie gar nicht genau benennen konnte. Es gab keine eindeutigen Indizien wie ein abgebrochenes Telefonat, Zettelchen in der Tasche oder plötzlich anberaumte abendliche Sitzungen im Büro. Nein, es war nur Martins Benehmen, das ihren Argwohn weckte. Er strahlte eine Heiterkeit aus, einen Überschwang, der sich in spontaner Großzügigkeit äußerte – nichts so Banales und Offensichtliches wie Geschenke, um sein schlechtes Gewissen zu beruhigen. Vielmehr erschien er von einer unbezähmbaren neuen Freude erfüllt, die er einfach ausleben musste, selbst ihr gegenüber, die allen Grund hatte, ihm diesen Überschwang zu verübeln. Doch auch hier gab es nichts Greifbares, nichts Eindeutiges. Martin war immer ein liebevoller, großzügiger, aufmerksamer Partner gewesen. Schließlich war es seine Feinfühligkeit gewesen, die ihr an ihm so gefallen hatte – und seine optimistische Lebenseinstellung, der sie nicht hatte widerstehen können.

Sie hatte seine Expartnerin kennen gelernt, eine attraktive Frau mit säuerlichem Lächeln und spöttischem Blick. »Lassen Sie sich nur nicht täuschen«, hatte sie ihr gesagt, »Martin liebt alle. Wirklich alle. Und alle lieben Martin. Aber man muss eine Herausforderung für ihn bleiben.« Verwirrt und verlegen hatte Louise irgendeine Erwiderung gemurmelt; sie hatten sich nie wiedergesehen. Louise hatte Martin gegenüber dieses Gespräch nie erwähnt. Sie brauchte seine Fröhlichkeit, seine Lebensfreude, seinen riesigen Bekanntenkreis. Drei Jahre lang hatte sie sich ihm angepasst, hatte seine Freunde kennen gelernt, sich auf das gesellige Leben eingelassen, das er so liebte, und gelegentlich sogar Gastgeberin für Kunden seiner Werbeagentur gespielt. Zwischen ihnen hatte es niemals Streit gegeben; nichts hatte den gewohnten Alltag gestört. Dennoch hatte sich der Argwohn bei ihr eingeschlichen, und sie war unfähig, sich ihr Gefühl zu erklären. Sie konnte Martin unmöglich mit haltlosen Verdächtigungen konfrontieren, war aber auf der Hut. Der Mann im Zug hatte ihr einen Wink gegeben, als er verriet, welche Vorteile ein Handy haben konnte. Martin trug sein Handy immer bei sich, ließ es nie herumliegen und hatte sich sogar geweigert, es ihr zu leihen, als sie einmal überraschend mit dem Zug nach Schottland hatte fahren müssen. »Du wirst nie kapieren, wie es funktioniert, mein Schatz«, hatte er gesagt. »Und notfalls gibt es ja ein Zugtelefon.« Aber sein Handy läutete nie, wenn sie mit ihm zusammen war. Ob er wohl Textnachrichten bekam?

Und dann noch das Erlebnis mit der Frau und dem Kind, das sorgsam verdrängte Erinnerungen in ihr wachgerufen hatte.

»Guten Morgen! Was für ein wunderschöner Tag!« Frummie hängte Wäsche an die Wäschespinne in ihrem kleinen Hof. »Wie hast du geschlafen?«

»Danke, ganz gut. Es dauert eine Weile, bis man sich an den Frieden hier gewöhnt hat.«

Frummie verzog das Gesicht. »Von wegen friedliches Landleben. Das ist ein Märchen. Hier herrschen Sex und Gewalt. Grauenvoll.«

Louise lachte, froh über die Ablenkung. »Das Gleiche gilt für die Stadt.«

»Aber die Stadtmenschen sind wenigstens ehrlich. Dieses ganze

Getue von wegen Erntedankfest und Rosen, die sich um die Tür ranken. Helen Allingham hätte man bei der Geburt ertränken sollen.«

Frummie knipste die letzte Wäscheklammer fest und verschwand im Haus. Louise überlegte noch immer, wer Helen Allingham war, als Brigid auftauchte.

»Bist du fertig? Gut. Ich nehme Blot mit, aber erst muss ich Oscar noch schnell in den Wintergarten sperren. Würdest du Mummie Bescheid sagen? Danke.«

Gleich darauf fuhr Brigid mit dem Wagen vor. Louise machte es sich auf ihrem Sitz gemütlich und freute sich auf die Fahrt durchs Moor, entschlossen, alle düsteren Gedanken hinter sich zu lassen.

Als sie später mit Brigid im Café *Green Ginger* saß, während Frummie ihre Einkäufe erledigte, fragte Louise beiläufig: »Sag mal, wer ist eigentlich Helen Allingham?«

Brigid blickte sie überrascht an und runzelte die Stirn. »Ist das nicht die viktorianische Malerin mit diesen Bildern von Cottages und Kindern? Ganz hübsch, aber furchtbar kitschig. Warum?«

»Ach, nur so«, erwiderte Louise.

FÜNF

Als Brigid und Frummie zum Mittagessen mit Jemima unterwegs waren und sie am Steuer ihres Mietwagens saß, durchströmte Louise ein Gefühl der Unabhängigkeit. Sie kramte in ihrer großen Reisetasche, legte die Straßenkarten auf den Beifahrersitz, räumte ihre Lieblingsmusik ins Kassettenfach und zog Sonnenhut, Sonnenbrille und Kleingeld für den Parkautomaten hervor.

Louise rutschte auf ihrem Sitz hinterm Steuer hin und her und genoss einen Augenblick dieses Gefühl, dem Alltag und seinen Problemen entkommen zu sein. Nichts zählte, nur diese wunderbare Urlaubsstimmung. Vor ihr lag ein herrlicher Maitag, und während die Sonne durchs Fenster schien, überlegte sie, was sie als Nächstes tun würde. Im Unterschied zu Brigid hatte Louise nicht das Bedürfnis, die Gegend allein zu durchstreifen. Aber sie hatte tiefes Verständnis für Brigids Sehnsucht nach Einklang mit der Natur und ihre Enttäuschung über Humphreys mangelnden Sinn für die kleinen Dinge, seine Gleichgültigkeit gegenüber der Großartigkeit dieser Landschaft. Auch Louise hätte sich einen einfühlsamen Partner gewünscht, der sich über einen Schmetterling auf einem sonnigen Fleckchen Glockenheide freuen konnte oder der auf einer Anhöhe stehen blieb, um mit stummem Staunen den Ausblick zu genießen. Als sie zum ersten Mal hier Urlaub gemacht hatte, war sie mit Brigid spazieren gegangen. Eine flüchtige Berührung oder ein Kopfnicken hatten genügt, um einander auf ein junges Fohlen aufmerksam zu machen, das sich auf staksigen Beinen an seine Mutter schmiegte; eine Taucherente, die auf einem Felsen im schäumenden Wasser saß; oder eine Krähe, die sich unbekümmert auf dem Rücken eines Schafes niedergelassen hatte. Sie hatten ihrer Freude ohne Worte Ausdruck gegeben. Eine solche Begleitung war selten, und wenn man keinen gleich gesinnten Menschen fand, war es besser, allein zu sein. Beim Essengehen oder Einkaufen aber bevorzugte Louise Orte, wo man sie kannte. Es gefiel ihr, wenn man ihr freundlich zulächelte und sie mit den Worten begrüßte: »Hallo. Schön, Sie wiederzusehen! Die Zeit vergeht doch wirklich wie im Flug.«

Wohin also als Erstes? Sie wollte nicht allzu weit fahren, nicht am ersten Tag, und musste erst nach Foxhole zurück, ihre Einkäufe ausladen und ihre Wanderstiefel holen. Wohin also? Jedenfalls nicht zum *Church House Inn* nach Holne, wo sich Brigids Familie zum Essen traf. Zum *Ring o' Bells* nach Chagford? Das war wohl etwas zu weit, um noch rechtzeitig zum Mittagessen anzukommen. Zum *Roundhouse* nach Buckland? Sie freute sich immer sehr auf ein Wiedersehen mit den Perrymans, sie mochte die Herzlichkeit dieser fröhlichen Familie, liebte es, von Margaret, der Kellnerin, geneckt zu werden, und plauderte gern mit Mary im Souvenirladen. Ja, das *Roundhouse* war ein guter Anfang, und nach dem Essen würde sie zum Leuchtturm hinaufwandern, um die Aussicht zu genießen und sich die zerbrochenen steinernen Tafeln, auf denen die Zehn Gebote eingemeißelt waren, genauer anzuschauen.

Nachdem diese Entscheidung getroffen war, ließ Louise voller Vorfreude den Motor an und fuhr Richtung Foxhole. Merkwürdig, obwohl sie vor weniger als vierundzwanzig Stunden mit Brigid denselben Weg genommen hatte, war das im eigenen Auto ein völlig anderes Gefühl. Sie hörte die Musik ihrer Wahl und war nicht mehr Gast, sondern Teil dieser Landschaft. Sie überquerte die Saddle Bridge, fuhr den Hügel hinauf und bog dann in den holprigen Feldweg ein, der zum Haus hinunterführte.

Als sie neben ihrem Cottage parkte und ausstieg, traten eine Frau und ein Kind aus dem Hof. Louise erstarrte. Die hochgewachsene Frau mit dem freundlichen Gesicht ähnelte der Mutter, die sie gestern vom Zugfenster aus gesehen hatte, aber ihr Kind war älter, mindestens sechs. Das Mädchen sah Louise neugierig an. Ihr Haar war rotgolden wie reifes, von der Sonne beschienenes Getreide.

»Wir wollen unseren Hund abholen«, sagte die Kleine zutraulich und machte ein trauriges Gesicht. »Aber wir kommen nicht rein. Ich kann ihn durchs Fenster sehen. Ich heiße Hermione.«

Hermione? Unfähig zu reagieren, starrte Louise das Kind an.

»Schatz«, rief die Mutter dem Mädchen zu, »wir müssen einen Moment warten. Verzeihen Sie«, wandte sie sich dann an Louise. »Sie hat ihn so sehr vermisst, wissen Sie. Heute Morgen war eine Nachricht auf dem Anrufbeantworter, aber das Ding ist kaputt und knistert fürchterlich. Es war Brigids Stimme, und ich habe mir eingebildet, sie hätte gesagt, wir sollten Oscar vor dem Mittagessen abholen. Aber offenbar habe ich da was falsch verstanden. Ich bin Thea Lampeter.«

Louise ergriff widerstrebend die ausgestreckte Hand. Thea war in ihrem Alter, vielleicht ein paar Jahre älter, und sie hatte rotgoldenes Haar wie ihre Tochter. Während Louise den warmen, festen Händedruck erwiderte, blickte sie in die bernsteinfarbenen Augen der Frau. Plötzlich hatte sie das sonderbare Gefühl, in eine bodenlose Tiefe zu stürzen. Doch diese große, starke Frau würde sie beschützen. Louise klammerte sich förmlich an sie und hörte kaum die Worte des Kindes, das nun weitersprach.

»Aber wir können ihn doch nicht hier lassen, jetzt wo er uns gesehen hat. Was machen wir bloß?«

»Wir müssen warten, bis Brigid zurückkommt.« Theas Stimme klang, als habe sie sich damit abgefunden. »Wir bleiben vor dem Fenster stehen, damit er uns sehen kann.«

»Aber er wird nervös werden«, wandte das Kind ein. »Er wird bellen und an der Tür hochspringen.«

»Das wird er nicht.« Thea lächelte Louise immer noch an. »Das ist ihm viel zu anstrengend … Fühlen Sie sich jetzt besser?«, fragte sie leise.

Louise nickte und zog ihre Hand langsam zurück, ohne das Kind anzusehen.

»Ja, natürlich, ich … mir geht es nicht besonders gut in letzter Zeit. Nur ein kleiner Schwindelanfall.« Sie setzte zu einer Entschuldigung an, aber ein weiterer Blick in diese Augen ließ sie erneut stocken. »Ich … Ich bin …«

»Wohnen Sie bei Brigid?«

»Ja. Das heißt, in diesem Cottage. Sie können …« Sie zögerte. »Sie können hier warten, wenn Sie wollen.«

»Ja, tatsächlich?« Das Kind war wieder neben ihr und strahlte sie an. »Dann könnte Mummy einen Kaffee trinken, und ich spreche mit Oscar durchs Fenster.«

»Hermione«, wies Thea das Mädchen zurecht, »bitte, du belästigst Mrs … Verzeihung, Sie haben uns noch gar nicht Ihren Namen verraten.«

»Ich bin Louise Parry. Und ich mache Ihnen gern eine Tasse Kaffee. Ich muss nur rasch meine Einkäufe auspacken und einräumen. Kein Problem.«

Sie redete weiter, während sie über den gepflasterten Platz mit den Gartenstühlen auf die Tür zuging und dabei in ihrer Tasche nach dem Schlüssel kramte. Hermione war inzwischen im Hof verschwunden und berichtete Oscar mit lauter Stimme von dem neuen Plan.

»Aber es kann eine Weile dauern, bis Brigid zurückkommt.« Thea folgte ihr. »Und Sie sind hier auf Urlaub. Wir können Sie nicht so lange in Beschlag nehmen.«

»Wie gern würde *ich* hier wohnen!« Hermione war wieder da. »Ist es nicht ein hübsches kleines Haus? Darf ich meinen Saft mit rüber zu Oscar nehmen?«

»Schatz«, mahnte Thea. »Mrs Parry hat dir noch keinen Saft angeboten.«

»Im Kühlschrank steht Orangensaft«, murmelte Louise. »Könnten Sie sich selbst welchen nehmen, während ich die Einkäufe aus dem Auto hole?«

»Aber ja. Das ist sehr nett von Ihnen.«

Louise ging zum Auto zurück und öffnete den Kofferraum. Sie

stand reglos da, außer Sichtweite des Hauses. Kurz darauf trug das Kind vorsichtig ein Glas Orangensaft an ihr vorbei.

»Ich bleibe bei Oscar. Mummy kocht Kaffee … Vielen Dank«, rief sie Louise nach, als sei es ihr gerade noch eingefallen.

»Das ist wirklich wahnsinnig nett von Ihnen.« In der Wohnküche machte Thea in aller Ruhe Kaffee. »Ich kann mich gar nicht genug entschuldigen. Es war dumm von mir, so Hals über Kopf loszufahren, ohne Brigid anzurufen. George ist mit Amelie und Julia, unseren beiden Großen, zu seiner Mutter gefahren. Sie ist nicht mehr die Jüngste, und er wollte sie gleich nach unserer Ankunft besuchen. Und Hermione konnte es natürlich gar nicht erwarten, Oscar abzuholen.«

Louise stellte ihre Vorräte ab. »Brigid trifft sich in Holne mit ihrer Mutter und ihrer Schwester zum Mittagessen. Wenn Sie wollen, fahre ich hin und hole den Schlüssel, während Sie Ihren Kaffee trinken. Nein, wirklich, es macht überhaupt keine Umstände. Brigid hat bestimmt Verständnis dafür.«

Eine halbe Stunde später beobachtete Louise, wie Oscar seine Familie stürmisch begrüßte, und winkte den beiden zum Abschied nach. Brigid schien von Theas vorzeitiger Ankunft nicht weiter überrascht und war dankbar, dass Louise ihrer Freundin den Schlüssel brachte. Vom Heckfenster sah Oscar zu Louise zurück, und Hermione winkte ungestüm. Bald war der Kombi außer Sichtweite. Gedankenverloren ging Louise ins Haus zurück. Jetzt war es zu spät, um noch irgendwo zu Mittag zu essen, aber sie hatte ja auch gar keinen Hunger. Plötzlich glaubte sie, Schritte zu hören, ein Kichern, und drehte sich abrupt um. Hermione …?

»Bloß nicht!«, ermahnte sie sich. »Denk nur nicht darüber nach.«

Hastig packte sie sich einen Imbiss ein: ein Schinkensandwich, einen Apfel, ein Stück Käse. Sie füllte ein Fläschchen mit Holunderblütenlikör und verstaute alles in ihrem leichten Rucksack. Wenig später machte sie sich zügigen Schritts auf den Weg nach Combestone Tor.

Brigid stellte den Wagen ab und sah nach, ob Louise zu Hause war. Doch die Tür zum Cottage war verschlossen, und auf ihr Klopfen öffnete niemand. Sie hatte ein schlechtes Gewissen wegen Oscar und dem Schlüssel, aber zum Glück hatte die Störung die freundschaftliche Atmosphäre beim Mittagessen nicht getrübt. Jemima war guter Laune, und auch Frummie hatte sich von ihrer besten Seite gezeigt. Nun hatte sich ihre Mutter zu einem Verdauungsschläfchen zurückgezogen. Blot durchstreifte das Haus auf der Suche nach Oscar. Brigid ging in die Küche und überlegte, ob sie sich wieder an die Arbeit machen sollte. Sie war erschöpft und spürte noch die geistige und körperliche Anspannung, die einem Menschen abverlangen, zu denen man kein unbelastetes Verhältnis hat.

Brigid war unzufrieden mit sich, als sie, Blot im Schlepptau, die Treppe zu ihrem Arbeitszimmer hinaufstieg. In der Mitte dieses Raums mit Fenstern nach Osten und Süden stand ein großer Tisch, wo sie die Stoffe zuschnitt. Ein kleinerer Tisch mit der Nähmaschine befand sich unter einem der Fenster in einer Ecke, daneben stand ein altmodisches Nähkästchen aus Rosenholz mit ausziehbaren Fächern, die Spulen mit Baumwollgarn und Seide, Steck- und Nähnadeln enthielten. An den beige getünchten Wänden hingen große gerahmte Collagen von Fotografien – Schwarz-Weiß-Aufnahmen und farbige Hochglanzabzüge, Erinnerungen an ihre und Humphreys Familie, die noch nach all den Jahren Brigids Aufmerksamkeit zu fesseln vermochten. Sie blieb stehen: Michael, der mit seiner Zahnlücke den Schulfotografen anstrahlte, und sechzehn Jahre später mit Hut und Talar bei seinem Abschluss. Humphrey mit kerzengerader Haltung und ernster Miene bei der Abschlussparade der Kadetten in Dartmouth und fünf Jahre später mit Julian im Taufkleid. Wie schön die Jahre gewesen waren, als die Kinder noch klein waren! Damals waren sie auf ihre Mutter angewiesen gewesen, und die hingebungsvolle Liebe ihrer Kinder hatte sie über die Sehnsucht nach Humphrey hinweggetröstet. Sie hatte ihnen vorgelesen, sie an sich gedrückt und sich geschworen, ihnen nie das Gefühl zu geben, sie seien unerwünscht oder ungeliebt. Wie schwer war es ihr gefallen, sie ins Internat zu schicken, und wie hatte sie sie vermisst! Als sie so von Zimmer zu Zimmer wanderte und an den Schlafzimmertüren stehen blieb, empfand sie eine geradezu körperliche Sehnsucht nach fröhlich zankenden Stimmen, nach dem Geräusch von achtlos in die Ecke gekickten Schuhen, nach verstreuten Spielsachen.

»Ich weiß, es ist nicht einfach«, hatte Humphrey leise gesagt, »aber es ist das Beste für sie. Bei diesen ständigen Umzügen müssen sie immer wieder neue Freunde suchen und sich ständig an neue Lehrer gewöhnen. Irgendwann musst du loslassen, mein Schatz.«

»Aber doch jetzt noch nicht«, hätte sie am liebsten gerufen und ihren Tränen freien Lauf gelassen, »sie sind doch noch klein.« Aber sie wusste, dass sie nicht warten durften, bis sie älter waren, denn dann wäre für die Kinder alles noch schwerer geworden. Wenn sie gewusst hätte, dass ihr Vater sterben würde, nachdem Julian nach Mount House gegangen war, hätte sie die Kinder zu Hause behalten. Als sie zurück nach Foxhole zog, hatte sich Julian schon in der Schule eingewöhnt und viele Freunde gefunden. Und da bereits feststand, dass Michael dieselbe Schule besuchen würde, hatte sie es nicht übers Herz gebracht, die beiden aus egoistischen Gründen wieder aus ihrem Umfeld herauszureißen. Aber sie hatte die Schulferien genutzt, um die liebevolle Beziehung zu ihren Söhnen zu festigen – ihnen das zu geben, wonach sie selbst sich immer gesehnt hatte. Ihr Vater war zwar gütig, aber stets distanziert gewesen – liebevoll, aber unnahbar. Und ihre Mutter …

Sie betrachtete ein Bild von Frummie. Das kleine Foto zeigte ihre Mutter lachend und strahlend schön, mit einem albernen Hut auf dem Kopf und unmöglichen Schuhen. Es war zerknittert und abgegriffen, weil sie es als Kind immer mit sich herumgetragen und allen gezeigt hatte: »Das ist meine Mutter.« »Mein Gott! Wie hübsch sie ist! Aber ist sie nicht … fortgegangen …?« »Trotzdem, sie ist meine Mutter.«

Brigid drehte sich um und starrte auf den Stoff – unfertige

Vorhänge –, der auf dem Tisch ausgebreitet lag. War es denn wirklich unmöglich, sich zu ändern? Sich von dem Groll zu befreien, der sie so oft erfüllte und echte Liebe unmöglich machte? Immer wenn sie glaubte, sie hätte es geschafft und ihre Liebe zu ihrer Schwester sei stärker als ihre Eifersucht, wurden ihre Bemühungen durch irgendeine Erinnerung – einen bitteren Gedanken, ein paar achtlos hingeworfene Sätze – zunichte gemacht. Es war, als lauere eine teuflische Schlange in ihrem Herzen und warte nur auf den geeigneten Moment, um zuzubeißen. Manchmal konnte ein Blick in Jemimas Gesicht sie in Erstaunen versetzen. Sie las Verblüffung, Enttäuschung und Trauer darin – und noch etwas anderes. Es war ein Ausdruck von Demut und Sehnsucht, aber auch Zuversicht und Offenheit. Das machte Brigid ganz besonders zu schaffen. Als würde Jemima Brigids Abneigung spüren und sich das Urteil ihrer Schwester zu Herzen nehmen: hässliches Entlein, Puddle-duck. Es hätte ein lustiger, zärtlicher Kosename sein können. Aber für Brigid hatte das Wort unterschwellig immer noch die gleiche Bedeutung wie damals, als sie ein unglückliches, wütendes Mädchen gewesen war. Der Name stand für all den Schmerz, den ihr die Mutter durch ihre Zurückweisung zugefügt hatte. Ihre, Brigids, ganze Wut hatte sich gegen Jemima gerichtet. Puddle-duck. Immer wieder hatte Jemima sich bemüht, eine echte Freundschaft zu ihrer älteren Halbschwester aufzubauen. Aber letztendlich war es Brigid unmöglich gewesen, den entscheidenden Schritt zu tun.

Was bin ich bloß für ein Mensch?, dachte sie jetzt.

Jemima war beim Mittagessen so fröhlich gewesen, so liebenswürdig und amüsant. Sie hatte darauf bestanden, sie einzuladen, und auch Frummie war so offen und herzlich gewesen. Brigid presste unwillkürlich die Hände zusammen. Wie selten hatte sie, die ältere Tochter, diese mütterliche Liebe erfahren! Nein, für die ältere Tochter hatte Frummie nur Sarkasmus und Boshaftigkeit übrig. Brigid strich den Stoff glatt, schaltete das Radio ein und streichelte Blot, der es sich inzwischen auf seiner Matte am Fenster bequem gemacht hatte. Die Arbeit verschaffte ihr Ablenkung,

Ruhe und Befriedigung. Mit geübter Hand griff sie nach der schweren Schere und begann, den Stoff akkurat zuzuschneiden.

Erst viel später, als sie in der Küche eine Tasse Tee trank, bemerkte sie das rote blinkende Licht des Anrufbeantworters. Theas Stimme klang entschuldigend: »Tut mir Leid, Brigid. Was bin ich doch für ein Trottel! Vielen Dank, dass du dich um Oscar gekümmert hast. Er sieht sehr gepflegt aus. Hast du das kleine Mitbringsel auf der Anrichte entdeckt? Ich ruf dich später noch mal an. Darf ich dich mit Louise zum Tee einladen? Alles Liebe.« Die zweite Anruferin sprach mit hastiger, aufgesetzter Fröhlichkeit: »Ich bin 's, Jenny. Ich hoffe, es geht dir gut, Brigid. Ich wollte fragen, ob ich dich besuchen könnte. Würde dir Dienstag passen? Gegen Mittag? Wenn ja, brauchst du nicht mehr zurückzurufen. Ich bin im Augenblick ständig unterwegs. Also dann, bis bald.«

Brigid hörte die Nachricht mit einem flauen Gefühl im Magen ein zweites Mal ab. Geistesabwesend ließ sie den Blick über die Anrichte schweifen und entdeckte das hübsch eingewickelte Päckchen und die Karte, aber ihre Gedanken waren nicht bei Thea. Jennys Anruf hatte sie zutiefst verstört.

SECHS

Wann sehen wir uns wieder? Jemima Spencer stellte diese Frage nie. Das hätte gegen die Regeln verstoßen. Während sie ihm beim Ankleiden zusah, fragte sie sich, ob sie ihn liebte und ob sie überhaupt genau wusste, was dieses Wort bedeutete. Es wurde so gedankenlos und beiläufig benutzt, obwohl es ein solch ungeheures Versprechen enthielt. Sie mochte ihn sehr, und er war ein guter Liebhaber. Aber es störte sie nicht im Geringsten, wenn er wieder fort war. Durch die Gegenwart eines anderen Menschen in ihrer Wohnung fühlte sie sich eingeengt. Vielleicht war sie ja einfach zur Geliebten geboren.

Auf einen Ellbogen gestützt, bewunderte sie seine langen Beine und seinen geschmeidigen, sonnengebräunten Rücken und sah zu, wie sein begehrenswerter Körper unter schicken Klamotten verschwand.

»Könnte sein, dass ich am Dienstag wiederkomme.«

Sie rollte sich auf den Rücken, damit er ihr Gesicht nicht sah. »Am Dienstagabend kriege ich Besuch.« Er mochte es, wenn sie so gleichgültig tat; das entflammte seine Leidenschaft nur noch mehr. »Ich kann es nicht verschieben.«

»Wen erwartest du denn?«

Sie lächelte. Ein kleines geheimnisvolles Lächeln. »Niemand, den du kennst.«

Sie wusste, dass er liebend gern nachgefragt hätte. Doch damit hätte er sich unweigerlich ihren Vorwürfen ausgesetzt: *Was geht dich das an? Du verschwindest nach Hause zu deiner Frau. Warum sollte ich dasitzen und auf dich warten …?* – und so weiter. Das kannte er alles bereits, wenn auch nicht von Jemima. Trotzdem, es war besser, das Schicksal nicht herauszufordern … Schweigend band er sich die Krawatte, doch man sah ihm an, was er dachte.

»Dann also nicht Dienstag?«

Er beugte sich über sie, um ihr einen langen Abschiedskuss zu geben, und sie musste lachen. Das passierte ihr so oft in Augenblicken, in denen sich andere vor Sehnsucht und Traurigkeit verzehrt hätten. Stattdessen überkam sie plötzlich diese unbändige Freude über ihre Unabhängigkeit. Er löste sich abrupt von ihr, verärgert darüber, dass es ihm nicht gelungen war, sie umzustimmen.

»Nein, nicht Dienstag.« Sie schwang die Beine aus dem Bett und tastete mit den Füßen nach ihren Espadrilles. »Ruf mich an.«

»In Ordnung.« Er konnte auch den Coolen spielen. »Also dann«, meinte er nach kurzem Zögern.

Sie ging ihm voraus in den Flur. Während sie in ihren Morgenrock schlüpfte, beschloss sie, ihm heute keinen Kaffee oder sonst etwas zu trinken anzubieten.

»Gute Fahrt.« Sie berührte wie zum Kuss ihre Fingerspitzen und legte sie auf seine Wange. »Bis bald.«

Ihm blieb nichts anderes übrig, als gute Miene zum bösen Spiel zu machen und sich zu verabschieden.

Als Jemima die Tür hinter ihm schloss, kicherte sie in sich hinein. Sie durchquerte den Flur und öffnete die Tür zum Wohnzimmer. Der Anblick überwältigte sie jedes Mal. Das Zimmer ging auf den Hafen hinaus, und auf den blassgrünen Wänden schimmerte das vom Wasser reflektierte Licht. Der Fußboden aus hellem Eschenholz glänzte zwischen den weißen Teppichen, und ein riesiges, beige, blau und grün gestreiftes Sofa stand wie ein Liegestuhl neben der Glastür, die auf den Balkon führte.

»Er ist weg«, sagte sie. »Jetzt können wir uns entspannen.«

Der große Perserkater, der auf einem Korbstuhl zusammengerollt dalag, rührte sich nicht. Er schlief friedlich und heiter. Jemima beugte sich über ihn und streichelte sein langhaariges

Fell; er öffnete ein Auge, um sich dann noch wohliger zusammenzurollen.

»Du bist ein Faulpelz, MagnifiCat«, wies sie ihn streng zurecht. »Ein träges Tier. Genau wie ich. Deshalb mögen wir uns wohl auch.«

Sie nahm einen Apfel aus der Schale auf dem niedrigen Glastischchen, öffnete die Schiebetür und trat auf den Balkon. Es war ein kühler Abend, und die steigende Flut glitzerte im rötlichen Schein der letzten Sonnenstrahlen. Das Wasser schwappte gegen den Landungssteg der Fähre und kräuselte sich unter dem Bug eines kleinen Boots, das zielstrebig zu einer der am Ufer vertäuten Yachten gerudert wurde. Vor dem *Ferryboat Inn* saßen Leute bei einem Drink, und von East Portlemouth jenseits des Hafens funkelten freundliche Lichter herüber. Rundum glücklich, atmete Jemima tief ein und biss in ihren Apfel. Ihre Schwester Brigid fand es unvernünftig, dass sie so viel Miete zahlte, und natürlich wäre es klüger gewesen, wenn sie ihr bescheidenes Erbe für die Anzahlung eines Cottage oder einer preisgünstigen Wohnung verwendet hätte. Eine Wohnung wie diese war eigentlich unerschwinglich. Andererseits wollte sie sie unbedingt haben, selbst wenn ihre Schwester das missbilligte.

»Ich weiß, dass sie mich verachtet«, sagte sie traurig zu MagnifiCat, der auf den Balkon gekommen war, »aber diese Chance konnte ich mir nicht entgehen lassen, auch wenn ich mir die Wohnung nur ein paar Jahre lang leisten kann. Das ist, glaube ich, einer der Unterschiede zwischen uns. Ich jage Träumen nach, während sie mit beiden Beinen auf dem Boden steht.«

MagnifiCat setzte sich und fixierte eine Möwe, die auf dem Mast eines am Kai vertäuten Bootes saß. Die kalten gelben Augen der Möwe erwiderten seinen herausfordernden Blick, und der Schwanz des Katers zuckte.

»Vergiss es«, ermahnte ihn Jemima. »Ich habe dir schon gesagt, dass wir die Möwen in Ruhe lassen. Sie würde dich zum Frühstück verspeisen. Oder zum Abendessen.«

Sie warf ihren Apfelstrunk in hohem Bogen über den Balkon. Mit einem schrillen Schrei erhob sich die Möwe und fing den Strunk im Flug. Jemima sah ihr zu und rieb sich die bloßen Arme. Sie fröstelte, während das strahlend rote Licht im dunklen Wasser versank.

»Zeit zum Abendessen«, sagte sie, ohne sich vom Fleck zu rühren. Die Szenerie fesselte sie so, dass sie am Geländer stehen blieb, obwohl sie die Aussicht auch vom Sofa aus bewundern konnte. Vor knapp drei Monaten war sie hier eingezogen; vorher hatte sie in Gloucester zur Miete gewohnt und für *Home From Home* gearbeitet, eine Firma, die Ferien in Privatunterkünften organisierte. Kurz nach Frummies Umzug war auch sie nach Devon gekommen, wo sie mittlerweile ein halbes Dutzend Ferienhäuser zu betreuen hatte. Diese Häuser gehörten Leuten, die im Ausland lebten oder keine Lust hatten, sich selbst um die Vermietung zu kümmern. Im Unterschied zu Brigid, die von der Buchung bis zum Reinemachen alles selbst erledigte, sahen diese Eigentümer nur selten selbst nach dem Rechten, und Jemima musste dafür sorgen, dass die Häuser geputzt und wieder vermietet wurden, die Feriengäste einen Schlüssel bekamen und zufrieden waren. Sie hatte einen kleinen Trupp von Teilzeitkräften, die beim Wechsel der Gäste am Wochenende sauber machten und ihr auch sonst zur Hand gingen. Aber diese Leute waren nicht immer zuverlässig, und so musste Jemima oft selbst von Cottage zu Cottage fahren, die Bettwäsche wechseln, Staub wischen und den Neuankömmlingen die Schlüssel übergeben.

»Du solltest einen richtigen Putztrupp beauftragen«, hatte ihr Brigid empfohlen, »nicht irgendwelche Sozialhilfeempfänger. Wenn du Leute bezahlst, die ihren Lohn nicht versteuern, unterstützt du nur die Schwarzarbeit.«

»Du tust ja so, als wären es Drogensüchtige und Asoziale«, hatte Jemima geantwortet. »Es sind aber anständige Leute, die finanziell kaum über die Runden kommen.«

»Trotzdem ist das Betrug«, hatte Brigid beharrt. »Und wenn sie Sozialhilfe beziehen, bringst du sie in Schwierigkeiten.«

»Nicht alle sind Sozialhilfeempfänger«, hatte Jemima widersprochen. »Es sind Frauen von Fischern oder kleinen Handwerkern, bei denen das Geld hinten und vorne nicht reicht. Warum sollten sie sich nicht ein paar Pfund dazuverdienen?«

»Wenn sie das Geld wirklich bräuchten, wären sie zuverlässiger«, hatte Brigid entgegnet, und Jemima kam sich wieder einmal unfähig und unzulänglich vor. Genau da lag das Problem: Brigid war so klar, so selbstsicher. In ihrem Leben gab es keine Unordnung, kein Chaos. Sie managte alles erfolgreich – die Vermietung ihrer Cottages ebenso wie ihr kleines Atelier für Innenausstattung oder ihre Ehe. Sie war eine gute Mutter und hatte alle Probleme bei der Erziehung ihrer beiden Söhne trotz Humphreys Abwesenheit souverän gemeistert. Und es war nicht zu übersehen, dass ihr Mann sie anbetete.

Nun, da sie beide zum ersten Mal in ihrem Leben in erreichbarer Nähe wohnten, hatte Jemima gehofft, zu der Schwester die innige Beziehung aufzubauen, nach der sie sich immer gesehnt hatte. Ihr Vater hatte ihr furchtbar gefehlt, nachdem ihre Mutter ihn verlassen hatte. In dieser Hinsicht waren Brigid und sie Leidensgenossinnen. Und doch stieß Jemima bei ihrer Schwester stets an eine unsichtbare, unüberwindbare Grenze. Manchmal schien Brigid ein wenig aufzutauen. Aber immer wenn sie eine größere Nähe zu spüren glaubte, war die Barriere plötzlich wieder da. Sie begriff zwar, warum Brigid sie albern und schwach fand, doch sie hoffte immer noch, von ihr eines Tages so geliebt zu werden, wie sie, Jemima, nun einmal war.

Das Telefon läutete, und Jemima eilte ins Zimmer zu ihrem Handy.

»Bevor ich auf die A 38 fahre«, hörte sie seine Stimme, »wollte ich doch nur fragen, ob dein Entschluss wegen Dienstag unverrückbar ist.«

Sie lächelte. Nun, da eine sichere Distanz zwischen ihnen lag, würde sie ihn gern trösten.

»Ganz sicher«, meinte sie neckend, »es sei denn, du könntest etwas später kommen. Und vielleicht über Nacht bleiben.« Dazu ermunterte sie nur selten einen Mann, aber er tat ihr ein bisschen Leid. Jetzt, da sie sich an seine hübschen Beine erinnern konnte, ohne an seine verdrießliche Miene denken zu müssen… »Louise bleibt bestimmt nicht lange.«

»Louise?« Seine Stimme klang jetzt wesentlich munterer.

»Ja, warum?« Sie heuchelte Erstaunen. »Sie wohnt bei meiner Schwester. Was hast du denn gedacht?«

»Keine Ahnung«, murmelte er. Jetzt konnte er es sich leisten, seine Eifersucht zu zeigen, denn am Telefon befürchtete er keine Szene. »Ich könnte vielleicht bleiben…«

»Überleg's dir«, sagte sie fröhlich. »Ich muss jetzt Schluss machen. Tschüs.«

Jetzt hatte sie ihre gute Laune wiedergewonnen. Sie hob MagnifiCat hoch und schmiegte ihr Gesicht an sein Fell.

»Abendessen«, sagte sie. »Du kannst etwas von meinem Sushi haben. Na, wie wär's?«

Stöhnend über sein Gewicht, ließ sie ihn wieder auf den Boden hinunter, und er folgte ihr auf seinen kurzen Beinen in die Küche.

»Es ist wirklich nett hier, Fred!« Margot Spelman saß in der Sonne und streckte die kräftigen Beine aus. »Was für ein Glück, dass du eine Tochter mit Grundbesitz hast!«

»Und du hast deine Einliegerwohnung.« Frummie stellte das Teetablett ab. Es kam ihr jetzt eigenartig vor, Fred genannt zu werden – eigenartig, aber nett. Gleich fühlte sie sich wieder jung, sorglos und glücklich, vor allem da die arme Margot doch ziemlich alt wirkte.

»Mmm.« Margot reckte ihr runzeliges Gesicht der Sonne entgegen. »Aber man fühlt sich schrecklich *überflüssig*. Harry ist natürlich ein Schatz, aber Barbara…« Sie schüttelte sich. »Schwiegertöchter sind die Hölle, Fred. Du solltest Gott danken, dass du Töchter hast.«

»Unsinn.« Frummie ließ sich Margot gegenüber in den Liegestuhl sinken. »Die Wahrheit, meine liebe Margot, ist schlicht und einfach, dass du deine Schwiegertöchter einschüchterst. Ginny war klug genug, David ins hinterste Cornwall zu entführen. Und es erstaunt mich sehr, dass Barbara dich in ihrer hübschen kleinen Wohnung wohnen lässt. Bestimmt hat sie das Gefühl, ständig auf der Hut sein zu müssen.«

»Und was ist mit dir?« Margot ließ sich von solchen Seitenhieben nicht aus der Ruhe bringen. »Ich finde, Brigid ist eine Heilige. Sie hat dich hier bei sich aufgenommen, obwohl du sie als kleines Kind im Stich gelassen hast. Um ehrlich zu sein, überrascht es mich, dass dich überhaupt jemand in seiner Nähe erträgt. Aber wer kennt dich schon so lange wie ich.«

Frummie grinste hämisch. »Seit dem ersten Tag im Internat, stimmt's? Wir waren dreizehn. Gut, ich war noch nicht ganz dreizehn, du bist ja älter als ich. Aber wer hat angefangen zu flennen?«

»Ach, halt den Mund, und gieß uns lieber Tee ein! Was macht Jemima?«

»Es geht ihr ausgezeichnet. Sie wohnt in der schönsten Wohnung von Salcombe. Direkt am Hafen.«

»Donnerwetter.« Margot richtete sich auf und sah sie an. »Sag bloß nicht, dass Richard dir was hinterlassen hat!«

Frummie zuckte verächtlich die Schultern. »Mir hat er nichts hinterlassen. Jemima hat ein bisschen was geerbt.«

»Ich muss schon sagen, Fred« – Margot nahm ihre Tasse Tee mit einem dankbaren Nicken entgegen –, »du hast dir wirklich immer die falschen Männer ausgesucht. Was hast du bloß an ihnen gefunden? Diarmid, dein zerstreuter Professor, war allerdings auf seine Art wunderbar. Ein großer, schlanker, gut aussehender Mann. Tolle Beine. Brigid ist genau wie er.«

»Diarmid war anders.« Frummie schlürfte verträumt ihren Tee. »Einen wie ihn hatte ich bis dahin nicht gekannt. Und ich war jung und leicht zu beeindrucken.«

»Leicht zu beeindrucken?« Margot runzelte die Stirn. »Du? Na ja, so könnte man 's wohl auch nennen. Und Richard?«

»Ach, Richard war ein Spaßvogel. Und ich war es leid, mit bronzezeitlichen Steinkreisen und Jungsteinzeitmenschen konkurrieren zu müssen. Eines Tages bin ich nach London gegangen und einfach nicht mehr wiedergekommen.« Frummie verstummte. »Ach, schau nicht schon wieder so ungnädig drein«, fuhr sie ärgerlich fort. »Es war ja nicht so, dass ich so mir nichts, dir nichts hier abgehauen bin, ohne Gewissensbisse zu haben. Aber ich schaffte es einfach nicht zurückzukehren. Mit jedem Tag wurde es schlimmer. Ich hab Diarmid geschrieben, dass ich es einfach nicht über mich bringe, und er hat mir bestätigt, dass ich es nicht leicht gehabt habe. Ich solle tun, was ich für richtig halte, aber Brigid werde bei ihm bleiben. Was sollte ich machen? Ich konnte doch nicht hinfahren und sie entführen.«

»Ich verstehe.« Margot musterte ihre alte Freundin nicht ohne Mitgefühl. »Er konnte ihr wenigstens Sicherheit geben. Richard war nicht gerade ein zuverlässiger Typ, stimmt 's?«

»Man verknallt sich schließlich nicht in zuverlässige Typen, oder?«

»Du jedenfalls nicht«, gab Margot spitz zurück. »Wenn ich mich recht erinnere, hat William – er war doch erst Nummer drei, oder? – in einer Jazzband gespielt.«

»Das war sein Hobby«, erwiderte Frummie indigniert. »Er war Börsenmakler.«

»Also, ehrlich …«

»Er konnte sehr gut mit Geld umgehen –«

»Solange es das Geld anderer Leute war. Die Wahrheit ist, Fred, dass man dich nicht allein ausgehen lassen durfte. Trotz deines Zynismus bist du wirklich auf alle Männer reingefallen.«

»Bist du den ganzen Weg hierher gekommen, um mich zu beschimpfen?«

»Nein, ich bin hierher gekommen, um dich zu besuchen. Wir haben uns in letzter Zeit aus den Augen verloren und –«

»Und da trifft es sich gut, dass ich jetzt zwischen Salisbury und Cornwall wohne«, beendete Frummie den Satz mit honigsüßer Stimme. »Eine bequeme Zwischenstation, findest du nicht auch?«

»Jedenfalls besser als das *Little Chef* in Buckfast«, pflichtete ihr Margot ungerührt bei. »Ich hoffe, das Frühstück bei dir ist genauso gut.«

»Seit wann frühstückst du? Na ja, eine Zigarette und eine Tasse schwarzen Kaffee kann ich dir schon anbieten.«

Ein Auto kam die Auffahrt herauf und hielt neben dem anderen Cottage. Louise stieg aus, winkte Frummie zu und verschwand im Haus.

»Wer ist denn das?« Margot starrte ihr nach. »Hübsche Frau.«

»Eine von Brigids Stammgästen. Sie kommt zweimal im Jahr hierher, während ihr Mann Golf spielt.«

»Tatsächlich?« Margots Stimme klang skeptisch.

»Genauso habe ich auch reagiert. Aber man kann nie wissen. Vielleicht gibt es ja auch treue Männer …«

»Nenne mir drei«, sagte Margot trocken. »Du wüsstest bestimmt drei, die *nicht* treu waren. Aber Diarmid gehörte nicht dazu.«

»Jetzt fang bloß nicht wieder von vorn an«, erwiderte Frummie müde. »Du wirst langweilig im Alter. Wie wär's, wenn wir beide heute Abend im Pub essen?«

»In welchem Pub?«, fragte Margot interessiert.

»Zehn Minuten von hier. Du kannst uns fahren.«

»Ich glaube, wir bleiben besser hier.« Margot lehnte sich in ihren Stuhl. »Ich habe einen exzellenten Malt Whisky mitgebracht. Der liebe Harry versorgt mich immer gut. Und die arme Barbara würde am liebsten im Boden versinken, wenn sie meine leeren Flaschen zum Container tragen muss. Also, erzähl mal von Jemima! Was macht sie denn so?«

Die beiden Frauen beugten sich über ihre Teetassen und steckten die Köpfe zusammen.

SIEBEN

Als Louise noch einmal zurückkehrte, um ein paar Sachen aus dem Auto zu holen, sah sie die beiden miteinander tuscheln. Ein geradezu unheimliches Gefühl beschlich sie.

Du siehst schon wieder Gespenster, dachte sie.

Der Brief lag hinter der Tür – ein großer quadratischer Umschlag, der beim Öffnen der Tür in die Ecke geschoben worden war. Aber sie hob ihn nicht auf, sondern trug zuerst ihre Sachen ins Wohnzimmer, leerte die Thermoskannen aus, räumte das Obst weg, zog ihre Stiefel aus und trat erst dann wieder in den Flur. Auf dem Umschlag stand nur ihr Name »Louise Parry«. Keine Adresse, kein Stempel. Sie starrte ihn an. Alles in ihr sträubte sich dagegen, den Brief aufzuheben und zu öffnen.

Wird Daddy zu meinem Fest kommen? – Nein, Liebling. Er ist zu weit weg. Aber er hat dir ein Geschenk dagelassen. – Ich will aber, dass Daddy hier ist.

Widerstrebend nahm sie den Brief und legte ihn auf den Tisch, füllte den Wasserkessel, schaltete den Herd an und versuchte, an andere Dinge zu denken – an das Abendessen mit Jemima am nächsten Tag, an einen Besuch in Bigbury und ein Mittagessen auf der Insel Burgh … Aber es gelang ihr nicht. Die Vergangenheit drängte sich mit aller Macht in ihr Bewusstsein. Verzweifelt wehrte sie sich dagegen. Sie kochte Tee, holte Milch und öffnete das Fenster. Dann stellte sie den Teebecher auf den großen Tisch, setzte sich und griff nach ihrem Notizheft und dem Malkasten, um ihr Tagebuch auf den neuesten Stand zu bringen. Aus der Ferne drang das Rauschen des West Dart an ihr Ohr und verschmolz mit dem trägen Gurren der Tauben im Hof. Heute war diese friedliche Beschaulichkeit von Gefahren umlauert. Ihre Gedanken kreisten um den Brief, der in Reichweite lag. Sie rief sich in Erinnerung, was sie auf ihrem Spaziergang gesehen hatte: den blühenden Weißdorn und den Gefleckten Aronstab im Wald von Hembury; die Schwalben, die über ihr kreisten, als sie im *Forge Café* in Holne Rast machte; das Pfauenauge, das sich in Dean Ford auf einem bemoosten Stein wärmte. Sie schrieb hastig, machte dazu kleine Skizzen, die sie in zarten Tönen kolorierte. Die Stimmen waren kaum hörbar, es war nicht mehr als ein leises Murmeln.

Darf ich auch so malen wie Mummy? – Du solltest lieber bei den Farbstiften bleiben. Die klecksen nicht so. – Und wenn ich ganz vorsichtig bin? – Weißt du was? Wir probieren es mal zusammen aus …

Louise wusch den Pinsel sorgfältig aus und legte ihn beiseite. Mit bedrückter Miene griff sie nach dem Umschlag. Er enthielt nicht nur eine Karte, dafür war er zu dick. Ahnungsvoll schlitzte sie ihn auf und zog den Inhalt heraus: zuerst eine Karte mit der niedlichen Zeichnung eines Neufundländers, der mit gespitzten Ohren durch das Fenster eines Hauses sah, das unverkennbar Brigids Wintergarten darstellte; davor ein Auto. Das Tier blickte furchtsam drein, aber die Zeichnung hatte auch etwas Witziges.

»Nochmals vielen Dank«, hatte Thea dazugeschrieben. »Wir möchten Sie gern zum Tee einladen. Vielleicht sprechen Sie sich mit Brigid ab? Es würde uns freuen, Sie wiederzusehen.«

Louise starrte auf die Zeichnung. Irgendetwas daran kam ihr bekannt vor. Sie entfaltete das Blatt Papier. Der Schriftzug »Oscar« war sorgfältig mit ungelenker Hand geschrieben, der Buchstabe S sehr viel größer als das O. Die Umrisse des Hundes waren mit schwarzem Stift gezeichnet, die große Zunge rosa ausgemalt.

»Oscar sagt danke. Bitte kommen Sie zum Tee. Herzliche Grüße, Hermione.«

Die Schrift stieg bedrohlich steil an, die Buchstaben waren an den Rand gequetscht, und der Name war abwechselnd mit blauen und roten Buntstiften geschrieben. Hermione. Louise blickte noch immer auf das Blatt, als es klopfte. Die Tür öffnete sich ein paar Zentimeter.

»Darf ich reinkommen?«, fragte Brigid.

Nur dank ihrer guten Erziehung war Louise in der Lage zu antworten. Als Brigid eintrat, zwang sie sich zu einem Lächeln und bot ihr Tee an.

»Du hast ihn gefunden, wie ich sehe.« Brigid wies auf den Brief. »Thea hat ihn mir geschickt. Irgendwann im Laufe der Woche will ich sie besuchen, und sie möchte offenbar gern, dass du mitkommst. Hast du Lust?«

»Das ist … « Louise schluckte. Ihre Kehle war wie ausgetrocknet. »… das ist sehr nett. Aber es ist wirklich nicht nötig.«

»Oh, glaub nicht, dass das reine Höflichkeit ist. Thea ist zwar lieb und nett, aber sie hält sich nicht an Konventionen. Ich glaube, du warst ihr einfach sympathisch. Und Hermione –«

»Es ist nur so«, unterbrach Louise sie rasch, »dass ich gar nicht weiß, wie ich das alles schaffen soll. Vierzehn Tage sind keine lange Zeit.«

»Das verstehe ich. Und es gibt überhaupt keinen Grund, weshalb du …«

Brigid verstummte, und trotz des eigenen Kummers bemerkte Louise, dass Brigid sehr erschöpft wirkte.

Das geht über meine Kräfte, dachte Louise.

»Nun denn.« Brigid lächelte verlegen und wandte sich zum Gehen. Sie sah aus, als habe jemand sie gekränkt.

»Trink eine Tasse Tee mit mir«, hörte sich Louise sagen und ärgerte sich im selben Augenblick über sich selbst. »Ich habe gerade welchen gekocht.« Sie stand auf und nahm einen Becher aus dem Schrank, während eine innere Stimme ständig wiederholte: »Ich *kann* nicht. Ich kann einfach nicht.«

Brigid senkte den Kopf und umfasste ihren Becher mit beiden Händen, als friere sie. Louise setzte sich und musterte sie.

»Ist alles in Ordnung?«, fragte sie leise.

Brigid sah sie mit großen, angstgeweiteten Augen an. »Ja, natürlich. Ich bin nur in Gedanken.« Sie sprach schnell und lächelte mechanisch. »Also, was soll ich Thea sagen?«

»Vielleicht im Laufe der Woche. Warten wir ab, wie sich alles … wie es so läuft.«

»Gut. Sie wohnen in einem ehemaligen Bahnhof, das wird dir gefallen. Und die Mädchen. Hermione hast du ja schon kennen gelernt, und Julia und Amelia sind wunderbar. Percy natürlich auch. Thea ist eine richtige Berühmtheit. Sie schreibt und illustriert Kinderbücher und ist sogar in dieser Fernsehsendung aufgetreten. Das kannst du natürlich nicht wissen, du hast ja keine Kinder. Vor ein paar Jahren war das eine richtige Kultsendung, es gab T-Shirts, Becher und Spielsachen …«

»Spielsachen?«

»Percy der Papagei. Phantastisch. Leider waren meine Jungs dafür schon zu alt, aber die Sendung haben wir nie verpasst. Sie war ein Riesenerfolg. Lass es dir noch mal durch den Kopf gehen, und gib mir Bescheid. Und danke für den Tee.«

Die Tür schloss sich hinter ihr. Louise blieb allein zurück. Ihre Hände zitterten. Es war, als stehe sie vor einer riesigen Wand aus dunklem Wasser, das immer höher stieg und sie fortzureißen drohte. Ein Rauschen dröhnte in ihrem Kopf. Wie benommen taumelte sie auf den Tisch zu, ließ sich auf einen Stuhl sinken und verbarg den Kopf in den Armen. Aber nicht einmal jetzt konnte sie weinen.

Brigid wanderte unruhig durchs Haus. Ihr innerer Frieden war dahin. Was Jenny ihr wohl zu sagen hatte? Sie hatte mehrmals versucht, sie anzurufen, aber sie erreichte immer nur den Anrufbeantworter. Was wohl passiert war? Vor drei Jahren hatte sich Brigid bereit erklärt, mit einem ihrer Cottages für die Firma zu bürgen, die Jenny, ihre älteste und beste Freundin, zusammen mit ihrem Mann und einem Partner gegründet hatte. Sie wollten am Fal eine Segelschule aufziehen. Bryn, Jennys Mann, hatte in diesem Bereich bereits Erfahrungen. Ihr Partner war ein junger Segler, der sich mit einer Atlantiküberquerung einen Namen gemacht hatte. Das Unternehmenskonzept war von der Bank gebilligt worden. Alle drei knüpften große Hoffnungen daran, das Interesse war groß, und die Sache ließ sich gut an. Brigids Bürgschaft über fünfzehntausend Pfund war eine reine Formsache, und auch ihr Anwalt konnte kein Risiko entdecken. Das kleine Cottage war sehr viel mehr wert, und obendrein hatte Jenny ihr versichert, dass Bryn im Notfall das Geld selbst aufbringen konnte. Doch die Bank verlangte eine Bürgschaft. Es war eine einmalige Chance. Brigid sollte eine jährliche Zahlung erhalten – eine kleine Summe, die zeigte, dass es bergauf ging.

Jenny war begeistert von der Segelschule und so glücklich über ihre Beziehung zu Bryn nach der katastrophalen Scheidung von Peter, ihrem ersten Mann.

»Sag bloß Humphrey nichts davon«, hatte sie gebeten. »Er und Peter sind immer noch befreundet, und ich möchte nicht, dass er es erfährt. Du brauchst es ihm nicht zu sagen, Brigid, oder? Foxhole gehört doch dir.«

»Ja, das stimmt.« Brigid war gar nicht glücklich über solche Heimlichtuerei, obwohl sie ihrer Freundin gern helfen wollte. »Aber wir haben eine Hypothek auf das Langhaus aufgenommen, um die Stallungen renovieren zu lassen, und die läuft auf uns beide. Es ist zwar keine große Summe, aber Humphrey zahlt sie immer noch ab.«

»Aber die Cottages sind doch unbelastet?«

»Ja«, erwiderte Brigid zögernd. »Die Cottages laufen noch auf meinen Namen.«

»Eines würde reichen. Wir brauchen ja nicht viel. Bryn und ich investieren etwas, und Iain hat auch ein bisschen Geld. Es ist nur für den Anfang. Wir müssen Unterkünfte bauen und ein paar Boote kaufen. Es wäre toll, wenn du uns helfen würdest, Brigid. Das ist wirklich nur eine Formsache, die Banken sind einfach komisch nach der Rezession.«

»Es gefällt mir nicht, so etwas hinter Humphreys Rücken zu tun …«

»Meine liebe Brigid.« Jenny hatte sie liebevoll angelächelt, »du hast schon immer alles so genau genommen. Sogar in der Schule hast du es geschafft, mir durch strafende Blicke ein schlechtes Gewissen zu machen.«

Seltsam, wie verletzend manche Bemerkungen wirkten. *Brigid nicht. Sie nimmt alles so genau wie ihr Vater. Sie mag keine Spitznamen, das findet sie albern.*

»Darum geht es nicht«, verteidigte sie sich rasch. »Ich finde nur, dass Ehepartner keine Geheimnisse voreinander haben sollten. Das kann gefährlich werden.«

»In welcher Welt lebst du eigentlich?«, hatte Jenny mit einem Seufzer erwidert. »Du Glückliche! Mehr kann ich dazu nicht sagen. Peter hat mir in den fünfzehn Jahren unserer Ehe nie die Wahrheit gesagt.«

»Ach, Jenny.« Brigid verging vor Mitgefühl. Ihre Freundin war tatsächlich nach Strich und Faden belogen und gedemütigt worden.

»Wenn sie nicht so viel geplappert und auch einmal zugehört hätte, wären ihr vielleicht ein paar Dinge aufgefallen«, hatte Humphrey gesagt. Er kannte kein Mitleid. »Es ist nicht allein Peters Schuld.«

»Ihr Männer haltet eben immer zusammen«, hatte Brigid empört erwidert. »Wusstest du, dass er jahrelang eine Affäre mit dieser Marinesoldatin hatte?«

»Ich sage ja gar nichts.« Humphrey hatte ihr keineswegs unfreundlich zugelächelt. »Meine Devise lautet: Was ich nicht weiß, macht mich nicht heiß.«

Später war sie froh gewesen, dass Humphrey so verschwiegen gewesen war. Sie hatte aufrichtig erklären können, dass sie von Peters Affären nichts gewusst hatte, und ihre Freundschaft mit Jenny hatte nicht gelitten.

Widerstrebend hatte sie sich schließlich bereit erklärt, die Vereinbarung mit ihrer Freundin vor Humphrey geheim zu halten. Es ist, sagte sie sich, genau dasselbe: Was ich nicht weiß, macht mich nicht heiß. Es wäre Humphrey schwer gefallen, gegenüber Peter, den er tagtäglich sah, den Mund zu halten. Brigid hatte die Sache durch ihren Anwalt prüfen lassen und sich dann entschlossen, mit einem ihrer Cottages zu bürgen. In den beiden ersten Jahren hatte sie ihre Zahlungen bekommen und gehört, dass das Geschäft gut lief. Ob jetzt etwas schief gegangen war? Aber warum sollte es? Vielleicht wollte ihre Freundin einfach nur vorbeikommen, um sie wieder einmal zu sehen.

Aber Jennys Stimme auf dem Anrufbeantworter klang merkwürdig. Zu hastig, zu unbekümmert. Und warum reagiert sie nicht auf meine Nachrichten?, grübelte Brigid.

Sie stand am Fenster und sah hinaus auf das Tal mit den zarten Blüten der Ebereschen und Weißdornbüsche und dem strahlenden Gelb des Stechginsters. Dahinter erhoben sich die wuchtigen Granitbrocken von Yar Tor. Auf dem gewundenen Weg inmitten von jungem hellgrünem Farnkraut kletterten die Schafe hinauf, und daneben grasten friedlich ein paar Ponys. Die Nachmittagssonne warf lange Schatten ins Tal, und von irgendwoher erklang der Gesang einer Lerche. Brigid ging in den Wintergarten und schlüpfte in ihre Gummistiefel. Blot, der auf den warmen Schieferplatten vor sich hingedöst hatte, rappelte sich hoch, wedelte zur Begrüßung mit dem Schwanz und folgte ihr auf die Wiese.

Louise stand am Fenster und sah Brigid nach. Sie nahm ihre ganze Kraft zusammen, um ihre Angst zu bezwingen und ihr Gleichgewicht wiederzufinden. Bisher hatte sie es immer geschafft: Mit Konzentration und Willenskraft würde sie auch diesmal den Schutzwall wiederaufrichten, den sie so sorgsam gegen die anbrandenden Erinnerungen aufgebaut hatte. Sie dachte an Martin, dessen Untreue in diesem Augenblick für sie nur ein Gegengift war, um sich von anderen, schrecklicheren Bedrohungen abzulenken.

Das Problem war nur, dass Martin so weit weg war. Die Beziehung hatte etwas Unwirkliches, und sie empfand ihm gegenüber eine Gleichgültigkeit, die – das wusste sie – verschwinden würde, sobald sie ihm gegenüberstand. Gleich nach ihrer Ankunft in Foxhole pflegte sie Martin eine Postkarte zu schicken, und er hielt es genauso. Gegen Ende des Urlaubs schrieben sie sich noch einmal, und sie waren sich einig, dass ihnen dieser Austausch genügte. Aber Martins erste Karte war noch nicht angekommen – und plötzlich schoss Louise der Gedanke durch den Kopf, dass Martin vielleicht gar nicht mit den anderen zusammen war, sondern bei dieser Frau, die der Grund für seine unerklärliche Fröhlichkeit war.

Zum ersten Mal hatte er ihr nicht den Namen der Hotels genannt – gewöhnlich machten sie in diesen vierzehn Tagen zwei Parcours – und auch keine Telefonnummer. Sie hatte nur die Handynummer. Das sei viel vernünftiger, hatte er ihr versichert, denn damit könne sie ihn überall und jederzeit erreichen. Wenn es ausgeschaltet sei, solle sie einfach eine Nachricht hinterlassen. *»Natürlich schalte ich es aus, wenn ich in einer … Sitzung bin«*, hatte der Mann im Zug gesagt.

Wie naiv ich doch bin, dachte sie.

Ein Klopfen an der Tür ließ sie zusammenzucken. Das Herz schlug ihr bis zum Hals.

»Du meine Güte«, sagte sie, wütend auf sich selbst. »Reiß dich zusammen!«

Sie trat in den Flur und riss die Tür auf. Frummie strahlte sie an.

»Wir genehmigen uns gerade ein Gläschen. Es ist ein wunderschöner Abend, warm genug, um draußen zu sitzen. Und da dachten wir, vielleicht hast du Lust, uns ein wenig Gesellschaft zu leisten. Margot kennst du noch nicht, oder? Sie ist eine alte Freundin. Eine so gute alte Freundin, dass wir dachten, wir könnten dich später als Schiedsrichterin gebrauchen.«

In ihrem runzeligen Gesicht blitzte der Schalk auf, und ihre Fröhlichkeit wirkte ansteckend auf Louise.

»Gerne«, sagte sie. »Kann ich etwas mitbringen?«

»Nein, nein. Margot schleppt jedes Mal so viel Alkohol an, dass man damit ein ganzes Fallschirmjägerregiment außer Gefecht setzen könnte. Sie hat in ihrer Jugend zu viele Horrorgeschichten über die Prohibition gehört. Wir haben auch schon etwas zum Abendessen vorbereitet. Für Speis und Trank ist also gesorgt.«

»Das ist wirklich sehr nett.« Louises Erleichterung war nicht gespielt. »Danke. Ich hole mir nur noch einen Schal, bevor ich komme.«

ACHT

In dem Augenblick, als Jenny aus dem Auto stieg, wusste Brigid, dass ihre Befürchtungen berechtigt gewesen waren. Als sie Jenny vom Wohnzimmerfenster aus sah, krampfte sich ihr vor Angst der Magen zusammen, und sie fing an zu zittern. Jennys fahrige Bewegungen zeigten, wie nervös sie war, und als Brigid die Tür öffnete, las sie Angst im Gesicht ihrer Freundin. Das Mitgefühl dämpfte Brigids Entsetzen, und sie schloss Jenny herzlich in die Arme.

»Ach, Brigid.« Jenny zitterte, als sei sie krank. »Wie gut es tut, dich zu sehen.«

Brigid drückte sie noch fester an sich. »Komm in die Küche«, sagte sie. »Wir machen uns einen Kaffee.«

Jenny lief zielstrebig zum Herd, als wolle sie ihren frierenden Körper wärmen. Brigid stellte den Wasserkessel auf die Kochplatte. Ihr fiel partout nichts ein, was sie hätte sagen können.

Während sie Kaffee kochte, fiel Brigid auf, wie unterschiedlich man die Zeit wahrnehmen konnte. Die Zeit verging langsam und stetig, Sekunde für Sekunde, regelmäßig wie ein … ja, wie bei einem Uhrwerk. Nur nahm man das nie so wahr. Manche Lebensabschnitte vergingen wie im Flug, andere zogen sich endlos hin. Es schien nur Monate zurückzuliegen, dass sie und Jenny als junge Mütter mit kleinen Kindern Peter und Humphrey von einer Hafenstadt zur anderen gefolgt waren. Umzüge und immer neue Kindergärten, Picknicks am Strand, Kinderkrankheiten, Wochenendausflüge, während Humphrey und Peter zur See fuhren. Der erste Schultag des ältesten Kindes, Jennys Alan … Das Leben ging seinen gemächlichen Gang, schien sich trotz aller Höhen und Tiefen dem Lebensrhythmus der Kinder anzupassen. Es war, als hätten sie und Jenny ihr Leben mit Spaziergängen verbracht: Kinderwagen schieben, Kleinkinder an der Hand halten, mit Hunden und Kindern durch den Wald streifen …

»Wie viel wir gelaufen sind«, sagte sie plötzlich. »Weißt du noch? Kilometer um Kilometer. Unsere Kinder hätten eigentlich die reinsten Muskelprotze werden müssen. Im Rückblick erscheint sie mir endlos, diese Zeit, als die Kinder noch klein waren. Dabei waren es ja nur fünf oder sieben Jahre.«

Jenny antwortete nicht, und als Brigid ihr einen Blick zuwarf, entdeckte sie Tränen in ihren Augen.

»Wir haben nicht gewusst, dass das unsere schönste Zeit war«, murmelte sie.

»Stimmt.« Brigid versuchte, sie ein wenig aufzuheitern. »Aber manchmal war es auch ganz schön schwierig. Ich erinnere mich, wie Alan in die Schule kam und du Angst hattest, niemand würde mit ihm spielen. Du bist die ganze Zeit in der Nähe des Schulhofs geblieben, um zur Stelle zu sein, falls er weinen würde.«

»Ich habe einen breitkrempigen Sonnenhut aufgesetzt, damit mich keiner erkennt« – Jenny wusste nicht, ob sie lachen oder weinen sollte –, »und du wolltest mich unbedingt davon abhalten.«

»Ich war immer eine rechthaberische dumme Kuh«, sagte Brigid fröhlich. »Hier, dein Kaffee.«

Widerstrebend entfernte sich Jenny vom Herd und setzte sich an den Tisch. Eine Weile herrschte ein bedrücktes Schweigen, während die Uhr laut tickte.

Die paar Minuten, seit sie das Haus betreten hat, kommen mir vor wie Stunden, dachte Brigid.

»Mist!«, brach es plötzlich aus Jenny heraus. »Das ist so verdammt albern. Entschuldige, Brigid. Vor allem ist es demütigend. Zugeben zu müssen … dir sagen zu müssen … dass Bryn mich verlassen hat.«

»*Was?*« Brigid starrte ihre Freundin entgeistert an. »Aber warum? Wann?«

»Vor etwa einem Monat.«

»Weshalb hast du nicht angerufen? Oh, Jenny, das ist furchtbar. Ich dachte, alles liefe wunderbar.«

»Das dachten wir auch. Ich und Iain. Bryn hat sich um das Geschäftliche gekümmert. Geld kam rein, und es gab jede Menge Buchungen. Ich war für die Verpflegung der Gäste zuständig. Ein paar junge Leute gingen Iain zur Hand, die vor dem Studium noch ein bisschen jobben wollten. Letzten Sommer ist dann dieses Mädchen dazugekommen, Joanna. Sie hatte eine Stelle als Sportlehrerin in Aussicht, musste aber vorher ein Jahr überbrücken …«

Eine lange Pause entstand. Blot erhob sich von einem sonnigen Fleck am Küchenboden und kauerte sich neben Jenny nieder. Sie streichelte ihn, was beruhigend auf sie wirkte.

»Und Bryn ist mit Joanna durchgebrannt?«, half ihr Brigid. Jenny nickte traurig.

»Sie ist zweiundzwanzig. Bryn ist vierzig. Jünger als ich.«

Bitterkeit und Schmerz klangen in ihren Worten mit, und Brigid wusste nicht, was sie darauf erwidern sollte.

»Das ist aber noch nicht alles.« Jenny richtete sich entschlossen auf. »Er hat alles bis ins Letzte geplant. Er hat Geld beiseite gelegt, aus der Firma abgezweigt. Iain und ich hatten natürlich keine Ahnung. Und eines Tages verschwanden sie plötzlich. Er war unterwegs – bei irgendeiner Besprechung, um einen neuen Investor zu gewinnen, und deshalb haben wir ein paar Tage lang gar nicht gemerkt, was los ist. Joanna meldete sich krank, und dann erhielt ich diese Karte. Sie war in Portugal abgestempelt, und es standen nur zwei Worte darauf: ›Verzeih mir‹ …« Jenny schluckte. Nach kurzem Schweigen fuhr sie fort: »Dann mussten wir die Post öffnen. Die Miete für den Bootsstellplatz war seit drei Monaten nicht beglichen worden, und auch die Gläubiger warteten auf ihr Geld. Als ich bei der Bank anrief, erfuhr ich, dass die Tilgung für das Darlehen seit mehreren Monaten nicht bezahlt worden war und die Zwangsvollstreckung bevorstand.«

Der Schreck fuhr Brigid in die Glieder. Angstvolle Gedanken wirbelten durch ihren Kopf.

»Und … und was heißt das genau?«

»Das Problem ist, ich weiß es nicht.« Jenny starrte sie verzweifelt an. »Zuerst nehmen sie einem alles weg. Es gibt eine bestimmte Reihenfolge der Gläubiger. Am wichtigsten ist die Belegschaft – von dieser Seite ist nicht viel zu befürchten. Dann das Finanzamt und die Umsatzsteuer, die Bank und zuletzt die Gläubiger, die wie du gebürgt haben. Alles hängt davon ab, ob noch etwas übrig ist, wenn die Bank ihre Ansprüche stellt.«

»Und … gibt es diese Hoffnung?« Brigid war es sehr unangenehm, diese Frage stellen zu müssen.

»Ich weiß es einfach nicht.« Jennys Stimme klang elend. »Wir haben fünfzehntausend investiert, und sie haben uns einen Kredit in gleicher Höhe gegeben. Iain und ich haben alles durchgesprochen, und wir glauben, es wird auf ein Defizit hinauslaufen.«

»Ich verstehe.«

»Natürlich werden wir alles verkaufen, was wir haben. Wir müssen …«

»Ach, Jenny, was willst du jetzt bloß machen? Es tut mir so Leid. Ich kann es immer noch nicht fassen.«

»Da bist du nicht die Einzige«, gab Jenny bitter zurück. »Meine Mutter ist außer sich vor Empörung. Sie hat Bryn nie gemocht, und jetzt überlegt sie, wie sie mir helfen kann. Außer ihrer Rente hat sie zwar kein Geld, die Ärmste, aber sie wird mir anbieten, bei ihr zu wohnen.« Sie lachte hysterisch. »Wir würden uns nach zwei Wochen an die Gurgel gehen.«

»Aber wie willst du dann zurechtkommen?«, fragte Brigid besorgt. »Wo willst du wohnen? Du kannst jederzeit hierher kommen, das weißt du.«

»Danke, das ist wirklich … nett, aber Iain hat einen großen Caravan, in der Nähe von St. Neots. Er hat mir angeboten, dort zu wohnen. Es ist zwar alles sehr primitiv, aber ganz in Ordnung. Er lebt bei seinem Bruder in Fowey. Im Augenblick versuchen wir immer noch, die Segelschule weiterzuführen. Dann könnten wir sie als florierendes Unternehmen verkaufen. Es lief eigentlich prima. Nur dass der ganze Gewinn abgezweigt wurde und wir jetzt praktisch mittellos dastehen.«

»Aber wie kann Bryn so einfach verschwinden? Kann man ihn denn nicht ausfindig machen? Das ist ... das ist einfach unglaublich.«

»Das Problem ist, dass die Gläubiger nicht so lange warten wollen. Ich glaube, er hat das alles von langer Hand geplant. Von seinen persönlichen Sachen hat er nicht viel mitgenommen. Joannas Vater lebt auf dem Kontinent, und ich frage mich, ob sie vielleicht bei ihm sind. Zwar wird nach ihm gefahndet, aber davon darf man sich nichts versprechen.«

»Es tut mir so Leid«, wiederholte Brigid hilflos.

»Und ich fühle mich hundsmiserabel, dass ich dich in diese Geschichte hineingezogen habe. Es hat sich alles so ... gut angelassen. Und wir waren ... so glücklich.«

»Du hast keinen Verdacht geschöpft wegen dieser Joanna?«

»Ich war so naiv!«, klagte Jenny. »Zuerst Peter all die Jahre und jetzt Bryn. Dabei hat er immer so getan, als würde er sie gar nicht mögen. Wenn er über sie sprach, dann in abfälligem Ton. Ich hatte sogar Angst, dass es zu einem Krach kommt. In so einem kleinen Betrieb wie dem unsrigen muss man auf der Hut sein. Eigentlich hat er ziemlich oft über sie gesprochen. Das hätte mich stutzig machen müssen. Er hatte wohl das Bedürfnis, über sie zu reden, wollte mich aber auf eine falsche Fährte locken.« Sie hielt kurz inne. »Vermutlich wirst du es jetzt Humphrey sagen müssen.«

Brigid hörte im Geist Humphreys Stimme: *Das Problem ist, dass Jenny etwas Selbstzerstörerisches hat.* In ihr regte sich ein Gefühl der Solidarität. »Wie haben Alan und Rebecca reagiert?«

Jenny lächelte bitter. »Meine leidgeprüften Kinder legen eine bewundernswerte Geduld an den Tag. Sie konnten Bryn auch nicht leiden. Alan meinte: ›Arme alte Ma. Einmal musst du endlich erwachsen werden.‹«

Brigid biss sich auf die Lippen. Sie konnte sich vorstellen, wie demütigend diese Bemerkung für Jenny war. »Und Rebecca?«

»Sie hat gesagt: ›Da hast du dir ja genau den richtigen Zeitpunkt ausgesucht.‹ Sie erwartet nämlich ein Baby.«

Brigid sah Rebecca vor sich – als Baby, das auf Jennys Schoß saß. Jenny, wie sie sich mit hochrotem Kopf über ihr Töchterchen beugte, ihm etwas vorsang und es in den Armen wiegte. Ach, diese Liebe! »Vielleicht muss man selbst ein Kind haben«, sagte sie, »um die eigenen Eltern zu verstehen.«

»Wirst du es Humphrey sagen?«

»Vorerst nicht. Warten wir ab, wie es weitergeht. Vielleicht muss es ja gar nicht sein.«

»Danke. Das ist … wirklich lieb von dir. Ich fühle mich wie ein Haufen Dreck, und ich möchte nicht, dass das bei der Marine die Runde macht.«

»Ich glaube nicht, dass Humphrey es groß herumerzählen würde.«

»Ja, ich weiß, dass ich ihm nicht so wichtig bin«, gab Jenny scharf zurück, »aber vielleicht rutscht es ihm doch heraus. Ich will jedenfalls nicht, dass Peter davon erfährt.«

Das steckte also dahinter. Die zweite Ehe, die Gründung der Segelschule – das waren für Peter Signale, dass Jenny ihr Selbstvertrauen wiedergewonnen hatte.

»Du hast deinen Kaffee noch gar nicht getrunken. Ich mache einen neuen.«

»Ich kann nicht länger bleiben.« Jenny griff nach ihrer Tasche und stand auf. »Ich habe einen Termin in Exeter, den ich nicht verpassen darf. Ich wollte es dir nur persönlich sagen.«

»Muss du wirklich schon gehen? Kannst du nicht zum Mittagessen bleiben?«

»Nein. Das geht nicht. Leider …«

Brigid begleitete sie nach draußen. Jenny blieb stehen und blickte sich um.

»Ich fühle mich immer so geborgen hier«, sagte sie. »Das ging mir schon als Kind so. Ich … ich hoffe, das Ganze hat keine Folgen für dich.«

»Ich auch.« Brigid versuchte, sich nichts anmerken zu lassen. »Wahrscheinlich geht es nur um ein paar tausend Pfund.«

»Warten wir's ab. Du meldest dich, ja? Und du weißt, dass du jederzeit herzlich willkommen bist. Kopf hoch!«

Sie umarmten sich, und Jenny fuhr mit trüber Miene davon.

Brigid sah ihr nach. Ein paar tausend – oder vielleicht doch sehr viel mehr? Würde sie das Cottage verkaufen müssen?

Das Telefon klingelte. Sie lief ins Haus und hob ab.

»Hallo, meine Liebe.« Humphreys Stimme klang herzlich. »Ich habe gerade einen Augenblick Zeit und wollte hören, wie es dir geht. Ich hoffe, dass ich ein paar Tage früher kommen kann und nicht erst am Wochenende. Es ist noch nicht ganz sicher, aber ich wollte dich schon mal vorwarnen. Wie geht's? Gibt's irgendetwas Aufregendes?«

Brigid sah auf Jennys Becher mit dem kalten Kaffee und unterdrückte das überwältigende Bedürfnis, ihm die ganze Geschichte zu erzählen. Sie holte tief Luft. »Nein, absolut nichts.«

Erst als sie aufgelegt hatte, kam ihr die ganze Tragweite der Situation langsam zu Bewusstsein. Es ging nicht nur um die finanzielle Belastung, den drohenden Verkauf des Cottage, was an sich schon schlimm genug war. Es war ihre Unaufrichtigkeit, die Brigid am meisten zu schaffen machte. Sie hatte Humphrey nur deshalb nichts gesagt, weil sie wusste, dass er gegen die Bürgschaft gewesen wäre. Humphrey hatte es nie gestört, dass Foxhole Brigid allein gehörte, während er selbst nichts in die Ehe eingebracht hatte. Humphrey gehörte nicht zu den Männern, die wegen solcher Dinge Minderwertigkeitskomplexe bekamen. Er wusste, wie wichtig das Haus für sie war. Und er war bereit gewesen, die Hypothek auf das Langhaus aufzunehmen, damit sie die Renovierung der Scheunen in Angriff nehmen konnten. Seither betrachtete Brigid das Anwesen als ihren gemeinsamen Besitz. Hätte Humphrey den Kredit nicht abbezahlen können, wäre die Renovierung gar nicht in Frage gekommen. Im Zuge dieses Umbaus hatte sich Foxhole in einen Ort verwandelt, an dem sie, Humphrey und die Kinder sich zu Hause fühlten. Nur die Cottages gehörten ihr ganz allein, und außer der Bürgschaft für Jenny hatte sie ihrem Mann noch nie etwas verheimlicht.

Beide hatten eine schwierige Kindheit gehabt, und erst als sie wussten, dass sie sich voll und ganz aufeinander verlassen konnten, war echtes Vertrauen entstanden. Während Brigid die Kaffeetassen spülte, befiel sie eine furchtbare Angst. Wie würde Humphrey wohl reagieren, wenn er erfuhr, dass sie ihn hintergangen hatte? Wie konnte sie ihm klar machen, warum sie dieses Risiko auf sich genommen hatte – ausgerechnet Jenny zuliebe. Es hatte sie immer bedrückt, dass ihre beste Freundin und Humphrey so wenig gemeinsam hatten. Humphrey befremdete Jennys Impulsivität und ihre Unfähigkeit, eine Sache zu Ende zu denken. Und Jenny wiederum fand seine Bedächtigkeit, seine geringe Begeisterungsfähigkeit und mangelnde Spontaneität sterbenslangweilig. Brigid hatte zwischen ihnen immer wieder vermitteln müssen. »Sie hat mir so sehr geholfen, als ich zur Schule ging«, sagte sie zu Humphrey. »Nie hat sie mich wegen Mummie gehänselt. Sie ist eine treue Seele.« Und zu Jenny: »Du darfst nicht vergessen, dass seine Mutter gestorben ist, als er noch sehr jung war, und dass sein Vater sofort wieder geheiratet hat. Das war für Humphrey ein furchtbarer Schock. Er hat seine Mutter sehr geliebt und seinem Vater diese Herzlosigkeit nie verziehen. Nachdem sein Vater diese Schwedin geheiratet hatte, musste er sehen, wie er allein zurechtkam.«

Dank der Liebe und Zuneigung, die Humphrey und Jenny für Brigid empfanden, gaben sie sich größte Mühe, miteinander auszukommen. Doch in die kleinen Neckereien mischte sich gelegentlich ein gereizter Ton, sodass Brigid immer auf der Hut sein musste, wenn sie zu dritt waren. Und nun fragte sie sich, wie sie so verrückt hatte sein können, sich auf Jennys Geheimhaltungsplan einzulassen.

Während sie sich ein Sandwich machte, erinnerte sie sich daran, dass der Vorschlag zu einem Zeitpunkt gekommen war, als Humphrey kein gutes Haar an Jenny ließ. Er konnte Bryn nicht leiden und fand, dass Jenny einen schweren Fehler beging, als sie ihn heiratete. In all den Jahren hatte er stets zu Peter gehalten, und als Jenny versuchte, sich ein neues Leben aufzubauen, hatte Brigid sich solidarisch mit ihr gezeigt, was Humphrey missfiel. Gelegentlich hatte sich Jennys und Humphreys unterschwelliger Konflikt auf die Ebene des Geschlechterkampfes verlagert.

»Diese verdammten Männer«, pflegte Jenny dann zu sagen. »Wir kommen auch ohne sie aus.«

»Wenn nur die Frauen ehrlich sagen würden, was sie eigentlich wollen«, grummelte Humphrey. »Von wegen Aufrichtigkeit! Die Männer haben überhaupt keine Chance!«

Brigid biss lustlos in ihr Sandwich. Sie konnte sich gut vorstellen, wie gekränkt und wütend Humphrey sein würde. Und jetzt kam er auch noch früher als sonst nach Hause. Würde es ihr gelingen, sich nichts anmerken zu lassen? Was sollte nur werden? Ein leiser, nie ausgesprochener Zweifel nagte an ihr, vergällte ihr das Glück mit ihrem Mann und ließ sie erschaudern. Sie würgte an ihrem Sandwich und brachte kaum einen Bissen hinunter. Schließlich warf sie den Rest in Blots Napf und beobachtete, wie er ihn begeistert verschlang. Gerne hätte sie einen langen Spaziergang mit ihm unternommen. Das tat sie immer, wenn sie sich gestresst fühlte. Aber sie hatte viel zu tun, und deshalb widerstand sie seinem erwartungsvollen Blick. Sie stellte ihren Teller ins Spülbecken und begab sich in ihr Arbeitszimmer. Blot tapste enttäuscht hinter ihr her.

NEUN

Ich bin froh, dass es so ein schöner Abend ist«, meinte Jemima zufrieden. »Die Aussicht ist wundervoll, aber nicht, wenn es in Strömen gießt.«

»Phantastisch.« Louise, die am Balkongeländer lehnte, konnte ihren Neid kaum verbergen. »Wenn ich du wäre, würde ich überhaupt nicht ins Bett gehen. Ich würde immer auf dem Sofa schlafen.«

»Das nehme ich mir jeden Tag vor«, meinte Jemima zerknirscht. »Aber das Sofa ist nicht annähernd so bequem wie mein Bett, und ich brauche meinen Schlaf.«

»Dann wäre es der ideale Ort für jemanden, der unter Schlaflosigkeit leidet. Es muss wunderbar sein an lauen Sommerabenden, wenn man die Lichter der Boote sieht und die erleuchteten Fenster in den Häusern dort drüben.«

»Das ist East Portlemouth.« Jemima machte es sich in einem der Korbsessel bequem. »Da drüben habe ich eine ganze Menge Cottages zu betreuen, aber es ist nicht leicht hinzukommen. Mit dem Auto ist es eine kleine Weltreise. Ich nehme die Fähre und fahre dann mit meinem Moped weiter, das ich neben dem kleinen Café dort abgestellt habe. Das ideale Fortbewegungsmittel auf den schmalen Straßen. Und wie ist dein Urlaub?«

»Wunderbar.« Louise blickte unverwandt auf das Wasser, in dem sich die Lichter spiegelten. »Ich gehe viel wandern. Zum Glück macht das Wetter mit.«

»Du bist wie Brigid. Sie wandert auch gern. Vielleicht bleibt sie deswegen so schlank.« Jemima seufzte neidisch. »Sie ist so elegant, nicht wahr? Mit ihren markanten Wangenknochen und den langen Beinen. Wenn ich doch auch so groß wäre!«

Louise setzte sich in den anderen Sessel und musterte sie. »Ihr seht euch gar nicht ähnlich. Aber du bist ja auch nicht gerade unattraktiv.«

Jemima lächelte nachdenklich. »Man wünscht sich wohl immer, anders zu sein. Bei Brigid ist alles so klar und eindeutig. Sie weiß immer ganz genau, was sie will.«

«Deine Mutter findet sie zu dünn.«

»Von wem stammt der Satz: Man kann nie zu reich oder zu dünn sein? Frummie hat immer was zu nörgeln.«

»Das habe ich gemerkt.« MagnifiCat tappte an Louise vorbei zum Balkon, und sie ließ die Hand über sein Fell gleiten. Er krümmte den Rücken und ließ ein wohliges Schnurren hören. »Offenbar gibt es ... Spannungen zwischen ihnen.«

»Vorsicht«, warnte Jemima, als MagnifiCat zum Sprung auf Louises Schoß ansetzte. »Er ist bleischwer. Entschuldige.« Doch da war MagnifiCat schon oben, und Louise ächzte. »Er kennt kein Pardon. Immer will er im Mittelpunkt stehen.« Sie kicherte. »Vielleicht sollte ich vorsichtig sein. Es heißt, dass man seinen Haustieren mit der Zeit immer ähnlicher wird.«

»Er ist außergewöhnlich hübsch«, meinte Louise heiter und streichelte ihn. »Das habt ihr beiden gemeinsam.«

Jemima wurde rot, murmelte etwas Unverständliches und lenkte dann das Gespräch schnell wieder auf ihre Familie. »Frummie geht es seit ihrem Schlaganfall nicht besonders gut, und Brigid hat es oft wirklich nicht leicht mit ihr. Es ist eine unglückliche Konstellation. Als sie damals plötzlich allein dastand, konnte ich mir keine größere Wohnung leisten, in der ich sie hätte aufnehmen können, und Frummie wollte so schnell wie möglich aus London weg. Eine vertrackte Situation. Sie möchte ihre eigenen vier Wände, das kann man ja verstehen. Und es war wirklich großzügig von Brigid und Humphrey, ihr eines der Cottages anzubieten. Natürlich wäre es schön, wenn sie etwas mehr Dankbarkeit zeigen könnte. Aber es ist auch nicht leicht, von anderen abhängig zu sein, oder?«

Louise legte die Wange auf MagnifiCats Fell. »Selig, die Frieden stiften«, murmelte sie.

»Was hast du gesagt?«

»Ach, nichts. Nur ein Bibelspruch. Den hat mir MagnifiCat eingeflüstert. Ja, ich hätte gern noch einen Kaffee, und dann muss ich langsam los.«

»O ja.« Jemima grinste schelmisch. »Ich erwarte nämlich noch einen Gast.«

Louise sah sie mit hochgezogenen Augenbrauen an. MagnifiCat war vergessen. »Wirklich?«

»Ja. Es kommt nicht so oft vor, dass er bei mir übernachtet. Seine Frau ist dagegen.«

»Seine Frau?«

Louises Stimme klang jetzt schärfer, gereizt, und Jemima zuckte mit den Achseln. »Ich glaube, sie stehen kurz vor der Trennung. Er spricht nicht viel darüber, aber ich denke, er wird sie verlassen.«

»Deinetwegen?«

»O nein.« Jemima schüttelte den Kopf. »Nein, er weiß, dass ich nur als Geliebte tauge. Ich will mit keinem Mann zusammenleben. Einmal habe ich es versucht, und es war die reinste Hölle. Tödlich. Wir hatten einfach nicht dieselbe Wellenlänge. Ich glaube, ich kann mich nur richtig wohl fühlen, wenn ich allein bin.« Sie schwieg einen Moment. »Du wirkst ziemlich schockiert.«

»Nein, nein«, sagte Louise hastig. »Es geht mich ja überhaupt nichts an. Nur die Art, wie du über seine Frau sprichst … Findest du das nicht ein bisschen herzlos?«

Jemima kauerte sich auf die Lehne ihres Sessels. »Schon möglich.« Es klang, als wolle sie sich rechtfertigen. »Ich hab ihn sehr gern, und er ist zu Hause nicht besonders glücklich.« Sie zuckte die Schultern. »Wenn ich nicht wäre, hätte er eine andere. Ich stelle keine Ansprüche an ihn. Wie gesagt, ich will nicht ihren Platz einnehmen. Wir haben einfach nur Spaß miteinander.«

Louise betrachtete Jemima, doch vor ihrem geistigen Auge sah sie Martins strahlendes Gesicht. Am liebsten hätte sie Jemima ihr

Herz ausgeschüttet. Sie hatte sich auch schon überlegt, ob sie sich Brigid anvertrauen sollte, aber Brigid hatte eigene Sorgen. Sie wirkte geistesabwesend, und daher wollte Louise sie nicht noch mit Problemen behelligen. Verwirrt schloss sie die Augen, und als sie sie wieder aufschlug, runzelte Jemima besorgt die Stirn.

»Alles in Ordnung?«, fragte sie.

»Entschuldige«, sagte Louise. »Entschuldige, Jemima. Es ist nur…« Und dann brach es aus ihr heraus: »Ich habe den Verdacht, dass Martin eine Affäre hat. Und da war es irgendwie merkwürdig… die Geschichte aus dem Blickwinkel der Gegenseite zu hören.«

»Du meine Güte«, sagte Jemima leise. »Ich hatte ja keine Ahnung. Wie sollte ich auch? Sieh mal, wahrscheinlich ist alles ganz anders. Könnte es nicht sein, dass du… na ja…?«

»Dass ich mir alles nur einbilde?« Sie dachte an den Mann im Zug – *»diese argwöhnischen Ehefrauen…«* – und verzog das Gesicht. »Schon möglich.« Sie nahm sich zusammen und lächelte Jemima an, die mit schuldbewusster Miene dasaß. »Wahrscheinlich hast du Recht.« Es folgte eine peinliche Pause. »Sag mal«, fuhr sie zögernd fort, »wie haltet ihr Kontakt? Ohne dass seine Frau Verdacht schöpft, meine ich.«

»Ach, das ist ganz einfach. Wir schicken uns SMS, per Handy.« Jemima machte noch immer ein unglückliches Gesicht. »Ehrlich, Louise –«

»Ich weiß.« Louise tätschelte ihr das Knie. »Es war dumm von mir. Aber jetzt muss ich los.«

Nachdem sie gegangen war, stand Jemima reglos auf dem Balkon – zum ersten Mal ohne einen Blick für die wunderschöne Aussicht. Die Freude auf den vor ihr liegenden Abend war ihr vergällt, und sie empfand Schuld, ja Scham. Angenommen, es wäre Louises Mann, auf den sie wartete, wie würde sie sich ihm gegenüber fühlen? Wären es dann auch nur ein paar Stunden des heimlichen Vergnügens? Sie hatte seine Frau nie gesehen. Aber wenn sie sich vorstellte, es wäre Louise – eine Frau, die sie kannte und mochte? Ein Boot entfernte sich mit tuckerndem Motor vom Ufer, hinter ihm im dunklen Wasser wirbelten schaumige Wellen auf. Unten öffnete sich eine Tür, und Licht fiel auf die Straße. Gelächter, dann Stille.

Es klingelte zweimal an der Tür. Jemima zögerte und verweilte noch einen Augenblick auf dem Balkon, ehe sie öffnete.

»Ich glaube, im Buch ist es anders«, sagte Margot, als Frummie das Video zurückspulte. »Da gibt's keine Szene, wo sie sich ausziehen und in den See springen.«

»Wen stört's?«, gab Frummie zurück. »Wenn es der Autorin eingefallen wäre, hätte sie es bestimmt so geschrieben.«

»Ich weiß nicht«, meinte Margot unzufrieden. »Es passt mir nicht, wenn ein Regisseur mit einem Stoff macht, was er will.«

»Ich wusste gar nicht, dass du Spezialistin für Literaturverfilmungen bist«, erwiderte Frummie gereizt. »Ist es denn nicht egal? Bei dieser Autorin geht es immer um Sex und Geld, und der Regisseur hat dieses Thema aufgegriffen. Wenn sie Colin Firth gekannt hätte, hätte sie diese Szene speziell für ihn geschrieben.«

»Mir hat der Film gut gefallen«, versicherte Margot hastig, um Frummie nicht zu verärgern. Sonst würde sie am Ende noch beschließen, keine Videofilme mehr mit ihr anzusehen. Schon als Kind war sie unberechenbar gewesen, wenn ihr etwas nicht passte. »Ich hab ihn schon einmal im Fernsehen gesehen. Vielleicht sollte ich Harry bitten, mir einen Videorekorder zu besorgen. Ist für heute Schluss?«

»Ich glaube, das reicht für einen Abend.« Frummie genoss ihre Machtposition. »Zeit für einen Schlummertrunk.«

Margots Miene hellte sich auf. »Das ist eine blendende Idee.« Sie erhob sich mit schmerzverzerrtem Gesicht und tappte mit steifen Knien zum Bücherregal, wo Frummie ihre Videothek hatte. »Du hast ja eine riesige Sammlung.«

»Schade, dass du nicht länger bleibst«, meinte Frummie lässig. Zu ihrer Überraschung genoss sie es sehr, ihre alte Freundin hier zu haben – ganz abgesehen von dem Whisky, den sie mitgebracht hatte. »Wir könnten uns einen nach dem anderen ansehen.«

Margot studierte die Titel und bemühte sich, ihre Begeisterung über diesen Vorschlag zu zügeln. »Das wäre wunderbar«, murmelte sie beiläufig. »Oh, du hast *Ich, Claudius*. Das war ein glänzender Film.«

»Allein für den Film braucht man eine ganze Woche«, meinte Frummie zerstreut und blickte zufrieden auf die bernsteinfarbene Flüssigkeit in ihrem Glas. »Hängt natürlich ganz von dir ab...«

»Vielleicht habe ich im Herbst ein paar Wochen Zeit«, überlegte Margot.

Sie humpelte zum Sofa zurück und ließ sich erleichtert nieder. Nachdenklich nippte sie an ihrem Whisky und ließ den Blick durchs Zimmer gleiten. Bestimmt war es hier gemütlich im Herbst, wenn der Holzofen brannte, Videos bereit lagen und genügend Whisky vorhanden war. Um die liebe Schwiegermutter für ein paar Wochen loszuwerden, würde Barbara sicher einiges springen lassen, und auf den guten Harry war ohnehin Verlass.

»Wäre doch prima, nicht?«, fragte sie plötzlich. »Ich würde dir natürlich im Haushalt helfen. Und Harry würde uns die Getränke besorgen.«

»Er ist ein patenter Junge«, rief Frummie mit ungewöhnlicher Wärme. »Schon in der Vorschule wusste er, worauf es im Leben wirklich ankommt. Weißt du noch, wie er sein neues Geometriemäppchen hergegeben hat, damit ihn sein Freund für ein halbes Jahr mit Marsriegeln versorgt? Was für ein aufgewecktes Kerlchen! Und dass er eine Brennerei in Gordonstoun eröffnet hat! Was für eine Initiative! Ich weiß noch, wie er mich als Student in Oxford zum Lunch eingeladen hat. Und um fünf waren wir immer noch nicht fertig. Das waren Zeiten! Kein Wunder, dass er es so weit gebracht hat.«

»Er hat sich so gefreut, als er ins Kabinett berufen wurde«, meinte Margot zustimmend.

»Er hätte das Zeug zum Premierminister«, erklärte Frummie

großmütig und griff nach der Karaffe. »Mindestens. Daran mangelt es doch heutzutage: Politiker, die eine Vision haben und den Mut, sie durchzusetzen. Noch ein Schlückchen?«

»Nur ein ganz kleines. Danke. Wollen wir einen Blick in unsere Terminkalender werfen, Fred?«

»Das sollten wir. Morgen früh. Großartig. Also dann, auf einen feuchtfröhlichen Herbst.«

Sie stießen an und kicherten. »Darauf trinken wir«, sagte Margot.

Es regnete, als Brigid losfuhr, um Humphrey in Totnes vom Bahnhof abzuholen. Dicke Wolken zogen von Westen heran, hüllten die schroffen Granitfelsen ein, sanken ins Tal und hingen wie Rauchschwaden über dem Fluss. Die Feuchtigkeit hatte sich wie ein feiner Schleier über die blühenden Weißdornzweige gelegt, und auf dem Gras glitzerten winzige Tröpfchen. Die schwarz glänzende Straße, die sich durch das Moor wand, verschwand im Nebel. An den Hängen grasten gleichmütig die triefend nassen Schafe, und in Hangman's Pit drängten sich ein paar Ponys in der feuchten Kälte dicht aneinander.

Brigid fuhr vorsichtig, aber ihre Gedanken waren bereits bei ihrer Begegnung mit Humphrey. Nervös strich sie sich das schöne blonde Haar aus der Stirn. Sie fröstelte in ihrer Fleecejacke und drehte die Heizung auf. Wenn sie sich unbekümmert und natürlich gab, schöpfte er bestimmt keinen Verdacht. Warum sollte er auch? Humphrey war kein misstrauischer Mensch, er war offen und fröhlich. Für Überspanntheiten aller Art hatte er nichts übrig. Er stand mit beiden Beinen auf der Erde und konnte manchmal sehr direkt, bisweilen sogar grob werden. Und Jenny gehörte nun einmal zu den wenigen Menschen, die immer seinen wunden Punkt trafen. Aber kurz bevor sie den Bahnhof erreichte, grübelte Brigid darüber nach, ob es ihr mit Behutsamkeit nicht doch gelingen würde, bei ihm Verständnis für die Lage ihrer alten Freundin zu wecken.

In dem Augenblick, als sie ihn sah, wusste sie jedoch, dass das unmöglich war. Wie merkwürdig, dass es ihr noch nach all den Jahren eine Art Schock versetzte, wenn Humphrey wiederkam und in ihre kleine Welt eindrang. Er stellte seine Reisetasche auf den Rücksitz, ließ sich neben ihr auf den Beifahrersitz nieder und gab ihr einen Kuss. Der lebhafte Verkehr, vorbeieilende Fußgänger, ein Hund, der ihr vor das Auto lief – all das bot Ablenkung genug und half ihr über die ersten schwierigen Augenblicke hinweg. Frummie, Louise, die Marine und Blot boten ein paar Kilometer lang Gesprächsstoff, bis er sich ihr zuwandte und sie genauer in Augenschein nahm. Instinktiv schaute sie zum Seitenfenster hinaus, sodass ihr glattes Haar ihr Gesicht etwas verdeckte. Das Schweigen dauerte an. Ob er etwas ahnte? Schließlich warf sie ihm einen Blick zu und war überrascht von seiner verwirrten, beinahe sorgenvollen Miene.

»Alles in Ordnung?«, fragte sie unwillkürlich – und jetzt war er es, der mit einem knappen Ja ihrem Blick auswich und das Gespräch auf alltägliche Dinge lenkte.

ZEHN

Louise saß in ihrem Schlafzimmer vor dem Spiegel und steckte ihr langes dunkles Haar zu einem Knoten hoch. Während sie die gebogenen Haarnadeln in die lockige Pracht schob, musterte sie kritisch ihr Gesicht mit dem kleinen, kantigen Kinn und der kurzen, geraden Nase. Ihre Haut war nicht mehr so blass wie bei ihrer Ankunft, sondern rosig von Sonne und Wind. Ihre Augen waren nur eine Spur dunkler als die zimtfarbene Seidenbluse, die sie über einem schwarzen T-Shirt trug. Dazu hatte sie eine schwarze Samthose gewählt und hoffte, damit genau die Mitte zwischen elegant und leger getroffen zu haben. Schließlich schlang sie sich noch einen langen Seidenschal um den Hals.

»Bitte keinen Londoner Schick«, hatte Brigid gemeint. »Vergiss nicht, dass ich seit Jahren nicht mehr über Exeter hinausgekommen bin.«

»Mit deiner Größe und deiner Figur würdest du selbst in einem Kartoffelsack blendend aussehen«, hatte Louise erwidert. »Bist du wirklich sicher, dass ich zum Essen kommen soll? Humphrey ist doch nur ein paar Tage da?«

»Ganz sicher.« Brigid wirkte erschöpft. »Er hat mich extra gebeten, dich einzuladen. Du weißt, dass er dich mag, und schließlich sind wir kein frisch verheiratetes Paar. Mummie kommt auch. Margot ist heute Morgen abgereist, und deshalb ist sie ein bisschen bedrückt. Humphrey wollte eigentlich grillen, aber dafür ist es zu kalt. Wie wär's so gegen acht?«

Louise sah auf die Uhr. Fünf vor acht. Nachdenklich stützte sie sich auf die Ellbogen. Gestern war endlich eine Karte von Martin gekommen – ein fröhlich-belangloses Geschreibsel. Dasselbe wie jedes Jahr, aber dass der Gruß erst jetzt eintraf, machte sie stutzig. Ihre Gedanken überstürzten sich, als sie über mögliche Gründe für diese Verspätung nachsann. Hatte er die Karte im Voraus geschrieben und von einem Kumpel einwerfen lassen? Der Freund aber hatte vergessen, sie abzuschicken – oder hatte er abwarten wollen, bis Martin wohlbehalten an seinem eigentlichen Reiseziel angelangt war?

»Um Gottes willen!« Sie stand abrupt auf, erschrocken über ihre abstrusen Gedanken. Sie schlüpfte in die dunklen Wildlederslipper, griff nach ihrem schwarzen Schal mit den rotgoldenen Blumen und trat hinaus in den dichten Nebel. Die Lichter aus dem Langhaus erhellten den Hof, und sie eilte darauf zu. Im Flur schallte ihr ein Willkommensgruß entgegen. Humphrey kam aus der Küche und umarmte sie herzlich. Er war groß gewachsen, kräftig gebaut und trug einen kurz geschnittenen schwarzen Bart. Sie stellte sich ihn gern in einem vom Kaminfeuer erleuchteten mittelalterlichen Saal vor, wie er heißhungrig etwas hinunterschlang und die Knochen den großen mageren Wolfshunden hinwarf, die hinter ihm aus dem Dunkeln auftauchten.

»Du siehst großartig aus«, sagte er. »Komm rein und trink was.«

Louise folgte ihm in die Küche, lächelte Brigid zu und kraulte Blot hinter den langen weichen Ohren.

»Ich habe gar nichts mitgebracht«, entschuldigte sie sich. »Eigentlich wollte ich in Ashburton Pralinen kaufen, aber bei dem Nebel bin ich lieber hier geblieben.«

»Mach dir keine Gedanken.« Brigid, die am Herd herumhantierte, schüttelte energisch den Kopf. »Setz dich und trink ein Glas Wein. Humphrey, bitte gib Blot keine Pringles mehr, sonst sabbert er Louise noch voll.«

»Das würdest du nie tun, alter Junge, nicht wahr?« Humphrey reichte Louise ein Glas und schenkte Brigid großzügig nach. »Trink aus, meine Liebe, aber lass dich nicht bei der Arbeit stören.«

»Ich habe ihm gerade von Oscar erzählt«, sagte Brigid, während sie den Speck anbriet, »und wie du den Schlüssel bei mir abgeholt hast.«

Louise hätte liebend gern das Thema gewechselt, aber ihr fiel nichts ein, was sie hätte sagen können.

»Nun, wie gefällt dir unsere Thea?«, fragte Humphrey. »Eine liebenswerte Spinnerin, meinst du nicht auch?«

Louise lächelte höflich, aber Brigid protestierte: »Also wirklich, Schatz, sei nicht so gemein.« Humphrey schenkte sich nach.

»Ziemlich verrückt«, fuhr Humphrey unbeirrt fort, »aber lustig. Wir waren alle sprachlos, als George sie geheiratet hat. Er hatte damals eine Geliebte, weißt du, und da macht er aus heiterem Himmel Schluss mit ihr und heiratet Thea.«

»Ach ja?«, murmelte Louise und beschäftigte sich mit Blot.

»Die arme Felicity«, sagte Brigid mit ernster Miene. »Das war ganz schrecklich für sie. Trotzdem, Thea hat George sehr glücklich gemacht.«

»Felicity war furchtbar«, sagte Humphrey fröhlich. »Eine richtige Hexe. Thea ist vielleicht ein bisschen verrückt, aber ungeheuer nett. Und ihre Mädchen sind alle drei entzückend. Hermione ist ganz wie die Mutter. Du hast sie kennen gelernt, nicht wahr? Ein goldiges Kind, was?«

»Es riecht wunderbar, Brigid«, sagte Louise verzweifelt. »Ich sterbe vor Hunger.«

»Das ist gut.« Brigid verteilte den knusprigen Schinken auf die Teller, auf denen bereits Avocadoscheiben und Blattspinat lagen. »Würdest du rübergehen und Mummie holen, Humphrey? Sie hat sich sicher mit der Zeit vertan … Ah.« Im Flur war ein fröhlicher Ruf zu hören. »Das wird sie sein.«

»Guten Abend allerseits. Ach, gut, dass ihr nicht auf mich gewartet habt, Brigid. Entschuldigt, dass ich so spät dran bin.«

»Du kommst genau richtig«, meinte Humphrey heiter und küsste sie auf die Wange.

Frummie grinste ihn schelmisch an. »Hast du heute Morgen das Kreuzworträtsel gelöst?«

»Aber ja. Ich wette, du weißt nicht, was es mit der ›privilegierten Klasse der Sowjetunion‹ auf sich hat.«

Frummie zog eine Schnute, Humphrey brach in schallendes Gelächter aus, rückte ihr einen Stuhl zurecht und schenkte ihr ein Glas Wein ein, während sie ihn mit Fragen zum Kreuzworträtsel löcherte. Louise atmete erleichtert auf und tätschelte Blot ein letztes Mal. Als Brigid ihr den Teller hinstellte, bemerkte Louise, dass ihre schmale Hand leicht zitterte, und sie musterte sie rasch. Unter Brigids großen, blauen Augen lagen tiefe Schatten; ihre schmalen Lippen waren fest zusammengepresst. Einen Augenblick vergaß Louise die eigenen Probleme und legte ihrer Freundin die Hand auf den Arm.

»Sieht toll aus«, sagte sie herzlich. Brigid verzog den Mund zu einem flüchtigen, nervösen Lächeln, und Louise empfand Mitgefühl.

Frummie ließ es sich schmecken. »Wirklich köstlich. Was bist du doch für ein tüchtiges Mädchen! Wenn Margot im Herbst wiederkommt, werde ich mich revanchieren.«

»Aber im Herbst bin ich nicht hier«, warf Humphrey ein. »Da sitze ich auf den Bahamas.«

»Du bist wirklich zu bemitleiden«, meinte Brigid sarkastisch. »Der Regen und die Stürme werden dir bestimmt fehlen. Immer nur Meer und Sonnenschein. Aber du wirst es schon aushalten.«

»Notgedrungen«, erwiderte Humphrey behaglich. »Aber an Weihnachten bin ich wieder zu Hause.«

Was werden das für Weihnachten, wenn ich ihm eröffnen muss, dass wir mehrere tausend Pfund Schulden haben?, dachte Brigid.

Sie setzte sich und starrte auf ihren Teller. Dann griff sie nach ihrem Glas und sah Humphrey in die Augen. Er prostete ihr zu, und da entdeckte sie wieder diesen traurigen, sorgenvollen Blick. War es möglich – bei dem Gedanken drehte sich ihr fast der Magen um –, dass er von Jennys Unglück gehört hatte und Mitleid empfand, ohne zu wissen, wie sehr seine Frau in der Patsche saß? Sie schluckte ihre Angst hinunter und prostete ihm ebenfalls zu.

Später, als die Gäste gegangen waren und sie gemeinsam das Geschirr abspülten, nahm Brigid all ihren Mut zusammen.
»Ist alles in Ordnung, Darling?«, fragte sie.

Humphrey wandte sich vom Spülbecken ab und trocknete sich die Hände am Geschirrtuch ab.

»Ach, Liebes«, sagte er. »Es ist nichts. Ich wusste nur nicht, wie ich es dir sagen soll. Ich habe einen Brief von meinem Vater erhalten. Du weißt doch, dass Agneta letztes Jahr gestorben ist? Jetzt kehrt er nach England zurück und hat gefragt, ob wir ihn für ein paar Monate bei uns aufnehmen können. Ich wusste einfach nicht, wie ich es dir sagen soll.«

»Einen Schlummertrunk?«, fragte Frummie und hielt am Tor inne. »Nur ein kleines Gläschen?«

Ein kühler Wind war aufgekommen und riss den Nebelschleier entzwei, sodass am dunklen Himmel die Sterne zu sehen waren. Der Wind trug das gedämpfte Rauschen des Flusses aus dem Tal herüber. Frummie stieß einen unterdrückten Schrei aus, als eine Fledermaus dicht über ihren Kopf hinwegstrich, und als Louise nach ihrem Arm griff, verloren beide fast das Gleichgewicht. Humphrey hatte sehr großzügig Wein nachgeschenkt.

»Das wäre gar nicht schlecht«, erwiderte Louise. An diesem Abend verspürte auch sie keine Lust, allein zu sein.

Im Wohnzimmer herrschte eine wohlige Wärme. Die roten Flammen hinter dem Glastürchen des Holzofens spiegelten sich auf dem glänzenden Holz der Möbel. Louise setzte sich, den Schal fest um die Schultern geschlungen. Unwillkürlich öffnete sie das Ofentürchen.

»Leg ein Holzscheit nach«, sagte Frummie. »Und rüttle die Asche durch.«

»Ich liebe offenes Feuer«, sagte Louise verträumt. »Wir haben keinen Kamin in London. Martin findet, es macht zu viel Dreck. Und wenn ich hier bin, ist meistens nicht die richtige Jahreszeit für ein Kaminfeuer.«

»Ach, Unsinn!« Frummie reichte ihr ein gut gefülltes Glas. »Wenn es kalt ist, ist es kalt. Ob auf dem Kalender nun Januar steht oder Juli. In dieser Gegend friert man ständig.«

»Du magst Dartmoor nicht besonders, stimmt's?«, erkundigte sich Louise beiläufig.

Frummie lehnte sich zurück und schlug die knochigen Beine übereinander.

»Ich hasse das Landleben«, sagte sie.

Eine Weile schwiegen beide, tranken gelegentlich einen Schluck und blickten in die Flammen. Louise spürte eine seltsame Verbundenheit mit dieser alten Frau – wie in jener fernen Zeit, als man gemeinsam arbeitete, sich gegenseitig half und unterstützte. Lachen und Tränen, Fröhlichkeit und Schmerz – man ertrug alles gemeinsam. Und auch für ihre, Louises, Probleme hätte man Verständnis gehabt. Die anderen hätten ihr Ratschläge erteilt und Trost gespendet …

Sie fuhr zusammen und öffnete die Augen. Fast wäre sie eingeschlafen, eingelullt von der Wärme des Feuers und des Alkohols. Frummie saß reglos da, das halb leere Glas auf die Brust gestützt. Ihre blauen Augen glänzten im Schein des Feuers.

»Frummie.« Louise fühlte sich noch immer schläfrig, sie sprach mit schleppender Stimme. »Woran merkt man, ob jemand untreu ist?«

Frummie schien von dieser Frage keineswegs sonderlich überrascht. Ihr Blick wanderte zu Louise, und ihre Mundwinkel verzogen sich zu ihrem typischen Grinsen.

»Du meinst, ob dein Mann untreu ist?«, korrigierte sie trocken.

Louise runzelte die Stirn. So viel Alkohol war sie nicht gewöhnt. »Nein«, sagte sie leise. »Nein, das meine ich nicht. Ich bin nicht mit Martin verheiratet.«

»Nicht?« Frummie richtete sich in ihrem Sessel auf. »Aber du hast doch gesagt, du hast ihn geheiratet, weil du spießig und kleinbürgerlich bist.«

Louise sah sie mit unverhohlener Bewunderung an. »Erstaunlich, dass du dich noch daran erinnerst.«

»Ich bin schließlich noch nicht senil«, erwiderte Frummie ungnädig. »Dann bist du also gar nicht verheiratet?«

Louise schwieg einen Moment. »Nicht mit Martin«, sagte sie schließlich.

»Na dann!« Frummie hob das Glas. »Auf dein Wohl, Mädchen. Also …« Sie schien den Faden verloren zu haben. »… was war noch mal die Frage?«

»Ich glaube, Martin ist mir untreu, aber ich bin mir nicht sicher.«

Frummie legte die Stirn in Falten. »Wie kommst du denn darauf?«

»Er ist immer so fröhlich. Nichts kann ihn erschüttern. Er ist … er ist regelrecht euphorisch.«

»Ach.« Frummie legte den Kopf schief wie eine weise Eule und sah Louise mit leuchtenden Augen an. »Spricht er häufig von einer bestimmten Frau?«

»Nein. Zumindest nicht in dem Sinn, wie du meinst. Er spricht öfter von einer Kollegin in der Marketing-Abteilung, aber sie bringt ihn auf die Palme. Er beklagt sich ständig, wie rechthaberisch sie ist und wie schlecht sie arbeitet. Und sie hat blond gefärbtes Haar. Martin hasst das.«

Erschöpft legte Louise den Kopf zurück und schloss die Augen.

»Das wird sie sein.« Frummie schien sich ihrer Sache ganz sicher.

Louise riss die Augen auf. »Nein. Er kann sie nicht ausstehen! Hab ich doch gesagt.«

»Du wirst sehen.« In Frummies Stimme schwang eine gewisse Genugtuung mit, nachdem sie das Problem so rasch gelöst hatte. »Du bist müde, mein Kind. Wollen wir schlafen gehen?«

»Aber ich sitze hier so gemütlich.« Louise sah, dass Frummie aufgestanden war, und griff verzweifelt nach ihrer Hand. »Ich möchte nicht allein sein.«

»Ja, wer möchte das schon.« Frummies Stimme klang unendlich traurig. »Margots Bett ist noch bezogen. Macht es dir etwas aus, in ihrem Bettzeug zu schlafen?«

»Nein«, sagte Louise dankbar. »Ich möchte hier bleiben.«

Mit unsicheren Schritten folgte sie Frummie ins Schlafzimmer, streifte ihre Schuhe ab und sank ins Bett.

Frummie deckte sie zu, blieb einen Augenblick stehen und musterte sie.

»Für Malt Whisky braucht man Kondition«, murmelte sie freundlich. »*Nicht* verheiratet. Na so was!«

Schwankend tappte sie in ihr Schlafzimmer und blieb noch einen Augenblick auf der Bettkante sitzen. Der Mond schien herein. Sie betrachtete ihn streitlustig.

»Mach, dass du wegkommst!«, sagte sie, kehrte ihm den Rücken zu, zog sich die Decke über den Kopf und schlief sofort ein.

ELF

Ich kenne ihn doch überhaupt nicht«, wiederholte Brigid jetzt schon zum dritten oder vierten Mal. An Schlaf war nicht zu denken. Sie saß im Schneidersitz auf dem Bett, während Humphrey mit hinter dem Kopf verschränkten Armen dalag. »Und in deinen Erzählungen wirkte er, ehrlich gesagt, nicht gerade sympathisch.«

Humphrey schwieg. Was hätte er auch erwidern sollen? Jedes Argument, das ihm einfiel, hätte ohnehin nur ihren Widerspruchsgeist geweckt. »Du hast leicht reden«, hätte sie ihm entgegnet, »du bist ja auf den Bahamas.«

»Und was ist mit unseren Gästen, die sich für den Herbst angemeldet haben? Soll ich ihnen sagen, dass sie nicht kommen können?«

»Ich habe schon überlegt«, erwiderte Humphrey, den Blick zur Decke gerichtet, »ob er nicht in dem umgebauten Stall wohnen könnte. Wenn einer der Jungs kommt, müssen sie eben zusammenrücken.«

»Du machst wohl Witze?« Brigids Stimme klang geradezu panisch. »Ich will ihn nicht hier im Haus haben! Dann müsste er ja die Küche mitbenutzen, das weißt du doch. Deshalb haben wir Mummie doch das Cottage überlassen. Schließlich ist der Stallflügel keine abgeschlossene Wohnung.«

»Das war doch nicht der einzige Grund«, widersprach Humphrey freundlich. »Frummie wohnt … auf unbefristete Zeit hier, Vater würde nur drei Monate bei uns verbringen und dann in seine eigene Wohnung ziehen.«

Drei Monate bei mir, dachte Brigid. Bei mir, nicht bei dir. Du bist gar nicht da! »Ich weiß, was du denkst«, sagte sie mit erstickter Stimme. »Du findest, drei Monate sind keine lange Zeit, während meine Mutter das Cottage auf unbegrenzte Zeit belegt. Ich weiß das alles. Nur, ich kenne deinen Vater gar nicht und … und du bist weg.«

Humphrey streichelte sie behutsam. »Offenbar weiß er nicht, wohin er sonst gehen soll«, erwiderte er nach einer Weile. »Natürlich hat er ein paar Bekannte, die ihn für kurze Zeit bei sich aufnehmen würden. Aber das würde bedeuten, dass er hin und her geschoben würde. Und dafür ist er etwas zu alt.«

»Es überrascht mich, dass du dir darüber Gedanken machst, obwohl er deine Mutter so schlecht behandelt hat.«

»Tatsächlich? Eigentlich sollte es dich nicht überraschen.«

»Ja, ich weiß«, rief sie, »dasselbe gilt für mich und Mummie. Aber es ist … es ist mir einfach zu viel.« Sie riss sich zusammen, denn sie war nahe daran, in Tränen auszubrechen. Wie gern hätte sie ihm von Jenny erzählt und ihre Ängste mit ihm geteilt, aber sie fürchtete sich vor seiner Reaktion. »Entschuldige«, murmelte sie. »Es kommt nur alles so plötzlich. Der Gedanke, sie beide hier zu haben, ist … Aber er kann nicht drei Monate lang hier im Haus wohnen, Humphrey, das geht einfach nicht.«

»Gut.« Seine Stimme klang ganz ruhig. »Das verstehe ich. Dann bringen wir ihn in einem der Cottages unter. Hast du schon Buchungen für Oktober?«

Sie schüttelte den Kopf. »Die Davidsons kommen dieses Jahr nicht. Er hatte einen leichten Schlaganfall. Louise ist Mitte September hier, das ist im Augenblick alles.«

»Gut. Dann werde ich ihm schreiben, dass er in der letzten Septemberwoche kommen kann. Für die beiden ersten Wochen muss er sich eben etwas anderes suchen. Anscheinend braucht er von Anfang September bis Ende November eine Unterkunft. Aber ich glaube, es ist nicht zu viel verlangt, dass er anfangs eine Woche bei einem seiner Freunde wohnt. Sicher nehmen wir in diesen drei Monaten etwas weniger ein, aber ich glaube, das können wir verkraften. Wenn er auf Dauer bliebe, könnte ich mir meine Pläne für den Ruhestand aus dem Kopf schlagen. Wir sind darauf angewiesen, das zweite Cottage zu vermieten.«

Brigids Magen krampfte sich vor Schreck zusammen. »Ich glaube auch, dass wir das verkraften können«, murmelte sie. »Schließlich kriegst du deine Pension und dazu noch eine Abfindung.«

»Die brauchen wir auch«, meinte Humphrey heiter. »Unser gemeinsames Leben wird teuer werden. Schließlich haben wir doch einiges nachzuholen, nicht wahr? Wir wollen es uns richtig schön machen.«

Er wollte sie aufmuntern, aber seine Worte trafen sie wie Peitschenhiebe. Wie konnte sie ihm nur beibringen, dass entweder das Cottage verloren war oder sie wegen Jennys Desaster eine bedeutend höhere Hypothek aufnehmen mussten?

»Das werden wir.« Sie versuchte überzeugend zu klingen.

»Dann komm in meine Arme.«

Sie schmiegte sich an ihn.

»Ich werde dich vermissen«, murmelte sie und erkannte im selben Augenblick, wie sehr sie ihn brauchte. Wie sollte sie nur sechs Monate ohne ihn und seine unerschütterliche Fröhlichkeit auskommen?

Er schloss sie in die Arme und drückte sie fest an sich. »An Weihnachten bin ich da«, versicherte er ihr. Es passte ihm gar nicht, dass er sie in dieser Situation allein lassen musste, aber es blieb ihm ja nichts anderes übrig. »Was soll ich dir von den Bahamas mitbringen?«

Sie lachte, getröstet durch seine Nähe und bereit, sich in das Unvermeidliche zu fügen. »Eine Korallenkette«, sagte sie, »dann werden alle meine Freundinnen vor Neid platzen.«

»Wird gemacht!«, erwiderte er und küsste sie.

Gegen Morgen erwachte Louise mit trockenem Mund und dröhnendem Kopf. Sie brauchte eine Weile, bis ihr die Ereignisse des vergangenen Abends wieder einfielen. Voller Scham überlegte sie krampfhaft, was sie Frummie eigentlich erzählt hatte. Ob sich die alte Dame noch daran erinnern würde? Sie hatten beide viel zu viel getrunken, aber Louise hatte den Verdacht, dass Frummie bedeutend mehr vertrug als sie. Man konnte nur hoffen, dass sie taktvoll genug war, Louises vertrauliche Bekenntnisse für sich zu behalten.

Mit einem leisen Stöhnen stand sie auf, fasste sich an den Kopf und merkte plötzlich, dass sie noch vollständig angekleidet war. Sie schlüpfte in ihre Schuhe und trat in den kühlen, frischen Morgen hinaus. Die milde, reine Luft umspülte sie wie Wasser, und das vertraute ferne Rauschen des Flusses wirkte beruhigend. In ihrem Cottage goss sie sich ein Glas Orangensaft ein, das sie gierig leerte. Dann ging sie ins Bad, um zu duschen. Achtlos ließ sie ihre zerknitterten Kleider auf den Boden fallen und genoss den heißen Wasserstrahl, der ihr den Nacken kitzelte. Allmählich verflog die Müdigkeit, und sie fühlte sich wie neugeboren.

In sauberen Jeans und einer warmen flauschigen Bluse stand sie am Wohnzimmerfenster, wartete darauf, dass das Wasser kochte, und beobachtete den Sonnenaufgang. Das rosarote Licht im Osten streckte seine langen Strahlen wie Finger in Täler und Talmulden, tauchte die schroffen steinernen Tors in einen goldenen Schimmer, streifte über dunkle Wälder hinweg und ließ die Baumwipfel rot aufglühen. Die Tauben wirbelten hoch, und das blendende Weiß ihrer Flügel hob sich gegen das reine Zartblau des Himmels ab. Dann stießen sie im Sturzflug herab und drehten sich in einem luftigen Freudentanz.

Aus dem Flur hinter ihr glaubte sie eine klagende, ängstliche Stimme zu vernehmen: *»Ich habe Percy verloren, Mummy. Hast du ihn irgendwo gesehen?«*

Geblendet von den weißen Flügeln der Tauben und überwältigt von heißen Tränen, schloss Louise die Augen. Müdigkeit, Verwirrung und Verzweiflung überfielen sie.

»Es tut mir Leid.« Ihre Stimme bebte. »Es tut mir so furchtbar Leid.«

Sie drehte sich um. Ihr Blick irrte durch das leere Zimmer und den verlassenen Flur. Dann schaltete sie mit zitternden Händen das Radio ein und kochte sich Kaffee.

Langsam verliere ich den Verstand, dachte sie. Was soll ich bloß machen?

Flucht war der einzige Ausweg: Flucht in Pläne und Unternehmungen. Flucht in die Erschöpfung, sodass keine Zeit blieb, über die Vergangenheit nachzudenken. Nur funktionierte das jetzt nicht mehr. Ihr mühsam aufgebauter Schutzwall bröckelte. Warum? Warum gerade jetzt?

Es ist nur wegen Martin, dachte sie. Der Schock über seine Untreue hat dich aus dem Gleichgewicht gebracht. Konzentriere dich auf Martin. Carol kann es unmöglich sein. Frummie sieht Gespenster. Er verabscheut diese Frau.

Durch pure Willenskraft gelang es ihr allmählich, sich vom Abgrund jener anderen, dunkleren Angst zu entfernen. Sie aß ihr Frühstück. Sie summte die Musik im Radio mit. Sie sprach laut vor sich hin und drängte die verstörenden Stimmen wieder hinter die Mauer zurück, die sie zu ihrem Schutz errichtet hatte.

»Ich weiß, es ist noch früh«, sagte Jemima unbarmherzig, »aber du hast noch einen langen Weg vor dir.«

Er blinzelte und verzog verdutzt das Gesicht. »Wie spät ist es denn?«

»Zeit zu gehen. Der Kaffee ist fertig.«

»Kannst du ihn nicht hierher bringen?«

»Nein«, sagte sie und verließ das Zimmer.

Er ließ das Gesicht wieder auf das Kissen sinken, aber sein Verstand war bereits hellwach. Zwar hatte er eine seiner Grundregeln gebrochen, aber das bereute er keineswegs. Vielmehr überlegte er, ob er nicht noch weitergehen sollte. Warum eigentlich nicht? Er befand sich hier im West Country auf einer dreitägigen Geschäftsreise, was weiter nichts Ungewöhnliches war. Und er hatte alle Spuren sorgsam verwischt. Trotzdem, das Risiko, das er einging, war keineswegs gering. Er stand auf, zog sich den Bademantel über und ging hinaus in den Flur. Das Wohnzimmer war lichtdurchflutet, und er kniff die Augen zusammen, während er den Gürtel seines Bademantels um die schmalen Hüften schlang. Der Kater mit dem ausgefallenen Namen saß in einem Korbstuhl und starrte ihn feindselig an.

»Ich mag dich auch nicht, Freundchen«, murmelte er. »Warum tust du nicht mal was Nützliches und gehst auf Mäusejagd?«

Jemima kam vom Balkon herein und hob fragend die Augenbrauen. »Noch nicht angezogen? Gut, dann trink erst eine Tasse Kaffee, wenn du schon hier bist.«

Er versuchte sie aufzuhalten, als sie an ihm vorbeiging, aber sie entwischte ihm. Oder hatte sie seinen Annäherungsversuch gar nicht bemerkt? Unzufrieden ließ er sich auf einen Stuhl sinken.

»Offenbar willst du mich so schnell wie möglich loswerden.«

Lächelnd schenkte Jemima ihm Kaffee ein, und auf einmal wurde ihr bewusst, wie sehr er sie anödete. Das Bedürfnis, allein zu sein, wurde geradezu übermächtig. Vielleicht lag es an dem Gespräch mit Louise, dass sie an seiner Gesellschaft plötzlich keinen Gefallen mehr fand, jedenfalls war der Zauber verflogen. Es hatte schon am ersten Abend begonnen. Er hatte misstrauisch und enttäuscht reagiert, bis sie ein schlechtes Gewissen bekam. Deshalb hatte sie sich auf eine zweite Nacht mit ihm eingelassen, was sie jetzt bereute. Er widerte sie fast an, wie er ihr gegenübersaß und seinen Kaffee schlürfte. Am liebsten hätte sie ihm die Tasse aus der Hand geschlagen, ihn vor die Tür gesetzt und ihm seine Sachen hinterhergeworfen. Bei dieser Vorstellung musste sie so kichern, dass sie sich an ihrem Kaffee verschluckte.

»Was gibt's denn da zu lachen?«

Seine Empfindlichkeit amüsierte sie noch mehr, und ihre unbändige Fröhlichkeit rief ihr in Erinnerung, dass sie frei war. Seine Stimmungen und Bedürfnisse interessierten sie nicht. Er besaß nicht die Macht, sie glücklich oder unglücklich zu machen. Deshalb war es besser, ihn seiner Wege ziehen zu lassen.

»Nichts, gar nichts«, erwiderte sie lächelnd. »Nur ein alter Witz. Möchtest du etwas essen? Bis Truro ist es ganz schön weit. Da kannst du keine Pause machen, sonst kommst du zu spät zu deiner Sitzung.«

»Ich habe gerade überlegt – nein danke, ich möchte nichts essen –, ob ich vielleicht heute Abend auf dem Rückweg zu dir kommen könnte.«

»Heute Abend? Das geht nicht.« Sie schüttelte den Kopf und schenkte ihm ein – wie sie hoffte, bedauerndes – Lächeln. »Tut mir Leid, aber ich hab was vor.«

»Die ganze Nacht?«, fragte er betont beiläufig, ohne seinen Ärger verbergen zu können.

»Vielleicht.« Sie sah ihm offen ins Gesicht. »Ich dachte, du bleibst grundsätzlich nicht über Nacht?«

»Stimmt ja auch. Aber bei dir ist es etwas anderes.«

Mist!, dachte sie. Was mache ich jetzt?

»Danke«, sagte sie. »Das ist … nett. Aber es ändert nichts an heute Abend.«

Irgendetwas stimmt nicht, dachte er. Zieht sie sich zurück, oder will sie nur hoch pokern? Ich möchte sie zwar nicht verlieren, aber anscheinend glaubt sie, mich unter Druck setzen zu können, weil ich zwei Nächte geblieben bin. Also Vorsicht!

»Schade«, sagte er. »Kann sein, dass ich für längere Zeit nicht in dieser Gegend sein werde.«

Fast hätte Jemima die Achseln gezuckt. Doch auch ihr Schweigen war nicht dazu angetan, seine Stimmung zu heben.

»Also dann.« Er schob seinen Stuhl zurück. »Ich geh mich anziehen.«

Sie machte keine Anstalten, ihm zu folgen, gab ihm keine Gelegenheit zu einer körperlichen Annäherung. Als er zurückkam, stand sie wieder auf dem Balkon. Der Kater musterte ihn unverwandt, und er starrte ebenso unfreundlich zurück.

»Bist du fertig?« Jemima beobachtete ihn von der Tür aus. Er zwang sich zu einem Lächeln.

»Ja, fertig. Danke für … alles.«

»War mir ein Vergnügen.« Lag Spott in ihrem Lächeln? Er wusste es nicht. »Fahr vorsichtig!«

»Mach ich.« Sie hatte bereits den Türgriff in der Hand, und er konnte ihr – weil die Tasche zwischen ihnen war – nur einen flüchtigen Kuss auf den Mund drücken. Dann stand er allein draußen auf der Treppe.

»Das war gemein von mir.« Sie hob MagnifiCat hoch und schmiegte ihre Wange an sein Fell. »Ja, ich weiß, dass du ihn nicht leiden kannst, aber es war nicht nett, ihm so den Laufpass zu geben. Bei Beziehungen mache ich einfach immer alles falsch. Ach, Mist! Komm, lass uns frühstücken.«

Sie trug MagnifiCat in die Küche und setzte ihn auf einem Stuhl ab, wo er sich wohlig zusammenrollte. Während sie Brot in den Toaster steckte und Brigids selbst gemachte Marmelade auf den Tisch stellte, dachte sie immer noch darüber nach, warum keine ihrer Beziehungen länger Bestand gehabt hatte. Bis hierher und nicht weiter, das schien ihr Motto zu sein. Sie dachte an Brigids harmonische Ehe mit Humphrey, an ihre aufopferungsvolle Liebe zu den Kindern und seufzte wehmütig.

»Das ist nichts für mich«, sagte sie zu MagnifiCat. »Und außerdem krieg ich sowieso nur verheiratete Männer. Vielleicht sehen sie mir an der Nasenspitze an, dass ich die geborene Geliebte bin.«

Hätte sie sich doch nur nicht so von Louise beeinflussen lassen! Ob Martin tatsächlich untreu ist?, überlegte sie. Oder bildet sie sich alles nur ein? So oder so, an den beiden vergangenen Abenden war ihr dieses Gespräch einfach nicht aus dem Kopf gegangen. Jemima warf einen Blick auf den Kalender an der Wand, und ihre Stimmung besserte sich augenblicklich: Mittagessen im *Wardroom* mit Mandy und Ness, den Besitzern der *Cove's Quay Gallery*.

»Ich werde dir eine Sardine mitbringen«, sagte sie neckisch zu MagnifiCat – und verließ die Küche, um sich anzukleiden.

Mit klarem Kopf und wunderbar erholt wachte Frummie auf. Sie blieb noch einen Augenblick liegen und starrte an die Decke.

»*Nicht* verheiratet«, murmelte sie. »Verblüffend.«

Dann sprang sie aus dem Bett, sah nach, ob Louise noch da war, und tappte dann die Treppe hinunter.

»Kaffee«, sagte sie fröhlich. »Heißen, schwarzen Kaffee. Die *arme* Louise. Sie wird versuchen, sich genau an das zu erinnern, was sie mir erzählt hat. Für Malt Whisky braucht man Kondition.« Laut vor sich hinsummend, schaltete sie das Radio ein, um die Sendung mit Terry Wogan nicht zu verpassen.

ZWÖLF

Dann werd ich ihm also schreiben«, sagte Humphrey, als sie nach dem Frühstück gemeinsam das Geschirr abspülten. »Es tut mir Leid, Schatz, wirklich, aber ich glaube, es ist die richtige Entscheidung. Natürlich habe ich leicht reden, weil ich Tausende Kilometer weit weg bin.«

»Es ist nur deshalb so schwierig«, erwiderte Brigid, »weil ich weiß, wie du zu ihm stehst.«

»Ich weiß genau, was du meinst«, entgegnete er schnell. »Glaubst du, mir geht es mit Frummie anders? Es macht mich wahnsinnig, wie sie mit dir umspringt. Manchmal kann ich kaum an mich halten.«

»Es ist einfach so ungerecht«, meinte Brigid. »*Sie* behandelt mich schlecht, und *ich* fühle mich schuldig, wenn ich mich wehre. Nur weil sie alt ist …«

»Es liegt nicht nur daran. Sie ist und bleibt nun mal deine Mutter. Im tiefsten Innern sehnst du dich danach, von ihr anerkannt zu werden.«

Brigid war entsetzt. »Merkt man das?«

Humphrey seufzte. »Siehst du denn nicht, dass es mir mit meinem Vater genauso geht? Ich war wütend auf ihn, als er nach Mutters Tod so schnell wieder geheiratet hat. Es war so herzlos, aber schließlich hatte er seit Jahren eine Affäre mit Agneta. Ich werde nie erfahren, ob Mutter es wusste. Sicher, ich war kein Kind mehr, aber auch mit einundzwanzig geht einem so etwas schon nahe. Er konnte es gar nicht erwarten, mich loszuwerden. Und trotzdem habe ich das Gefühl, ihm etwas schuldig zu sein. Es ist dasselbe wie mit dir und Frummie. Wir können sie uns nicht einfach vom Hals schaffen, wie sie es mit uns getan haben.«

»Ich weiß.« Brigid betrachtete ihn mitfühlend. »Ich hätte deine Mutter so gern kennen gelernt! Glaub mir, es wird alles gut gehen. Bestimmt will er nicht viel mit mir zu tun haben.«

Humphrey lachte. »Soll sich doch Frummie um ihn kümmern«, meinte er und trocknete sich die Hände ab. »Sie sind wie füreinander geschaffen.«

Brigid musste unwillkürlich grinsen. »Das würde alle unsere Probleme mit einem Schlag lösen. Wohin zieht er denn genau, wenn er uns wieder verlässt?«

»In irgendein Dorf im Norden, glaube ich. An der schottischen Grenze. Vielleicht hat er dort Freunde. Jedenfalls ein gutes Stück weit weg. Er könnte ja Frummie mitnehmen und uns in Frieden lassen. Jetzt vergessen wir die beiden aber und überlegen, was wir heute Schönes unternehmen. Gehen wir irgendwohin zum Mittagessen? Torcross? Dartmouth? Exeter?«

»O ja«, rief Brigid begeistert und hängte das nasse Geschirrtuch über das Herdgeländer. »Lass uns was unternehmen. Nur wir zwei.«

Er lächelte und umarmte sie. »Fahren wir doch zur Küste. In Start Point können wir einen Spaziergang machen. Auf den Klippen muss es heute herrlich sein. Was meinst du?«

»Eine prima Idee«, erwiderte sie und drückte ihn einen Augenblick fest an sich. Sie wollte an nichts anderes denken als an die Stunden, die vor ihnen lagen. »Fahren wir los, bevor uns jemand sieht.«

Frummie beobachtete, wie sie losfuhren. Im Gegensatz zu Brigid machte es ihr nicht den geringsten Spaß, den ganzen Tag allein zu sein, und so sank ihre Stimmung auf den Tiefpunkt. Sie vermisste Margot. Wie schön war es gewesen, sich an die guten alten Zeiten zu erinnern, Klatschgeschichten auszutauschen und über die gemeinsamen Freunde herzuziehen! Als sie an den Frühstückstisch zurückkehrte, dachte Frummie, dass Margot eigentlich eine ehrliche Haut war. Sie sagte stets frei heraus, was sie dachte. In den letzten sechzig Jahren hatte sie sich kaum verändert. Äußerlich natürlich schon. Man sah der Ärmsten das Alter an – bei dem Gedanken verzog Frummie das Gesicht zu ihrem typischen Grinsen –, und ihre Beine waren richtig unansehnlich. Aber sie waren auch früher nicht besonders reizvoll gewesen. Nein – Frummie schüttelte bedauernd den Kopf –, schon während ihrer Mädchenzeit waren Margots Beine richtige Baumstämme gewesen; aber die Krampfadern machten alles nur noch schlimmer. Wäre sie bloß so klug, etwas längere Röcke zu tragen. Das war ja keineswegs unmodern und unattraktiv – und jedenfalls ein erträglicherer Anblick. Außerdem war es ein Fehler, dass Margot so beharrlich an ihrer natürlichen Haarfarbe festhielt. Wenn man von Natur aus sehr dunkles Haar hatte, war es wahrscheinlich vernünftiger, es grau werden zu lassen. Freilich – Frummie befühlte das eigene Haar –, freilich war es ein Glück, blondes Haar zu haben, das zu einem hübschen, hellen Ton verblasste. Margot jedenfalls tat sich mit ihrer Haarefärberei keinen Gefallen. Ihr runzliges Gesicht, umrahmt von kastanienbraunen Locken, wirkte so … ausgezehrt. Der Kontrast war zu stark: die wunderschönen, jugendlich wirkenden Haare und diese tiefen Falten um die Augen. Bedauerlicherweise war ein Make-up keine Garantie für eine glatte Haut. Wenn die gute alte Margot doch nicht immer so dick Grundierungscreme auftragen würde! Aber Margot ließ sich ja nicht dreinreden. Und dann dieser auffällige Lidschatten! Sie wollte einfach nicht wahrhaben, dass ihre Augen nicht mehr diesen außergewöhnlichen Grünton hatten, auf den Margot so stolz war. Falls es sich dabei nicht nur um eine Legende handelte. Margots Augen waren nach Frummies Ansicht früher eher braun gewesen.

Was das Kinn anging … Frummie erschauderte voller Mitgefühl, während sie sich Kaffee nachschenkte. Freilich, es war reine Glückssache, was für einen Knochenbau man hatte. Und Hängebacken wurden im Alter auch nicht ansehnlicher. Frummie strich sich nachdenklich über ihre straffen Wangen. Ein Jammer, dass ihre gute alte Freundin so etwas Bulldoggenhaftes an sich hatte. Sie musste an den guten alten Winston denken – aber keine Frage, bei einem Mann war das sehr viel erträglicher. Wenn Margot lachte, schwabbelten ihre Wangen regelrecht. Und warum fand sie sich nicht endlich damit ab, dass sie blind war wie ein Maulwurf? Stattdessen tat sie, als brauche sie ihre Brille nur zum Autofahren und zum Fernsehen. Es war wirklich lästig, ihr im Pub jedes Mal die Speisekarte vorlesen zu müssen. Außerdem kniff sie ständig die Augen zusammen, um Dinge zu erkennen, die direkt vor ihrer Nase standen. Heutzutage gab es doch ausgesprochen schicke Brillengestelle! Und dass ein Mensch in den Siebzigern ohne Brille auskam, war nun einmal eine Seltenheit – sie, Frummie, gehörte zu den wenigen Glücklichen. Man musste den Tatsachen ins Auge sehen.

Frummie schüttelte den Kopf und fing an, den Tisch abzuräumen. Trotzdem, die alte Margot war eine echte Freundin; sie würden im Herbst eine schöne Zeit miteinander verbringen. Sie warf einen Blick auf die Uhr. Es war noch etwas zu früh, um eine Videokassette einzulegen. Mit einem Seufzer beschloss sie, erst einmal Margots Bettzeug abzuziehen und in die Waschmaschine zu stecken. Es war ein wunderbar sonniger, warmer Tag. Die Wäsche würde schnell trocknen.

Als sie die Treppe hinaufstieg, fiel ihr Louise wieder ein. »*Nicht* verheiratet«, murmelte sie. »Na so was!«

Louise trat über das Viehgitter und blieb wie angewurzelt stehen. Ein namenloses Glück erfüllte sie. Die spiegelglatte Wasserfläche des Stausees warf das überirdische Blau des Himmels und die scharfen Konturen der hohen Kiefernbäume zurück. Die weichen hellgrünen Nadeln der Lärchen glänzten in der Sonne, und irgendwo in der Ferne war der lockende Ruf eines Kuckucks zu hören. Er kündete von den Frühlingstagen einer fernen Vergangenheit und ließ in Louises Herz eine sehnsuchtsvolle Melodie aufsteigen.

Ganz plötzlich erstarb der Ruf, und mit ihm verging der unwirkliche Augenblick der Glückseligkeit. Die Unruhe jedoch blieb. Louise konzentrierte sich ganz bewusst auf die Schönheit dieses magischen Ortes und trat auf den kiesbestreuten Weg, der am Ufer des Stausees entlangführte. Unter den Kiefern zu ihrer Linken blühten weiße Waldanemonen. Es war warm hier im Schutz der Bäume. Auf einer Bank machte Louise Rast und holte die Thermoskanne aus ihrem Rucksack. Den Blick auf den See gerichtet, trank sie ihren Kaffee. Allmählich reifte in ihr ein Entschluss. Sie musste etwas unternehmen, aktiv werden, um nicht von der immer stärker werdenden Furcht überwältigt zu werden, die ihren Verstand zu verwirren drohte. Was konnte nicht alles geschehen, wenn sie der aufsteigenden Panik keinen Widerstand entgegensetzte?

Die Sorge, Martin könne eine Affäre haben, hatte ihr Selbstvertrauen erschüttert und drohte ihren Schutzpanzer zu durchbrechen. Wenn sie sich ihrer Angst stellte, gelang es vielleicht, ihr inneres Gleichgewicht wiederzufinden. Während sie das raue Holz der Bank betastete und das Wasser betrachtete, das leise an das sandige Ufer schwappte, festigte sich ihr Entschluss. Gestärkt griff sie nach ihrem Rucksack und setzte leichteren Herzens ihren Weg fort.

Auf dem Parkplatz tauschte sie ihre Wanderstiefel gegen die Timberland-Schuhe und stieg sogleich in den Wagen. In der Telefonzelle wählte sie Martins Handynummer. Er meldete sich sofort. Ein gewisser Argwohn lag in seiner Stimme.

»Ich bin 's«, sagte sie, um einen normalen Tonfall bemüht. »Ich wollte dich überraschen.«

»Das ist dir wirklich gelungen, Schatz.« Seine Stimme klang jetzt freundlich, er hatte sich wieder unter Kontrolle. »Ich hab mich gleich gefragt, ob du es bist, obwohl ich die Nummer nicht erkannt habe.«

»Erkannt …?«

»Sie erscheint auf dem Display.« Er wirkte amüsiert. »Irgendwann wirst du doch den Schritt ins einundzwanzigste Jahrhundert machen müssen, mein Schatz. Gibt's irgendwelche Probleme?«

»Wieso Probleme? Warum sollte es Probleme geben? Kann ich dich nicht anrufen, ohne dass es Probleme gibt?«

»Aber natürlich.« Er klang etwas verdutzt. »Allerdings telefonieren wir sonst nie in unseren Ferien. Schließlich kann ich dich auch gar nicht erreichen, wenn du dich in Dartmoor verkriechst. Ist alles in Ordnung?«

»Ja.« Sie zog absichtlich das Wort in die Länge, als hätte sie Zweifel. »Es ist nur … du fehlst mir so.«

»Ach, mein Schatz« – sein Lachen wirkte gezwungen –, »das ist aber lieb.«

»Wirklich?«

»Wie meinst du das?« Jetzt klang er ein wenig gereizt.

»Ich wollte nur wissen, ob es dich freut, wenn ich dich vermisse. Und ich überlege, ob ich nicht früher als geplant nach Hause zurückkommen soll.«

»Früher?«, fragte er spitz. »Wie viel früher?«

»Ich weiß nicht. Ein paar Tage. Und wie steht's mit dir?«

»Ich? Also, ehrlich gesagt, Louise, das ist verdammt schwierig. Wirklich.«

Der verschwenderische Gebrauch von Kosenamen war typisch für ihn, und ihr fiel sehr wohl auf, dass er sie plötzlich beim Vornamen nannte und sich keine Mühe mehr gab, seinen Verdruss zu verbergen. Aber das war eine durchaus verständliche Reaktion und keineswegs verdächtig.

»Wie geht's den Jungs?«

»Den Jungs …? Oh, gut. Ausgezeichnet. Aber das ist es ja eben. Ich kann doch nicht einfach alles hinschmeißen und nach Hause fahren.«

»Kann man denn Golf nur zu viert spielen?«

»Schatz, bitte. Ich möchte dir nicht zu nahe treten, aber was soll denn das?«

Plötzlich erinnerte sie sich an den Mann im Zug, an die Ungeduld, die in seinen vorsichtigen Fragen mitschwang, und an den Kosenamen, der eher wie eine Beleidigung geklungen hatte.

»Ich fühle mich nur etwas bedrückt. Ich weiß, das ist nicht normal, aber ich kann es nun mal nicht ändern.« Sie hielt einen Moment inne. »Übrigens, Martin, wie heißt eigentlich dein Hotel? Vielleicht rufe ich heute Abend noch mal an.«

Schweigen. Als er antwortete, klang seine Stimme merklich kühler.

»Ich habe dir schon tausendmal gesagt, Schatz, dass es einfacher ist, wenn du mich auf dem Handy anrufst. Das hat doch bisher immer geklappt, oder? Wir wollen doch nicht die Leute herumscheuchen. Wenn du mich im Hotel anrufst, bin ich vielleicht gerade an der Bar oder im Speisesaal oder sonstwo. Oft gehen wir nach dem Abendessen noch auf ein Bier irgendwohin. Glaub mir, das Handy ist am besten.«

»Ich wollte später anrufen, viel später.«

»Hoffentlich nicht zu spät.« Sein scherzhafter Ton wirkte aufgesetzt. »Die frische Luft macht mich ziemlich k.o. Jeden Tag legen wir mehrere Kilometer zurück. Also, wenn du mich anrufen möchtest, dann am besten auf dem Handy. Außerdem ist es billiger als über das Hoteltelefon.«

»Aber wo bist du, Martin? Ich weiß zwar, dass ihr auf verschiedenen Golfplätzen im Nordwesten spielt, aber ... wie sind eigentlich die Parcours?«

»Ganz gut.« Seine Besorgnis war jetzt deutlich zu spüren. »Sieh mal, Schatz, ich weiß, dass das nicht deine Welt ist, die Golfplätze der britischen Inseln. Das interessiert dich doch nicht wirklich? Also warum bist du bedrückt?«

»Oh, ich weiß es nicht.« Sie spürte, wie wütend ihre Stimme klang. Sein plumpes Ablenkungsmanöver war ihr keineswegs entgangen. »Diesmal geht es mir hier nicht gut, aus welchem Grund auch immer.«

»›Nicht gut‹ in welchem Sinn?«

Das war nicht die liebevolle Fürsorglichkeit, die sie in der ersten

Zeit ihrer Beziehung kennen und lieben gelernt hatte. Wie sehr hatte sie diese zärtliche Aufmerksamkeit gebraucht! Jetzt aber wirkte seine Besorgnis unaufrichtig. Für ihn war Louise nur noch ein lästiges Anhängsel, das sich nicht so einfach abschütteln ließ.

»Ach, lass nur! Es ist alles in Ordnung, wirklich.« Sie versuchte, heiter und unbeschwert zu klingen. »Mach dir keine Gedanken. Ich bin ein Idiot. Verzeih mir. Ich wollte einfach nur deine Stimme hören.«

»Das ist lieb von dir, mein Schatz.« Er war so erleichtert über den versöhnlichen Ausklang des Gesprächs, dass er in eine unnatürliche Überschwänglichkeit verfiel. »Ehrlich, Schatz, du fehlst mir. Selbstverständlich vermisse ich dich. Aber ich kann doch die Jungs nicht einfach hier im Stich lassen.« Er gluckste in sich hinein, geradezu überschäumend vor Dankbarkeit. »Sieh mal, Schatz, vielleicht lässt du dir in der Apotheke etwas gegen dein Stimmungstief geben. Versprichst du mir das?«

»Ach, ist nicht so wichtig, glaub mir. Es ist einfach nur der falsche Zeitpunkt im Monat. Verstehst du?«

»Ah ja, ich *verstehe*.« Er hatte seine alte Sicherheit wiedergewonnen. »Tja, wenn du meinst …«

»Doch, doch. Und jetzt lasse ich dich besser in Frieden. Hoffentlich habe ich euch nicht beim Spiel gestört.«

»Natürlich nicht. Aber wenn du dich jetzt wieder besser fühlst, sollte ich mal zusehen, dass ich die anderen einhole.«

»Tu das. Wie geht's eigentlich Alecs Knöchel?«

»Alecs …?«

»Er hat sich doch den Fuß verstaucht, oder? Und wusste nicht, ob er weiter mitmachen kann.«

»Ach so, sein *Fuß*. Entschuldige, da war gerade eine Störung in der Leitung. Es geht ihm wieder besser. Das Laufen tut ihm gut. Also dann, Schatz …«

»Ja, machen wir Schluss. Viel Spaß! Vielleicht rufe ich später noch mal an.«

Sie legte auf. Merkwürdig, dass sie diesen kleinen Schlagabtausch fast genossen hatte. Während des Frage-und-Antwort-Spiels hatte sie das nagende, Übelkeit erregende Gefühl in der Magengrube gar nicht mehr gespürt. Sie ging zum Auto zurück. Unterwegs machte sie wie immer am Schaufenster des *Dartmoor Bookshop* Halt. Sonst gab es für Louise nichts Verlockenderes, als in dem gut sortierten Antiquariat zu stöbern und mit Barbara oder Anne ein wenig zu plaudern, aber im Moment war ihr nicht danach zumute. Sie wollte allein sein und über das Gespräch mit Martin nachdenken. Aber eigentlich wusste sie bereits, woran sie war.

Was sollte sie ohne Martin anfangen? Wie würde sie ohne ihn zurechtkommen, wo er sie doch vor der Vergangenheit schützte? Sie durfte gar nicht darüber nachdenken. Die Angst schnürte ihr die Kehle zu. Zitternd tastete sie nach ihrem Autoschlüssel. Sie ließ sich auf den Fahrersitz sinken und blieb einen Augenblick reglos sitzen. Wohin sollte sie fahren? An wen konnte sie sich wenden? Brigid fiel ihr ein, aber im Augenblick war ja Humphrey da, den sie selten genug bei sich hatte. Außerdem hatte Brigid im Moment selbst Probleme.

Louise kämpfte mit den Tränen. Sie sehnte sich nach Ruhe, versuchte, die quälenden Erinnerungen zu verscheuchen. Da sah sie vor ihrem geistigen Auge einen hellen, luftigen Raum, in dem sich das Wasser an den Wänden spiegelte; in einem Sessel schlief zusammengerollt eine Katze. Sie erinnerte sich an eine freundliche, tröstliche Atmosphäre. Sie ließ den Motor an, verließ die Stadt und fuhr Richtung Küste.

DREIZEHN

Jemima saß vor dem Computer, checkte Daten und hielt fest, welches Cottage am Samstagmorgen geputzt und hergerichtet werden musste. Sie hasste den Tag, an dem die Feriengäste wechselten – wenn sie renitente Urlauber verscheuchen musste, um das Haus für die nächsten Gäste herzurichten, die bereits auf dem Weg ins West Country waren. Sie hatte ihre Liste fertig und wollte gerade zum Hörer greifen, um die Mitglieder ihres Teams anzurufen, als es an der Tür klingelte.

»So ein Mist!«, murmelte sie und legte auf. Sie warf einen Blick auf die Uhr und öffnete. Da stand Louise. Sie wirkte erschöpft und verzweifelt.

»Was für eine nette Überraschung! Komm doch rein.« Jemima trat zur Seite und lächelte freundlich, obwohl ihr eher unbehaglich zumute war. Ihre letzte Begegnung hatte mit einem Misston geendet.

»Darf ich?« Louise wirkte erleichtert. Sie lächelte zaghaft und blickte sich um, als sei sie erstaunt, sich in Jemimas Wohnung wiederzufinden. »Es war … ich dachte … ich bin ein bisschen herumgefahren und dann …«

»Ja, ja, ich verstehe.« Jemima führte Louise ins Wohnzimmer. »Ich kenne dieses Gefühl, wenn man einfach nicht weiß, was man als Nächstes tun soll.«

»Genau.« Louise schien erfreut darüber, dass Jemima ihr so viel Verständnis entgegenbrachte. »Ich konnte nicht mehr klar denken, und plötzlich war ich hier …«

»Prima.« Jemima scheuchte MagnifiCat vom Sofa und nötigte

Louise, sich auf seinen Platz zu setzen. »Jetzt habe ich wenigstens eine wunderbare Ausrede, eine Pause einzulegen und Tee zu kochen. Manchmal ist die Arbeit wirklich öde. Bleib einfach hier in der Sonne sitzen, ich stell den Wasserkocher an.«

Sie eilte in die Küche, obwohl sie Louise nur ungern allein ließ. Louise machte einen so geistesabwesenden Eindruck, dass Jemima ernsthaft beunruhigt war. Während das Wasser heiß wurde und Jemima das Geschirr aufs Tablett stellte, lief sie mehrmals zur Tür, um nachzusehen, ob alles in Ordnung war. Aber Louise saß regungslos da und starrte ins Leere. Ihre Hand lag auf MagnifiCats Rücken, aber sie schien den Kater gar nicht wahrzunehmen. Jemimas Hände zitterten leicht, als sie den Tee aufgoss. Sie hatte die schreckliche Ahnung, dass Louises Zustand mit ihrem Gespräch über Untreue zusammenhing, das sie vor wenigen Tagen geführt hatten, und fühlte sich außerstande, mit dieser Situation umzugehen. Daher würde sie das Gespräch mit Louise so oberflächlich wie möglich halten.

»Wie geht 's denn so in Foxhole?« Sie stellte das Tablett auf den niedrigen Glastisch. »Ist Humphrey noch da?«

Louise runzelte die Stirn, als überlege sie, wer Humphrey sein könnte. Jemimas Besorgnis wuchs.

»Ja. Ja, er ist noch da.« Louise nahm ihre Tasse. »Verzeih. Gestern haben wir alle zusammen zu Abend gegessen und ziemlich viel getrunken. Wir sind sehr spät schlafen gegangen, und ich bin in aller Frühe aufgewacht. Mein Kopf … mein Gehirn ist wie aus Watte.«

»Ja, das Gefühl kenne ich. Mir geht es eigentlich immer so, wenn ich Alkohol trinke«, erwiderte Jemima. »Der gute Humphrey ist immer sehr großzügig mit dem Wein. Brigid wird ihn vermissen, wenn er auf den Bahamas ist. Es ist so weit weg, und sechs Monate sind eine lange Zeit.« Banaler geht 's wirklich nicht, dachte sie. »Sicher, sie ist es gewohnt«, fügte sie verzweifelt hinzu, als Louise keine Anstalten machte zu antworten.

Kurzes Schweigen.

»Ich habe vorhin Martin angerufen.« Offenbar hatte Louise ihr gar nicht zugehört. »Er wollte mir nicht sagen, wo er sich aufhält. Findest du das nicht merkwürdig? Verdächtig, meine ich.«

Jemima starrte sie an. Was mache ich jetzt bloß?, dachte sie.

Louise nippte an ihrem Tee und runzelte erneut die Stirn. »Es sind diese Kleinigkeiten«, murmelte sie nach einer Weile, als spräche sie mit sich selbst. »Man verrät sich durch Kleinigkeiten. Nicht Alec hatte sich nämlich den Fuß verstaucht, sondern Steve. Es war eine Testfrage.«

»Ich verstehe.« Jemima nickte und trank hastig einen Schluck Tee.

»Aber er hat den Fehler gar nicht bemerkt. Er hatte es schlichtweg vergessen.« Louise schüttelte den Kopf. »Kann doch eigentlich nicht passieren, oder? Wenn sie jeden Tag miteinander Golf spielen?«

»Kaum vorstellbar, dass man so etwas vergisst«, pflichtete Jemima ihr bei.

»Nicht wahr?« Louise stellte ihre Tasse auf den Unterteller und gähnte plötzlich. »Entschuldige.« Sie strich sich die dunklen Locken aus der Stirn und schloss für einen Moment die Augen. »Ich bin völlig fertig. Ich kann keinen klaren Gedanken fassen.«

Jemima vergaß die eigenen Probleme. »Du siehst erschöpft aus«, meinte sie leise. »Du brauchst nichts zu sagen. Entspann dich einfach!«

»Das ist ganz schön unhöflich.« Louise versuchte zu lächeln, aber es gelang ihr nicht. Einen Augenblick befürchtete Jemima, sie könne anfangen zu weinen. Louise verzog das Gesicht, ihre Lippen zitterten, und wie von einem tiefen Schmerz überwältigt, legte sich ihre Stirn in Falten. Aber sie war zu erschöpft für einen Gefühlsausbruch, ihr Gesicht glättete sich und zeigte wieder Gleichgültigkeit. »Verzeih«, murmelte sie noch einmal.

»Aber ich bitte dich.« Jemima schob das Tablett beiseite. »Kein Problem. Du brauchst Ruhe, das ist alles. Schlaf ein bisschen, wenn du kannst! Ich erledige unterdessen ein paar Anrufe, dann reden wir weiter. Du kannst gern zum Abendessen bleiben.«

»Danke. Das ist so … nett.«

Louise fielen die Augen zu; ihr Kopf neigte sich zur Seite.

Das Tablett in der Hand, stand Jemima da und betrachtete sie.

Offenbar ist sie so unglücklich, dass ihr alles egal ist, dachte sie. Als wäre ein Damm gebrochen. Vermutlich weil sich ihr Verdacht bestätigt hat.

Leise verließ sie das Zimmer und zog behutsam die Tür zu. Nachdem sie das Tablett in die Küche gebracht hatte, ging sie in ihr Arbeitszimmer und schloss die Tür. Sie griff zum Telefon und wählte hastig, mit einem Ohr Richtung Wohnzimmer horchend, aber in Foxhole meldete sich niemand. Nachdem sie ihre geschäftlichen Anrufe erledigt hatte, trat sie in den Flur, schlich auf Zehenspitzen zur Wohnzimmertür und spähte ins Zimmer. Louise schlief tief und fest, in die weichen Kissen gebettet und vom warmen Licht der Nachmittagssonne überflutet. Neben ihr zusammengerollt lag MagnifiCat. Jemima ging in die Küche und goss sich Tee ein. Nachdenklich nahm sie einen Schluck, dann kehrte sie mit der Tasse ins Arbeitszimmer zurück und versuchte noch einmal, Brigid zu erreichen.

Frummie hörte das Telefon läuten, während sie den Tauben zusah. Manchmal, wenn Brigid nicht zu Hause war, ging sie in den Hof, setzte sich auf die Bank in der Sonne und erfreute sich an den Blumen in den großen Holzkübeln. Hier, umgeben von Steinmauern, fühlte sich Frummie entschieden wohler als in ihrem kleinen Garten, der aufs Moor hinausging. Sie mochte diesen umschlossenen, überschaubaren Raum, das Kopfsteinpflaster, die leuchtenden Blumen in den Terrakottatöpfen und bemalten Kübeln. Hier oben im Moor kam der Sommer etwas später als im Tal und in den Dörfern an der Küste, aber Brigid gelang es immer, diese geschützte Ecke mit ein paar Farbtupfern zu beleben. Im Januar und im Februar blühten Schneeglöckchen und Eisenhut; Brigid hatte sie in einen Topf gepflanzt, der auf einem mit Efeu berankten Holzpfosten stand – ein hübscher Farbkontrast zu den weißen und gelben Blüten. Im März prangten in einem Terrakottatopf violette und blaue Krokusse, in den Holzkübeln wuchsen Zwergnarzissen und Puschkinien, und in langen Trögen an der Mauer blühten die Osterglocken.

Jetzt, im Mai, waren die Tulpen, die Brigid in Steinschalen neben Stiefmütterchen und Hyazinthen gepflanzt hatte, schon fast verblüht. Als Frummie nun in der warmen Sonne saß, lauschte sie dem Gurren der Tauben. Sie sog den betäubenden Duft des Goldlacks ein und fühlte sich vierzig Jahre zurückversetzt. Auch damals, als hier noch keine Kübel und Töpfe mit Blumen aufgestellt waren, blühte in den schmalen Beeten vor den Fenstern der Goldlack. Und eine Bank hatte dagestanden – wenn auch weniger elegant als die heutige mit dem schmiedeeisernen Gestell –, eine schlichte Holzbank, die man aus einem der Ställe geholt und auf diesem sonnigen Fleckchen aufgestellt hatte. Hier hatte sie Richards Brief gelesen, die Einladung zu einer Party oder einem anderen gesellschaftlichen Ereignis in London. Es waren fröhliche, unterhaltsame Zeilen gewesen, die tiefere Gefühle ahnen ließen. Der Briefträger, der mit seinem Postauto den Weg herunterholperte und ein Schwätzchen mit ihr hielt, hatte keine Ahnung, was für eine schicksalsträchtige Sendung er da brachte.

Frummie schloss die Augen. Ihr fiel ein, dass sie ihm eine Tasse Kaffee angeboten hatte, während der Brief in der Tasche ihrer Tweedjacke knisterte und sie ihre Neugier und Ungeduld kaum zu zügeln wusste. Er hatte abgelehnt – es sei spät, meinte er –, und als er den Wagen wendete und davonfuhr, hatte sie ihm nachgewunken. Sie war sogar – bei dem Gedanken schüttelte sie belustigt den Kopf –, sie war sogar ins Haus gegangen, hatte Kaffee gekocht und hier an dieser Stelle ein Tässchen getrunken, bevor sie den Brief öffnete. Als habe sie sich durch diese Verzögerungstaktik einreden wollen, dass er ihr gleichgültig sei.

Sie hatte ihn gelesen, während die Tauben über das Pflaster stolzierten, mit wachem Blick und geneigtem Kopf, in der Hoffnung auf ein paar Getreidekörner.

»Liebste Fred …«

Seltsam, wie wehmütig sie diese Erinnerung stimmte. Kein Zweifel, die Sonne, die Tauben, der Goldlack und die Kaffeetasse hatten ihr diese längst vergangene Zeit lebendig vor Augen gebracht. Die Erinnerung war so deutlich, dass Frummie überrascht war, als sie ihre Finger über ihren Oberschenkel gleiten ließ und Drillich statt Tweed ertastete. Und als sie die Augen aufschlug, erwartete sie förmlich, Diarmid vor sich zu sehen, der unerwartet vom Bauernmarkt in Buckfastleigh zurückgekehrt war.

»Ich habe mein Scheckheft vergessen«, sagte er fröhlich, und Frummie starrte ihn an, entsetzt darüber, wie sehr sie ihm die Störung verübelte.

»Ich habe das Auto gar nicht gehört.«

»Es steht oben am Weg. Der Tank ist fast leer, deshalb bin ich zu Fuß runtergekommen.« Von ihrem brüsken Ton sichtlich überrascht, blickte er mit hochgezogenen Augenbrauen auf den Brief. »Hoffentlich keine schlechten Nachrichten?«

»Nein.« Sie senkte den Kopf und faltete den Brief betont langsam zusammen. »Nur der übliche Roman von Margot.«

»Aha.«

Worauf wartet er bloß?, fragte sie sich ärgerlich, während sie scheinbar gelassen einen Schluck Kaffee trank.

»Musst du nicht wieder gehen?«

Noch jetzt, vierzig Jahre später, ließ das schlechte Gewissen sie zusammenzucken. Vielleicht hätte er einen Augenblick mit ihr in der Sonne sitzen, den Tauben zusehen und die würzige Luft genießen wollen. Aber nun drehte er sich um und ging ins Haus, während sie in ungeduldiger Erwartung dasaß.

»Bis später.« Er winkte ihr mit dem Scheckheft zu, lächelte und verschwand. Dann war sie wieder allein.

Ein paar Minuten später entfaltete sie den Brief noch einmal.

»Liebste Fred …« Der Brief enthielt viele Anekdoten, Anspielungen auf gemeinsame Freunde, einen Bericht über einen Skandal unter Schauspielern, die sie kannte; und zwischen den Seiten verstreut diese scherzhaften, atemberaubenden Sätze, die sie regelrecht dahinschmelzen ließen. Wie sehr wünschte sie sich, in Richards vollgestopfter Wohnung in Chelsea in London zu sein, sich über ein Gerücht zu amüsieren und sich mit Freunden zum Mittagessen zu verabreden – und zu wissen, dass er sie nicht aus den Augen ließ. Wo auch immer sie waren – in überfüllten Tanzsälen, gut besuchten Theatervorstellungen oder belebten Restaurants –, trafen sich ihre Blicke, und sie lachten – jenes wunderbare, wissende Lachen. Es gelang ihm stets, sie aufzuheitern und die Anflüge von Depression zu verscheuchen, die ihr gelegentlich zu schaffen machten. Während Diarmid, die Nase in seinen Büchern, nicht einmal bemerkte, dass sie vor Verzweiflung und Langeweile verging und Foxhole am liebsten dem Erdboden gleichgemacht hätte.

Als sie den Brief las, wusste sie, betört von seinen sorgsam gewählten Worten, dass sie sich geschlagen geben und ihn erneut besuchen würde. Aber sie ahnte auch, dass diesmal alles anders sein würde. Doch das wollte sie sich nicht eingestehen.

»Nur für ein paar Tage«, hatte sie zu den Tauben gesagt, »nicht länger.« Aber gleichzeitig schmiedete sie bereits Pläne. Sogar Diarmid, der selbst viel zu integer war, um Argwohn zu schöpfen, würde überrascht sein, dass sie schon wieder nach London fahren wollte. Und Brigid …

Frummie erinnerte sich, wie sie abrupt aufgestanden war, die Tauben verscheucht und den Brief tief in ihre Tasche vergraben hatte.

Zerbrich dir jetzt nur nicht wegen Brigid den Kopf!, hatte sie sich gesagt. Das kannst du später tun. Sie ist bei Diarmid ganz glücklich …

Sie hatte nicht erwartet, dass Diarmid sich derart stur stellen und einen unerbittlichen Kampf um das Kind führen würde. Und er saß am längeren Hebel. Gewiss, er war ein guter Vater, aber wie bitter rächte er sich für die Demütigung und den Schmerz, den sie, Frummie, ihm zugefügt hatte! »Glaubst du wirklich«, hatte er ihr geschrieben, »dass du in der Lage bist, die Verantwortung für ein Kind zu übernehmen? Du hast sie um eines Liebhabers willen schon einmal verlassen. Wer gibt mir die Gewissheit, dass du es nicht noch ein zweites Mal tust?« Frummie fuhr ein Schauder über den Rücken, und sie schlug die Augen auf. Vor vierzig Jahren hatte sie hier morgens in der Sonne gesessen, jetzt war es später Nachmittag, und die Bank lag im Schatten. Sie nahm ihre Tasse und suchte nach dem Brief. Sie wühlte in ihrer Tasche und bückte sich sogar, um unter der Bank nachzusehen. Erst dann begriff sie ihren Irrtum.

»Du alte Närrin!«, murmelte sie verächtlich. »Dummes altes Weib!«

Ächzend erhob sie sich, und während sie über den Hof ging, schrillte das Telefon aufs Neue.

VIERZEHN

Erst als Humphrey nach London zurückgekehrt war, konnte Brigid sich wieder mehr mit Louise befassen.

»Was ist los?«, hatte er gefragt, als sie endlich aufgelegt hatte. »Jemima war dran, nicht?«

»Mmm. Nichts Wichtiges. Wollen wir etwas trinken, während ich das Abendessen vorbereite?«

Sie hatte ihm die Stimmung nicht dadurch verderben wollen, dass sie von Jemima und ihrer Sorge um Louise erzählte. Humphrey wurde immer schnell ungeduldig, wenn man lang und breit von den Ängsten anderer Menschen erzählte.

»Alle beschäftigen sich heutzutage viel zu viel mit sich selbst«, hatte er gesagt. »Aber manchmal ist es besser, die Ärmel hochzukrempeln und weiterzumachen.«

Brigid fand, dass er durchaus Recht hatte. Obwohl sie in sich hineinhorchte und das Gefühl, ein Niemand zu sein, zu bekämpfen suchte – denn wenn eine Mutter ihre Tochter im Stich ließ, musste die Tochter dann nicht bedeutungslos für sie sein? –, blieb ihr am Ende nichts übrig, als weiterzumachen. Humphrey, der sie innig liebte, hatte durchaus ein Gespür für Brigids Seelenzustand und zeigte sich stets geduldig und liebevoll. Dennoch kam es nur selten vor, dass sie mit ihm über die Probleme anderer sprach. Deshalb hatte sie Jemimas bange Warnungen vorerst beiseite geschoben. Die wenige Zeit, die ihr und Humphrey vor seiner Abreise noch blieb, war zu kostbar.

Zwar hatte sie mitbekommen, dass Louise wohlbehalten zurückgekehrt war, und hatte ein wachsames Auge auf sie. Aber erst nachdem sie Humphrey zum Zug gebracht hatte und nach Foxhole zurückgekehrt war, hatte sie den Kopf frei, um über Jemimas Worte nachzudenken. Sie stellte ihre Tasche auf dem Tisch ab und warf einen Blick auf den Anrufbeantworter. Das rote Lämpchen blinkte nicht, und sie wandte sich erleichtert ab. Als Humphrey da war, hatte sie stets befürchtet, dass Jenny anrufen und eine Nachricht auf Band hinterlassen könnte, die er zufällig abhörte.

Niedergeschlagen setzte sich Brigid an den Tisch und stützte den Kopf in die Hände. Diesmal konnte sie das Alleinsein nicht genießen. Ihr Seelenfrieden war dahin.

»Es geht Louise nicht besonders gut«, hatte Jemima gesagt. »Sie ist furchtbar müde und völlig daneben.«

Merkwürdig, welche Gefühle die Stimme ihrer Schwester in Brigid wachriefen. Da war zum einen dieser ständige unterschwellige Groll; so sehr sie sich auch bemühte, es gelang ihr nie, richtig nett zu ihr zu sein. Brigid ärgerte sich selbst über ihre Reserviertheit. Was war der Grund dafür? Hätten sie sich schon als Kinder kennen gelernt, so wäre diese Distanz vielleicht nie entstanden. Natürlich wäre alles einfacher gewesen, wenn ihre Mutter Jemima nicht so offenkundig bevorzugt hätte, aber dafür konnte ihre Schwester schließlich nichts. Weder bemühte sie sich darum, noch schien sie dieses Privileg besonders zu genießen. Vielmehr war sie bestrebt, eine gute Beziehung zu ihrer älteren Schwester aufzubauen. Gelegentlich schien es zu einer Annäherung zu kommen, worüber sie beide überglücklich waren. Aber diese zarten Ansätze wurden sogleich im Keim erstickt. Meist war es irgendeine gedankenlose Bemerkung Frummies, die bei Brigid den altbekannten Selbstschutzmechanismus auslöste.

Es ist meine Schuld, dachte Brigid. Ich werde nie darüber hinwegkommen, dass sie mich verlassen und Jemima mitgenommen hat. Ich kann die Eifersucht einfach nicht überwinden.

Blot setzte sich neben sie und legte seinen Kopf auf ihr Knie. Sie kraulte behutsam seine langen Ohren und streichelte seinen seidig weichen, runden Kopf.

»Ich bin ein Trottel«, sagte sie zu ihm, und er wedelte zustimmend mit dem Stummelschwanz. Das Telefon läutete, und sie erstarrte. War es Jenny mit weiteren schlechten Nachrichten? Nur Sekunden, bevor sich der Anrufbeantworter einschaltete, nahm sie den Hörer ab.

»Thea«, rief sie erleichtert. »Wie geht es dir?... Ja, genau. Mit Louise?... Großartig... Ja, natürlich, ich frage sie, aber ihr Urlaub geht dem Ende entgegen... Ich ruf dich zurück... Ganz bestimmt. Grüße die Mädchen und George von mir.«

Brigid legte auf und blieb einen Augenblick nachdenklich stehen.

»Sie ist überzeugt, dass ihr Mann eine Affäre hat«, hatte Jemima gesagt. »Sie hatte schon eine ganze Weile den Verdacht, aber jetzt plötzlich ist sie sich ganz sicher. Und sie verhält sich äußerst merkwürdig. Ich mache mir wirklich Sorgen um sie.«

Brigid hatte sich geärgert, dass Jemima so intime Dinge aus Louises Leben wusste und sie nicht.

»Sie ist *meine* Freundin«, hätte sie am liebsten entgegnet – ein kindischer Gedanke, für den sie sich selbst schämte.

Sie versuchte, die alten Ängste zu verscheuchen, aber es gelang ihr nicht. Merkwürdig war es schon, dass Louise so schnell ein derart vertrauensvolles Verhältnis zu Jemima entwickelt hatte. Louise gehörte nicht zu den Frauen, die anderen ihr Herz ausschütten. Brigid überlegte. Es war gut möglich, dass ihre eigenen Probleme – und auch Humphrey – sie zu sehr in Anspruch genommen hatten. Deshalb war es ihr wohl entgangen, dass mit Louise etwas nicht stimmte. Brigid verzog schuldbewusst das Gesicht. Aber nun würde sie mit Louise sprechen. Immerhin hatte sie einen guten Vorwand für einen kurzen Besuch. Louise war zwar von Theas Einladung nicht besonders begeistert gewesen, aber vielleicht hatte sie es sich ja inzwischen anders überlegt.

Ein wenig beklommen trat Brigid hinaus in den hellen, kühlen Abend.

Louise saß in dem großen Wohnzimmer am Tisch und malte. Sie runzelte die Stirn, als Brigid klopfte und rief: »Ich bin 's nur.« Als ihre Freundin eintrat, lächelte sie, ohne ihre Tätigkeit zu unterbrechen.

»Wie geschickt du bist.« Brigid trat einen Schritt näher. »Was für hübsche kleine Bilder.«

Louise antwortete nicht. Schließlich konnte das eine Falle sein. Sie musste sich vorsehen, auch Brigid gegenüber, aber sie lächelte immer noch.

»Wir haben uns ein paar Tage nicht gesehen«, begann Brigid vorsichtig, während sie sich setzte. »Ich habe die Zeit mit Humphrey so genossen.«

Louise nickte. Ja, man musste aus jeder Sekunde das Beste machen, sonst ... Plötzlich merkte sie, dass sie immer noch nickte, und runzelte die Stirn. Hatte sie etwas gesagt? Sich verraten?

»Louise?« Brigid musterte sie forschend. »Ist alles in Ordnung?«

Louise verspürte den Drang zu kichern, aber sie beherrschte sich. Sie nickte abermals. Ja, alles war in Ordnung. Es war ihr nie besser gegangen. Nur musste sie sich vorsehen.

»Wollen wir zusammen Tee trinken?« Brigid war bereits aufgestanden und füllte den Wasserkocher.

Louises Lächeln wurde noch breiter. In Brigids Stimme schwang eine verräterische Fröhlichkeit mit. Also Vorsicht! Wenn sie, Louise, den Mund öffnete, konnten Kröten herausspringen, wie im Märchen; Kröten, die sich in schreckliche Worte verwandelten und alles Furchterregende entfesselten, was hinter der Tür lauerte. Diese Tür musste geschlossen bleiben. Sie stemmte sich mit ganzer Kraft dagegen. Wie schwer die Tür doch war! Und wie müde sie sich fühlte! Sie hätte schlafen mögen, nur noch schlafen, aber sie durfte ihre Wachsamkeit nicht eine Sekunde aufgeben.

»Thea hat gerade angerufen.« Brigid goss Tee auf. »Sie hat uns doch zum Mittagessen eingeladen. Du wolltest dir überlegen, ob du mitkommen kannst. Was meinst du?«

Louises Lächeln erstarb. Die Gefahr war jetzt überall. Sie erinnerte sich an Thea. Thea war eine sympathische, starke Frau, aber irgendetwas verband sie mit all dem Schrecklichen, das hinter der Tür lauerte. Nein, sie konnte Thea nicht besuchen. Sie schüttelte den Kopf.

Brigid reichte Louise einen Becher mit heißem Tee. Sie wusste nicht, dass Louise immer ihren eigenen Becher mitbrachte, um sich wie zu Hause zu fühlen …

»Ich würde mich freuen, wenn du mitkämst«, meinte sie lächelnd.

Auch Louise lächelte. Sie hielt den Becher in der Hand und betrachtete das Bild darauf.

»Ich dachte, es würde dich freuen, Oscar wiederzusehen. Und Hermione.«

Hermione … Louises Hand zitterte. Die Tür öffnete sich, wenn auch nur einen Spaltbreit, und jemand versuchte hindurchzuschlüpfen. Ein kleines Wesen mit langen blonden Haaren … Oh! Sie musste sich mit aller Kraft dagegen stemmen, um die Tür wieder zuzudrücken, aber die Macht auf der anderen Seite war so stark …

Sie machte eine ruckartige Bewegung, und der heiße Tee ergoss sich über ihre Hand und über ihren Malblock. Brigid sprang mit einem Aufschrei hoch. Sie entwand Louises verkrampften Fingern den Becher, stellte ihn auf den Tisch und lief in die Küche, um einen Lappen zu holen. Ihr Herz hämmerte wild, während sie den Tisch abwischte, den Malblock abtupfte und Louises Hand säuberte.

»Alles ist gut«, murmelte sie. »Mein Gott, hast du mir einen Schreck eingejagt.«

Louise starrte mit leerem Blick vor sich hin und lächelte. Die Tür hatte sich wieder geschlossen, aber diesmal war es knapp gewesen. Niemand sollte es erfahren, niemand durfte es wissen. Sie blickte Brigid an, und ein Gedanke durchzuckte sie. Drohte ihr jetzt auch von Brigid Gefahr? Hatte sie etwas gesehen, als sich die Tür geöffnet hatte? Louise musste sie in Sicherheit wiegen. Sie nickte mechanisch und seufzte.

Brigid musterte sie erschrocken. Irgendetwas stimmte hier nicht. Ich brauche Hilfe, dachte sie.

»Ich muss gehen«, sagte sie leise. »Geht es dir wieder besser? Ich bin bald wieder da. Warum legst du dich nicht hin? Du siehst sehr müde aus.«

Louise schob ihre Farben beiseite. Die Tür war zu, fest verschlossen, und sie konnte sich ausruhen, wenn auch nur für einen Augenblick ... Sie legte den Kopf auf die Arme und schloss die Augen.

Brigid nahm Louises Autoschlüssel und die schwarze Lederhandtasche vom Tisch und ging leise zur Tür. Draußen atmete sie mehrmals tief durch und eilte dann hinüber zu Frummies Cottage.

Frummie, die sich gerade *Casablanca* ansah, freute sich über den unerwarteten Besuch. Sie kannte den Film in- und auswendig und langweilte sich.

»Hallo«, sagte sie und griff nach der Fernbedienung. »Du vermisst wohl Humphrey? Möchtest du etwas zu trinken?« Sie bemerkte die Handtasche, und ihre Stimmung sank. »Gehst du aus?«

»Nein, es ist Louises Handtasche.« Brigid ließ die Tasche auf einen Stuhl fallen, behielt aber die Autoschlüssel in der Hand. »Ich mache mir Sorgen um sie. Sie verhält sich sehr merkwürdig.«

»Wie meinst du das?« Frummies Neugier war geweckt. »Was ist denn passiert?«

Brigid erzählte ihr von Louises unerwartetem Besuch bei Jemima und von ihrem Verdacht, dass ihr Mann eine Affäre hatte. »Jemima hat mir erzählt, dass sie schrecklich müde aussah und dann einfach eingeschlafen ist. Als sie nach mehreren Stunden aufwachte, wirkte sie ganz normal, heiter und gelöst, schien sich aber zu fragen, wie sie nach Salcombe gekommen war. Jemima schlug ihr vor, bei ihr zu bleiben, aber das wollte sie nicht. Jemima war sich nicht sicher, ob Louise wusste, wer sie war. Offenbar glaubte sie, dass Jemima Martin kennt. Das war vor zwei Tagen.«

Frummie machte ein nachdenkliches Gesicht. »Ich habe sie doch gesehen«, meinte sie. »Sie macht einen ganz normalen Eindruck.«

»Vorhin nicht.« Brigid erschauderte. »Sie saß da und malte, wollte nichts reden, nickte nur und lächelte unablässig. Ich habe Tee gekocht, und sie nahm den Becher und dann … dann zuckte sie plötzlich zurück. So abrupt und … heftig, dass sie den Tee verschüttete. Aber sie machte keinen Mucks, und der Tee war wirklich heiß. Sie schien in einer anderen Welt zu sein.«

»Wie merkwürdig.« Frummie legte Brigid die Hand auf die Schulter. »Und beängstigend. Klingt wie ein Anfall oder so etwas.«

Brigid sah sie beunruhigt an. »Ich weiß nicht, ob es richtig war, sie allein zu lassen. Ich habe ihre Tasche und ihren Autoschlüssel mitgenommen, für alle Fälle.«

»Sehr vernünftig. Aber was hast du jetzt vor?«

»Ich glaube, wir müssen ihren Mann anrufen«, erwiderte Brigid entschlossen. »Er sollte über Louises Zustand Bescheid wissen. Zwar möchte ich nicht in ihren Sachen herumstöbern, aber irgendwo muss sie doch seine Nummer haben.«

Sie wirkte so hilflos, dass Frummie beschloss, die Sache selbst in die Hand zu nehmen.

»Das ist eine gute Idee. Wie wär's vorher mit einem Drink? Zur Stärkung? Du siehst aus, als hättest du einen richtigen Schock erlitten.«

»O ja, ein Drink täte mir gut.« Brigid nickte dankbar. »Es war irgendwie … richtig unheimlich.«

Frummie schenkte ihr ein Glas ein. »Ich kenne das vom Krieg. Die Leute sind ungeheuer tapfer, und dann brechen sie eines Tages zusammen. Es hat sie vielleicht schon lange Zeit bedrückt, aber sie hat versucht, sich nichts anmerken zu lassen.«

»Wahrscheinlich.« Brigid lief es kalt den Rücken hinunter.

»Hoffentlich geht es ihr jetzt halbwegs gut. Ich habe Angst, dass sie eine Dummheit macht.«

»Jetzt übertreib mal nicht.« Frummie lächelte auf ihre typische Art und reichte ihr das Glas.

»Wenn ich erst mit Martin gesprochen habe, geht es mir besser.« Brigid legte die Schlüssel auf den kleinen Tisch und nahm einen Schluck. »Danke.«

»Bist du dir da so sicher?«

Brigid sah ihre Mutter erstaunt an. »Er wird sich um sie kümmern. Schließlich ist er ihr Mann!«

»Meinst du?«

Brigid starrte sie an und fing dann an zu lachen. »Tut mir Leid. Ich glaube, ich habe den Faden verloren. Wovon sprichst du eigentlich?«

Frummie setzte sich wieder. »Louise hat es mir verraten. Nach dem Abendessen bei euch ist sie noch auf einen Drink zu mir gekommen und hat von ihrem Verdacht erzählt. Und dabei hat sie geäußert, dass sie mit diesem Martin gar nicht verheiratet ist.«

Brigid schloss kurz die Augen. »Aber selbst wenn sie nicht verheiratet sind«, entgegnete sie, »so hat er doch das Recht, zu erfahren, wie es ihr geht.«

»Natürlich.« Frummie zog die Augenbrauen hoch. »Warum nicht. Ich könnte mir nur vorstellen, dass es ihn vielleicht nicht sonderlich interessiert.«

»Aber sie sind doch …« Brigid suchte nach den richtigen Worten. »… Sie leben doch seit mindestens drei Jahren zusammen.«

»Die Sache ist die«, sagte Frummie bedächtig, »wenn sich ein Mann oder eine Frau verlieben und ihrem Partner untreu werden, sind sie von ihren neuen Gefühlen oft so überwältigt, dass sie ihrem bisherigen Lebensgefährten keine Hilfe mehr sein können.«

»Tja«, erwiderte Brigid nach kurzem Schweigen in kühlem Ton. »Du musst es ja wissen.«

Frummie biss sich auf die Lippen. »Ja«, sagte sie tonlos. »Deshalb erkläre ich es dir ja.«

»Aber was schlägst du stattdessen vor?«, fragte Brigid ärgerlich.

»Ich sage ja nicht, dass du diesen Martin nicht anrufen sollst. Aber möglicherweise ist alles nicht ganz so einfach, wie du es dir vorstellst.«

»Ich rufe ihn an.« Brigid stellte ihr Glas ab. »Und zwar sofort.«

Sie öffnete Louises Tasche und zog ein Notizbuch heraus. Frummie empfand einen seltenen Anflug von Mitgefühl, als sie sah, wie ihre Tochter ratlos das Büchlein in der Hand hielt.

»Du musst es tun«, sagte sie leise. »Wenn du Skrupel hast, gib es mir.«

Brigid schlug widerwillig das Büchlein auf und überflog die handgeschriebenen Einträge unter der Rubrik »Notizen« auf den letzten Seiten.

»Nein. Da steht alles Mögliche.« Sie blätterte ein paar Seiten weiter. »Da. Die Buchstaben MM und eine lange Telefonnummer.«

»Das könnte Martins Mobiltelefon bedeuten«, meinte Frummie. »Also los, probier's!«

Brigid stand auf und ging ans Telefon. Sie wählte die Nummer, lauschte einen Augenblick und sagte dann: »Ich hoffe, ich habe die Nummer von Martin Parry gewählt. Mein Name ist Brigid Foster. Könnten Sie mich bitte zurückrufen?« Sie nannte ihre Telefonnummer und legte dann auf. »War nur die Mailbox.«

»Gut gemacht. Aber vielleicht solltest du lieber rüber ins Haus gehen, falls er zurückruft.«

»Ja, du hast Recht. Daran hätte ich gar nicht gedacht.« Brigid zögerte. »Was soll ich mit Louises Tasche machen?«

»Ich bring sie zurück. Keine Sorge, sie wird schon nichts merken.«

»Und die Autoschlüssel?«

»Ich glaube, vorerst ›verlegen‹ wir sie.«

Die beiden Frauen wechselten einen vielsagenden Blick.

»Ja«, stimmte Brigid schließlich zu. »Ich glaube, das ist am besten. Und … vielen Dank. Entschuldige, wenn ich ein bisschen –«

»Da gibt es nichts zu entschuldigen. Ich könnte ja rüberkommen, wenn ich ihr die Tasche zurückgebracht und nachgesehen habe, wie es ihr geht.«

»Das wäre … nett. Du könntest mit mir zu Abend essen. Und Louise auch, falls sie Lust hat.«

»Ja.«

Brigid leerte hastig ihr Glas, lächelte zaghaft und ging.

Mit nachdenklicher Miene nippte Frummie an ihrem Wein. Da öffnete sich sehr, sehr langsam die Tür, die Brigid soeben hinter sich geschlossen hatte. Frummie stellte ihr Glas ab, versteckte die Tasche hinter einem Kissen, griff nach den Schlüsseln und blieb dann reglos auf ihrem Stuhl sitzen. Louise schlüpfte herein, schloss die Tür hinter sich und legte einen Finger auf die Lippen.

»Jemand ist hinter mir her«, flüsterte sie. »Sie ist in meinem Cottage. Ich kann sie hören. Ich bin kurz eingeschlafen, und da ist sie reingekommen. Könnte ich vielleicht bei dir bleiben, bis sie weg ist?«

Frummie stand auf, trat auf Louise zu und nahm sie am Arm.

»Natürlich kannst du bleiben, Herzchen«, sagte sie. »Ich freue mich. Setz dich. Nein, nicht hierhin. Dort drüben. Ich hole dir etwas zu trinken. Magst du *Casablanca*? Ich seh ihn mir nämlich gerade an.«

Louise warf ihr einen verängstigten, unendlich traurigen Blick zu. »Sie sucht mich, verstehst du? Ich allein weiß, was man ihr sagen muss.«

»Das regeln wir später«, erklärte Frummie mit Nachdruck. »Hier, sieh mal.« Sie griff nach der Fernbedienung und drückte einen Knopf. »Und jetzt entspanne dich. Bei mir bist du in Sicherheit.«

Louise war wie ein Kind, das sich geborgen fühlt. »Danke«, sagte sie höflich, richtete den Blick auf den Fernseher und kuschelte sich in die Sofaecke.

FÜNFZEHN

Erst als sie in ihrer Küche war, beruhigte sich Brigid ein wenig. Blot saß in seinem Korb und wedelte zur Begrüßung mit dem Schwanz.

»Das war vielleicht unheimlich«, murmelte sie. »Was mag bloß mit ihr los sein? Hat sie einen Nervenzusammenbruch bekommen, weil sie Martin auf die Schliche gekommen ist?«

Blot suchte eine bequemere Lage und kauerte sich dann zufrieden nieder. Er vermisste Humphrey, denn sein Herrchen geizte nicht mit Hundekuchen und anderen Leckerbissen, aber immerhin hatte er es hier warm und gemütlich und konnte ungestört vor sich hindösen. Brigid tätschelte ihn. Nachdem sie Humphrey zum Zug gebracht hatte, war sie mit Blot den O Brook entlang bis nach Down Ridge gewandert. Als sie zwei Stunden später müde und verdreckt zu Hause angekommen war, hatte sie sich mit dem bevorstehenden sechsmonatigen Getrenntsein halbwegs abgefunden. Doch selbst die Weite des Moors hatte sie nicht von ihren Ängsten wegen Jenny ablenken können. Auch die Sache mit Humphreys Vater lag ihr immer noch im Magen. Jetzt kam die Sorge um Louise hinzu. Jemimas Schilderung hatte Brigid zunächst nicht weiter beunruhigt, weil sie vermutete, dass ihre Schwester sich wichtig machen wollte.

»Ich fürchte, es ist zum Teil meine Schuld«, hatte Jemima gesagt.

»Wie um Himmels willen kommst du denn auf die Idee?«, hatte Brigid unwillig gefragt. »Ich glaube, du steigerst dich da in was hinein.«

Brigid tätschelte Blot ein letztes Mal und erhob sich. In Wirklichkeit war sie eifersüchtig gewesen, weil Louise Jemima Dinge anvertraut hatte, von denen sie, Brigid, keine Ahnung hatte. Genauso hatte sie reagiert, als sie erfuhr, dass Louise Frummie von ihrem Verdacht gegenüber Martin erzählt hatte. »Du musst es ja wissen«, hatte sie ihrer Mutter in bitterem Ton entgegengehalten.

Brigid erinnerte sich an Frummies Gesichtsausdruck. Vor lauter Ärger über sich selbst wäre sie am liebsten in Tränen ausgebrochen.

»Wo wir uns doch diesmal so gut verstanden haben«, sagte sie bedrückt. »Sie war … eine solche Hilfe. Verdammt noch mal, warum kann ich das nicht einfach genießen und mich darüber freuen?«

Das Läuten des Telefons durchbrach die Stille. Brigid zuckte vor Schreck zusammen. Sie griff sich ans Herz, bevor sie den Hörer abnahm. Bestimmt war es Martin Parry.

»Ich wollte dir nur sagen, dass ich gut angekommen bin, mein Schatz.« Humphreys Stimme klang betont fröhlich. »Es gab keinerlei Verspätungen. Geht es dir gut?«

»Aber natürlich«, log sie. »Die Zeit mit dir war so schön.«

»Ich habe sie auch genossen. Und in vierzehn Tagen komme ich wieder und bleibe fast eine ganze Woche.« Er fügte nicht hinzu: »… bevor ich für sechs Monate weggehe.« Schließlich wussten sie beide, dass es keinen Sinn hatte, darüber zu jammern.

Nachdem sie den Hörer aufgelegt hatte, streckte Frummie schon den Kopf zur Tür herein.

»Entschuldige«, sagte sie. »Ich habe draußen deine Stimme gehört und vermutet, dass du telefonierst. War das Martin?«

»Es war Humphrey. Warst du bei Louise?«

»Sie ist zu mir gekommen. Sie behauptete, jemand sei in ihrem Cottage und suche nach ihr.«

Brigid starrte ihre Mutter an. »Wie schrecklich!«

»Ja. Ich habe sie dabehalten und ihr ein Gläschen eingeschenkt.«

»Und was macht sie jetzt?«, fragte Brigid entsetzt. »Du hättest sie besser nicht allein lassen sollen.«

»Keine Sorge.« Frummie grinste zerknirscht. »Sie schläft. Ich habe ihr ein Beruhigungsmittel in den Wein gegeben.«

»Ist das dein Ernst?«

»Nun mach nicht so ein Gesicht! Das wird sie schon nicht umbringen. Es schien mir das Beste, sie ruhig zu stellen, während wir uns überlegen, wie wir weiter vorgehen. Etwas Schlaf wird ihr gut tun.«

Als Louise aufwachte, saß sie ein paar Minuten reglos da und überlegte verwirrt, wo sie sich befand. Eigentlich war das ja völlig egal. Sie sehnte sich danach, in den tröstlichen Schlaf des Vergessens zu sinken. Doch da meldete sich eine unbarmherzige Stimme, die sie vor dieser Apathie warnte und sie ermahnte, den Kampf fortzusetzen und die Vergangenheit von der Gegenwart fern zu halten. Diese Stimme ließ ihr keine Ruhe. Doch jetzt kam noch etwas anderes hinzu, das sie beunruhigte. Martin. Sie hatte Angst, Martin zu verlieren, und diese Angst hatte alles ausgelöst. Alles hatte schon vor den Ferien angefangen; im Zug war es ihr dann bewusst geworden, und das Telefonat mit Martin hatte ihren Verdacht bestätigt.

Und nun wusste sie Bescheid. Martin war ihr untreu, und vielleicht würde er sie ebenso schnell verlassen wie Susan. Er hatte sie vor der Vergangenheit beschützt. Was sollte sie ohne ihn tun?

»Ich kann einfach nicht mehr«, sagte sie laut.

»Das Problem ist, dass man einfach nicht aufgeben darf«, sagte eine Stimme. Frummie legte Louise die Hand auf die Schulter und lächelte sie an. »Aber manchmal gibt es Menschen, die die Last ein Stück mittragen können.«

»Ach, hallo«, sagte Louise erleichtert. »Einen Augenblick hatte ich keine Ahnung, wo ich bin. Ich glaube, ich werde allmählich verrückt.«

»Das möchte ich bezweifeln. Du bist hier zu mir rübergekommen, und ich habe dir ein Glas Wein angeboten. Dann bist du eingeschlafen.«

»Tut mir Leid«, meinte Louise. »Ich geh wohl jetzt besser und lass dich in Frieden.«

»Aber wir sollen doch zu Brigid zum Abendessen rüberkommen, weißt du das nicht mehr? Sie hat uns eingeladen.«

»Ja, schon…« Louise überlegte einen Augenblick. Brigid war hereingekommen, hatte Tee gemacht… und danach?…

»Na also. Dann sollten wir jetzt losgehen. Wir wollen sie doch nicht warten lassen.«

Brigid begrüßte sie freundlich, ohne sich etwas anmerken zu lassen. Als Frummie sie fragend anblickte, schüttelte sie den Kopf – nein, kein Anruf.

»Schön, dass ihr gekommen seid«, sagte sie. »Ich weiß immer nichts mit mir anzufangen, wenn Humphrey wieder weg ist.«

»Louise ist eben erst aufgewacht.« Frummie zwinkerte ihrer Tochter beruhigend zu.

»Hoffentlich habt ihr beide Appetit mitgebracht. Ich bin völlig ausgehungert, schließlich habe ich einen langen Spaziergang gemacht.«

Brigid schöpfte Tomatensuppe in Schälchen und holte heiße Brötchen aus dem Backofen. Die köstlichen Gerüche erfüllten Louise mit einem jähen, unerklärlichen Glücksgefühl. Hier in dieser Küche mit diesen beiden Frauen fühlte sie sich geborgen. Eine tiefe Zufriedenheit erfüllte sie, sie lächelte Frummie zu und ließ sich die Suppe schmecken.

Da klingelte das Telefon. Brigid stieß ihr Glas um und fluchte leise, während Frummie mit zitternden Händen nach ihrer Serviette griff, um die rote Pfütze einzudämmen. Louise beobachtete, wie Brigid aufstand und nach dem Hörer griff.

»Hallo?«, meldete sie sich mit tonloser Stimme. Doch im nächsten Augenblick war sie wie verwandelt. »Thea!«, rief sie erleichtert. »Nein, nein, es geht mir gut… besser gesagt, uns geht es gut. Ich habe Mummie und Louise zum Abendessen eingeladen. Dann sehen wir uns also morgen, nicht wahr? … Oh, das tut mir aber Leid … Die arme Hermione … Ja, wirklich? So plötzlich? Morgen geht es ihr bestimmt wieder besser … Das hört sich wirklich schlimm an, die arme Kleine … Mach dir wegen mir keine Gedanken. Wir können uns jederzeit sehen … Ehrlich, Thea, kümmere dich erst einmal um Hermione … Gut. Bis bald.«

Mit einem erleichterten Seitenblick zu Frummie legte sie auf.

»Das war Thea«, sagte sie überflüssigerweise. »Ich wollte sie morgen besuchen, aber Hermione geht es nicht gut.« Louise ließ scheppernd ihren Löffel auf den Tisch fallen, und Brigid warf ihr einen besorgten Blick zu. »Anscheinend ist sie völlig apathisch und furchtbar blass. Thea meint, dass es wahrscheinlich ein Infekt ist, und hat sie ins Bett gesteckt. Die arme Hermione.« Louise schob ihren Stuhl zurück, und Brigid sah sie an, erschrocken über ihre starre Miene. »Morgen früh geht es ihr bestimmt wieder besser.«

»Nein«, erwiderte Louise und stand auf. »Nein, morgen früh wird es ihr nicht besser gehen.« Sie schüttelte den Kopf und biss sich auf die Lippen. »Sag ihr«, fuhr sie fort und wies auf das Telefon, »sag ihr, sie soll den Arzt holen.«

Brigid starrte sie fassungslos an. Louise stand der Schweiß auf der Stirn, ihre Lippen zitterten.

»So sag es ihr doch!«, schrie sie mit verzerrtem Gesicht. Hilflos klammerte sie sich an der Stuhllehne fest. »Sag Thea, dass sie morgen *tot* sein wird. Ruf sie an und sag, der Arzt soll kommen. Der Notfallwagen.«

Frummie tätschelte beruhigend ihre Hand.

Louise schaute sie mit leerem Blick an. »Meningitis«, sagte sie leise, als sei sie in eine andere Welt eingetaucht. »Es ist Hirnhautentzündung. Morgen früh ist sie tot.«

»Ruf Thea an«, sagte Frummie zu Brigid, die wie gelähmt dastand. »Schnell.«

Mit zitternden Händen wählte Brigid die Nummer.

»Thea?« Sie räusperte sich. »Thea, hör zu. Es ist wegen Hermione. Louise … sie meint, es könnte eine Hirnhautentzündung sein … Ich weiß, aber sie sagt, dass du unbedingt einen Arzt oder den Krankenwagen rufen sollst … Es ist doch besser, auf Nummer sicher zu gehen … Okay. Gibst du uns Bescheid? … Ja, gut.«

Brigid wandte sich um. Ihre Mutter hielt noch immer Louises Hand und drückte die zitternde junge Frau sanft auf ihren Stuhl nieder.

»Mein armes Kind«, sagte Frummie leise.

Louises Blick war jetzt wieder klar, aber sie wirkte traurig und erschöpft. »Am Morgen war sie tot. Ich hatte nicht erkannt, dass es … etwas Ernstes war. Sie war so blass und apathisch, aber ich habe nichts unternommen. Ich dachte, am nächsten Morgen würde es ihr besser gehen.« Und sie sank in sich zusammen, legte die Stirn auf den Tisch und fing an zu weinen.

Zweiter Teil

SECHZEHN

Sechs Wochen später saß Louise vor dem alten Bahnwärterhaus in der Sonne. Sie sah Hermione zu, die auf dem grasüberwucherten Gleis mit Oscar spielte. Die schier unerträgliche Last von Tod und Schuldgefühlen war wie durch ein Wunder von ihr genommen worden. Vor drei Jahren waren diese beiden Peiniger – Tod und Schuld – für sie so unerträglich geworden, dass nur die Verdrängung einen Ausweg geboten hatte. Sie hatte sich eingeredet, nicht sie selbst erlitte diese Qual, sondern jemand anderer. Und nach Wochen des zerstörerischen Wahnsinns hatte sie sich diesen Kräften entwunden und war zu einem anderen Menschen geworden. Martin hatte ihr die Chance dazu geboten, und sie hatte sie ergriffen. Schließlich war ihr nichts mehr geblieben: Ihr Kind war tot, und ihren Mann hatte sie mit ihrer verzweifelten Wut und ihren Schuldgefühlen vertrieben. Martin war ihre Eintrittskarte für ein neues Leben, in dem sie die Vergangenheit abstreifen konnte. Das war ihr mit erstaunlichem Erfolg gelungen. Doch nun betrog Martin sie, und die Fassade bröckelte mit atemberaubender Geschwindigkeit. Theas Anruf hatte sie an den Rand des Abgrunds gebracht, aber nun war es ihr möglich gewesen hineinzublicken. Ihre beiden Freundinnen, das Gefühl, hier in dem alten Langhaus ein Refugium gefunden zu haben – all das hatte ihr geholfen. *Wohin begibt man sich, wenn man aus der Welt des Wahnsinns hinaustritt? Auf die Seite jenseits der Verzweiflung … Ein aus Stein gebautes Refugium … Die Hitze der Sonne und die eisige Nachtwache.* Ganz allmählich hatte sie es über sich gebracht, davon zu sprechen; zunächst war es nur ein Rinnsal von Worten gewesen, das dann zu einem Sturzbach wirrer Sätze angeschwollen war und schließlich in eine Flut unbändigen Schmerzes mündete. Während Hermione sich von ihrer Viruserkrankung erholte, genas auch Louise. Vergangenheit und Gegenwart vermischten sich zwar noch immer, aber jetzt war es eine sanfte Begegnung, kein abrupter Zusammenprall, der sie um den Verstand zu bringen drohte. Bisweilen aber stellte sie sich vor, es sei ihr eigenes Kind, das dort auf dem stillgelegten Bahngleis spielte, wo die Margeriten blühten und die Bienen summten.

Ihre eigene Hermione wäre jetzt ungefähr im gleichen Alter gewesen: sechs, fast sieben. Einen Augenblick sah Louise ihre Tochter wieder vor sich: die langen blonden Haare, die das rosige Gesichtchen mit widerspenstigen Strähnen rahmten; den aufmerksamen, wachen Blick, die großen blauen Augen, die neugierig ein Spielzeug betrachteten; die molligen Beinchen, die immer in Bewegung waren. Louise schloss die Augen, als der Schmerz sie wie ein Schwert durchbohrte. Was für ein Schock war es gewesen, diesen Namen wieder zu hören! Ein Kind zu treffen, das sie so vertrauensvoll anblickte – an diesem entlegenen Ort, wo sie es am wenigsten erwartet hatte! Wie sorgfältig war sie jungen Müttern mit kleinen Kindern stets aus dem Weg gegangen, die den Schmerz über den Verlust der Tochter in ihr wachriefen. Martin war nur von jungen Freiberuflern umgeben, die keine Kinder hatten. Sein kleiner Freundeskreis hatte sie wie ein Schutzschild abgeschirmt. Martin hatte für ihre Probleme ein offenes Ohr gehabt. Sie hatte seinen Beschützerinstinkt geweckt. Er und nur er allein könne ihr helfen, davon war er überzeugt gewesen. Jetzt war sie offenbar durch eine andere – jüngere – Frau mit anderen Problemen ersetzt worden, um die sich Martin kümmern musste.

Als er, von Brigid verständigt, in Foxhole eintraf, war Louise zu krank für eine Aussprache gewesen. Er hatte beschämt und verlegen gewirkt, was ihm gar nicht gut stand. Trotz ihres Zustandes hatte sie gespürt, dass ihre Probleme ihn nicht mehr interessierten. Er war zwar angereist, aber es war ihr nicht gelungen, den alten

Beschützerinstinkt in ihm zu wecken. Er hatte jetzt ein neues Sorgenkind. Sie hatte gehört, dass Carol an einer Essstörung litt – die Folge einer katastrophalen Ehe, die mit einer Scheidung geendet hatte. Als Frummie vorschlug, Louise solle bis zu ihrer Erholung in Foxhole bleiben, hatte Martin sofort zugestimmt. Voller Dankbarkeit hatte sie Frummies Gästezimmer bezogen. Sie hatte geschlafen, geredet, geweint und geschlafen. Wirre, heftige Sätze waren aus ihr herausgesprudelt, bis sie völlig erschöpft war. Danach hatte sie oft im Hof in der Sonne gesessen und sich einem glückseligen Gefühl der Leere hingegeben. Leer wie ihre Arme …

Louise verschränkte unwillkürlich die Arme über der Brust. Man hatte ihr das tote Kind gewaltsam entreißen müssen; sie hatte versucht, es durch ihre Körperwärme wieder ins Leben zurückzuholen …

»Wo warst du?«, hatte sie Rory angeschrien. »Ich habe dich so gebraucht!«

Drei endlose, albtraumhafte Wochen lang hatte sie auf ihn gewartet. Man hatte ihm nichts von dem Unglück gesagt, bis die U-Boot-Mission zu Ende war. Doch zu diesem Zeitpunkt hatte sie sich bereits so weit in sich selbst zurückgezogen, dass sie für ihn nicht mehr erreichbar war. Mit bleichem Gesicht hatte er sie angestarrt, gelähmt von dem Schock über den Tod seines Kindes. Hilflos musste er mit ansehen, wie sie jede Hoffnung und jeden Trost zunichte machte. Sie wusste, dass das Polaris-U-Boot in einer geheimen Mission unterwegs war. Während solcher Einsätze wurden die Besatzungsmitglieder von ihrem sozialen Umfeld abgeschirmt. All das hatte sie gewusst und akzeptiert – jedenfalls theoretisch. In Wirklichkeit konnte sie die Vorstellung nicht ertragen, dass er drei Wochen lang ganz normal weitergelebt hatte, ohne zu wissen, dass Hermione gestorben und begraben war. Die Ehefrauen von Rorys Kameraden, die mit Rory befreundeten Offiziere und der Kaplan hatten zwar Anteilnahme gezeigt, aber sie hatte sich dennoch so allein gefühlt wie Hermione, die friedlich unter der Erde ruhte. Louise war ständig auf dem Friedhof, bis ihre Mutter nach Faslane kam und sie nach Hause holte – nur dass es so etwas wie ein »Zuhause« gar nicht mehr gab. Ihr Zuhause war Hermione gewesen; ihre Stimme, ihre Spielsachen, ihr Lachen und ihre Tränen; ihre Zeichnungen an der Pinnwand in der Küche, ihre Bilderbücher auf dem Fußboden, ihr Dreirad im Flur … und Percy der Papagei, ein Stofftier, das sie abends immer mit ins Bett genommen hatte. Der Stoffpapagei hatte ihr Kind auf dem letzten Weg begleitet … Und dennoch – jetzt hielt ihr die andere Hermione den Papagei entgegen. Mechanisch streckte Louise die Hand aus und nahm das Stofftier.

»Mummie bringt den Tee«, sagte Hermione. »Und ich helfe ihr dabei. Du kannst dich inzwischen um Percy kümmern.«

Dieses Stofftier hatte etwas Tröstliches für sie. Und dann war da die andere Hermione, die ihr so zutraulich begegnete. Merkwürdig, dieses Kind weckte in ihr keine Angst mehr. Der Wahnsinn war verschwunden, nur die Trauer war geblieben. »Es wurde Zeit, dass du trauerst«, hatte Thea gesagt. Und Rory? Ein lange unterdrückter Schmerz meldete sich, und das Herz wurde ihr schwer. Er hatte sich zu einem Austauschprogramm der kanadischen Marine nach Ottawa gemeldet und war ganz aus ihrem Leben verschwunden. Ihre Mutter hatte ihr das nie verziehen.

Thea kam mit dem Tablett heraus, und Oscar lief hechelnd die Rampe zum Bahnsteig herauf, in der Hoffnung, einen Keks abzubekommen. Louise lächelte. Sie war jetzt in der Lage, ihre Gefühle gelassen hinzunehmen. Die Zeit des Leugnens und Verdrängens war vorbei, aber was lag vor ihr?

»Tee«, sagte Thea. »Und anschließend machen wir einen Spaziergang die Gleise entlang. Was meinst du dazu?«

»Gern«, sagte Louise dankbar. Eins nach dem anderen, das war jetzt der richtige Rhythmus für sie.

Brigid legte den Vorhang, an dem sie gerade nähte, beiseite, und stieg langsam die Treppe hinunter. Blot tapste hinter ihr her. Eine Pause würde ihr gut tun. Sie durchquerte die langen, lichtdurchfluteten Räume, warf einen Blick hinaus in den Hof und beschloss, ihren Tee draußen in der Sonne zu trinken. Ihr jüngerer Sohn Michael und seine Freundin Sarah waren am Wochenende zu Besuch gewesen, und nun vermisste sie die beiden sehr. Sie hatte sich einfach nur gefreut, als sich aus den Beziehungen ihrer Söhne etwas Dauerhaftes entwickelt hatte, und gar nicht darüber nachgedacht, dass damit ein Abschnitt ihres eigenen Lebens zu Ende ging. Sie musste einen Schritt zurücktreten und Platz machen für die Mädchen, in die sich ihre Söhne verliebt hatten. Oft musste sie sich auf die Zunge beißen, wenn sie mit ihren Kindern telefonierte, und ihre mütterlichen, fürsorglichen Gefühle beiseite schieben. Gewiss, hin und wieder ergab es sich in den Ferien oder an Wochenenden, dass sie mit Julian oder Michael allein war. Doch die gemütlichen Weihnachtstage im Familienkreis, die Scherze, die nur Eingeweihte verstanden, die Spiele – all das gehörte nun der Vergangenheit an. Ihre Kinder hatten jetzt ihren eigenen Familienkreis, und Brigid musste lernen, sich im Hintergrund zu halten und trotzdem für sie da zu sein. So viel Zeit und Energie hatte das Muttersein gekostet; sie hatte ihren Kindern so viel Liebe geschenkt und so viel gelernt in all den Jahren – und plötzlich, von heute auf morgen, schien alles vorbei. Merkwürdig, dass die letzte Aufgabe, die Eltern zu bewältigen hatten, auch die schmerzlichste war: loszulassen.

Während das Wasser kochte, ging sie nach draußen, streckte sich wohlig und blinzelte in die Sonne. Über ihr flogen die Schwalben ein und aus. Sie fütterten ihre Jungen, die sich im Nest zwischen den Balken der Scheune drängten. An der Granitmauer hingen Körbe mit blühenden Hängepetunien und Elfensporn.

Diese Blumenkörbe waren ein Luxus, den sich Brigid jedes Jahr leistete, und auch jetzt erfreute sie dieser Anblick. Da man ohne Treibhaus keine Frühblüher ziehen konnte, ließ sie sich die Körbe von Liz in der Gärtnerei bepflanzen. Wenn es im Frühjahr allmählich wärmer wurde, fuhr Brigid nach Loddiswell und holte sich den Sommergarten nach Foxhole. Der geschützte Hof zeigte dann eine fast mediterrane Pracht – eine kleine grüne Oase inmitten der Felsen des Moors.

Die Tauben gurrten zufrieden, und die Bienen summten. Es war ein wundervoller Nachmittag, und einer plötzlichen Eingebung folgend ging Brigid zu Frummies Cottage hinüber. Die Tür stand offen, und aus dem Wohnzimmer ertönte Glenn Millers »String of Pearls«.

»Hallo«, rief sie. »Mummie?«

Frummie kam heraus, ein Geschirrtuch in der Hand. »Hallo. Ich wollte mir gerade Tee machen. Willst du eine Tasse mittrinken? Aber bestimmt hast du keine Zeit.«

Diese Bemerkung versetzte Brigid einen Stich, doch sie unterdrückte die Antwort, die ihr auf der Zunge lag, und sagte: »Ehrlich gesagt, ich wollte dir gerade vorschlagen, mit mir im Hof Tee zu trinken. Es ist so ein schöner Nachmittag, und ich habe noch Kuchen.«

Frummie zog die Augenbrauen hoch, war aber höchst erfreut über die unverhoffte Einladung. »Ja, sehr gern.«

»Gut. Dann komm doch rüber, wenn du fertig bist.«

Sie wandte sich um, bevor Frummie fragen konnte, ob der Kuchen von Michaels Besuch übrig geblieben war, und ging in die Küche, um Tee zu kochen. Als sie das Tablett hinaustrug, saß Frummie bereits auf der Bank, das Gesicht der Sonne zugewandt.

»Paradiesisch ist es hier«, murmelte sie. »Einfach paradiesisch. Ich glaube, in meinem früheren Leben war ich eine Eidechse. Es kann mir gar nicht heiß genug sein.«

Sie trug ein langes, ärmelloses Baumwollkleid und Ledersandalen. Brigid betrachtete die von feinen Fältchen durchzogene Haut ihrer Mutter. Während sie den Tee eingoss, beneidete sie im Stillen ihre Mutter, die anscheinend nie einen Sonnenbrand bekam.

»Du siehst aus, als hättest du Ferien auf dem Kontinent gemacht«, meinte sie.

Frummie schlug die Augen auf. »Apropos«, erwiderte sie, »es

war ziemlich dämlich von Martin, mit einer solchen Sonnenbräune zu erscheinen. Hat er tatsächlich geglaubt, Louise würde ihm abnehmen, von vierzehn Tagen Golfspielen in St. Andrews bekäme man eine solche Farbe?«

»Sie war wohl nicht in der Verfassung, das zu bemerken.« Brigid lehnte sich mit einem zufriedenen Seufzer auf ihrem Stuhl zurück. Zu ihren Füßen saß Blot und nahm ein Sonnenbad.

»Aber das konnte er doch nicht wissen.« Frummie probierte den Kuchen und nickte anerkennend. »Ich habe etwas gegen Leute, die die Intelligenz ihrer Mitmenschen unterschätzen.«

»Entweder das, oder es war ihm schlicht und einfach egal.« Brigid schüttelte den Kopf. »Er hätte sich wenigstens ein bisschen Mühe geben können, als er sah, in welchem Zustand sie war. Aber er hat sich wie ein verwöhntes Kind benommen, das schmollt, weil man ihm seinen Spaß verderben will.«

»Männer sind Arschlöcher.« Frummie schloss die Augen.

»Also, Mummie …«

Frummie schnaubte verächtlich. »Wir wollen doch nicht um den heißen Brei herumreden. Louise ist längst darüber hinweg. Sie kommt wunderbar ohne Martin zurecht. Immerhin hat er sich, was das Finanzielle betrifft, äußerst großzügig gezeigt.«

»Das war doch das Mindeste«, erwiderte Brigid ungnädig. »Er fährt mit einer anderen in den Urlaub und kümmert sich nicht um seine Frau –«

»Seine Geliebte. Schließlich sind sie nicht verheiratet.«

»Wie auch immer …« Brigid hatte den Faden verloren und trank einen Schluck Tee. »Sie will nach London fahren, nicht wahr? Um alles mit ihm zu regeln.«

»Ja. Ich möchte sie wirklich gern bei mir behalten, aber sie muss lernen, wieder auf eigenen Füßen zu stehen.«

»Das war wirklich großartig von dir«, sagte Brigid beinahe schüchtern. Sie erwartete eine spitze Bemerkung, da Frummie auf Komplimente gewöhnlich eher sarkastisch reagierte. »Über einen Monat hat sie bei dir gewohnt. Das ist eine lange Zeit, vor allem, wenn man jemanden kaum kennt. Und am Anfang war es ja nicht gerade einfach.«

»Sie musste sich aussprechen. Alles immer und immer wieder durchgehen. Das arme Kind! Sie hatte solche Schuldgefühle – und dazu noch dieser tiefe Schmerz. Aber sie hat sich wacker geschlagen.«

SIEBZEHN

Am Abend wanderte Brigid hinauf zu Combestone Tor. Über die aufeinander getürmten Granitplatten hatte sich das Abendrot gebreitet, und am östlichen Himmel zeigte sich eine schmale Mondsichel. Blot trottete wie ein dunkler Schatten über das Gras und schnüffelte in den Felsspalten, während ein Rabe mit heiserem Krächzen gemächlich westwärts flog. Brigid ließ sich auf einem Felsvorsprung nieder. Die unendliche Weite der Landschaft, die in Blau-, Lavendel- und Goldtönen schimmerte, übte auch jetzt eine beruhigende Wirkung auf sie aus. Hier, in diesen luftigen Höhen über dem Mosaik aus Moorland, Wiesen und Tälern, überkam sie stets ein unbändiges Glücksgefühl. Sie verspürte ein Prickeln – das vertraute Entzücken über das Einssein mit der Natur. Als das Tageslicht schwand, verwandelten sich die grasenden Schafe auf den umliegenden Hügeln in fahle Felsbrocken. Weißdornhecken nahmen gespenstische, bizarre Formen an. Unten im Tal trieben milchig weiße Nebelschwaden über den Fluss hinweg und waberten die steile Uferböschung hinauf.

Als die Schleiereule wie eine Botin aus einer anderen Welt mit stumpfen Schwingen über die Wipfel des Waldes von Combestone streifte, wurde Brigid von einer Sehnsucht erfasst, die aus dem tiefsten Inneren zu kommen schien – die Sehnsucht nach etwas längst Vergessenem, das unter Schichten banaler Sorgen und Wünsche verschüttet lag. Es war die Verheißung eines unerschütterlichen inneren Friedens – wie ein flüchtiger Schatten jenseits des Erreichbaren –, doch da …

Ein Rascheln neben ihr auf den Felsen, etwas Kaltes und Feuchtes an ihrer Wange – und der Zauber war verflogen. Ein stilles Glück jedoch blieb. Blot jaulte. Er wollte weiter, und Brigid stand auf – widerstrebend, aber folgsam – und trat den Heimweg an. Auf dem Pfad, der durch das Moor führte, legten sich die Schafe zur Nachtruhe nieder. Sie genossen die Hitze, die sich am Tag auf dem Asphalt gesammelt hatte. Brigid befahl Blot, bei Fuß zu bleiben, während sie mit schnellem Schritt an den reglosen Wollknäueln vorbeiging. Die Lichter von Foxhole schimmerten durch die Ebereschen. An der Saddle Bridge lief Blot ihr voraus den Hügel hinauf, und Brigid folgte ihm, noch immer von tiefem Glück erfüllt.

Dieses Gefühl verließ sie auch nicht, als sie den Weg hinuntergging und ins Haus trat, und selbst als sie Jennys Stimme auf dem Anrufbeantworter hörte, war sie noch so verzückt, dass sie anfangs gar nicht begriff, was ihre Freundin sagte.

»Es könnte wohl alles noch schlimmer sein. Der Konkursverwalter lässt uns weitermachen, weil es leichter ist, ein gut gehendes Unternehmen zu verkaufen, aber offenbar gibt es ein Defizit von zwölftausend Pfund. Ach, Brigid, ich weiß nicht, was ich sagen soll. Du wirst in den nächsten Tagen einen Brief bekommen. Ich wollte dich besuchen, aber im Moment kann ich hier nicht weg. Schade, dass ich dich nicht persönlich erreichen konnte.«

Brigid starrte auf das blinkende rote Lämpchen. Es war ihr gelungen, sich einzureden, dass keine Nachricht eine gute Nachricht sei und dass Jenny und Iain wohl eine Lösung gefunden hatten. Louises Zusammenbruch und Humphreys Abreise auf die Bahamas hatten sie von ihren Ängsten abgelenkt. Zwölftausend Pfund. Sie schüttelte den Kopf: Das konnte nicht wahr sein. Bestimmt hatte sie etwas falsch verstanden. Hastig drückte sie den Wiederholungsknopf. »… aber offenbar gibt es ein Defizit von zwölftausend Pfund. Ach, Brigid …« Mit verzweifelter Miene löschte sie die Nachricht, schlug ihr Adressbuch auf und wählte. »Leider ist im Augenblick niemand erreichbar …« Jenny und Iain gingen ihren Gläubigern aus dem Weg. Wer konnte es ihnen verübeln? Aber in

Iains Wohnmobil gab es kein Telefon, und Brigid hatte keine andere Möglichkeit, Jenny zu erreichen. Daher hinterließ sie eine kurze Nachricht. Sie versuchte, freundlich zu klingen, und bat Jenny, so bald wie möglich zurückzurufen. Dann schenkte sie sich ein Glas Wein ein.

Zwölftausend Pfund? Wie konnte man eine solche Summe aufbringen? Durch eine Hypothek natürlich, aber was würde Humphrey dazu sagen? Ihr Glücksgefühl war verschwunden, und die ohnmächtige Angst kehrte wieder. Brigid kniete sich neben Blot nieder und umschlang ihn. Sie spürte seine tröstliche Wärme und fühlte sich elend, allein und verlassen.

Jemima schaltete den Motor ab und fluchte leise, als ein hoch gewachsener Mann hinter dem Cottage hervortrat und wartend stehen blieb. Seine erschöpfte Miene machte ihr deutlich, dass es nicht leicht werden würde, ihn zu besänftigen.

»Es tut mir furchtbar Leid. Ein schreckliches Durcheinander. Jemand hätte hier sein sollen, um Sie reinzulassen. Ich habe die Nachricht erst vor einer halben Stunde erhalten.«

Er entspannte sich ein wenig und kam ihr entgegen. Sie lächelte und bemerkte, dass er verdammt sexy war. Für einen Augenblick wünschte sie sich, sie hätte nicht ihre alten Jeans angezogen und sich die Zeit genommen, etwas Make-up aufzulegen.

»Ich bin Jemima Spencer. Die Mitarbeiterin, die Sie eigentlich hätte in Empfang nehmen sollen, hat mich eben erst verständigt. Sie ist verhindert wegen familiärer Probleme. Warten Sie schon lange?«

Sie sah, dass die Masche der Unterwürfigkeit ihre Wirkung tat. Der Mann musterte sie anerkennend. Er war groß und kräftig gebaut, hatte einen breiten Mund, braune Augen und kurz geschnittenes rotbraunes Haar.

Mein Gott! Was für ein toller Typ!

»Es war nicht so schlimm. Aber ich habe einen ziemlich anstrengenden Tag hinter mir.«

»Meine Güte.« Das war zwar nicht ihre Schuld, aber ein bisschen Mitgefühl konnte gewiss nicht schaden. »Haben Sie eine lange Fahrt hinter sich?«

Er beobachtete, wie sie nach den Haustürschlüsseln suchte. »Eigentlich nicht. Aber es ist ziemlich viel Verkehr.«

»Kann ich mir vorstellen«, erwiderte sie bedauernd. »Die A38 ist die Hölle. Vor allem an einem Samstag Ende Juli. Ist Mrs …? Verzeihung. Ich hätte vorher nachschauen sollen. Janet meinte, Sie seien zu zweit.«

»Stimmt. Wir *waren* zu zweit. Jetzt bin ich allein. Meine Freundin hat mir gestern Abend eröffnet, dass sie nicht mitkommt.«

»Schade!« Jemima starrte ihn an. »Das tut mir Leid.«

»Tja, und da dachte ich« – er zuckte die Schultern –, »ich fahre trotzdem. Dann hat sie wenigstens Zeit, in Ruhe auszuziehen, und ich kann mich einen Monat lang erholen.« Er folgte Jemima in das Cottage und zuckte zusammen, als sie vor Bestürzung aufschrie.

»O nein, das kann doch nicht wahr sein!«

»Was ist denn los?«

Er sah über ihre Schulter hinweg auf das Durcheinander in der Küche: ungewaschenes Geschirr in der Spüle, Essensreste auf dem Tisch und ein allgemeines Chaos.

»Das ist ja entsetzlich.« Schockiert drehte sie sich zu ihm um. »Wenn ich Janet erwische, dreh ich ihr den Hals um. Sie hat mir nicht gestanden, dass sie nicht geputzt hat, sondern nur, dass sie Sie nicht reinlassen kann. Die Wohnung ist, fürchte ich, nicht bezugsfertig.«

Er runzelte die Stirn, und sie erwartete, dass er gleich einen Tobsuchtsanfall bekommen und davonfahren würde. Und ihr Chef würde ihr die Hölle heiß machen, wenn er die Miete für einen ganzen Monat verlor.

»Es dauert nicht lange, alles in Ordnung zu bringen«, sagte sie hastig. »Wirklich nicht. Vielleicht machen Sie bis dahin einen Spaziergang? Oder Sie setzen sich in die Sonne. Es gibt einen hübschen kleinen Garten mit Stühlen …«

»Lassen Sie nur«, antwortete er resigniert. »Ich hätte mir denken können, dass heute alles schief geht. Wir machen das zusammen, dann geht es schneller.«

»Das ... das ist wirklich nett von Ihnen.« Sie sah ihn dankbar an. »Ich kann Ihnen gar nicht sagen, wie Leid es mir tut.«

»Ach, lassen Sie nur!« Er lachte kurz auf. »Gut, dass Annabel nicht hier ist. Es bringt sie auf die Palme, wenn etwas nicht klappt, und wenn jemand einen Fehler macht, sieht sie gern Köpfe rollen. Ich wasche das Geschirr ab, einverstanden?«

»Ja, natürlich.« Sie sah zu, wie er die Hemdsärmel hochkrempelte. »Tja, in diesem Fall bin ich wirklich erleichtert, dass sie nicht hier ist. Glauben Sie mir, normalerweise passiert so etwas nicht.«

Er warf ihr einen Blick zu und lächelte dann. »Das wollte ich Ihnen auch nicht unterstellen. Ehrlich gesagt, finde ich diesen Perfektionismus ganz schön anstrengend. Mit Selbstgerechtigkeit habe ich nichts am Hut. Ist das Spülmittel hier in diesem Schrank? Ah ja. Gibt es heißes Wasser?«

»Verflixt!« Sie riss sich zusammen. »Wahrscheinlich nicht. Es funktioniert mit Münzen, und Gäste, die ein Cottage in einem solchen Zustand hinterlassen, sind normalerweise mit ihrem Kleingeld nicht besonders freigebig. Ich seh mal nach.«

Als sie zurückkam, hatte er das Geschirr bereits ordentlich aufeinander gestapelt und war dabei, den Abfall in einen schwarzen Plastiksack zu werfen.

»Ich habe Übung«, meinte er, als er ihre Überraschung bemerkte.

»Das sehe ich«, erwiderte sie. Und nach einer Pause fügte sie beiläufig hinzu: »Ich würde sagen, Annabel hat eine Dummheit gemacht.«

Er lächelte. »Danke.«

»Ich wechsle die Bettwäsche«, sagte sie mit plötzlicher Scheu. »Wenn Sie mögen, trinken wir später zusammen eine Tasse Kaffee. Zumindest ist noch Milch im Kühlschrank.«

»Super«, antwortete er. »Oder vielleicht ein Bier. Wo ist denn das nächste Pub? Wir sind hier offenbar am Ende der Welt. Eine wunderbare Landschaft, aber dünn besiedelt. Da ich hier ganz auf mich gestellt bin, hoffe ich, es gibt wenigstens ein anständiges Gasthaus.«

»Doch«, sagte sie nach kurzem Zögern. »Das gibt es. Das *Pig's Nose* in Prawle ist nur zehn Minuten von hier entfernt.«

»Ein großartiger Name, *Pig's Nose*«, wiederholte er und drehte den Wasserhahn auf. »Vielleicht könnten Sie mir zeigen, wo das ist. Oder sind Sie heute … schon verabredet?«

»Nein«, sagte sie, bemüht, ein albernes Grinsen zu unterdrücken. »Nein, ich bin noch nicht verabredet. Ich zeige es Ihnen gern.«

Leise summend verließ sie die Küche, um die frische Bettwäsche zu holen.

Louise lag wach, starrte ins Dunkel und ließ den Gedanken freien Lauf. Nun musste sie nicht mehr auf der Hut sein. Die Jahre der Wachsamkeit waren vorüber. Man mochte es für unmöglich halten, die eigene Vergangenheit so tief in sich zu vergraben, aber ihr war es gelungen. Es war ein anderes Leben, das ein anderer Mensch geführt hatte, und den hatte sie beiseite geschoben, ignoriert, verleugnet. Die Erinnerungen schmerzten, aber jetzt konnte sie sie zulassen. Anfangs hatte sie sich die Tragödie mit wahrer Besessenheit immer wieder aufs Neue vergegenwärtigt, aber in letzter Zeit traten andere Bilder aus der Vergangenheit in den Vordergrund: Smuggler's Way, der Blick über den Gare Loch auf die Berge; eine Wanderung durch den Wald, bei der sie Hermione im Buggy vor sich herschob; die Aufenthalte auf Rhu Spit, wo sie gemeinsam mit anderen Familien die Abfahrt oder Ankunft der U-Boote verfolgten.

Von Anfang an hatte sie ihre Schwierigkeiten gehabt, wenn er wieder nach Hause kam, nach endlosen Wochen des Wartens, in denen ihr das Leben hoffnungslos leer erschienen war. Es gelang ihr nicht, die Fäden des Alltagslebens mit jener gelassenen Heiterkeit wieder aufzunehmen, die den anderen Ehefrauen half, die Wochen der Trennung zu überstehen. Wenn Rory nach Hause kam und sie in seine liebevollen blauen Augen sah, war das für sie wie ein Schock. Und sie reagierte mit stummer Scheu, die sie nicht ohne weiteres überwinden konnte. Doch Rory schien das nicht zu kümmern, er ließ ihr Zeit, sich wieder an ihn zu gewöhnen, bis das Gefühl der Fremdheit verschwand. Er wusste stets, wann dieser Augenblick gekommen war, in dem die alte Vertrautheit und die unverkrampfte, liebevolle Normalität wiederkehrte. Und dann legte er den Arm um sie.

»Also«, sagte er dann immer und wischte mit diesen Worten Wochen der Trennung und alle anderen Hindernisse weg. »Also! Wo waren wir stehen geblieben?«

Diese Worte drückten aus, dass das gemeinsame Leben jetzt wieder begann; dass alles, was zwischen ihrem letzten Abschied und diesem »Also!« lag, ohne Bedeutung war. Sie war seine Liebe, sein Leben, sie war das, was wirklich zählte. Hermione spielte bei diesem Gewöhnungsprozess eine wichtige Rolle. Mit ihrer Freude über Rorys Heimkehr half sie den Eltern über so manche Hürde hinweg, brachte sie mit ihrem Eifer wieder zum Lachen. Doch wenn die Kleine im Bett lag und Louise mit Rory allein war, stand diese Scheu wieder zwischen ihnen – ein dünner Vorhang, der den Blick verdunkelte, bis der Augenblick des Wiedererkennens gekommen war. »Also! Wo waren wir stehen geblieben?« Und dann legte er ihr – was für ein Trost! – den Arm um die Schultern und schmiegte seine Wange in ihr Haar.

Heiße Tränen rollten über Louises Schläfen und benetzten ihr Haar. Bei jenem allerletzten Mal hatte sie ihm keine Chance gegeben, heilende, liebevolle Worte zu sprechen. Drei Wochen waren zu lang gewesen, um einen solchen Kummer allein zu tragen. Sie hatte ihm die schwere Last der Schuld aufgebürdet. Wenn er zu Hause gewesen wäre, dann wäre es nicht geschehen. Vielleicht wäre er beunruhigt gewesen und hätte darauf bestanden, einen Arzt zu rufen. Rory war in Bezug auf Hermione immer überängstlich gewesen. Als er endlich wieder zu Hause war, hatte Louise den langen Weg des Verleugnens und Verdrängens bereits angetreten, und für eine Umkehr war es zu spät. Nicht einmal das vertraute Losungswort hätte sie zurückholen können; sie war für ihn nicht mehr erreichbar.

Wie war er mit allem zurechtgekommen? Nun, nachdem sie ihm keine Vorwürfe mehr machte, musste sie sich diesem neuen Schmerz stellen. Wie war es ihm eigentlich ergangen?

»Du bist nicht die Einzige!«, hatte ihre Mutter sie angeschrien. »Andere leiden auch! Wie kannst du dich nur so verhalten?«

Sie erinnerte sich an das zornige Gesicht ihrer Mutter, hatte jedoch stets nur das Bild des leblos und blass in seinem Bettchen liegenden Kindes vor sich. Neben diesem Bild erschien ihr alles andere unwirklich. Wenn sie in der Wohnung in Smuggler's Way geblieben wäre, wenn sie zu Hause gewesen wäre, als Rory von seinem U-Boot-Einsatz zurückkam, wäre vielleicht alles anders geworden. Die Tage nach dem Begräbnis hatte sie in Hermiones Zimmer oder auf dem Friedhof verbracht, bis die besorgten Frauen von Rorys Kameraden ihre Mutter verständigten. Zuerst hatte sie sich gesträubt, als die Mutter sie mit nach Hause nehmen wollte. Aber nachdem sie weder geschlafen noch gegessen hatte, brachte sie nur noch wenig Widerstandskraft auf.

Der arme Rory! Sein Entsetzen war unaussprechlich und verstärkte Louises Schuldgefühle, sodass sie keinen anderen Ausweg sah, als sich ins Vergessen zu flüchten.

Das Verhältnis zu ihrer Mutter, einer resoluten Frau, die viel von ihrer Tochter verlangte, war leider nie besonders eng gewesen. Schließlich fand Louise bei ihrer ältesten Freundin Zuflucht, die sich sehr mitfühlend zeigte. Während sie bei Helena wohnte, hatte sie Martin kennen gelernt. Er war eine elementare Kraft, eine Flutwelle, die alles hinwegspülte. Sie hatte sich mitreißen lassen, dankbar, nicht mehr denken und nichts mehr entscheiden zu müssen.

»Wie kannst du nur so etwas tun?«, hatte ihre Mutter mit versteinerter Miene gefragt. »Und was ist mit Rory? Hast du auch einmal an ihn gedacht?«

Rory. Dieses Thema hatte sie bisher beharrlich verdrängt. Es war einfach zu entsetzlich. Martin hatte ihr beigestanden, sie beschützt, und ihre Mutter hatte sich verächtlich abgewandt.

»Du kannst von mir keine Zustimmung erwarten«, hatte sie gesagt. »Rory steht mir näher als du, meine eigene Tochter. Er ist verzweifelt, aber er will dich nicht unter Druck setzen, wenn du ihn nicht sehen möchtest. Er überlegt, ob er sich bei einem Austauschprogramm mit der kanadischen Marine bewerben soll. Aber offensichtlich interessiert dich das gar nicht.«

Louise wischte sich die Tränen von den Wangen. Wie hatte sie ihn derart verletzen können? Rory, der stets so verständnisvoll gewesen war und Frau und Tochter so geliebt hatte. Sie sah ihn vor sich: gesund, lebendig, voller Energie. Sie hörte seine zärtliche Stimme in der Dunkelheit.

»Also! Wo waren wir stehen geblieben?«

Louise drehte sich auf die Seite, zog die Decke über den Kopf und ließ den Tränen freien Lauf.

ACHTZEHN

Ich krieg Besuch«, sagte Jemima zu MagnifiCat. »Ein Freund kommt auf einen Drink. Du wirst ihn mögen. Und damit das klar ist: Du bleibst auf diesem Sessel sitzen, sodass er sich neben mich aufs Sofa setzen muss. Wehe, du kletterst auf seinen Schoß, bevor wir rausgefunden haben, ob er Katzen mag. Verstanden?«

MagnifiCat sah sie verächtlich aus halb geschlossenen Augen an, gähnte und leckte sich die Flanken, unbeeindruckt von ihren Anweisungen.

»Aber er wird natürlich zielstrebig auf den Balkon gehen und den Ausblick genießen«, seufzte Jemima. »Das tun sie alle. Schade, dass ich das Sofa nicht auf den Balkon stellen kann.«

MagnifiCat stand auf, streckte sich, kehrte Jemima demonstrativ den Rücken und ließ sich wieder auf dem Sessel nieder. Er war nicht gerade begeistert von den Männern der menschlichen Spezies und hatte unnachahmliche Methoden, sie seine Gegenwart spüren zu lassen. Er besaß viel Erfahrung und beherrschte verschiedene Taktiken nahezu perfekt. MagnifiCat war ein erstklassiger Menschenkenner. Da gab es den nervösen, unbeholfenen Typ, der eifrig bemüht war, sich einzuschmeicheln. Diesen Typus bedachte MagnifiCat mit hochmütigen Blicken. Er sträubte das Fell, wenn er respektvoll getätschelt wurde, und entzog sich demonstrativen Zuneigungsbekundungen, indem er vom Sessel sprang. Der selbstsichere Typ bereitete hingegen gewisse Schwierigkeiten. Er ließ sich weder durch Feindseligkeiten aus der Fassung bringen noch durch Fauchen einschüchtern, wenngleich ein gut platzierter Tatzenhieb mit ausgefahrenen Krallen das selbstgefällige Lächeln mit einem Schlag auslöschen konnte. Der dritte Typus fürchtete sich zwar vor Katzen, wagte dies aber nicht zu zeigen. Er hielt Abstand zu MagnifiCat, dem es enormen Spaß machte, ihm zärtlich um die Hosenbeine zu streichen, auf den Schoß zu springen oder ihn sonstwie zu drangsalieren, um sich dann am gequälten Lächeln seines Opfers zu weiden. Und schließlich gab es den Typ, der Katzen nicht ausstehen konnte. Hier blieb MagnifiCat nichts anderes übrig, als den kalten, feindseligen Blick zu erwidern, mit dem der Widersacher sein Terrain absteckte. Freilich brauchte Jemima, die ja auch nur ein armseliges menschliches Wesen war, sehr viel länger, um ihre Liebhaber zu durchschauen. Wenn sie MagnifiCats Beispiel gefolgt wäre, hätte sie weitaus weniger Probleme gehabt. Resigniert angesichts ihrer Einfalt, legte sich MagnifiCat nieder, um ein Nickerchen zu machen.

Jemima lief in der Wohnung umher, setzte sich, sprang wieder auf und inspizierte das Tablett mit den Drinks. Das Wohnzimmer sollte eine Atmosphäre nonchalanter Gemütlichkeit ausstrahlen. Es sollte nicht so aussehen, als habe sie seinetwegen alles auf Hochglanz gebracht, aber auch nicht allzu unordentlich, damit er sie nicht etwa für schlampig hielt. Annabel war schließlich eine Perfektionistin, und auch wenn er behauptete, das gehe ihm auf die Nerven, wäre es doch töricht, ihn mit dem anderen Extrem zu konfrontieren.

Wie sie wohl aussieht?, überlegte Jemima.

Sie betrachtete sich in dem großen Spiegel über dem Bücherregal und ließ die Finger durch ihr dichtes blondes Haar gleiten. Ob sie es im Nacken zusammenbinden sollte? Sie trug eine schwarze Seidenbluse und eine weite Hose, die ihren weiblichen Rundungen schmeichelte. Im selben Augenblick, als sie auf die Uhr schaute, läutete es an der Tür. Sie zuckte zusammen und blieb einen Augenblick wie angewurzelt stehen, bevor sie öffnete.

»Hi.« Er wirkte ausgesprochen selbstbewusst, sehr cool, wie er da vor ihr stand. Sie verhaspelte sich ein wenig, als sie ihn hereinbat. Er folgte ihr durch den Flur ins Wohnzimmer, trat aber nicht sofort auf den Balkon. Stattdessen sah er sich in aller Ruhe im Zimmer um.

»Wirklich schön«, sagte er. »Eine tolle Wohnung!«

»Nicht wahr?« Sie bemühte sich, beiläufig zu klingen. »Es war ein Glück, dass ich sie bekommen habe.«

»Finde ich auch. Schön, dass Sie dieses wunderbare Parkett nicht unter einem Teppichboden verstecken. Meine Güte! Was für ein Ausblick! Das hat bestimmt eine Stange Geld gekostet.«

»Mein Vater hat mir ein bisschen Geld hinterlassen.« Sie folgte ihm hinaus auf den Balkon. »Ist schon was Besonderes, nicht?«

»Allerdings.«

Er lächelte sie an, und sie wandte den Blick ab, damit er ihr die Bewunderung nicht von den Augen ablas. »Abends, wenn die Boote beleuchtet sind, muss es wunderbar sein.«

»Möchten Sie einen Drink?«, fragte sie nervös.

»Warum nicht? Ein Schluck Whisky wäre nicht schlecht.« Er lehnte immer noch an der Balkonbrüstung und blickte auf den Hafen hinaus. »Es war ein guter Tipp, dass Sie mir empfohlen haben, mit der Fähre zu kommen statt mit dem Auto. Schon komisch, wie anders ein Ort vom Wasser aus wirkt. Wie wurde eigentlich die Burg zerstört, die ich von der Fähre aus gesehen habe?«

»Das ist Fort Charles, eine Festung der Royalisten im Bürgerkrieg. Ich glaube, sie wurde sogar belagert.«

»Ich würde sie gern besichtigen«, sagte er. »Ist das möglich?«

»O ja. Sie nehmen am besten die Fähre nach South Sands. Dort gibt es auch eine großartige Seenotrettungsstation.«

»Klingt ja interessant. Ich glaube, das mache ich.«

»Ich weiß nicht, ob Sie sich für Geschichte interessieren, aber gleich oberhalb von South Sands liegt das Overbecks Museum.«

»Das wäre etwas für Annabel gewesen«, meinte er. »Ist nicht so mein Ding, aber ansehen könnte ich es mir ja trotzdem. Sie haben das alles wahrscheinlich schon tausendmal besichtigt, sodass ich mir die Frage sparen kann, ob Sie mir bei diesem spannenden Ausflug Gesellschaft leisten würden.«

»Nein, so oft auch wieder nicht.« Sie musste ihre Begeisterung zügeln. »Wie Sie ganz richtig sagen, wirkt ein Ort vom Wasser aus völlig anders. Ich hätte schon Lust. Man macht das viel zu selten.«

»Sie sollten sich ein Boot zulegen.« Er blickte sie prüfend an. »Können Sie segeln?«

»Nicht besonders gut«, gab sie zu und überlegte, ob Annabel wohl eine Seglerin war. »Ich habe wenig Gelegenheit dazu, aber Spaß machen könnte es schon. Und wie steht 's mit Ihnen?«

»Bei mir hat es sich bisher auch nicht ergeben«, antwortete er. »Ich bin selten am Meer gewesen, außer als Kind in den Ferien. Aber wenn ich hier leben würde, dann würde ich es wohl ausprobieren.«

Plötzlich bekam sie Angst, zu viel in seine Worte hineinzudeuten. »Dann hol ich uns mal einen Drink. Und Sie müssen ja auch MagnifiCat kennen lernen.«

»MagnifiCat?« Er wirkte verblüfft und verließ nur widerstrebend den Balkon, aber beim Anblick des riesigen flauschigen Wesens, das im Korbstuhl zusammengerollt lag, musste er lachen. »Was für ein Schauspieler!«

MagnifiCats Nackenhaare sträubten sich, und seufzend dachte er: Typ B: selbstbewusst, cool, durchtrieben. Er ignorierte die Männerhand, die ihn streichelte, und tat, als schliefe er.

»Er ist heute nicht besonders kontaktfreudig«, meinte Jemima entschuldigend. »Machen Sie sich nichts daraus. Hier ist Ihr Drink.«

»Danke.« Er hob sein Glas. »Auf meinen Urlaub, der ganz anders ist, als ich es mir vorgestellt hatte. Ich glaube fast, es könnte noch ganz schön werden.«

»Ja«, erwiderte Jemima nach einem Moment der Verwirrung. »Darauf trinken wir.«

MagnifiCat grub sich noch tiefer in das Kissen, die Augen fest geschlossen. Fängt das schon wieder an!, dachte er.

Als *Begegnung* mit Rachmaninows Musik ausklang, saß Louise reglos da, wie gewöhnlich tief bewegt von dem Film, und überlegte, was Frummie wohl durch den Kopf gehen mochte. Sie war sogar während der musikalisch untermalten Passagen ungewöhnlich schweigsam gewesen, obwohl sie sonst nicht mit Zwischenrufen sparte. Auch als sie das Video zurückspulte, sagte sie nichts. Louise schnäuzte sich verstohlen die Nase; wahrscheinlich hatte der Film bei Frummie schmerzliche Erinnerungen wachgerufen. Schließlich war Frummie in den fünfziger Jahren selbst eine junge Frau mit einem kleinen Kind gewesen, und da gab es gewiss so manche quälende Gemeinsamkeit. Der Unterschied bestand freilich darin, dass Frummie ihren Gefühlen gefolgt und mit ihrem Liebhaber durchgebrannt war. Vielleicht litt sie immer noch, weil sie Kind und Ehemann verlassen hatte. Womöglich wünschte sie sich ja, sie hätte sich damals anders entschieden …

Ich bin eine alte Heulsuse, dachte Louise. Hoffentlich geht es ihr nicht allzu nahe.

Frummie nahm die Fernbedienung und schaltete den Fernseher aus.

»Merkwürdig«, sagte sie, »in diesen Film kann ich mich einfach nicht reinversetzen. Ich kenne niemanden, der sich so verhalten würde. Immer Haltung bewahren – das ist doch auf die Dauer schrecklich zermürbend. Das Einzige, was ich wiedererkenne, sind diese wunderbaren Heizanlagen in den Wartesälen der Bahnhöfe.«

»Ach, Frummie!« Louise fing an zu kichern. »Und ich habe keinen Mucks gemacht, damit du in Ruhe deinen Erinnerungen nachhängen kannst. Wie prosaisch du bist! Ich finde, es ist ein wunderbarer Film. Er rührt mich jedes Mal zu Tränen.«

»Hast du dir schon mal überlegt«, fragte Frummie, »wie viel romantischer und großartiger unser Leben wäre, wenn wir immer die passende Musikuntermalung hätten?«

Louise sah sie verdutzt an. »Wie meinst du das?«

»Überleg mal: Wenn wir einen Film oder eine Aufführung

anschauen, werden unsere Gefühle von der Musik beeinflusst. Wie wäre es wohl mit unserer Rührung über diese beiden verklemmten Figuren bestellt, wenn im Hintergrund nicht die mitreißende Musik des guten alten Rachmaninow erklingen würde?«

»Darüber habe ich noch gar nicht nachgedacht«, gab Louise zu. »Ob das wirklich stimmt?« Sie dachte an einige ihrer Lieblingsfilme. Was war *Tod in Venedig* ohne Gustav Mahler und *Die durch die Hölle gehen* ohne Samuel Barber? »Ja, ich glaube, du hast Recht.«

»Natürlich habe ich Recht«, schnaubte Frummie. »Ich glaube, dass wir alle sehr viel erhabenere Gefühle hätten, wenn uns in den dramatischen Augenblicken unseres Lebens ein Orchester begleiten würde. Die Tragödien unseres Lebens wären sehr viel erträglicher, wenn dazu die Klänge von Brahms erklingen würden. Ich habe mir oft vorgestellt, zu den aufwühlenden Klängen einer Musik zu sterben, aber ich weiß nicht welche.«

»Wagner vielleicht? Oder Beethovens ›Neunte‹?«

Frummie runzelte nachdenklich die Stirn. »Auf jeden Fall sollte das Stück lang genug sein, damit man nicht ständig aus dem Bett springen muss, um das Band zurückzuspulen.«

»Es wäre frustrierend, wenn die Musik im falschen Moment zu Ende wäre.« Louise erwärmte sich allmählich für die Idee. »Es müsste etwas Kraftvolles, Dramatisches sein.«

»Etwas Sinnliches wäre andererseits auch nicht schlecht«, überlegte Frummie. »Etwas, das Erinnerungen wachruft. Nina Simone vielleicht, die einem mit ihrer rauen Stimme das Herz zerreißt und einen in ein schummriges Kellerlokal zurückversetzt mit kleinen Bistrotischen, auf denen halb leere Gläser und überquellende Aschenbecher stehen; dazwischen ein Samttäschchen. Der Rauch steigt einem in die Nase, und die Luft ist zum Schneiden. Man hört den dumpfen Bass und die leisen Wirbel des Schlagzeugs. Eine schwarze Sängerin mit einem tief ausgeschnittenen Kleid sitzt an einem dieser alten französischen Pianos. Sie hat die Augen geschlossen und den Kopf in den Nacken gelegt, sodass man ihren langen schlanken Hals sieht. Sie singt von Liebe, Leidenschaft und Verrat, und sie singt *deine* Geschichte. Denn du weißt, dass der Kerl, der dir gegenüber sitzt, dich um des Flittchens willen, mit dem du ihn heute Morgen gesehen hast, verlassen wird. Aber du gehst trotzdem mit ihm auf sein Zimmer und gibst ihm, was er will, weil du ihn mehr liebst als alles andere auf der Welt und weil du vor Wollust vergehst. Davon singt sie, und jeder weiß es.«

Stille trat ein. Dann sah Louise Frummie an.

»Das klingt sehr bitter und realistisch«, sagte sie. »Und ich muss zugeben, dass es wenig mit Trevor Howard und Celia Johnson zu tun hat.«

Frummie lachte verächtlich. »Wahrhaftig nicht. Aber es ist meine Geschichte.«

»Also nicht Wagner.« Am liebsten hätte Louise die alte Frau umarmt, aber sie traute sich nicht. »Sondern Nina Simone. Und ich werde an deinem Bett sitzen, damit die Musik nicht aufhört zu spielen.«

»Ich nehme dich beim Wort.« Frummie erhob sich mühsam und verzog dabei das Gesicht. »Es könnte aber noch ein Weilchen dauern. So schnell gebe ich nicht auf. Ich hoffe, du hast Zeit, wenn es so weit ist.«

»Du hast mir doch auch Zeit geschenkt, als ich dich gebraucht habe. Sag mir einfach Bescheid.«

»Zeit zum Abendessen«, meinte Frummie. »Bevor wir allzu sentimental werden. Und für einen Drink. Aber die Abmachung gilt.«

»Auf jeden Fall. Ich werde da sein. Mit Nina Simone.«

»Und einer Flasche«, fügte Frummie hinzu.

»Und einer Flasche.«

NEUNZEHN

Jeden Morgen und oft auch in den langen dunklen Stunden der Nacht wachte Brigid vor Angst auf. Ihr war übel, und ihr Herz hämmerte. Zwölftausend Pfund. Von der Bank war keine Nachricht gekommen, aber sie hatte inzwischen immerhin mit Jenny gesprochen.

»Ich habe versucht, das Geld aufzutreiben«, hatte Jenny gesagt, »aber ich habe keine Sicherheiten. Wir haben alles ins Geschäft gesteckt, verstehst du? Ich hätte nie gedacht, dass mir so etwas passiert. Schlimm genug, dass Bryn mit einer anderen Frau durchgebrannt ist, aber mich übers Ohr zu hauen und zu bestehlen ...«

Dann war sie verstummt, als fehlten ihr die Worte.

Und was soll ich machen?, fragte sich Brigid verzweifelt, als sie an diesem Morgen die Bettdecke zurückschlug. Ich möchte sie am liebsten anschreien und ihr sagen: »Bryn ist mir scheißegal. Wie soll ich es Humphrey erklären, verdammt noch mal?« Aber das wäre wirklich gemein. Schließlich hat Jenny so viel verloren.

Sie schlüpfte in die Mokassins, zog den Morgenmantel an und ging die Treppe hinunter. Blot lag in seinem Korb neben dem Ofen. Er wedelte träge mit dem Schwanz, während sie seine seidigen Ohren kraulte.

»Ich weiß, es ist noch früh«, sagte sie zu ihm, »aber ich kann nicht schlafen.«

Blot musterte sie ein Weilchen und legte sich dann wieder hin. Brigid stand am Fenster und betrachtete den Sonnenaufgang über den gewaltigen Granitfelsen von Combestone Tor. Sie dachte an den Abend, an dem sie dort oben gewesen war. Wie schnell der

Friede und das Glück der Angst gewichen waren! Für einen kurzen Moment hatte sie eine Kraft gespürt, die ihr helfen konnte, alle Krisen zu überstehen. Aber bei der ersten Bewährungsprobe war alles verschwunden, und sie stand allein da. Oder fehlte ihr einfach nur der Mut, trotz der Gefahren, die sie bedrohten, daran zu glauben?

»Es ist wegen Humphrey«, sagte sie laut, während sie Kaffeewasser aufsetzte. »Ich habe mich hinter seinem Rücken auf etwas eingelassen, was er nicht gebilligt hätte, weil er Jenny nicht mag. Aber ich kam mir so schäbig vor, ihr die Bitte abzuschlagen, nur weil sie Humphrey auf die Nerven geht. Sie ist meine älteste Freundin! Ich höre schon Humphreys Stimme: ›Hab ich's dir nicht immer gesagt?‹« Sie lachte bitter. »Er wird wütend und gekränkt sein, weil er denkt, dass mir mehr an ihr liegt als an ihm, was einfach nicht stimmt. Aber ihretwegen habe ich seine Zukunft aufs Spiel gesetzt. Wir werden eine neue Hypothek aufnehmen müssen. Und das bedeutet, dass er nicht in Pension gehen kann.«

Humphrey hatte oft mit ihr darüber gesprochen, was er nach seiner Zeit bei der Marine tun wollte; ihm schwebten verschiedene gemeinnützige Projekte vor, aber er hatte noch keine konkreten Pläne. Jedenfalls freute er sich darauf, die Uniform ablegen und frei von Vorschriften leben zu können. Brigid wurde richtig elend zumute. Sie wusste nicht, ob sie ihm jetzt schon alles beichten oder besser den Brief von der Bank abwarten sollte. Es wäre ihr leichter gefallen, ihm alles zu gestehen, solange er noch auf den Bahamas war. Aber es erschien ihr unfair, ihm mit einem Anruf oder einem Brief einen solchen Schock zu versetzen. Wenn sie nur einen Weg finden würde, ihm die ganze Sache zu verschweigen … und zu allem Überfluss traf in vier Wochen auch noch Humphreys Vater hier ein.

»Er heißt Alexander«, hatte Humphrey verlegen gesagt. Noch immer hatte er ein schlechtes Gewissen, weil er Brigid mit ihm allein ließ. »Ich weiß nicht, ob ich dir schon einmal seinen Namen genannt habe.«

»Kann sein, ich erinnere mich nicht. Du hast ihn immer ›Vater‹ genannt.« Panik ergriff sie. »Er wird doch nicht von mir erwarten, dass ich ihn mit ›Vater‹ anspreche?«

»Das kann ich mir nicht vorstellen.« Humphrey fand diese Vorstellung offenbar sehr komisch. »Er ist alles andere als konventionell.«

Brigid runzelte die Stirn. »Das lässt nichts Gutes ahnen. Was meinst du damit?«

»Ach, nichts weiter«, beeilte er sich zu erwidern. »Er sieht nur vieles anders als die meisten Leute.«

»Spielst du darauf an, dass er nach dem Tod deiner Mutter so schnell wieder geheiratet hat, oder verheimlichst du mir irgendwas?«, hatte sie argwöhnisch gefragt. »Komm, Humphrey, mach alles nicht noch schlimmer, als es schon ist. Hör auf mit diesen Anspielungen. Was meinst du?«

»Schwer zu sagen.« Jetzt war Humphrey in der Defensive. »Er betrachtet das Leben von einer anderen Warte als die meisten Menschen. Außerdem liegt ihm nicht das Geringste an materiellen Dingen, und er ist von entwaffnender Ehrlichkeit.«

Brigid blickte ihren Mann verwirrt an. »So hab ich ihn mir nicht vorgestellt«, sagte sie. »Du hast getan, als wäre er ein furchtbarer Egoist.«

»Das ist er auch. Genau das meinte ich. Er hat nie darüber nachgedacht, wie es mir geht oder was seine Entscheidung für andere bedeutet. Er hat einfach getan, was er für richtig hielt. Und wenn man ihn zur Rede stellte, waren seine Argumente … ziemlich irritierend, gelinde gesagt.«

»Hast du ihn denn zur Rede gestellt?«

»Nicht so richtig. Ich war zu jung und hatte den Tod meiner Mutter nicht verwunden. Ich weiß noch, dass er mir die Frage stellte, warum es für mich von Vorteil wäre, wenn er allein bliebe, und dass ich erwiderte, die Leute würden einen falschen Eindruck bekommen.«

»Und was hat er geantwortet?«

»Er hat gefragt, wen genau ich meinte und warum die Meinung dieser Leute für mich wichtig sei. Darauf ist mir keine vernünftige Antwort eingefallen. Dann fragte er mich, inwiefern es *mir* nützen würde, und ich wusste nicht, was ich darauf sagen sollte. Schließlich war ich fast einundzwanzig und wollte zur See fahren. Es schien mir kindisch, von ihm zu verlangen, weiterhin für mich da zu sein, aber ich habe ihm seine Gefühllosigkeit verübelt. Alles kam so plötzlich: der Tod meiner Mutter, mein Aufbruch zur See, die neue Ehe meines Vaters. Es gab nichts, woran ich mich halten konnte, und ich hätte mir mehr Verständnis von ihm erhofft.«

»Und das hatte er nicht?«

»Das ist es ja. Er hat behauptet, er würde mich verstehen, aber das spiele keine Rolle. Das meine ich, wenn ich sage, er verhält sich nicht wie andere Leute.«

»Dann müsste er eigentlich gut mit Mummie auskommen«, hatte Brigid erwidert. »Gott sei Dank bleibt er nur drei Monate.«

Brigid trank ihren Kaffee aus und stellte die Tasse ins Spülbecken. Plötzlich befiel sie große Müdigkeit. Offenbar war sie den Problemen nicht gewachsen, die ihr das Leben aufbürdete. Am liebsten wäre sie einfach davongelaufen. Sie stieg die Treppe hinauf, legte sich wieder ins Bett und fiel im nächsten Augenblick in einen tiefen Schlaf.

Auch Jemima war ungewöhnlich früh wach geworden. Sie blieb noch eine Weile ruhig liegen und genoss das Gefühl tiefer Entspannung. Ihre Glieder waren schwer, und sie konnte sich nicht bewegen, ja nicht einmal die Augenlider öffnen. Sie war rundum glücklich. Ich liebe ihn, dachte sie. Mein Gott, ich liebe ihn wirklich.

Ein Kribbeln ging durch ihren Körper. Sie drehte sich auf die Seite und schloss ganz fest die Augen, um dieses plötzliche Glücksgefühl voll auszukosten. Sie hatte sich inzwischen mehrmals mit ihm getroffen. Jetzt rief sie sich die Gespräche mit ihm in Erinnerung, seine Blicke, die ihr Herz höher schlagen ließen. Aber er gab sich cool. Eine krankhafte Neugier trieb sie immer wieder dazu, das Thema Annabel anzuschneiden. Dadurch verdarb sie ihm zwar die Stimmung, aber sie konnte einfach nicht anders. Die Bekanntschaft mit ihm stellte für sie eine ganz neue Erfahrung dar. Bisher hatten sie die Partnerinnen ihrer Liebhaber kein bisschen interessiert. Das lag wohl daran, dass sie sich in keinen dieser Männer, mit denen sie nur kurzzeitig zusammen war, je verliebt hatte. Diesmal war es anders, und daher musste sie einfach wissen, was ihm an Annabel gefallen hatte. Sie bohrte immer wieder hartnäckig nach. Nach anfänglichem Widerstreben hatte er ein wahres Loblied auf Annabel angestimmt, und Jemima hatte sich ihren Teil dabei gedacht.

»Sie arbeitet in der IT-Branche«, hatte er erzählt. »Sie ist blitzgescheit und hat das Studium glänzend abgeschlossen« – *was sonst* – »und ein paar wirklich erstklassige Stellenangebote bei Spitzenunternehmen erhalten. Für ihren jetzigen Job wurde sie von einem Headhunter ausgewählt.« – *Natürlich!* – »Sie wird bestimmt Karriere machen« – *wer könnte daran zweifeln?* –, »denn alle halten große Stücke auf sie, und damit hat der Ärger angefangen.« – *Aha! Jetzt kommen wir zur Sache!* – »Ich hätte es ahnen müssen. Der Kerl, der sie einarbeitet, hat sich in sie verguckt. Ich kann es ihm wirklich nicht verübeln« – *oh, natürlich nicht* –, »aber es war für mich ein richtiger Schock, dass sie sich auch für ihn interessiert, und zwar so sehr, dass sie die Beziehung zu mir ganz ... ganz brutal abgebrochen hat.« – *Sie muss ein richtiges Miststück sein.* – »Aber vermutlich war ich einfach nur zu blöd ...« – *Nein, bist du nicht. Du bist großartig, und sie ist eine dumme Kuh.* – »Du bist so still. Entschuldige! Das alles muss furchtbar langweilig für dich sein. Ich habe mich gehen lassen.«

Sie riss sich zusammen und schüttelte den Kopf. »Du brauchst dich nicht zu entschuldigen. Es muss ein furchtbarer Schock gewesen sein.« *Lass dir nur nichts anmerken. Tu ganz lässig.* »Sie ist bestimmt nicht nur blitzgescheit, sondern auch ziemlich attraktiv, oder?«

Er lächelte versonnen. Unter dem Tisch ballte Jemima die Fäuste, ihr Lächeln war zu einer Grimasse erstarrt. Schließlich hast du das Ganze selbst provoziert, meine Liebe, sagte sie sich. Und jetzt halt den Mund! Natürlich möchtest du am liebsten fragen, wie sie aussieht, aber untersteh dich!

»Ehrlich gesagt, sie sieht phantastisch aus.« – *Mist! Das will ich nun wirklich nicht hören.* – »Sie hat eine Figur wie ein Model. So schlank, dass ihr alles steht.« – *Jetzt ist es zu spät, um sich kerzengerade aufzurichten und den Bauch einzuziehen, also vergiss es.* – »Und groß ist sie auch. Mit sehr dunklem Teint – aber was kümmert uns Annabel? Sprechen wir über dich. Das ist viel interessanter.«

»Stimmt.« Sie verscheuchte ihre Selbstzweifel und setzte eine vergnügte Miene auf. Bald war seine gute Laune wiederhergestellt. Beinahe hätte er die letzte Fähre verpasst.

Jemima rollte sich auf den Rücken und kicherte in sich hinein. An ihr lag es nicht, dass er die Fähre noch erwischt hatte. Immer wieder hatte sie verstohlen auf die Uhr gesehen und alle möglichen Verzögerungstaktiken angewandt, bis er schließlich selbst merkte, wie spät es war. Obwohl sie von seinem Entschluss, nach Hause zu fahren, nicht gerade begeistert war, hatte sie Ruhe bewahrt und ihm fröhlich nachgewinkt. Später hatte er sie angerufen …

Jemimas Trägheit verschwand allmählich, und sie setzte sich gähnend auf. Draußen schien die Sonne, und sie lauschte dem Kreischen der Möwen und den vertrauten Hafengeräuschen. Am Spätnachmittag wollten sie sich auf einen Drink treffen und nach Bolberry Down hinausfahren, um einen Spaziergang entlang der Klippen zu machen. Anschließend war ein Abendessen im Pub geplant. Diesmal würde er die Fähre wohl nicht mehr kriegen. Unter dem Vorwand, es sei sowieso an der Zeit, holte sie frische Wäsche aus dem Schrank und bezog das Bett neu. Leise vor sich hin summend, warf sie die beige-blaue Patchworkdecke darüber und strich sie sorgfältig glatt. Dann zog sie mit nachdenklichem Lächeln die blauen Cretonne-Vorhänge auf, lehnte sich aus dem

Fenster und blickte hinüber zum anderen Ufer, wo Stechginster und Heidekraut blühten.

Ihm gefiel es offensichtlich, sich von ihr chauffieren zu lassen. »Du fährst wie ein Mann«, hatte er anerkennend gemeint. »Normalerweise lasse ich mich nicht gern herumfahren.« Stets überließ er ihr die Entscheidung, was sie unternehmen sollten. Sie genoss es, wie andere Frauen ihn ansahen. Und sie war stolz darauf, sich mit einem Mann zu zeigen, der eine solche erotische Ausstrahlung besaß.

»Ich muss gestehen«, sagte er einmal, als das Pub überfüllt war und sie auf einen Tisch warten mussten, »dass es mir gefällt, mit einer Frau unterwegs zu sein, die nicht wegen jeder Kleinigkeit Theater macht.«

»Theater?« Sie tat überrascht. Er antwortete: »Ach, ich dachte nur gerade an Annabel. Sie konnte manchmal ziemlich unangenehm werden, wenn nicht alles wie am Schnürchen lief.« Darauf meinte sie: »Ach ja, natürlich« – mit genau der richtigen Dosis amüsierter Beiläufigkeit. Jemima gab sich stets heiter und unbeschwert, wenn eine Situation kompliziert wurde – zum Beispiel, als es zu regnen begann, während sie mit der Fähre nach South Sands fuhren. Er hatte ihr ein Lächeln geschenkt, das ihr Herz wie ein Jojo tanzen ließ. Dann hatte er gemeint, er wisse nicht, wann er sich jemals so wohl gefühlt habe. »Geht mir genauso«, hatte sie fröhlich geantwortet. Daraufhin hatte er ihr den Arm um die Schulter gelegt und gemurmelt: »Du bist wirklich etwas ganz Besonderes.«

Etwas ganz Besonderes. Jemima richtete sich auf und trat vom Fenster zurück; sie hatte blondes, nicht dunkles Haar; Kleidergröße vierzig, als Model also ungeeignet; keinen Universitätsabschluss, keine Ausbildung in der Computerbranche – trotzdem war sie *etwas ganz Besonderes.*

Sie zog eine Grimasse. »Und wenn du an Liebeskummer eingehst, Annabel«, sagte sie und ging duschen.

ZWANZIG

Das Haus wirkte unverändert, und doch war es, als sehe sie es zum ersten Mal, so fremd erschien es ihr. Nein, fremd war nicht das richtige Wort. Es glich eher einem Traumbild oder einem Ort aus ferner Vergangenheit, der lediglich Neugier weckte.

Es ist alles so unwirklich, dachte Louise. Anders als Smuggler's Way. Oder Foxhole. Aber dieses Haus besitzt für mich keinerlei Bedeutung mehr.

Sie war irritiert. Auf der Rückreise nach London hatte sie überlegt, wie sie wohl reagieren würde, aber dass sie nur Neugier empfinden würde, hätte sie nicht geglaubt. Drei Jahre hatte sie hier verbracht, doch nach den Ereignissen der vergangenen sechs Wochen fühlte sie sich von ihrem früheren Leben abgeschnitten. Aber nicht alles gehörte der Vergangenheit an. So wie sie sich von Rory und Hermione gelöst hatte, erschien ihr jetzt die Zeit mit Martin wie das Leben einer anderen Frau. Hier in der Küche hatte eine andere Louise gestanden, eine andere Louise war die Treppe hinaufgestiegen und hatte im Garten gearbeitet. Sie sah sich um und nahm die Gegenstände wahr, die einst zu ihrem Alltag gehört hatten, ihrem Leben mit Martin. Wo war die Louise, die hier gewohnt hatte? Wer war sie?

Die Haustür öffnete sich und fiel ins Schloss. Sie stand reglos da und wartete. Dann hörte sie seine raschen Schritte im Flur, und er trat in die Küche, beladen mit Einkaufstüten, offenbar in Gedanken versunken. Als er sie sah, fuhr er zusammen.

»Entschuldige«, sagte sie fast automatisch. »Ich bin etwas zu früh dran. Das Auto hast du natürlich nicht erkannt.«

»Ich dachte, du kämst mit dem Zug.« Es klang wie ein Vorwurf. »Du sagtest, du würdest vom Bahnhof aus anrufen.«

»Stimmt.« Wie merkwürdig es war, mit ihm hier zu stehen. »Aber wie du siehst, habe ich es mir anders überlegt. Ist das schlimm?«

Sie konnte beinahe seine Gedanken erraten. Er hatte erwartet, dass sie mit dem Taxi kam, sodass er sich vorbereiten konnte. Und nun fragte er sich, ob sie etwas gesehen hatte, was ihn kompromittieren konnte.

»Du hast vergessen, dass ich einen Schlüssel habe. Tja, ich wohne schließlich hier.«

Jetzt nicht mehr, mein Schatz. Sie erriet seine Gedanken. Er drehte sich um und stellte die Tüten auf den Tisch, um Zeit zu gewinnen.

»Wie braun gebrannt du bist«, sagte sie beiläufig. »Du siehst richtig erholt aus.«

Er seufzte. »Okay. Keine subtilen Anspielungen bitte! Nein, ich hab mir diese Bräune nicht auf britischen Golfplätzen geholt. Aber das wusstest du doch, oder?«

»Anfangs nicht«, entgegnete sie gedehnt. »Zwar hatte ich einen Verdacht, aber erst als ich den Mann im Zug kennen lernte …« – und die Frau mit dem Kind sah, dachte sie, und ihr Herz schlug schneller.

»Welchen Mann?« Er schaute sie ungeduldig an. »Wovon sprichst du?«

»Spielt keine Rolle.« Plötzlich wünschte sie sich weit weg von diesem Ort. Langsam und schmerzhaft war der Prozess gewesen, durch den sie die Wirklichkeit wieder in den Griff bekommen hatte, und sie wagte es nicht, das Erreichte aufs Spiel zu setzen. »Wirklich, Martin, es ist unwichtig.«

»O bitte.« Er schloss die Augen. »Spiel nicht die Märtyrerin.«

»Tu ich doch gar nicht. Die Dinge haben sich nur geändert. Ich konnte dir noch gar nicht erklären –«

»Ich weiß, ich weiß. Ich hätte noch mal nach Devon kommen

sollen, aber ehrlich gesagt, war das nicht so mein Fall. Der untreue Liebhaber, der schuld daran ist, dass seine treue Geliebte einen Nervenzusammenbruch erleidet…«

»Da hast du ein völlig falsches Bild von Frummie. Sieh mal, Martin, ich will dir doch nur sagen, wie ich mich fühle.«

»O ja, ich weiß, was jetzt kommt. Ja, ich hätte nicht einfach in den Süden abhauen sollen. Ich hätte am Telefon nicht so empfindlich sein sollen. Ich hätte dich in Devon öfter besuchen sollen.«

»Vor allem hättest du keine Affäre mit Carol anfangen sollen.«

Er riss die Augen auf. »Dann hast du es also doch gewusst?«

Sie blickte ihn nachdenklich an. »Meinst du wirklich, ich bin darauf reingefallen, als du sie vor mir ständig runtergemacht hast?«

»Aber du hast doch gesagt, es war nur ein Verdacht.«

»Stimmt.« Sie zuckte die Schultern. »Ich hätte dir einen besseren Geschmack zugetraut.«

Eine billige Bemerkung, aber der Hieb saß.

Er lief rot an, und sie wandte sich ab, erschrocken über ihre Schadenfreude.

»Sie ist jung.« Jetzt wollte er sie verletzen. »Dreiundzwanzig.«

Sie sah ihn mitleidig an. »Dann ist ja alles bestens«, erwiderte sie. »Wenn es das ist, was du willst, Martin –«

»Sei nicht so arrogant!«, schrie er. »Ich habe dich aus dem Nichts herausgeholt, vergiss das nicht. Du wusstest nicht einmal, was für ein Wochentag ist. Du warst völlig am Ende! Sogar deine Mutter hatte dich aufgegeben.«

»Das ist völlig richtig«, erwiderte sie. »Du warst sehr gut zu mir, Martin. Du hast dich um mich gekümmert.«

»Und wie ich mich gekümmert habe, vor allem am Anfang! Das kannst du mir glauben.«

»Martin, hören wir doch auf damit! Ich bin dir dankbar für alles, was du für mich getan hast, aber ich möchte dir sagen, es ist vorbei. Nein, warte. Nicht wegen Carol, sondern weil ich mich meiner Vergangenheit gestellt habe. Du hast mich vor all dem beschützt, aber jetzt muss ich mich damit auseinander setzen, und das geht nicht hier oder mit dir.«

Er riss überrascht die Augen auf. »Und wie hat das angefangen?«

Louise zögerte. Es hatte keinen Sinn, ihm zu sagen, dass der Auslöser seine Untreue gewesen war. Das würde er nicht verstehen, sondern als Vorwurf betrachten. Und außerdem war es wirklich nicht mehr wichtig.

»Ich denke, es war nur eine Frage der Zeit«, sagte sie langsam. »Der Schock über Hermiones Tod hat mich betäubt. Ich konnte dieser Tatsache nicht ins Auge sehen. Vielleicht habe ich mich davor geschützt, bis ich es ertragen konnte. Keine Ahnung. Nur ist es eben passiert, und jetzt ist alles anders.«

»Du meinst, dir liegt nichts mehr an mir?«

Er hatte seinen Vorteil erkannt und die Chance ergriffen. Jetzt konnte er ihr die Schuld zuschieben.

»Ich mag dich immer noch sehr«, meinte sie ruhig. »Möchtest du mich wiederhaben?«

In seinem Gesicht spiegelten sich widerstreitende Gefühle: Ärger, Angst, Argwohn. Sie musste lachen.

»Können wir nicht ehrlich zueinander sein? Ich möchte gehen, und du willst mich loshaben. Warum müssen wir uns Vorwürfe machen? Ich weiß noch nicht, was ich tun werde, aber ich glaube, ich muss allein sein.«

»Du bleibst doch nicht etwa in Devon?«

»Bei Frummie kann ich nicht ewig wohnen«, sagte sie. »Ich überlege, ob ich für den Winter ein Häuschen miete. Im Augenblick möchte ich nicht allzu weit vorausplanen.«

Seine Miene entspannte sich. Auch jetzt war er noch bereit, ihr zur Seite zu stehen. »Und du kommst zurecht, was meinst du? Finanziell jedenfalls musst du dir vorerst keine Sorgen machen. Du brauchst ein Auto. Ein Mietwagen ist langfristig viel zu teuer. Wir könnten da etwas arrangieren.«

»Das ist furchtbar lieb von dir, Martin«, sagte sie dankbar. »Anfangs werde ich mir ein bisschen Geld leihen müssen, aber ich hoffe, bald Arbeit zu finden.«

»Bist du denn fit genug, um zu arbeiten?«

Sie zuckte die Schultern. »Kommt drauf an. Aber ich will dir nicht länger als nötig zur Last fallen.«

»Aber Schatz. Das spielt doch keine Rolle. Sei nicht albern.«

»Danke.« Sie lächelte ihn an. »Mir ist es wichtig, dass wir Freunde bleiben. Ich bin noch nicht ganz aus dem Gröbsten raus.«

Plötzlich war die alte Vertrautheit wieder da. Er umarmte sie. »Und jetzt erzähl, wie es dir wirklich geht.«

»Du siehst schon ein bisschen besser aus«, sagte er später zu ihr.

Er hatte in der blau geblümten Kanne Tee für sie gekocht. Sie saßen im Wohnzimmer, und die Verandatür zu dem hübschen kleinen Garten war weit geöffnet. Rosenholzmöbel, mit edlem Stoff von *Rose and Hubble* bezogene Sessel – die Vorhänge passten dazu –, und auf dem Tisch das kostbare Meißener Porzellan. Martins Mutter hatte ihrem Sohn etwas Grundbesitz und ein nicht unbeträchtliches Vermögen hinterlassen. Oft wartete er Monate lang auf ein bestelltes Gemälde, eine Figurine oder einen Schreibtisch, die zu seiner übrigen Einrichtung passten.

Lächelnd dachte Louise an die Wohnung, die sie mit Rory im Smuggler's Way geteilt hatte: ein Betonbau mit Flachdach und grauem Rauputz, einförmige, nüchterne Möbel. Plötzlich erinnerte sie sich an Details wie die selbstklebende Dekorborte im Badezimmer und sehnte sich schmerzlich nach einer verlorenen Vergangenheit.

»Was ist?« Er schenkte ihr Tee nach und blickte sie mit der alten Zuneigung an.

»Ach, Martin!« Sein Mitgefühl ließ sie unwillkürlich erschaudern. »Es ist so schwer, diesen Weg zurückzugehen.«

»Meine arme Kleine.« Er legte ihr den Arm um die Schultern und wiegte sie sanft.

Sie lehnte sich an ihn, getröstet von seiner Zärtlichkeit und Kraft. In diesem Augenblick erschien es ihr als das Einfachste, erneut bei Martin Schutz zu suchen und sich den schmerzlichen Erinnerungen zu entwinden. Vielleicht fühlte auch er sich zu ihr hingezogen, und seine Liebe kehrte zurück, weil sich ihm eine Herausforderung bot. Louise spürte, dass ihr Atem schneller ging und er sie fester in seine Arme zog. Offenbar konnte auch er sich dem sanften Schauder der Leidenschaft nicht entziehen. Plötzlich sehnte sie sich danach, einfach mit ihm zu schlafen und sich so auf unkomplizierte Weise der Anspannungen zu entledigen; nicht mehr denken zu müssen, sich ganz der Erregung und anschließend der völligen Entspannung hinzugeben. Doch noch während ihr der Gedanke durch den Kopf ging, wusste sie, dass das unmöglich war. Die Zärtlichkeit zwischen ihnen konnte nur deshalb aufkeimen, weil sie sich beide voneinander zurückgezogen hatten. Sie waren emotional frei und konnten sich deshalb in aufrichtiger Zuneigung begegnen. Aber es gab keinen Weg zurück. Wenn sie der sexuellen Anziehung nachgaben, würde alles nur noch schlimmer werden.

Sie lehnte sich zurück, sodass sie ihm ins Gesicht sehen konnte. »Am Anfang muss es sehr schwer für dich gewesen sein, Martin. Aber du hast deine Sache gut gemacht. Woher wusstest du, was das Richtige für mich war? Dieses Gespür hatte sonst keiner, nicht einmal meine Mutter.«

Diese Bemerkung verscheuchte die prickelnde Atmosphäre, und er rückte ein Stück von ihr ab, um über die Frage nachzudenken.

»Das Einzige, was mir klar war«, sagte er, »war, dass du Zeit brauchtest. Der Schock hatte dich geradezu überwältigt. Menschen, die schwere körperliche Verletzungen erleiden, lässt man viel Zeit, damit sich ihr Körper regenerieren kann, und bei dir war es die Seele, die heilen musste. Wahrscheinlich war es falsch, dich zu ermuntern, das Geschehene völlig zu ignorieren, aber ich war mir nicht sicher, was in deinem Kopf vorging. Ich wusste nie, ob du es schaffen würdest, aber ich hatte das Gefühl, du brauchst Ruhe.«

»Lieber Martin, damals habe ich tatsächlich Abstand gebraucht. Ich ... ich konnte einfach nicht daran denken. An Hermione. Ich war wie von Sinnen, Martin, wahnsinnig vor Kummer und Schuldgefühlen, und ich konnte die Leere nicht ertragen. Das Leben hatte für mich keinen Sinn mehr. Wenn Rory da gewesen wäre ... Nein.« Sie schüttelte den Kopf. »Es war nicht seine Schuld. Aber damals habe ich ihm Vorwürfe gemacht, weil er nicht bei mir war. Wenn er da gewesen wäre und wir alles gemeinsam hätten durchstehen können, dann wäre dieses Gefühl der Leere vielleicht gar nicht erst aufgekommen und ich hätte mir sagen können, dass es sich lohnt, für ihn weiterzuleben. Aber drei Wochen lang war ich allein mit dieser furchtbaren Leere, und als er kam, war es zu spät. Ich war verzweifelt. Erstarrt. Er erreichte mich nicht. Meine Mutter hat gespürt, dass ich alles zerstörte, was mir geblieben war, und das machte sie wütend. Ich kann ihren Ärger zwar verstehen, aber wir sind nie besonders gut miteinander ausgekommen.«

»Sie war ... nicht besonders einfühlsam.«

Louise lachte kurz auf. »Nein. Takt war nie ihre Stärke. Aber Hermiones Tod hatte auch sie schwer getroffen, deshalb dürfen wir nicht zu streng mit ihr sein.«

»Ich habe nie begriffen, warum sie dich nach dem Begräbnis in Faslane allein gelassen hat.« Er musterte sie. »Kannst du jetzt darüber reden?«

Sie nickte. »Ich glaube, ja. Du darfst nicht vergessen, dass wir nie ein besonders gutes Verhältnis zueinander hatten. Sie wollte unbedingt einen Sohn, weißt du. Erst nach Jahren wurde sie schwanger, und dann, nach all der Aufregung, kam ich, ein Mädchen, zur Welt. Später hatte sie eine Fehlgeburt. Es war ein Junge, und ich glaube, sie hat mir nie verziehen, dass ich lebte, während er sterben musste. Mein Vater starb mit Anfang vierzig, und als ich zur Universität ging, hatten wir uns bereits völlig auseinander gelebt. Es gab nichts, was uns verband. Bis ich Rory kennen lernte.

Sie vergötterte ihn geradezu. In ihren Augen war er ein Ritter ohne Fehl und Tadel. Er war reizend zu ihr, aber zu ihrer Enttäuschung bekam ich ein Mädchen. ›Ein Mann wie Rory braucht einen Sohn‹, sagte sie, als wäre es meine Schuld. Sie hatte für Hermione nie viel übrig. Als wir nach Faslane zogen, wurde die Entfernung zwischen uns noch größer, und da Rory oft lange zur See fuhr, sahen wir sie kaum noch. Natürlich ist sie zur Beerdigung gekommen. ›Du kannst noch mehr Kinder haben‹, sagte sie, und ich wusste, dass sie immer noch die Hoffnung hatte, ich würde ihr eines Tages einen Enkel liefern. Man versteht, dass sie Angst hatte, Rory zu verlieren. So nah war sie ihrem Ziel, einen eigenen Sohn zu haben, nie gewesen.«

»Ich muss zugeben«, sagte Martin nach kurzem Schweigen, »dass ich mit deiner Mutter auch nie richtig warm geworden bin.«

Louise lächelte. »Ich glaube, das beruht auf Gegenseitigkeit.«

»Also, wie ist denn nun in Devon diese Lawine ins Rollen gekommen?«

»Ich habe ein Kind kennen gelernt«, erwiderte sie langsam. »Ein kleines Mädchen namens Hermione.« Sie spürte, wie er zusammenzuckte. »Ich glaube, dass die Schleusen bereits geöffnet waren, und dieses Mädchen hat alles wieder hochgebracht.«

»Und der Nervenzusammenbruch? Ich dachte, daran wäre ich schuld. Dieser fürchterliche Anruf –«

»Nein«, beeilte sie sich zu erwidern. »Es hat vermutlich dazu beigetragen, aber so einfach war das nicht, Martin. Hermione wurde nämlich krank. Ihre Symptome waren dieselben wie bei einer Hirnhautentzündung, und plötzlich schien es, als wiederhole sich meine Geschichte. Das war der Tropfen, der das Fass zum Überlaufen brachte.«

Er starrte sie entsetzt an. »Aber sie ist doch nicht …?«

»Nein«, sagte Louise. »Sie ist nicht gestorben. Ich habe Thea gewarnt, sie hat einen Arzt gerufen, und Hermione kam ins Krankenhaus. Es war nur ein Virus, keine Hirnhautentzündung. Sie hatte keine Sepsis wie … wie meine Hermione …«

Martin legte ihr den Arm um die Schultern, als sie in Tränen ausbrach. Er hielt sie so lange im Arm, bis sie sich aufrichtete, sich die Haare aus dem Gesicht strich und ihn anlächelte.

»Jetzt geht es mir tatsächlich besser«, sagte sie, »aber manchmal zieht es mich wieder runter. Es ist doch richtig, dass wir uns trennen, oder?«

Es folgte ein langes Schweigen.

»Ja«, antwortete er schließlich. »Ich glaube schon. Andernfalls würdest du nie darüber hinwegkommen.«

Seine Klugheit rührte sie. »Nicht, dass mir nichts mehr an dir läge. Du verstehst das, nicht wahr?«

Er strich ihr mit dem Finger über die Wange. »Schatz«, sagte er sanft. »Ich weiß, dass du mich gebraucht hast und dass du mich immer noch magst. Aber geliebt hast du mich nie.«

Sie starrte ihn entgeistert an. Einen kurzen Moment fragte sie sich, ob er sich damit gegen Vorwürfe wegen Carol schützen wollte, doch dann wischte sie den Gedanken beiseite. Über solch kleinliche Racheakte waren sie längst hinaus.

»Natürlich habe ich dich geliebt.«

»Nein.« Er schüttelte den Kopf. »Du liebst Rory. Du hast ihn damals geliebt, und du liebst ihn immer noch. Ich wusste es, aber es gab keine Lösung. Ihr hättet nicht zusammenbleiben können. Damals jedenfalls nicht.«

»Nein. Sag so was nicht. Findest du nicht, dass ich schon genügend Schuldgefühle habe?«

»Du kannst nichts dafür. Das Ganze war wie eine furchtbare Explosion, die euer beider Leben erschüttert hat.«

Rory. Sie sah ihn vor sich, als stehe er leibhaftig neben ihr; sie hörte seine liebevolle Stimme.

Also! Wo waren wir stehen geblieben?

»Ich wage es nicht, an Rory zu denken.« Panik ergriff sie. »Ich bin einfach noch nicht bereit dazu. Ich kann gar nicht daran denken, wie sehr ich ihn verletzt habe. Erzähl mir etwas, Martin. Erzähl mir, was es bei dir Neues gibt.«

Ihre Hand zitterte, als sie die Teetasse nahm, aber es gelang ihr, ihre Ängste und ihren Schmerz zu bezwingen, während sie Martins Stimme lauschte. Sie klang beruhigend und besänftigend, wie so oft in der Vergangenheit.

EINUNDZWANZIG

Als der Brief schließlich eintraf, ließ Brigid ihn fast den ganzen Tag lang auf dem Küchentisch liegen, bevor sie ihn las. Ihre Feriengäste packten gemächlich die Koffer und ließen sich Zeit mit der Abreise, sodass Brigid in aller Eile putzen, Staub wischen, für saubere Bettwäsche und Milch im Kühlschrank sorgen musste, bevor die neuen Gäste kamen. Es waren Stammgäste, alte Bekannte, und deshalb musste sie sich Zeit für die Begrüßung nehmen und ihnen Tee anbieten. »Ich muss schon sagen, dein Geld ist sauer verdient«, bemerkte Frummie, die es sich im Liegestuhl auf ihrer Terrasse bequem gemacht hatte und tat, als lese sie ein Buch, während sie in Wirklichkeit aufmerksam das Geschehen beobachtete. Sie vermisste Louise, war gereizt und wusste nichts mit sich anzufangen. »Du kochst ihnen Tee und plauderst stundenlang mit ihnen. Das ist hier doch kein Hotel.«

»Ich kenne sie seit Jahren.« Brigid verspürte den Drang, sich zu rechtfertigen, und das ärgerte sie. Sie wusste sehr wohl, worauf Frummie wieder einmal anspielen wollte: dass ihre Tochter keine Zeit für sie hatte. »Sie sind den langen Weg von Carlisle hierher gefahren.«

Frummie zuckte die Achseln. »Unterwegs gibt es doch bestimmt Teesalons.«

Brigid unterdrückte den Impuls, ihrer Mutter über den Mund zu fahren. »Sicher, aber wir haben uns im Laufe der Jahre eben angefreundet.«

»Ach so, das ist was anderes. Aber ich sehe, dass du völlig erschöpft bist. Den ganzen Tag rennst du herum, um alles für sie herzurichten, und dann lädst du sie auch noch zum Tee ein – das ist alles ein bisschen zu viel für dich.«

»Es gehört eben einfach dazu. Doch nun hab ich es hinter mir und kann mich endlich ausruhen. Ich werde ein Gläschen Wein trinken, bevor ich mir Gedanken übers Abendessen mache.«

»Ist das eine Einladung?«

Brigid sehnte sich danach, allein und ungestört in ihrer Küche oder im sonnigen Hof zu sitzen, aber sie wusste sehr wohl, dass Frummie sie auf die Probe stellte: Wenn sie für ihre Gäste Zeit hatte, dann doch wohl erst recht für ihre eigene Mutter.

»Möchtest du ein Gläschen mittrinken?« Sie tat, als sei die Aussicht auf Frummies Gesellschaft eine freudige Überraschung. »Ich habe einen guten australischen Chardonnay, den Humphrey vor der Abreise gekauft hat. Die Flasche steht seit heute Morgen im Kühlschrank, müsste also inzwischen kalt sein. Bei dem schönen Wetter sollten wir uns in den Hof setzen.«

»Das würde mich freuen. Aber nur, wenn du es wirklich möchtest.«

»Gewiss. Ich hole den Wein. Bis gleich.«

Im kühlen Dunkel des Flurs schloss sie genervt die Augen und stieß einen leisen Fluch aus. Wie gern hätte sie die Schuhe abgestreift, den Kopf auf ein weiches Kissen gebettet, die Augen geschlossen und einfach nur geschlafen. In der Küche schlug Blot mit dem Schwanz auf die kühlen Fliesen, rührte sich aber nicht vom Fleck. Er lag auf dem Bauch, die Beine von sich gestreckt, wie eine schwarze Pfütze auf dem grauen Schiefer. Sie streichelte ihn sanft mit dem Fuß, zu müde, um sich zu bücken.

»Gläser«, murmelte sie vor sich hin. »Und den Korkenzieher. Mein Gott, bin ich fertig.«

Dann warf sie einen Blick auf die Briefe, die sie am Morgen achtlos auf den Tisch gelegt hatte, und spürte, wie Angst in ihr hochstieg. Sie schob den obersten Umschlag etwas zur Seite, damit sie den Brief von der Bank genauer betrachten konnte.

Mach ihn bloß nicht auf! Das war ihr erster Gedanke. Sie konnte doch diesen Brief nicht lesen und danach mit ihrer Mutter im Hof sitzen und so tun, als sei nichts geschehen! Ihr Herz krampfte sich zusammen. Aber war es nicht noch quälender, sich über den möglichen Inhalt dieses Briefes das Hirn zu zermartern? Vielleicht war es ja gar nicht so schlimm, wie sie befürchtete. Ohne weiter nachzudenken, riss sie den Umschlag auf und zog das Schreiben ein Stück heraus. Sie las die ersten Zeilen und faltete es hastig wieder zusammen.

»... und ich bedaure, Ihnen mitteilen zu müssen, dass es erforderlich sein könnte, auf Ihre Sicherheit zurückzugreifen ...«

Sie stand da, den Brief in der Hand, und starrte ins Leere ... dass es erforderlich sein könnte. Nur *könnte*. Sie zog das Schreiben ganz heraus und überflog es, als könne sie den Worten ihren Schrecken nehmen, wenn sie schnell las.

»... Die Partner versuchen gegenwärtig, die Segelschule zu verkaufen, und falls dies gelingt, könnten die noch ausstehenden Schulden durch den Erlös beglichen werden. Dennoch ist es nur fair, Sie zu warnen ...«

»Bist du hier, Herzchen?« Frummies Stimme hallte durch den Flur. Rasch faltete Brigid den Brief zusammen und ließ ihn zwischen den anderen Umschlägen verschwinden.

»In der Küche. Offenbar habe ich den Korkenzieher verlegt.«

Als ihre Mutter in der Tür erschien, stand Brigid am Buffet, hatte die Schublade aufgezogen und lächelte befangen, den Korkenzieher in der Hand.

»Wie dumm von mir«, sagte sie und wunderte sich selbst, wie leicht ihr die Worte über die Lippen kamen, »ich glaube, ich verliere allmählich den Verstand.«

»Wenn's weiter nichts ist«, meinte Frummie grinsend. »Besser, als den Korkenzieher zu verlieren.«

»Würdest du die Gläser nehmen?« Aus irgendeinem Grund hielt Brigid es in der Küche nicht mehr aus. Sie wollte an die frische Luft, in die Sonne. »Ich bringe die Flasche mit.«

»Großartig. Ich hab auch was zum Knabbern für uns, aus dem Feinkostladen in Ashburton. Musst du unbedingt probieren.«

Brigid holte den Wein aus dem Kühlschrank, hielt die eiskalte Flasche fest in der zitternden Hand und folgte der Mutter hinaus in den Hof.

Jemima fuhr durch die engen Gassen, hörte *Saturday Night Fever* und sang laut mit. Sie bebte vor Glück. Die warme Luft, erfüllt vom spätsommerlichen Duft der schweren roten Erde, des gelblichweißen Geißblatts und des süß duftenden Heus, betörte alle Sinne. Unter den Brombeerbüschen mit den zarten rosafarbenen Blüten wuchsen langstielige Weidenröschen. Bald würde man die schwarzen, wohlschmeckenden Beeren pflücken können, und die Weidenröschen würden einen dichten, flaumig weißen Schopf bekommen. Der Herbst stand vor der Tür.

»…uh, uh, uh, uh, staying alive, staying alive«, sang Jemima und dachte mit einem wohligen Schauder an das bevorstehende Rendezvous.

»Ich fahre gar nicht gern zurück«, hatte er gesagt.

Aus Angst, sich zu verraten, hatte sie geschwiegen, obwohl sie am liebsten gerufen hätte: »Dann geh nicht. Bleib hier. Bleib bei mir.« Sie wusste, dass er sich nicht gern in die Karten schauen ließ, und daher musste sie ihre Neugier zügeln. Er mochte ihre unaufdringliche Art, das spürte sie. Für Jemima war dieses Verhalten ganz normal. Bisher war es ihr gelungen, sich ihre Freiräume zu bewahren, und meist waren es ihre Liebhaber, die sie drängten, sich stärker einzulassen. Schnell hatte sie erkannt, dass er ihre Eigenständigkeit und ihre scheinbare Gleichgültigkeit aufregend fand.

Jemima runzelte die Stirn. Eine Zeit lang waren solche Spielchen in Ordnung, aber die ständige Wachsamkeit und Selbstbeherrschung waren auf Dauer schwer aufrechtzuerhalten und furchtbar anstrengend. Wenn er für sie nicht mehr als ein Urlaubsflirt gewesen wäre, hätte sie das völlig okay gefunden. Doch diesmal ging es für sie um mehr.

»Um Himmels willen«, murmelte sie, »ich kenne ihn doch erst drei Wochen. Zweiundzwanzig Tage, um genau zu sein.« Aber sie wusste, dass sie sich schon bei ihrem zweiten Rendezvous verliebt hatte. Richtig verliebt. Was hatten dieses flaue Gefühl im Magen und diese Sehnsucht nach seiner Nähe sonst zu bedeuten? Sie konnte sich nicht konzentrieren, nichts essen. Wenn er anrief, schlug ihr das Herz bis zum Hals und sie brachte kaum einen Ton heraus, aber es war wunderbar. Selbst die Angst und die Unsicherheit wirkten auf schmerzliche Weise erregend.

Sie schnitt eine Grimasse und grinste. Ich bin eine Meisterin im Dramatisieren! Sie lehnte sich zurück und genoss den warmen, sonnigen Abend. Kühl und frisch schmiegte sich die beigefarbene Leinenbluse an ihre Haut. Dazu trug sie eine honigfarbene Caprihose und hellbraune Ledersandalen. Sie fühlte sich stark, attraktiv, zuversichtlich.

Er wartete schon auf sie; die Tür zum Cottage stand weit offen. Die Anlage bestand aus vier umgebauten Scheunen rund um einen Hof mit Parkplätzen für die Gäste, aber jede Ferienwohnung hatte einen kleinen Garten mit Blick auf das hügelige Land, das zum Meer hin abfiel. Ein Holzzaun umgab die gepflasterte Terrasse, auf der man völlig ungestört war. Diese Ferienwohnungen waren teuer und wurden im Allgemeinen von jungen kinderlosen Paaren oder älteren Leuten gebucht. Jemima stellte den Wagen neben seinem Kabriolett ab und stieg aus, bemüht, eine plötzliche Nervosität niederzukämpfen.

»Du siehst großartig aus«, sagte er.

»Danke.« Würde er sie umarmen? Ihr einen Begrüßungskuss geben?

Sie schlüpfte an ihm vorbei, wartete nur ein paar Sekunden auf die ersehnte Umarmung. Das hatte sie sich zur Regel gemacht, denn wenn sie ihren Gefühlen auch nur ein Stück weit nachgab, würde sie sich unweigerlich verraten. Er hatte eine etwas unterkühlte Art, aber darin konnte sie es mit ihm aufnehmen. Annabel war offenbar ausgesprochen beherrscht und zurückhaltend, und das hatte ihm gefallen. Sie, Jemima, war zwar kein Klon Annabels, aber sie würde sich ihr ein Stück weit, nur ein klein wenig angleichen – also keine Gefühlsausbrüche, nur ab und zu eine wohl dosierte Prise Leidenschaft.

Er folgte ihr hinaus auf die Terrasse, wo unter einem Sonnenschirm eine schmiedeeiserne Sitzgruppe stand. Auf dem Tisch erblickte sie einen Eiskübel mit einer Flasche Weißwein und Lachsbrötchen.

»Nanu?« Sie hob die Augenbrauen. »Du kannst also auch ein Essen zaubern?«

»Wieso ›auch‹?«

»Außer dass du blendend aussiehst«, erwiderte sie leichthin und genoss den Rollentausch.

Kichernd nahm er die Flasche aus dem Kübel. »Das ist noch gar nichts.«

Sie sah ihn an. »Das will ich hoffen«, gab sie herausfordernd zurück und schmunzelte in sich hinein, als sie einen Anflug von Überraschung in seinen Augen wahrnahm.

»Wie war dein Tag heute?« Er hatte sich wieder gefasst und füllte die Gläser.

»Ziemlich erfolgreich. Ich habe einen Bungalow bei Thurlestone übernommen. Der Besitzer ist gestorben, und der Sohn lebt in London. Er möchte das Haus vermieten, sich aber alle damit verbundenen Scherereien ersparen und es jedes Jahr einen Monat lang selbst nutzen. Das Gute ist, dass er sich direkt an mich gewandt hat. Ein Nachbar hat mich ihm empfohlen. Mein Chef wird sich freuen. Das gibt Punkte.«

»Dann haben wir ja einen Grund zum Feiern.« Er prostete ihr zu. »Neben Viehzucht und Tourismus gibt es hier wohl nicht viele Branchen, oder?«

Sie nahm einen Schluck und unterdrückte eine aufkeimende Hoffnung. »Kommt drauf an, in welchem Bereich du arbeitest. Auch in Südwestengland werden Ärzte, Lehrer und Anwälte gebraucht.«

Er schwieg, und Jemima gratulierte sich im Stillen zu ihrer gleichmütigen Reaktion.

»Da magst du Recht haben«, sagte er schließlich. »Natürlich. Aber wie sieht's beispielsweise mit der IT-Branche aus?«

»Oh, auch in Devon können die Menschen mit dem Internet umgehen«, meinte sie leichthin. »Langsam, aber sicher. Oder dachtest du, jenseits von Bristol benutzt man keine Computer?«

»Natürlich nicht.« Er runzelte die Stirn. »Ich möchte den Leuten hier nicht zu nahe treten, aber es wäre vorstellbar, dass man in meiner Branche hier nicht ohne weiteres einen Job findet.«

Wie soll ich darauf reagieren?, dachte sie.

»Ich weiß natürlich nicht, was du genau machst.« Sie lächelte ihn freundlich an. »Spielst du etwa mit dem Gedanken, hierher zu ziehen?«

Er erwiderte ihren Blick und sah sie nachdenklich an.

»Um ehrlich zu sein, habe ich die letzten Tage ab und zu daran gedacht.«

Am liebsten wäre sie aufgesprungen, hätte die Arme hochgerissen und einen Jubelschrei ausgestoßen. »Hm, ich weiß auch nicht. Vermutlich müsstest du dich erkundigen. Kontakte knüpfen.«

»Vermutlich.« Er lächelte sie an, amüsiert über ihre gelassene Reaktion. »Ich müsste ein paarmal am Wochenende herkommen und mich … kundig machen.«

Sie schüttelte den Kopf. »Um die Jahreszeit ist das gar nicht so einfach. Bis Ende September ist hier Hochsaison.«

»Du meinst, ich finde keine Unterkunft?«

»Mit etwas Glück und mit tatkräftiger Hilfe von Freunden schon.«

»Meinst du da jemanden Bestimmten?«

O mein Gott!, dachte sie. Das ist deine Chance. Lass sie dir nicht entgehen!

»Dir gefällt nur die schöne Aussicht meiner Wohnung«, erwiderte sie. »Gib's doch zu!«

»Die Aussicht und einiges andere«, sagte er und streckte ihr die Hand entgegen.

Sie wartete ein paar Sekunden, ehe sie sie ergriff. »Ich werd's mir durch den Kopf gehen lassen.«

ZWEIUNDZWANZIG

Auf der Rückfahrt nach Devon schwankte Louise zwischen Glück und Verzweiflung. In den vergangenen schmerzlichen Monaten hatte sie lernen müssen, dass man die Vergangenheit nicht einfach abschütteln und verdrängen konnte. Jetzt aber verspürte sie zum ersten Mal seit Jahren eine gewisse Zuversicht. Sie musste nichts mehr verleugnen, sondern konnte sich der Vergangenheit offen stellen. Hermione, Rory und Martin waren ein Teil ihres Lebens, doch sie hatte alle drei verloren. Damit musste sie sich abfinden. Auf dem Weg zurück nach Foxhole gingen ihr viele Erinnerungen durch den Kopf: Spaziergänge auf einem Waldweg, den blühende Rhododendren säumten; Hermione, wie sie auf der Halbinsel Rhu Spit mit den anderen Kindern spielte, deren Väter ebenfalls bei der Marine waren; der Blick über Gare Loch; ein Besuch des Royal Northern Yacht Club mit Rory. Diese Erinnerungen waren lange verschüttet gewesen, traten aber nun mit überraschender Frische zutage. Hermione, wie sie atemlos vor sich hinsang, während sie mit Percy spielte; wie sie unverständliche Sätze in ihr Spielzeugtelefon brabbelte; wie sie mit ihrem Dreirad im Kreis in der Küche umherfuhr. Die winzigen Füßchen mit den eingerollten Zehen, die molligen Ärmchen; die perlmuttfarbenen Zähne im rosigen Gesicht. Wie weh tat das angesichts der schrecklichen Endgültigkeit des Todes!

»Was wirst du jetzt machen?«, hatte Martin besorgt gefragt. »Wo wirst du wohnen?«

»Ich kann bei Frummie bleiben«, hatte sie geantwortet, »bevor ich mir irgendwo eine Wohnung miete. Aber zuallererst muss ich mir einen Job suchen.«

»Willst du wieder ...?«

Seine vorsichtige Frage brachte sie zum Schmunzeln. »Ob ich in meinen alten Beruf zurückkehre? Was soll ich sonst tun?«

»Wirst du das schaffen? Um Himmels willen, Schatz, du darfst nichts überstürzen.«

Vor ihrer Heirat mit Rory hatte sie als Vorschulerzieherin gearbeitet. Sie hatte Kinder immer gemocht und sich so danach gesehnt, eine eigene Familie zu gründen.

»Ich glaube schon, dass ich es schaffe«, erwiderte sie. »Ich muss wieder auf eigenen Füßen stehen, Martin.«

»Ja, das verstehe ich, aber du darfst dir nicht zu viel zumuten. Auf jeden Fall werde ich dich vorerst weiter unterstützen.«

»Das ist lieb von dir, Martin. Aber ich möchte auf keinen Fall von dir abhängig sein. Wenn du mir noch eine Weile unter die Arme greifst, bin ich dir sehr dankbar, aber ich werde dir das Geld irgendwann zurückzahlen.«

»Also gut. Aber du ...« Er zögerte, denn er wollte sie weder kränken noch verunsichern; aber er konnte seine Bedenken trotzdem nicht verhehlen. »Du musst damit rechnen, dass du ab und zu einen Rückfall bekommst.«

»Das weiß ich. Mach dir deshalb keine Sorgen. Mir ist klar, dass ich noch nicht über den Berg bin. Deshalb bleibe ich ja noch eine Weile bei Frummie. Ihr gefällt das, denn sie ist nicht gern allein, die Ärmste. Im Oktober kommt allerdings ihre alte Freundin Margot zu Besuch, und das ist für mich dann das Signal zum Aufbruch. Hoffentlich habe ich bis dahin etwas gefunden.«

»Du kannst immer auf mich zählen, das weißt du.«

Sie grinste ihn an. »Glaubst du denn, Carol wäre begeistert, wenn sie mir hier begegnen würde?«

Er erwiderte ihr Lächeln, ließ sich aber nicht provozieren. »Wir bleiben Freunde, was auch geschehen mag.«

Sie umarmte ihn. »Du hast mir den Freiraum gegeben, den ich so dringend gebraucht habe. Dafür bin ich dir aufrichtig dankbar, Martin.«

»Ach, schon gut. Aber ich bestehe darauf, dir ein kleines Auto zu kaufen. Du kannst doch nicht ewig einen Mietwagen fahren, und ohne Auto kommst du nicht aus. Nein, nichts Übertriebenes«, fügte er hastig hinzu, ehe sie Einwände erheben konnte. »Nur einen zuverlässigen fahrbaren Untersatz, der nicht zu viel Benzin verbraucht. Betrachte es als ein Abschiedsgeschenk. Wirst du dich weiterhin Parry nennen? Vor drei Jahren erschien es uns als die einfachste Lösung, aber jetzt siehst du das vielleicht anders.«

»Fürs Erste kann es ruhig so bleiben.« Der Gedanke an eine so einschneidende Veränderung machte sie nervös.

»Lass dir Zeit«, meinte er, »und melde dich einfach.«

Sie wusste, dass sie ihm eine Freude machte, wenn sie seine Hilfe annahm. Das machte vieles leichter. Was die Rückschläge betraf, so hatte er gewiss Recht. Im Augenblick musste sie gegen Panikattacken und depressive Phasen ankämpfen, während sie andererseits immer wieder eine ungeheure Erleichterung empfand. Bald, so hoffte sie, würde die Niedergeschlagenheit weichen. Wenn sie erst einmal festen Boden unter den Füßen hatte, würde alles einfacher sein. Aber sie musste erst feststellen, wie belastbar sie wirklich war. Am besten war ein Teilzeitjob in einem Kindergarten oder einer Vorschule. Vielleicht würde sie beim Vorstellungsgespräch die Karten offen auf den Tisch legen müssen. Ob man dann bereit war, sie mit Kindern arbeiten zu lassen? Vielleicht musste sie sich ja beruflich neu orientieren? Die Depressionen und Angstzustände konnten ja jederzeit wiederkehren. Sie versuchte diese Gedanken an die Zukunft zu verscheuchen. Zunächst würde sie wieder in Foxhole sein, wo Brigid und Frummie sich darauf freuten, sie wiederzusehen. Darauf musste sie alle ihre Gedanken richten. Ganz langsam wichen die Schatten, die Panik schwand, und Louise fand ihr Gleichgewicht wieder. Aber sie spürte, wie gefährdet sie immer noch war.

»Immer schön eins nach dem anderen«, murmelte sie, während sie hinter einem riesigen Caravan herfuhr, der vorsichtig über die engen Landstraßen zockelte. »Eins nach dem anderen.«

Sie musste sich immer noch mit Tricks ablenken, auch wenn sie vor der Vergangenheit nicht mehr die Augen verschloss. Also begann sie, laut zu deklamieren:

»Ein Erd- und ein Johannisbär,
die gingen Schritt für Schritt,
und noch ein Brombär hinterher,
und sonst ging keiner mit.«

Der Caravan bremste, blinkte und bog dann langsam zum Parkplatz am Venford-Stausee ab. Louise seufzte erleichtert auf und gab Gas.

Brigid hatte einen anstrengenden Vormittag hinter sich. Frühmorgens war sie mit dem inzwischen vertrauten Gefühl der Panik aufgewacht und hatte sich Tee gekocht, den sie mit ans Bett nahm. Anschließend war sie in einen tiefen Schlaf gefallen, aus dem sie erst um Viertel vor zehn hochfuhr. Hastig kleidete sie sich an und eilte hinunter, um Blot ins Freie zu lassen. Mit vorwurfsvollem Blick trottete er hinaus, unbeeindruckt von ihrem Versprechen, später einen Spaziergang mit ihm zu machen. Dann kochte sie sich noch einmal Tee und strich sich gähnend das blonde Haar aus dem Gesicht, während sie die Morgenpost durchsah und einen Artikel in den *Dartmoor News* las. Dies lenkte sie ein wenig von ihren Sorgen ab, und so seufzte sie ärgerlich, als Frummie an der Haustür klopfte. Als sie öffnete, rang sie sich ein Lächeln ab.

»Du bist ganz schön spät dran heute Morgen.« Frummie trat ein, strahlend und wie aus dem Ei gepellt. »Ich war vorhin schon mal da, aber niemand hat geöffnet. Du bist doch sonst immer früh auf.«

Brigid folgte ihr in die Küche und schluckte eine bissige Erwiderung hinunter. »Ich habe mir gerade Tee gemacht. Möchtest du eine Tasse mittrinken?«

»Tee? Um diese Zeit? Nein danke, Herzchen. Aber ein Kaffee

wäre nicht schlecht. Ich bin gerade dabei, für Louise einen Kuchen zu backen, und wollte fragen, ob du vielleicht Sahne hast.«

»Ja, habe ich.« Brigid brühte Kaffee auf, weil sie wusste, dass Frummie den gern trank, sich aber nur ab und zu welchen leisten konnte. »Sie ist dir sehr dankbar, dass du sie wieder bei dir aufnimmst.«

»Ihr bleibt wohl kaum etwas anderes übrig.« Frummie setzte sich an den Tisch. »Sie braucht Zeit. Ich weiß, wie es ist, wenn man keinen Zufluchtsort findet.«

Brigid warf ihr einen kurzen Blick zu und sagte dann, wie um sich zu rechtfertigen: »Bei mir und Humphrey warst du immer willkommen.«

Frummie verzog den Mund zu ihrem typischen Grinsen. »Allerdings. Ich habe eben Glück gehabt. Glaub nicht, dass ich das nicht zu schätzen weiß.«

Verlegen zuckte Brigid die Schultern. »Jedenfalls ist es lieb von dir, dass du sie bei dir aufgenommen hast. Wenn ich mir vorstelle, jemand würde auf unbestimmte Zeit hier bei mir wohnen – ein entsetzlicher Gedanke. Ich mag Louise sehr, aber trotzdem …«

»Ja, du bist gern allein«, sagte Frummie. »Jemima geht es genauso. Bei mir ist das anders. Man muss sich selbst mögen, um mit sich allein sein zu können. Ich habe mich selbst nie besonders leiden können.«

Kurzes Schweigen.

»Ich … Darüber habe ich noch nie nachgedacht.« Brigid schob die Kaffeekanne über den Tisch und holte einen Becher aus dem Schrank. »Mir blieb vermutlich gar nichts anderes übrig, wo Humphrey doch ständig unterwegs war.«

»Es gibt immer eine Alternative. Du hast dich darauf eingelassen, dass ihr beide zeitweise getrennt lebt. Aber du hättest auch anderen das Leben zur Hölle machen, dich selbst zur Märtyrerin stilisieren oder Humphrey so lange bearbeiten können, bis er sich einen anderen Job sucht. Du hättest auch alles hinschmeißen können. Bestimmt kennst du Frauen von Marinesoldaten, die solche Entscheidungen getroffen haben.«

Brigid starrte ihre Mutter an. »Ja«, sagte sie langsam.

Frummie zuckte die Schultern. »Allerdings ist die Sache nicht immer so einfach.« Sie schenkte sich den dampfenden Kaffee ein. »Du machst dir Sorgen, wie es wohl wird, wenn Humphrey in den Ruhestand geht, nicht wahr?«

Brigid nahm ihren Teebecher. »Ja«, erwiderte sie, bevor ihr Selbstschutzmechanismus sie daran hindern konnte. »Ja, ich mache mir Sorgen. Wir werden es beide lernen müssen. Er freut sich schon darauf.«

»Du aber nicht.«

»Das wollte ich nicht sagen.« Brigid warf Frummie einen hastigen Blick zu. »Ich bin es einfach gewohnt, nach meinen eigenen Vorstellungen zu leben. Wenn Humphrey zu Hause ist, ist es wunderbar. Wir genießen es, zusammen zu sein, aber es kommt mir gar nicht real vor. Es ist wie Urlaub. Wir verbringen eine schöne Zeit miteinander, und dann geht er wieder. Ich habe keine Ahnung, wie es ist, mit ihm zu leben – Tag für Tag, Monat für Monat. Das haben wir nie ausprobiert. Und jetzt plötzlich ist es so weit. Vierundzwanzig Stunden am Tag. Das macht mir Angst.«

Frummie schlürfte genießerisch ihren Kaffee. »Köstlich.« Und nach einer Pause meinte sie: »Ob er sich wohl eine andere Arbeit sucht?«

Brigid zögerte. Sie näherten sich einem heiklen Thema. »Er hat gehofft, dass die Cottages genügend einbringen und er keinen Vollzeitjob annehmen muss. Er möchte an gemeinnützigen Projekten mitarbeiten – an einer Stiftung zum Schutz der Eulen zum Beispiel. Aber vermutlich wird er sich schnell langweilen und etwas suchen, was ihn mehr fordert.«

»Und ich habe alle eure Pläne durchkreuzt, als ich eines der Cottages in Beschlag nahm.«

»Nein«, beeilte sich Brigid zu erwidern. »Wirklich nicht. Du zahlst ja sogar Miete …«

Frummie lachte. »Aber nicht annähernd den Betrag, den ihr von Feriengästen bekommen würdet.«

»Bitte, Mummie, fang nicht schon wieder damit an! Du weißt, dass wir dich gern hier haben.«

»Schon komisch, nicht?«

»Was?«

»Dass mein Zufluchtsort jetzt auch der von Louise ist.«

»Ja, da hast du Recht. Sie … Sie erwartet doch wohl nicht, dass du sie finanziell unterstützt, oder?«

»Nein, nein. Keine Sorge! Martin wird ihr helfen, bis sie auf eigenen Beinen steht.«

»Das ist nett von ihm.«

»Es passt ihm doch auch in den Kram, oder?«

»Wie meinst du das?«

»Er will sie loswerden, um sich ganz auf seine Neue konzentrieren zu können. Also greift er ihr unter die Arme. Sicher, sie will auch raus aus der Beziehung. Es ist ein Geben und Nehmen, wenn du verstehst, was ich meine. Gott sei Dank.«

»Du bist eine Zynikerin.«

»Vielleicht.« Frummie trank aus und erhob sich. »Der Kaffee war ausgezeichnet. Übrigens, hast du schon Zeitung gelesen? Es ist schon wieder ein Mord passiert. Diesmal in Plymouth. Das ist jetzt der dritte, und die Polizei hat offenbar noch immer keine heiße Spur. Wieder eine alleinstehende Frau, die mit ihrem Hund unterwegs war. Schockierend, nicht? Ach, die Sahne! Ich muss mich um meinen Kuchen kümmern. Vielen Dank, Herzchen, für den Kaffee und für die Sahne. Ich bring dir eine neue mit, wenn ich einkaufen gehe.«

»Das brauchst du wirklich nicht.«

Brigid stand auf, um ihre Mutter hinauszubegleiten, doch da läutete das Telefon. Brigid nahm ab, während Frummie das Haus verließ.

»Hi.« Jemimas Stimme klang zufrieden. »Wie geht 's?«

»Danke, gut.«

»Ich wollte fragen, ob ich dich zum Mittagessen einladen darf? Ich komme nach Totnes, und das liegt ja auf halbem Weg zwischen uns. Wie wär 's, wenn wir uns dort treffen?«

Zum zweiten Mal an diesem Morgen unterdrückte Brigid den Drang, nein zu sagen. »Gern«, erwiderte sie.

»Das freut mich!« Jemimas Begeisterung klang ehrlich. »Wie wär's mit *Effings*? Das Essen dort ist ausgezeichnet.«

»In Ordnung. Und wann? Um halb zwölf?«

»Wunderbar. Bis dann.«

Brigid legte auf und warf einen Blick auf ihre Uhr: gerade noch Zeit, um mit Blot einen Spaziergang zu machen.

Im *Effings* herrschte Hochbetrieb. Jemima winkte Brigid fröhlich zu und strahlte sie an, während sie ihr gegenüber Platz nahm.

»Wie geht's dir?«, fragte Brigid. »Du siehst phantastisch aus.«

Jemima sah sie überrascht an. Von ihrer Schwester war sie solche Komplimente gar nicht gewohnt. »Oh, im Moment geht's mir blendend.«

Brigid dachte: Puddle-duck, hässliches Entchen. Ob es mir jemals gelingen wird, sie mit aufrichtiger Zuneigung bei diesem Namen zu nennen? Ich wünsche es mir so sehr.

Sie empfand ein überwältigendes Bedürfnis, sich Jemima anzuvertrauen, ihr von Jennys Missgeschick zu erzählen und von den eigenen Ängsten, doch ein tief sitzendes Vorurteil machte es ihr unmöglich.

»Du siehst müde aus.« Jemima musterte sie besorgt. »Ist alles in Ordnung? Die Geschichte mit Louise ist dir ganz schön nahe gegangen, nicht?«

»Stimmt.« Brigid griff diese Erklärung dankbar auf. »Es war alles ziemlich schlimm.«

»Aber es geht ihr wieder besser?«

»Ja. Sie kann noch eine Weile bei Mummie wohnen, bis sie auf eigenen Beinen steht. Ich finde das wirklich ausgesprochen lieb von Mummie.«

»Aber es gefällt ihr doch auch, oder? Immer noch besser als das Alleinsein. Außerdem mag sie Louise.«

Brigid sah ihre Schwester neugierig an. »Könntest du das auch?«

Jemima riss entsetzt die Augen auf. »Machst du Witze? Niemals. Ein paar Tage vielleicht. Eine Woche. Aber nicht länger. Ich brauche meinen Freiraum.«

»Mir geht es genauso.« Brigid runzelte die Stirn. »Wenn ich dagegen Mummie ansehe, bekomme ich beinah ein schlechtes Gewissen.«

Jemima kicherte. »Aber warum? Frummie macht die Einsamkeit schwer zu schaffen.«

Brigid stieß ein kurzes bitteres Lachen aus. »Ich war ihr ja nie genug.«

Jemima sah sie voller Mitgefühl an. »Das stimmt so doch gar nicht«, erwiderte sie behutsam. »Aber schließlich hast du dein eigenes Leben: Du hast eigene Kinder, sogar einen Enkel, und du hast Humphrey. Außerdem musst du dich um die Cottages kümmern, und du hast Freunde. Frummie hat niemanden, der das Leben mit ihr teilt. Niemanden, mit dem sie zusammensitzen oder für den sie kochen kann. Andere Leute sind zwar nett und freundlich, aber wenn man niemanden hat, der wirklich zu einem gehört, sieht die Sache anders aus. Man ist von anderen abhängig, und dann fühlt man sich zu Dank verpflichtet.«

»Empfindest du das selbst auch so?«

»Nein.« Jemima schüttelte den Kopf. »Aber ich bin wie du. Ich bin gern allein. Frummie nicht. Deshalb versucht sie ja, so oft wie möglich rauszukommen. Darum fährt sie nach Ashburton, um mit Meg im Souvenirladen ein Schwätzchen zu halten oder stundenlang im Café *Green Ginger* zu sitzen. Alles nur, um unter Leute zu kommen. Sie braucht das. Es gibt ihr das Gefühl zu leben.«

»Eigentlich sollte sie ja nicht mehr Auto fahren.«

Jemima biss sich auf die Lippen. »Ich weiß, dass du auf mich sauer bist, weil ich ihr die Kfz-Steuer und die Versicherung bezahle. Aber sie war so verzweifelt über die Vorstellung, dort draußen festzusitzen.«

»Mit mir in Foxhole.«

»Nein, Brigid. Es liegt doch nicht an dir. Es ist die ganze Umgebung. Frummie ist ein Stadtmensch. Sie verabscheut das Landleben. Sie hasst die Stille und Weite des Moors. Sie liebt den Trubel und die Lichter. Stell dir mal umgekehrt vor, du müsstest in einer Großstadt leben. Wie würde es dir da ergehen, selbst wenn Humphrey bei dir wäre?«

In diesem Augenblick brachte Mike die Speisekarte, und Brigid blieb es erspart, die Frage zu beantworten.

»Mal sehen, was der Küchenchef heute empfiehlt«, sagte Jemima und zeigte auf die Tafel hinter sich. »Sein Antipasto ist ausgezeichnet. Die hausgemachte Pâté auch. Da hat man die Qual der Wahl. Ach ja, und als Nachtisch musst du unbedingt die französische Zitronentarte probieren, also lass noch ein bisschen Platz.«

»Ich begreife nicht«, sagte Brigid, nachdem sie bestellt hatten, »warum sie Daddy überhaupt geheiratet hat.«

»Der Reiz des Neuen vielleicht?«, überlegte Jemima. »Er war anders als alle Männer, die sie bis dahin kennen gelernt hatte. Und Foxhole da draußen in der Wildnis von Dartmoor. Richtig romantisch wie in *Sturmhöhe*. Aber als es hart auf hart ging, hat sie es nicht gepackt.«

»Sie hat mich im Stich gelassen«, gab Brigid zornig zurück. »Wie kann man sein eigenes Kind verlassen?«

»Wir kennen doch die genauen Umstände gar nicht.« Jemima war bestürzt über den Gesichtsausdruck ihrer Schwester. Verflixt, dachte sie, was soll ich jetzt machen? Es sollte doch ein vergnügliches Beisammensein werden, das uns einander näher bringt. So ein Mist!

»Dich hat sie mitgenommen, als sie ihren Mann verließ«, erwiderte Brigid.

»Das stimmt«, sagte Jemima leise. »Aber der Unterschied war, dass dein Vater dich nicht hergeben wollte. Meinem war es egal, deshalb hat sie mich mitgenommen.«

Die Schwestern sahen einander an.

»Ich habe ihn schrecklich vermisst.« Jemimas Lippen zitterten.

»Es war immer so lustig mit ihm. Ich habe ihn so geliebt, aber am Ende haben sie nur gestritten. Ich wollte dazwischengehen und sie zum Lachen bringen. Aber es hat nicht geklappt. Das Schlimmste war, dass er sich auch später nie bemüht hat, mich zu treffen. Frummie hätte ihn gewiss nicht daran gehindert, aber er zeigte kein Interesse. Das hat mir wehgetan. Und es schmerzt bis heute. Ich glaube, deshalb bin ich so vorsichtig in meinen Beziehungen. Ich warte regelrecht darauf, dass es schief geht, deshalb lasse ich mich erst gar nicht auf jemanden ein.«

Bis jetzt. O Gott! Bis jetzt, dachte sie. Ob ich es ihr sagen soll? Soll ich es wagen? Oder wird sie mich wieder runtermachen?

»Ich hatte einfach Glück, dass ich Humphrey kennen gelernt habe«, erklärte Brigid nachdenklich. »Er war so gut zu mir und hat mich für alles entschädigt. Wenn du verstehst, was ich meine.«

»Nicht für alles.«

»Nein«, erwiderte Brigid nach einer kurzen Pause. »Nicht für alles. Vermutlich kann man so eine Erfahrung nicht ungeschehen machen. Die Verunsicherung sitzt zu tief. Wie du eben selbst gesagt hast, man hat Angst, dass etwas schief geht.«

»Ich wusste gar nicht«, begann Jemima vorsichtig, »dass es dir auch so geht. Du wirkst immer so, als hättest du alles unter Kontrolle. Dein Leben ist so klar und wohlgeordnet. Nicht so verworren wie meines.«

Ich könnte ihr jetzt erzählen, in welcher Klemme ich stecke, aber ich muss wohl zuerst mit Humphrey sprechen. Oder soll ich es ihr doch sagen?

Brigid überlegte einen Augenblick, doch da kam Mike mit dem köstlichen Essen. Und als sie wieder allein waren, hatte das Gespräch eine andere Wendung genommen.

DREIUNDZWANZIG

Es war ein merkwürdiges Gefühl, den Feldweg herunterzufahren und vor »ihrem« Cottage ein Auto geparkt zu sehen; merkwürdig, nebenan zu parken im Bewusstsein, dass sie hier nicht Ferien machte, sondern im Begriff war, ein neues Leben zu beginnen. Nun wurde es ernst. Vor Aufregung drehte sich Louise der Magen um, und sie blieb einen Augenblick wie erstarrt sitzen. Schon kamen die alten Ängste wieder hoch. Jetzt, da sie sich nicht mehr aufs Autofahren konzentrieren musste, sah sie die Welt wieder wie durch einen Zerrspiegel. Dieser Gewalt, die sehr viel stärker war als ihr eigener Wille, konnte sie fast nichts entgegensetzen. Sie klammerte sich ans Lenkrad und versuchte die schleichende, lähmende Ohnmacht niederzukämpfen. Wäre doch nur Martin bei ihr! Allein würde sie es niemals schaffen, mit Schuld, Einsamkeit und Tod fertig zu werden.

Frummie trat durch das Gartentor und kam auf sie zu. Als sie sich zu ihr herunterbeugte, starrte Louise sie mit angsterfülltem Blick an. Frummie, die mit extremen psychischen Zuständen ausreichend Erfahrung hatte, griff nach Louises Hand, die noch immer auf dem Lenkrad lag.

»Gut, dass du da bist«, sagte sie. »Es ist schon wieder ein Mord geschehen. Ich hab mir die Mittagsnachrichten angesehen, weil ich wissen wollte, ob man den Mörder inzwischen gefasst hat. Und da haben sie die Schlange auf der M 5 gezeigt. Gott sei Dank bist du früh genug losgefahren. Dadurch bist du nicht in diesen Stau geraten und kommst gerade rechtzeitig zum Tee.«

Tee. Trost lag in diesem Wort. Frieden und Geborgenheit. Sie konnte das Lenkrad immer noch nicht loslassen, weil sie fürchtete, sonst ins Nichts zu stürzen. Doch Frummies magere Hand strahlte Wärme aus. Louise sah auf.

»Ich schaffe es nicht«, sagte sie, auf Frummies Hand blickend. »Ich …«

»Doch.« Frummies Stimme klang ruhig und gelassen. »Doch, du schaffst es. Lass das Lenkrad los, Louise, und nimm meine Hand.«

Langsam, ganz langsam ließ Louise das Lenkrad los, ergriff Frummies Hand und stieg aus. Als sie endlich aufrecht dastand, zitterte sie.

»Ich dachte, es würde mir besser gehen«, rief sie wütend. Sie war den Tränen nahe.

Frummie lächelte sie an. »Es geht dir ja auch besser«, entgegnete sie. »Viel besser. Du bist ganz allein nach London gefahren, du hast eine nervenaufreibende Begegnung mit deinem Exliebhaber überstanden, hast den Blick in die Zukunft gerichtet und bist wieder zurückgekommen. Um Himmels willen, Kind! Du kannst stolz auf dich sein! Verlang nichts Unmögliches von dir. Sag selbst, hättest du dir das vor einem Monat zugetraut?«

»Es kommt so überraschend«, murmelte Louise und ließ sich von Frummie durch den Garten führen. »Erst fühle ich mich so stark … und dann fehlt mir plötzlich die Kraft.«

»Das ist die nächste Stufe in dem Prozess«, erklärte Frummie und ließ sich auf dem Sofa nieder. »Du leugnest die Vergangenheit nicht mehr, aber jetzt musst du sie als Teil deines Lebens sehen. Das tut weh, aber du musst sie akzeptieren. Auf keinen Fall darfst du die Trauer und Angst gewaltsam unterdrücken. Andererseits sollten diese Gefühle auch nicht die Oberhand gewinnen. Denk einfach: Ach, da sind sie ja wieder, und schau an ihnen vorbei, als würdest du über die Schulter von jemandem auf etwas weit Entferntes blicken. Konzentrier dich auf das, was dahinter liegt.«

»Aber wie macht man das?« Louise klang verzagt. »Wie kann man über etwas derart … derart *Gewaltiges* hinausblicken?«

»Das musst du üben. Du musst lernen, ihm nicht allzu viel Bedeutung beizumessen, sonst stärkst du nur die Macht, die es über dich hat. Du darfst nicht so tun, als wäre nichts, indem du dich in hektische Betriebsamkeit stürzt. Schau einfach daran vorbei, so wie man an einem groß gewachsenen Menschen vorbeischaut, der vor einem im Theater sitzt. Man weiß zwar, dass er da ist, aber er hindert einen nicht daran, dem Geschehen auf der Bühne zu folgen. Konzentrier dich auf etwas Positives, auf das, was vor dir liegt, und sei es auch nur etwas so Banales wie eine Tasse Kaffee. Auf ein erfreuliches Ziel, das du erreichen kannst.«

»Und du glaubst, das funktioniert?«

Soll ich ihr die Wahrheit sagen?, überlegte Frummie. Soll ich ihr sagen, dass ich in derselben Situation war, als mir klar wurde, dass ich Brigid verloren hatte? Oder wird sie sich dann hier in Foxhole nicht mehr so geborgen fühlen? Ich erzähle es ihr lieber nicht.

»Als der Krieg zu Ende war«, erwiderte sie stattdessen, »litten viele Leute an denselben Symptomen wie du. Es war der Schock über das, was sie verloren hatten, Schmerz und Trauer, Schuldgefühle und eine ungewisse Zukunft, die ihnen zu schaffen machte. Ein paar gute Freunde von mir haben einen Zusammenbruch erlitten und eine klinische Depression bekommen. Meine Methode ist ein erprobtes Mittel, ich garantiere es dir.«

»Und du glaubst, bei mir funktioniert es auch?«

Frummie lächelte sie an. »Versuch es, dann wirst du ja sehen. Möchtest du jetzt eine Tasse Tee?«

»O ja.« Mit einem Seufzer lehnte sich Louise in ihr Sofakissen zurück. »Tee wäre wunderbar. Ich habe zweimal angehalten, aber in den Autobahnraststätten war der Teufel los. Deshalb habe ich mir nur eine Dose Wasser gekauft und sie auf dem Parkplatz getrunken.«

»Solche Raststätten sind grauenhaft. Ich setze Wasser auf, dann kannst du mir alles über Martin erzählen – natürlich nur, wenn du Lust dazu hast.«

»Er war so lieb.« Louise schüttelte traurig den Kopf. »Eigentlich war er das immer. Das Problem ist, dass er sich nur richtig wohl fühlt, wenn er jemanden hat, um den er sich kümmern kann. Ich war wohl keine lohnende Aufgabe mehr, da hat er sich eine neue Herausforderung gesucht.«

»Ich würde denken, dass du durchaus eine Herausforderung darstellst, gerade jetzt«, bemerkte Frummie trocken.

Louise gluckste in sich hinein. Gestärkt durch Frummies Entschiedenheit, hatte sie sich rasch von ihrer Panikattacke erholt. »Die Versuchung war wirklich groß«, gestand sie. »Für uns beide. Ich habe mich daran erinnert, wie gut er mich trösten konnte, und er hat überlegt, ob ich nicht doch ein interessanter Fall für ihn bin.«

»Und dann?«, wollte Frummie wissen.

»Martin meinte, wenn ich bei ihm bliebe, würde ich nie mit der Vergangenheit zurande kommen. Natürlich hat er Recht. Ich war mir klar darüber – und doch konnten wir der Versuchung kaum widerstehen.«

»Er ist gar nicht so dumm«, meinte Frummie nach einer Weile. »Ich muss sagen, dass er in meiner Achtung gestiegen ist.«

»Ja, er ist ein guter Mensch«, stimmte Louise zu. »Er hat angeboten, mich finanziell zu unterstützen, bis ich selbst für mich sorgen kann. Natürlich werde ich ihm alles zurückzahlen. Ich muss mir jetzt einfach überlegen, wo ich leben will und ob ich wieder pädagogisch arbeiten kann.«

»Dann hast du ja genügend Pläne«, erwiderte Frummie, »um den Trübsinn in Schach zu halten.«

»Ja, das stimmt. Ach, Frummie, wie schön ist es, wieder zu Hause zu sein! Aber was hat es mit diesem Mord auf sich?«

»Eine Frau in Plymouth, ganz in der Nähe.« Frummie machte ein sorgenvolles Gesicht. »Das beunruhigt mich schon sehr. Es geschah nach demselben Muster wie die beiden anderen Morde, aber diesmal am helllichten Tag. Die Polizei meint, der Mörder fühlt sich allzu sicher. Und trotzdem …«

»Das ist ja entsetzlich.« Louise erschauderte.

Da Frummie sie nicht weiter beunruhigen, sondern ihr Zuversicht und Fröhlichkeit einflößen wollte, sagte sie: »Ich glaube, hier kann uns nichts passieren. Trinken wir noch ein Tässchen.«

Jemima saß auf ihrem Sofa, MagnifiCat lag zusammengerollt neben ihr. Sie lauschte dem Regen, der auf den Balkon trommelte, und beobachtete, wie die Tropfen auf das Wasser klatschten. Der Wolkenbruch hatte die Urlauber vom Strand vertrieben. Doch die Sonne brach bereits wieder durch die dunklen Wolken und ließ die Regentropfen glitzern und funkeln. Über dem Hafen wölbte sich ein Regenbogen.

»Morgen beginnt der September«, murmelte sie und streichelte MagnifiCats weiches Fell. »Der Sommer ist fast vorüber.«

Sie spürte, wie der Kater unter ihrer Hand zufrieden schnurrte, und einen Moment lang kehrte jene Unbeschwertheit zurück, die so selbstverständlich gewesen war – bevor die Liebe in ihr Leben trat.

»Kannst du dir wirklich vorstellen, hierher zu ziehen?«, hatte sie ihn gefragt. Sie hatte den Advocatus Diaboli gespielt und sich gleichzeitig für ihre Dummheit gescholten. »Im Winter kann es ziemlich öde sein, weißt du.«

»Tatsächlich?« Er hob fragend die Augenbrauen. »Hängt das nicht eher davon ab, ob man nette Gesellschaft hat?«

Seine Bemerkung hatte sie etwas verunsichert, aber sie war entschlossen, ihm ihre Bedenken mitzuteilen. »Das habe ich nicht gemeint. Die South Hams sehen völlig anders aus, wenn die Feriengäste weg sind und es wochenlang ununterbrochen regnet. Es ist ein Riesenunterschied zu London. Hier gibt es keine Kinos und Theater, die man mit der U-Bahn bequem erreichen kann.«

»Aber dafür gibt es doch andere Möglichkeiten, wenn man etwas unternehmen möchte.«

»Das stimmt, aber um ehrlich zu sein, überrascht es mich, dass du und Annabel überhaupt hier Ferien machen wolltet. Nach allem, was du mir von ihr erzählt hast, würden ihr doch wohl eher die Malediven zusagen.«

Er machte ein nachdenkliches Gesicht, was Jemima beunruhigend fand. Wie dumm von ihr, Annabel ins Spiel zu bringen!

»Da hast du allerdings Recht«, sagte er. »Wir waren Ostern ein paar Tage Ski fahren, und Annabel hat sich dabei ein Virus eingefangen. Das hat ihr ziemlich zu schaffen gemacht. Dann war sie beruflich im Stress, und zum Ausgleich bekam sie Sonderurlaub. Da haben wir uns entschlossen, nach Devon zu fahren. Weder sie noch ich waren jemals zuvor hier, und die Broschüre klang äußerst vielversprechend. Wir wussten, dass es im Juli in Europa entsetzlich heiß ist, und da wir keine anstrengende Reise machen wollten, haben wir uns dieses ruhige Fleckchen ausgesucht, um einfach nur auszuspannen.« Er zuckte die Achseln. »Jetzt frage ich mich, ob sie überhaupt jemals die Absicht hatte, mit mir herzukommen. Ich hatte eine Menge Überstunden abzufeiern und konnte eine zusätzliche Woche Urlaub nehmen. Wir hatten uns auf eine ruhige Zeit hier gefreut.« Nach einer Pause fügte er hinzu: »Ich jedenfalls.«

»Tut mir Leid«, meinte Jemima mit bedrückter Miene. »Ich wollte nicht alles wieder aufwühlen.«

»Ist schon gut. Es hat mich ziemlich getroffen, dass sie mich derart zum Narren gehalten hat. Ich hatte keine Ahnung, dass etwas mit diesem Kerl läuft. Und dann habe ich die Kontrolle verloren. Ich fühlte mich so hilflos. An dem Abend kam sie heim und sagte: ›Ach, übrigens, wegen des Urlaubs …‹, und ich reagierte einfach nur aus dem Bauch heraus. Ich habe sie angefleht, weißt du. Ich habe gebettelt.« Er schob die Hände in die Hosentaschen und kniff verächtlich den Mund zusammen. »Schlimm, dass ich das getan habe.«

Finde ich auch, dachte Jemima. Sie war dir anscheinend ganz schön wichtig. Und jetzt? Das ist die große Frage.

Sie strich über MagnifiCats warmes, weiches Fell und spürte den Rhythmus der tiefen, ruhigen Atemzüge ihres Katers. Wie konnte sie ihren Seelenfrieden zurückgewinnen? Plötzlich erinnerte sie sich an Brigids Worte: »Sie hat mich im Stich gelassen!« und an ihr Entsetzen über den Schmerz ihrer Schwester. Es wäre ihr nie in den Sinn gekommen, dass Brigid ihrer Mutter in all den Jahren niemals verziehen hatte. Bei aller Erschütterung über diese Entdeckung spürte sie jedoch, dass dies ein wichtiger Schritt zu einer echten schwesterlichen Beziehung war. Indem sie eingestand, wie weh ihr die Gleichgültigkeit ihres Vaters tat, hatte auch sie etwas von sich preisgegeben. Aber manchmal musste man eine Schwäche zeigen, um andere zu ermutigen, sich mitzuteilen. Ein solches Eingeständnis konnte zwar leicht gegen einen selbst verwendet werden, aber nur wenn man den eigenen Stolz überwand, würde etwas Gutes herauskommen. Sie hatte Brigid erklärt, wie die schmerzliche Trennung von ihrem Vater ihre Beziehung zu Männern beeinflusste. Jetzt wünschte sie, sie wäre noch einen Schritt weitergegangen, aber der Mut hatte sie verlassen. Trotzdem, ein Anfang war gemacht; ein Fundament war gelegt, auf dem sie aufbauen konnten. Sie hatte das Gefühl, dass auch Brigid etwas vor ihr verheimlichte. Doch was konnte das sein? Sie wirkte so niedergedrückt. Machte ihr etwa Louises Zusammenbruch zu schaffen? Oder war es der bevorstehende Besuch von Humphreys Vater? Brigid liebte das Alleinsein über alles, und außer Frummie auch noch ihren Schwiegervater am Hals zu haben, das war bestimmt keine sonderlich erfreuliche Aussicht für sie.

»Bring sie zusammen«, hatte Jemima ihr im Scherz empfohlen, als sie im *Effings* gemütlich Kaffee tranken. »Verkupple sie, dann bist du sie los.«

»Wenn das so einfach wäre«, erwiderte Brigid. »Mummie ist voll und ganz mit Louise beschäftigt, hat also nicht viel Zeit. Aber sie hält es für eine Zumutung, dass Humphrey seinen Vater zu uns einlädt und sich selbst auf die Bahamas absetzt. Natürlich hat sie gut reden.«

»Ihr seid beide sehr großzügig ihr gegenüber.«

»Du doch auch«, hatte Brigid errötend erwidert.

»Ach was! Ich spendiere ihr doch nur den Whisky und die Kfz-

Steuer. Aber ich weiß, dass du ihr viele Sachen kaufst, die sie sich selbst nicht leisten könnte. Guten Kaffee und Käse. Dicke Holzscheite im Winter. Blumen für den Garten. Du machst das alles sehr taktvoll und diskret, um ihren Stolz nicht zu verletzen. Aber sie ist wirklich dankbar dafür. Sie kann es nur nicht zeigen.«

»Sie braucht es nicht zu zeigen.« Brigid war vor Verlegenheit puterrot geworden. »Es ist billiger, die Sachen in großen Mengen zu kaufen, und da Humphrey ständig unterwegs ist, kann ich alles gar nicht selbst verbrauchen. Ich wollte dich vorhin nicht kritisieren wegen der Kfz-Steuer. Ich hatte mir gar nicht klar gemacht, wie sehr sie das Land hasst. Ich selbst bin so gern hier draußen, weißt du …«

»Kein Problem. Vor ihr liegt ein abwechslungsreicher Winter mit Louise und Humphreys Vater. Und dann kommt ja bald Margot. Sie wird viel zu beschäftigt sein, um Trübsinn zu blasen.« Jemima zögerte. »Wie geht's den Jungs?«, fragte sie dann und sah, wie Brigids Miene sich aufhellte.

Sie hatten über Michaels bevorstehende Verlobung gesprochen und beschlossen, in Foxhole mit Frummie und Louise zu Abend zu essen.

Ich werde es ihr sagen, dachte Jemima. Aber erst später, wenn alles klarer ist. Bitte, lieber Gott, mach, dass mein Traum wahr wird. Ich liebe ihn. Ich liebe ihn wirklich.

Der Regen hatte aufgehört, und Jemima stand auf und trat auf den Balkon. Sie legte die nackten Arme auf das Geländer und lächelte versonnen vor sich hin.

Dritter Teil

VIERUNDZWANZIG

Brigid saß im Hof, hatte einen großen Schreibblock vor sich auf dem Tisch liegen und beobachtete, wie Blot sich an eine Elster heranpirschte. Die Tauben zogen den Kopf ein und gurrten ängstlich angesichts des Eindringlings. Die Elster hüpfte hochmütig davon und machte sich nicht einmal die Mühe wegzufliegen. Sie lief ein paar Schritte, drehte sich dann um und begutachtete das Brot, das für das Rotkehlchen gestreut worden war. Aber als Blot bellend auf sie zurannte, flüchtete sie hinauf in die Zweige der Eberesche. Beglückt über seinen Erfolg, ließ sich Blot nieder, während die Tauben auf dem Stalldach zufrieden gurrten.

Nach dieser willkommenen Ablenkung wandte sich Brigid wieder ihrem Brief zu. Sie versuchte die richtigen Worte zu finden, um Humphrey das ganze schreckliche Dilemma zu erklären. Andererseits …

Brigid legte den Füller weg und starrte in die Luft. In Gedanken war sie schon alle Möglichkeiten durchgegangen. Sie konnte ihm schreiben – aber was für ein Schock würde es sein, wenn er einen Brief von daheim öffnete und solche Neuigkeiten las! Sie konnte ihn anrufen, aber die Vorstellung, in einem Ferngespräch die ganze Geschichte auszubreiten, war schrecklich. Wie sollte sie anfangen?

»Ich wollte es dir schon erzählen, als du zu Hause warst, aber dann hab ich's vergessen …« Oder sollte sie ins Flugzeug steigen und es ihm persönlich sagen – aber unter welchem Vorwand? Wie sollte sie ihm erklären, warum sie plötzlich Foxhole verließ – wo sie doch Urlaube im Ausland verabscheute – und auf die Bahamas flog, obwohl sie wusste, dass er viel zu tun und wenig Zeit für sie hatte? Und es ging ausgerechnet um Jenny …

Brigid fluchte leise, setzte aber rasch eine freundliche Miene auf, als eine Frau am Hofeingang erschien, die mit ihrem Mann in einem der Cottages wohnte. Das ruhige, gesetzte Paar verbrachte seinen ersten Urlaub im Dartmoor National Park.

»Und hoffentlich ist es auch das letzte Mal«, hatte Brigid am Abend zuvor zu Louise gesagt. »Anscheinend ist ihnen nicht klar gewesen, wie unangenehm Spaziergänge sein können.«

»Unangenehm?«, fragte Louise erstaunt.

»Wegen der Scheiße«, fügte Brigid zur Erklärung hinzu – und musste lachen, als sie Louises verblüfftes Gesicht sah.

»›Man muss richtig aufpassen, wo man den Fuß hinsetzt‹«, äffte sie die gezierte Aussprache der Gäste nach, »›überall Pferdekot, Schafdung und was die Hunde so fallen lassen. Und dann die Kuhfladen. Wir wussten nicht, dass es hier Kühe gibt.‹«

»Soll das ein Witz sein?«

»Nein«, erwiderte Brigid mürrisch. »Kein Witz. Stadtbewohner, die das Land als ihre Spielwiese betrachten. Ich glaube, sie haben einen hygienisch aufbereiteten Vergnügungspark erwartet, wo die Einheimischen in Tracht herumlaufen und Urlaute ausstoßen, wenn man sie mit dem Spazierstock anstupst. Nie wieder. Nächstes Jahr bin ich ausgebucht. Obwohl ich kaum glaube, dass sie wiederkommen.«

Jetzt schenkte sie Mrs Prout ein verbindliches Lächeln und rief »Guten Morgen«. Wenigstens hatten die Gäste keinen Grund, sich über das Wetter zu beklagen. An dem langen Wochenende war es ungewöhnlich heiß gewesen, und offenbar blieb es vorerst schön.

»Ich wollte es Ihnen nur sagen, meine Liebe«, verkündete Mrs Prout, ohne Blot aus den Augen zu lassen, damit er sich nicht unverhofft auf sie stürzte, »das Wasser hat eine merkwürdige Farbe.«

»Tatsächlich? Wie meinen Sie …?«

»Es ist bräunlich.« Mrs Prout hielt Ausschau nach Hundehaufen und trat vorsichtig ein paar Schritte näher. »Und ein wenig trüb.«

»Da brauchen Sie sich keine Sorgen zu machen«, meinte Brigid, die aus ihrem Privatbrunnen viele Farbvarianten gewohnt war. »Das ist Quellwasser, da kann alles Mögliche drin sein.«

»Alles Mögliche?« Mrs Prout wirkte beunruhigt. »Was soll das heißen?«

»Es ist wahrscheinlich nur ein bisschen torfig. Wirklich nicht gefährlich. Ich wohne schon mein Leben lang hier und hatte nie Probleme damit.«

»Hm.« Mrs Prout schien das nicht zu überzeugen. »Hubby ist nicht gerade begeistert, wissen Sie.«

»Vielleicht sollten Sie Mineralwasser trinken, bis es wieder klar ist«, schlug Brigid verzweifelt vor. »Und es ansonsten abkochen. Es wird bald wieder klar sein, da bin ich mir sicher.«

»Wenn Sie es sagen. Ich werde es ihm ausrichten. Er hat gedacht, man sollte vielleicht das Wasserwerk anrufen …?«

»Aber es ist ein Privatbrunnen. Quellwasser. Es kommt nicht aus der öffentlichen Wasserversorgung.«

»Ach ja. Das hat uns niemand gesagt.«

»Es ist untersucht worden, keine Sorge. Als Trinkwasser ist es völlig unbedenklich. Nur gelegentlich hat es eine leichte Verfärbung.«

»Wir werden das im Auge behalten. Heute Morgen fahren wir ohnehin an die Küste.«

»Wenn Sie zurückkommen, ist es bestimmt wieder normal«, gab Brigid betont aufgeräumt zurück. »Einen schönen Tag noch.«

»Danke. Bis später.«

Brigid griff wieder nach ihrem Füller. Wie weit war sie gekommen? *… und irgendwie habe ich nicht den Mut gefunden, es dir persönlich zu sagen. Ich wollte uns nicht die letzten gemeinsamen Tage verderben.* So weit, so gut. Sie krempelte die Ärmel ein wenig weiter hoch, schob ihren Sonnenhut ins Gesicht und schrieb weiter.

Das Hauptproblem ist, dass es mit Jenny zu tun hat, und ich weiß, dass wir, was sie betrifft, nie einer Meinung sind. Nicht dass dies eine Entschuldigung dafür wäre, dass ich dir nicht die Wahrheit gesagt habe … Wie sollte sie fortfahren? Alle möglichen Formulierungen gingen ihr durch den Kopf …

»Guten Morgen, Herzchen. Du bist aber fleißig!«

Brigid umklammerte ihren Füller. »Hast du mich erschreckt!«, sagte sie. »Was hast du vor?«

»Louise fährt mich nach Holne zur mobilen Bücherei«, erklärte Frummie. »Du hast ein Buch ausgeliehen, weißt du noch? Steve hat es eigens für dich bestellt. Ich bringe es für dich zurück.«

»Ein Buch?« Brigid überlegte. »Ach ja. Stimmt. Aber vielleicht hat das ja bis zum nächsten Mal Zeit?«

»Ich bin mir sicher, dass es fällig ist. Möchtest du, dass ich es suche?«

»Nein. Nein, wirklich nicht. Ich habe im Moment keine Ahnung, wo es steckt. Könntest du das Steve erklären? Er versteht das bestimmt. Ich will das nur eben fertig schreiben.«

»Na gut. Wenn es so wichtig ist …«

»Ich bin sicher, dass die Leihfrist noch nicht abgelaufen ist. Schließlich habe ich es erst vor vierzehn Tagen ausgeliehen. Mach dir deshalb keine Gedanken, und richte Steve aus, dass ich in vierzehn Tagen komme. Viel Spaß!«

»Ja, ein Schwätzchen mit Steve macht immer Spaß. Louise und ich haben beschlossen, anschließend im Church House zu Mittag zu essen. Hast du Lust nachzukommen?«

»Hängt davon ab, wie ich hier vorankomme.«

»Ja, natürlich. Schau einfach vorbei, wenn du dich von deinem Opus magnum losreißen kannst.«

»Das mache ich.« Brigid überhörte den sarkastischen Unterton. »Bis später.«

Der Wagen der Prouts fuhr langsam den Weg hinauf, kurz danach folgte Louises Auto. Brigid seufzte erleichtert auf. Wie immer wirkte die Einsamkeit beruhigend auf sie. Jetzt konnten sich ihre

Gedanken ungehindert und ohne Angst entfalten. Die Sätze flossen ihr mühelos aus der Feder, Erklärungen gelangen ihr klar und vernünftig, bis sie schließlich zufrieden den Füller weglegte und den Brief noch einmal durchlas. Da hörte sie, wie sich ein Auto näherte, blickte auf und lauschte. Hatte womöglich ein gigantischer Kothaufen die Prouts am Weiterfahren gehindert? Hatte Mummie eines ihrer ausgeliehenen Bücher vergessen? Der Motor tuckerte kurz im Leerlauf, dann wurde er abgestellt. Die Wagentür fiel ins Schloss. Stille. Brigid runzelte die Stirn und horchte. Wer konnte das sein? Plötzlich fiel ihr der unlängst geschehene Mord ein, und sie bekam es mit der Angst zu tun.

Schritte näherten sich. Ein Mann tauchte auf, blieb am Eingang zum Hof stehen und sah sich mit unverhohlener, beinahe kindlicher Neugier um. Er war groß, und Brigid hatte das Gefühl, noch nie einen so mageren Menschen gesehen zu haben. Er trug eine unvorteilhafte Segeltuchhose und ein altes Tweedjackett über einem karierten Hemd. Als er sie anschaute, stand sie auf, als habe sein Blick eine magische Wirkung, und sie musterten einander verdutzt.

»Du bist Brigid«, sagte er, und plötzlich schien sein Gesicht nur noch aus Lachfältchen zu bestehen. »Das ist gut. Sehr gut sogar.«

Der Mann streckte ihr seine schmale, kräftige Hand entgegen, die sie mechanisch ergriff. Er beugte sich ein wenig vor, um ihr Gesicht genauer zu betrachten. Unter buschigen weißen Brauen spähten lebhafte graue Augen hervor, und er runzelte die Stirn.

»Du hast mich nicht erwartet. Mein liebes Mädchen, habe ich einen Fehler gemacht? Die Termine durcheinander gebracht? Das will ich nicht hoffen. Typisch für mich, dass ich gleich ins Fettnäpfchen trete. Ich bin Alexander. Humphreys Vater.«

»Brigid sieht nicht gut aus«, sinnierte Frummie, als der Wagen über das Viehgitter ratterte und sich der Saddle Bridge näherte. »Sie hat abgenommen und wirkt verhärmt. Außerdem hört sie einem gar nicht richtig zu. Ist dir das auch aufgefallen?«

»Ich fürchte, ich habe so viel mit mir selbst zu tun, dass ich sonst nicht viel mitkriege«, gab Louise zu. »Liegt es vielleicht daran, dass sie Humphrey vermisst?«

Frummie zog die Nase kraus. »Unwahrscheinlich. Jedenfalls nicht mehr als sonst auch. Nein, das ist es nicht. Sie ist nervös und zerstreut. Irgendetwas belastet sie.«

Louise, abgelenkt durch die goldene und violette Pracht von Stechginster und Erika, bremste, um ein paar Ponys vorbeizulassen, und beobachtete ein Fohlen, das sich scheu an seine Mutter drückte. Sie fuhr wieder an und dachte über Brigid nach.

»Kannst du sie nicht einfach fragen?«

Frummie runzelte die Stirn. »Brigid ist ziemlich verschlossen. So einfach ist das nicht.«

Louise musste an das gespannte Verhältnis zu ihrer eigenen Mutter denken. Warum gab es bloß solche Schranken zwischen Menschen, die sich eigentlich besonders verstehen sollten? Seltsam, dass Frummie *ihr* gegenüber so einfühlsam und fürsorglich war, während es ihr offensichtlich Spaß machte, die eigene Tochter mit Sticheleien zu ärgern.

»Ob ich helfen könnte?«, überlegte sie laut. »Glaubst du, sie würde sich mir anvertrauen?«

»Möglich. Schließlich mag sie dich. Vielleicht, wenn sich eine günstige Gelegenheit ergibt. Es darf aber nicht zu offensichtlich sein.«

»Natürlich nicht. Ich werde äußerst diskret vorgehen.«

»Gut.« Frummie lehnte sich entspannt zurück, als sei das Problem nun in guten Händen, und blickte aus dem Fenster. »Was für ein wunderbarer Tag! Es ist eine gute Idee, noch ein Tässchen Kaffee zu trinken, bevor der Büchereibus kommt. Wir können ein Schwätzchen mit Chloe halten, wenn sie ein bisschen Zeit hat. So ein hübsches Mädchen, und so amüsant, nicht wahr? Steve kennst du ja noch nicht, oder? Er wird dir gefallen ...«

Während sie sprach, überlegte Louise, wie ein so geselliger Mensch in dieser Abgeschiedenheit überleben konnte. Sie malte sich aus, wie die junge Frummie, frisch aus London eingetroffen, versucht hatte, sich an diese öde, wilde Moorlandschaft zu gewöhnen. Diarmid war wohl so mit seinen Forschungen beschäftigt gewesen, dass Frummie weitgehend auf sich gestellt war – mit einem kleinen Kind als einziger Gesellschaft. Sie war wohl nicht gerade ein mütterlicher Typ. Ihren Urenkel erwähnte sie kaum, und Brigids Stolz auf den Kleinen ertrug sie mit Gleichmut. Louise fragte sich, was für ein Mensch Diarmid wohl war. Wie mochte er es geschafft haben, Frummie, die junge, unternehmungslustige Städterin, in die Ehe zu locken?

Wir machen unser Leben selbst kompliziert, dachte sie, und begehen schreckliche Fehler.

Ihre Gedanken schweiften zu Rory ab, und sie fuhr vor Schmerz zusammen.

»Also! Wo waren wir stehen geblieben?«

Wie hatte sie ihn nur gehen lassen können: ihn, der ihr stets zur Seite gestanden hatte? War es wirklich notwendig gewesen, alles kaputtzumachen?

Denk nur an den nächsten Tag, sagte sie sich, als sie Holne erreichte und den Wagen abstellte. Nur an den nächsten Tag. Die nächste Stunde. Die nächste Minute. Frummie sah sie fragend an, und Louise lächelte, um sie zu beruhigen.

»Mir geht's gut«, sagte sie als Antwort auf Frummies unausgesprochene Frage. »Wirklich. Gehen wir rein, und gönnen wir uns ein Tässchen.«

Während Brigid Alexander unverwandt anstarrte, hatte sie das Gefühl, als sei die Zeit stehen geblieben, als seien sie beide in Bernstein gefangene Insekten, während sich das Universum ringsum weiterdrehte. Wie gelähmt stand sie da, hatte die alten Probleme vergessen und war mit einem neuen konfrontiert. Er umschloss ihre Hand noch fester und führte sie zu der Bank zurück.

»Tut mir Leid«, murmelte sie – und plötzlich war der Bann gebrochen. Die Tauben spreizten leise gurrend die Flügel. Blot strich

Alexander, der sich neben sie gesetzt hatte, schwanzwedelnd um die Beine.

»Ich bin selbst schuld«, sagte er. »Ich hätte anrufen sollen. Ein kleiner Warnschuss.«

»Es ist nur …« Brigid bemerkte, dass sie immer noch seine Hand hielt, und entzog sie ihm. »Ich war mir sicher, dass du erst nächste Woche kommst. Oder so …« Ihr war klar, dass sich das nicht sonderlich begeistert anhörte. Kein schöner Empfang. »Hat dir denn Humphrey nicht geschrieben …?«

»Ich glaube schon«, antwortete er fröhlich, fast unbeschwert. »Und jetzt ist er fort … auf den Bahamas, nicht wahr?«

»Ja.« Sie fühlte sich immer noch hilflos. Er strahlte eine Vitalität aus, eine Kraft, die ihr völlig den Wind aus den Segeln nahm. Sie wartete ab, was weiter geschehen würde.

Er sah sich um, während er Blot hinter den Ohren kraulte. Die langen Beine hatte er mit lässiger Eleganz übereinander geschlagen.

»So ähnlich habe ich es mir vorgestellt.« Sein durchdringender Blick ruhte kurz auf ihr. »Die Cottages liegen anders, als ich dachte. Aber Humphrey hat es sehr gut erklärt.«

»Das Problem ist«, sagte sie, »dass das Cottage im Augenblick von Feriengästen belegt ist. Ich habe dich erst nächste Woche erwartet.«

»Ist das das Cottage?«

»Ja.« Seine Reaktionen verwirrten sie. »Ja. Das ist es. Wir vermieten es als Ferienhaus. Deshalb hat Humphrey geschrieben. Um zu erklären, dass es bis zur letzten Septemberwoche ausgebucht ist.«

»Und wer wohnt in dem anderen Haus? Diese Mauer ist die Rückwand, oder? Wie vernünftig, in diese beiden Mauern keine Fenster einzubauen. Dadurch bist du gut abgeschirmt, nicht wahr? Das weißt du bestimmt zu schätzen, wenn du ständig Feriengäste hier hast.«

»Ja, das stimmt.«

»Darf ich mir euer Haus von innen ansehen?«

»Ja, natürlich.« Brigid stand auf. »Ich hätte dir Kaffee anbieten sollen. Möchtest du eine Tasse?«

»Später gern.« Er erhob sich ebenfalls, und sie erwiderte sein Lächeln. Er war einfach unwiderstehlich: unbefangen, warmherzig, vital. »Du bist noch viel schöner, als ich erwartet hatte.«

Sie starrte ihn mit offenem Mund an. Wollte er ihr jetzt Komplimente machen? Gleichzeitig war sie überrascht, wie sehr ihr seine direkte Art bereits gefiel.

»... aber viel zu dünn«, fügte er hinzu und musterte sie mit zusammengezogenen Brauen. »Ist das immer so?«

Sie lachte erleichtert und hätte am liebsten geantwortet: Das sagst ausgerechnet du! Stattdessen meinte sie nur: »Eigentlich nicht. Es war zu heiß, um viel zu essen.«

»Tatsächlich?« Er folgte ihr in den kühlen Flur, und plötzlich wurde ihr klar, dass es nicht einfach sein würde, Alexander etwas vorzumachen.

»Es gibt hier nicht viel zu sehen«, erklärte sie, seine Frage überhörend. »Diese Langhäuser sind ziemlich merkwürdig. Ein Raum führt in den nächsten. Unten drei Zimmer, oben drei Zimmer.«

Er stand im Flur und ließ den Blick durch die beiden Zimmer wandern.

»Im Winter muss es hier ziemlich dunkel sein«, meinte er.

»Stimmt«, erwiderte sie verblüfft. Die meisten Leute schwärmten von dem Charme des Hauses. »Kalt und feucht ist es auch. Aber das bin ich gewohnt. Ich habe hier fast mein ganzes Leben verbracht. Am schönsten ist die Küche. Komm doch rein.«

»Und die Schlafzimmer im oberen Stockwerk sind auch Durchgangszimmer?«

»Ja.« Ihre Antwort kam zögernd. Sie witterte Gefahr und wollte nicht zugeben, dass die Zimmer der beiden Jungs separat waren. »Wie wär's jetzt mit einer Tasse Kaffee?«

Er blickte sich interessiert in der Küche um und betrachtete die Dinge, die ihren Alltag ausmachten: das Blümchenporzellan auf dem Geschirrschrank und die Aquarelle an den Wänden, die leuchtend bemalte Keramikglucke auf der Arbeitsfläche, die Geranien in den Töpfen auf dem breiten Fensterbrett und die abgegriffenen Kochbücher in dem Regal. Innerhalb dieser wenigen Sekunden schien er eine Menge über sie zu begreifen, weit mehr, als sie in so kurzer Zeit für möglich gehalten hätte. Sie stellte den Wasserkessel auf die Herdplatte und öffnete den Mund – doch dann überlegte sie es sich anders und griff schweigend nach der Kaffeekanne.

»Es war bestimmt nicht leicht.« Er stand dicht neben ihr. »... mit zwei kleinen Kindern.«

»Was meinst du?«

»Mit den Durchgangszimmern da oben. Kaum ein Ort, wo man ungestört ist.«

»Ach, ich verstehe. Nein, leicht ... war es nicht.« Sie sah ihn geradezu verzweifelt an und wünschte, sie könnte es dabei belassen. Schließlich war sie nicht verpflichtet, ihm alles zu sagen. Nach einer kurzen Pause fügte sie widerstrebend hinzu: »Wir haben einen Teil der Scheune umgebaut, damit wir zusätzlichen Wohnraum haben.«

Er lächelte sie an. »Eine großartige Idee. Ich muss zugeben, dass ich jetzt einen Kaffee vertragen könnte. Es ist der Duft, nicht wahr? Einfach unwiderstehlich – wie gebratener Speck. Wollen wir ihn in deinem hübschen Innenhof trinken?«

»Ja, natürlich«, sagte sie. »Warum nicht?«

Sie stellte die Tassen und die Kanne auf ein Tablett. »Ich nehme keine Milch«, teilte er ihr mit, »und auch keinen Zucker.« Dann nahm er das Tablett und trug es in den Sonnenschein hinaus. Brigid folgte ihm, verwirrt und benommen.

FÜNFUNDZWANZIG

Brigid hat Besuch«, sagte Frummie und spähte durch die Windschutzscheibe. »Kein Wunder, dass sie nicht zum Essen gekommen ist. Wer das wohl sein mag? Den Wagen kenne ich jedenfalls nicht.«

Louise lächelte insgeheim über Frummies unverhohlene Neugier. Während sie hinter dem unbekannten blauen Wagen mit Heckklappe einparkte, fragte sie sich, wie die alte Dame es wohl anstellen würde, ihre Wissbegierde zu befriedigen.

»Sie wissen ja, wo sie uns finden, wenn ich wegfahren soll«, sagte sie. »Aber ich glaube, der Platz reicht zum Wenden.«

»Wenn die Prats zurückkommen, wird es eng«, überlegte Frummie. »Am besten sage ich Brigid kurz Bescheid.«

»Gute Idee«, meinte Louise liebenswürdig und kicherte. »Dann siehst du wenigstens, wer es ist, stimmt's?«

»Für dein Alter bist du ganz schön frech«, erwiderte Frummie und grinste spitzbübisch. »Du kannst auch mitkommen, wenn du magst.«

»Nein, danke. So neugierig bin ich auch wieder nicht. Aber pass auf, dass Brigid dir nicht die Ohren lang zieht.« Leise lachend ging sie ins Haus, während Frummie zielstrebig auf den Hof zusteuerte.

Dort traf sie nur die Tauben an, bemerkte aber das Tablett, das noch auf dem Tisch stand. Nun war ihre Neugier erst recht geweckt. Sie bewegte sich lautlos über das Kopfsteinpflaster und horchte an der Haustür. Aus der Küche hörte sie Brigid, die nervös und atemlos klang, und die tiefere Stimme eines Mannes, der ein wenig amüsiert schien. Sie klopfte, rief ihren gewohnten Gruß und schlüpfte durch den Flur in die Küche, bevor Brigid etwas unternehmen konnte, um sie aufzuhalten.

Ein hochgewachsener Mann erhob sich höflich, und Brigid drehte sich in ihrem Stuhl um. Frummie wandte sich an ihre Tochter, aber ihre ganze Aufmerksamkeit galt dem Besuch, der darauf wartete, vorgestellt zu werden.

»Tut mir Leid, wenn ich störe«, log sie. »Aber ich wollte nur sagen, dass wir möglicherweise den Wagen deines Gasts blockieren.« Sie schenkte ihm ein strahlendes Lächeln. »Wenn die Prats wiederkommen« – »Prouts«, korrigierte Brigid mechanisch –, »kann er nicht mehr wenden.«

»Das ist Alexander Foster, Mummie«, sagte Brigid, die von der Kriegslist ihrer Mutter wenig begeistert war. »Humphreys Vater. Alexander, das ist meine Mutter.«

»Guten Tag.« Frummie reichte ihm lächelnd die Hand. »Ich bin Freda, aber meine Freunde und Verwandten nennen mich Frummie. Wie nett, dass wir uns endlich kennen lernen. Ich hatte schon bezweifelt, dass es Sie überhaupt gibt.«

Alexander überhörte Brigids verlegene Entschuldigung und nahm Frummies Hand.

»Das kann ich gut verstehen. Ich habe mich erst jetzt in den Schoß der Familie begeben. Trotzdem wurde mir ein herzlicher Empfang bereitet.« Er warf Brigid, die ziemlich unglücklich wirkte, einen Blick zu. »Obwohl ich den eigentlich gar nicht verdient habe.«

»Das stimmt wahrscheinlich«, entgegnete Frummie freimütig. »Schließlich haben Sie bisher kein großes Interesse an uns gezeigt.«

»Mummie, *bitte!*«, rief Brigid, vor Scham errötend. Aber Alexander schüttelte nur lächelnd den Kopf.

»Sie hat Recht«, meinte er freundlich. »Ich bin ohne Vorwarnung hier aufgekreuzt, und du hast mir Kaffee und ein köstliches Mittagessen serviert.«

»Ich dachte, Sie kommen erst in ein, zwei Wochen«, sagte Frummie. »Haben Sie Ihre Pläne geändert?«

»Ich muss den Brief meines Sohnes verlegt haben«, antwortete er. »Dieser Termin war ursprünglich vorgesehen, aber alles ist ein wenig durcheinander geraten. Ich werde mir irgendwo eine Unterkunft suchen.«

»Das wird nicht leicht sein«, bemerkte Frummie heiter. »Diese Woche sind noch Schulferien.«

Sie sah Brigid an, die ihren Blick kühl erwiderte.

»Brigid hatte mir das gerade erklärt, als Sie kamen«, sagte er.

»Sie könnten natürlich bei mir auf dem Sofa schlafen«, schlug Frummie vor, »bis die Prats« – »die *Prouts*!«, warf Brigid wütend ein – »wieder abreisen. Die bleiben doch nur noch ein paar Tage, nicht wahr, Herzchen?«

»Sie fahren am Samstag«, bestätigte Brigid unwillig, »aber vergiss nicht, dass Louise das Cottage für vierzehn Tage gebucht hat.«

»Aber sie braucht es doch gar nicht«, rief Frummie fröhlich. »Sie fühlt sich bei mir ganz wohl.«

»Trotzdem«, entgegnete Brigid verzweifelt, »trotzdem finde ich, wir sollten sie erst fragen. Sie hat eine Anzahlung gemacht. Wir können nicht einfach über ihren Kopf hinweg beschließen, dass sie es nicht braucht.«

»Ich bereite euch allerhand Unannehmlichkeiten«, entschuldigte sich Alexander. »Das tut mir Leid. Irgendwo finde ich bestimmt eine Unterkunft. Aber falls eure Freundin das Cottage doch nicht brauchen sollte, werde ich es natürlich mit Freuden nehmen. Selbstverständlich zum üblichen Preis.«

»Bitte versteh doch –« Brigid war den Tränen nahe. »Mir liegt wirklich nichts daran, die Dinge zu komplizieren. Es ist einfach …«

Sie verstummte, außerstande, ihre Gefühle auszudrücken. Es war ein angenehmes Intermezzo gewesen, und zu ihrer Überraschung stellte sie fest, dass sie Alexander gern dabehalten hätte. Trotzdem musste sie zuerst mit Louise sprechen, und außerdem war damit das Problem der drei Tage bis Samstag noch nicht gelöst. Und jeden Augenblick konnte ihre Mutter vorschlagen –

»Was ist eigentlich mit dem ausgebauten Stall, wo die Jungen schlafen?«, rief Frummie. »Das wäre doch die ideale Lösung. Nur bis zum Wochenende. Was meinst du, Herzchen?«

Brigid biss sich auf die Lippen und sah Alexander an.

»Das Problem ist, dass man dort nicht unabhängig ist«, erklärte sie rasch. »Deshalb habe ich es dir nicht angeboten. Das ehemalige Spielzimmer ist jetzt das Wohnzimmer; und dann gibt es noch zwei Schlafzimmer mit Bad und Toilette. Aber man kann dort nicht kochen.«

»Spielt das denn eine Rolle?«, fragte Frummie. »Könnt ihr nicht für ein paar Tage improvisieren? Wisst ihr was? Ich rede mal mit Louise wegen dem Cottage. Wenn sie bei mir bleiben will, finden wir sicherlich eine Lösung bis Samstag. Bin gleich wieder da.«

Sie eilte hinaus. Schweigen.

»Da hast du eine Eroberung gemacht«, meinte Brigid verbittert.

»Sie geht ziemlich … großzügig mit deinen Gästezimmern um.«

Brigid warf ihm einen hastigen Blick zu. Er lächelte ein wenig, und in seinen Augen lag Zuneigung. Wieder war sie den Tränen nahe.

»Ich möchte dich nicht vergraulen«, erklärte sie steif. »Es ist nur alles nicht so einfach. Und sie tut immer so, als wäre ich … kleinlich.«

»Diesen Eindruck habe ich keineswegs«, entgegnete er. »Sag mir, was dir am liebsten wäre, Brigid.«

»Ich möchte, dass du bleibst«, sagte sie und war selbst erstaunt über ihre spontane Reaktion. »Aber es ist nicht ganz einfach für mich, jemanden hier im Haus zu haben. Ich lebe sonst sehr zurückgezogen, und es macht mich nervös.«

»Angenommen«, sagte er nachdenklich, »angenommen, ich besorge mir einen kleinen Campingkocher. Glaubst du, damit käme ich in den umgebauten Räumen zurecht?«

»Wir könnten ja gemeinsam zu Abend essen«, schlug sie vor. »Und ich nehme sowieso an, dass Mummie sich liebend gern um dich kümmern wird.«

»Na gut. Versuchen wir es einfach. Es ist ja nur bis Samstag. Und falls Louise doch in das Cottage ziehen möchte, wofür ich vollstes Verständnis hätte, werde ich mir ein Hotel suchen. Wenn sie es aber nicht braucht ...«

»Ich vermute«, erwiderte Brigid, die sich nun ein wenig entspannt hatte, »dass Mummie ihr das Cottage schon ausgeredet hat.«

Jemima wachte als Erste auf. An der Wand tanzten die Schatten der Wellen im Sonnenlicht. Sein Rücken war nicht zugedeckt, das Gesicht hatte er abgewandt. Sie hätte ihn gern berührt, wollte ihn aber nicht aufwecken. Auf die Ellbogen gestützt, betrachtete sie ihn. Seine Haut war glatt und hell, und die Schultern waren mit winzigen goldbraunen Sommersprossen übersät. Sein zerzaustes rotbraunes, leicht gelocktes Haar war ein bisschen zu lang, am Kinn zeigten sich Bartstoppeln, und sein Mund war im Schlaf entspannt. Er war ihr so wichtig geworden, so unverzichtbar, dass sie gar nicht mehr begreifen konnte, wie sie ohne ihn hatte leben können. Sie hatten jede freie Minute miteinander verbracht. »Manche Leute müssen schließlich arbeiten«, sagte sie, als er immer mehr von ihrer Zeit beanspruchte – aber in den letzten Tagen hatte sie die Stunden im Büro auf ein Minimum begrenzt.

»Das hole ich später nach«, schwor sie sich, »wenn er wieder in London ist« – und nun war der Augenblick des Abschieds gekommen. Heute würde er nach dem Frühstück zurück nach London fahren. Er hatte bereits gepackt und die letzte Nacht bei ihr in Salcombe verbracht, um dann in aller Frühe aufzubrechen.

»Musst du denn schon am Freitag fahren?« Nach dieser wunderbaren letzten Woche hatte sie all ihren Stolz vergessen. »Ich weiß, du musst am Samstag früh ausziehen, aber du könntest doch bei mir wohnen.«

Lächelnd hatte er den Kopf geschüttelt. »Nein, nein, ich weiß noch, wie es auf den Straßen zugegangen ist, als ich hergefahren bin. Es war die Hölle!«

»Am Freitag ist es auch schlimm«, wandte sie ein. »Bleib doch einfach bis Sonntag.«

»Wahrscheinlich ist Sonntag genauso ungünstig wie Freitag oder Samstag«, sagte er. »Jedenfalls muss ich rechtzeitig zurück sein, damit ich bis Montag wieder klar Schiff gemacht habe. Ich weiß ja noch nicht, welches Chaos Annabel hinterlassen hat.«

Sie wollte nicht weiter in ihn dringen und versuchte verzweifelt, wieder zu der Gelassenheit zurückzufinden, die so anziehend auf ihn gewirkt hatte. Tatsächlich gelang es ihr, ihm in heiterem Ton beizupflichten, dass es so wahrscheinlich am besten sei. Danach hatte er sie umarmt und ihr versichert, wie schwer es ihm falle zurückzufahren.

»Ich werde schreckliche Entzugserscheinungen bekommen«, sagte er. »Ich war viel zu lange hier. Inzwischen fühle ich mich hier schon wohler als ... daheim.«

Sie hatte dafür gesorgt, dass er so viel Zeit wie möglich bei ihr in der Wohnung verbrachte. Er sollte sehen, wie schön die gemeinsame Zeit mit ihr sein konnte. Auf diese Weise hoffte sie die Erinnerungen an Annabel auszulöschen. Natürlich war es unmöglich, in nur vier Wochen fünf Jahre einfach wegzuwischen, aber sie hatte ihr Bestes getan. Und vielleicht würde ihm bei der Rückkehr in eine leere, ausgeplünderte Wohnung bewusst werden, was er an ihr hatte.

Jemima beugte sich über ihn. Wenn er aufwachte, würden sie sich vielleicht noch einmal lieben, doch dann würde der Abschied kommen. Solange er schlief, hatte sie ihn bei sich. Vorsichtig schlüpfte sie aus dem Bett und ging in die Küche. Sie schenkte sich Orangensaft ein, nahm ihn mit ins Wohnzimmer und zog lautlos die Tür hinter sich zu. MagnifiCat näherte sich ihr auf leisen Pfoten und zog sich dann naserümpfend wieder zurück.

»Du magst seinen Geruch nicht, hm?«, flüsterte Jemima und streichelte ihm den Kopf. »Daran wirst du dich aber gewöhnen müssen. Du bist einfach zu wählerisch.«

Der Kater strich ihr um die nackten Knöchel, als sie auf den Balkon hinaustrat und sich an das Geländer lehnte. Unten näherte sich eine schnittige Ketsch dem Ankerplatz. Eine Frau war am Steuer. Als sie das Boot in den Wind lenkte, ließ ihr Partner auf dem Vordeck den Anker über die Seite fallen. Wasser spritzte, als die Kette auslief, das Boot schaukelnd zum Stillstand kam und die Segel eingeholt wurden. Unter fröhlichen Zurufen klarten die beiden das Deck auf, rollten Leinen auf, überprüften die Fender, worauf die Frau unter Deck verschwand – wahrscheinlich um Frühstück zu machen. Jemima beneidete sie um ihre Unbeschwertheit. Wie romantisch musste es sein, in Salcombe einzulaufen! Sie seufzte. Bald würde ihr Erbe aufgebraucht sein, und dann konnte sie sich diese Wohnung, die ihr so viel bedeutete, nicht mehr leisten. Aber der Gedanke, hier auszuziehen, erschien ihr einfach unerträglich. Wahrscheinlich wäre es vernünftiger gewesen, eine Wohnung anzuzahlen, die für sie auch erschwinglich war. Bei *zwei* Einkommen wäre das alles natürlich kein Problem …

Wenn wir zusammen wären, überlegte sie, dann würde es auch keine große Rolle spielen, wo wir wohnen. Wir könnten ein kleines Cottage kaufen und es gemeinsam herrichten. Du lieber Himmel! Ich will ihn. Ich sehne mich nach all den kitschigen Dingen, die ich immer verabscheut habe – zusammen sein, Zimmer einrichten, Kinder kriegen …

»Oh!«, rief sie verblüfft, als sich sein Arm um ihre Taille legte. »Mein Gott! Mach bloß so was nicht.«

»Tut mir Leid. Ich habe gar nicht gehört, dass du aufgestanden bist. Du hättest mich wecken sollen.«

Sie sah, dass er sich angezogen und rasiert hatte – also fiel das morgendliche Schäferstündchen aus. Und wie er sich beeilt hatte! In seiner Freizeithose und dem Baumwollhemd wirkte er zwar immer noch lässig, aber so konnte sie sich ihn jetzt auch in London vorstellen. Die Urlaubsatmosphäre war verflogen. Er sah ganz anders aus: eleganter, distanzierter.

»Ich hatte Durst«, sagte sie beiläufig und unterdrückte den instinktiven Wunsch, ihn anzuflehen, er möge doch bleiben. »Ehrlich gesagt, hatte ich keine Ahnung, wie spät es ist.«

»Ich wollte längst unterwegs sein.« Auch er schaute auf den Hafen hinaus. Dann drehte er sich seufzend zu ihr um und zuckte die Achseln. »Wie soll ich das nur schaffen? Dich verlassen, meine ich?«

Das Herz pochte ihr bis zum Hals. Aber auch jetzt noch mahnte ihr Instinkt sie zur Vorsicht.

»Ich habe ja nicht vor zu verreisen«, meinte sie unbekümmert. »Du kannst also jederzeit wiederkommen.«

»Versprochen?« Er küsste sie ohne Hast und drückte sie eng an sich. »Zum Beispiel nächstes Wochenende?«

»Nächstes …?«

»Hast du nicht gesagt, jederzeit? Ist das zu früh für dich?«

»Nein, nein. Das ist … das ist einfach wunderbar. Bist du wirklich sicher?«

Frag das nicht, du dumme Kuh, dachte sie. Lass gar keine Zweifel aufkommen.

»Ganz sicher.« Wieder küsste er sie, aber diesmal rasch. »Bekomme ich eine Tasse Kaffee, bevor ich fahre?«

»Auf jeden Fall.« Nun war sie wieder ganz aufgeweckt, ein wenig überdreht, heiter, zum Flirten aufgelegt. Er kam wieder, in sieben Tagen würde er wieder da sein! »Du kriegst sogar Toast und Orangensaft.«

Er schüttelte den Kopf. »Nein. Ich esse nie etwas, wenn ich unterwegs bin.«

»Schön.« Das musste sie sich merken, neben den anderen wichtigen Kleinigkeiten, die sie inzwischen über ihn wusste. Keine mütterlichen Überredungsversuche. Kein Theater. »Also nur Kaffee.«

Nun, da sie nicht versuchte, ihn aufzuhalten, hielt er sie fest.

»Es ist wunderbar, mit einer Frau zusammen zu sein, die einem nicht wegen allem eine Szene macht«, sagte er leise. Sie zog die Augenbrauen hoch, als wolle sie fragen: Warum sollte ich dir eine Szene machen? Sie löste sich aus seiner Umarmung, ging in die Küche und ließ ihn auf dem Balkon zurück, damit er ein letztes Mal den Ausblick genießen konnte.

Als sie die Tür hinter sich zugezogen hatte, warf sie die Arme in die Höhe, gratulierte sich zu ihrer schauspielerischen Leistung und genoss ihren Erfolg. Leise lachend griff sie nach der Kaffeetasse. »Lieber Gott«, betete sie, »mach, dass er mich so richtig vermisst!«

SECHSUNDZWANZIG

Louise schloss den Wagen ab und sah sich zufrieden um: Nur zwei Autos standen am anderen Ende des Parkplatzes, und die Besitzer des einen waren im Begriff aufzubrechen. In den letzten Wochen hatte sie für ihre Spaziergänge am liebsten den Weg am Venford-Stausee gewählt. Hier herrschte Stille, das Wasser des Sees kräuselte sich, die üppigen Rhododendronbüsche verbreiteten eine magische Atmosphäre – eine richtige Märchenlandschaft. Der Weg hatte es ihr so angetan, dass die Gegenwart anderer Urlauber sie beinah störte – wenn Hundegebell und Stimmen über das stille Tal hallten, wenn Sommerfrischler im Gänsemarsch auf den steinigen, mit Wurzeln überzogenen Wegen entlang wanderten. Louise hatte sich angewöhnt, frühmorgens oder abends spazieren zu gehen, damit sie den lärmenden Familien ausweichen und den Frieden der Morgen- und Abenddämmerung ungestört genießen konnte.

Jetzt überquerte sie die Straße, ging den Eisenzaun entlang, blieb stehen, um den zerklüfteten Granitfelsen mit den drei tiefen Löchern zu betrachten. Der Boden unter ihren Füßen war trocken; weiche braune Nadeln bedeckten wie ein Teppich die harte, karge Erde unter den hohen Tannen. Sie blieb stehen und beobachtete ein Rotkehlchen, das in einem Rhododendron von Zweig zu Zweig hüpfte, ging weiter und betrachtete die goldenen und violetten Flecken, die auf dem Wasser zitterten, als ein leiser Windhauch über den See strich. An diesem Abend suchte sie die Einsamkeit, um ihren Erinnerungen an Rory nachzuhängen. Sie hatte den ganzen Tag an ihn gedacht, aber jetzt ließ sie die Erinnerungen näher an sich heran, rief sich sein Aussehen, seinen Geruch ins Gedächtnis. Eine unerträgliche Sehnsucht zerriss ihr das Herz. Sie dachte an seinen Humor, seine Leidenschaft, seine Lebenslust und seinen Mut. So schmerzlich diese Erinnerungen waren, sie musste sich ihnen stellen, sie verarbeiten und dann loslassen. Statt sie zu verleugnen, musste sie ihnen ihren rechtmäßigen Platz in ihrem Leben zuweisen, neben den anderen Erfahrungen, die sie zu dem gemacht hatten, was sie nun war. Rory und Hermione. Als sie sich auf die Holzbank setzte, sah sie die beiden so deutlich vor sich, als seien sie ein Teil der Landschaft vor ihren Augen. Wie Rory auf Rhu Spit ein Wettrennen mit Hermione machte und sie gewinnen ließ oder wie er geduldig neben ihrem Dreirad mit dem Ponykopf herging und ihrem Geplapper lauschte. Sein Stolz auf sie: »Diese Zeichnungen sind ganz beachtlich für eine Dreijährige.« Sein Ärger: »Muss sie ausgerechnet dann Fieber kriegen, wenn wir ausgehen wollen?» Die Gutenachtgeschichten, bei denen er auf dem Bett saß und sie sich an ihn kuschelte, den Daumen im Mund, die Augen auf das Buch gerichtet. »Froh zu sein, bedarf es wenig, und wer froh ist, ist ein König.«

Sie schloss die Augen und sah das Bild vor sich – ein kleiner Junge mit Krone und Hermelinumhang und über seinem Kopf ein bunter Regenbogen kleinerer Szenen: ein Schwein mit einer Blume im Maul, ein Segelschiff, ein Schneemann mit Zylinder. Es hatte den Titel *Glückliche Gedanken*.

Tränen liefen ihr übers Gesicht, und tiefe Trauer erfüllte sie.

Das leise Rascheln, das Knacken trockener Zweige hinter ihr im Wald lenkten sie von ihrem Kummer ab. Sie runzelte die Stirn, ohne den Blick vom See zu wenden, und fuhr sich mit der Hand über die Wangen.

Frummie hatte ihr geraten, in die Zukunft zu blicken. »Konzentrier dich auf etwas Angenehmes, Positives!«

Aber zuerst musste sie mit dem Verlust fertig werden. Sie musste den Schmerz akzeptieren und lernen, damit zu leben. Jetzt, in diesem Augenblick, konnte sie nur an den selbstzerstörerischen

Wahnsinn denken, der sie dazu gebracht hatte, Rory zu vertreiben. Warum hatte sie nicht erkannt, dass er sie hätte retten können, dass sie es gemeinsam hätten schaffen können, diese grauenhafte Situation zu bewältigen? Entschlossen schob sie diesen Gedanken beiseite. Erinnerungen waren eine Sache, destruktive Fragen etwas anderes. Wenigstens wusste sie jetzt, wo der Unterschied lag, und wenn sie diese Erkenntnis beherzigte, würden die Erinnerungen irgendwann nicht mehr so überwältigend sein. An diesen Gedanken musste sie sich halten.

Eine aufgeschreckte Amsel flatterte aus dem Geäst und schickte einen warnenden Ruf über den See. Louise zog ihren Paschmina-Schal enger um die Schultern. Sie hatte zu lange hier gesessen, es dämmerte bereits. Auf dem Rückweg zum Auto konzentrierte sie sich auf andere, unverfänglichere Gedanken. Welche Musik würde Frummie als passende Untermalung für einen Abendspaziergang in dieser düsteren Waldlandschaft wählen? Sibelius vielleicht? Oder Grieg? Hinter den Bäumen konnte man leicht Trolle vermuten. Aber diese Frage würde sie Frummie niemals stellen, denn sie konnte sich deren Antwort lebhaft vorstellen. Frummie hielt einsame Spaziergänge schlichtweg für verrückt und wollte nicht einsehen, dass manche Leute so etwas brauchten.

»Im Augenblick ist das viel zu gefährlich«, hatte sie gesagt. »All diese Frauen waren allein unterwegs. Ich weiß, dass diese Morde in der Stadt passiert sind, aber du solltest trotzdem nicht allein ausgehen, wenigstens nicht so spät am Abend.«

Louise wusste, dass Frummie nicht ganz Unrecht hatte, aber manchmal musste sie einfach allein sein, musste ihren Erinnerungen nachhängen und ihre Gefühle verarbeiten. Das Cottage hatte sie Alexander nur allzu gern überlassen – sie fühlte sich bei Frummie wohl, Gesellschaft tat ihr gut –, aber hin und wieder brauchte sie ein bisschen Zeit für sich. An diesem Abend war ihre Gemütsruhe jedoch dahin. Eine Urangst stieg in ihr auf und schob alles andere beiseite. Louise glaubte eine Bewegung zwischen den Bäumen zu ihrer Linken wahrzunehmen und fuhr zusammen. Sie war selbst erstaunt über ihre heftige Reaktion, aber offenbar spiegelte sich darin eine wieder aufflammende Liebe zum Leben. Vor noch nicht allzu langer Zeit war sie so in ihr Elend versunken gewesen, dass es ihr gleichgültig gewesen wäre, ob sie ihr Leben aufs Spiel setzte. Jetzt fürchtete sie sich – und daran war nur Frummie schuld. Louise versuchte über ihre Angst zu lachen – wahrscheinlich war es ja nur ein Fuchs oder ein Reh gewesen –, ging aber trotzdem schneller, sodass sie ein wenig außer Atem geriet. Die Schatten der Bäume wurden immer länger. Das klare Wasser hatte nun alle Farbe verloren, und das andere Ufer war nur noch schemenhaft zu erkennen.

Da war tatsächlich ein Schatten, der hinter den Bäumen am Ufer entlang huschte. Für ein Tier war er zu groß. Louise hastete weiter. Die Angst schnürte ihr fast die Kehle zu. Wie weit war es noch bis zum Parkplatz? Wenn doch nur ein Urlauber mit fröhlichen Rufen die Stille vertreiben würde! Sie hörte, wie links von ihr jemand strauchelte und fiel. Louise begann zu laufen, stolperte über Baumwurzeln und tastete nach ihrem Schlüssel. Ein weiterer Wagen stand auf dem Parkplatz, bestimmt derselbe, der schon vorhin da gewesen war, aber inzwischen war es zu dunkel, um ihn zu erkennen.

Mit zitternden Fingern sperrte Louise ihr Auto auf, stieg ein und steckte den Schlüssel ins Zündschloss. Der Motor sprang nicht an. Ihre Zähne klapperten, während sie die Türen verriegelte und es noch einmal versuchte. Diesmal sprang der Wagen an. Mit einem erleichterten Seufzer legte sie den Gang ein, holperte über den Parkplatz, bog auf die Landstraße ein und raste zurück nach Foxhole.

»Du wirst froh sein, wenn du ins Cottage umziehen kannst«, sagte Brigid zu Alexander, als sie ihm ein Stück von ihrer köstlichen Fleischpastete auf den Teller lud. Es war ihr drittes gemeinsames Abendessen. Dass sie ihm ausgefallenere Gerichte auftischte, als sie für sich selbst gekocht hätte, hätte sie niemals zugegeben.

»Ja, ich bin auch froh«, meinte Alexander und betrachtete vergnügt die großzügige Portion auf seinem Teller. Er hatte einen gesegneten Appetit. Dann strahlte er sie an. »Es wird eine große Erleichterung sein.«

Brigid spürte den üblichen Schock über seine Unverblümtheit. Er hatte keinerlei Sinn für die kleinen Lügen, die den gesellschaftlichen Umgang erleichterten. Sie erinnerte sich an Humphreys Worte: *Ihm liegt nicht das Geringste an materiellen Dingen, und er ist von entwaffnender Ehrlichkeit*. Letzteres stimmte jedenfalls. Sie hatte Alexander nicht im Haus haben wollen, aber jetzt wünschte sie sich, dass er ihr versicherte, wie wohl er sich bei ihr gefühlt hatte. Er hatte peinlich darauf geachtet, ihr keinerlei Umstände zu machen.

»Du kannst natürlich meinen Kühlschrank benutzen«, hatte sie gesagt, »sonst wird dir die Milch sauer.«

»Ich brauche keine Milch«, hatte er erwidert. »Den Kaffee trinke ich schwarz, und für den Notfall habe ich etwas Milchpulver da.«

»Und was ist mit dem Frühstück?«, hatte sie nachgefragt, um ihre mangelnde Gastfreundschaft wettzumachen. »Isst du keine Cornflakes?«

»Ich esse Toast«, erwiderte er. »Du hast mir doch diesen praktischen Toaster überlassen, und Frummie hat mir ein Glas selbst gemachte Orangenmarmelade geschenkt.«

»Tatsächlich?« *Typisch*, hätte sie gern hinzugefügt, aber das wäre kindisch gewesen. Stattdessen sagte sie ruhig: »Sie wird dir schmecken. Frummie macht hervorragende Marmeladen, die viel besser sind als meine. Bitte sag Bescheid, wenn du etwas brauchst. Der Innenhof steht dir natürlich auch zur Verfügung.«

Mit ihm unter einem Dach zu leben erwies sich als erstaunlich angenehm. Den Austausch von Höflichkeitsfloskeln fand er überflüssig. Wenn sie einander begegneten, begnügte er sich mit einem Nicken und einem Lächeln, offenbar war er sich selbst genug und völlig zufrieden. Seine innere Ruhe faszinierte Brigid. Sie hatte noch nie jemanden kennen gelernt, der eine so heitere Gelassenheit ausstrahlte. Wenn sie an Humphreys Bemerkungen über ihn dachte, begriff sie allmählich, dass diese Selbstgenügsamkeit leicht als Egoismus oder auch als Gleichgültigkeit gegenüber seinen Mitmenschen gedeutet werden konnte. Nun aber wollte sie mehr über sein Verhältnis zu Humphreys Mutter erfahren. Die üblichen Eröffnungszüge verfehlten jedoch ihre Wirkung; er merkte einfach nicht, worauf sie hinauswollte.

»Ich war so traurig, als ich von Agnetas Tod erfuhr«, hatte sie angefangen – und gehofft, ihm mit dieser Einleitung ein paar interessante Informationen zu entlocken.

»Tatsächlich?« Er musterte sie überrascht. »Du hast sie doch gar nicht gekannt. Du hast nicht einmal mich gekannt.«

Diese nüchterne Reaktion nahm ihr den Wind aus den Segeln, und sie murmelte etwas Nichtssagendes. Allmählich begriff sie, dass man sich mit ihm nur verständigen konnte, wenn man genauso offen und unverblümt war wie er. Das war keineswegs so leicht, wie es scheinen mochte. Als sie die köstliche Fleischpastete servierte und sich mit ihm zu Tisch setzte, beschloss sie, es noch einmal zu versuchen.

»Findest du es nicht merkwürdig«, begann sie, »dass wir uns erst jetzt kennen lernen? Schließlich sind Humphrey und ich seit fast dreißig Jahren verheiratet. Warst du nicht neugierig auf mich?«

»Ich war sogar sehr neugierig«, erwiderte er prompt, »aber ich musste mich mit dem zufrieden geben, was Humphrey mir zugestanden hat.«

»Zugestanden?«

Er sah sie durchdringend an. »Er hat mir damals geschrieben. Humphrey ist sehr pflichtbewusst. Er hat mir von dir erzählt, mich aber nicht zu eurer Hochzeit eingeladen.«

»Der Tod seiner Mutter hatte ihm zugesetzt«, gab Brigid zu bedenken. »Und er wollte nichts mit Agneta zu tun haben. Das war alles sehr schwierig.«

»Humphrey hat sehr an Elizabeth gehangen und sie an ihm«, erwiderte Alexander ruhig. »Er hat aus seiner Meinung keinen Hehl gemacht.«

Sie wagte einen weiteren Vorstoß. »Es ging so schnell mit deiner zweiten Heirat. Er fand das –«

»Gefühllos.« Er sprach das Wort aus, das sie gesucht hatte. »Und was meinst du?«

»Ich habe das auch gedacht.« Sie holte tief Luft. Bei dieser Offenheit konnte einem schwindlig werden. »Es ging nicht nur darum, dass du nach dem Tod seiner Mutter so schnell wieder geheiratet hast. Humphrey war damals noch sehr jung. Er fühlte sich von dir im Stich gelassen.«

»Er war ziemlich durcheinander.« Alexander aß mit großem Appetit. »Damals war er noch ziemlich unreif. Er hat sich auf Elizabeths Rat verlassen, und sie hat sich gern in sein Leben eingemischt. Ich war begeistert, als er sich für die Marine entschied. Sie war dagegen. Wusstest du das?«

»Nein.« Brigid fand diese Enthüllungen faszinierend. »Ich hatte keine Ahnung.«

»Sie hat versucht, es ihm auszureden, aber er blieb standhaft, und seine Entschlossenheit hat mich beeindruckt. Es war das erste Mal, dass er sich ihren Wünschen widersetzt hat. Sie hat mir vorgeworfen, ich hätte ihn dazu ermuntert. Das war völlig richtig. Ich hatte das Gefühl, dass er sich damit von ihrer Tyrannei befreit.«

»Tyrannei? Das ist ein starkes Wort.«

»Sie hatte einen ausgeprägten Besitzanspruch. Es war das schändliche Besitzdenken der Schwächeren, Älteren, Kränklichen gegenüber den Starken und Jungen. Sie hat seine Zuneigung als Waffe benutzt, verstehst du? Humphrey hatte Angst, dass sie sterben könne. Sie hat seine Angst benutzt, um ihn immer stärker an sich zu binden.«

»Davon hatte ich keine Ahnung«, wiederholte Brigid. Ihre Fleischpastete hatte sie völlig vergessen. Alexanders Stimme war frei von Groll und Selbstmitleid. Er legte in aller Ruhe die Tatsachen auf den Tisch, was umso beeindruckender wirkte. »Aber wieso hat er sie dann so geliebt?«

»Seidenbänder taugen als Fesseln genauso gut wie ein Strick. Humphrey hat nie gemerkt, wie er manipuliert wurde. Sie hat stets versichert, dass sie nur sein Bestes wolle, und er hat das nie bezweifelt. Er hat ihre Wertvorstellungen akzeptiert, und sie hat sich für ihn aufgeopfert – eine willige Märtyrerin. Sie war sehr lieb und sensibel. Und sie litt schweigend, aber ausdrucksvoll. Sie haben sich immer sehr nahe gestanden – bis er zur Marine ging. Da entdeckte er zum ersten Mal etwas, was er ebenso sehr liebte wie sie. Als sie erkannte, dass er standhaft blieb, versuchte sie es auf andere Weise. Sie hoffte, dass er seinen Schritt bereuen würde. Dann wollte sie ihn freikaufen. Doch sie starb, bevor es dazu kommen konnte.«

»Glaubst du, er hätte sonst nachgegeben?«

»Schon möglich. Er hatte sich ihr noch nie zuvor widersetzt, und es ist ihm schwer gefallen, mit ihrer demonstrativen Gleichgültigkeit und ihren kleinlichen Sticheleien zurechtzukommen. Sie hat ihm zu verstehen gegeben, dass sie all die militärischen Regeln und Vorschriften in Friedenszeiten für schwachsinnig hielt, so als würden Jungs Soldat spielen. Das hat ihn verletzt, aber auf meine Unterstützung hat er auch keinen Wert gelegt.«

»Warum denn nicht?«

»Ich hatte mich von Elizabeths Ansichten nicht beeinflussen lassen. Ihr wurde bald klar, dass sie mich nicht manipulieren konnte, und im Lauf der Jahre hat er das Bild übernommen, das sie von mir hatte. Damals war ich viel im Ausland. Ich habe als Ingenieur für einen Papierhersteller gearbeitet, der Fabriken in Schweden hatte. Ich war eine Art Feuerwehrmann, ich musste ran, wenn es brenzlig wurde, also war ich ziemlich viel unterwegs. Da war es nicht zu vermeiden, dass Humphrey ein sehr enges Verhältnis zu seiner Mutter entwickelte. Ihr Unmut hat ihn angesteckt, und als er dann in Dartmouth war, erschien ihm meine Unterstützung nicht mehr wichtig. Er hat sie sogar als Ärgernis empfunden.«

»Aber er wollte doch nicht, dass du nach Schweden ziehst.«

»Elizabeths Tod war ein Schock für ihn. Er sehnte sich nach einem Mentor, der ihren Platz einnahm. Meiner Ansicht nach war es für ihn an der Zeit, auf eigenen Füßen zu stehen, eigene Entscheidungen zu treffen und eigene Schlachten zu schlagen. Er musste endlich erwachsen werden.«

»Das klingt ziemlich brutal.«

»In der Welt geht es brutal zu. Das gilt vor allem auch für die Armee. Mir war klar, dass seine Begeisterung für die Marine ihm helfen würde, viele Hindernisse zu überwinden. Ich hätte ihm dabei nicht helfen können.«

»Und du wolltest ohnehin nach Schweden ziehen?«

Er verstand, worauf sie hinauswollte, und lächelte milde. »Meine Firma eröffnete eine neue Fabrik und suchte einen Betriebsingenieur. Es war eine großartige Möglichkeit. Wir hatten beide die Chance, einen Neuanfang zu machen.«

»Und Agneta gehörte zu deinem Neuanfang?«

»Ich kannte sie schon ein paar Jahre, und wir fanden, es sei Unsinn, wegen der Konventionen noch mehr Zeit zu verschwenden … Du hast deine Pastete nicht gegessen.«

Brigid schaute auf ihren Teller. Sie hatte kein Blatt vor den Mund genommen und staunte selbst über ihre Verwegenheit. Aber nun war es Zeit, das Thema zu wechseln.

»Nein«, sagte sie. »Nimm dir doch noch was, während ich meine Portion esse, und erzähl mir mehr von Schweden.«

SIEBENUNDZWANZIG

Das war wirklich unvernünftig«, erklärte Frummie. »Ich habe keinerlei Verständnis dafür, dass du dich abends im Moor herumtreibst.«

Dabei ließ sie eine Hand voll Löffel auf das Abtropfbrett fallen. Louise stand mit dem Geschirrtuch neben ihr und machte ein zerknirschtes Gesicht. Dass sie gestern Abend völlig aufgelöst nach Hause gekommen war, hatte Frummie stark beunruhigt. Und als Louise ihr von ihrem Spaziergang erzählt hatte, war sie drauf und dran, die Polizei zu rufen.

»Aber was soll ich sagen?«, hatte Louise gefragt. In Frummies gemütlichem Wohnzimmer hatte sie sich gleich besser gefühlt und ihre Panik ziemlich übertrieben gefunden. »Es könnte genauso gut irgendein unschuldiger Spaziergänger gewesen sein. Und den Wagen könnte ich auch nicht beschreiben.«

»Trotzdem, es sind drei Morde geschehen. Drei! Und wenn er unschuldig ist, braucht er ja nichts zu befürchten.«

»Wer?«

»Der Mann, der durch den Wald gelaufen ist. Warum sollte jemand in der Dämmerung durch das Unterholz stolpern? Ich werde Brigid einschärfen, alles ordentlich abzuschließen. Wie sie es all die Jahre ohne Humphrey hier ausgehalten hat, ist mir völlig unbegreiflich.«

Natürlich zeigte sich in Frummies Ärger vor allem Erleichterung darüber, dass ihrer Freundin nichts zugestoßen war. Das wusste Louise, aber trotz ihrer aufrichtigen Reue sparte die alte Frau nicht mit bissigen Bemerkungen. Auch am nächsten Morgen hatte sie sich immer noch nicht beruhigt, und beim Frühstück herrschte eine bedrückte Stimmung.

»Ich werde es nicht wieder tun«, erklärte Louise beim Abspülen und fühlte sich wie eine Zehnjährige. »Bestimmt nicht. Ich habe auf einer Bank gesessen und einfach nicht gemerkt, wie die Zeit verging.«

»Ich finde immer noch, wir hätten die Polizei benachrichtigen müssen.«

»Ich tue es, wenn du möchtest«, meinte Louise. »Nur kann ich denen einfach nichts Vernünftiges erzählen. Ich weiß weder die Marke noch die Farbe des Wagens. Eigentlich weiß ich gar nichts.«

»Jetzt ist es zu spät«, erklärte Frummie mit einem Anflug von Selbstgerechtigkeit. »Der Wagen ist längst weg. Genauso wie der Bursche, der da im Wald herumgestrolcht ist.«

Louise trocknete schuldbewusst die Teller ab und suchte verzweifelt nach einem anderen Gesprächsthema. »Die Prouts reisen morgen ab«, sagte sie. »Dann kann Alexander umziehen. Brigid wird das vermutlich ganz recht sein.«

Frummies Miene hellte sich auf. Sie freute sich darauf, Alexander in Reichweite zu haben, hin und wieder mit ihm zu Abend zu essen oder sich zu einem vergnüglichen Lunch im Pub zu treffen.

»Ob sie wohl Hilfe braucht?«, sagte sie nachdenklich. »Bei einem Mieterwechsel gibt es immer viel zu tun. Könnte sein, dass Alexander auch ein bisschen Unterstützung benötigt. Vielleicht möchte er zum Lunch rüberkommen.«

»Du hast Recht«, pflichtete Louise ihr begeistert bei. Frummie trocknete sich die Hände ab und blickte aus dem Fenster. »Wie 's aussieht, packen die Prats bereits. Ich geh nur rasch nach oben und zieh mich um. Bis dann.«

Kurze Zeit später überquerte sie den Hof und trat mit ihrem gewohnten Begrüßungsruf ins Haus. Brigid saß am Tisch und las die Zeitung.

»Guten Morgen, Herzchen. Hoffentlich nicht noch mehr Morde? Ich meine immer noch, wir hätten die Polizei anrufen sollen.«

Brigid, die flüchtig von einem interessanten Artikel aufgeblickt hatte, schaute ein zweites Mal hin. Frummie trug eine sehr elegante weiße Bluse und eine schicke Tartanhose. Ihr silbergraues Haar war frisch gewaschen und das Make-up sehr sorgfältig aufgetragen. Brigid starrte sie überrascht an, während Frummie ihren Blick kühl erwiderte.

»Die Prats laden ihr Gepäck ins Auto« – »Prouts«, korrigierte Brigid automatisch –, »und ich habe mich gefragt, ob du nicht ein wenig Hilfe brauchen kannst.«

»Das ist wirklich nett.« Brigid beschloß, Alexanders Technik anzuwenden. »Du siehst heute Morgen richtig elegant aus.«

»Oh.« Frummie zog die Mundwinkel nach unten und zuckte die Achseln. »Die alten Sachen? Die hab ich schon seit Jahren.«

»Ich kann mich nicht erinnern, sie schon mal an dir gesehen zu haben.«

»Gut möglich. Aber mit dem Inhalt meiner Kleiderschränke bist du wohl kaum vertraut, Herzchen.«

»Nein.« Brigid war verdutzt. Offensichtlich führte Direktheit bei ihrer Mutter nicht unbedingt zum Ziel. Also wechselte sie das Thema. »Wie geht's Louise heute Morgen? Hat sie sich von ihrem Schock erholt?«

»Ja, hat sie. Aber bitte ermuntere sie nicht, nachts durchs Moor zu wandern. Ich habe es aufgegeben, dich zur Vernunft zu ermahnen, obwohl ich hoffe, dass du inzwischen ein bisschen vorsichtiger geworden bist.«

»Ich würde lieber nachts durchs Moor wandern als durch die Straßen von Plymouth. Oder einer anderen Stadt. Diese Morde sind schließlich in der Stadt passiert.«

»Gut möglich, aber das ändert nichts an der Tatsache, dass Louise letzte Nacht einen Heidenschreck gekriegt hat. Bei ihrem Zustand ist das nicht gerade empfehlenswert.«

»Da hast du Recht«, meinte Brigid zerknirscht. »Ich muss gestehen, dass ich daran gar nicht gedacht habe. Aber es geht ihr doch gut, oder?«

»Sie hat sich rasch erholt«, gab Frummie zu. »Aber sie war ziemlich durcheinander. Ich würde es nicht drauf ankommen lassen.«

»Bestimmt ist sie jetzt vorsichtiger. Weißt du was, ich sehe jetzt mal nach den Prouts. Die Frau kommt nicht gerne rüber, weil sie Angst vor Blot hat.«

Beide betrachteten Blot, der auf dem Rücken in seinem Korb lag und schlief. Er hatte die Vorderpfoten an die Brust gezogen, als würde er betteln, und seine Ohren lagen wie zottelige Zöpfe auf seiner Decke.

»Ja«, murmelte Frummie, »ein wahrhaft furchterregender Anblick. Ich verstehe, warum sie eine Heidenangst vor ihm hat.«

»Er war im Fluss«, erklärte Brigid. »Heute morgen war es wirklich wunderbar. Schon richtig herbstlich.«

Schweigen.

»Du bist doch vorsichtig, ja? Bei deinen Spaziergängen, meine ich?«

»Aber natürlich.« Brigid war gerührt über Frummies Besorgnis. »Versprochen.« Fröhlich fügte sie hinzu: »Wenigstens haben wir jetzt einen Mann im Haus. Wenn die Prouts weg sind, kann er gleich umziehen. Ich rufe dich, wenn wir loslegen können.«

Thea kam zu Besuch, winkte den Prouts zu, die sie misstrauisch beäugten, und gesellte sich dann zu Louise, die an dem kleinen Tisch im Garten saß.

»Sind sie gerade angekommen, oder reisen sie ab?«, fragte sie und setzte sich. »Sie wirken ziemlich nervös.«

»Sie reisen ab«, antwortete Louise und schenkte Thea ein Glas Holunderlikör ein. »Und alle atmen auf. Sie waren nicht gerade die idealen Gäste für Brigid.«

»Die arme Brigid.« Thea holte einen Baumwollhut aus ihrer Hutschachtel und setzte ihn auf ihr rotgoldenes Haar. »Sie nimmt es immer persönlich, wenn die Leute sich bei ihr nicht wohl fühlen. Ich frage mich, ob es ihr gut tun wird, wenn Humphrey auf Dauer zu Hause ist.«

»Ob es ihr gut tut?« Louise zog ihren Baumwollrock bis über die Knie hoch und ließ ihre nackten Beine von der Sonne bescheinen. »Wie meinst du das?«

»Er war so oft unterwegs. Und sie ist gern allein.«

»Zwar kenne ich sie nicht halb so gut wie du«, erwiderte Louise. »Aber ich weiß, dass sie das Alleinsein genießt.«

»Stimmt. Ich komme damit klar, aber wenn ich die Wahl habe, möchte ich meine Lieben immer um mich scharen. Ich finde es wunderbar, dass George im Ruhestand ist und wir eine Menge zusammen unternehmen können.«

»Ist das nicht seltsam – du hast so kleine Kinder, und Brigid ist schon Großmutter. Aber eure Männer sind gleich alt.«

Thea lachte. »Seine Freunde dachten, er hätte den Verstand verloren, als er mich geheiratet hat. Schließlich bin ich zwanzig Jahre jünger als George. Sie sind alle ausgesprochen nett zu mir, auch wenn Humphrey mich für etwas überspannt hält.«

Louise erinnerte sich an seine Bemerkung vor ein paar Wochen – *Eine liebenswerte Spinnerin* – und zögerte. Angesichts ihrer verlegenen Miene musste Thea schmunzeln.

»Das macht mir nichts aus. Ich mag Humphrey, aber er hat Schwierigkeiten mit dem Altersunterschied. Ich bin nicht viel älter als sein ältester Sohn. Julian hat das Mount House besucht, als es noch ein Jungeninternat war; jetzt werden auch Mädchen aufgenommen, und meine beiden Töchter sind als Tagesschülerinnen dort.«

»Besucht Hermione auch das Mount House?«

»Ja, sie ist in der *Arche*. Das ist Kindergarten und Grundschule in einem. Alle Kinder gehen gerne hin.«

»Welche Altersgruppe haben sie denn da?«, fragte Louise. In ihrem Kopf nahm eine Idee Gestalt an.

»Ich glaube, sie fangen mit drei oder vier an. Warum?«

»Mir ist da eben etwas eingefallen. Ich habe dir doch erzählt, dass ich vor meiner Ehe Erzieherin war. Jedenfalls brauche ich sobald wie möglich einen Job, und da ist mir plötzlich der Gedanke gekommen, dass diese Schule vielleicht etwas für mich wäre.«

Thea rückte mit ihrem Stuhl in den Schatten. »Bist du schon so weit, einen Neuanfang zu wagen?«

Eine Pause folgte. Die Tauben zogen ihre Kreise am Himmel, leuchtend weiß in der tiefen Bläue. Die Prouts standen mit zufriedener Miene vor ihrem säuberlich gepackten Kofferraum.

Louise atmete tief durch. »Manchmal ja. Manchmal nein. Aber ich möchte etwas tun, und ich möchte mit Kindern arbeiten. Gott sei Dank macht es mir nicht mehr so viel Angst, mit kleinen Kindern zusammen zu sein. Aber gelegentlich bekomme ich immer noch Angstzustände.«

»Du solltest mit Charles Price reden«, meinte Thea nachdenklich. »Er ist der Schulleiter und wird dir bestimmt helfen, wenn er kann.«

»Ich müsste ihm reinen Wein einschenken.«

»Ja, natürlich, aber deshalb brauchst du dir keine Gedanken zu machen. Er ist wirklich nett. Ich glaube, dass er sehr viel Verständnis zeigen wird.«

»Es wäre ein Anfang«, sagte Louise, »einfach mit jemandem zu reden und herauszufinden, wo ich stehe. Vielleicht komme ich für die Arbeit mit kleinen Kindern nicht mehr in Frage. Die Regeln sind heutzutage ziemlich streng.«

»Ich werde mit Charles Price sprechen«, versprach Thea, »und wenn das Schuljahr beginnt, kannst du mich und Hermione begleiten und dich dort umschauen.«

»Danke«, erwiderte Louise erleichtert. »Ich muss mir überlegen, wie es weitergeht – in jeder Hinsicht. Im Oktober kommt eine Freundin von Frummie, also muss ich bis dahin eine Bleibe finden. Das ist noch eine Herausforderung.«

»Stimmt«, sagte Thea. »Aber die musst du ja nicht allein bewältigen. Wir möchten dir alle helfen.«

»Das ist … wirklich nett.« Louise wäre am liebsten in Tränen ausgebrochen. »Verdammt heiß heute. Schau mal, die Prouts sind fort. Brigid sieht aus, als wäre ihr ein Stein vom Herzen gefallen.«

Brigid stand an der Zufahrt, strahlte übers ganze Gesicht und winkte den Gästen nach. Einer Eingebung folgend, winkten Thea und Louise auch und riefen den Abreisenden voller Freude einen Abschiedsgruß nach, worauf Brigid lachen musste. Frummie trat auf sie zu, und sie gingen gemeinsam ins Cottage.

»Ich schenke uns noch einen Likör ein«, sagte Louise und stand auf. »Das Eis ist schon geschmolzen.«

Thea rückte ihren Hut zurecht, lehnte sich auf ihrem Stuhl zurück und beobachtete die Tauben. Da nahm sie aus dem Augenwinkel eine Bewegung wahr. Rechts von ihr, jenseits der Wiese, die zum Fluss hin abfiel, ging jemand die Hecke entlang, die die Straße säumte. Das Gelände gehörte zu Foxhole, und Thea fragte sich, ob sich der Wanderer wohl verlaufen hatte. Doch in diesem Augenblick kam Louise mit einem Tablett aus dem Haus, und als Thea wieder den Blick über die Hecke schweifen ließ, war die Gestalt verschwunden.

ACHTUNDZWANZIG

Erst sehr viel später fand Brigid in ihrem Arbeitszimmer den unvollendeten Brief an Humphrey. Sie griff nach den Blättern und las, was sie vor drei Tagen geschrieben hatte, bevor Alexander in ihr Leben getreten war. Und jetzt gerade zog er – mit Hilfe von Frummie – ins Cottage um. Alexanders Ankunft, seine außergewöhnliche Art hatten sie mehr beschäftigt als alles andere. Brigid hatte erwartet, dass sie ihn nicht mögen würde, schließlich hatte sie jahrelang für Humphrey Partei ergriffen. Und nun hatte er sie völlig entwaffnet.

Brigid runzelte die Stirn, trat ans Fenster und ließ den Stoff auf ihrem Arbeitstisch durch die Finger gleiten, ohne den Brief aus der Hand zu legen. Nein, »entwaffnet« war nicht das richtige Wort; »entwaffnet« hätte eine Absicht vorausgesetzt, und sie war überzeugt, dass er keinerlei Absichten verfolgte. Dafür war er viel zu direkt, zu offen. Das war auch der Grund, aus dem sie ihn mochte.

Sie lehnte sich aus dem Fenster und betrachtete die zerklüfteten Granitfelsen von Combestone Tor. Die Sonne stand hoch am Himmel und tauchte die Landschaft in ein gleißendes Licht, das ihr jedes Geheimnis raubte. Die drückende Hitze verschlug einem den Atem und wirkte ermüdend. Selbst vom West Dart war nur noch ein gedämpftes Murmeln zu hören. Brigid zog sich in ihr kühles Zimmer zurück. Bislang hatte sie völlig blauäugig Humphreys Sicht der Dinge geteilt, doch nun war diese Gewissheit ins Wanken geraten. Seine Mutter war wohl doch nicht das verklärte, sanftmütige Geschöpf gewesen, dem man übel mitgespielt hatte.

Offenbar hatte sie Humphrey manipuliert, indem sie seine kindliche Zuneigung ausnutzte. Manche Bemerkungen, die er im Lauf der Jahre gemacht hatte, gewannen nun eine andere Bedeutung. »Meine arme Mutter hat alles so schwer genommen. Sie war ein so sensibler Mensch, dass es mir wehgetan hat, wenn sie verletzt wurde.« – *Sie litt schweigend, aber sehr ausdrucksvoll.* »Sie hat so viel für mich getan, so viele Opfer gebracht.« – *Eine willige Märtyrerin.* »Ich musste die Rücksichtslosigkeit meines Vater wieder gutmachen.« – *Im Lauf der Jahre hat er das Bild übernommen, das sie von mir hatte.* »Natürlich war sie nie ganz schmerzfrei, manchmal war es schrecklich, das mit anzusehen.« – *Humphrey hatte Angst, dass sie sterben könne.* »Vater ist ihr immer auf die Nerven gegangen. Ich war ziemlich erleichtert, wenn er wieder fahren musste.« – *Ihr Unmut hat ihn angesteckt.*

Humphrey war dreiundzwanzig gewesen, als er Brigid heiratete. Das schwierige Verhältnis zu einem Elternteil war die Erfahrung, die beide verband. Bald fingen sie an, darüber Witze zu machen. Sie waren miteinander erwachsen geworden, hatten sich gegenseitig den Rücken gestärkt. War sie der Mentor gewesen, den Humphrey in seinem Vater zu finden hoffte, nachdem seine Mutter gestorben war? Durch die Marine und durch die Ehe war Humphrey gezwungen gewesen, erwachsen zu werden. Was wohl aus ihm geworden wäre, wenn seine Mutter nicht das Zeitliche gesegnet hätte? Von ihrem Einfluss befreit, hatte er sich zu dem fröhlichen, entschlossenen Mann entwickelt, den sie liebte. Von Natur aus war er weder schwach noch leicht beeinflussbar. Alexander hatte dafür sorgen wollen, dass Humphrey auf eigenen Beinen stand. Vielleicht war seine Entscheidung ja richtig gewesen, so brutal die Methode auch gewesen sein mochte.

Immer noch ein wenig schockiert darüber, wie rasch sie die Seiten gewechselt hatte, überflog Brigid den Brief in ihrer Hand. Dabei schnürte ihr die Angst die Kehle zu. Wie hatte sie dieses Problem vergessen können, das ihren Seelenfrieden störte und ihre Zukunft bedrohte! Sie musste es lösen, bevor die Bank das

Cottage pfändete. Irgendwie musste sie die rechten Worte finden, um ihren Brief zu beenden. Trotz eines flauen Gefühls im Magen setzte sie sich an ihren Arbeitstisch und griff nach dem Füller. Eine Weile saß sie da und überlegte, ob sie Alexander einweihen und um Rat fragen sollte. Der Gedanke war so verlockend, dass sie am liebsten sofort hinuntergelaufen wäre, um ihn zu suchen. Aber natürlich wäre es unfair gewesen, mit ihm zu sprechen, bevor Humphrey Bescheid wusste.

Auch jetzt noch schiebe ich die Sache vor mir her, dachte sie. Lasse mich ablenken. Schinde Zeit.

Sie las durch, was sie geschrieben hatte, griff nach dem Füller und begann erneut.

Louise holte ihren Autoschlüssel, überlegte kurz, ob sie eine Jacke brauchte, und ging hinaus. Frummie hievte gerade eine Schachtel aus Alexanders Wagen.

»Ich fahre nach Ashburton«, sagte Louise.

Frummie zog die Brauen hoch. »Hoffentlich denkst du nicht, dass Alexander und ich allein sein wollen«, sagte sie.

»Nein, nein. Ich bin nur ein bisschen… du weißt schon. Nervös. Ich brauche Bewegung. Mach dir keine Sorgen. Die Wildnis lockt mich heute nicht. Ich mische mich lieber unter Leute.«

»Das will ich hoffen«, entgegnete Frummie streng. »Bis später.«

Louise fuhr den Weg hinauf und bog in die Straße ein. Wie üblich parkten auf dem Rastplatz am O Brook eine Menge Autos, und lästigerweise reihte sich eines der Fahrzeuge hinter ihr ein, als sie die Saddle Bridge überquerte. Sie mochte es nicht, wenn auf dem Weg durch das Moor ein Wagen hinter ihr fuhr. Sie wollte den wunderbaren Anblick der Hügel, die sich bis zum dunstigen Horizont erstreckten, der felsigen Gipfel, der steil abfallenden Kämme und bewaldeten Täler in Ruhe genießen können. Die Beeren der Ebereschen leuchteten, die Schwarzkehlchen hockten auf den schwankenden Wedeln des Farnkrauts, und der sanfte Wind trug den Duft des Stechginsters zu ihr herüber. Die Parkplätze am Combestone Tor und am Venford-Stausee waren überfüllt: Familien mit Kindern nutzten dieses letzte freie Wochenende vor dem Schulanfang. Der Stausee lag still im strahlenden Sonnenschein, und Louise konnte sich kaum noch vorstellen, dass sie, von jäher Furcht gepackt, aus dem Wald geflohen war. Vielleicht war ja Pan daran schuld, der Gott der Wiesen und Wälder, der hinter Fels und Baum lauerte, um ahnungslose Reisende zu erschrecken. Sie kicherte und bremste, damit ein paar Schafe die Straße überqueren konnten. Dabei warf sie einen Blick in den Rückspiegel. Der Fahrer des Wagens hinter ihr hielt großzügig Abstand; offenbar hatte er es nicht eilig. Froh darüber, fuhr sie wieder an. Ratternd überquerte sie das Viehgitter und beschleunigte dann. Sie hoffte, dass in Ashburton nicht allzu viel los sein würde. Der kleine rote Wagen folgte ihr auch noch, als sie die Poundsgate Road nahm und am Fluss entlang zur Holne Bridge fuhr. Hier trafen sich wie immer am Wochenende die Kanufahrer, die ihre Neoprenanzüge anzogen und ihre Boote ausluden. Louise wartete mit anderen Fahrzeugen darauf, dass die Brücke frei wurde, beobachtete die Ausflügler und warf gelegentlich einen Blick in den Rückspiegel. Im Wagen hinter ihr saß ein einzelner Mann mit einer Ray-Ban-Sonnenbrille und einer Baseballkappe. Er hatte die Hemdsärmel hochgekrempelt und den Arm auf das heruntergekurbelte Fenster gelegt, während er mit der linken Hand auf dem Lenkrad einen Rhythmus trommelte. Louise glaubte ihn wiederzuerkennen – war es nicht der Mann, der kürzlich in Foxhole aufgetaucht war, um die Fenster zu putzen? Auch der Wagen kam ihr bekannt vor …

Ungeduldig strich sie die Haare zurück; ihr war heiß, sie wollte weiterfahren, der Gestank der Abgase und das Brummen der Motoren waren ihr zuwider. Da überfiel sie eine jähe, überwältigende Sehnsucht nach Rory: Sie wünschte sich, von ihm in den Arm genommen zu werden, seine Stimme an ihrem Ohr zu hören. *Also! Wo waren wir stehen geblieben?* Sie biss sich auf die Lippen und unterdrückte die Tränen.

Plötzlich war die Straße wieder frei. Louise überquerte die Brücke und hatte fünf Minuten später die Stadt erreicht. Auf dem Parkplatz hielt sie nach einer Lücke Ausschau und erspähte einen Wagen, der gerade wegfuhr. Vergnügt stellte sie ihr Auto ab, kramte nach Kleingeld und zog am Automaten einen Parkschein. Der Mann in dem kleinen roten Wagen hatte weniger Glück. Er musste in einer Fahrzeugschlange warten und beobachtete Louise, bis sie ihr Auto abgeschlossen hatte und raschen Schrittes zu den Geschäften ging.

Nach dem Mittagessen im Victoria Inn und einem Einkauf kehrte Louise zum Parkplatz zurück und fuhr los. Als sie wieder in Foxhole eintraf, war es fast vier. Frummie kam ihr entgegen. Überrascht und ein wenig beunruhigt stieg Louise aus.

»Ist alles in Ordnung?«

»Ja.« Frummie seufzte erleichtert. »Ich bin einfach nur froh, dass du wohlbehalten wieder da bist.«

»Ich bin doch nur nach Ashburton gefahren.« Louise holte ihre Einkäufe aus dem Wagen. »Ach, und auf dem Heimweg habe ich einen Zwischenstopp gemacht und gemeinsam mit vierhundert Touristen Combestone Tor bestiegen.«

»Mach ruhig deine Witze«, entgegnete Frummie grimmig, »aber gestern Abend wurde in Buckfastleigh wieder eine Frau überfallen.«

Louise starrte sie an. »Das kann doch nicht wahr sein. Woher weißt du das?«

»Sie haben es in den Mittagsnachrichten gebracht. Gott sei Dank haben ein paar junge Burschen auf dem Heimweg vom Pub ihr Schreien gehört und sind ihr zu Hilfe geeilt. Der Angreifer ist weggelaufen, aber das Mädchen konnte ihn beschreiben. Sie meinte, sie hätte ihn schon in der Gegend gesehen. Die Polizei sagt, dass er offenbar alleinstehenden Frauen nachschleicht, sie beobachtet und dann zuschlägt. Sie glauben, dass die Sache mit den drei Morden zusammenhängt.«

»Wie schrecklich!« Louise lief es kalt den Rücken hinunter. »Frummie, stell dir vor, wenn er das gestern Abend war…«

»Wir sollten die Polizei informieren. Vom Venford-Stausee ist es schließlich nicht weit nach Buckfastleigh. Jedenfalls bin ich wirklich froh, dass du wieder zu Hause bist. Vorläufig müsst ihr beide, du und Brigid, auf eure Abendspaziergänge verzichten.«

»Gut«, stimmte Louise zu. »Du hast Recht. Keine Abendspaziergänge mehr.«

NEUNUNDZWANZIG

Ich würde dich gern sehen.« Jemima telefonierte mit Louise. »Komm doch zum Mittagessen vorbei. Irgendwann nächste Woche wäre wunderbar … Dienstag? … Gut. Gegen eins? Schön. Bis dann!«

Sie atmete erleichtert auf. Zu gerne hätte sie jemandem ihr Herz ausgeschüttet. Aber die neue Liebesbeziehung war ihr so wichtig, so kostbar, dass sie geradezu abergläubisch geworden war. Sie befürchtete, wenn sie jemandem davon erzählte, könnten sich ihre Hoffnungen in Luft auflösen.

Manchmal fragte sie sich, ob sie sich alles nur einbildete. Jetzt, da er nach London zurückgekehrt war und ihr Leben wieder seinen gewohnten Gang nahm, konnte sie es kaum fassen, dass sie diese wenigen glücklichen Wochen wirklich erlebt hatte. Aber am Freitag würde er wiederkommen.

»Freitag«, sagte sie überglücklich zu MagnifiCat, der sein Abendessen verspeiste. »In achtundvierzig Stunden wird er hier sein. Zwei Tage noch.«

MagnifiCat fraß unbeeindruckt weiter, Jemimas Überschwang ließ ihn kalt. Abschätzig zuckte er mit dem Schwanz. Jemima machte es sich auf dem Sofa bequem.

»Du fehlst mir«, hatte er gesagt. »Hier ist es schrecklich. Sie hat so viel mitgenommen.«

»Wie gemein!« Sie widerstand der Versuchung, über Annabel herzuziehen. »Das muss deprimierend sein.«

»Ist es auch.«

Sie stellte sich vor, wie er sich in der verlassenen Wohnung umsah und vertraute Gegenstände vermisste.

»Sie hat einen Brief hinterlassen.«

»Ach ja?« Sie war unsicher, wie sie darauf reagieren sollte. Würde sie ihn halten können, nachdem er in seine eigenen vier Wände zurückgekehrt war? In die Wohnung, in der er mit Annabel gelebt hatte. Angst überfiel sie, und sie hätte am liebsten geschrien: Was schreibt das Miststück? Aber das wagte sie nicht. Er wirkte ziemlich niedergeschlagen, was sie beunruhigte. Sie fragte sich, was ihm wohl derart zu schaffen machte, da sich ihre Beziehung doch so gut entwickelt hatte. Warum ging ihm das nach den gemeinsam verbrachten Wochen so nahe?

Sie hatte sich beherrschen müssen, hatte sich gesagt, dass alles nicht so einfach für ihn war. Die Rückkehr in die Wohnung hatte Erinnerungen geweckt, alte Wunden wieder aufgerissen. Eine Urlaubsromanze, die gerade einen Monat alt war, und eine fünfjährige Beziehung – da war es unrealistisch zu erwarten, dass ihm die Trennung und ihre Folgen nicht zu Herzen gingen.

»In dem Brief begründet sie, warum sie bestimmte Sachen mitgenommen hat«, sagte er. »Sie meint, ich soll mich melden, wenn ich es als unfair empfinde. Sie nennt eine Telefonnummer und schreibt, wir sollten uns treffen und ein bisschen plaudern.«

»Ja, das klingt … gut.« Es klang überhaupt nicht gut. Es klang miserabel. Geh nicht hin, hätte sie ihn am liebsten angefleht. Bitte geh nicht hin! Es ist aus und vorbei! Aber er hatte ihr erklärt, wie wichtig es für ihn sei, in Freundschaft auseinander zu gehen, und sie wollte sich nicht als eifersüchtige Egoistin präsentieren. Immerhin hielt er daran fest, dass sie sich am Wochenende treffen würden.

»Ich kann es gar nicht erwarten, dich wiederzusehen«, sagte er. »Schon jetzt kommt es mir vor, als seien Wochen vergangen, und dabei bin ich doch erst ein paar Stunden fort. Salcombe erscheint mir im Vergleich zu hier geradezu wie das Paradies.«

Jemima hatte sich wacker geschlagen, sie hatte ein wenig gescherzt und ihn geneckt, sodass er Annabel und den Brief vergaß und stattdessen über seine Pläne sprach, sich im Südwesten nach einem Job in der Computerbranche umzusehen.

»Und es macht dir wirklich nichts aus, mit jemandem zusammenzuziehen?«, fragte er.

»Es wäre den Versuch wert«, antwortete sie locker und war froh, dass er ihr Gesicht nicht sah, ihr strahlendes Lächeln. »Da musst du eher MagnifiCat überreden als mich.«

»Erzähl mir bitte nicht, dass unsere Zukunft von diesem neurotischen Flohfänger abhängt«, meinte er vergnügt. »Meine Güte!« Seine Stimme veränderte sich plötzlich. »Ich vermisse dich wirklich.«

Sie musste mehrmals tief durchatmen, damit er nicht merkte, wie tief sie das berührte. »Ich auch«, erwiderte sie.

»Na dann.« Sie konnte sich vorstellen, wie er sich in der Wohnung umsah. »Dann werde ich mal eine Bestandsaufnahme machen und ein bisschen Ordnung schaffen. Ich wollte nur kurz Hallo sagen, bevor ich damit anfange. Ruf mich an, ja?«

»Mach ich«, versprach sie. Eine kleine Pause. »Hey. Bis Freitag ist es nicht mehr lang.«

»Nein.« Seine Stimme klang wieder ein wenig munterer. »Da hast du Recht. Bis bald.«

Sie hatte bis zum nächsten Abend gewartet und inständig gehofft, dass er sich melden würde. Dann hatte sie am Samstagabend ihren ganzen Mut zusammengenommen und ihn angerufen.

»Wenigstens hat sie den Fernseher dagelassen«, meinte er grimmig, »und ein paar Videos. Wirklich toll!«

Jemima spürte, dass er ziemlich geladen war.

»Es ist also schlimmer, als du gedacht hast.«

»Sie hat alles eingepackt, was nicht niet- und nagelfest war«, entgegnete er bitter. »Es ist mir nicht gleich aufgefallen, aber fast alle Bücher sind weg. Ich kann es einfach nicht fassen.«

»Hast du … mit ihr gesprochen?«

»Noch nicht.«

Sie suchte nach tröstenden Worten, aber ihr Kopf war leer. »Es tut mir Leid«, sagte sie schließlich. Wie zaghaft sich das anhörte – und wie verletzt er sein musste. »Das ist wirklich unfair. Ich meine, die Sachen haben euch doch gemeinsam gehört.«

»Das dachte ich auch.«

»Vielleicht lässt sich das ja klären«, schlug sie vorsichtig vor – obwohl sie ihn natürlich am liebsten von Annabel fern gehalten hätte. »Bestimmt kann man vernünftig mit ihr reden.«

»Wenn sie vernünftig wäre, hätte sie die Sachen gar nicht erst mitgenommen.«

»Stimmt…« Darauf fiel ihr nichts mehr ein.

»Tut mir Leid. Ehrlich gesagt, habe ich eine saumäßige Laune. Weißt du was, ich rufe dich morgen an. Bis dahin bin ich bestimmt wieder besser drauf. Okay? Tschüs.«

Die nächsten vierundzwanzig Stunden wollten kein Ende nehmen, und Jemima hatte reichlich Zeit, sich alle möglichen Szenarien auszumalen, angefangen damit, dass er es keine Sekunde länger aushielt und zu ihr nach Salcombe eilte, bis zu dem Albtraum, dass er sie in der Krise, in der er steckte, völlig vergaß. Und ausgerechnet an diesem Abend schienen alle ihre Freunde und Verwandten beschlossen zu haben, sich bei ihr zu melden. Jemima hätte die Anrufer am liebsten angeschrien, und es fiel ihr schwer, sich auf die Gespräche mit ihnen zu konzentrieren. Sie fragte sich, ob er wohl gerade versuchte, sie zu erreichen, und sah verzweifelt auf die Uhr, bis sie erleichtert auflegen konnte, nur um beim nächsten Klingeln ein weiteres Plappermaul an der Strippe zu haben. Schließlich rief er spät abends an.

»Wie geht's?«, fragte sie halb aufmunternd, halb besorgt.

»Gut.« Er klang resigniert. »Es tut mir Leid wegen gestern Abend. Ab und zu geht mir das alles noch ziemlich nahe. Hier bin ich einfach viel stärker damit konfrontiert.« Er wirkte angespannt. »Und wie läuft's bei dir?«

Jemima versuchte ihn aufzumuntern, ihn zum Lachen zu bringen – und es gelang ihr auch. Als sie auflegte, hatte sie ihre Zuversicht wiedergewonnen. Im Lauf der Woche besserte sich seine Stimmung deutlich. Sobald er wieder zur Arbeit ging, war er ausgeglichener und positiver. Er hatte wegen Jobs im Südwesten Erkundigungen eingezogen, und offenbar machte er sich Hoffnungen: Am Freitag würden sie viel zu besprechen haben, meinte er. Sie räkelte sich nervös und stöhnte auf, als MagnifiCat auf ihren Bauch sprang und zufrieden schnurrte, denn er hatte gerade eine Riesenportion Kaninchenfleisch verspeist. Behutsam streichelte sie sein weiches Fell, schloss die Augen und malte sich himmlische Szenen für das Wochenende aus.

»Brigid überlegt, ob sie Michael und Sarah einladen soll, damit Sie sie kennen lernen.« Frummie sah Alexander fragend an. »Was halten Sie davon?«

»Da bin ich ratlos«, antwortete er gelassen und legte höflich die Zeitung beiseite. Er sah, wie Frummies Blick interessiert über seinen Frühstückstisch wanderte. »Ich bin ein Fan des guten alten englischen Frühstücks«, erklärte er. »Würstchen, Speck, Toast und Orangenmarmelade. Trotz all der Jahre im Ausland habe ich mir das nicht abgewöhnt.«

Sie ließ sich nicht abschrecken. »Ich begnüge mich mit einer Tasse schwarzen Kaffee«, sagte sie. »Wie schaffen Sie es nur, so schlank zu bleiben?«

»Ich esse vermutlich nicht weniger als Sie. Es ist wohl Veranlagung.«

»Und woher wollen Sie wissen, dass ich nicht hungere?«

Er lächelte. »Weil Ihre Figur zu Ihnen passt. Aber Brigid ist entschieden zu dünn.«

Frummie setzte sich auf den Stuhl ihm gegenüber; sie ergriff gern die Gelegenheit, mit ihm ins Gespräch zu kommen. Die Sonne schien in die große Wohnküche. Auf den Arbeitsflächen lagen verschiedene Kochutensilien. Dennoch wirkte der Raum irgendwie unpersönlich. Vielleicht hatte Alexander nicht genug Gepäck, um dem Haus seinen Stempel aufzudrücken – oder vielleicht wohnte er noch nicht lange genug hier. Sie hatte ihm beim Umzug helfen dürfen, aber er hatte es sich nicht nehmen lassen, seine Sachen allein auszupacken. Zwar standen nun ein paar Bücher auf dem Fensterbrett, und auf dem großen viereckigen Tisch lag eine Zeitung ausgebreitet, aber sonst gab es kaum Hinweise, was für ein Mensch Alexander war. Zweifellos würde sie im Lauf der Zeit mehr über ihn herausfinden. Bis dahin hatte Frummie nichts dagegen, sich über Brigids Figur zu unterhalten.

»Das könnte auch Veranlagung sein. Diarmid war sehr schlank.«

»Dann finden Sie also nicht, dass sie zu dünn ist?«

»Nun ja…« Frummie wand sich. »Sie braucht nur ein paar Pfund abzunehmen, und schon wirkt sie mager. Vielleicht liegt es ja daran, dass Humphrey diesmal ziemlich lange fort ist.«

»Daran müsste sie sich doch inzwischen gewöhnt haben?«

»Das ist wahr.« Angesichts seiner Hartnäckigkeit beschloss sie, kein Blatt vor den Mund zu nehmen. »Natürlich war sie nicht besonders glücklich über Ihren Besuch.«

Diese Bemerkung schien ihn keineswegs zu kränken. »Das kann ich mir vorstellen. Sie glauben also, ich bin dafür verantwortlich, dass Brigid abgenommen hat?«

Frummie zuckte die Schultern. »Wahrscheinlich gibt es ganz andere Gründe. Brigid und ich haben kein so enges Verhältnis zueinander, wissen Sie.«

»Das habe ich mir schon gedacht.« Sein nachdenklicher Ton nahm seinen Worten die Schärfe. »Seltsam, nicht wahr, dass man oft viel leichter mit Menschen zurechtkommt, mit denen man nicht verwandt ist?«

Sie warf ihm einen zustimmenden Blick zu. »Ja. Ich frage mich nur, warum.«

»Wahrscheinlich wegen der Schuldgefühle. Aber vielleicht gehe ich da zu sehr von meiner persönlichen Erfahrung aus. Humphrey und ich werden nie richtig miteinander warm werden. Er misstraut mir, und ich fühle mich schuldig wegen bestimmter Entscheidungen, die ich bei seiner Erziehung getroffen habe. Wir können uns über diese Gefühle nicht einfach hinwegsetzen, wie wir es bei Menschen tun, die uns weniger bedeuten. Gerade weil er mein Sohn ist, bin ich nicht imstande, eine vernünftige Beziehung zu ihm aufzubauen.«

Frummie sah ihn überrascht an. So viel Aufrichtigkeit schon zu Beginn ihrer Bekanntschaft hatte sie nicht erwartet. »Mir geht es genauso«, gab sie zu. »Ich fühle mich schuldig, weil ich nach London gegangen bin und Brigid im Stich gelassen habe. Sie ist mir böse deswegen, und mein schlechtes Gewissen hindert mich daran, so unverkrampft mit ihr umzugehen wie mit Jemima, meiner jüngeren Tochter. Ich spüre ihren Groll. Und man entwickelt leicht einen Widerwillen gegenüber Menschen, denen man wehgetan hat.«

»Weil sie uns ständig an unsere Fehler und Schwächen erinnern.«

»Sind Sie deswegen zu ihm auf Abstand gegangen?«, fragte sie neugierig. »Wir haben Kontakt gehalten«, antwortete Alexander. »Aber er hat klargestellt, dass ich nicht Teil seines neuen Lebens bin. Nach dem Tod seiner Mutter bin ich ins Ausland gegangen und habe bald wieder geheiratet. Humphrey sah sich gezwungen, aus eigener Kraft ein neues Leben aufzubauen, und fühlte sich von mir im Stich gelassen. Er hat mich über alles informiert, was sich in seinem Leben tat, gab aber zu verstehen, dass er keinen näheren Kontakt zu mir wünscht. Alle meine Briefe gingen an seine Dienstadresse.«

»Das hätte ich Humphrey gar nicht zugetraut.« Frummie schüttelte den Kopf. »Er ist so ein liebenswürdiger, offener Mensch.«

»Wirklich?« Alexander sah sie neugierig an. »Sie mögen ihn also?«

»Ja. Er war immer sehr nett zu mir.«

»Das freut mich.« Alexander schlug die langen Beine übereinander.

»Brigid und Humphrey sind sehr glücklich miteinander, daran gibt es keinen Zweifel. Wenn Sie die Wahrheit hören wollen –«

»Ja«, entgegnete er ernst, »ich will die Wahrheit hören.«

»Ich glaube, dass sie einander gefunden haben, weil sie sich beide im Stich gelassen fühlten, verstehen Sie? Sie waren ein bisschen wie Hänsel und Gretel. Humphrey und Diarmid haben sich prima verstanden. Sie hätten Vater und Sohn sein können.«

Sie merkte, dass sie eine Taktlosigkeit begangen hatte, und verstummte. Alexander starrte vor sich hin. »Ich beneide ihn«, sagte er leise, und Frummie gab es einen Stich.

»Sind Sie deshalb hierher gekommen?«, fragte sie. »Um mehr zu erfahren?«

Er seufzte tief. »Ja«, sagte er schließlich. »Humphrey hat mir vor ein paar Monaten geschrieben, dass er bald in den Ruhestand geht. Agneta war gestorben, und ich wollte zurück nach England. Eins fügte sich zum anderen. Also beschloss ich zu fragen, ob ich eine Weile hier wohnen könne.«

»Waren Sie nicht überrascht, als er ja sagte?«

»Nicht besonders.« Er grinste. »Ich wusste, dass Sie hier sind, und habe auf Humphreys Fairness vertraut.«

Sie lachte. »Sie nehmen ja wirklich kein Blatt vor den Mund.«

Auch er kicherte. »Ich wusste nämlich nicht, wohin. Und da habe ich an seine Gefühle als Sohn appelliert. Bestimmt wissen Sie, was ich meine.«

»Allerdings.« Sie hatte ihre wahre Freude an ihm.

»Hätten Sie tatsächlich kein Dach über dem Kopf gehabt?«

Er zögerte einen Augenblick. »Ja«, sagte er schließlich. »Ich habe das Haus in Schweden verkauft, kann meine neue Bleibe aber erst in drei Monaten beziehen. Vielleicht hat mich ja eine höhere Fügung hierher geführt, wenn das nicht zu hochtrabend klingt.«

»Ich verstehe. Bei mir war es ähnlich. Mein Mann hatte sich mit einer wesentlich jüngeren Frau aus dem Staub gemacht, ich stand mit leeren Händen da und wusste nicht, wohin. Ich verabscheue das Landleben, aber damals habe ich in Foxhole Zuflucht gefunden.«

»Das muss schlimm für Sie gewesen sein.«

Mit bitterer Miene hielt sie seinem forschenden Blick stand. »Ein wenig die verlorene Mutter, meinen Sie. Verzeih mir, Tochter, denn ich habe gesündigt? Ja, so war es auch. Wie Sie habe ich auf Brigids Pflichtgefühl und Humphreys Großzügigkeit gesetzt. Aber es ist mir schwer gefallen, ihre Hilfe anzunehmen, das können Sie mir glauben. Die beiden waren so verdammt edelmütig. Sie schienen fest entschlossen, mir diese demütigende Situation zu erleichtern. Und ich habe mich bemüht, sie nicht auszunutzen. Ich bin zum Sozialamt gegangen, habe einen Mietzuschuss beantragt und darauf bestanden, dass Brigid ein Mietbuch führt. Das passte ihr gar nicht.« Sie presste die Lippen zusammen. »Jedes Mal, wenn ich ihr das Geld gebe und sehe, wie sie es in das Buch einträgt, empfinde ich hier drin die reinste Befriedigung.« Sie klopfte sich mit der Faust sachte auf die Brust. »Er hat natürlich alles ihr vermacht. Diarmid meine ich. Ich habe keinen roten Heller bekommen. Mein Gott, wie ich ihn gehasst habe!«

»Und er wollte Ihnen Brigid nicht lassen?«

»Nein«, erwiderte sie niedergeschlagen. »Nein, er hat sie mir nicht gelassen. Dabei hatte ich damit gerechnet. Ich konnte mir einfach nicht vorstellen, dass er als alleinerziehender Vater zurechtkommt. Er hat nur … für seine verfluchte Arbeit gelebt. Aber dann hat er sich zusammengerissen. Diarmid nutzte die Chance, sich an mir zu rächen, und ich hatte natürlich keine Handhabe gegen ihn. Damals, vor gut vierzig Jahren, hätte kein Richter, der bei Verstand war, zu meinen Gunsten entschieden. Da stand die untreue Ehefrau gegen den edlen Diarmid.«

»Und Brigid?«

»Brigid hat ihren Vater geliebt. Und Foxhole. Wir hätten nie heiraten sollen, das wurde mir sehr bald klar, aber da hatte ich schon Brigid, das arme kleine Opfer meiner kurzlebigen Leidenschaft und meines miserablen Urteilsvermögens. Diarmid hätte die Suppe ausgelöffelt, die wir uns eingebrockt hatten. Der Gerechtigkeit halber muss ich zugeben – obwohl ich das ungern tue –, dass er mich in seiner ruhigen, distanzierten Art wohl geliebt hat. Aber es war unmöglich. Ich habe das öde Landleben gehasst, und Diarmid war kein sonderlich geselliger Mensch. Er sah großartig aus, war erstaunlich klug und schrecklich belesen, aber ich bin nun mal ein leichtlebiger Typ. Klatsch und Spaß, das ist meine Welt.«

Ohne ihn anzusehen, legte sie den Finger auf den Toastständer und ließ ihn kreisen. »Der Mann, mit dem ich in Paris und London zusammengelebt hatte, bevor ich Diarmid kennen lernte, wollte mich zurück, und nach einer Weile haben uns kurze Besuche, ein Wochenende hie und da nicht mehr gereicht. Eines Tages bin ich gegangen. Ich habe mir eingeredet, dass ich Brigid mitnehmen könnte, aber mein Egoismus war stärker als meine Liebe zu ihr.« Sie lächelte ihr typisches Lächeln. »Das kann ich mir ruhig ehrlich eingestehen. So war es damals. Ich durfte sie hier zwar besuchen, aber er hat nicht zugelassen, dass sie mich in London besucht. Wahrscheinlich befürchtete er, dass ich mit ihr durchbrenne. Das hätte ich auch getan. Aber hier ging gar nichts mehr. Brigid war nervös, ich war gereizt, und im Hintergrund wartete Diarmid mit finsterer Miene. Natürlich hatte sie keine Ahnung, dass ihr Vater sie mir vorenthielt, und ich brachte es nicht über mich, sie in unsere verheerenden Streitereien hineinzuziehen.« Ein Achselzucken. »Schließlich bin ich nicht mehr gekommen. Ich habe ihr noch geschrieben, aber das hat auch nichts mehr genutzt. Ich habe Richard geheiratet, und dann kam Jemima.« Wieder machte sie eine Pause. »Ich bin kein besonders mütterlicher Typ, aber auf meine Art liebe ich meine Kinder. Jemima war so unkompliziert wie ihr Vater. Alle beten Jemima an … Alle außer Brigid.«

»Das kann man verstehen.«

»Wirklich? Es ist doch nicht Jems Schuld, dass ich Diarmid verlassen habe und er so unvernünftig war! Jems Vater habe ich auch verlassen.«

»Aber Sie haben Ihre Tochter mitgenommen.«

Sie sah ihn finster an. »Das waren vollkommen andere Umstände.«

»Weiß Brigid das?«

»Keine Ahnung. Vermutlich schon. Ich habe nie mit ihr darüber gesprochen.«

»Woher soll sie es dann wissen?«

Frummie zuckte ärgerlich die Schultern. »Schon möglich, dass sie es nicht weiß. Ich kann mit ihr nicht darüber reden. Uns trennen Welten. Ihr Groll und meine Schuldgefühle. Sie haben es selbst gesagt.«

»Wir müssen uns damit zufrieden geben, dass sie offensichtlich glücklich miteinander sind – mein Sohn und Ihre Tochter.«

Sie sah ihn durchdringend an. »Ja, das stimmt. Werden Sie versuchen, Humphrey zu treffen?«

»Ich glaube nicht. Warum so spät noch alles durcheinander bringen?«

»Was ist mit Ihren Enkeln? Inzwischen gibt es sogar schon einen Urenkel, den dürfen Sie nicht vergessen.«

Alexander lächelte. »Glauben Sie, es würde ihr Leben bereichern, wenn ich plötzlich auftauche?«

»Ich weiß nicht.« Mit einem Mal fühlte sie sich unbehaglich. »Ich habe Ihnen schon gesagt, dass ich kein mütterlicher Typ bin, ich glaube also nicht an die Heiligkeit der Familie. Meine Enkel haben sich bei minimaler Einmischung meinerseits prächtig entwickelt.«

»Dann nehme ich an, dass sie auch ohne mich zurechtkommen«, entgegnete er liebenswürdig. »Und da Sie nun wissen, was es bei mir zum Frühstück gibt, helfen Sie mir doch bestimmt beim Abräumen? Oder haben Sie mich nur besucht, um mir auf den Zahn zu fühlen?«

»Ja, mich hat die pure Neugier hergetrieben. Und mit Abwasch können Sie mich jagen.« Sie grinste ihn an, erleichtert über seinen unbeschwerten Ton. »Und wohin gehen Sie, wenn Sie abreisen? Haben Sie sich irgendwo ein Haus gekauft?«

Er stand auf und klopfte die Krümel von seinem Pullover. »In den Norden, an die schottische Grenze«, antwortete er, amüsiert über ihre Hartnäckigkeit. »Und nachdem Sie nun Ihre Neugier befriedigt und nicht die Absicht haben, sich nützlich zu machen, könnten Sie mich eigentlich auch allein lassen. Ach ja, nach dem Abwasch werde ich Briefe schreiben, anschließend gehe ich spazieren, und nach dem Mittagessen lege ich mich hin. Ich sage das alles nur, falls Sie später noch einmal vorbeischauen möchten, um weitere Erkundigungen über meine Gewohnheiten einzuziehen. Aber vielleicht könnten wir ja heute Abend vor dem Essen gemeinsam ein Schlückchen trinken.«

»Ja, vielleicht.« Sie ließ sich von seiner direkten Art nicht aus dem Konzept bringen. »Kommen Sie doch gegen sieben rüber, wenn Sie Lust haben«, schlug sie beiläufig vor und schlüpfte hinaus.

DREISSIG

Brigid saß im Hof und beobachtete, wie der Vollmond über Combestone Tor aufging. Normalerweise wäre sie schon am frühen Abend zu dem Felsturm aufgestiegen, um diesen Anblick zu genießen, aber Frummie war so um ihre Sicherheit besorgt, dass sie in Foxhole hatte bleiben müssen. Louise würde dieses Schauspiel sicher auch gefallen, dachte Brigid, wollte den atemberaubenden magischen Augenblick jedoch allein erleben. Sie zog die Fleecejacke enger um sich, während sie sich fragte, ob Humphrey ihre seltsamen Bedürfnisse jemals verstehen würde. Er war immer nur so kurz zu Hause gewesen, dass es niemals Probleme gegeben hatte, aber ihr war klar, dass ihre ausgefallenen Wünsche einem so nüchternen Menschen wie ihm leicht auf die Nerven fallen konnten.

Sie verschränkte die Arme über der Brust und spürte, wie sich ihr ganzer Körper verkrampfte. Wie lange es wohl dauern würde, bis er den Brief bekam? Wie würde er reagieren? Wenn es doch nur nicht um Jenny ginge … Sie riss sich von diesen quälenden Fragen los und zwang sich, an andere Dinge zu denken: an ihre Kinder und den wunderbaren, völlig unverhofften Anruf aus Genf.

»Wir würden über Weihnachten gern nach Hause kommen, Mum. Wäre dir das recht?«

»Das ist ja großartig.« Vor Freude hätte es ihr fast die Sprache verschlagen. »Natürlich ist mir das recht. Joshs erstes Weihnachten …«

Das war ihre spontane Reaktion gewesen. Später fiel ihr ein, dass die Sache mit den zwölftausend Pfund die Weihnachtsstimmung vermutlich vergiften würde. Selbst die friedvolle Schönheit dieses Anblicks – der Mond, der zwischen dem Langhaus und der Mauer des Cottage emporstieg und seinen Glanz über Combestone Tor ergoss – konnte sie nicht von ihren Sorgen ablenken. Seit sie den Brief eingeworfen hatte, war die Angst stets gegenwärtig, sie verdarb ihr jede Freude und raubte ihr die Kraft. Wie durch ein Wunder war sie in den drei Tagen, die Alexander bei ihr verbracht hatte, auf andere Gedanken gekommen. Seine Heiterkeit hatte sie angesteckt. Wenn sie sah, wie der große, magere Mann zwischen seinen Zimmern und dem Hof hin und her wanderte, fühlte sie sich geborgen wie ein Kind.

Brigid zog die Stirn in Falten. Ihr fielen ein paar Zeilen aus einem Gedicht ein, das sie kürzlich gelesen hatte …

Die stumme Nacht steht kalt wie eine Wand,
ach, wäre ich ein Kind und fände deine Hand.

Ein Geräusch in der Ferne zeriss die Stille. Droben auf der Straße fuhr ein Wagen bergauf, ratterte über das Viehgitter und wurde am Ende des Wegs langsamer. Es hörte sich an, als sei er stehen geblieben, der Motor tuckerte noch eine Weile und wurde dann abgestellt. Brigid horchte, die Hände zwischen den Knien. Sie hörte das Gurren der Tauben in ihrem Schlag, und dieses leise, heimelige Geräusch machte ihr mit einem Mal bewusst, dass jenseits dieses kleinen Innenhofs nur das Moor war, das Foxhole wie ein dunkles Meer umschloss. Oben auf dem Weg hörte man, wie sich ein Stein löste, dann ein Schlittern und ein unterdrückter Fluch. Blot, der zu Brigids Füßen lag, richtete sich auf, spitzte die Ohren und knurrte leise. Brigid schluckte, ihre Kehle war wie ausgetrocknet, sie löste die Hände voneinander und lauschte angestrengt.

Blot stand auf und gab ein tiefes Knurren von sich. Sie erwischte ihn gerade noch am Halsband. »Bleib!«, flüsterte sie streng. »*Bleib!*, sage ich.« Behutsam erhob sie sich, schlich Richtung Haus, ohne den Hund loszulassen, und starrte in die Dunkelheit. Der mondbeschienene Weg jenseits der dunklen Schatten, die die

Gebäude warfen, war leer. Dennoch hatte sie das deutliche Gefühl, nicht allein zu sein. Sie war überzeugt, dass dort draußen, ein Stück abseits vom Weg im Farngestrüpp, ein lebendes Wesen lauerte. Blot begann zu bellen, ein hohes warnendes Bellen, das ihr das Blut in den Adern gefrieren ließ. Sie erreichte die Tür, zerrte den Hund hinein, stieß sie zu, drehte den schweren Schlüssel herum und schob die Riegel vor. Endlich frei, sprang Blot zur Tür und bellte hemmungslos, während Brigid in den beiden Wohnzimmern mit zitternden Händen die Vorhänge zuzog. Dann hastete sie in die Küche, schloss die Tür des Wintergartens ab und verriegelte die Küchentür von innen, während Blot sich immer noch gegen die Haustür stemmte und wütend bellte.

Als Brigid gerade nach dem Hörer greifen wollte, klingelte das Telefon, was sie so erschreckte, dass sie den Hörer von der Gabel fegte. Rasch hob sie ihn auf.

»Hallo«, meldete sie sich mit leiser, angstvoller Stimme. »Hallo, wer ist dort? Ach, Humphrey.« Sie war grenzenlos erleichtert, aber was konnte er schon ausrichten, so weit weg?

»Ich habe deinen Brief bekommen.« Seine Stimme hätte nicht weniger tröstlich klingen können. »Was zum Teufel hast du dir dabei gedacht, Brigid? Mein Gott! Ich kann es einfach nicht fassen, wie du so *dumm* sein konntest! Und ausgerechnet für Jenny. Wie konntest du das tun? Nach allem, was sie angestellt hat! Und ohne mir ein Sterbenswörtchen zu sagen. Hast du überhaupt eine Vorstellung …?«

Sein Zorn war wie eine kalte Dusche. Ihre Hand, die den Hörer umklammert hielt, fühlte sich eiskalt an, und ihre Zähne klapperten, während sie seinen Wutausbruch über sich ergehen ließ.

»… und was machen wir jetzt? Hast du einen Vorschlag, woher wir diese zwölftausend Pfund nehmen sollen? Hallo? Bist du noch dran? Und warum macht dieser verdammte Hund so einen Aufstand?«

Brigid war den Tränen nahe. »Da draußen ist jemand.«

»Was soll das heißen – da draußen? Wo draußen?«

Er klang ungeduldig, verärgert über diese Ablenkung. Sie riss sich zusammen. Schließlich sollte er nicht glauben, sie hätte sich einen Trick einfallen lassen, damit sein Zorn verrauchte.

»Ich habe draußen auf dem Weg im Dunkeln jemanden gehört, deshalb bin ich reingekommen. Hier treibt sich jemand rum, der Frauen überfällt und ermordet.«

»Um Gottes willen…«

»Ja, ich weiß, es klingt melodramatisch. Aber es hat drei Morde gegeben, und letzte Woche wurde in Buckfastleigh eine Frau überfallen…«

»In Buckfastleigh?«

»Sie ist von ein paar jungen Männern gerettet worden, die auf dem Heimweg vom Pub waren. Die Polizei hat die Frauen gewarnt, allein auszugehen. Mummie leidet schon unter Verfolgungswahn…«

»Und jetzt ist jemand da draußen?«

»Ja.«

»Ruf sofort die Polizei an! Hast du alle Türen abgeschlossen?«

»Ja. Weißt du, es tut mir alles schrecklich Leid –«

»Halt den Mund, und tu, was ich sage! – Dann rufst du Vater an, er soll zu dir rüberkommen. Geh um Himmels willen jetzt nicht raus. Und behalt Blot bei dir.«

»Humphrey –«

»Jetzt tu, was ich gesagt habe!«

Er legte auf, und gleichzeitig hämmerte jemand an die Haustür. Brigid schrie auf.

»Brigid!« Alexanders Stimme drang durch die massive Tür. »Bist du da, Brigid?«

Sie stürzte aus der Küche in den Flur. Blot winselte und wedelte heftig mit dem Schwanz. Brigid schob die Riegel zurück und drehte mit zitternder Hand den schweren Schlüssel herum. Alexander, Frummie und Louise drängten alle gleichzeitig zur Tür herein, stießen sie wieder zu und verriegelten sie.

»Ich habe draußen jemanden herumschleichen sehen«, erklärte

Frummie, »also habe ich Alexander angerufen, und wir haben die Polizei alarmiert. Dann hörten wir Blot bellen…«

Alexander legte die Arme um Brigid, trug sie beinahe zurück in die Küche und drückte sie auf einen Stuhl. Louise stand die Angst ins Gesicht geschrieben, während Frummie geradezu aufblühte.

»Mein armes Herzchen«, sagte sie und zog ihre Tochter an sich. »Keine Sorge. Jetzt sind wir alle beisammen. Was meinst du? Wie wär's mit einem Gläschen? Du bist weiß wie die Wand.«

»Trinken wir Tee.« Alexander lächelte ihr aufmunternd zu.

»Ich habe ihn gehört«, sagte Brigid und sah Alexander mit großen, angsterfüllten Augen an. »Ich habe ihn draußen auf dem Weg gehört.«

»Wo warst du?«, fragte Frummie streng.

»Auf dem Hof«, sagte Brigid. »Ich habe den Mond angeschaut.«

Frummie stellte scheppernd den Teekessel ab. »Ist denn das zu fassen?«, rief sie. »Nach allem, was passiert ist, sitzt du mutterseelenallein draußen im Dunkeln herum –«

»Es war nicht dunkel«, widersprach Brigid trotzig. »Das Mondlicht war taghell.«

»Ach wirklich!« Frummie klatschte in die Hände, sodass ihre Armreife klimperten.

»Das spielt doch keine Rolle.« Louise übernahm das Teekochen, da sich Frummie hatte ablenken lassen. »Wir sind jetzt alle beisammen, und niemandem ist etwas passiert. Die Polizei wird gleich da sein.«

»Das kann nur ein Stadtmensch sagen.« Frummies Besorgnis machte sich in Sarkasmus Luft. »Wir sind hier nicht in London, meine liebe Louise. Von den beiden Polizeiautos, die für dieses riesige Gebiet zuständig sind, befindet sich vermutlich eines gerade in Okehampton, das andere in Salcombe. Es kann mindestens eine Stunde dauern, bis wir einen Polizisten zu Gesicht bekommen. Wenn wir Glück haben!«

»In diesem Fall«, meinte Alexander gelassen, »können wir es

uns ja gemütlich machen. Außerdem bin ich überzeugt, dass er längst über alle Berge ist. Wer immer es war.«

»Das glaube ich auch.« Louise schloss sich dieser Ansicht nur allzu gern an. »Wir haben alle einen solchen Krach gemacht, und der gute alte Blot klang wie der Hund von Baskerville. Für seine Größe hat er ein beeindruckendes Bellen.«

Brigid beobachtete, wie die anderen Tee kochten und Tassen auf den Tisch stellten. War es die Möglichkeit, dass Humphrey nach all dem qualvollen Warten angerufen hatte, nur um mit einem neuen Drama konfrontiert zu werden? Ihr Gespräch war ja nun ganz anders verlaufen als erwartet. Was hatte er eigentlich gesagt? Ihr erschöpfter Verstand weigerte sich, Antworten zu liefern; das Einzige, woran sie sich erinnern konnte, war Humphreys wütende Stimme. Sie nahm ihre Tasse und trank gehorsam. Das Telefon klingelte, und Frummie griff sogleich nach dem Hörer.

»Hallo. Wer ist da?... Wer?... Ach, *Humphrey*. Mein lieber Junge, wie geht es dir?... Ach ja?... Ja, ja, das stimmt. Drei Morde und ein Überfall... Keine Sorge, wir sind alle bei ihr, und die Polizei ist schon unterwegs... Nein, ihr geht es gut. Ja, sie sieht ziemlich mitgenommen aus, wenn du 's genau wissen willst« – »Mummie!«, rief Brigid verzweifelt, *»bitte!«* –, »und sie ist viel zu dünn, aber wir müssen jetzt Schluss machen, sonst kann uns die Polizei nicht erreichen. Haben wir deine Nummer?... Gut. Wir rufen dich an, wenn die Polizei da war. Tschüs.«

»Du hättest fragen können«, meinte Brigid spitz, »ob er vielleicht auch mit mir sprechen möchte.«

»Wir dürfen die Leitung nicht blockieren«, erwiderte Frummie unbefangen, »und er bestellt dir liebe Grüße.«

»Hat er das wirklich?« Brigid warf ihr einen gehetzten Blick zu.

»Hat er was? Ach so, ja, seine Worte waren: ›Sag ihr, dass ich sie liebe.‹ Das ist doch richtig nett. Ich wusste nicht, dass er zuvor schon mal angerufen hatte. Er hat sich schreckliche Sorgen gemacht.«

Brigid stellte behutsam ihre Tasse auf den Tisch und dachte:

Oh, danke, lieber Gott, danke! Er sagt, dass er mich liebt. Alles wird gut.

Sie schlug die Augen auf und sah, dass Alexander sie aufmerksam musterte. Aber bevor er etwas sagen konnte, hörte man einen Wagen draußen auf dem Weg, und das zuckende Blaulicht strahlte in die Küche.

Gegen Mitternacht rief Brigid Humphrey an.

»Jetzt sind alle fort«, sagte sie. »Die Polizei hat unsere Aussagen zu Protokoll genommen und sich umgesehen, aber nichts finden können. Nun liegen die anderen im Bett.«

»Haben sie dich allein gelassen?« In seiner Stimme klang ein Vorwurf mit.

»Sie wollten alle bei mir bleiben«, entgegnete sie rasch, um ihn zu beschwichtigen, »aber ich bin mir sicher, dass es keinen Ärger mehr gibt. Er wäre doch verrückt, wenn er wiederkäme nach dem Radau, den wir veranstaltet haben. Die Polizei will ein Auge auf uns haben. Was vermutlich bedeutet, dass einmal am Tag ein Streifenwagen vorbeifährt.«

»Sei um Gottes willen vorsichtig!«

»Ja, das bin ich«, versicherte sie. Seine Besorgnis tat ihr gut. »Alexander hat mir angeboten, wieder ins Haus zu ziehen.«

»Ja, aber das wird dir wohl kaum passen.«

Brigid wollte eigentlich sagen, dass sie seinen Vater gern im Haus hatte, überlegte es sich aber anders. Das war bestimmt nicht der rechte Augenblick, um ihm zu eröffnen, dass sie Alexander wohl beide falsch eingeschätzt hatten.

»Mal sehen«, erwiderte sie. »Ich denke, wir brauchen nichts mehr zu befürchten – und dann hab ich ja Blot.«

»Hmm.« Er klang nicht gerade beeindruckt.

Ein kurzes Schweigen, das die Entfernung von Tausenden von Meilen hörbar machte.

»Es tut mir Leid«, sagte sie unbeholfen, »dass es gerade ein so ungünstiger Zeitpunkt war.«

»Ach, ich weiß nicht«, meinte er trocken. »Von deinem Standpunkt aus war das doch ein Geschenk des Himmels. Ich vermute, die Sache hat dich so mitgenommen, dass du nur noch ins Bett willst.«

Ich könnte sagen, dass ich erschöpft bin, dachte sie. Wenn wir das nächste Mal reden, wird die Diskussion sicher nicht mehr so hitzig.

Stattdessen sagte sie hastig: »Ich habe die Situation vollkommen falsch eingeschätzt. Ich hätte es mit dir besprechen sollen.«

»Das hast du schon in deinem Brief geschrieben.« Seine Stimme klang kühl, aber offensichtlich war seine Wut verflogen. »Die Frage ist doch: Was machen wir jetzt?«

»Ich habe immer wieder darüber nachgedacht«, sagte sie unglücklich. »Ich glaube, uns bleibt nicht anderes übrig, als eine höhere Hypothek aufzunehmen.«

»Na prima«, meinte er traurig. »Damit kann ich meinen Ruhestand erst mal vergessen.«

»Humphrey –«

»Oje«, sagte er gereizt, »nicht dass es mich sonderlich stören würde, wenn ich noch ein bisschen arbeiten muss. Allerdings wäre es ganz nett gewesen, wenn ich die Wahl gehabt hätte. Ich hätte mir gern alles in Ruhe durch den Kopf gehen lassen. Meine Abfindung hätte gereicht, um den Großteil der Hypothek abzuzahlen, und das Cottage sollte unseren Lebensunterhalt mit absichern. Jetzt muss ich mich wohl nach anderen Möglichkeiten umschauen. Die Bank wird kaum Schwierigkeiten machen, aber wenn sie nach meiner Pensionierung nächstes Jahr fragen, musst du ihnen sagen, dass ich anschließend weiterarbeite, sonst werden sie womöglich ungehalten.«

»Es tut mir Leid.« Sie wusste nicht, was sie sonst sagen sollte.

»Das Problem ist, dass ich da unten wohl nicht so leicht etwas finde. Ich müsste mich nach einem Job als Finanzverwalter umsehen.«

»Weißt du, ich habe überhaupt nicht damit gerechnet, dass es schief gehen könnte. Wenn Bryn nicht mit dem Geld verschwunden wäre, dann wäre Jenny nicht pleite gegangen. Sie waren auf Erfolgskurs.«

»Das hast du schon in deinem Brief geschrieben«, wiederholte er kühl. »Aber du hättest dir denken können, dass man bei Leuten, mit denen Jenny etwas anfängt, vorsichtig sein muss.«

»Ach, ich weiß nicht.« Sie konnte sich eine Spitze nicht verkneifen. »Immerhin war sie mit deinem Freund Peter verheiratet, und wenn ich mich recht erinnere, ist er fremdgegangen und nicht Jenny.«

»Ist schon gut.« Jetzt klang seine Stimme wieder gereizt. »Du hast deiner alten Schulfreundin unter die Arme gegriffen, und ich muss dafür bezahlen. Die Frage ist nur: wie?«

Ihre Gewissensbisse gewannen wieder die Oberhand. »Schatz, es tut mir unendlich Leid. Ich werde tun, was ich kann, um dich zu unterstützen.«

»Das weiß ich doch.« Zuneigung lag in seinem Ton, und sie fühlte sich grenzenlos erleichtert. »Gut. Hören wir also auf zu jammern und überlegen lieber, wie wir die Sache anpacken. Aber nicht jetzt. Du wirkst todmüde. Geh schlafen. Wir reden bald weiter.«

»Morgen?«

»Nein. Ich bin für ein paar Tage auf See. Ich rufe dich an, sobald wir wieder im Hafen sind. Und pass auf dich auf, ja?«

»Ach, Humphrey ...«

»Ich liebe dich. Wir schaffen das schon irgendwie. Geh morgen zur Bank. Und jetzt ab ins Bett mit dir! Aber ruf sofort die Polizei, wenn du irgendetwas Verdächtiges bemerkst.«

»Das mach ich.« Am liebsten hätte sie geweint; Reue, Dankbarkeit und Sorge raubten ihr alle Kraft. »Ich liebe dich auch.«

»Dann pass gut auf dich auf, und geh ins Bett!«, mahnte er noch einmal, bevor er auflegte.

Sie setzte sich an den Tisch und ließ den Kopf auf die verschränkten Arme sinken. Es würde Augenblicke geben, in denen er ihr Vorwürfe machte und sie sich schuldig fühlte, aber das Schlimmste war überstanden …

Die Augen fielen ihr zu, und zum ersten Mal seit Wochen entspannte sie sich und konnte ihre Sorgen vergessen. Wenige Sekunden später war sie eingeschlafen.

EINUNDDREISSIG

Auf ihrer Fahrt von Foxhole nach Salcombe dachte Louise über Frummie nach. Wie sehr sie sich seit Alexanders Ankunft verändert hatte! Ständig flitzte sie hin und her wie ein kleiner munterer Vogel. Dabei summte sie, fing plötzlich an zu singen, präsentierte voller Stolz elegante Kleider, die Louise noch nie an ihr gesehen hatte. Sie aß kaum etwas und nippte nur an Wein oder Wasser. Videos konnten sie nicht mehr fesseln, denn sie ließ sich leicht ablenken, und zur Ruhe kam sie erst spätabends. Dann saß sie schweigend da und sinnierte.

Als Louise das Moor hinter sich gelassen hatte und hinter Holne bei Play Cross rechts abbog, kam ihr in den Sinn, dass sich Frummie ja vielleicht gar nicht verändert hatte, sondern dass seit Alexanders Ankunft bestimmte Eigenschaften nur deutlicher zutage traten. Trotz der unbarmherzigen Spuren des Alters sah Louise die junge Frummie im Jazzkeller vor sich, die sich vor Liebe verzehrte und von Eifersucht geplagt wurde. Frummies Jugend schien zurückgekehrt zu sein. Louise, bewegt von dieser Verwandlung, neckte sie ein wenig, machte ihr aber auch Mut.

»Du siehst toll aus«, versicherte sie ihr. »Auf welche Party gehst du?«

Frummie grinste und witzelte über sich selbst. Dass ihre Eitelkeit albern war, wusste sie, doch sie fühlte sich gut dabei. Das Leben bot ihr unerwartet Spaß, und sie griff mit beiden Händen zu.

»Ich frage mich«, meinte Louise spitzbübisch, »wie wohl Margot Alexander findet?«

Das Lächeln auf Frummies nicht ganz exakt geschminkten

Lippen erstarb, und sie schloss nachdenklich die leuchtend blau bemalten Augenlider. »Ich werde ihr absagen«, meinte sie dann. »Schließlich ist es wichtiger, dass du ein Dach über dem Kopf hast, als dass Margot Ferien machen kann.«

Louise wünschte, sie hätte sich den Scherz verkniffen. »Die arme Margot«, sagte sie. »Sie hat sich so darauf gefreut. Du kannst sie doch jetzt nicht enttäuschen.«

Frummie verzog das Gesicht und tat den Einwand mit einem Schulterzucken ab. Louise war beunruhigt. Natürlich musste sie weiter über ihre Zukunft nachdenken. Aber es war unmöglich, mit Frummie über dieses Thema zu sprechen, wenn die immer wieder betonte, dass sie sich mit Arbeitssuche und Umzug Zeit lassen solle. Und in Brigids Gesellschaft fühlte sie sich unbehaglich. Sie hatte Frummie versprochen, ihrer Tochter auf den Zahn zu fühlen, und sich wirklich bemüht herauszufinden, was Brigid beschäftigte. Doch die alte Vertrautheit schien dahin, denn Brigid machte keinerlei Anstalten, Louise ihr Herz auszuschütten. Außerdem war offensichtlich, dass Brigid das Verhalten ihrer Mutter zutiefst peinlich fand. So blieb sie wortkarg und hing weiter ihren düsteren Gedanken nach – bis zu dem Abend, an dem sich dieses kleine Drama ereignete. Jemand war in ihr Refugium eingedrungen, und die Bewohner von Foxhole waren Schutz suchend zusammengerückt.

Jetzt, ein paar Tage später, wirkten alle ausgeglichener. Durch die bedrohliche Situation an jenem Abend hatten sich die kleinen Spannungen gelöst. Brigids heimlicher Kummer schien überwunden, während Frummie bei jeder Gelegenheit befriedigt darauf hinwies, dass sich ihre Befürchtungen bewahrheitet hatten. Der Vorfall mit dem unbekannten Eindringling bewies, dass ihre Angst berechtigt gewesen war, und damit löste sie sich seltsamerweise in Luft auf. Alle waren gezwungen, Frummie ernst zu nehmen, und das genoss sie in vollen Zügen. Was Alexander betraf… Louise lächelte in sich hinein. Alexander blieb unerschütterlich wie ein Fels in der Brandung.

»Frummie hat Sie sehr gern«, hatte er gesagt, als sie ihm erklärt hatte, dass sie noch immer nicht wisse, wie es mit ihr weitergehen solle.

»Sie hat mich so herzlich aufgenommen«, hatte Louise erwidert. »Wie eine Mutter. Ich weiß, dass ich gehen muss, aber ich bin gern hier. Bei ihr fühle ich mich geborgen.«

»Vermutlich müssen Sie genau deshalb gehen«, hatte er geantwortet – und sie hatte ihn verblüfft angeblickt und über diese seltsame Bemerkung gerätselt.

Auf der A 38 gab sie Gas; sie freute sich auf das Treffen mit Jemima.

»Es könnte etwas später werden«, hatte Jemima gesagt. »Wenn niemand aufmacht, trink doch noch einen Kaffee im *Wardroom*, ich hole dich dort ab.«

Louise fuhr vorsichtig. Sie konzentrierte sich auf die Straße, doch gleichzeitig beschäftigte sie das Problem Arbeit und Wohnung. Sie gab sich zwar alle Mühe, Frummies Ratschläge zu beherzigen, nicht in Panik zu verfallen und vertrauensvoll in die Zukunft zu blicken. Allerdings gab es dort im Moment nichts, was sie ins Auge hätte fassen können. Thea hatte Charles Price von der Arche angerufen, der gleich klarstellte, dass es in der Vorschule des Mount House keine freien Stellen gab. Trotzdem war er bereit, mit Louise zu sprechen.

»Man kann ja nie wissen«, hatte Thea gesagt, »ob nicht unverhofft eine Stelle frei wird, und dann bist du die Erste auf der Liste.«

Louise war einverstanden, machte sich aber keine Illusionen. Dennoch wollte sie sich die Laune nicht verderben lassen und freute sich darauf, die Schule zu besichtigen und Charles Price kennen zu lernen. Gleichzeitig musste sie andere Möglichkeiten erkunden. Schließlich war nicht damit zu rechnen, dass so kurz vor Beginn des neuen Schuljahrs eine Stelle frei wurde. Wahrscheinlich musste sie sich mit einer Arbeit zufrieden geben, die nichts mit Kindern zu tun hatte. Anfragen bei Kindergärten und Vorschulen hatten nichts erbracht, aber immerhin hatte man ihren Namen und ihre Telefonnummer notiert. Sie durfte sich nicht entmutigen lassen. Es gab ja noch andere Jobs, und vielleicht konnte ihr Jemima helfen, eine passende Bleibe zu finden. Die Miete der Wohnungen, die in der Zeitung angeboten wurden, war erschreckend hoch.

Es waren immer noch viele Urlauber unterwegs, und daher war sie froh, als sie bei Wrangaton von der Schnellstraße abbiegen und wieder auf Nebenstrecken fahren konnte. Es wurde Herbst: Die milchig grünen Haselnüsse an den Hecken reiften, das Gras in den Straßengräben war ausgebleicht, und die Buchenblätter färbten sich leuchtend gelb. Die Schönheit der sanft gerundeten Hügel und malerischen Flusstäler bot einen tröstlichen Anblick. Hinter Kingsbridge fuhr sie am Batson Creek entlang, wo reglos ein Reiher stand. Dann erreichte sie die Stadt und hatte das Glück, am Whitestrand Quay einen Parkplatz zu finden.

Da Jemima noch nicht zu Hause war, ging sie ins *Wardroom*. Draußen auf der Terrasse waren alle Tische besetzt. Nachdem sie drinnen Platz genommen und einen Kaffee bestellt hatte, überlegte sie, ob sie wohl als Kellnerin zurechtkommen würde, und dachte über alle möglichen anderen Jobs nach. Daher achtete sie nicht auf den jungen Mann mit Baseballmütze und Ray-Ban-Sonnenbrille, der sich auf der Terrasse suchend nach ihr umsah. Als er sie entdeckt hatte, wandte er sich hastig ab. Aber sie bemerkte ihn nicht, und wenig später kam Jemima und holte sie ab.

Jemima musterte sie forschend. »Du siehst gut aus. Nicht mehr so erschöpft. Geht es dir wirklich gut?«

»Ja«, erwiderte Louise. »Einigermaßen. Gelegentlich bekomme ich noch Angstzustände, aber das Gröbste habe ich überstanden. Tut mir Leid, wenn ich dir einen Schreck eingejagt habe.«

»O ja, das hast du«, gab Jemima zu. »Wir haben uns große Sorgen um dich gemacht.«

»Ihr wart alle so lieb zu mir.« Louise schüttelte den Kopf. »Ich kann es gar nicht fassen, wie hilfsbereit alle waren. Deine Mutter war großartig. Sie hat verstanden, wie ich mich gefühlt habe.«

»Das überrascht mich nicht. Frummie hat ein richtiges Boheme-Leben geführt und ziemlich extreme Leute kennen gelernt. Ich will damit nicht sagen, dass du irgendwie extrem wärst oder … ach, Mist! Ich trete wirklich in alle Fettnäpfchen.«

Louise kicherte. »Keine Sorge. Frummie hat gesagt, sie hätte nach dem Krieg immer wieder erlebt, dass Leute einen Nervenzusammenbruch bekamen. Sie kennt die Symptome. Mach doch nicht so ein verlegenes Gesicht! Ein bisschen durchgedreht zu sein ist schon okay. Übrigens, du siehst einfach umwerfend aus. Hat das einen besonderen Grund?«

Jemima errötete.

»Meine Güte! Hab ich was Falsches gesagt?«

»Nein, nein«, erwiderte Jemima hastig. »Wirklich nicht. Möchtest du ein Glas Wein? Ich muss erst kochen, aber es dauert nicht lange.«

»Warte noch«, sagte Louise, die neugierig geworden war. »Wer ist denn der Glückliche?«

»Wovon sprichst du?« Jemimas gespielte Ahnungslosigkeit wirkte wenig überzeugend.

»Ach, komm schon!« Louise setzte sich neben MagnifiCat aufs Sofa. »Schau mich nicht so unschuldig an! Ist es der Junge, auf den du gewartet hast, als ich neulich zum Abendessen da war? Wann war das nur? Meine Güte, war das wirklich im Mai?«

»Unglaublich, nicht?« Jemima griff die Ablenkung dankbar auf. »Fast vier Monate ist das her.«

»Zählen kann ich auch«, meinte Louise vergnügt. »Aber du kannst mich nicht verschaukeln. Ist er es?«

»Nein«, erwiderte Jemima. »Der war doch verheiratet …«

»Du hast gesagt, du wärst die geborene Geliebte«, meinte Louise augenzwinkernd. »Willst du mir etwa erzählen, dass du deine Einstellung geändert hast?«

»Keine Ahnung«, murmelte Jemima. »So einfach ist das nicht.«

Louise fing an zu lachen. »War es das jemals?«, fragte sie. »Tut mir Leid. Ich will dich nicht aushorchen. Oder vielmehr doch, aber ich verkneif es mir. Es geht mich ja nichts an. Und ein Glas Wein nehme ich gern.«

»Es ist nicht so, dass ich nicht darüber reden möchte«, beeilte sich Jemima zu versichern, weil sie auf keinen Fall verklemmt erscheinen wollte. »Es ist nur ein bisschen früh, und ich habe das verrückte Gefühl, wenn ich darüber rede, bevor die Sache reif ist, wird alles schief gehen. So etwas habe ich noch nie erlebt. Es ist ... na ja, es ist –«

»Wunderbar und beängstigend und phantastisch und unheimlich. Wenn du bei ihm bist, willst du, dass er nie wieder geht, und wenn er fort ist, macht dir der Gedanke an die große Nähe Angst und du kannst kaum glauben, dass du den Mut hattest, dich darauf einzulassen. Trotzdem wartest du ungeduldig darauf, dass das Telefon klingelt, und du bist sauer, wenn jemand anders dran ist. Aber wenn er es ist, bist du plötzlich kühl und spröde, und wenn er aufgelegt hat, machst du dir Vorwürfe, liegst die ganze Nacht wach und überlegst, was du hättest sagen sollen. Ist es so?«

Jemima sah sie an. »Ja«, erwiderte sie langsam. »Du hast es ziemlich gut beschrieben.«

»Das ist nichts Neues«, seufzte Louise, »und doch erwischt es uns jedes Mal.« Sie stöhnte, als MagnifiCat laut schnurrend auf ihren Schoß sprang. »Meine Güte! Er wiegt ja eine Tonne«, meinte sie. »Womit fütterst du ihn? Mit Walfleisch?«

Jemima lachte. »Er ist unmöglich«, sagte sie, der Themenwechsel kam ihr gerade recht. »An die Damen macht er sich immer gerne ran. Trinken wir doch ein Gläschen und reden über die Winterquartiere. Ich weiß aber nicht, ob ich dir weiterhelfen kann. Meine Häuser liegen alle in einem ziemlich begrenzten Umkreis Und billig sind sie auch nicht gerade. Es ist allmählich Mode geworden, Weihnachten hier zu verbringen, vor allem nachdem das Royal Castle in Dartmouth zu Silvester fast genauso voll war wie der Trafalgar Square.«

Enttäuscht griff Louise nach ihrem Glas. »Ach«, sagte sie traurig. »Ich dachte, zwischen Oktober und März könnte man die Cottages wirklich billig mieten.«

»Das stimmt schon«, erwiderte Jemima rasch. »Es gibt ziemlich viele kleine Cottages. Das Problem ist nur, dass sich meine Firma auf die teuren Anwesen spezialisiert hat.« Sie blätterte in ihrem Ordner, stutzte und überflog eines der Angebote. »Schade, dass du dich mit Renovieren nicht auskennst, aber es ist sowieso nur bis Weihnachten frei.«

»Was ist damit?«, fragte Louise hoffnungsvoll. »Ich habe einmal ein ganzes Cottage gestrichen, als wir – als ich nichts anderes finden konnte. Und ich habe meine Sache nicht schlecht gemacht.«

»Es ist ein kleines Cottage in East Prawle.« Jemima studierte den Text nun genauer. »Das Haus wurde vor ein paar Jahren übernommen, bevor *Home From Home* sich auf die teuren Anwesen spezialisiert hat. Es gehört einer Beamtin, die in London lebt. Sie bewohnt es im Sommer für drei Wochen, und für den Rest des Jahres vermieten wir es für sie. An Weihnachten geht sie in den Ruhestand, aber sie hat darum gebeten, dass wir das Haus für sie renovieren. Das Angebot einer Malerfirma war ihr zu teuer. Du könntest das Haus mietfrei haben, wenn du es dafür in Schuss bringst.« Sie sah Louise fragend an. »Wäre das etwas für dich?«

»Mietfrei?«, fragte Louise aufgeregt. »Das klingt gut.«

»Es ist nicht besonders groß. Ein gemütliches kleines Häuschen, nur ein bisschen verwohnt. Ich könnte vorbeikommen und dir helfen.«

Sie sahen einander an. »Dann hätte ich eine Verschnaufpause«, sagte Louise. »Bis ich weiß, wohin. Vielleicht finde ich ja eine Teilzeitstelle …«

»In Prawle gibt es ein Gasthaus, das *Pig's Nose*«, überlegte Jemima. »Vielleicht brauchen die jemanden. Aber kommst du denn finanziell über die Runden, wenn du nicht bald was findest? Nicht dass ich dich aushorchen will.«

»Ich denke schon.« Martin hatte ihr angeboten, die Miete für drei Monate vorzuschießen. Er war sicher bereit, ihr stattdessen Geld für den Lebensunterhalt zu leihen, bis sie einen Job gefunden hatte … »Ja, ich würde zurechtkommen«, sagte sie entschlossen.

»Gut.« Jemima musterte sie zweifelnd. »Das Cottage liegt allerdings am Ortsrand. Wirst du dich da nicht einsam fühlen?«

»Du meinst, ob es mir unbehaglich wäre, wegen dieser Morde? Wahrscheinlich.« Sie zuckte die Schultern. »Aber irgendwann muss ich den Schritt wagen.«

»Du musst ja nicht unbedingt auf dem Land versauern«, gab Jemima zu bedenken. »Du könntest dir auch in Kingsbridge oder Totnes was suchen.«

»Mir geht es wie Brigid«, entgegnete Louise. »Draußen auf dem Land fühle ich mich wohler als in der Stadt. Man kann ja nicht behaupten, dass es in Devon von Mördern wimmelt, und bestimmt wird der Kerl sowieso bald gefasst. Ich gehe das Risiko ein.«

»Gut.« Jemima zögerte immer noch. »Und du fühlst dich … stark genug, um allein zu leben? Du hast von Angstzuständen gesprochen …«

Louise breitete ratlos die Hände aus. »Was soll ich sonst tun? Früher oder später muss ich wieder auf eigenen Füßen stehen. Ich kann ja nicht ewig bei Frummie bleiben. In vierzehn Tagen kommt Margot. Es wäre ein Geschenk des Himmels, Jemima. Ich kann nicht viel Geld ausgeben, und ich möchte flexibel sein, falls ich doch eine Stelle als Erzieherin finde. Ich bin einverstanden, wenn du die Besitzerin überreden kannst, mir das Haus und die Arbeit anzuvertrauen.«

»Ich wüsste nichts, was dagegen spricht«, meinte Jemima. »Sie ist eine geizige alte Ziege. Bestimmt lässt sie sich die Chance nicht entgehen, das Haus kostenlos renoviert zu bekommen.«

Louise kicherte. »Und wenn sie mit dem Ergebnis nicht zufrieden ist?«

»Dann hat sie Pech gehabt!« Jemima grinste. »Wenn sie aufs

Land zieht, bist du längst nicht mehr hier. Ich habe keine Sympathie für Leute, die etwas umsonst wollen.«

»Nicht ganz umsonst«, protestierte Louise. »Schließlich wohne ich drei Monate lang dort.«

»Stimmt. Und du hast gesagt, dass du schon einmal ein Cottage renoviert hast?«

»Ja. Vor ein paar Jahren. Aber was spielt das schon für eine Rolle?« Nun war Louise daran gelegen, das Thema zu wechseln. »Kann man sich dieses Cottage mal ansehen? Ich bin wirklich neugierig geworden.«

»Einen Augenblick.«

Jemima ging in ihr Arbeitszimmer, während Louise auf den Hafen hinausschaute und MagnifiCat streichelte. Hin und her gerissen zwischen Aufregung und Panik, bemerkte sie, dass ihre Hände zitterten.

Ich schaffe das, dachte sie. Ich schaffe das.

»Bis Samstag nächster Woche sind noch Feriengäste da.« Jemima war zurückgekommen. »Aber ich könnte dir das Haus trotzdem zeigen. Manche Leute sind da ein bisschen komisch, doch ich werde einfach fragen. Telefon gibt es nicht, also musst du warten, bis ich dort vorbeikomme und eine Nachricht hinterlassen kann.«

»So was Blödes!« Louise blickte enttäuscht drein, und Jemima lächelte mitfühlend.

»Ich weiß, wie du dich fühlst«, sagte sie. »Wenn man einmal eine Entscheidung getroffen hat, will man sie auch durchziehen. Ich bin da genauso. Tut mir Leid. In dem Fall kann ich nichts machen.«

»Ich habe Angst, dass ich den Mut verliere«, gab Louise zu. »Für mich ist das ein großer Schritt, und es wäre mir lieber, wenn mir keine Zeit bliebe, um zu kneifen.«

Jemima setzte sich neben sie. »Weißt du was«, sagte sie. »Wie wär's, wenn wir rüberfahren und uns das Cottage von außen ansehen, jetzt sofort? Wenn sie da sind, fällt mir schon was ein. Allerdings muss ich um halb drei wieder da sein. Wir könnten im *Pig's Nose* ein Sandwich essen, und du könntest fragen, ob sie jemanden an der Bar brauchen.«

»Das wäre großartig«, sagte Louise dankbar. »Würde dir das wirklich nichts ausmachen?«

»Nein. Lass den Wein stehen. Den kannst du trinken, wenn wir wiederkommen. Und vergiss deine Tasche nicht.«

Sie gingen hinaus. Der Mann mit der Baseballmütze und der Sonnenbrille, der durch das Museum des Seenotrettungsdienstes schlenderte, sah die beiden draußen vorbeigehen. Einen Augenblick stand er unentschlossen da, dann folgte er ihnen auf die Straße hinaus.

ZWEIUNDDREISSIG

Gegen Ende der folgenden Woche wurde das klare, heitere Wetter durch eine drückende Schwüle abgelöst. In der Ferne hörte man den Donner grollen, und hin und wieder prasselten dicke, warme Regentropfen auf das Kopfsteinpflaster im Hof.

»Ein Gewitter würde die Atmosphäre reinigen«, meinte Frummie, die herüberkam, um sich von Brigid ein Buch zu leihen. »Ich bin so nervös. Das kann natürlich daran liegen, dass Louise auszieht. Es wäre mir lieber, sie würde es sich noch einmal überlegen. Ich hätte Margot absagen können.«

»Sie kann ja nicht ewig bleiben«, erwiderte Brigid freundlich und legte den Brief beiseite, in dem sie Julian und Emma ihre Pläne für Weihnachten mitteilen wollte. »Und die arme Margot wäre schrecklich enttäuscht gewesen. Findest du nicht, dass das eine gute Entscheidung ist? Drei Monate, um zu sehen, wie sie allein zurechtkommt.«

»Und an Weihnachten kann sie wiederkommen«, erklärte Frummie. »Das habe ich ihr angeboten.«

Brigid schwieg. Es hatte keinen Sinn, darauf hinzuweisen, dass Louise bis dahin womöglich andere Pläne hatte. Sie wusste, dass ihre Mutter Louise schrecklich vermissen würde, aber wenigstens würde Margot sie eine Weile von ihrem Kummer ablenken.

»Wie findest du das Cottage?«, fragte Brigid. Louise war bei der ersten Gelegenheit mit Frummie hingefahren. Dort hatten sie sich mit Jemima getroffen, sich gründlich umgesehen und besprochen, was am Haus zu machen war.

»Es ist nicht übel.« Frummie war nicht gewillt, übertriebene

Begeisterung zu zeigen. »Ziemlich klein. Gott sei Dank ist es nicht zu abgelegen. Sie haben den Kerl immer noch nicht gefasst, und mir gefällt es gar nicht, dass Louise ganz allein leben will.«

»Jemima sagt, in der Nähe gibt es eine Farm. Die Nachbarn würden doch sicher rüberkommen, wenn etwas wäre.«

»Das stimmt«, gab Frummie widerstrebend zu, »und zum Glück hat sie sich ein Handy zugelegt. Ist dir eigentlich klar, dass sie noch nie allein gelebt hat? Aber natürlich muss sie ihre Entscheidungen selbst treffen.«

»Ich freu mich schon darauf, das Haus zu besichtigen, wenn alles fertig ist.« Brigid hatte sich aus der ganzen Sache absichtlich herausgehalten. Frummie sollte das Gefühl haben, nach wie vor eine wichtige Rolle in Louises Leben zu spielen.«

»Ich habe Louise versprochen, ihr beim Umzug zu helfen«, meinte Frummie. »Nicht dass es viel umzuziehen gäbe, auch aus London hat sie nicht viel mitgebracht. Vielleicht bleibe ich über Nacht.«

»Mit deiner Unterstützung wird sie sich bestimmt bald wie zu Hause fühlen.«

»Nur schade, dass man so lange fährt. Bis später.«

Frummie ging, und Brigid blieb mit ihren Gedanken allein zurück. Natürlich fand ihre Mutter, sie hätte Louise während Margots Besuch den umgebauten Stall anbieten sollen. Aber sie war fest überzeugt, dass Louise einen Neuanfang brauchte. Doch Frummie glaubte, Brigid sei schlichtweg nicht bereit, Louise einen Monat bei sich aufzunehmen. Und so machten ihr wieder einmal Schuldgefühle zu schaffen. Sie konnte sich nicht mehr auf ihren Brief konzentrieren. Also ging sie durch den Wintergarten hinaus und rief nach Blot. Kurze Zeit später spazierten sie über die Wiese unterhalb des Hauses.

In der brütenden Hitze hörte man nur das Rauschen des Wassers und das Gekrächze eines Raben, der gemächlich über den Fluss flog. In den flechtenbewachsenen Ästen der Ebereschen leuchteten goldenes Laub und dunkelrote Beeren. Brigid blieb stehen, um zwei Bachstelzen zu beobachten, die mit wippendem Schwanz über die Felsen huschten, während Blot ein Stück weiter aufgeregt an einem Kaninchenbau scharrte.

Wie immer hatte die Natur einen beruhigenden Einfluss auf Brigid. Inzwischen hatte sie mehrmals mit Humphrey telefoniert. Zwar war er weiterhin keineswegs begeistert darüber, dass seine Pläne für die Zukunft über den Haufen geworfen worden waren, doch er hatte sich damit abgefunden. Die Bank war einverstanden, den Kredit der Hypothek zuzuschlagen. Nach wie vor stand allerdings die Frage im Raum, wie Humphrey die Hypothek jemals tilgen könne.

Brigid wandte sich von den Bachstelzen ab und stieß einen Schrei aus, als sie eine hoch gewachsene Gestalt aus dem Schatten des Weißdornstrauchs treten sah. Alexander breitete entschuldigend die Hände aus, als wolle er sie segnen.

»Tut mir Leid, wenn ich dich erschreckt habe«, sagte er zerknirscht. »Ich wollte dich nicht stören.«

»Das tust du doch gar nicht«, gab sie lächelnd zurück, obwohl sie gerade eben noch hatte allein sein wollen. »Ich wollte frische Luft schnappen … nur dass sie nicht besonders frisch ist. Es ist wirklich schwül.«

»Da braut sich was zusammen«, meinte er.

Eine Weile gingen sie schweigend nebeneinander her. Brigid warf ein Stöckchen für Blot, und der Hund rannte durch das verdorrte Farngestrüpp. Amüsiert über Blots Eifer, sah Brigid Alexander an. Doch der alte Mann machte ein ernstes Gesicht und blickte in die Ferne.

»Worüber denkst du nach?«, fragte sie unwillkürlich – und biss sich auf die Lippen, denn sie selbst hasste allzu neugierige Menschen.

»Ich habe mir gerade überlegt«, antwortete er ohne Zögern, »warum eine Frau, die seit dreißig Jahren glücklich verheiratet ist, so erleichtert wirkt, wenn ihr Mann ihr ausrichtet, dass er sie liebt. Erleichtert. Nicht zufrieden oder glücklich, sondern *erleichtert.*«

Brigid schwieg. Sie dachte an den Abend, als Humphrey angerufen hatte und die Polizei gekommen war.

»Du hast doch eigentlich keine Probleme, oder?«, fragte sie nicht ohne Bitterkeit.

»Stimmt«, gab er gleichmütig zurück. »Aber du hast mich gefragt, was ich denke.«

»Ja«, erwiderte sie beinahe gereizt. Sie zögerte. »Es ist ein bisschen kompliziert.«

Er sah sie mit hochgezogenen Augenbrauen an. »Du bist nicht verpflichtet, mir deine Geheimnisse zu verraten. Ich habe nur deine Frage beantwortet.«

Hatte sie das Recht, ihm ihre Sorgen anzuvertrauen? Was würde Humphrey wohl dazu sagen?

»Es geht mich nichts an«, meinte er freundlich. »Mach dir keine Gedanken.«

»Die Sache ist die.« Sie holte tief Luft. »Ich würde sogar gern darüber sprechen. Es wäre eine große Erleichterung für mich. Aber es geht dabei nicht nur um mich.«

»Das habe ich mir schon gedacht. Wenn du es mir sagen möchtest, werde ich es selbstverständlich für mich behalten.«

»Ja«, erwiderte sie dankbar und fasste einen Entschluss. »Ja, bitte.« Und während sie den Fluss entlangspazierten, schüttete sie ihm ihr Herz aus. Sie gingen immer langsamer, und schließlich blieben sie stehen, während sie weiterredete und er zuhörte. Neben ihnen strömte das Wasser dahin, und Blot planschte im Seichten herum.

»Ich weiß nicht, wie ich das wieder gutmachen kann«, sagte Brigid traurig. »Jetzt, wo er ruhig und vernünftig damit umgeht, ist es fast noch schlimmer.«

»Musst du es denn wieder gutmachen?« Alexander runzelte verblüfft die Stirn. »Du hast getan, was du in dem Moment als richtig empfunden hast. Schließlich hast du eure Pläne für den Ruhestand nicht mutwillig gefährdet. Wenn du weiterhin Schuldgefühle zur Schau trägst, wird Humphrey entsprechend reagieren und das Gefühl haben, ihm sei übel mitgespielt worden. So ist die menschliche Natur. Nach und nach wird das eure Beziehung vergiften. Dein Schuldgefühl wird sich in Groll verwandeln und seine Verletztheit in Verbitterung.«

»Du bist ganz schön gnadenlos.« Brigid war fast gekränkt, weil er weder für sie noch für Humphrey Mitgefühl aufbrachte. »Er muss sich jetzt Arbeit suchen. Bei der Marine kann er nicht bleiben, und mit dreiundfünfzig findet man auch nicht ohne weiteres einen Job.«

»Da hast du Recht, aber die Lösung liegt doch auf der Hand. Humphrey ist Seemann. Ihr müsst zwölftausend Pfund wegen der Segelschule bezahlen. Warum kauft ihr nicht einfach die Schule? Deine Schulden werden dann in ein Darlehen umgewandelt, für dessen Rückzahlung er arbeiten kann. Und gleichzeitig kann er damit seinen Lebensunterhalt sichern.«

»Aber … damit hat er überhaupt keine Erfahrung.«

»Nun, Humphrey kann doch sicher auch mit kleineren Booten umgehen. Und er könnte lernen, wie man anderen das Segeln beibringt. Warum nicht? Eine neue Herausforderung wird er sowieso brauchen. Er ist doch noch viel zu jung, um in Rente zu gehen.«

»Aber ich weiß nicht, ob er das will.« Brigid musste diesen überraschenden Vorschlag erst einmal verdauen. »Außerdem ist es unten in Cornwall.«

»Na und? Da könnte er bestimmt recht häufig nach Hause kommen. Öfter als jetzt jedenfalls. Wahrscheinlich könnte er den Verwaltungskram auch von zu Hause aus erledigen. Und im Winter geht es dort bestimmt ruhiger zu.«

»Ich weiß nicht.« Brigid war völlig verwirrt. »Darüber habe ich noch nie nachgedacht. Iain und Jenny hoffen natürlich, einen Käufer zu finden. Aber wahrscheinlich würden sie gern weiter dort arbeiten. Und ich kann mir nicht vorstellen, dass Humphrey mit Jenny auskommen wird.«

Alexander zuckte die Achseln. »Vielleicht entwickelt er ein

ganz anderes Verhältnis zu ihr, sobald die Schule ihm gehört. Ansonsten muss sie eben gehen und etwas anderes machen.«

Brigid musste lachen. »Du bist einfach skrupellos.«

Er machte ein überraschtes Gesicht. »Ich? Das glaube ich nicht. Findest du nicht, dass sich diese Lösung geradezu aufdrängt?«

»Ja, gut. Aber wenn das der Fall wäre, hätte Humphrey doch längst selbst auf die Idee kommen können?«

»Wahrscheinlich ist er vollauf damit beschäftigt, sich mit deinen Schuldgefühlen auseinander zu setzen«, antwortete Alexander mitleidlos. »Aber warum schlägst du es ihm nicht vor?«

»Weißt du was«, meinte sie nachdenklich, »ich glaube, das mache ich.«

»Gut«, erwiderte er fröhlich. »Sehr gut. In diesem Fall lasse ich dich noch ein bisschen allein spazieren gehen. Du willst dir das bestimmt alles noch mal durch den Kopf gehen lassen.«

»Stimmt«, gab sie nervös zurück. »Ich muss mir überlegen, wie ich es ihm beibringe.«

»Dann viel Glück beim Nachdenken«, meinte er. »Vergiss aber nicht, dass sich die Leute nie ans Drehbuch halten, egal wie perfekt du es im Kopf entwirfst.« Er wandte sich zum Gehen, drehte sich dann aber noch einmal um. »Eins noch: Sag ihm nicht, dass es mein Vorschlag war.«

Von Zuneigung geradezu überwältigt, sah ihm Brigid nach, um dann ihren Spaziergang fortzusetzen. In ihrem Kopf wirbelten neue, aufregende Ideen durcheinander. Schuldgefühle und Niedergeschlagenheit waren wie weggeblasen.

Frummie hängte gerade Wäsche auf, als sie Alexander kommen sah. Sie rief ihm zu: »Wie wär's mit einem Kaffee? Ich hab grade welchen aufgesetzt.«

Er hielt inne, als müsse er sich den Vorschlag durch den Kopf gehen lassen, dann nickte er. »Ja, gern.«

»Komm rüber, wenn du so weit bist.«

Sie ging wieder hinein, ihre Stimmung hob sich. Nach einem

Gespräch mit Alexander fühlte sie sich jedes Mal wie neugeboren. Sie griff nach der Spezialmischung von *Effings*, einem Geschenk ihrer Tochter, und löffelte großzügig Kaffeepulver in die Glaskanne. Als Alexander eintrat, war der Kaffee fertig und der Wohnzimmertisch gedeckt.

»Wie war dein Spaziergang?«, fragte sie, als er sich neben sie aufs Sofa setzte. »Ich hasse diese Schwüle. Sie geht mir auf die Nerven.«

»Unten am Fluss ist es besser. Am Wasser geht immer ein Lüftchen.«

»Wenn du es sagst. Ich habe nicht die geringste Lust, durch diese öde, unwirtliche Landschaft zu wandern. Ich begreife gar nicht, warum Brigid sich hier so wohl fühlt.«

»Sie ist von Natur aus eine Einzelgängerin. Diese menschenleere Landschaft spricht sie an.«

»Sie ist ihrem Vater nachgeschlagen. Diarmid war genauso. Er konnte sich für die Natur begeistern. Ich habe ihr das Versprechen abgenommen, das Grundstück nicht zu verlassen, solange dieser Mörder frei herumläuft, aber sie im Haus zu halten ist einfach unmöglich.« Sie sah ihn scharf an. »Und was ist mit dir? Bist du auch ein Einzelgänger?«

Er lächelte, und in diesem Augenblick sah sie, wie sehr er Humphrey glich, wenngleich er wesentlich schlanker und älter war. Nachdenklich schüttelte er den Kopf.

»Nein, nein. Ich bin für das Alleinsein nicht geschaffen. Ich hab gern Menschen um mich.«

Sie stellte ihre Tasse ab. Wie immer war sie von seiner Antwort entzückt und empfand ein angenehmes Gefühl der Verbundenheit.

»Ich auch. Ich verabscheue das Alleinsein. Es war himmlisch, Louise hier zu haben. Sie wird mir schrecklich fehlen.«

»Aber du bekommst doch Besuch von einer Freundin.«

Sie musterte ihn aus den Augenwinkeln. »Ja«, sagte sie. »Die gute alte Margot. Wir kennen uns seit der Schulzeit. Sie wird dir gefallen.«

Er rückte den Couchtisch ein wenig zur Seite, um die Beine auszustrecken. »Spielt das eine Rolle?«

Frummie kicherte. »Für sie schon. Margot ist ein Mensch, der von allen geliebt werden will. Ich habe ihr schon tausendmal erklärt, dass das ein Fehler ist, aber sie kann einfach nicht aus ihrer Haut heraus.«

»Ein Fehler, der dir fremd ist?«

»Und wie!«, gab sie empört zurück. »Heutzutage will jeder geliebt werden. Kinder wollen für ihre bloße Existenz in den höchsten Tönen gelobt werden, und Erwachsene erhalten Auszeichnungen, nur weil sie ihr Soll erfüllen. Die Maßstäbe werden unaufhörlich heruntergeschraubt. Jeder fürchtet sich, dem anderen auf die Füße zu treten. Ich kann das nicht ausstehen.«

»Das glaube ich gern«, meinte er. »Und du magst Margot nicht? Und erträgst sie nur, um nicht allein zu sein?«

Seine Offenheit verschlug ihr wieder einmal die Sprache. »Ich mag Margot. Ich mag sie sogar sehr«, verteidigte sie sich. »Wenigstens … meistens.« Sie musste lachen. »Du bist unmöglich«, sagte sie. »Ehrlich gesagt, ist Margot meine Versicherung gegen einen langen, verregneten, einsamen Herbst. Wenn ich gewusst hätte, dass Louise hier bleibt, hätte ich sie nicht eingeladen.«

»Aber Louise wird nicht hier sein.«

»Nein.« Frummie nahm einen Schluck Kaffee. »Ich weiß natürlich, dass es für sie höchste Zeit wird, den Schritt zu tun, aber ich kann mich nicht damit abfinden. Ich mache mir Sorgen um sie, aber wahrscheinlich habe ich einfach Angst davor, wieder allein zu sein.« Sie sah ihn grimmig an. »Jetzt weißt du's ganz genau«, sagte sie gereizt, als hätte er ihr dieses Geständnis abgerungen.

»Nun, du hast doch Margot … und uns.«

»Wenn du meinst.« Sie zuckte die Schultern, fühlte sich aber durch ihr Geständnis in gewisser Weise erleichtert.

»Ich habe vor, selbst einen Freund einzuladen«, erklärte er.

Es schien, als warte er auf eine Reaktion – Zustimmung vielleicht? –, aber da das sonst gar nicht seine Art war, sah ihn Frummie nur irritiert an.

»Ach ja?«

»Mhm.« Er nippte an seinem Kaffee. »Einen Schulfreund. So ein Zufall, nicht wahr?«

»Ob er uns wohl gefällt?« Frummie verzog den Mund zu ihrem typischen Lächeln. »Oder spielt das keine Rolle?«

Alexander lachte. »Für Gregory schon. Er mag jeden und freut sich, wenn er auch geliebt wird. Er und Margot müssten sich blendend verstehen.«

»Schön.« Frummie war neugierig, wollte aber nicht zu viel von sich preisgeben. »Und wann kommt er?«

»Ziemlich bald. Anfang Oktober.«

»Margot und ich müssen eine kleine Party für ihn geben. Brigid wird uns sicherlich behilflich sein. Dann lade ich noch Jemima ein, und Louise kommt bestimmt auch.«

»Fünf Frauen und zwei Männer! Das wird Gregory bestimmt gefallen.«

»Und was ist mit dir?«, fragte sie fröhlich. »Würde dir das auch gefallen?«

Sein Lächeln brachte sie völlig durcheinander.

»Aber ja«, sagte er leise. »Mir würde das auch gefallen.«

DREIUNDDREISSIG

Wann sehen wir uns wieder? Jemima stellte die Frage nicht. Viele Jahre lang hätte das gegen die Regeln verstoßen, und selbst jetzt, nach einem wirklich phantastischen Wochenende, kamen ihr die Worte nicht über die Lippen. Sie fühlte sich nicht gefestigt genug, um eine Abfuhr zu riskieren. Diese neue Liebe war zu wertvoll, um sie durch eine unbedachte Frage aufs Spiel zu setzen. Das Unmögliche war geschehen: Das Alleinsein befriedigte sie nicht mehr. Sie empfand sich nicht mehr als die geborene Geliebte. Sie träumte von einer festen Beziehung mit ihm. In ihrem unbeschwerten Zusammensein gab es immer wieder Augenblicke, in denen er über die Zukunft sprach, ihre gemeinsame Zukunft, und sie hatte das Gefühl, dass sie beide das Gleiche wollten. Dennoch brachte sie es nicht über sich, das Thema offen anzusprechen. Aufgrund der Umstände, unter denen sie sich kennen gelernt hatten, schien Jemimas Rolle festgelegt. Offenbar war es ihr Schicksal, sich unkompliziert und glücklich zu geben. Sie wusste nun genau, welche Eigenschaften ihm bei Annabel auf die Nerven gegangen waren. Sie musste heiter und gelassen bleiben, ohne irgendwelche Forderungen zu stellen – witzig, unbekümmert und selbstständig. Das waren die Eigenschaften, die er an ihr liebte, die Züge, die ihn fesselten.

»Es kommt schon noch«, sagte sie sich. »Wir stehen am Anfang. Sei nicht so ungeduldig. Für ihn ist es ein großer Schritt, also dräng ihn nicht.«

Allerdings war es wirklich schwer, sich nichts anmerken zu lassen, ihn zu necken, zu scherzen und cool zu bleiben, wo sie ihn doch am liebsten festgehalten hätte.

Er rollte sich auf den Rücken und schlug die Augen auf. »Muss ich los?«

Am liebsten hätte sie ihm zugerufen: Nein! Bleib bei mir! Geh nie wieder weg.

»Ich fürchte, ja.« Sie zwang sich zu lächeln, als er aufseufzte. »Es war deine Idee, noch über Nacht zu bleiben und in aller Frühe zu fahren.«

»Sklaventreiberin«, murmelte er. »Du könntest wenigstens zugeben, dass es eine gute Idee war, den Termin für die Besprechung in Bristol auf Montagmorgen zu legen.«

»Das war nicht schlecht«, fand sie. »Aber Exeter wäre besser gewesen.«

Lachend zog er sie an sich, und sie ließ es sich gern gefallen, bedauerte aber, dass sie sich nicht mehr so wie früher auf das Alleinsein freute, dass sie Traurigkeit und Sehnsucht nicht mehr so leicht verscheuchen konnte.

»Ich brauche einen Kaffee«, sagte sie. »Und du auch. Gott sei Dank frühstückst du nicht.«

Er lag da, die Arme hinter dem Kopf verschränkt, und beobachtete sie. »Annabel ist damit nie klargekommen«, sagte er. »Sie glaubt, dass ein Mensch nur dann richtig funktioniert, wenn er ein anständiges Frühstück im Bauch hat.«

Sie war schockiert über die Heftigkeit der Wut, die sie überfiel; am liebsten hätte sie ihn angebrüllt. Warum kam ihm nach einer so berauschenden Liebesnacht sofort wieder Annabel in den Sinn? Sie drehte ihm den Rücken zu, zog den Morgenmantel an und schlüpfte in die Hausschuhe. Mühsam unterdrückte sie ihren Zorn. Schließlich durfte sie kein Lob für etwas erwarten, was er für ihr natürliches Verhalten hielt. Und hatte sie nicht alles getan, um ihm zu beweisen, dass sie keine Frau war, die Szenen machte?

»Kommt drauf an, was sie unter ›richtig funktionieren‹ versteht«, erwiderte sie in frivolem Ton. »Aber vielleicht haben wir unterschiedliche Prioritäten. Ich kenne eine Menge Leute, die mit leerem Magen außerordentlich gut ›funktionieren‹.«

Wieder lachte er, es gefiel ihm, wenn sie ab und zu das Luder spielte. Außerdem schmeichelten diese versteckten Signale der Eifersucht seiner Eitelkeit. Während er duschte, ging sie in die Küche. Sie fühlte sich gedemütigt. Um Annabel in den Schatten zu stellen, hatte sie dahergeredet wie ein hirnloses Flittchen. Ratlos und unglücklich kochte sie Kaffee und ging dann ins Wohnzimmer. MagnifiCat hob den runden Kopf, und sie kniete sich neben ihm nieder und schmiegte die Wange an sein warmes, weiches Fell.

»Ich bin ein Idiot«, erklärte sie ihm. »Ich habe alles vermasselt. Mein Gott, ich liebe ihn!«

Dann stand sie auf und trat auf den Balkon. Nebel lag über dem Hafen, die Küste gegenüber war nicht zu sehen, und die Schreie der Seevögel hallten traurig durch die morgendliche Stille. Plötzlich stand er hinter ihr, legte die Arme um sie, vergrub sein Gesicht in ihrem Haar, und sie griff nach seinen Händen.

»Zauberhaft«, murmelte er. »Du, dieser Ort. Ich kann ohne dich nicht sein. Du hast mich verhext, ich hoffe, das ist dir klar.«

Erleichterung, Dankbarkeit und Liebe durchströmten sie. Sie wandte sich um und schlang ihre Arme um seinen Hals. Sie konnte einfach nicht mehr cool bleiben oder sich eine originelle Antwort einfallen lassen. Der Kuss war zärtlich, lang und lustvoll.

»Mir geht 's genauso«, sagte sie schließlich unbeholfen.

Sie hielten sich eng umschlungen, bis MagnifiCat ihnen um die Beine strich, sodass Jemima lachen musste und sich widerstrebend aus der Umarmung löste.

»Der Kaffee wird kalt«, sagte sie. »Und du kommst zu spät.«

Er seufzte. »Du bist hartherzig«, meinte er, als er ihr in die Wohnung folgte, »aber bis Freitag ist es nicht mehr lang.«

Diese süßen Worte klangen noch lange in ihr nach. An Schlaf war nicht mehr zu denken. Sie blieb auf dem Sofa sitzen, kraulte MagnifiCat und beobachtete, wie sich der Nebel in einer strahlend goldenen Dämmerung auflöste. Statt Angst und Wut erfüllten sie nun Liebe und Zuversicht.

Louise war erleichtert, dass sie allein nach East Prawle fahren konnte. Ab heute war sie offiziell die Mieterin des Häuschens. Dort hoffte sie zur Ruhe zu kommen und zu sich selbst zu finden. Seit Jemima die Idee mit dem Cottage aufgebracht hatte, schwankte sie zwischen Aufregung und Angst, Entschlossenheit und Unsicherheit. Es war auch nicht gerade hilfreich, dass alle sie beobachteten und sich besorgt fragten, ob sie denn wirklich schon stark genug sei, um auf eigenen Beinen zu stehen. Und Frummie wollte nicht, dass sie ging. Das war sehr rührend – und eigentlich wollte sie selbst auch nicht gehen –, aber wenn sie jetzt den Schritt nicht tat, würde sie vielleicht nie mehr den Mut dazu aufbringen. Sie konnte sich vorstellen, dass sie für immer blieb, einen Job fand, von Foxhole aus zur Arbeit fuhr und sich von Frummie umsorgen ließ. Irgendwann würde sie nicht mehr ausziehen können, ohne Frummies Gefühle zu verletzen. Margots Besuch und das frei gewordene Cottage boten ihr eine Chance, die sie ergreifen musste.

Sie hatte Frummie das Cottage gezeigt, sich ihre Ratschläge angehört und ihr versprochen, sich zu melden, sollte diese neue Unabhängigkeit sie überfordern. Aber nun war sie froh, allein zu sein, bereit für einen Neuanfang. Sie bog rechts ab auf die Frogmore Bridge, fuhr bergauf und ließ voller Freude den Blick über den Fluss schweifen, der sich durch die stillen herbstlichen Wiesen wand. Ganz unverhofft wurde sie von einem Gefühl der Freiheit überwältigt. Die Angst war wie weggeblasen, sie hatte neuen Schwung. Sie schmiedete Pläne, wie sie das Häuschen einrichten würde, versuchte sich ihr neues, eigenständiges Leben auszumalen. Das Cottage war reizend, aber winzig. Und gerade das sagte ihr zu. In den kleinen, behaglichen Räumen fühlte sie sich sicher und geborgen. Es war das letzte Gebäude einer Reihe verschiedenartiger Häuschen, deren Unkonventionalität großen Charme besaß. Von dem Vorbau gelangte man direkt ins Wohnzimmer, den einzigen größeren Raum, von dem die schmale Küche nur durch eine Wand aus Schränken, Regalen und einer Frühstückstheke abgetrennt war. Die Küchentür führte in einen langen schmalen Wintergarten, an den sich ein kleiner ummauerter Hof anschloss. Im ersten Stock befanden sich ein hübsches Schlafzimmer, das Bad und eine Abstellkammer.

Wenigstens werden die Malerarbeiten nicht zu lange dauern, dachte sie.

Die Besitzerin hatte bereits Farbmuster geschickt, und Louise überlegte, zuerst die Abstellkammer zu streichen. Doch Brigid hatte gemeint, sie solle mit dem Wohnbereich anfangen, solange das Wetter gut sei und Türen und Fenster geöffnet bleiben könnten. Das klang einleuchtend – doch es war bestimmt nicht angenehm, sich inmitten von Leitern und Farbtöpfen einzurichten, während die Möbel in die Mitte gerückt und mit Folien abgedeckt waren. Aber nicht einmal der Gedanke an ein solches Durcheinander vermochte ihr heute die gute Laune zu verderben. Sie genoss die Farbenpracht der Hecken. Neben den gelben und roten Beeren der Zaunrübe leuchteten die dunkelroten Hagebutten hervor. Unterhalb des Hügels säte ein Bauer Winterweizen, einen Schwarm Seemöwen im Gefolge.

Bei Cousins Cross bog Louise rechts ab, fuhr über schmale Feldwege, bis sie schließlich das Dorf erreichte. Beglückt ließ sie den Blick über die Wiesen zum Klippenpfad und zum Meer wandern. Sie lächelte, als sie das Schild des *Pig's Nose* erblickte. Den Wagen parkte sie so nah wie möglich an der Mauer, die den kleinen Vorgarten des Cottage begrenzte. Als sie ausstieg, nahm sie sich Zeit, die wild wuchernden Astern und Schwertlilien zu betrachten, die zwischen Gartentor und Haustür blühten. An der Mauer wuchsen Leinkraut, Fetthenne und Monbretien. Louise stand in der Sonne, legte die Hände auf den warmen, trockenen Stein und spürte, wie ihre Zuversicht wuchs. Sie zog den Schlüssel aus der Tasche und ging hinein. Einen Augenblick blieb sie in der Tür stehen und sah sich um. Nach dem hellen Sonnenschein draußen erschien ihr das Wohnzimmer dunkel. Die abgenutzten, schlichten Cottagemöbel waren um einen kleinen viktorianischen Kamin gruppiert, die Regale rechts und links vom Kaminsims enthielten ein paar zerlesene Taschenbücher, und in einer Ecke stand auf einem leicht lädierten Teewagen ein tragbarer Fernseher. Sie nahm die Stille wahr, die hier herrschte – und sog den Duft der Freesien ein, die in einem Tontopf auf dem Klapptisch unter dem Fenster blühten.

Louise blieb stehen, die Arme vor der Brust verschränkt. Freesien: weiß und goldgelb in ihrem Hochzeitsstrauß; purpurrot und blau an ihrem ersten Hochzeitstag; in allen Farben, als Hermione zur Welt kam.

»Typisch für dich«, hatte er gemurmelt und ihr Haar geküsst, »dass du Blumen liebst, die so schwer zu bekommen sind. Ein hübscher Strauß Astern wäre doch auch nicht übel, oder?«

»Ich wollte dich auf die Probe stellen«, hatte sie geantwortet und ihn noch fester an sich gezogen, »um zu sehen, wie viel ich dir bedeute.«

»Wenn du das jetzt noch nicht weißt, wirst du es nie wissen«, gab er zurück und küsste sie. »Für wen hältst du mich eigentlich? Für Sir Lancelot auf der Suche nach dem Heiligen Gral? Warte nur! Das nächste Mal bekommst du Lilien und Nelken von der Tankstelle, die stehen dort, hübsch in Zellophan verpackt, in Eimern vor der Tür.«

Er hatte ihr zum Geburtstag, nur eine Woche nach Hermiones Tod, Freesien schicken lassen. Sie waren mit einer Nachricht gekommen, die er einen Monat zuvor geschrieben hatte, ohne zu wissen, dass sie außer sich vor Schmerz sein würde, wenn die Blumen ankamen. *Alles Gute zum Geburtstag, beste geliebte Mama. Es sollen noch viele, viele Lebensjahre werden, und wir wollen sie zusammen verbringen.* Er hatte Kiplings *Nur so Geschichten für Kinder* geliebt und sie der gebannt lauschenden Hermione vorgelesen. Als er der Floristin den Text gab, ahnte er nicht, dass er seiner Tochter nie wieder vorlesen würde.

Und danach habe ich ihn gehen lassen, dachte sie, ohne ein liebes Wort, ohne eine Umarmung. Ich habe ihn aus meinem Gedächtnis ausradiert – so wie den Rest meines bisherigen Lebens. So wie Hermione.

Sie trat an den Tisch und griff nach der Postkarte, die neben den Blumen lag. Sie zeigte eine Ansicht der Klippen unterhalb von East Prawle.

Willkommen, hatte Jemima geschrieben. *Mach's dir gemütlich! Bis bald.*

Es war reiner Zufall, dass sich Jemima für Freesien entschieden hatte. Louise stellte die Karte auf den schmalen Kaminsims und ging nach draußen, um das Auto auszuladen. Sie trug ihre Sachen in die Küche und machte sich daran, das Häuschen in Besitz zu nehmen. Die Bücher aus ihren beiden Kartons reichten aus, um die Regale neben dem Kamin zu füllen. Auf den Tisch legte sie ihren Malkasten, einen Block und ein paar Stifte; den Paschmina-Schal drapierte sie über die Rückenlehne eines Sessels; zwei hübsche Doulton-Figurinen fanden neben der Ansichtskarte auf dem Sims Platz. Beim Auspacken fühlte sie sich an ihre Ankunft in Foxhole vor über vier Monaten erinnert; wie sie es sich im Cottage gemütlich gemacht hatte, begleitet von fernen Stimmen aus der Vergangenheit.

Inmitten der Kartons hielt Louise inne. Der Widerhall aus ferner Zeit war zwar noch da, aber die Furcht war verschwunden: Sie musste sie nicht länger verleugnen, sie musste nicht mehr unaufhörlich gegen die Angst ankämpfen. Jetzt konnte sie voller Trauer den Stimmen lauschen und an all das zurückdenken, was sie verloren hatte; die Tragödie als Erfahrung annehmen und lernen, damit zu leben. Sie setzte sich an den Tisch, umschloss die Kaffeetasse mit den Händen und genoss den betörenden Duft der Freesien. Herbstastern, violett und dunkelrot, drängten sich ans Fenster, und unter der Mauer leuchteten die Schwertlilien. Ein Passant warf einen Blick durchs Fenster und winkte fröhlich. Und Louise, durch die freundliche Geste aufgemuntert, winkte zurück. Jetzt fühlte sie sich schon wie zu Hause.

VIERUNDDREISSIG

Ich dachte, ich melde mich mal bei der Basis«, sagte Humphrey, »und frage, wie 's dir geht.«

»Gut«, erwiderte Brigid. »Richtig gut. Und wie steht 's bei dir?«

»Alles bestens. Keine Probleme. Wir sind ein paar Tage am Cocoa Beach, während sie in Cape Canaveral die Torpedos neu laden.«

»Hört sich gut an.« Früher, dachte sie, hätte ich ihn ein bisschen geneckt und gesagt, dass manche Leute es wirklich gut hätten. Jetzt trau ich mich nicht mehr. Ich habe ein schlechtes Gewissen und fasse ihn deshalb mit Glacéhandschuhen an.

»Ja, es ist nicht übel«, meinte er leicht resigniert, als wolle er sagen: Soweit das nach alledem möglich ist. »Wie läuft 's so in Foxhole?«

»Wir hatten ein schreckliches Gewitter, das zwei Tage lang über dem Moor gewütet hat«, berichtete sie, »dann hat es sich verzogen, und jetzt haben wir wieder den schönsten Sonnenschein.«

»Gut«, sagte er. Und nach einer Pause: »Hast du die Formulare für die Bank ausgefüllt?«

»Nein. Das heißt, ich habe damit angefangen, und dann hatte ich eine Idee.«

»Tatsächlich?« Seine Stimme klang ziemlich kühl.

»Ja.« Sie gab sich Mühe, jeden einschmeichelnden Ton zu vermeiden. »Ja. Ich hatte da den Gedanken, dass es doch Unsinn ist, das Darlehen der Hypothek zuzuschlagen, ohne sich die Sache vorher genauer durch den Kopf gehen zu lassen. Und ich habe mir überlegt, ob wir die Segelschule nicht einfach übernehmen und selbst leiten könnten? Du brauchst ja sowieso einen Job.« Nur keine Zerknirschung zeigen, ermahnte sie sich. »Und da könntest du doch genauso gut in der eigenen Firma arbeiten. Die Schulden wären dann unsere, und wir könnten sie flexibler handhaben.«

»Die Schulden sind sowieso unsere«, bemerkte er trocken.

»Da hast du natürlich Recht.« Sie versuchte sich zu erinnern, wie Alexander es formuliert hatte. »Aber wäre es nicht besser, den Laden selbst zu schmeißen, statt die Hypothek zu erhöhen und sich dann mit einem langweiligen Job zu plagen, um sie abzuzahlen? Die Schule ist ja wirklich prima gelaufen. Die Probleme kamen erst, als Bryn das Geld unterschlagen hat.«

»Hast du auch daran gedacht, dass ich keine Ahnung habe, wie man eine Segelschule leitet?«, gab er mürrisch zu bedenken.

»Du hast ja auch keine Erfahrung als Finanzverwalter«, erwiderte sie tapfer, »aber du wärst bereit, dich einzuarbeiten, und hast selbst gesagt, dass du nicht den ganzen Tag im Büro sitzen willst.«

»Das will ich auch nicht. Aber heißt das, dass ich gleich eine Segelschule leiten möchte?«

Sie war klug genug, den Rückzug anzutreten. »Nun, es war nur so eine verrückte Idee. Schließlich ist die Fahrt runter nach Falmouth ziemlich anstrengend, und im Winter wäre auch nicht viel los. Vergiss es! Ich mache dann die Unterlagen fertig.«

»Ich wüsste nicht, wie man das von Foxhole aus machen könnte.« Seine Stimme klang gereizt. »Täglich kann man auf keinen Fall hin- und herfahren.«

»Ja, du müsstest natürlich ein paar Tage die Woche unten verbringen«, erwiderte sie gleichmütig, als sei das nur noch eine rein theoretische Frage. »Iain würde sich um den Unterricht kümmern … und Jenny um das Büro.«

»Ich soll mit Jenny zusammenarbeiten? Wie stellst du dir das vor?«

»Stimmt. Ich hatte das alles nicht richtig durchdacht. Obwohl sie vermutlich geht, sobald die Schule verkauft ist. Offenbar gibt es mehrere Interessenten, und sie ist überzeugt, dass die Schule einen Käufer findet. Aber das ist ja nicht unser Problem. Hab ich dir eigentlich schon erzählt, dass Julian und Emma über Weihnachten kommen? Ist das nicht schön?«

»Großartig«, stimmte er mechanisch zu. Dann lachte er freudlos. »Kannst du dir wirklich vorstellen, dass ich eine Segelschule leite?«

»Was? … Ja, eigentlich schon. Du bist ein guter Organisator, und als die Kinder klein waren, bist du so gern mit ihnen segeln gegangen. Ich könnte mir vorstellen, dass es sogar eine aufregende Sache wäre. Und die Lage ist wirklich super. Trotzdem hast du Recht, es ist verrückt. Die Belastung für dich wäre zu groß …«

»Das ist nicht das Problem«, erwiderte er ärgerlich. »Ich gehöre ja noch nicht zum alten Eisen. Es war nur ein kleiner Schock, so ganz unverhofft.«

»Kann ich mir vorstellen. Ich habe auch eine Weile gebraucht, um mich mit der Idee anzufreunden. Es war nur so ein Einfall.« Sie lachte. »Im ersten Moment dachte ich, es könnte Spaß machen. Es wäre eine Herausforderung.«

»Du hast doch niemandem etwas gesagt?«, fragte er argwöhnisch.

»Was gesagt?«

»Du weißt schon.« Er klang ungeduldig. »Mit jemandem darüber gesprochen.«

»Natürlich nicht.« Sie kreuzte die Finger. »Warum sollte ich? Es ist mir nur so eingefallen, als ich die Formulare ausgefüllt habe. Übrigens muss ich sie dir schicken, denn ohne deine Unterschrift geht gar nichts. Dann kannst du sie in aller Ruhe durchsehen.«

»Gut.« Eine Pause. »Ich muss Schluss machen. Treiben sich noch Mörder in der Gegend herum?«

»Nein. Ich glaube, wir haben sie mit unserem Krawall in die Flucht geschlagen.«

»Pass auf dich auf. Wie geht's Vater?«

»Gut. Er ist ein ruhiger Mensch. Und er versteht sich blendend mit Mummie.«

»Schön. Dann hockt er dir nicht ständig auf der Pelle?«

»Er macht wirklich keine Umstände. War schön, mit dir zu sprechen. Viel Spaß am Strand.«

»Ja. Na dann ...«

»Alles Liebe. Pass auf dich auf.«

Sie legte rasch auf, weil sie wusste, dass es ihm schwer fiel, ein Gespräch zu beenden. Einen Augenblick stand sie noch da und überlegte, ob sie zu weit gegangen war. Sein Interesse war jedenfalls geweckt, und sie hoffte, dass er jetzt Zeit hatte, sich den Vorschlag durch den Kopf gehen zu lassen. Sie atmete auf, holte eine Flasche Weißwein aus dem Kühlschrank und schenkte sich ein Glas ein. Diese Spannungen zwischen ihr und ihrem Mann waren grauenhaft, vor allem da er so weit weg war. Wenn sich doch nur eine erfreuliche Lösung finden würde!

»Darauf trinke ich«, sagte sie leise seufzend, und Blot, der sich angesprochen fühlte, kam mühsam auf die Beine und trottete schwanzwedelnd zu ihr, um sich streicheln zu lassen.

Der Zufall wollte es, dass Alexander gerade wegfahren wollte, als Margot eintraf. Er stieß zurück, wartete, bis sie eingeparkt hatte, und erwiderte ihr dankbares Winken mit einem Lächeln. Allerdings hatte er nicht vor anzuhalten, aber bevor er wieder anfahren konnte, kurbelte sie ihr Fenster herunter.

»Guten Tag«, rief sie. »Das tut mir aber Leid. Sie sind bestimmt Alexander.«

Dann öffnete sie umständlich die Wagentür und stieg aus, sodass ihm nichts anderes übrig blieb, als den Motor auszuschalten, ebenfalls auszusteigen und sich in aller Form vorzustellen.

»Margot«, sagte sie, schüttelte ihm energisch die Hand und strahlte ihn an. »Wie nett, Sie kennen zu lernen.« Alexander murmelte etwas Unverbindliches, aber sie redete schon weiter. »Ich bleibe ein paar Wochen. Fred und ich sind alte Freundinnen. Wir kennen uns schon seit der Schulzeit. Und im Krieg waren wir bei der Royal Navy, aber erst ziemlich gegen Ende – da waren wir endlich alt genug, uns freiwillig zu melden ...«

Sie hatte Frummies leise Schritte nicht gehört und drehte sich erschrocken um, als die Freundin ihr die Hand auf die Schulter legte.

»Wir haben noch einen ganzen Monat Zeit, Herzchen«, bemerkte sie trocken. »Er muss nicht all unsere Geheimnisse in den ersten fünf Minuten erfahren.«

»Aber die Geheimnisse, die man in den ersten fünf Minuten erfährt, sind die einzig lohnenden«, meinte Alexander. »Danach verfliegt das Hochgefühl, das einem die Wahrheit entlockt. Man wird vorsichtig oder fängt an, die Wahrheit auszuschmücken, je nachdem, wie das Unterbewusste auf den Gesprächspartner reagiert.« Er lächelte Margot freundlich zu. »Jetzt ist es schon zu spät. Macht nichts.« Dann verbeugte er sich höflich. »War nett, Sie kennen zu lernen. Wir sehen uns sicher bald wieder.«

Er zwängte seine langen Beine wieder in das kleine Auto und fuhr davon.

Margot starrte ihm nach. »Na so was«, sagte sie erstaunt. »Was für ein toller Typ! Warum hast du mich nicht vorgewarnt?«

»Ich habe befürchtet, dass du überreagierst«, antwortete Frummie säuerlich und betrachtete Margots volles kastanienbraunes Haar, den nicht allzu langen Rock und die leuchtend lackierten Fingernägel. »Du siehst großartig aus.«

»Ich finde, es ist eine Schande, wenn man sich gehen lässt«, erklärte Margot heiter. »In unserem Alter passiert das leicht.« Ihr Blick ruhte auf Frummies dick aufgetragenem Rouge, den Goldreifen, die an ihren mageren Handgelenken klimperten, und der eleganten Plaidhose. »Du siehst auch nicht schlecht aus, Fred«, meinte sie nachdenklich. »Jedenfalls besser als bei unserem letzten Treffen.«

Frummie grinste. »Eins zu null für dich«, sagte sie. »Okay. Keine gehässigen Bemerkungen.«

»In Ordnung, Schätzchen«, meinte Margot zufrieden. »Im Krieg und in der Liebe sind alle Mittel erlaubt, und in unserem Alter können wir den Kampf ruhig auskosten. Ich hoffe, du hast schon

Wasser aufgesetzt. Für eine Tasse Kaffee würde ich einen Mord begehen.«

»Sollen wir die Koffer reinbringen?«

»Zuerst den Kaffee«, entschied Margot und folgte Frummie ins Haus. »Weißt du, er ist wirklich phantastisch.«

»Das sagtest du bereits.« Frummie bereitete den Kaffee vor. »Übrigens kriegt er Besuch von einem Freund.«

Margots Augen leuchteten, und ihr faltiger Mund verzog sich zu einem spitzbübischen Lächeln. »Tatsächlich?«, murmelte sie. »Also bekommt jede einen ab.«

Ihre Blicke trafen sich. Frummie zog eine Augenbraue hoch. »Ich frage mich, wie der deine wohl ist?«

Margot kicherte. »So ist das also? Kann man nicht wissen. Vielleicht ist er ja noch netter. Wohin geht Alexander eigentlich, wenn er hier auszieht?«

Frummie runzelte die Stirn. »Das weiß ich nicht genau.«

Margot machte ein erstauntes Gesicht. »Du weißt es nicht genau? Wie lange ist er denn schon hier?« Sie schnaubte verächtlich. »Du kommst langsam aus der Übung.«

»Ich habe mich nie so gut darauf verstanden, Leute auszuhorchen, wie du. In der Hinsicht bist du völlig skrupellos!«

»Unsinn. Es ist ganz einfach. Nein, keinen Zucker. Ich habe den Süßstoff dabei. Er sieht Humphrey ähnlich, nicht wahr? Nur wesentlich schlanker.«

»Ja, sie haben eine gewisse Ähnlichkeit. Manchmal kann er einen ganz schön … durcheinander bringen. Er ist ziemlich direkt. Aber wenn man sich erst einmal daran gewöhnt hat, ist es in Ordnung.«

»Und wie kommt Brigid mit ihm zurecht?«

»Ausgezeichnet. Wirklich seltsam, dass sie sich erst jetzt kennen gelernt haben. Ich kapiere nicht, warum Humphrey sich nicht mit ihm versteht.«

»Vermutlich aus demselben Grund, warum ihr beide, Brigid und du, Schwierigkeiten miteinander habt.«

»Ja«, sagte Frummie nach einer Weile. »Ja, das ist wohl richtig.«

»Wo er wohl hinzieht?«, meinte Margot, während sie in ihrer Tasche nach dem Süßstoff kramte.

»Er sagt, an die schottische Grenze«, erklärte Frummie, »aber ich bin mir nicht sicher, ob er mich nur auf den Arm genommen hat.«

»In den Norden?«, fragte Margot erstaunt. »Was will er denn dort?«

Frummie zuckte die Achseln. »Keine Ahnung. Vielleicht hat er dort ein Haus gekauft.«

»Hmm. Stammt sein Freund etwa aus der Gegend?«

»Das weiß ich wirklich nicht.« Frummie verlor allmählich die Geduld. »Eins kann ich dir versichern, Alexander ist kein so leichter Fang, wie du vielleicht vermutest. Er weicht sehr geschickt aus. Sein Freund kommt in ein paar Tagen, dann kannst du ihn selbst fragen.«

»Das werde ich auch«, verkündete Margot. »Ich kann dir gar nicht genug danken, dass du mich eingeladen hast, Fred.«

»Das ist besser als *Ich, Claudius*, nicht wahr?« Frummie grinste. Ihre Blicke trafen sich, und beide kicherten.

»Ja, viel besser«, meinte Margot. »Warte nur, bis du siehst, was Harry dir mitgeschickt hat. Ein hübsches Sortiment aus seinem Weinkeller.«

»Ich habe den Jungen immer gemocht«, sagte Frummie. »Noch eine Tasse Kaffee? Oder wollen wir den Wagen ausladen?«

»Noch einen Kaffee«, erwiderte Margot prompt und hielt Frummie ihre Tasse hin. Sie seufzte zufrieden. »Es ist wirklich schön, wieder hier zu sein.«

Jemima schlug die Augen auf – ein hartnäckiges Klingeln hatte sie aus dem Halbschlaf geweckt. Sie griff nach ihrem Handy und lächelte froh als sie die Nummer des Anrufers auf dem Display sah.

»Hallo«, sagte sie zärtlich. »Wie geht's?«

»Ich kann jetzt doch nicht kommen«, erklärte er missmutig. »Mein Kollege ist krank geworden, und ich muss bei einer Konferenz in Birmingham für ihn einspringen. Ich bin wirklich stinksauer, das kannst du mir glauben.«

»Ach so, ich verstehe.« Jemima konnte ihre Enttäuschung nicht verbergen. Diesmal fiel nicht einmal ihr eine witzige Bemerkung ein. Trübsinnig starrte sie in den verregneten, grauen Abend hinaus.

»Tja. Ian kann nichts dafür, der arme Kerl, aber es fällt mir schwer, Mitleid aufzubringen. Tut mir Leid.«

»Schon gut«, allmählich bekam sie ihre Niedergeschlagenheit in den Griff, »es ist schon in Ordnung. Mach dir meinetwegen keine Sorgen.«

»Deinetwegen nicht«, erwiderte er, »aber *meinetwegen*! Wenn ich auf meine wöchentliche Dosis verzichten muss, bekomme ich schreckliche Entzugserscheinungen. Wie soll ich damit klarkommen?«

»Du kannst ja öfter mal anrufen«, schlug sie mit einem Lächeln vor. »Oder hin und wieder eine E-Mail schicken.«

»Das werde ich wohl müssen.« Er seufzte tief, aber sie spürte, dass auch er lächelte. »Du klingst beunruhigend gelassen.«

»Der Schein trügt«, versicherte sie ihm. »Aber es hat doch keinen Sinn, eine Szene zu machen, oder? Wir können die Zeit miteinander doch besser verbringen, auch wenn es nur am Telefon ist.«

»Du bist wirklich etwas ganz Besonderes.« Seine Stimme wurde zärtlich. »Trag mich für nächstes Wochenende in den Kalender ein. Mit Tinte. Dann könnte ich nämlich Neuigkeiten für dich haben.«

»Neuigkeiten?« Sie wollte sich nicht anmerken lassen, wie sehr seine Worte sie bewegten. »Was ist los?«

»Ach, noch nichts Konkretes. Aber ich hoffe, dass ich Genaueres weiß, wenn wir uns nächstes Mal treffen.«

»Sprich ruhig in Rätseln«, meinte sie fröhlich. »Du wirst schon sehen, ob du mich damit neugierig machst.«

Er lachte. »Jetzt muss ich auflegen. Bis bald. Pass auf dich auf.«

Sie blieb ausgestreckt auf dem Sofa liegen und presste das Telefon gegen die Brust. Was mochten das für Neuigkeiten sein? Und warum war sie nicht imstande, ihm die eigenen, weniger aufregenden Neuigkeiten zu erzählen?

Es ist nicht der richtige Zeitpunkt, dachte sie. Nicht wenn ihm gerade die Sache mit dem Wochenende zu schaffen macht. Es muss der richtige Augenblick sein. Und dann könnte uns das den letzten Anstoß geben, den wir brauchen …

Sie schnitt eine Grimasse, weil sie fürchtete, dass sie sich zu große Hoffnungen machte. Ihr wurde flau im Magen, und, einer Eingebung folgend, schaltete sie das Handy ein und wählte eine Nummer. Brigids Stimme war klar und ruhig wie immer.

»Hallo«, sagte Jemima, »ich bin's. Wie geht's?«

»Danke, gut«, antwortete Brigid freundlich. »Was tut sich so in Salcombe?«

»Ach … nichts Besonderes. Ich dachte, wir könnten uns mal wieder zum Lunch treffen. Das letzte Mal war doch nett, oder?«

»Es war super. Warum nicht? Wo? Hast du Lust, zu mir zu kommen?«

»Hm. Eigentlich nicht so recht.«

Brigid kicherte verständnisvoll. »Zu viele Leute? Da kann ich nur zustimmen. Dann also wieder im *Effings*?«

»Wunderbar.« Das war die Lösung, fand Jemima.

Sie vereinbarten eine Uhrzeit und legten auf. Jemima blieb liegen, konnte sich aber nicht entspannen. Sie beobachtete, wie der Regen leise gegen das Fenster schlug. Ob sie Brigid ihre Geheimnisse anvertrauen konnte? Würde sie ihre Schwester nicht nur in der Meinung bestätigen, die sie wohl schon immer von ihr gehabt hatte? Dennoch hatte sie den Eindruck, dass in letzter Zeit einige Barrieren abgebaut worden waren. Wie tröstlich wäre es doch, wenn sie ihre Gefühle mit ihrer Schwester teilen konnte!

MagnifiCat näherte sich auf leisen Pfoten, und sie holte ihn zu sich auf die Couch. Er schmiegte sich in ihre Arme, die Augen geschlossen, und sein rundes Gesicht wirkte heiter und friedlich. Sie machte es sich wieder bequem, genoss die Wärme seines Körpers und ließ sich von seinem Schnurren einlullen.

FÜNFUNDDREISSIG

Louise stand in der von Felsen umgebenen Bucht, beobachtete die Flut und nahm aus dem Augenwinkel den Mann unter den Bäumen wahr. Auch er beobachtete das Mädchen am Wasser. Es tanzte leichtfüßig auf den Zehenspitzen, folgte den Wellen, wenn sie sich zurückzogen, und sprang rasch zurück, wenn sie wieder über den Sand spülten. Freude sprach aus jeder seiner Bewegungen, und sein langes helles Haar umhüllte das Gesicht wie ein Heiligenschein. Die Kleine jauchzte vor Entzücken und planschte im Schaum der Brandung wie eine Wassernymphe.

Louise schaute sich um; die Bucht war leer. Offenbar war das Kind allein. Unbehagen befiel sie. Eine Wolke schob sich vor die Sonne und warf einen Schatten über die Bucht, ein kühler Wind erhob sich aus dem Nichts und peitschte das graue Wasser, das nun heftiger ans Ufer schlug. Dann zog ein leichter Nebel auf, verhüllte die Häuser am gegenüberliegenden Ufer und legte sich über das Wasser. Die Flut stieg nun rasch, die Wellen brachen sich an den Felsen, die der Bucht zu beiden Seiten vorgelagert waren, aber das Kind tanzte und hüpfte immer noch, ohne den Wetterumschwung zu bemerken. Vielleicht war seine Familie auf der anderen Seite der kleinen Halbinsel, irgendwo am Strand, der sich bis zur Anlegestelle der Fähre erstreckte. Bald würde die Kleine abgeschnitten sein, sie war zu schwach, um in der starken Strömung um die Felsen herumzuwaten. Und über die schroffen Felsbrocken klettern konnte sie auch nicht.

Starr vor Angst, sah Louise wieder zu dem Mann hinüber. Gerade trat er in die von Felsen umgrenzte Bucht, ohne das Mädchen aus den Augen zu lassen. Es wäre besser, zu ihnen zu gehen, sie zu warnen, aber ein merkwürdiger Unwille hinderte Louise daran, sich vom Fleck zu rühren. Der Nebel war dichter geworden, eine Welle, größer noch als die vorherigen, warf das Kind um. Als es versuchte, wieder aufzustehen, donnerte die nächste Welle heran und spülte über den blonden Haarschopf hinweg. Das Kind schrie auf.

Louise versuchte zu rufen, dem Mädchen zu Hilfe zu eilen, aber sie war vor Angst wie erstarrt. Sie bemerkte, dass der Mann sich umgedreht hatte und jetzt sie beobachtete.

»Hilf ihr!«, schrie sie. »Rette sie!« Aber die Worte gingen im Dröhnen der Wogen unter, und sie sah nun ganz deutlich, dass der Mann Rory war, der sie voller Mitgefühl und Verzweiflung anschaute.

Laut stöhnend streckte Louise die Arme aus und erwachte durch das Geräusch von zersplitterndem Glas. Sie saß inmitten zerknüllter Laken und Decken, die Hände vors Gesicht geschlagen, während Sonnenlicht auf ihr Bett fiel und das zerbrochene Wasserglas auf dem Boden beleuchtete. Sie wischte sich die Augen mit einem Zipfel des Lakens und kämpfte die Panik nieder. Langsam verblich das Traumbild, und es blieb nur der vertraute Schmerz, ein Schmerz, den sie umso deutlicher spürte, als sie allein war.

Louise schob die Decke weg und stand auf. Die Sonne schien – das war immerhin etwas Positives. Sie stellte sich ans Fenster und starrte auf die sanft ansteigenden Wiesen hinaus, Rorys Gesicht noch immer vor Augen, so fern und doch so vertraut – und Hermione, die in der Brandung herumtänzelte. Wie sehr sie die beiden vermisste! Würde dieses Gefühl der Leere je weichen? Die Verzweiflung drohte sie zu überwältigen. Schau in die Zukunft!, sagte sie sich. Aber was sollte sie ins Auge fassen? Am besten, sie beschäftigte sich mit dem, was vor ihr lag: Sie würde weiter renovieren und einen Spaziergang am Strand und durch den Wald hinauf nach Rickham Common machen – wenn das gute Wetter anhielt. Solche Wanderungen wirkten beruhigend; der Ausblick über die Felsenküste und das grenzenlose Meer entrückte ihre Sorgen. Die

Weite des Moors wirkte tröstlich, und Louise spürte, dass sich allmählich eine Heilung vollzog. Später, nach ihrem Spaziergang und einem heißen Entspannungsbad, würde sie etwas kochen, denn heute kam Jemima zu Besuch. Ja, es lag ein guter Tag vor ihr: angefüllt mit schlichten, aber schönen Tätigkeiten.

Louise schlug die Bettdecke zurück und sammelte die Scherben auf. Die kleine Wasserpfütze war schon in den Ritzen zwischen den Dielenbrettern versickert, trotzdem holte sie einen Lappen und wischte sorgfältig den Boden. Dann wusch sie sich, zog sich an und ging hinunter. Der kleine Wintergarten erwies sich als äußerst nützlich, den er ließ sich als Ess- und Wohnzimmer nutzen, solange sie die Räume im Erdgeschoss strich. Hier hatte sie vom Morgen bis zum Spätnachmittag Sonne. Sie hatte den Klapptisch, den kleinen Holzstuhl und einen alten Lloyd-Webrahmen hier untergebracht, sodass man gerade noch zur Tür kam, die zum Hof hinausführte. Hier konnte sie bis zum Einbruch der Dunkelheit das Durcheinander und die abgedeckten Möbel vergessen. Während sie den Frühstückstisch deckte, überlegte sie, wie Jemima und sie heute Abend zurechtkommen sollten. Man konnte gerade noch einen Stuhl an den Tisch stellen, aber wo sollten sie nach dem Essen sitzen? Ihre Freunde aus Foxhole waren bei ihr zu Gast gewesen, bevor sie mit den Malerarbeiten angefangen hatte, und Jemima hatte den Abend gerettet. Kurz davor hatte Louise die Panik gepackt, und ihr neu gewonnenes Selbstvertrauen hatte sich verflüchtigt, als sie vor der Aufgabe stand, ihren fünf Gästen ein besonderes Mahl vorzusetzen.

»Als Köchin bin ich ein hoffnungsloser Fall«, klagte sie, »vor allem in dieser engen Küche. Was soll ich bloß machen? Ob sie gekränkt sind, wenn ich sie ins Pub einlade? Brigid kocht so wunderbar. Ich weiß jetzt schon, dass es nichts wird.«

»Du darfst nicht die Nerven verlieren«, meinte Jemima. »Alles ist noch ein bisschen neu für dich. Weißt du was? Wir gehen zu *Effings*, da gibt's hervorragende Tiefkühlgerichte. Das braucht ja keiner zu erfahren.«

Sie waren gemeinsam nach Totnes gefahren, hatten die Speisekarte studiert, zwischen Schellfisch-Gratin mit Garnelen und einem würzigen Lammcurry geschwankt. Schließlich entschieden sie sich für den bretonischen Kaninchen-Schmortopf mit pochierten Birnen als Nachtisch. Es wurde ein voller Erfolg.

Nun hatte sie noch zwei Portionen Pfannkuchen mit Spinat-Ricotta-Füllung und Toffee-Pudding im Gefrierfach. Das würde für heute Abend reichen. Jemima war als Gast herrlich unkompliziert: Sie stellte keine Ansprüche, war eine angenehme Gesprächspartnerin und fand für jedes Problem eine Lösung. Brigid hatte diskret zwei gute Flaschen Rotwein dagelassen. »Nur ein kleines Geschenk zum Einzug«, hatte sie erklärt, als Louise anrief, um sich zu bedanken. Eine davon würde sie zum Abendessen entkorken.

Louise seufzte erleichtert auf, während sie sich Orangensaft einschenkte und Brot in den Toaster schob. Sie hätte ihre Freunde gern großzügiger bewirtet, aber im Augenblick wollte sie nicht so viel ausgeben. Martin hatte sich freundlicherweise bereit erklärt, ihr anstelle der Miete mit Geld für den Lebensunterhalt auszuhelfen, aber ihr widerstrebte die Vorstellung, von ihm abhängig zu sein. Teilzeitstellen gab es nicht, wenigstens nicht in erreichbarer Nähe, und ein Job als Kellnerin hätte sie überfordert.

»Das ist der Nachteil, wenn man weit und breit keine Stadt in der Nähe hat«, hatte sie Martin erklärt. »Aber ich suche weiter. Vermutlich habe ich Anspruch auf Sozialhilfe …«

»Um Himmels willen, Schatz, hör auf damit! Lass dir einfach die drei Monate Zeit. Lass es dir gut gehen, und erhol dich! Wir schaffen das schon, wenn du nur aufhörst, dir unentwegt Sorgen zu machen. Im Augenblick lebst du ja vollkommen bescheiden.«

Sie war dankbar für sein Entgegenkommen, durchforstete aber trotzdem weiter die Stellenanzeigen, hoffte, von Charles Price zu hören, und flehte um ein Wunder.

Louise genoss die Wärme, die sich bereits in dem kleinen Wintergarten ausbreitete. Die letzten düsteren Traumbilder waren verflogen wie Nebel in der Sonne, aber die Sehnsucht blieb.

Brigid arbeitete im oberen Stockwerk an ihrem großen Tisch, als sie von unten Alexanders Stimme hörte. Sie ging zur Treppe, als er gerade in den Flur trat.

»Tut mir Leid, wenn ich dich störe«, sagte er. »Ich gehe einkaufen und wollte nur fragen, ob ich dir was mitbringen kann.«

»Ich glaube nicht.« Sie stieg die Treppe hinunter. »Ich war erst vor ein paar Tagen in der Stadt. Das heißt doch, ich oder vielmehr Blot könnte Hundefutter gebrauchen. Soll ich dir die Schachtel zeigen? Das wäre wunderbar – wenn es dir keine Umstände macht.«

Er folgte ihr in die Küche. »Wie geht 's sonst?«

»Ganz gut.« Sie lächelte ihn an. »Ich habe mit Humphrey gesprochen.«

Er hob die Augenbrauen. »Wirklich? Und hat er sich ans Drehbuch gehalten?«

»Nur teilweise.« Sie lachte. »Er war nicht gerade begeistert von der Idee, muss ich sagen, aber als ich einen Rückzieher gemacht habe, schien ihn die Sache plötzlich nicht mehr loszulassen.« Sie seufzte. »Ach, ich kann dir gar nicht sagen, wie sehr ich mir wünsche, dass er sich dazu durchringt. Nicht nur, damit ich aus dem Schneider bin. Ich glaube wirklich, es könnte ihm gefallen.«

»Ich kann mir auch nicht vorstellen, dass er sich aufs Altenteil zurückzieht«, stimmte ihr Alexander zu. »Er ist doch noch ein junger Mann. Obwohl ich durchaus glaube, dass es euch gut täte, wenn ihr mehr Zeit füreinander hättet. Ich hoffe, das wird möglich sein.«

»Ich auch.« Sie schüttelte den Kopf. »Es gibt noch so viel zu überlegen – etwa, ob er und Jenny miteinander auskommen und die ganze Arbeitsorganisation. Wir müssen einfach abwarten. Ich habe angedeutet, dass es mehrere Interessenten gibt. Hoffen wir also, dass er nicht zu lange braucht, um sich zu entscheiden. Und wie steht 's mit dir? Wann kommt dein Freund?«

»Morgen.« Alexander zog ein verschmitztes Gesicht. »Seine Ankunft wird große Aufregung verursachen.«

»Das tut sie doch jetzt schon!« Brigid setzte eine strenge Miene auf. »Ich hoffe, du weißt, was du da tust.«

»Ich denke schon. Ich bin zu alt, um allein mit zwei Frauen zurechtzukommen. Also hole ich mir Verstärkung.«

»Du musst … Gregory – nicht wahr? – zum Abendessen mitbringen. Am besten kommen gleich alle rüber. Das wird eine nette Gesellschaft. Was meinst du?«

»Hört sich gut an. Aber ich möchte dir keine Umstände bereiten. Er ist mein Gast, nicht deiner.«

»Ach, das bisschen Kochen macht mir nichts aus. Mummie und Margot sind das Problem.«

Er sah sie liebevoll an. »Warum soll man sich für das Benehmen anderer schämen?«

Sie hatte im Scherz gesprochen, hätte sich aber denken können, dass er ohne Umschweife zur Sache kommen würde. »Immerhin ist sie meine Mutter«, erwiderte sie bitter. »Ich mag es nicht, wenn sie sich … blamiert.«

»Du urteilst zu hart«, sagte er freundlich. »Frummie ist innerlich noch jung. Genau wie Margot. Wie wir alle. Es ist eine Tragödie, dass die Freude, die wir empfinden, nicht mehr zu unserer runzligen Fassade passt, aber das heißt nicht, dass wir das Feuer in uns auslöschen sollten, nur damit andere sich nicht für uns schämen. Warum soll man ihnen ihren Spaß nicht gönnen?«

»Solange du sie nicht verachtest«, murmelte sie und wurde rot. »Ich weiß, ich bin spießig und langweilig, aber ich wünschte mir, sie hätte mehr Verantwortungsgefühl. Jemima ist genauso. Es hat den Anschein, als würden sie sich um nichts und niemand Gedanken machen.«

»Ich weiß nicht, ob das stimmt. Menschen machen Fehler, und manchmal ist es unmöglich, diese Fehler wieder gutzumachen. Stolz, Schuldgefühle oder Groll versperren den Weg zur Versöhnung und scheinen unüberwindlich. Wie das abläuft, siehst du doch auch an Humphrey. Deine Schuldgefühle lösen eine Reaktion aus, die rasch außer Kontrolle gerät. So war es auch bei Humphrey und mir und bei deiner Mutter und dir. Stell dir vor, wie deiner Mutter zumute war, nachdem sie dich im Stich gelassen hat.«

»Sie hätte um mich kämpfen können«, erwiderte Brigid wütend.

»Vielleicht hat sie das ja getan«, sagte Alexander, »und vielleicht ist sie gegen den Stolz deines Vaters nicht angekommen. Er hat dich geliebt und war entschlossen, dich zu behalten und zu beschützen. Womöglich hat deine Mutter zu spät gemerkt, wie unnachgiebig er sein kann.«

Sie starrte ihn an. »Davon spricht sie nie.«

Er schüttelte den Kopf. »Nach so langer Zeit ist das wahrscheinlich auch schwierig. Aber hat es dir denn wirklich geschadet? Hat meine Entscheidung, noch einmal zu heiraten, Humphrey wirklich geschadet?«

»Ich … ich weiß nicht«, erwiderte sie unsicher. »Die Vorstellung, dass einen die eigenen Eltern nicht lieben, ist schrecklich.«

»Aber dein Vater hat dich geliebt. Viel zu sehr, um dich aufzugeben.«

Beide schwiegen.

»Es war wegen Jemima«, begann sie schließlich. »Sie hat Jemima mitgenommen, als sie ihren Mann verlassen hat. Jemima sagt, ihr Vater hat sie nicht gewollt. Sie hat ihn schrecklich vermisst.«

»Ich mag deine Schwester«, meinte Alexander nachdenklich. »Hast du ihr von deinem Problem mit Humphrey erzählt?«

Sie sah ihn verblüfft an. »Nein«, entgegnete sie. »Du meine Güte! Jemima wäre entsetzt.«

»Entsetzt?«, fragte er verwundert.

»Ja … weißt du …« Sie zögerte. »Ich habe dir doch gesagt, dass sie wie Mummie ist, sorglos und unbekümmert. Sie macht die verrücktesten Sachen und ist … na ja, unzuverlässig, würde ich sagen. Ihrer Meinung nach bin ich die Vernunft in Person.«

»Ja, ich verstehe. Du meinst, du willst nicht das Gesicht verlieren? Und weil du Jemima für den Liebling deiner Mutter hältst, musst du ihr deine Überlegenheit beweisen?«

»Überlegenheit?« Sie zuckte zusammen, als habe er sie geschlagen.

»Ist es nicht so? Du hast alles im Griff und meisterst das Leben, während sie ... ›unzuverlässig‹ ist. Wenn du zugeben würdest, dass du einen Fehler gemacht hast, würdest du dich ihr nicht mehr überlegen fühlen. Ihr wärt auf gleicher Ebene. Aber wäre das denn so schlimm? Oder widerstrebt dir das, weil eure Mutter sie mitgenommen und dich verlassen hat? Vielleicht ist deine Lebenstüchtigkeit die einzige Waffe, mit der du sie bekämpfen kannst.«

Sie sah ihn bestürzt an, fühlte sich seinem durchdringenden Blick preisgegeben. Lag Mitleid darin? Mit größter Mühe unterdrückte sie den Drang, ihm empört zu widersprechen. Stattdessen rang sie sich zur Aufrichtigkeit durch.

»Ich mag sie«, erklärte sie, »aber *sie* kann sich alles erlauben. Sie fällt immer auf die Füße ...« Plötzlich kam die Erinnerung, und Brigid brach in Tränen aus. »... auf ihre großen, breiten Entenfüße.« Selbsthass überwältigte sie. »Ich habe sie Puddle-duck genannt, als sie zur Welt kam. Ich habe mir mit Vorliebe ein fettes, hässliches Entchen mit winzigen Augen und großen, breiten Füßen ausgemalt.« Mit einer fahrigen Bewegung strich sie sich die Haare aus dem Gesicht. »Es hat mir geholfen, sie zu hassen, verstehst du. Als ich das Foto von ihr sah, da ...« Sie schüttelte den Kopf. »Du kennst sie ja. Sie ist so hübsch, nicht wahr? Als Kind war sie richtig süß.«

Er drückte ihr ein Taschentuch in die Hand, sie nahm es mechanisch, wischte sich die Wangen ab, putzte sich die Nase und dachte an die Vergangenheit.

»Sie sind zu Daddys Beerdigung gekommen. Damals war sie ungefähr vierzehn. Aber sie hatte keine Ahnung, keinen blassen Schimmer, wie ich mich gefühlt habe und was ich durchgemacht hatte. Sie hat sich einfach gefreut, dass sie zum ersten Mal ihre Schwester traf. ›Hallo‹, sagte sie. ›Wir sind Schwestern. Ich wollte dich schon immer kennen lernen.‹ Sie war so hübsch, so freundlich. Und ich war so eifersüchtig und tief unglücklich nach Daddys Tod. Ich habe sie gehasst. Ich sagte: ›Ich habe dich immer Puddleduck genannt.‹ Ich wollte ihr wehtun, verstehst du? Aber sie hat nur gelacht. Es war für sie ein netter, witziger Spitzname. Sie hat es sogar Mummie erzählt, aber die hat mich sofort durchschaut. Sie hat mich nur spöttisch angesehen, und ich kam mir gemein und widerwärtig vor. Mummie sagte: ›Und wie findest du mein hässliches Entchen?‹ Jemima wollte, dass wir eine Familie werden, aber das stand immer zwischen uns. Sie ist immer ganz direkt und verstellt sich nie. Es ist, als würde sie warten.« Brigid wischte sich die feuchten Augen. »Merkwürdig. Offenbar erzählt sie mir ganz bewusst Dinge, von denen sie weiß, dass ich sie missbillige.«

»Vielleicht«, entgegnete Alexander leise, »hat deine Schwester eine wichtige Wahrheit entdeckt. Sie begreift, dass wir anderen mit unseren Schwächen genauso helfen wie mit unseren Stärken. Das Problem ist, dass man Demut und Courage braucht, um nach dieser Maxime zu leben.«

»Mummie ist immer so nett zu ihr«, sagte Brigid erschöpft. »Und das ist auch nicht gerade hilfreich.«

»Deine Mutter braucht auch Waffen«, sagte er. »Vielleicht ist es an der Zeit, dass du die deinen niederlegst. Zeig mir die Schachtel mit dem Hundefutter, und ich lass dich in Frieden.«

Als er gegangen war, überlegte Brigid, dass jeder andere Mann, der sie zum Weinen gebracht hatte, ihr eine Tasse Tee oder einen Drink gemacht hätte und bei ihr geblieben wäre, bis sie sich beruhigt hatte. Aber Alexander war nicht wie andere Männer. Durch tröstliche Worte und Entschuldigungen wäre die Wahrheit vielleicht verwässert worden. Dieses Risiko ging Alexander nicht ein. Brigid trank ein Glas kaltes Leitungswasser und begab sich wieder an ihre Arbeit.

SECHSUNDDREISSIG

Gregory traf am Spätnachmittag ein. Er stieg aus dem Wagen, sah sich mit großem Interesse um und strahlte freudig, als Alexander aus dem Haus kam, um ihn zu begrüßen. Sie schüttelten sich die Hand und umarmten einander. Was sie sagten, trug der tückische Wind fort, der über das Moor fegte und um die Cottages heulte. Die beiden Damen sahen – diskret versteckt – durchs Fenster zu. Gregorys fröhliches Lachen tönte zu ihnen herauf.

»Er sieht richtig nett aus«, meinte Margot nachdenklich. »Findest du nicht, Fred? Nicht so groß wie Alexander, aber auch nicht so dünn. Offenbar hat er etwas für die schönen Seiten des Lebens übrig.«

Frummie warf ihr einen Seitenblick zu. »Falls nicht, meine Liebe, wird er sie entdeckt haben, wenn er wieder abreist.«

Margot grinste. »Glaubst du, dass Alexander uns heute einlädt, damit wir ihn kennen lernen?«

Frummie zuckte die Schultern. »Wahrscheinlich haben sie sich einiges zu erzählen. Und nach der Fahrt von London hierher ist er sicher hundemüde.«

»London? Woher weißt du, dass er aus London kommt?«

»Ich hab gefragt.« Frummie wirkte ein bisschen verlegen. »Indirekt gefragt. Ich habe nur gemeint, dass er bestimmt eine lange Fahrt hinter sich hätte, und Alexander sagte, von London aus sei es nicht so schlimm.«

Margot überlegte eine Weile und beobachtete, wie Alexander und sein Freund das Gepäck ausluden.

»Ich mag Alexander wirklich«, erklärte sie gereizt, »aber er kann einen zur Weißglut bringen.«

»Er durchschaut uns«, sagte Frummie, ohne den Blick von dem großen, hageren Mann zu wenden. »Es ist unmöglich, ihm etwas vorzumachen.«

»Genau das meine ich«, rief Margot. »Und nichts ist aus ihm herauszukriegen. Ist dir das auch aufgefallen, Fred? Ziemlich unfair, so was.«

»Er ist ein bemerkenswerter Mann«, stellte Frummie fest. »Ich habe noch nie so einen Menschen getroffen, das muss ich zugeben. Eine echte Herausforderung.«

»Aha.« Margot warf ihr einen verschmitzten Blick zu. »Das ist ja fast ein Geständnis. Hast du schon herausgefunden, wo er hinzieht?«

»Nicht so ganz.« Frummie runzelte ratlos die Stirn. »Ich habe ihn gefragt, ob er in eigene vier Wände zieht, und das hat er bejaht. Dann wollte ich wissen, ob es auf dem Land ist, und er sagte, ja, aber es sei ein großes Haus, und nur ein kleiner Teil davon gehöre ihm. So hat er sich ausgedrückt. Es hat ziemlich lange gedauert, der Sache auf den Grund zu kommen. Ich sagte: ›Ach, du meinst betreutes Wohnen oder so was.‹ Nur um ihn aus der Reserve zu locken. Da hat er gelacht und gemeint, ja, so etwas in der Art sei es.«

»Das hast du mir alles gar nicht erzählt«, protestierte Margot. »Wie lange weißt du das schon?«

»Jetzt hab ich es dir ja gesagt«, gab Frummie zurück, ohne sich aus der Ruhe bringen zu lassen. »Und erfahren habe ich es erst heute Morgen, als ich vorbeigeschaut habe, um zu fragen, ob ich helfen kann. Da hat es sich ganz von selbst ergeben.«

»Hm.« Margot reckte den Hals, um zu beobachten, wie Gregory Alexander ins Haus folgte. »Vielleicht hat er eine Wohnung in einem dieser alten Landsitze gekauft. Du weißt, was ich meine? Das ist groß in Mode. Ziemlich vornehm. Ob es das wohl ist?«

»Kann sein. Ich frage mich, wie man da wohl lebt.«

»Ach, soviel ich gehört habe, ganz wunderbar.« Anscheinend wollte Margot sie ermutigen. »Da gibt es einen Swimmingpool, eine Sauna, Restaurants und einen Friseur. Suzy und Jim sind in

Hampshire in eine solche Anlage gezogen. Ich habe sie da für ein paar Tage besucht. Meine Güte! Das ist volkommener Luxus! Sie haben Bridge und Tennis gespielt, und es gab jede Menge nette Cocktailpartys. Ich war grün vor Neid, das kann ich dir sagen. So was würde dir auch gefallen, Fred.«

Frummie grinste. »Hört sich an, als wolltest du mich überreden, meine Liebe.«

Margot tat diese Unterstellung mit einem Lachen ab. »Sei nicht albern! Ich habe nur gedacht, da Alexander dich doch so schätzt und ihr sozusagen verwandt seid … könntest du ihn ja dort besuchen, das ist alles.«

»Das könnte ich. Wenn er tatsächlich ein solches Haus gemeint hat. Allerdings kann ich mir nicht vorstellen, dass Alexander mit derartigen Leuten viel anfangen kann. Er würde sie in kürzester Zeit verschrecken.«

»Wahrscheinlich könnte sich Alexander so etwas gar nicht leisten. Gregory wird uns sicher mehr erzählen, wenn wir ihn besser kennen.«

Die beiden Männer waren wieder aufgetaucht, und Gregory holte einen Pappkarton von vertrautem Format aus dem Kofferraum, während Alexander nach dem letzten Koffer griff.

»Sieht so aus, als hätte er was zu Trinken mitgebracht«, meinte Margot glücklich. »Habe ich nicht gesagt, dass er wie ein Mann wirkt, der die schönen Seiten des Lebens schätzt?«

»Hast du. Wichtiger ist aber, dass er ein Mann zu sein scheint, der die schönen Seiten des Lebens gern mit anderen teilt.«

Margot warf ihr einen scharfen Blick zu. »Hände weg, Fred! Wir haben ausgemacht, dass er mir gehört. *Du* hast es beschlossen. Jetzt ist es zu spät, um deine Meinung noch zu ändern!«

Frummie verdrehte die Augen. »Wer sagt denn, dass ich meine Meinung ändern will? Aber wir sollten Gregory die Entscheidung überlassen, meinst du nicht auch? Vielleicht kommt Alexander später mit ihm vorbei, um hallo zu sagen.«

»Ich glaube, ich nehme ein Bad«, sagte Margot, einer plötzlichen Eingebung folgend. Mit überraschender Munterkeit lief sie zur Treppe. »Ich brauche nicht lange.«

Frummie blieb am Fenster und beobachtete, wie Kartons und Koffer ins Haus befördert wurden. Nach kurzer Zeit kamen die beiden wieder heraus, und Gregory parkte den Wagen neu ein, während Alexander ihm Anweisungen erteilte. Dann stieg er wieder aus und ging zum Cottage. Alexander folgte ihm durch das Tor, drehte sich dann aber zu Frummie um und winkte ihr freundlich zu. Entzückt über die Geste, lachte Frummie auf, blieb aber noch eine Weile am Fenster stehen und hing ihren Gedanken nach.

Jemima legte den Hörer auf und seufzte frustriert. MagnifiCat sprang aufs Fensterbrett und beobachtete sie, den Schwanz sorgfältig um die Pfoten drapiert.

»Was soll ich bloß machen?«, fragte sie den Kater. »Ich finde einfach niemanden, der sich am Samstag um das Hope Cove Cottage kümmert. Niemanden! Janet hat Magenprobleme, Judy geht mit ihrer Mutter einkaufen, und Sally muss zu einer Schulveranstaltung. Ich werde es selbst übergeben müssen. Das ist doch wirklich ein vergeudeter Vormittag! Warum wollen die Leute nur so spät im Jahr noch Urlaub machen?«

Leise fluchend blätterte sie in ihrem Adressbuch. Wenigstens kam er übers Wochenende. War es naiv, an eine gemeinsame Zukunft zu glauben? Betrachtete sie mittlerweile alles durch eine rosarote Brille? Inzwischen war sie zu der Überzeugung gelangt, dass sie Brigid vertrauen und ihr von dieser neuen, aufregenden Beziehung erzählen konnte – und von dem Schock, als sie feststellte, dass sie sich verliebt hatte. Als sie das Restaurant betreten hatte, war sie sich unschlüssig gewesen, aber seltsamerweise war ihre Angst verflogen, als sie ihre Schwester an einem der Tische entdeckt hatte. Brigid strahlte Offenheit und Herzlichkeit aus. Auch eine gewisse Anspannung war zu spüren gewesen, eine für Brigid untypische Nervosität.

Als Jemima an die Begegnung zurückdachte, lachte sie fast bitter. Typisch, an dem Tag, als sie ihren ganzen Mut zusammengenommen hatte, um ihrer Schwester ihr Herz auszuschütten, hatte Brigid sich genau dasselbe vorgenommen. Sie konnte es kaum fassen, dass die kühle, vernünftige Brigid ihr – ausgerechnet ihr, der chaotischen und unvernünftigen Jemima – all diese Dinge aus ihrem Privatleben erzählt hatte. Fast hätte sie, während sie Brigid zuhörte, die eigenen Sorgen vergessen. Es war, als habe sie ihre Schwester gerade erst kennen gelernt, als habe sie einen völlig neuen Menschen vor sich. Sie konnte kaum glauben, dass Brigid ohne Humphreys Wissen und Zustimmung ein solches Risiko eingegangen war und ihr kleines Cottage aufs Spiel gesetzt hatte … Sie hatte Brigids Geschichte mit wachsendem Entsetzen gelauscht. Und sie konnte sich gut vorstellen, wie schwer es ihrer Schwester gefallen war, Humphrey die ganze Sache zu beichten.

Als Brigid schließlich von ihrem Vorschlag erzählte, die Leitung der Segelschule selbst zu übernehmen, war Jemima Feuer und Flamme.

»Das ist eine großartige Idee!«, rief sie. »Phantastisch! Humphrey wird die Gelegenheit bestimmt beim Schopf packen.«

»Die Idee stammt von Alexander«, gestand Brigid. »Ein ausgesprochen kluger Einfall.«

Dann gab sie ihr Gespräch mit Humphrey wieder, wie sie ihn »nach allen Regeln der Kunst« bearbeitet hatte, und sie mussten beide lachen. Damit war die Anspannung verflogen, und Brigid widmete sich ihrem Essen, während Jemima nachdachte.

»Macht es dir denn nichts aus, wenn er dann wieder so oft weg ist?«, fragte sie. »Du hattest doch gehofft, dass ihr bald mehr Zeit füreinander habt.«

»Mir bleibt, fürchte ich, keine andere Wahl«, antwortete Brigid. »Ich kann ihn nicht erst in diese Situation bringen und mich anschließend beklagen, oder? Aber ehrlich gesagt, hatte ich sogar Angst davor, dass er in den Ruhestand geht.«

Jemima starrte sie verblüfft an.

»Angst? Aber warum? Man hat den Eindruck, dass ihr glücklich miteinander seid. Ihr seid doch immer guter Dinge.«

»Stimmt.« Brigid zog ein schuldbewusstes Gesicht. »Es ist nur… Ich habe einfach oft das Bedürfnis, allein zu sein. Ich liebe die Einsamkeit. Es ist wunderbar, ihn daheim zu haben, keine Frage – aber ich werde nervös, wenn die ganze Zeit jemand um mich ist. Ich weiß, das hört sich verrückt an…«

»Nein, überhaupt nicht«, erwiderte Jemima rasch. »Es hört sich überhaupt nicht verrückt an. Ich kenne das sehr gut.«

»Wirklich?« Brigid vergaß den Toast, den sie in der Hand hielt. »Ich dachte, nur ich bin so. Die Idee, mit jemandem zusammenzuleben, war mir nie geheuer, und ich habe es nie lange ausgehalten. Ich kann mich dann nicht richtig entspannen und zu mir selbst finden.«

»Genauso geht es mir auch«, sagte Brigid ganz aufgeregt. »Wirklich erstaunlich.«

Sie sahen einander an, erfreut über die Gemeinsamkeiten.

Jemima grinste. »Von Frummie haben wir das sicher nicht geerbt. Um nicht allein zu sein, nimmt sie nämlichso gut wie alles in Kauf.«

»Stimmt.« Brigid sah halb amüsiert, halb verzweifelt drein. »Wenigstens leistet ihr im Augenblick Margot Gesellschaft. Ganz zu schweigen von Alexander und Gregory. Die halten sie auf Trab.«

Sie lachten. Um die neue Vertrautheit nicht zu stören, beschloss Jemima, ihr eigenes Geheimnis noch eine Weile für sich zu behalten. Den Rest der Zeit hatten sie sich mit Brigids Hoffnungen beschäftigt.

Nun streckte MagnifiCat faul ein Bein aus und leckte sich die Flanke. Jemima stützte das Kinn in die Hände, betrachtete den Kater und fragte sich, inwieweit sie ihr Bild von ihrer Schwester revidieren musste. Nach wie vor war sie überzeugt, dass es richtig gewesen war, nicht über ihre Liebesbeziehung zu reden. Brigid hatte ihre Ängste und Schwächen preisgegeben, das nächste Mal war sie, Jemima, an der Reihe. Sie seufzte tief. Natürlich war es auch denkbar, dass sich am kommenden Wochenende alle ihre Probleme in Luft auflösten.

Sie spürte ein Prickeln in der Magengrube, und eine Woge des Glücks verlieh ihr neuen Auftrieb. Alles würde gut werden. Wenn sie jetzt noch jemanden fand, der den Mieterwechsel in Hope Cove für sie übernahm, dann konnte sie sich richtig aufs Wochenende freuen. Zwei volle gemeinsame Tage. Am Telefon hatte er geradezu überschwänglich noch einmal angekündigt, dass er große Neuigkeiten für sie habe.

»Ich hätte nie geglaubt, dass eine Neuorientierung so viel Spaß machen könnte«, hatte er gesagt. »Bislang habe ich niemals daran gedacht, aus London wegzuziehen.«

»Das Gefühl kenne ich«, hatte sie betont beiläufig bemerkt.

»Ich kann es gar nicht erwarten, dich wiederzusehen.«

»Schön.« Sie hatte sich gefragt, wie sie es schaffen sollte, so locker zu bleiben, obwohl sich ihr ganzer Körper vor Sehnsucht und Liebe verkrampfte. »Bis Freitag ist es ja nicht mehr lange.«

»Nein.«

Sie hörte ihn seufzen und fürchtete, dass sie den Bogen überspannt hatte. Am liebsten hätte sie gerufen: »Ich liebe dich. Ich will dich jetzt auf der Stelle hier haben!«

»Morgen Abend treffe ich Annabel«, sagte er – und sofort drehte sich ihr vor Angst der Magen um, und ihre Hände wurden eiskalt.

»Ach?«

»Sie hat gefragt, ob ich vorbeikomme«, erklärte er. »Wir müssen ein paar Dinge besprechen, und sie hat noch Sachen von mir. Du weißt ja, wie das ist.«

»Klar,« antwortete sie betont gelassen. Aber warum sollte sie ihre Unsicherheit nicht zeigen, ihn nicht bitten, ihr seine Liebe zu beteuern? Warum ihm nicht die Möglichkeit geben, sie zu trösten und aufzubauen? Doch eine innere Stimme riet ihr zu warten.

»Du fehlst mir«, sagte er leise. »Du fehlst mir so.«

Eine Weile hatten sie noch Unsinn geredet, einander liebevoll geneckt, gelacht, Pläne geschmiedet …

Nun saß Jemima an ihrem Schreibtisch, stöhnte vor Sehnsucht auf und verspürte ein prickelndes Gefühl der Erregung. Vielleicht hatte sie ja doch nichts zu befürchten. Schließlich setzte sich ihr angeborener Optimismus durch, sie schloss die Augen und ließ ihrer Phantasie freien Lauf: Bestimmt hatte er einen wunderbaren Job in Exeter gefunden, sie würden sich nie wieder trennen, er würde sie heiraten wollen, sich Kinder wünschen … Abrupt schlug sie die Augen auf.

»Träum weiter!«, murmelte sie ironisch und griff wieder nach ihrem Adressbuch.

SIEBENUNDDREISSIG

Ich habe mir deinen Vorschlag durch den Kopf gehen lassen.«

Humphreys Stimme klang ein wenig trotzig, und Brigid hätte am liebsten gefragt: »Ach? Welchen Vorschlag denn?« Sie musste mehrmals tief durchatmen, um nicht hysterisch aufzulachen. Ich dreh noch durch, dachte sie.

»Ach ja?«, erwiderte sie. »Es ist wirklich eine ziemlich verrückte Idee. Völlig unausgegoren.«

»Ja, ich weiß.«

Er klang immer noch beunruhigend mürrisch. Offenbar fiel es ihm schwer, über die Sache zu sprechen. Aber dass er es tat, stimmte sie hoffnungsvoll. Immerhin schien er interessiert. Jetzt brauchte er ein wenig Ermutigung, aber sie musste behutsam vorgehen.

»Ich habe ziemlich gründlich darüber nachgedacht«, sagte er. Sie schwieg. »Und allmählich kann ich mir vorstellen, dass es eine Lösung gibt.«

»Wirklich?«, fragte sie betont verwundert.

»Natürlich wird es nicht ganz einfach sein.«

»Davon bin ich überzeugt«, stimmte sie zu. »Ich weiß natürlich nicht, ob es überhaupt machbar ist.«

»Wenn sie verkaufen wollen, müsste es doch einen Prospekt geben. Könntest du den vielleicht besorgen und mir schicken?«

Einen Moment lang verschlug es ihr die Sprache. »Selbstverständlich mache ich das. Eine kluge Idee!«

»So klug auch wieder nicht.«

Seine Stimme klang nun ein wenig freundlicher, und sie wagte sich weiter vor.

»Ich habe mir überlegt, ob du wohl mit der Bank sprechen könntest? Sie drängen wegen der Formulare. Ich weiß, es ist nicht fair, das von dir zu verlangen …«

Sie ließ ihre Stimme ein wenig zögernd klingen, um an seine Ritterlichkeit zu appellieren.

»Es ist wahrscheinlich am vernünftigsten.« Er schien fast wieder der Alte. »Könnte denen ein paar Vorschläge unterbreiten. Nur ein paar Überlegungen, auch wenn sie noch nicht völlig ausgereift sind.«

»Ja?« Die Initiative ging nun eindeutig von ihm aus. »Das ist ja prima.«

»Vielleicht kann ich das Ruder ja noch herumreißen. Allerdings wäre ich dann ziemlich oft unterwegs. Ich weiß nicht, ob dir das recht ist?«

»Wie geht's dir damit?« Sie stellte die Gegenfrage – auf die Gefahr hin, sich den Vorwurf einzuhandeln, er habe ja schließlich keine Wahl.

Tatsächlich antwortete er ein wenig resigniert: »Wir sind ja daran gewöhnt, oder? Ich bin bereit, es zu versuchen, wenn du auch damit einverstanden bist. Natürlich nur unter der Voraussetzung, dass die Bank zustimmt.«

Seine Großzügigkeit war einfach niederschmetternd; sie fühlte sich schuldig, dankbar und grenzenlos erleichtert. Ihre Antwort kam von Herzen.

»Ich liebe dich.«

Nach kurzem Schweigen antwortete er: »Ich liebe dich auch.« Er war wieder der alte Humphrey: warmherzig und zärtlich. »Wir riskieren es einfach, ja?«

»Ach, Liebling! Glaubst du, es könnte dir Spaß machen?«

»Ich habe hier mit ein paar Kumpels drüber geredet. Sie waren richtig begeistert und haben mich um die Chance geradezu beneidet. Ich könnte mir vorstellen, dass der Ruhestand in meinem Alter auch ein bisschen anstrengend sein könnte.«

»Du würdest dich langweilen«, erwiderte sie vorsichtig. »Aber leider kannst du dich jetzt nicht mehr frei entscheiden. Und das ist meine Schuld.«

»Na ja. Wenn du nicht wärst, hätte ich auch keine Wahl gehabt, oder?«

»Wie meinst du das?«, fragte sie verständnislos.

»Foxhole gehört dir, mein Schatz. Du hast das Recht, mit deinem Cottage zu machen, was dir passt.«

»So habe ich das nie gesehen. Schließlich haben wir mit deinem Gehalt die Renovierung bezahlt, damit wir im Alter unser Auskommen haben.«

»Das werden wir auch.« Jetzt tröstete er sie. »Ich bin erst dreiundfünfzig. Bis zum Rentenalter habe ich noch zwölf Jahre. Bis dahin habe ich mit der Segelschule ein Vermögen verdient.«

»Ach, Humphrey!«

»Du hast nur versucht, einer alten Freundin zu helfen. Es ist nicht deine Schuld, dass es schief gegangen ist. Ich habe mir alles gründlich überlegt, und es könnte ja auch ein Glückstreffer für uns sein. Natürlich wäre ich ziemlich viel weg, aber damit würden wir doch zurechtkommen, oder? Ich würde wohl hauptsächlich beratend tätig sein und mich um die Verwaltung kümmern. Allerdings hätte ich nichts dagegen, auch ein bisschen zu segeln. Im Winter wird es vermutlich ruhiger zugehen. Da könnte ich den Verwaltungskram auch von zu Hause aus erledigen. Falls es Probleme gibt, bin ich ja in einer guten Stunde unten. Was meinst du?«

»Ich finde, das ist eine großartige Idee«, sagte sie. »Wirklich. Bist du dir vollkommen sicher?«

»Ich denke schon.« Es klang richtig optimistisch. »Sieh zu, ob du einen Prospekt besorgen kannst.«

»Wird gemacht«, versprach sie. »Es klingt alles so aufregend. Hm …« Sie kicherte. »Ich glaube, jetzt könnte ich einen Schnaps vertragen. Man muss sich erst an den Gedanken gewöhnen.«

»Du wirst dich bald damit anfreunden«, versicherte er liebevoll. »Natürlich hatten wir andere Pläne, aber ich glaube, das ist das

Richtige für uns. Wie gern wäre ich jetzt bei dir zu Hause. Wie geht's übrigens Vater?«

»Gut. Er hat einen Freund zu Besuch. Gregory Stone. Er ist sehr nett.«

»Ah ja, ich erinnere mich an ihn. Ein Schulfreund, nicht wahr? Also geht er dir nicht auf den Wecker? Vater, meine ich?«

»Nein, nein. Überhaupt nicht. Ich … ich krieg ihn kaum zu Gesicht. Mummie hat Margot hier, und sie unternehmen meist zu viert etwas. Anscheinend verstehen sie sich prächtig.«

»Das ist ja prima. Nur finde ich, du solltest ihm im Augenblick noch nichts von meinem Plan erzählen. Erst wenn die Sache spruchreif ist.«

Von *meinem* Plan? »Natürlich nicht«, antwortete sie hastig. »Mummie weiß auch nichts davon.«

»Gut. Ich werde mit der Bank reden. Sobald es etwas Neues gibt, melde ich mich.«

»Fein«, sagte sie. »Viel Glück. Ich liebe dich.«

»Danke. Ich dich auch.«

Sie legte auf und lächelte in sich hinein. »*Mein* Plan. Du wirst dich bald damit anfreunden.« So glücklich war sie seit Monaten nicht mehr gewesen. Rasch suchte sie Jennys Telefonnummer heraus und wählte.

Der raue, kalte Wind trieb einem Tränen in die Augen. Hohe Wellen brachen sich donnernd an der Küste. Nur hin und wieder stieß ein Sonnenstrahl durch die regenschweren Wolken und tauchte die Wassermassen in ein goldenes Licht, sodass über den aufgepeitschten Wellen mit den weißen Schaumkronen zauberhafte Regenbögen schimmerten.

Sie gingen schweigend nebeneinander her. Unter ihren Stiefeln knirschte der Kies. Die Hände hatten sie in den Taschen vergraben. Jemima brachte nicht den Mut auf, nach seiner Hand zu greifen, und auch er machte keine Anstalten dazu. Die Gewalt der Elemente, die die Küste heimsuchten, nahm ihm den Atem.

Immer wieder blieb er stehen, um – ein wenig erschrocken über das Getöse – aufs Meer hinauszublicken. Anfangs hatten sie sich noch schreiend verständigt, doch dann hatten sie es aufgegeben, denn der Sturm riss ihre Worte mit sich fort. Seevögel kreischten über ihren Köpfen, während die Böen ihnen gnadenlos zusetzten.

Jemima beobachtete ihn, fast belustigt über die Wirkung, die der Sturm auf ihn hatte. Das Wochenende hatte gar nicht gut angefangen. Jemima hatte niemanden für den Mieterwechsel gefunden, und am Freitagabend rief er niedergeschlagen und verärgert an, um ihr mitzuteilen, dass er später als geplant von einer Konferenz zurückgekehrt sei, dass der Wagen nicht anspringe und die Werkstatt geschlossen habe.

»Ich fahre morgen so früh wie möglich los«, hatte er versprochen. »Hoffen wir, dass keine größere Reparatur ansteht.«

Sie hatte ihre Enttäuschung verborgen, so gut es ging, und ihm dann von dem eigenen Problem erzählt.

»Ach, wahrscheinlich bin ich sowieso erst gegen Mittag da«, hatte er gemeint. »Ich werde ins *Ferry Inn* gehen und ein Bier trinken. Hol mich einfach ab, wenn du fertig bist.«

Am Vormittag hatte sie ihre Wut beim Staubsaugen, Lakenwechseln und Putzen abreagiert. Die neuen Gäste trafen über eine Stunde zu spät ein, und als Jemima sich am frühen Nachmittag von ihnen verabschiedete, schmerzte ihr Gesicht vom verbindlichen Lächeln. Als sie in das Pub kam, hatte er schon gegessen. Er war müde und ein wenig gereizt, und sie hatte ihre Nervosität nicht unterdrücken können. Sie saßen eine Weile im Pub und spazierten dann durch die Stadt – wie höfliche Fremde. Es war, als stehe eine unsichtbare Schranke zwischen ihnen. In der Wohnung hatte die Spannung ein wenig nachgelassen. Die vertraute Umgebung tat ihnen gut. Die Herbstsonne erfüllte den Raum mit ihrem Glanz, um schließlich leuchtend im Meer zu versinken. Nach und nach fiel das Gefühl der Fremdheit von ihnen ab, und nachdem Jemima eine Flasche Wein geöffnet hatte, liebten sie sich mit ungewöhnlicher Leidenschaft. Nach einem einfachen, aber köstlichen Abendessen sahen sie sich noch einen Spätfilm im Fernsehen an, aber als sie ins Bett gingen, schlief er sofort ein.

Jemima lag noch eine Weile wach und lauschte seinen regelmäßigen Atemzügen. Behutsam kuschelte sie sich an ihn, darauf bedacht, ihn nicht aufzuwecken. Sie vermutete, dass er über ihre Beziehung nachgedacht und Angst bekommen hatte. Einerseits konnte sie dieses Gefühl nachvollziehen, andererseits wünschte sie sich nichts sehnlicher als eine feste Bindung.

Am frühen Morgen liebten sie sich wieder, und danach schliefen sie bis zum Mittag. Den Spaziergang hatten sie trotz des dramatischen Wetterwechsels unternommen, um einen klaren Kopf zu bekommen. Als sie wieder ins Auto stiegen, tränten ihnen die Augen, und der Sturm dröhnte ihnen in den Ohren. Sie kehrten im *Tower Inn* in Slapton ein, aßen eine Kleinigkeit und fuhren dann aufgewärmt und erfrischt zurück nach Salcombe.

»Du hast mir deine Neuigkeiten noch nicht erzählt«, sagte sie später, als sie ein Tablett mit Tee auf den Couchtisch stellte und sich neben ihn aufs Sofa setzte. »Du hast doch von Stellensuche gesprochen. Was hat sich denn so getan?«

Ob er wohl sah, dass ihre Hände zitterten, als sie den Tee einschenkte?

»Noch nichts Konkretes«, antwortete er, und ihr Herz wurde schwer. »Aber es gibt ein, zwei offene Stellen, die interessant zu sein scheinen.«

»Wo denn?«

Er runzelte die Stirn. »Bristol«, sagte er schließlich fast widerstrebend.

»Bristol?« Sie konnte ihre Enttäuschung nicht unterdrücken.

Er zuckte die Schultern. »Es ist ein Anfang«, verteidigte er sich. »Es wird schwieriger, je weiter man nach Westen will.«

»Das glaube ich gern. Aber als du angerufen hast, hat es sich so angehört … als hätte sich was richtig Erfreuliches ergeben.«

»Vielleicht auch Exeter«, meinte er. »Aber da lässt sich noch nichts Konkretes sagen.«

Sie trank nachdenklich ihren Tee.

»Es könnte eine Weile dauern«, fuhr er fort, »doch das ist kein Grund, die Hoffnung aufzugeben.«

Er lächelte ihr zu und streichelte ihren Arm. Sie spürte den vertrauten Schauder der Erregung.

»Die Sache ist die«, fing sie an, »ich habe auch Neuigkeiten.«

»Ach? Und die wären?«

»Sie haben mir die Wohnung gekündigt. In drei Monaten muss ich hier raus.«

»Was?« Er lachte ungläubig und schüttelte den Kopf. »Tut mir Leid, aber da komme ich nicht ganz mit. Du hast doch gesagt, das sei deine Wohnung. Dein Vater hat dir etwas Geld hinterlassen ...«

»Ich sagte, dass ich etwas geerbt habe.« Sie sah ihm ins Gesicht. »Aber ich habe nicht gesagt, dass die Wohnung mir gehört. Das Erbe hat mir nur ermöglicht, die astronomisch hohe Miete zu bezahlen.« Sie wies auf den Balkon. »Lagen mit Meerblick sind nicht gerade billig.«

»Das kann ich mir vorstellen.« Sein Blick verriet nicht, was er dachte. »Ich verstehe.«

Seine zurückhaltende Reaktion machte sie wütend. »Der springende Punkt ist, dass wir irgendwo wohnen könnten, von wo aus ... du leichter zur Arbeit kommen könntest, verstehst du? Natürlich kann ich auch nicht allzu weit wegziehen, aber wir könnten zentraler wohnen. Zum Beispiel näher an der A 38.«

Sie verstummte, und es herrschte angespanntes Schweigen. Windböen peitschten den Regen gegen die Scheiben, sodass die Tropfen wie Tränen über die Fenster strömten.

»Gut«, sagte sie nach einer Weile. »Damit habe ich das Gespräch anscheinend beendet.«

»Tut mir Leid«, entgegnete er rasch. »Wirklich. Es war einfach ein Schock.« Er wirkte immer noch wie vor den Kopf gestoßen.

»Das sehe ich«, erwiderte sie unverblümt.

Er warf ihr einen flüchtigen Blick zu. »Klar. Mein Gott, ja. Es tut mir wirklich Leid.«

»Ich meine« – sie wollte sich nicht geschlagen geben –, »wer weiß, wofür es noch gut ist. Damit hätten wir die Freiheit der Wahl.«

Er riss sich zusammen. »Natürlich, das stimmt. Du hast Recht. Manches könnte dadurch leichter werden.«

»Dein Tee wird kalt«, bemerkte sie.

»Stimmt.« Rasch trank er aus. »Und ich muss langsam los. Bei dem miserablen Wetter dauert es bestimmt länger, und ich muss den verdammten Mietwagen zurückgeben. Das nächste Mal wird es bestimmt besser. Aber es war wunderschön …«

Er redete weiter, während er packte. Als er fort war, stand sie am Fenster und starrte in die Nacht hinaus, während der Wind um das Haus heulte.

ACHTUNDDREISSIG

Louise ging in die Hocke, prüfte kritisch, ob die Lackfarbe auf der Fußleiste Tröpfchen gebildet hatte, und atmete erleichtert auf. Das Wohnzimmer war fast fertig, und sie freute sich darauf, sich bald wieder gemütlich einrichten zu können. Sie hatte es gerade noch geschafft, die Küchenzeile und das Wohnzimmer fertig zu stellen, bevor es draußen stürmisch wurde. Bis zum Wetterumschwung hatte sie Fenster und Tür öffnen und die warme Herbstluft hereinlassen können, aber jetzt hätte sie sich abends gern ein gemütliches Kaminfeuer angezündet. Im Wintergarten konnte man nun nicht mehr sitzen, aber sie wollte kein Feuer anmachen, solange die Lackfarbe noch feucht war. Der Feuerrost musste täglich gereinigt werden, und sie konnte einfach nicht riskieren, dass sich Asche auf die klebrigen Oberflächen legte. Also musste sie sich mit einem altmodischen Heizlüfter begnügen, solange der Wind feucht und kalt um das Cottage wehte, durch Türritzen und Fensterläden pfiff. Die Zugluft strich ihr um die Füße und die Ohren, wenn sie sich, in ihren Schal gewickelt, mit dicken Wollsocken an den Füßen und einer Wärmflasche im Arm, der Kälte zu erwehren suchte. Nach einem Stromausfall saß sie im Dunkeln und stolperte quer durchs Haus, um ihre Taschenlampe zu holen, mit deren Hilfe sie schließlich die Kerzen und Streichhölzer fand, die Jemima ihr vorausblickend dagelassen hatte. Frierend und zitternd saß sie im Schein der flackernden Kerze, und da nun auch der Heizlüfter keine Wärme mehr spendete, musste sie einsehen, dass es das Vernünftigste war, sich ins Bett zu verkriechen.

Am nächsten Tag war es wieder schön, und sie schöpfte neuen

Mut. Der Sturm hatte sich verzogen, die letzten Wolkenfetzen zogen ostwärts, und die Sonne schien. Sie stand auf, streckte sich und ging zum Zähneputzen in die Küche. Die hellen, freundlichen Wände und der Geruch nach frischer Farbe gefielen ihr. Zufrieden mit der Arbeit, die sie geleistet hatte, nippte sie an ihrer heißen Bouillon und merkte, wie sich ihre Laune besserte. Morgen würde sie sich den ersten Stock vornehmen. Aber heute wollte sie spazieren gehen. Seit die Sturmfront aufgezogen war, hatte sie kaum den Fuß vor die Tür gesetzt, und sie sehnte sich danach, über die Klippen und am Strand entlangzuwandern, den Blick in die Ferne schweifen zu lassen und nach tagelangem Hocken und Knien die Beine zu strecken. Unentwegt hatte sie mit krummem Rücken gescheuert, geschmirgelt und geschliffen und sich eine Belohnung verdient.

Während sie ihre Suppe austrank, sich dazu ein Käsebrötchen schmecken ließ und sich einen Apfel schälte, beschloss sie, nach East Portlemouth hinunterzufahren, am Weg oberhalb der Treppe zu parken, die zur Fähre hinunterführte, und – sofern nicht gerade Flut war – einen Strandspaziergang zu machen; danach wollte sie durch den Wald hinauf nach Rickham Common wandern. Das war einer ihrer Lieblingswege. Sie würde sich ein kleines Picknick mitnehmen: eine Thermosflasche mit heißem Tee und ein paar Rosinenkekse. Eine Viertelstunde später packte sie ihren leichten Rucksack ins Auto, lief noch einmal ins Haus, um ihre Fleecemütze zu holen, und machte sich dann auf den Weg. Ihr fiel nicht auf, dass am Dorfanger ein kleiner roter Wagen parkte und halb verborgen in einem Unterstand ein Mann wartete. Er trug eine Baseballmütze und eine Ray-Ban-Sonnenbrille und interessierte sich offensichtlich für die ungewöhnliche Wetterfahne auf dem Dach des Unterstands, denn er hatte den Kopf in den Nacken gelegt und starrte zu den dort eingravierten Buchstaben EIIR hinauf. Sobald Louise vorbeigefahren war, ging er rasch zum Wagen, stieg ein, wendete und folgte ihr über die kurvenreichen Straßen.

Als Louise die Treppe zum Strand hinunterging, sah sie erfreut, dass Ebbe herrschte. Mit etwas Vorsicht konnte sie also gefahrlos den Strand entlangspazieren und musste nur gelegentlich über Felsen klettern. Sie sah nach Salcombe hinüber und fragte sich, was Jemima wohl gerade machte. Bald hatte sie die felsige Landzunge umrundet, die die Mill Bay begrenzte. Da fiel ihr der Traum wieder ein. Hier hatte, von Wellen umspült, Hermione getanzt, und Rory hatte unter den Bäumen gestanden und sie beobachtet. Einen Augenblick lang drohten Verzweiflung und Einsamkeit sie zu überwältigen, und sie kämpfte gegen die Depression an, die ihr die Freude über den schönen Tag verderben, sie elend machen wollte.

Da fielen ihr Frummies Worte wieder ein, und sie hielt sich mit aller Macht daran fest: *Schau in die Zukunft!* Sie stieg den Pfad hinauf zu dem Wäldchen und konzentrierte sich auf den Blick aufs Meer. Die verkrüppelten Eichen und der Bergahorn, uralt und von der salzigen Gischt in ihrem Wachstum behindert, wirkten merkwürdig still und unheimlich. Sie hatte das seltsame Gefühl, dass jemand in der Nähe war, und war froh, als sie durch das blasse Farnkraut auf den sonnenbeschienenen Rickham Common hinaustrat. Jetzt ging sie langsamer, den Blick über die enge Flussmündung zur Starehole Bay und zum Mew Stone auf der anderen Seite gerichtet. Das silbrig glänzende Meer erstreckte sich bis zum dunstigen Horizont, die kleinen Fischerboote schaukelten träge auf den Wellen, und die lackierten Decks glänzten in der Sonne.

Louise wanderte den Küstenpfad entlang, beobachtete die Tölpel und die kleineren Seeschwalben, die mit tänzerischer Eleganz durch die Luft glitten, betrachtete den Ginster, der noch blühte, und die Grasnelken, die in Büscheln zwischen den Felsen wuchsen. Schließlich breitete sie unter den windschiefen Apfelbäumen ihren Regenmantel aus und goss Tee in einen Plastikbecher. Die reichlich mit Rosinen gespickten Kekse schmeckten gut, und der Tee war heiß und anregend. Louise saß träumend in der Nachmittagssonne, bis ihr allmählich kalt wurde. Kniend packte sie den Regenmantel und die Thermoskanne in den Rucksack und erhob sich. Die Sonne stand nun niedrig und blendete sie. Einen Augenblick glaubte sie, eine Gestalt auf dem Weg wahrzunehmen, aber als sie ihre Augen mit der Hand beschattete und genauer hinsah, war niemand da. Sie machte sich auf den Rückweg und beobachtete die Boote, die auf den Hafen zusteuerten, sich dabei dicht an der gegenüberliegenden Küste hielten und die Sandbank, den Bar, durchquerten.

Louise schritt zügig voran. Die Hände in den Taschen vergraben, ließ sie den Common hinter sich und lief durch das Wäldchen hinunter zur Mill Bay. Als sie die Bucht erreicht hatte, stockte ihr vor Schreck der Atem. Unter den Bäumen, halb verborgen von den Felsen am Rand der Bucht, stand ein Mann. Sie fühlte sich so stark an ihren Traum erinnert, dass sie unwillkürlich nach einem kleinen Kind Ausschau hielt, das in der Brandung tanzte. Aber da war kein Kind, nur die Flut, die leise über den Sand strich. Sie verlangsamte den Schritt, von lähmender Angst gepackt. Die Baseballmütze und die dunkle Sonnenbrille kamen ihr irgendwie bekannt vor, und sie überlegte angestrengt, wo sie den Mann schon einmal gesehen hatte. Er hatte sich ein wenig von ihr abgewandt und blickte auf den Hafen hinaus, doch als sie näher kam, umrundete er die Landzunge und schaute sie an. Zitternd und fluchtbereit blieb sie stehen, während er mit einer raschen Bewegung die Mütze abnahm, sie in die Tasche steckte und die dunkle Brille absetzte.

Louise starrte ihn an, ihr Herz klopfte zum Zerspringen, die Hände in den Taschen waren zu Fäusten geballt, und genau wie im Traum brachte sie kein Wort über die Lippen. Sie war vor Angst wie versteinert. Er kam auf sie zu, zögerte und ging weiter, bis er direkt vor ihr stand. Schweigend sahen sie einander an, bis er ein wenig gereizt den Kopf schüttelte, als müsse er ein Gefühl abschütteln, das ihn lähmte, und mit größter Anstrengung lächelte er sie an.

»Hallo, Louise«, sagte Rory.

Der Weg zurück zur Treppe schien Stunden zu dauern. Dass er hier war, unverhofft nach drei Jahren der Trennung, war ein gewaltiger Schock. Louise konnte sich weder bewegen, noch brachte sie ein Wort heraus. Sie starrte ihn nur an, während sie mit ihren Gefühlen kämpfte: Ungläubigkeit, Freude, Angst, Schuld. Da ergriff er die Initiative, wie er es immer getan hatte. Sie musste daran denken, wie er früher von der See wiedergekommen war und wie frustriert sie gewesen war, wenn sie es nicht schaffte, die Barriere zu überwinden, die während seiner Abwesenheit durch die Entfernung und Einsamkeit entstanden war.

»Ich wusste nicht, wie ich es anstellen sollte«, sagte er, um sich für den Schreck zu entschuldigen, den er ihr eingejagt hatte. »Mir ist keine andere Möglichkeit eingefallen.«

Sie schüttelte den Kopf, als wolle sie sagen: Ist schon gut. Ich verstehe das. Aber sie brachte immer noch kein Wort heraus. Welche Worte waren angebracht, nachdem sie ihn verlassen hatte? Einer Eingebung folgend, traten sie gemeinsam den Rückweg über den Strand an. Während er sprach, während er versuchte, eine Brücke zu bauen, warf sie ihm verstohlene Blicke zu, unfähig, ihre Schüchternheit und Scham zu überwinden.

»Ich bin dir gefolgt.« Das war eine Art Entschuldigung. »Und habe meinen ganzen Mut zusammengenommen, um mit dir zu reden.« Er lachte leise, nicht gerade überzeugend, aber er tat sein Bestes. »Anscheinend hat meine Verkleidung gewirkt.«

Er holte die Baseballmütze heraus, strich sie glatt und drehte sie hin und her. Louise spürte, wie viel Anstrengung ihn all das kostete, und empfand eine überwältigende Zärtlichkeit für ihn.

»Ich wusste doch, dass ich dich irgendwoher kenne«, sagte sie schließlich. Ihre Stimme klang heiser, wie eingerostet. »Aber ich habe nicht dich erkannt, sondern sozusagen jemand anderen, verstehst du?«

Er sah sie aufmunternd an und stopfte die Mütze wieder in die Tasche. »Wahrscheinlich hast du mich gesehen, ohne dir dessen bewusst zu sein«, sagte er. »Einmal bin ich dir von Foxhole aus mit dem Wagen gefolgt. Wir standen eine Weile wegen einer Schafherde, und da habe ich mich gefragt, ob du mich wohl im Rückspiegel gesehen hast. Und ich war im *Wardroom*, als ihr dort Kaffee getrunken habt.«

Sie staunte so sehr, dass sie ihre Schüchternheit vergaß. »Aber woher wusstest du, wo ich bin? Tut mir Leid. Ich bin ein bisschen schwer von Begriff. Ich dachte, du hättest mich zufällig gesehen …«

»Martin hat es mir gesagt«, gestand er. »Er meinte, du wärst … drüber weg.«

Offenbar war ihm unbehaglich zumute, aber sie war so verblüfft, dass sie es nicht bemerkte. »*Martin* hat es dir gesagt?«

Sie waren stehen geblieben und schauten einander an, und als er weitersprach, wählte er seine Worte mit Bedacht.

»Er ist mit mir in Kontakt geblieben. Er war tief erschüttert über … über diese Tragödie. Er hat versucht, mich aufzuspüren.«

Sie wandte den Blick ab, überrascht, die Kinder zu sehen, die über den Sand liefen, und die Boote, die in den Hafen tuckerten. Überdeutlich nahm sie das klare Licht und die Geräusche wahr. Ihr schien, als habe sich die ganze Welt auf diesen Raum verengt, der Rory und sie umschloss. Nun schien dieser Raum sich gewaltsam zu weiten. Die Stimmen der Kinder hallten über das Wasser, und die Motoren der Fischerboote brummten in einem gleichmäßigen Rhythmus. Die Sonne war fast hinter den Klippen versunken.

»Typisch Martin!«, sagte sie. »An ihm ist ein Seelenklempner verloren gegangen.«

»Ja.« Nach einer Pause sagte er: »Er war im Grunde sehr vernünftig. Er hat mir klar gemacht, auch wenn es eine Weile gedauert hat, dass du den Freiraum brauchst …«

Sie wandte sich ihm zu und sagte verzweifelt: »Es tut mir so Leid, Rory. Mein Gott, ich war so grausam, aber ich konnte nicht … Ich konnte einfach nicht …«

»Ich weiß. Ehrlich. Es ist nicht, dass ich …. Ich verlange keine Erklärungen. Es ist nur … Ich möchte dir erklären, wie es war.«

Im Licht der untergehenden Sonne schimmerte sein Haar rötlich, seine Augen hatten dieselbe Farbe wie die von Hermione. Louises Lippen zitterten. »Ja. Das verstehe ich. Tut mir Leid …«

»Er hat Kontakt mit mir gehalten.« Sie gingen nun weiter. »Es gab eine Zeit, da haben wir uns beide gefragt, ob sich je etwas ändert. Und dann, im Sommer, hat er mich angerufen.« Nach einiger Zeit fuhr er fort. »Ich habe meinen Abschied von der Marine genommen.«

»Abschied?«

Er nickte. »Ich habe zwei Jahre lang an einem Austauschprogramm mit den Kanadiern teilgenommen, aber danach war es nicht mehr wie vorher.« Er zuckte die Schultern. »Es gab keinen Tag, an dem ich nicht an euch beide gedacht hätte.«

»Ach, Rory …«

Er war entschlossen, ihre Gefühle nicht auszunutzen. »Ich habe Arbeit bei einer Maschinenbaufirma in Newport gefunden. Forschung und Entwicklung stehen dort im Vordergrund, und das macht mir Spaß. Martin hat angerufen und gesagt, du hättest einen Zusammenbruch erlitten, aber du wärest … wieder allein. Er dachte, du könntest dich vielleicht …«

»Der Realität stellen?«

Er vermied es, sie anzusehen.

Sie seufzte. »Damals konnte ich mich der Realität nicht stellen. Ich habe nur durch das Verleugnen überlebt. Ich habe so getan, als wäre es jemand anderem passiert. Als du wieder nach Hause kamst, gab es für mich kein Zurück mehr. Ich musste auch dich verleugnen.«

»Ich habe mir nie verziehen, dass ich nicht da war«, sagte er.

Sie schloss kurz die Augen. »Weißt du was?«, sagte sie. »Weißt du was … Ach, verdammt …«

»Wollen wir irgendwo Tee trinken?« Sie waren bei der Treppe angelangt, und er lächelte sie an. Die Liebe in seinen Augen war fast unerträglich. »Nur damit wir weiterreden können. Nichts Alkoholisches.«

Sie erwiderte sein Lächeln. So war es immer gewesen: die allmähliche Annäherung, zwei Schritte vor, einer zurück, bis sie schließlich so weit war, die letzte Hürde zu überwinden. Er hatte nie gedrängt, sie nie gezwungen, sondern stets geduldig gewartet, bis sie ihn wieder in ihr Leben ließ: in ihr und Hermiones Leben.

»Komm doch mit ins Cottage auf eine Tasse Tee«, sagte sie. »Du kannst hinter mir herfahren. Aber … vermutlich weißt du ja, wo es ist?«

Er nickte verlegen. »Martin hat es mir erklärt. Tut mir Leid. Es ist schrecklich, wenn jemand einem nachspioniert, stimmt 's, aber ich wusste nicht, was ich sonst hätte machen sollen. Ich glaube, ein Anruf aus heiterem Himmel wäre auch nicht das Wahre gewesen.«

»Nein. Das wäre wohl noch schwieriger gewesen.« Sie versuchte zu zeigen, wie dankbar sie ihm war, dass er sich solche Mühe gab, dass er so viel Feingefühl bewies. »Komm mit zu mir, dann trinken wir Tee, wenn du möchtest, aber ich muss erst bis zum Ende der Straße fahren, damit ich wenden kann.«

»Ich fahre hinter dir her«, sagte er und ging zu seinem Wagen.

Die Fahrt nach East Prawle brachte sie hinter sich, ohne ihre Umgebung wahrzunehmen. Sie stand unter Schock, war aufgeregt und voller Angst. Er folgte ihr zügig, parkte hinter ihr vor dem Cottage und wartete mit den Händen in den Hosentaschen, bis sie aufgeschlossen hatte.

»Hier sieht es schlimm aus«, sagte sie. »Ich renoviere nämlich gerade die Zimmer.«

Er sah sich um, stellte Fragen, während sie den Kessel aufsetzte und in heiterem Tonfall von der Freude an ihrer Arbeit sprach, aber sie merkten beide, dass hier alles anders war. Das unverhoffte Treffen am Strand, auf neutralem Boden und der Zeit entrückt, hatte sie unglaublich schnell vorangebracht – oder zurückkatapultiert. Hier in diesem kleinen Cottage fühlten sie sich befangen, und plötzlich war ihnen unbehaglich zumute. Louise redete, weil sie das Schweigen nicht ertrug. Unglücklich über ihre Sprödigkeit, versuchte sie hilflos, die soeben erlebte Nähe wiederzufinden. Auch Rory schien außerstande, die Kluft, die sich zwischen ihnen auftat, zu überbrücken.

»Hast du Urlaub? Machst du hier Ferien?« Da fiel ihr ein, dass er nicht mehr bei der Marine war. Es schien ihr nahezu unvorstellbar, dass er seine Karriere aufgegeben hatte. »Wo übernachtest du?«

»In Kingsbridge.« Er spielte verlegen mit seinem Löffel herum. »Ich habe ein langes Wochenende.«

Sie zog fragend die Augenbrauen hoch. »Ein sehr langes Wochenende. Es ist erst Donnerstagnachmittag.«

Er lächelte. »Mein Chef ist ausgesprochen freundlich. Er und seine Frau, Frances heißt sie, waren unglaublich nett zu mir. Es ist ein bisschen eigenartig nach der Marine, aber man gewöhnt sich dran.«

»Newport, hast du gesagt?« Jetzt waren sie wieder wie Fremde, die sich auf einer Abendgesellschaft unterhalten, bei der die Gastgeberin darauf besteht, dass sich die Gäste zum Kaffee in ein anderes Zimmer begeben. Die Intimität, die bei Tisch geherrscht hat, ist damit unwiederbringlich dahin. »Das ist nicht weit von deiner Familie.«

Rorys Vorfahren hatten seit Generationen eine Farm in Herefordshire bewirtschaftet. Damit hatte sie ihn immer geneckt, denn mit seiner rötlichen Gesichtsfarbe glich er eher einem Bauern als einem Seemann.

»Nein, nicht sehr weit. Ich habe ein kleines Cottage im Wye Valley. Es ist schön, einen Platz für die Sachen zu haben.«

»Sachen?«, fragte sie scharf.

»Mhm.« Er vermied es immer noch, sie anzusehen. »Wir hatten ja nicht viel, schließlich sind wir von einer Wohnung in die andere gezogen, aber wir hatten unsere Bücher und Lampen und ein paar andere Kleinigkeiten. Und Hermiones Spielsachen und Bücher.« Schweigend hingen sie ihren schmerzlichen Erinnerungen nach. »Ich wollte sie behalten. Als Andenken… Ich habe sie gern um mich.«

»Ich konnte das nicht ertragen«, sagte sie schließlich. »Ich bin mit dem Schmerz nicht fertig geworden.«

»Nein, natürlich nicht.« Seine Stimme klang warm und verständnisvoll. »Aber vielleicht … Ich habe sie jedenfalls aufbewahrt. Nur Percy habe ich nicht gefunden. Weißt du noch? Den Papagei, den sie so gern hatte.«

Glaubte er wirklich, sie könnte den je vergessen?

»Er ist … mit ihr gegangen«, sagte sie schließlich. »Ich wollte sie nicht … allein … gehen lassen.«

Sie schluckte verzweifelt, stand auf und griff, ohne ihn anzusehen, nach der Teekanne. »Ich glaube, wir können noch etwas Tee vertragen.« Ihre Stimme klang schrill, beinahe förmlich. Er saß schweigend und mit gesenktem Kopf da, während sie Wasser aufsetzte.

»Dann bist du also nach Foxhole rausgefahren.« Sie stellte die Kanne auf den Tisch und setzte sich wieder, wagte kaum, ihn anzusehen, und wünschte, er würde sich vom Treibsand der Vergangenheit fern halten.

»Ja.« Er holte tief Luft, als werfe er eine unerträglich schwere Last ab. »Ja, ich bin nach Foxhole rausgefahren und habe mich dort herumgetrieben, in der Hoffnung, dich zu treffen. Ich hatte vierzehn Tage Urlaub und habe beschlossen, mit dir zu reden, wenn ich es schaffe.« Er lachte. »Du kannst dir nicht vorstellen, wie oft ich den Mut verloren habe.«

»Und wo hast du gewohnt?«

»Das war wirklich merkwürdig.« Er griff nach seiner Tasse. »Stephen, das ist mein Chef, Stephen Ankerton, tja, sein Sohn hat einen Abenteuer-Club in Dartmoor. Als ich ihm erzählte, dass ich in die Gegend komme, hat er mir geraten, mit Hugh zu reden, vielleicht könne er mich ja unterbringen. Hugh ist wirklich nett, und ich habe die vierzehn Tage bei ihm gewohnt, hin und wieder Moorwanderungen gemacht und Ausschau nach dir gehalten. Das erste Mal war es reiner Zufall. Ich ging an diesem Stausee spazieren – den Namen hab ich vergessen –, weil ich in Ruhe nachdenken und meinen ganzen Mut zusammenraffen wollte, da habe ich dich gesehen. Du hast auf einer Bank am Ufer gesessen. Das war ein unglaublicher Schock, dich nach so langer Zeit wiederzusehen.«

»Ja«, sagte sie leise und erinnerte sich an ihre Gefühle vorhin am Strand. »Das kann ich mir vorstellen. Wart mal!« Sie setzte sich kerzengerade hin und schaute ihn an. »Ich erinnere mich an den Abend. Du hast mir schreckliche Angst eingejagt. Ich habe dich zwischen den Bäumen bemerkt und bin um mein Leben gerannt.«

»Ich weiß.« Er machte ein betretenes Gesicht, schien sich aber gleichzeitig zu amüsieren. »Ich wollte dich nicht erschrecken, aber ich hatte nicht den Mut, mit dir zu reden. Ich war so dumm. Eines Abends habe ich den Wagen sogar oben an der Brücke abgestellt und bin den Weg hinuntergegangen. Ich hatte beschlossen, einfach an die Tür zu klopfen und zu fragen, ob du da bist. Martin hatte mir erklärt, wie die Häuser stehen, und ich war entschlossen, den Vorstoß zu wagen, aber im Dunkeln bin ich gestolpert, dann gingen plötzlich alle Lichter an, und dieser verdammte Hund hat wie verrückt gekläfft.«

»Das ist nicht zu fassen.« Unwillkürlich amüsiert, starrte sie ihn an. »Willst du etwa behaupten, dass du unser Mörder warst?«

»Das will ich nicht hoffen!« Erschrecken vortäuschend, verzog er das Gesicht, bereit, der Sache eine vergnügliche Seite abzugewinnen. »Was für ein Mörder denn?«

»Es hat in Devon innerhalb eines halben Jahres drei Morde gegeben, alles Frauen, die allein unterwegs waren. Und dann wurde eine Frau in Buckfastleigh überfallen. Da sind wir alle ein bisschen nervös geworden, und Frummie wollte uns nicht mehr allein ausgehen lassen. Sie hat es schrecklich ernst genommen, vor allem als ich an dem Abend ganz aufgelöst vom Venford-Stausee zurückkam, weil ich dich im Wald erspäht hatte.« Sie lachte. »Anscheinend hattest du dich schon aus dem Staub gemacht, als die Polizei eintraf.«

»Auf jeden Fall!« Auch er lachte. »Jemand hat das Fenster geöffnet und gerufen: ›Wer ist da?‹, und der Hund hat wie irrsinnig gebellt. Und dann kam der alte Junge aus dem anderen Cottage. Zu der Zeit war ich schon wieder oben auf dem Weg. Ich hatte den Eindruck, dass man mich nicht besonders herzlich aufnehmen würde.«

»Nein«, sagte sie mitfühlend. »Damit war nicht zu rechnen. Frummie hätte dich wahrscheinlich mit dem Schürhaken erschlagen, bevor du auch nur den Mund aufgemacht hättest.«

»Sie scheint wirklich Angst und Schrecken zu verbreiten«, meinte er vergnügt. »Schade, dass du nicht ein bisschen länger bei ihr bleiben konntest.«

»Hat Martin dir das erzählt?«

»Er hat mich auf dem Laufenden gehalten.«

Wieder schlich sich die Verlegenheit ein, aber die kühle Atmosphäre war mit dem Lachen verflogen.

»Für mich war es richtig auszuziehen«, sagte Louise. »Ich war zu abhängig von ihr. Sie war großartig, als ich … den Zusammenbruch hatte. Anscheinend hat sie genau verstanden, wie ich mich gefühlt habe. Aber es war Zeit zu gehen. Und jetzt«, sie zuckte die Schultern, »jetzt bin ich hier.«

»Du machst deine Sache wirklich gut.« Er lächelte. »Ein hübsches kleines Cottage. Wie hast du es gefunden?«

»Das ist eine lange Geschichte.«

»Ich habe ein langes Wochenende.«

»Ja.« Plötzlich überfiel sie wieder lähmende Schüchternheit. »Ja, stimmt.«

»Gut.« Er stellte seine Tasse ab und rückte ein wenig vom Tisch ab. »Ich hatte gehofft, dass du mit mir essen gehst. Was hältst du davon? Ich könnte dich abholen, aber vielleicht möchtest du ja lieber selber fahren.« Er ließ ihr die Freiheit der Entscheidung, ohne sie zu bedrängen.

»Ja«, sagte sie. »Das wäre … gut.«

»Wunderbar.« Sie spürte, wie erleichtert er war. Er erklärte ihr, wo das Hotel lag und wie sie hinkommen würde, und stand auf. »Dann lasse ich dich allein, damit du dich fertig machen kannst«, sagte er. »Bis später.«

Offenbar überlegte er, wie er sich von ihr verabschieden sollte, und als sie sich nicht rührte, lächelte er sie nur an, ging hinaus und zog die Tür leise hinter sich zu.

NEUNUNDDREISSIG

Als Brigid am Samstagmorgen von Holne nach Hause fuhr, überholte sie Alexander auf der Saddle Bridge. Sie hielt an, kurbelte das Beifahrerfenster herunter und lächelte ihn an.

»Hattest du einen schönen Spaziergang?«

»Ich bin den O Brook entlanggewandert.« Er sah zum Fenster herein. »Ein seltsamer Name, nicht wahr? Nimmst du mich mit nach Hause?«

»Gern.« Sie beugte sich hinüber, um ihm die Tür zu öffnen. »Ich bin mir immer unschlüssig, ob ich anbieten soll, jemanden mitzunehmen. Manchmal möchten die Leute allein sein. Aber es ist ja nicht mehr weit. Bist du etwa geflüchtet?«

Aus dem Augenwinkel sah sie, dass er lächelte, während er es sich auf dem Beifahrersitz bequem machte.

»Wie du brauche ich Augenblicke der Ruhe.«

»Ein Glück, dass deine Nachbarn nicht besonders gut zu Fuß sind.« Sie grinste. »Das gilt jedenfalls für Frummie und Margot. Wie steht's mit Gregory?«

»Du meine Güte, nein! Ein flotter Marsch zur U-Bahn – mehr ist bei ihm nicht drin, er ist nicht fürs Landleben geschaffen. Unter den gegebenen Umständen kommt er gut zurecht, aber ich bin froh, dass die beiden Mädels so gesellig sind. Da schlägt sein Herz höher.«

Sie lächelte in sich hinein, weil er Frummie und Margot als »Mädels« bezeichnet hatte, und entschloss sich zu einem Vorschlag, über den sie schon seit einiger Zeit nachgrübelte.

»Ich habe mir überlegt«, sagte sie betont beiläufig, »ob du nicht vielleicht Michael kennen lernen möchtest. Und Sarah natürlich. Aber vor allem Michael. Wär doch … schön«, sagte sie unbeholfen, »wenn ihr Bekanntschaft schließen würdet.«

»Meinst du?«

»Schließlich ist er dein Enkel.« Sie bemühte sich, weder anklagend noch verletzt zu klingen. »Die beiden sind zwar nicht oft hier, aber wir können bestimmt ein Treffen arrangieren.«

»Und was sagt Michael dazu?«

Brigid schwieg. »Glaubst du, ich habe ihn gefragt?«, gab sie nach einer Weile zurück.

»Hast du das denn nicht?«

Brigid bog von der Straße ab, bremste und saß reglos da, das Lenkrad umklammernd, als würde sie Halt suchen, die Augen auf Bellever Tor und Laughter Tor gerichtet.

»Muss ich ihn kennen lernen?«, hatte Michael ein wenig gereizt zurückgegeben. »Das ist ein bisschen viel verlangt, nicht? Er bildet sich wohl ein, er könnte nach so langer Zeit einfach so in unserem Leben auftauchen. Dad ist doch nie gut mit ihm ausgekommen. Meinst du nicht, es könnte schwierig werden?«

Alexander beobachtete sie. »Ich nehme an, er war nicht gerade begeistert«, sagte er freundlich.

Sie sah ihn an. »Nicht besonders«, gab sie ehrlich zu, »aber das ist schade.«

»Wieso glaubst du eigentlich, dass wir unser Leben gegenseitig bereichern könnten, nur weil wir verwandt sind?«

Am liebsten hätte sie gerufen: »Weil du für *mich* eine Bereicherung bist!« Aber sie brachte die Worte nicht über die Lippen. Sie hielt sich am Lenkrad fest und presste trotzig die Lippen aufeinander.

»Du weißt doch gar nicht im Voraus, wie es wäre«, sagte sie schließlich.

Er griff nach ihrer schmalen, sonnengebräunten Hand. »Wir beide haben Glück gehabt«, sagte er, »aber das heißt nicht unbedingt, dass es bei jemand anderem auch funktioniert. Sympathie lässt sich nicht erzwingen.«

»Aber irgendwann wirst du sie kennen lernen.« Sie sah ihn bittend an. »Ich hatte gehofft, dass du uns über Weihnachten besuchst.«

»Und du meinst, das ist ein kluger Einfall?«

»Warum denn nicht?«

Alexander holte tief Luft und schaute auf die schöne, wilde Herbstlandschaft hinaus. »Hast du Humphrey verraten, dass es meine Idee war, die Schule zu übernehmen?«

»Nein.« Sie runzelte die Stirn, im Glauben, er wolle das Thema wechseln. »Nein, hab ich nicht. Du hast mir ja geraten, es ihm nicht zu sagen.«

»Und hättest du es getan? Wenn ich dir diesen Rat nicht gegeben hätte?«

Sie ließ den Blick über den Weg und die Dächer der tiefer liegenden Häuser wandern. »Nein«, antwortete sie schließlich. »Wahrscheinlich nicht.«

»Warum nicht?«

»Weil er vermutlich nicht gerade erfreut gewesen wäre, dass ...« Sie suchte nach dem rechten Wort.

»Dass ich mich einmische. Es hätte ihn verärgert, und zwar völlig zu Recht, dass ich nach all den Jahren auftauche und ihm Ratschläge erteile, was er mit seinem Leben anstellen soll.«

»So ungefähr«, murmelte sie.

»Und hast du ihm erzählt, wie sehr wir einander schätzen? Wie gut wir miteinander auskommen?«

Sie schüttelte den Kopf und beobachtete die Schatten der Wolken, die über Yar Tor hinwegzogen.

»Du glaubst, er könnte gekränkt sein, dass du mit mir Freundschaft geschlossen hast, obwohl du weißt, wie er zu mir steht?«

»Wahrscheinlich.« Sie strich sich das schöne blonde Haar zurück. »Es wäre wie ...«

»Verrat?«

Wieder nickte sie und machte ein Gesicht, als würde sie gleich in Tränen ausbrechen. Aber in ihrem Blick lag Wut.

»Es ist so idiotisch«, stieß sie hervor. »Und so überflüssig!«

»Aber du gehst davon aus, dass Humphrey und ich aufeinander reagieren würden wie du und ich. Wenn das der Fall wäre, hätten wir in den fast zwanzig Jahren, die wir zusammengelebt haben, genügend Zeit gehabt, uns einander anzunähern. Wie willst du das schaffen?«

Brigid saß schweigend und mit hochgezogenen Schultern da. Sie hatte versucht, sich alles zurechtzulegen, aber jedes Mal war sie auf Widerstand gestoßen: Humphreys Unmut – »Wie lange kennst du ihn schon?« – und Sarkasmus, der Verweis auf seine alten Wunden – »Weißt du nicht mehr, wie er Mutter und mich behandelt hat?« –, seine Vorwürfe. Schließlich hatte sie es aufgegeben. Kompliziert wurde alles dadurch, dass sie auch die eigene Beziehung zu ihm wieder ins Lot bringen musste. Humphrey war so großzügig über ihre geheimen Machenschaften mit Jenny hinweggegangen, dass es ihr undenkbar schien, ihm noch einmal in irgendeiner Form die Loyalität aufzukündigen.

»Glaubst du wirklich, das würde funktionieren«, fragte Alexander jetzt, »wenn Humphrey nach sechs Monaten wieder nach Hause kommt, dich für sich haben und die aufregenden Fragen und Probleme seines neuen Berufs mit dir besprechen möchte? Glaubst du, das ist der rechte Augenblick für eine Versöhnung? Versuch mal, dir diese Szene ganz konkret vorzustellen. Der Wille allein reicht nicht aus. Womöglich wäre es sogar genau das Falsche.«

»Aber du triffst dich mit ihm, ja?«, bat sie mit unglücklicher Miene. »Und mit den Jungs. Irgendwann, es muss ja nicht an Weihnachten sein. Du hast Recht, Weihnachten ist vielleicht nicht der richtige Zeitpunkt, wenn Humphrey gerade erst wieder da ist. Obwohl man denken könnte, ein Familienfest wäre der passende Anlass.«

»Du bist sentimental«, sagte er freundlich. »Es gibt keinen Grund, warum Humphrey mir am fünfundzwanzigsten Dezember gewogener sein sollte als an irgendeinem anderen Tag im Jahr.«

»Und du bist ein Zyniker«, entgegnete sie erschöpft.

»Du wiederholst dich. Das Wort Realist gefällt mir da schon besser.«

»Aber du tust so, als würden sich Menschen niemals entwickeln oder verändern. Frummie und ich kommen besser miteinander aus als je zuvor. Warum sollte das bei dir und Humphrey nicht auch klappen?«

»Dazu muss auf beiden Seiten der Wunsch vorhanden sein. Wir müssten einander wirklich verzeihen und aufeinander zugehen wollen.«

»Willst du das etwa nicht?« Sie sah ihn anklagend an.

Er lächelte traurig. »Es klingt so einfach, nicht wahr? Vielleicht bilden wir uns ja beide ein, dass wir es wollen; aber das heißt noch nicht, dass der Umschwung sofort kommt. Du darfst nicht vergessen, dass es Humphrey ist, der mit Schmerz und Groll zu kämpfen hat, nicht ich. Er hat mir nicht wehgetan.«

»Aber du hast ihm auch nicht wehgetan. Du hast ihn nur zur Unabhängigkeit ermutigt.«

»So habe ich es damals gesehen. Er sieht es anders. Das sind Jahre der Indoktrination und eines ganz natürlichen Unmuts, die erst einmal verdaut sein wollen. Du warst so großzügig, die Sache aus meinem Blickwinkel zu betrachten und mir zu verzeihen, aber du bist nicht diejenige, die verletzt wurde.«

»Aber macht es dir denn nichts aus, dass er dich missversteht?«, rief sie. »Er ist doch dein Sohn!«

Er seufzte. »Ich glaube, dass du den Blutsbanden zu viel Bedeutung beimisst. Jeder andere könnte mein leiblicher Sohn sein. Jeder andere könnte Humphreys leiblicher Vater sein. Der bloße Zufall garantiert noch lange nicht Liebe, Zuneigung und Verbundenheit. Wichtig ist nur, dass Humphrey mir nicht mehr böse ist. Wahrscheinlich schafft er das inzwischen.«

»Wieso?«, fragte sie verblüfft.

»Weil er mir geholfen hat. Er hat mir Zuflucht geboten, ein Dach über dem Kopf, als ich es brauchte, also hat er mir im tiefsten Innern wohl verziehen. Das ist gut und wichtig. Viel wichtiger, als der Form halber nach außen die Einheit der Familie zu demonstrieren. Vielleicht verflüchtigt sich sein ganzer Groll durch diesen beeindruckenden Akt der Großherzigkeit. Wir wollen den Erfolg doch nicht dadurch gefährden, dass wir ›glückliche Familie‹ spielen.«

Brigid schüttelte verwirrt den Kopf, spürte aber, dass er Recht hatte.

»Also dann später.« Sie wollte nicht ganz aufgeben, denn wie sollte sie es ertragen, ihn zu verlieren? »Wir denken später darüber nach, wenn sich alles ein wenig beruhigt hat.«

»Verzeih mir, liebe Brigid«, sagte er leise.

Sie sah ihn an. »Ich habe dir nichts zu verzeihen. Es ist nur … Ich mag dich sehr.«

Sie war erstaunt über sich selbst, über die Worte, die ihr so natürlich über die Lippen gekommen waren, und er beugte sich zu ihr herüber und küsste sie sachte auf die Wange.

»Ich dich auch«, erwiderte er. »Danke.«

Sie bemerkte, dass ihm Tränen in den Augen standen, ließ den Motor wieder an, damit Alexander nicht in Verlegenheit geriet, und steuerte den Wagen vorsichtig nach Foxhole hinunter.

»Ich glaube, es ist ein Altersheim«, meinte Margot. »Ich habe Gregory gefragt, aber er ist bei dem Thema fast so verschlossen wie Alexander. Er meint aber auch, dass wir uns Alexander im Kreis der Gutbetuchten nicht so recht vorstellen können. Er wirkt doch ein klein wenig asketisch, findest du nicht? Er macht so einen disziplinierten Eindruck, und beim Alkohol hält er sich auch zurück. Aber er kann gute Laune verbreiten. Ein wirklich nettes Altersheim, haben wir überlegt – wo er gut versorgt wird, aber seine Unabhängigkeit behält. Du weißt, was ich meine? Anscheinend bleibt er eine Weile bei Gregory in London, wenn er hier seine Zelte abbricht. Weißt du zufällig, wo er immer hinfährt? Zwei-, dreimal die Woche, immer um dieselbe Uhrzeit: halb zwölf. Seltsam, nicht? Gregory sagt, dass er behauptet, er wolle zum Einkaufen.«

»Dahinter steckt vermutlich, dass er einkaufen geht«, bemerkte Frummie sarkastisch. Sie ärgerte sich, dass sie selbst Alexanders Gewohnheiten nicht so genau registriert hatte. »Was denn sonst?«

»Aber findest du es nicht merkwürdig, dass er immer um dieselbe Uhrzeit fährt?«, beharrte Margot. Sie zupfte an ihrem Haar, das in noch aggressiverem Kastanienbraun leuchtete als die Woche zuvor, und zog ein nachdenkliches Gesicht. »Ich habe Gregory vorgeschlagen, doch einfach mal mitzufahren, aber der Vorschlag hat ihn regelrecht schockiert. Männern fehlt ja leider die angeborene Neugier.«

»Die überlassen sie uns, meine Liebe.« Frummie bezwang ihren Stolz und bat um Auskunft. »Apropos Neugier, was hast du über Gregory herausgefunden? Du hast ihn ganz schön ins Kreuzverhör genommen, als Alexander und ich gestern Abend Kaffee gemacht haben. Lebt er allein?«

»Ganz allein. Seine Frau ist vor vier, fünf Jahren gestorben, die Ärmste. Zwei Töchter, aber die kriegt er nicht oft zu Gesicht. Sie wohnen auf dem Land – in Gloucestershire und Yorkshire. Anscheinend haben sie mit sich selbst zu tun, was ja auch ein Segen sein kann, obwohl ich überzeugt bin, dass sie ganz entzückend sind. Er hat ein hübsches kleines Haus in Fulham – aber das habe ich dir doch schon erzählt, oder nicht? – und führt ein recht geselliges Leben. Das war ja nicht anders zu vermuten. Sie wohnen da schon seit zwanzig Jahren. Er hat wirklich Humor.« Sie sah ihre liebe alte Freundin verschmitzt an. »Ich bin froh, dass du ihn mir überlassen hast, Fred. Gregory und ich verstehen uns wunderbar. Alexander ist mir zu direkt.«

»Er ist ein ungewöhnlicher Mensch«, meinte Frummie, womit sie andeuten wollte, dass man selbst ein besonderer Mensch sein müsse, um ihn zu schätzen, und darauf beruhe auch ihre Wahl. »Er ist nicht oberflächlich.«

»Wenn man kompliziert sein muss, um seine feineren Qualitäten zu erkennen, dann bist du sicher die Richtige für ihn«, bemerkte Margot giftig. »Ich bin eher ein schlichtes Gemüt.«

»Das wissen wir alle«, stimmte Frummie fröhlich zu. »Und du planst also, nach Fulham zu ziehen?«

»Hm.« Margot fand diesen Frontalangriff denn doch ein wenig unverfroren. »Natürlich nicht sofort. Das ist doch ein großer Schritt.«

»Das kann man wohl sagen«, meinte Frummie, »aber ihr scheint euch wirklich glänzend zu verstehen.« Dann setzte sie eine besorgte Miene auf. »Oder ist er noch nicht für eine neue Bindung offen?«

»Das glaube ich schon«, entgegnete Margot rasch. »Hat er gestern in Dartmouth irgendwas gesagt? Wir sind doch eine Weile getrennt unterwegs gewesen. Ich habe mich nur gefragt, ob er vielleicht etwas über mich hat verlauten lassen.«

»Ich hatte den Eindruck, dass er ziemlich einsam ist –«

»Das finde ich auch«, warf Margot rasch ein.

»– und dass er ein Mann ist, der weibliche Gesellschaft zu schätzen weiß.« Frummie lächelte wissend.

Margot, der solche zweideutigen Bemerkungen nicht gefielen, setzte eine skeptische Miene auf. »Er hat sehr gute Manieren«, bemerkte sie streng. »Und er ist äußerst charmant. Natürlich gibt es Frauen, die die Höflichkeit eines wohlerzogenen Mannes gleich persönlich nehmen. Aber das ist albern.«

»Da hast du Recht«, stimmte Frummie sofort zu. »Ich glaube, auf diesem Gebiet herrscht große Unsicherheit. Nichts könnte mich mehr ärgern als die Sorte Frau, die sich gleich einbildet, ein Mann sei in sie verliebt, nur weil er gute Manieren hat.«

»Stimmt«, meinte Margot leicht verunsichert. »Na dann. Er hat also nichts … Besonderes gesagt.«

»Er mag dich *sehr*«, erklärte Frummie. »Das sieht man doch.« Ihre Stimme klang ein klein wenig wehmütig.

Margot strahlte, ja, sie grinste geradezu affektiert. »Das ist aber nett.« Anscheinend war sie wenigstens für den Augenblick sprachlos.

»Haben wir eigentlich noch etwas von dem köstlichen Whisky«, fragte Frummie beiläufig, »den uns der liebe Harry geschickt hat? Ich glaube, wir könnten einen Schluck vertragen, was meinst du?« Sie zog schelmisch die Augenbrauen hoch. »Schließlich haben wir ja beinahe etwas zu feiern.«

»Das meine ich auch.« Mit zufriedenem Gesicht eilte Margot davon.

Frummie seufzte tief, leckte sich in Vorfreude die Lippen und dachte über das Gespräch nach.

VIERZIG

Louise strich die Wände der Abstellkammer zu Ende, sammelte die Lappen ein, griff nach dem Eimer mit Schmutzwasser und stieg vorsichtig die enge Wendeltreppe hinunter. Rücken und Arme taten ihr weh, und sie freute sich darauf, ihre schmuddlige Arbeitskleidung abzulegen und sich unter die heiße Dusche zu stellen. Sie schüttete das Wasser aus, spülte die Lappen aus und beobachtete eine Weile durch die Scheiben des Wintergartens das Spiel der Sonnenstrahlen auf der Mauer. Winziger Farn wuchs in den Ritzen, und Leinkraut und Fetthenne klammerten sich an die verwitterten Steine.

»In Devon«, hatte Rory gesagt, »blühen sogar die Mauern.«

Sie konnte immer noch kaum fassen, dass er hier gewesen war. Die Mischung von Vertrautheit und Fremdheit war verstörend. Immer wieder hatten sie für längere Zeit die alte Nähe erlebt, um dann durch einen jähen Schock in die Gegenwart versetzt zu werden, sodass wieder Angst und Zurückhaltung spürbar wurden. Das Essen im Hotel war eine außerordentliche Erfahrung gewesen.

»Magst du immer noch Ente?«, hatte er beiläufig gefragt, als sie die Karte studierten. »Sie soll hier gut sein.«

»Ja«, sagte sie, tief berührt von dieser kleinen Aufmerksamkeit. »Ja, stimmt. Das wäre wunderbar.«

Sie beobachtete ihn, während sie die Speisekarte studierte, suchte nach Spuren des Leids. Er hatte sich kaum verändert. Sein helles Haar war dicht und widerspenstig wie eh und je. »Das Stroh auf deinem Dach muss mal gestutzt werden«, hatte sie ihn oft geneckt. Sein Gesicht wirkte schmaler, und sie erinnerte sich nicht an die Linien, die sich nun von der Nase zum Mund zogen, um den ein Lächeln zu spielen schien.

Er ist jetzt siebenunddreißig, dachte sie, und ich bin vierunddreißig.

Plötzlich überfiel sie ein Schmerz um die drei verlorenen Jahre, und sie merkte, dass auch er sie mit leichtem Stirnrunzeln beobachtete. Mechanisch lächelte sie, fragte sich, ob sie eine Bemerkung von ihm überhört hatte, und fühlte sich unsicher.

»Dann also Ente«, entschied er fröhlich. »Ich nehme dasselbe. Erklärst du es mir noch mal? Frummie ist Brigids Mutter. Und wer ist Alexander? Hört sich an wie eine Kommune.«

Dankbar nahm sie den Faden auf, berichtete, wer in Foxhole wohnte, erzählte von Jemima und MagnifiCat. Gemeinsam lachten sie über seine schmähliche Flucht, nachdem Frummie Zeter und Mordio geschrien hatte. Und bald kam ihr die Zeit der Trennung wie ein Urlaub vor, den sie genommen hatte, während er auf See war. Sie stellte fest, dass sie ihre Erlebnisse in Foxhole wie eine amüsante Geschichte zum Besten gab – abgesehen von den Lücken, den großen, schmerzlichen Lücken, in die Hermione gehörte und die sie noch nicht berühren konnte. Er half ihr, stellte freundliche, ungefährliche Fragen, die sich wie Planken über die Leerstellen ihrer Erzählung legten und über die sie ganz vorsichtig gehen konnte, bis sie wieder festeren Boden unter den Füßen hatte.

Das Essen, das schließlich serviert wurde, erwies sich als willkommene Ablenkung. Sie wechselten das Thema und sprachen über seinen Job und die Kollegen. Offensichtlich machte ihm die Arbeit Spaß, und sein kleines Cottage schien bezaubernd zu sein.

»Es liegt am Ende der Straße«, erklärte er schüchtern, offenbar um nicht den Eindruck zu erwecken, er wolle das Haus als Anreiz präsentieren. »Das Dorf ist sehr klein, aber es ist das letzte Haus, dahinter fängt der Wald an. Man kann dort wunderbar spazieren gehen, aber der Garten ist nicht groß.«

»Klingt gut«, sagte sie erfreut.

»Du musst mal vorbeikommen und es dir ansehen«, schlug er vor, und sie wurde sofort wieder von Angst gepackt.

Wie sollte das gehen? Konnten sie sich in diesem Haus aufhalten, immer noch verheiratet und doch Fremde?

Sie hatte etwas gemurmelt, nach ihrem Glas gegriffen und eine Bemerkung über den Wein gemacht. Er hatte keinen Versuch unternommen, sie nach dem Essen noch zu halten, also war sie weggefahren, obwohl sie sich nach ihm sehnte und gleichzeitig überraschend glücklich war.

Jetzt, nach getaner Arbeit, ging sie wieder nach oben, streifte ihre Kleider ab und duschte die Verspannungen und den Schmutz fort. Kurze Zeit später stand sie in Jeans, blauer Kordbluse und mit dem langen Seidenschal vor dem Spiegel, band die dunklen Locken im Nacken zusammen und schlang ein Haarband darum. Während sie sich noch kritisch in dem altersfleckigen Spiegel betrachtete, hörte sie seinen Wagen. Sie sah aus dem Fenster. Er ließ den Blick über die grüne Landschaft schweifen. Seine Kopfhaltung erinnerte sie an Hermione, und sie spürte einen Stich. Rasch lief sie die Treppe hinunter, griff nach ihrer Jacke und den Wanderschuhen, die in dem kleinen Vorbau standen, und trat zu ihm hinaus. Irgendwie war es im Freien leichter, normal miteinander umzugehen.

Er lächelte sie mit so natürlicher, vertrauter Wärme an, dass ihre Ängste verschwanden wie Schlangen, die lautlos in Löcher und unter Steine gleiten, und ihr leicht ums Herz wurde.

»Ich nehme meine Stiefel mit«, sagte sie, »für den Fall, dass wir einen Spaziergang machen.«

»Meine sind im Kofferraum.« Er nahm ihr die Schuhe ab. »Du kennst dich in der Gegend aus. Hast du schon entschieden, wo wir hinfahren?«

»Nicht allzu weit«, sagte sie und stieg ein. »Du musst ja heute Abend nach Wales zurück.«

Er setzte sich neben sie. »Mach dir deshalb keine Sorgen! Es sind nur zwei Stunden Fahrt. Wir haben noch den ganzen Nachmittag vor uns.«

Sie begann zu lachen, und er freute sich über ihre Fröhlichkeit und betrachtete sie liebevoll.

»Du wirst es nicht glauben«, sagte sie, »aber ich wollte gerade fragen: ›Warst du schon mal in Dartmouth?‹ Ich hatte total vergessen, dass du dort drei Jahre auf dem College warst. Ich scheine langsam zu verblöden!«

»Die Zeit würde ich auch lieber vergessen«, meinte er sarkastisch. »Und als Antwort auf deine unausgesprochene Frage: Ja, ich war schon dort, aber ich fahre gern noch mal mit dir hin, wenn du Lust hast.«

»Du könntest mir deine alten Stammkneipen zeigen«, schlug sie schelmisch vor.

»Und die Barmädchen«, fügte er mit nostalgischem Seufzer hinzu.

»Mit Kellnerinnen wird nicht angebandelt«, erklärte sie streng. »Kommt nicht in die Tüte!«

Er beugte sich vor und gab ihr einen Kuss, zog sich aber zurück, bevor sie reagieren konnte. »Du bist auch nicht mehr für jeden Spaß zu haben«, meinte er traurig. »Okay, keine Barmädchen.«

Als sie losfuhren, spürte sie noch seinen Kuss auf den Lippen. Sie fühlte sich so glücklich, dass sie unwillkürlich lächelte, sich entspannte und eine Zufriedenheit empfand, die sie für immer verloren geglaubt hatte.

Jemima schloss die Cottagetür ab und genoss einen Augenblick die Sonne, während sie darauf wartete, dass die beiden, die das Haus den Winter über mieten wollten, ins Auto stiegen und wegfuhren. Die Befriedigung, die sie sonst bei einem erfolgreichen Abschluss empfand, wurde durch eine Ängstlichkeit getrübt, die sie mittlerweile ständig begleitete. Sie winkte der jungen Frau fröhlich zu, während ihr Partner wendete; Jemima wusste genau, dass die beiden sich gern länger im Haus umgeschaut und in einem Gefühl des Besitzerstolzes geschwelgt hätten. Aber solange nicht alle Formulare ausgefüllt waren und der Vertrag nicht unterschrieben war, hätte die Besitzerin nicht gewollt, dass Jemima den Schlüssel aus der Hand gab. Die ältere Dame war als Vermieterin überkorrekt, und das Pärchen würde gute Referenzen vorweisen müssen. Jemima schüttelte mitfühlend den Kopf. Sie fand die jungen Leute sympathisch und wünschte ihnen Erfolg. Vermutlich würden sie, sobald Jemima außer Sicht war, wieder auftauchen, den kleinen Garten erforschen, durch die Fenster ins Haus spähen und Pläne schmieden.

Als Jemima in ihren Wagen stieg, seufzte sie neidisch. Sie wünschte, sie würde auch so freudig erregt in die Zukunft blicken. Das Wochenende hatte sie allein verbracht – das war ja noch in Ordnung, er war auf irgendeiner Verkaufskonferenz gewesen –, aber die Telefongespräche mit ihm waren enttäuschend kurz und unbefriedigend gewesen. Wenigstens würde er am Freitag kommen, das hatte er fest versprochen.

Mit gemischten Gefühlen legte Jemima die Aktentasche auf den Beifahrersitz und verstaute ihr Handy. So sehr sie sich auch danach sehnte, ihn wiederzusehen, ein paar Entscheidungen mussten getroffen werden. Als sie das Dorf hinter sich ließ, ertappte sie sich dabei, dass sie mit einem gewissen Neid an das unbekümmerte Geschöpf zurückdachte, das sie einmal gewesen war. Sie konnte es kaum glauben, dass die Jemima von früher stets einen inneren Abstand gewahrt hatte, der sie wie eine zweite Haut vor Verletzungen geschützt hatte. Da sie diesen Schutz nun abgelegt hatte, war sie sensibel und fühlte sie sich verwundbar. Die Freiheit und die Wärme, das entspannte Geben und Nehmen einer bedingungslosen Liebe blieben ihr versagt, und deshalb konnte sie ihre Nervosität nie ablegen. Wie einfach war doch alles gewesen, bevor sie sich in diese Liebe gestürzt hatte, wie unangestrengt! Sie lachte bitter, als sie sich an ihre selbstgefällige Bemerkung erinnerte, sie sei zur Geliebten geboren. Inzwischen kannte sie den Schmerz der

Einsamkeit, den nur die Gegenwart des Geliebten lindern konnte; sie kannte die Angst, die von Selbstzweifeln und Eifersucht herrührte. Sie hatte nun kein Verlangen mehr, Spielchen zu spielen oder sich in Techniken zu üben, die einem der Partner einen Vorsprung verschafften, und sie war es leid, ständig auf der Hut zu sein und zu bedenken, dass er gerade eine längere Beziehung hinter sich hatte und Zeit brauchte.

Hinzu kam noch der Schock, ihr Zuhause zu verlieren. Natürlich war damit zu rechnen gewesen, dass sie irgendwann ausziehen musste. Man hatte ihr von Anfang an offen gesagt, dass die Wohnung möglicherweise für Mitarbeiter des Seenotrettungsdienstes benötigt wurde, dass sie also nicht längerfristig zu mieten sei. Aber in ihrer lässigen Art hatte sie sich erlaubt, nur für den Augenblick zu leben und zu glauben, es sei ihr Heim. Natürlich würde das alles keine Rolle spielen, wenn sie nur zusammen sein konnten. Jemima hätte liebend gern alle Vorteile ihrer Wohnung, den Luxus und die Aussicht geopfert, um mit ihm zusammenleben zu können, ja, sie hätte freiwillig darauf verzichtet, wenn er nur bei ihr wäre.

»Es tut mir wirklich Leid«, hatte sie Anfang der Woche gesagt, als er spätabends vom Büro aus anrief. »Wegen der Wohnung, meine ich.«

»Es ist bestimmt schwer für dich, auf die Aussicht zu verzichten.«

»Du sahst aus, als wärst du völlig platt«, erwiderte sie, auf eine deutlichere Reaktion hoffend. »Richtig enttäuscht.«

»Natürlich ist es überraschend gekommen, aber mach dir deshalb keine Gedanken. Im Moment ist mir alles ein bisschen zu viel. Mein ganzes Leben ist in den letzten Monaten auf den Kopf gestellt worden.«

Sofort empfand sie Reue. Er hatte seine Freundin verloren und versuchte, eine neue Beziehung aufzubauen, sich neu zu orientieren – und jetzt gab es nicht einmal die Wohnung als feste Größe.

»Das weiß ich«, sagte sie mitfühlend. »Das wollte ich damit

eigentlich sagen. Es ist einfach eine zusätzliche Komplikation, die du nicht gebrauchen kannst.«

»Das schaffen wir schon!«, meinte er zuversichtlich, und sie fühlte sich mit einem Schlag wieder glücklich.

»Natürlich schaffen wir das«, stimmte sie zu. »Es könnte sogar Spaß machen, nach einer gemeinsamen Wohnung zu suchen.«

Im Hintergrund waren Stimmen zu hören, und sie merkte, dass seine Aufmerksamkeit von etwas anderem beansprucht wurde.

»Ich muss Schluss machen«, hatte er gesagt, und seine Stimme hatte plötzlich ausdruckslos und geistesabwesend geklungen, als würde er sich auf etwas vollkommen anderes konzentrieren. »Probleme. Bis bald.«

Nachdem er aufgelegt hatte, waren ihre Ängste wiedergekehrt, aber jetzt, als sie vorsichtig über schmale Landstraßen fuhr, gewann ihr natürlicher Optimismus wieder die Oberhand, und sie wandte sich der vergnüglichen Aussicht auf ein gemeinsames Wochenende zu. Ihre Laune besserte sich, und sie entspannte sich ein wenig.

Als sie eine Kassette in den Rekorder schob und zu singen begann, läutete das Handy. Sie fuhr rechts ran und griff nach dem Telefon.

»Hi!«, rief sie erfreut, sie konnte ihre Freude einfach nicht verbergen. »Wie geht's?«

»Gut. Mir geht's … gut. Ja … alles bestens.«

»Was ist los?« Sie schaltete den Motor und die Musik ab und machte ein besorgtes Gesicht. »Du klingst irgendwie anders.«

»Ja. Die Sache ist die … Zum Teufel, ich weiß einfach nicht, wie ich es dir sagen soll …«

»Du kannst dieses Wochenende nicht kommen.« Sie sprach es für ihn aus, nicht nur um ihm zu helfen, nicht nur um ihr Selbstvertrauen aufzumöbeln, indem sie einen fröhlichen Tonfall anschlug, sondern – schlimmer noch – als unwillkürliche Geste, um etwas Schrecklicheres abzuwenden, etwas, was sie nicht ertragen konnte.

»Nein, nicht nur das.«

Okay. Das war's. Sie schüttelte den Kopf, biss sich auf die Lippen. »Was ist es dann?«

»Die Sache ist die … Ach, Scheiße, es gibt keinen einfachen Weg, das zu sagen.« Er schwieg so lange, wie ein Atemzug dauert, dann sagte er rasch: »Ich bin wieder mit Annabel zusammen.«

Sie sah einen winzigen Vogel in der Hecke; flink und unauffällig hüpfte er von Zweig zu Zweig. Jemima beobachtete ihn, konzentrierte sich auf ihn, während sich der Schmerz, kalt wie der Tod, auf ihr Herz legte.

»Bist du noch da?« Er klang besorgt. »Weißt du, mir macht das wirklich zu schaffen. Ich hätte mir nie träumen lassen, dass das passiert. Weißt du.« Er holte Luft und machte noch einen Anlauf. »Ich dachte wirklich, dass wir miteinander können. Wirklich, Jemima. Ich habe dich nicht nur hingehalten. Ehrlich. Nur … als ich sie wiedersah … Na ja, sie hat einen schrecklichen Fehler gemacht, das hat sie zugegeben, und gesagt, dass sie wieder mit mir zusammen sein möchte. Ich habe versucht, nein zu sagen, damit ich ein bisschen mehr Zeit habe, darüber nachzudenken, ich habe mir überlegt, was ich alles verlieren würde, wenn ich dich verliere, es war nicht leicht, das kannst du mir glauben. Und dann … Na ja, gestern Abend ist sie rübergekommen, und wir haben die Sache besprochen. Tatsache ist, dass ich glaube, wir sollten noch einen Versuch wagen. Fünf Jahre sind eine lange Zeit, da kann man nicht alles einfach hinwerfen …«

Der Vogel war nun auf das Tor gesprungen und suchte nach Insekten. Emsig hackte er mit dem Schnabel in das weiche, splitternde Holz, viel zu sehr mit dem Überleben beschäftigt, um Jemima zu bemerken.

»Also habe ich mich darauf eingelassen, es noch einmal zu versuchen. Sie ist wirklich ganz durcheinander, und ich habe das Gefühl, dass es nur fair ist nach allem, was wir miteinander aufgebaut haben … O Gott, ich fühle mich wie ein richtiger Scheißkerl!«

In diesem plötzlichen Ausbruch schwang etwas Melodramatisches mit, ja sogar Selbstmitleid. Er wollte, dass sie ihn freigab, dass sie ihm die Schuldgefühle nahm. Sie erwachte aus ihrer Erstarrung, kratzte ihren Mut zusammen. Der Vogel, durch die jähe Bewegung aufgeschreckt, flog zeternd davon.

»Ja ...« Sie bemühte sich, mit ruhiger Stimme zu sprechen. »Was soll ich dazu sagen?«

»Es tut mir wirklich Leid, Jemima. Du warst so wunderbar, wirklich. Ehrlich, ich fühle mich wie ein Idiot.«

Am liebsten hätte sie ihn angeschrien: »Gut! Ich bin froh! Ich hoffe, dass dir das Miststück noch mal den Laufpass gibt!« Aber sie wusste, dass es wenig half, ein bisschen Dampf abzulassen, wenn dieses kalte, heimtückische Elend sie packte, das sich bereits in ihrem Herzen eingenistet hatte und unerbittlich ihr ganzes Selbst in Besitz nahm. Was hatte man da von einem kleinen, billigen Triumph?

»Danke, dass du's mir gesagt hast.« Sie versuchte, die Worte lebendig klingen zu lassen, aber die Kälte lastete zu schwer auf ihr, sodass ihre Stimme tonlos und schleppend wurde. »Das ist bestimmt nicht leicht, ich verstehe das. Jetzt muss ich aber weiter. Ich stehe auf einer schmalen Straße, und es kommt mir gerade ein Traktor entgegen.«

»O Gott! Es ist schrecklich ...«

»Das kann man wohl sagen«, stimmte sie zu, »aber ich muss jetzt wirklich fahren. Wir können ja ein andermal reden.«

»Mein Gott, ja!« Er war großzügig in seiner Erleichterung. »Wir können Freunde bleiben, ja? Ich möchte wissen, wo du hinziehst und wie es dir geht und so weiter. Ich habe Annabel gesagt, wie großartig du bist und dass du mir das Leben gerettet hast ...«

»Ich muss fahren«, sagte sie abrupt und unterbrach die Verbindung. Sie ließ den Motor an, ließ ihn eine Weile im Leerlauf tuckern und starrte vor sich hin. Sie empfand das alberne, kindische Bedürfnis, zu Hause bei MagnifiCat zu sein, ihn an sich zu drücken und sich von seiner Wärme trösten zu lassen. Vielleicht linderte das den Schmerz, vielleicht wurde sie dadurch sogar dieses Frösteln, dieses merkwürdige Zittern los.

Mit einer für sie untypischen Nervosität setzte sie schließlich den Weg nach Salcombe fort und brachte die Fahrt sehr langsam und mit größter Vorsicht hinter sich.

EINUNDVIERZIG

Thea«, sagte Louise, »ich habe ein Problem. Ich brauche einen Rat.«

»Wie geht's dir?«, fragte Thea herzlich. »Wie gefällt dir dein Cottage? Wann besuchst du uns mal? Hermione hat öfter nach dir gefragt.«

»Wirklich?« Louise lächelte. »Ich würde gern kommen. Oder vielleicht könntest du bei mir vorbeischauen? Danke für deine Karte. Tut mir Leid, dass ich mich nicht gemeldet habe, aber es wurde alles ein bisschen viel.«

»Du hast zu viel renoviert«, erklärte Thea. »Das strengt an. Und dann hast du das Bedürfnis, alle viere von dir zu strecken und geistlos ins Leere zu starren. Das ist ganz normal, kein Grund zur Sorge.«

»Es ist nicht nur das«, erklärte Louise nervös. »Es ist etwas vollkommen Erstaunliches passiert.« Sie zögerte, als müsse sie sich an dieses verblüffende Ereignis erst noch gewöhnen und suche die rechten Worte dafür. »Rory ist aufgetaucht.«

Kurzes Schweigen. »Meine Güte!« Thea war ehrlich verblüfft. »Und ist es … gut?«

»Sehr gut sogar.« Louises Stimme überschlug sich vor Glück. »Ach, Thea! Ich kann es kaum glauben. Es war ein unglaublicher Schock, als er plötzlich vor mir stand. Er möchte wieder mit mir zusammen sein. Das hat er zwar nicht ausdrücklich gesagt, aber es liegt auf der Hand. Er ist nicht mehr bei der Marine, sondern arbeitet bei einer Maschinenbaufirma in Wales. Am Wochenende kommt er wieder runter. Es ist so … eigenartig. Manchmal habe ich das Gefühl, wir wären nie getrennt gewesen, und dann ist es wieder so unheimlich. Alles kommt dann mit einem Schlag wieder hoch, und ich bin wie gelähmt vor Angst. Wir können noch nicht richtig über … über Hermione reden. Er kann besser damit umgehen als ich, aber es ist immer noch eine offene Wunde, und dann denke ich wieder, es kann nie funktionieren, weil das immer zwischen uns stehen wird.«

Die Gesprächspause dauerte etwas länger, und man glaubte, den Nachhall der Worte im Summen der Telefonverbindung zu hören.

»Ich verstehe«, sagte Thea vorsichtig. »Aber wie um alles in der Welt hat er dich gefunden?«

»Kannst du dir das vorstellen? Martin hat die ganze Zeit mit ihm Kontakt gehalten. Als wir uns getrennt haben, Martin und ich, hat er Rory geschrieben.«

»Das ist ja ein Ding!«

»Nicht wahr? Ich habe mit Martin gesprochen, er war … ziemlich verlegen deshalb. Er meinte, es sei eine so entsetzliche Tragödie gewesen – eine Situation, in der wir unwillkürlich Dinge tun, die wir später vielleicht bereuen, und Rory habe ihm so Leid getan. Er dachte immer, wenn ich mich erst einmal erholt hätte, würde ich wahrscheinlich wieder mit Rory leben wollen, und er wollte mir nur Zeit geben, damit meine Wunden heilten, während er mit Rory Kontakt hielt. Rory fand das anscheinend gut und meinte, dass er so wenigstens indirekt mit mir in Verbindung bleiben könne. Er sagt, der Austausch mit der kanadischen Marine sei sein Weg gewesen, Abstand zu nehmen und sich mit dem Verlust abzufinden. Jetzt ist er so weit, es noch einmal zu versuchen.«

»Und wie geht es dir dabei?«

»Es ist, wie ich gesagt habe: Ich möchte es, aber wir haben so viele Altlasten. Ich habe Angst, dass ich es nicht schaffe.«

»Aber ist es nicht wenigstens einen Versuch wert?«

»Ich habe solche Angst, ihn zu verletzen, weißt du – ich habe ihn verlassen, ohne Rücksicht darauf, wie es ihm ging. Angenommen, ich bin doch nicht drüber weg?« In ihrer Stimme lag Panik. »Ich will ihm nicht noch einmal wehtun.«

»Aber warum solltest du ihm wehtun?« Thea blieb ruhig. »Du hast doch längst keinen Groll mehr. Das hast du selbst gesagt. Dass er damals auf See war, ist doch kein Thema mehr, oder?«

»Schon längst nicht mehr.« Louise seufzte. »Er macht sich Vorwürfe. Er sagt: ›Ich hätte da sein sollen‹, und ich sage: ›Wie hättest du da sein können? Es war dein Job.‹ Ich hasse es, wenn er so traurig ist.«

»Aber ist das nicht ein Anfang? Du hast drei Jahre Trost und Fürsorge von Martin bekommen, während Rory auf seine Weise mit dem Schmerz fertig geworden ist. Jetzt kannst du ihn trösten. Ihr könnt zusammen weitermachen. In meinen Augen ist das eine phantastische Chance für einen Neuanfang.«

»Glaubst du das wirklich?«

»Aber ja.« Louise konnte förmlich hören, dass Thea lächelte. »Es ist genau der richtige Zeitpunkt. Alles hat sich zum Guten entwickelt. Du kannst das Angebot unmöglich ausschlagen.«

Louise seufzte schwer. »Ich will es ja annehmen«, sagte sie. »Aber diese Momente, in denen mich die Angst packt, machen mir wirklich zu schaffen.«

»Das kann ich mir vorstellen. Sprich mit ihm darüber. Vermutlich kennt er das Gefühl und zeigt es nur nicht. Wie mutig von ihm, dass er es noch einmal versuchen will. Scheint ein netter Mann zu sein.«

»Das ist er auch. Ich möchte, dass du ihn kennen lernst. Die Sache ist die … Es klingt wirklich komisch. Ich möchte es Brigid und Frummie erzählen, aber ich weiß nicht, wen ich zuerst anrufen soll.« Sie kicherte. »Ich weiß, das hört sich verrückt an, aber sie wohnen in so enger Nachbarschaft, und ich möchte niemanden verletzen. Sie waren beide so unglaublich nett. Bin ich da übersensibel?«

»Nein«, meinte Thea nachdenklich, die über die Beziehung zwischen Brigid und ihrer Mutter Bescheid wusste. »Ich kann mir vorstellen, dass es … Schwierigkeiten geben könnte. Frummie könnte damit auftrumpfen, wenn sie es zuerst erfährt, oder verletzt sein, wenn Brigid es ihr erzählt, weil du dich doch bei ihr, bei Frummie, meine ich, erholt hast. Jetzt sind beide deine Freundinnen.«

»Genau!«, rief Louise erleichtert. »Gott sei Dank! Ich dachte, es liegt an mir. Natürlich könnte ich beide rasch hintereinander anrufen, aber vielleicht ist eine von ihnen gerade außer Haus oder hat keine Zeit.«

Thea fing an zu lachen. »Was ist da zu tun?«, sagte sie. »Wart mal, wie wär's, wenn du anrufst und ein Treffen mit beiden verabredest, und dann sagst du es ihnen gleichzeitig? Vorausgesetzt, du schaffst es, es ihnen persönlich zu sagen.«

»Doch, doch«, sagte Louise nachdenklich und ließ sich den Vorschlag durch den Kopf gehen. »Das könnte ich auf jeden Fall. Eine brillante Idee. So mach ich's. Danke, Thea. Tut mir Leid, dass ich dich damit belaste. Es hat mich nur einfach alles überfordert.«

»Und dann lernen wir ihn alle kennen«, rief Thea vergnügt. »Jeder einzeln, was meinst du? Oder in Gruppen? Du könntest Eintrittskarten verkaufen. Ich kann es gar nicht erwarten.«

Louise musste lachen. »Du hast vielleicht Ideen! Weißt du was, ich bin dir richtig dankbar.«

»Kein Problem. Halt mich auf dem Laufenden, wie es weitergeht, und vergiss nicht, dass wir uns auf deinen Besuch freuen!«

»Danke. Ich besuche euch auf jeden Fall in nächster Zeit. Einen besonderen Gruß an Hermione.«

Als Louise den Hörer aufgelegt hatte, schien Thea ihr alle Angst genommen zu haben. Seltsam, dass Thea schon bei der ersten Begegnung eine solche Stärke ausgestrahlt hatte, ihr die Hand entgegengestreckt und sie gehalten hatte, als sie den Boden unter den Füßen verlor. Theas heitere Gelassenheit färbte auf andere ab, selbst wenn man nur kurz mit ihr in Berührung kam. Zuversichtlich schickte Louise sich an, Brigid anzurufen, aber noch während sie wählte, ertappte sie sich dabei, dass sie an Jemima dachte. Seit zwei Tagen erreichte man bei ihr nur den Anrufbeantworter, und obwohl Louise mehrmals eine Nachricht hinterlassen hatte, rief Jemima nicht zurück. Morgen, nahm sie sich vor, werde ich bei ihr vorbeischauen, falls sie sich bis dahin nicht gemeldet hat. In diesem Augenblick hob Brigid am anderen Ende der Leitung ab, und Louise musste sich auf das Gespräch konzentrieren.

Brigid stand im Hof und beobachtete die Tauben, die wie ein großes Federknäuel in den Himmel aufstiegen. Die Farben ihrer Flügel changierten: reines Weiß vor leuchtendem Blau, Grau vor der cremefarbenen Haufenwolke, strahlendes Weiß vor einer schwarzen Gewitterwolke. Die Vögel flogen in perfekter Harmonie, als folgten sie einer instinktiven Choreographie, und Brigid wurde von einem Glücksgefühl überwältigt. Die Schwalben waren nun fort, sie hatten sich Tage vor dem Aufbruch Richtung Süden gesammelt, saßen aufgereiht auf dem Scheunendach, bis sie eines Morgens verschwunden waren und nur leere Nester als Versprechen für das nächste Frühjahr zurückgelassen hatten.

Brigid fiel wieder ein, wie sie hier gestanden und über Jemima nachgedacht hatte, als Louise vor fünf Monaten hier eingetroffen war. Damals war sie enttäuscht gewesen, weil sie sich ihrer Schwester immer noch fremd fühlte. Jetzt empfand sie hingegen eine stille Freude über ihre aufkeimende Freundschaft, die möglich geworden war, weil sie ihren alten lähmenden Unmut abgeschüttelt hatten. So schwer es ihr auch gefallen war, hatte sie doch versucht, Alexanders Rat zu beherzigen – nein, nicht seinen Rat; Alexander war kein Mensch, der Ratschläge erteilte. Sie war seinem Vorschlag gefolgt, die Waffen niederzulegen und ihre Schwäche zu zeigen. Wie hatte er es formuliert? *Wir helfen anderen mit unseren Schwächen genauso wie mit unseren Stärken.* Das war ein neues Konzept, das sie ziemlich verblüffte. Sie hatte sich stets bemüht, gegenüber Mutter und Schwester die besten Seiten hervorzukehren – stark, kompetent und vernünftig zu sein. Aber anscheinend war dies nicht nur unnötig, sondern es sprach sogar einiges für das Gegenteil. Und es hatte tatsächlich funktioniert! Zwar war es ihr nicht leicht gefallen, Jemima von ihrem Geheimnis zu erzählen, ihr schlechtes Urteilsvermögen zuzugeben und zu zeigen, dass ihre Ehe doch nicht ganz die makellose, perfekte Verbindung war, die Jemima sich vorstellte. Mehr noch, Brigid setzte die Genugtuung aufs Spiel, die ihr Jemimas Neid bereitete. Im Glauben, Jemima sei der Liebling ihrer Mutter, hatte es sie befriedigt, ihre glückliche Ehe, ihre wohlgeratenen Kinder und nun auch noch ein Enkelkind präsentieren zu können. Nun hatte sie gezeigt, dass es auch in ihrem Leben Schwachpunkte, Geheimnisse, Ängste gab. Und Jemima hatte diese Enthüllungen mit einer Wärme und Großzügigkeit aufgenommen, die keineswegs darauf hindeutete, dass sie sich von Brigid distanzierte. Zweifellos waren sie sich ein Stück näher gekommen.

Bei ihrem Telefongespräch am Vorabend hatte Jemima müde, deprimiert und besorgt geklungen. Brigid war nicht ungeduldig und hatte ihre Schwester auch nicht gedrängt, sich zusammenzureißen und endlich mit ihren Problemen ins Reine zu kommen. Sie hatte nicht einmal die üblichen Fragen nach dem Motto »Was ist denn jetzt schon wieder los?« gestellt. Sie war lediglich ihrer Intuition gefolgt, hatte sich einfühlsam und freundlich gezeigt, als Jemima fragte, ob sie bei ihr in Foxhole vorbeischauen könne.

»Aber natürlich«, hatte Brigid sofort geantwortet. »Wann?« Und als Jemima sagte: »Wäre dir morgen recht?«, hatte Brigid ihre Überraschung und Sorge überspielt und sofort zugestimmt.

»Nur wir?«, hatte sie vorsichtig gefragt, weil sie nicht genau wusste, was Jemima vorhatte. »Oder möchtest du, dass Mummie auch rüberkommt? Und Margot?« Und als Jemima entsetzt antwortete: »Du liebe Güte, nein!«, war Brigid vor Freude errötet. Sie hatte sich zwar ein wenig geschämt, weil ihre Wangen glühten, aber insgeheim empfand sie eine tiefe Befriedigung darüber, dass Jemima sie ihrer Mutter vorzog. Offensichtlich war das Vertrauen zwischen ihnen gewachsen, was Brigid großartig fand. Aber gleichzeitig fürchtete sie, dass sie den Erwartungen nicht gerecht wurde, die Jemima in ein solches Vertrauensverhältnis setzte. »Komm kurz vor dem Mittagessen«, hatte sie vorgeschlagen. »Ich glaube, die ganze Bande fährt nach Exeter, und mit etwas Glück sind sie weg, bevor du hier bist.«

Als sie sich hinunterbeugte, um Blot zu streicheln, hörte sie, wie man sich in den Cottages zum Aufbruch rüstete; sie hoffte, dass sich die Ausflügler beeilen würden. Margot sagte zu Frummie, es sei viel kälter, als sie gedacht hätte, und in das Duett der Frauenstimmen mischten sich Basstöne, als Alexander und Gregory zum Auto gingen. Brigid beschloss, im Haus Deckung zu suchen, bis sie fort waren. Doch als sie sich umdrehte, hörte sie ein Motorgeräusch und sah Jemimas Wagen, der langsam den Weg hinunterfuhr. Leise fluchend sah sie, wie Frummie begeistert winkte, während die anderen drei der Besucherin teils erfreut, teils überrascht entgegensahen.

»So ein Mist!«, murmelte Brigid. »So ein verdammter Mist!«

Jemima stellte den Wagen ab und stieg aus. Sie sah müde, blass und seltsam wehrlos aus, was bei Brigid unverhofft einen Beschützerinstinkt weckte. Sie ging rasch auf ihre Schwester zu, die sich gegen den Ansturm der Begrüßung sichtlich wappnen musste.

»Herzchen!«, rief Frummie geradezu empört. »Warum hast du mir nicht gesagt, dass du kommst? Das ist wirklich ärgerlich. Wir wollten gerade los nach Exeter.«

Jemima schenkte Margot und Alexander ein freundliches Lächeln und begrüßte Gregory, der sie wohlwollend anstrahlte und ihr die Hand schüttelte. Hinter ihren Köpfen hob Brigid verzweifelt die Fäuste und schüttelte sie, und Jemima lächelte spontan, weil sie verstand.

»Ich bin bei Brigid zum Lunch eingeladen«, erwiderte sie. »Ich habe mir gedacht, dass ihr einen Ausflug macht, deshalb habe ich nichts gesagt.«

»Brigid hat auch nichts gesagt.« Frummie warf ihrer älteren Tochter einen strengen Blick zu, und wie immer war Brigid überzeugt, dass ihre Mutter ihre Gedanken las, die guten und die bösen, und sich insgeheim darüber amüsierte. »Ihr könntet doch mitkommen. Wäre das nicht nett? Dann wäre es eine richtige kleine Gesellschaft.«

»Das könnten wir«, erwiderte Brigid gelassen und trat näher, »aber dann müssten wir zwei Autos nehmen.« Sie zwinkerte Jemima rasch zu und warf Alexander einen flehentlichen Blick zu.

»Gute Idee.« Er nahm den Faden auf. »In diesem Fall hoffe ich, dass Jemima mit mir und Gregory fährt.« Er machte eine kleine Verbeugung und lächelte ihr zu, während Gregory sein Entzücken über diesen Plan äußerte. »Denn ich habe noch kaum Gelegenheit gehabt, sie kennen zu lernen.«

»Andererseits«, erklärte Frummie, die ausgezeichnet Haltung bewahrte, »wäre es eine Gemeinheit, Brigids Pläne über den Haufen zu werfen. Vermutlich hast du den ganzen Vormittag darauf verwandt, etwas Leckeres zu kochen, nicht wahr, Herzchen?«

»Nun ja …« Brigid zögerte, als würde sie ernsthaft abwägen, ob sie lieber fahren oder bleiben wollte.

»Wir Oldtimer mischen uns da lieber nicht ein«, meinte Margot heiter und tätschelte Jemimas Arm. »Ihr beiden Mädels habt eure eigene Party. Vielleicht sind Sie ja noch hier, wenn wir wiederkommen.«

»Wahrscheinlich.« Jemimas Miene hellte sich auf. »Sehr wahrscheinlich sogar.«

»Dann wollen wir mal los«, rief Frummie fröhlich, »sonst kriegen wir keinen Lunch mehr. Bis später, Mädels! Alexander ist heute der Chauffeur, glaube ich. Ich setze mich zu ihm nach vorn und erkläre ihm, wie er fahren muss.«

»Das war schrecklich«, sagte Jemima, als sie Brigid mit dem schwanzwedelnden Blot in die Küche folgte. »Um ein Haar hätten sie uns in den Wagen gepackt und nach Exeter entführt.«

»Ich dachte, sie wären längst weg«, sagte Brigid. »Oft brechen sie gleich nach dem Frühstück auf.«

»Heute hätte ich keine Chance gehabt.« Jemima setzte sich an den Tisch. »Ich bin wirklich nicht in Bestform.«

Brigid sah sie an. Jemima war ganz in Schwarz gekleidet: Sie trug einen weichen Angorapullover mit Rollkragen über einem knöchellangen engen Rock, dazu Lederstiefel und einen langen schwarzen Fleecemantel. Ihr blondes, glänzendes Haar fiel ihr auf die Schultern. Obwohl das harte Schwarz ihre Blässe unterstrich, sah sie umwerfend aus, und Brigid fühlte sich an die Jemima erinnert, die sie vor zweiundzwanzig Jahren auf der Beerdigung ihres Vaters so lieb angelächelt hatte.

»Du siehst müde aus«, sagte sie freundlich. »Möchtest du was trinken?«

Jemima seufzte und ließ die Schultern hängen. Sie war zu erschöpft, um diese schlichte Entscheidung zu treffen.

»Ich weiß nicht«, sagte sie. »Ich habe die letzten Tage ständig Kopfschmerzen, und Alkohol macht es nur noch schlimmer.«

»Alkohol ist kein Allheilmittel. Nimm doch einen Holunderblütenlikör mit Eis.«

»Ach ja.« Jemima richtete sich auf. »Das klingt gut.« Sie tätschelte Blot, der zu ihren Füßen saß. »Sind Tiere nicht wunderbar?«, fragte sie unvermittelt. »Viel netter als die meisten Menschen.«

Brigid goss Wasser in ein Glas. »Das hört sich an, als wäre dir übel mitgespielt worden. Wer war so böse zu dir?«

Jemima lachte kurz und verstummte. Sie beobachtete, wie Brigid Eis in den Likör gab, und nahm dann ihr Glas. »Danke«, sagte sie und nippte daran. »Köstlich. Um deine Frage zu beantworten, es waren mehrere Leute.«

Brigid schenkte sich ebenfalls ein, warf rasch einen Blick in die Backröhre und setzte sich Jemima gegenüber. »Wirklich?« Sie unterdrückte die Frage, die ihr auf den Lippen lag, trank einen Schluck Wein und betete um eine Eingebung. Sie durfte Jemima nicht ins Kreuzverhör nehmen oder irgendwie arrogant andeuten, sie habe das gottgegebene Recht, die Probleme der anderen zu lösen. Schließlich sagte sie: »Sartre hat doch ins Schwarze getroffen, als er sagte: ›Die Hölle, das sind die anderen.‹«

Jemima starrte in ihr Glas. »Sie haben mir die Wohnung gekündigt.«

»Machst du Scherze?« Brigid war schockiert. »Warum?«

Jemima zuckte die Schultern. »Es war von vornherein damit zu rechnen. Schon als ich den Mietvertrag unterschrieben habe, war klar, dass sie die Wohnung irgendwann für ihre Mitarbeiter benötigen. Sie sind natürlich im Recht, aber ich habe mich einfach in die Wohnung verliebt.«

»Das wundert mich nicht. Die Lage ist wunderbar. Es tut mir so Leid für dich. Weißt du schon, wohin du ziehst?«

Jemima schüttelte unglücklich den Kopf. »Noch nicht. Sie sind ziemlich entgegenkommend mit der Kündigungsfrist, aber ich muss mich umhören. Die Häuser, die ich selber im Angebot habe, sind nur über den Winter oder als Feriendomizile zu vermieten, also muss ich mich ernsthaft dahinter klemmen. Das wird ziemlich schwierig werden.« Sie lächelte matt. »Du hast immer gesagt, ich hätte mit dem Geld eine kleine Eigentumswohnung anzahlen sollen, und jetzt zeigt sich, dass du Recht hattest.«

Brigid empfand bei dieser Bemerkung keine Genugtuung, nur aufrichtiges Mitgefühl. Sie vermutete außerdem, dass Jemima ihr noch mehr zu erzählen hatte.

»Das ist wirklich eine dumme Situation«, sagte sie. »Aber du weißt ja, du kannst immer hier unterkommen. Triff nur keine überstürzten Entscheidungen. Foxhole liegt ungünstig für dich, aber um diese Jahreszeit ist das ja nicht so entscheidend.«

»Ich danke dir.« Brigid entdeckte Tränen in Jemimas Augen. »Wenn du nicht aufpasst, wird das hier bald eine richtige Familienkommune.« Jemima lachte traurig.

»Wir würden uns schon zusammenraufen. In welcher Gegend würdest du denn gern wohnen?«

»Ich weiß nicht.«

Sie wirkte so apathisch, dass Brigid sich ernsthaft Sorgen machte.

Jemima war sonst so heiter und unbeschwert, ein solcher Zustand der Erschöpfung und Gleichgültigkeit war vollkommen untypisch für sie. Brigid verkniff sich die Frage, ob Jemima pleite sei, und erwog und verwarf schweigend verschiedene Bemerkungen, die sie hätte machen können.

»Lass dir Zeit, und überleg es dir gründlich«, sagte sie schließlich. »Hier ist immer Platz für dich. Mach dir nur keinen Stress.«

Sie sah, dass es Jemima schwer fiel, mit der Sprache herauszurücken, und suchte daher nach einem unverfänglichen Thema, um ihrer Schwester Zeit zu geben. »Hast du Hunger?«, fragte sie beiläufig. »Wir könnten essen, wenn du möchtest.«

»Viel werde ich nicht runterkriegen«, sagte Jemima bedauernd. »Ich habe zur Zeit keinen rechten Appetit.«

»Das klingt besorgniserregend.« Schon fragte sich Brigid, ob Jemima ein ernsteres Leiden hatte, ob sie im Begriff war, ihr zu erzählen, dass sie an einer lebensbedrohlichen Krankheit litt. »So kenne ich dich gar nicht.«

Mit zitternder Hand griff Jemima nach ihrem Glas und nahm entschlossen einen Schluck.

»Ich bin sitzen gelassen worden«, sagte Jemima unvermittelt, fast beiläufig. »Richtig sitzen gelassen. Es war anders als sonst. Diesmal war es ungeheuer wichtig für mich. Ich dachte, wir hätten eine Beziehung, aber das war offensichtlich eine Fehleinschätzung.«

Brigid wurde sich bewusst, dass sie mit offenem Mund dasaß, und riss sich zusammen.

»Mein Gott, das tut mir wirklich Leid. Wie gemein! Ich hatte ja keine Ahnung. Wer …?« Sie verstummte. »Ich wusste nicht, dass es jemanden in deinem Leben gibt«, sagte sie schließlich.

»Er war fast den ganzen Sommer da. Er hat in einem meiner Cottages einen längeren Urlaub verbracht, und danach ist er fast jedes Wochenende gekommen. Er hatte eine langjährige Beziehung hinter sich, und wir haben uns richtig gut verstanden.« Sie biss sich auf die Lippen. »Er wollte sich einen Job hier in der Nähe suchen. Wir haben Pläne geschmiedet.« Ihr Kinn zitterte, und Brigid wäre gern aufgestanden und hätte ihrer Schwester den Arm um die Schultern gelegt. »Ich liebe ihn«, murmelte sie. »Ich liebe ihn wirklich, und ich weiß nicht, wie ich klarkommen soll, nun, da es vorbei ist.«

Sie setzte ihr Glas ab und brach laut schluchzend in Tränen aus, verschränkte die Arme auf dem Tisch und bettete den Kopf darauf. Brigid schob ihren Stuhl zurück und stand auf.

»Armes, armes Puddle-duck.« Zum ersten Mal in ihrem Leben benutzte sie den Namen aufrichtig als liebevollen Kosenamen, kniete neben der weinenden Jemima nieder, nahm sie in den Arm, legte die Wange auf ihr Haar und wartete, bis sie sich ausgeweint hatte.

ZWEIUNDVIERZIG

»Wir dachten, ohne Gregory fühlst du dich vielleicht einsam«, sagte Frummie, »deshalb wollte ich anfragen, ob du zum Abendessen rüberkommst. Spar dir die Höflichkeitsfloskeln. Wenn du deine Ruhe haben möchtest, sag es einfach.«

Alexander lächelte. »Es würde mir nicht im Traum einfallen, ein so großzügiges Angebot abzulehnen«, erklärte er. »Vielen Dank.«

»Denk bloß nicht«, erklärte Frummie ein wenig gereizt, »dass wir unter Entzugserscheinungen leiden. Margot und mir geht der Gesprächsstoff nicht so leicht aus.«

Er machte ein schockiertes Gesicht. »Auf den Gedanken wäre ich nie gekommen«, protestierte er. »Ich bin überzeugt, dass eure Ressourcen … unerschöpflich sind.«

Sie grinste zögernd. »Wenn das nur wahr wäre«, sagte sie und vergaß ihren Stolz. »Sobald der Winter näher rückt, sinkt meine Stimmung ins Bodenlose. Mir graut vor den düsteren regnerischen Tagen und den endlosen dunklen Abenden.« Sie zögerte, als überlege sie, ob sie ihm noch mehr anvertrauen sollte, dann sprach sie entschlossen weiter. »Margot hat mich gebeten, sie zu begleiten«, sagte sie, »und ich muss sagen, dass ich ernsthaft in Versuchung gerate.«

Alexander streckte die langen Beine aus, schlug die Füße übereinander und wartete. Der kleine Holzofen im Wohnzimmer war angeheizt. Alexander legte das Buch aus der Hand, in das er vor Frummies Eintreffen vertieft gewesen war, beobachtete sie und wappnete sich für einen Wortwechsel, bei dem er immer gern einen Schritt voraus war.

»Nun, es würde mir gefallen«, meinte sie, schlug ein Bein über das andere und lehnte sich in ihrem Sessel zurück, den Blick auf die Flammen gerichtet. »Margot sagt, dass Gregory uns nach London eingeladen hat. Da habe ich mich gefragt, ob du auch dort sein wirst.«

»Ich?« Er zog die Augenbrauen hoch. »Warum sollte ich?«

»Du hast doch angedeutet, dass du ihn auf dem Weg nach Norden besuchst.«

»Ach so. Ja, das stimmt, aber ich bleibe gewissermaßen nur über Nacht.«

»London liegt ja nicht gerade auf dem Weg nach Norden.«

»Nein, das kann man nicht behaupten.« Er lachte leise über ihre unbarmherzige Neugier. »Aber ich werde trotzdem ein, zwei Tage bei ihm verbringen.«

»Und wann wird das sein?«

»Wenn ich hier meine Zelte abbreche«, antwortete er unverbindlich.

Frummie presste die Lippen aufeinander und wippte ungeduldig mit dem Fuß. »Hast du eine Vorstellung davon, wie leicht du einen auf die Palme bringen kannst?«, fragte sie.

»O ja, ich denke schon«, gab er freimütig zurück. »Während der letzten siebzig Jahre haben meine Mitmenschen mir das immer wieder ziemlich unverblümt erklärt.«

Sie lachte. »Du Schlingel!«, rief sie fröhlich. »Ich möchte dich was fragen, Alexander. Es ist ziemlich persönlich.«

»Nur zu«, sagte er amüsiert und neugierig. »Ich behalte mir aber das Recht vor, nicht zu antworten.«

»Da habe ich keine Zweifel«, gab sie zurück. Den Blick nach wie vor aufs Feuer gerichtet, fragte sie: »Gehst du ins Krankenhaus? Bist du krank? Todkrank womöglich?«

Er sah sie überrascht an, dann lachte er. »Lieber Himmel, nein! Wie kommst du auf die Idee?«

Sie musterte ihn aufmerksam. »Das war nur so ein Verdacht. Also kein Altersheim?«

»Kein Altersheim.« Er erwiderte ihren Blick gelassen. »Ich gehe in den Norden, um zu arbeiten.«

»Um zu *arbeiten*?«

»Du glaubst wohl, ich bin zu alt, um mich nützlich zu machen?«

»Nein.« Sie schüttelte den Kopf. »Nicht unbedingt. Und was für eine Arbeit ist das?«

»Ach.« Er schüttelte den Kopf. »Es steht mir nicht frei, dir das jetzt schon zu erzählen.«

Sie runzelte die Stirn, biss sich auf die Lippen und trommelte auf den Armlehnen einen lautlosen Rhythmus. »Hast du schon gehört, was Humphrey vorhat? Dass er eine Segelschule leiten wird?«

»Wirklich?«, fragte Alexander unbeteiligt. »Ja, warum nicht? Klingt interessant.«

»Unten in Cornwall.« Offenbar missbilligte Frummie diesen Plan. »Vollkommen lächerlich, meiner Meinung nach. Jetzt, wo er endlich hier sein und Zeit für Brigid haben könnte, muss er nach Cornwall. Ich finde das ziemlich egoistisch. Die beiden werden sich kaum sehen. Es wäre so nett gewesen, Humphrey hier zu haben.«

Er betrachtete sie voller Mitgefühl. »Und was sagt Brigid dazu?«, fragte er.

Sie zuckte die Schultern. »Ach, das Übliche. Dass sie Trennungen gewohnt sind und er zu jung ist, um ganz in den Ruhestand zu gehen. Anscheinend kauft er die Segelschule. Er hat es also nicht mit dir besprochen? Hast du nichts davon gewusst?«

Er schüttelte den Kopf. »Humphrey bespricht seine Pläne nicht mit mir«, antwortete er bedächtig. »Vielleicht ist es ja keine schlechte Idee. Schließlich ist es nicht weit nach Cornwall, und sie wären viel öfter zusammen als jetzt. So haben sie Zeit, sich aneinander zu gewöhnen.«

»Stimmt.« Frummie verzog das Gesicht. »Ich habe mich darauf gefreut, dass Humphrey kommt.«

»Ja«, sagte er leise. »Das kann ich mir vorstellen.«

»Ihr beide ähnelt euch, weißt du das?«, sagte sie unvermittelt. »Rein äußerlich, aber auch in anderer Hinsicht. Ihr seid Menschen, die man leicht ins Herz schließen kann.« Sie reckte das Kinn, blickte ihn trotzig an und verbarg ihre Angst, sich eine Blöße zu geben. »Dann wünschst du dir also niemanden an deiner Seite? Niemanden, der dich bei deiner neuen Arbeit im Norden unterstützt? Ich besitze ausgezeichnete Referenzen und eine Menge Erfahrung.«

»Das ist nicht möglich«, antwortete er, »aber vielen Dank. Es ist mir eine Ehre.«

Wieder zuckte sie die Schultern, auf ihren Lippen spielte das eigentümliche selbstkritische Lächeln. »Den Versuch war es wert«, sagte sie beinahe frech, obwohl ihre Augen verrieten, wie gekränkt sie war. Ob er ahnte, wie viel Überwindung es sie gekostet hatte, ein solches Angebot zu machen? Bemitleidete er sie? »Wir bleiben aber in Kontakt, ja?«

»Natürlich. Außerdem reise ich ja erst in ein paar Wochen ab.«

»Schon, aber vielleicht fahre ich doch mit Margot nach London. Mal sehen, ob mir danach ist. Wenn die Uhren umgestellt sind, geht es mit mir bergab. Im tiefsten Winter lässt sich die Sonne erst nach neun über dem Hügel blicken, und um drei ist sie schon wieder fort.« Sie schauderte. »Hast du eine Vorstellung, wie oft es hier regnet?«

»Ich hatte den Eindruck, dass du dich jetzt viel besser mit Brigid verstehst«, wechselte er das Thema. »Du bist weniger spitz, und sie wirkt zuversichtlicher.«

»Das mag schon sein, aber dadurch wird der Winter auch nicht kürzer. Ich habe mich eher auf Humphrey verlassen.« Sie lächelte verbittert. »Oder auf dich.«

»Das ist nicht möglich«, wiederholte er.

Plötzlich erwachte ihr Misstrauen. »Gibt es eine andere?«

Sein Blick wurde weich. Zögernd schaute er an ihr vorbei und fixierte etwas, was sie nicht sehen konnte. »So könnte man sagen«, gestand er schließlich.

»Du bist also verliebt.« Sie war unglaublich verletzt und zugleich schockiert über die Heftigkeit ihrer Eifersucht.

»Ja«, sagte er, und seine Stimme war von tiefem Glück erfüllt. »Ich bin verliebt.«

»Schön.« Sie versuchte zu lachen, bemüht, ihren Schmerz zu verbergen. »Das sehe ich. Ich fürchte, ich habe mich ziemlich dumm benommen.«

Er begriff, dass er ihren verletzten Stolz wieder aufbauen musste. »Ich finde, das war eine außerordentlich großzügige Geste von dir«, sagte er aufrichtig. »Sie bedeutet mir sehr viel.«

»Davon bin ich überzeugt«, entgegnete sie schnippisch und stand auf. »Es ist immer nett, eine neue Eroberung verbuchen zu können. Ich muss gehen. Bleib ruhig sitzen! Wir sehen uns zum Abendessen.«

Sie war verschwunden, bevor Alexander sich rühren konnte, und er schaute noch eine Weile ins Feuer. Schließlich griff er wieder nach seinem Buch und las weiter.

Als Louise ein paar Tage später an einem stürmischen Herbstnachmittag von Foxhole nach Hause fuhr, spürte sie geradezu, wie ihr Selbstbewusstsein wuchs und die letzten Überbleibsel der Angst verdrängte. Sie hatte dem Mittagessen bei Brigid und Frummie mit einer solchen Nervosität entgegengeblickt, dass sie zum Frühstück keinen Bissen hinunterbekam und sich klar machen musste, dass sie nichts zu befürchten hatte. Dennoch bereitete sie sich auf das Treffen vor, indem sie sich verschiedene Varianten des Gesprächsverlaufs vorstellte. Es würde nicht leicht sein zu erklären, wie Martin mit der Situation umgegangen war, dass er versucht hatte, sie vor sich selbst zu schützen, während er gleichzeitig zu Rory Kontakt hielt. Thea hatte diese von Mitgefühl bestimmte, aber ungewöhnliche Einstellung nachvollziehen können – unter ähnlichen Umständen hätte sie sich genauso verhalten –, aber bei Brigid und Frummie durfte Louise nicht mit so viel Verständnis rechnen. Anderen mochte es merkwürdig scheinen, dass sie noch mit Rory verheiratet war. Sie selbst hatte sich von ihrer früheren Existenz so vollständig losgesagt, dass sie sich kaum den Kopf darüber zerbrochen hatte. Aber nun wusste sie, dass Martin nie eine langfristige Beziehung mit ihr ins Auge gefasst hatte. Das war einfach nicht seine Art. Andererseits mochte es seltsam erscheinen, dass Rory nie die Scheidung gewollt hatte.

»Ich habe nie aufgehört, dich zu lieben«, hatte er erklärt, »und Martin hat immer angedeutet, dass du eine echte Chance hast, darüber hinwegzukommen. Außerdem hat er betont, dass du ihn nicht liebst. Er sagte, du würdest für ihn das empfinden, was manche Frauen ihrem Gynäkologen entgegenbringen, der sie in einer emotional schwierigen und gefährlichen Zeit unterstützt. Vertrauen und Zuneigung – und Abhängigkeit. Ein ganz besonderes Gefühl, aber keine echte Liebe.«

Er hatte sie besorgt angesehen, weil er fürchtete, dass sie ihn missverstand und sich herablassend behandelt fühlte, aber sie dachte nur über seinen treffenden Vergleich nach.

»Das war eine kluge Beobachtung«, hatte sie gesagt, »er hat völlig Recht. Im Rückblick betrachtet, hatte es tatsächlich etwas von einem Arzt-Patienten-Verhältnis. Er war immer so lieb und … und behutsam. Bei ihm war ich gut aufgehoben.«

»In gewisser Weise habe ich das auch so empfunden«, hatte Rory zugegeben. »Wahrscheinlich klingt es absurd, aber so habe ich es gesehen, und aus diesem Grund war es erträglich. Trotzdem bin ich froh, dass ihr euch getrennt habt.«

Sein liebevoller Blick hatte sie schüchtern gemacht, und sie wäre gern über ihren Schatten gesprungen und hätte ihm gesagt, dass sie ihn liebte. Brigid und Frummie davon zu erzählen war ein Schritt, den sie noch hinter sich bringen musste, um den Boden für ihr neues Leben zu bereiten. Sie brauchte die Zustimmung ihrer Freundinnen, ihre guten Wünsche, ihre Unterstützung. Für Louise waren sie wie eine Familie gewesen, Foxhole war ihr in einer schwierigen Zeit zur Heimat, zur Zufluchtsstätte geworden.

Wohin geht man aus einer Welt des Wahnsinns?
An einen Ort jenseits der Verzweiflung…
Zu einem steinernen Refugium…
In Sonnenhitze und eisige Nachtwachen.

Sie alle waren mit dem Stoff ihres Lebens verwoben, und ihre Zuneigung war für Louise wichtig. Rory hatte das begriffen.

»Sie möchten dich alle kennen lernen«, hatte sie ihn geneckt. »Bist du dem gewachsen?«

»Kann sein, dass ich Humphrey schon mal gesehen habe«, hatte er gemeint, »vor ein paar Jahren. Ich glaube, ich werd's überleben.«

Tatsächlich hätte Louise sich keine Sorgen zu machen brauchen. Brigid war vollkommen entzückt gewesen. Sie fand es wunderbar, dass Rory auf Louise gewartet hatte und dann so unverhofft aufgetaucht war, und auch Frummie hatte seltsamerweise ihren gewohnten Witz und ihre Ironie abgelegt und ausgesprochen positiv reagiert.

»Greif zu!«, sagte sie mit seltsamer Eindringlichkeit. »Lass ihn nicht gehen, nur weil du Angst hast, du hättest deinen Schmerz noch nicht ganz überwunden. Manche Menschen klammern sich an die Vergangenheit und schauen nur zurück, obwohl sie doch in die Zukunft blicken sollten. Überwindet euren Schmerz gemeinsam. Blickt nach vorn, und stützt euch gegenseitig.«

»Das werden wir«, versprach Louise tief gerührt. »Es ist nur…«

Frummie lächelte wie immer mit heruntergezogenen Mundwinkeln. »Du machst das schon. Ganz bestimmt. Aber vergiss dein Versprechen nicht.«

»Versprechen?«, fragte sie ratlos.

»Nina Simone«, antwortete Frummie lakonisch. »Und die Flasche. Mehrere Flaschen. Rory kann mitkommen, wenn er mag. Je größer die Gesellschaft, umso besser die Unterhaltung.«

Louise lachte. »Versprochen«, sagte sie. »Du brauchst nur zu sagen, wann, und ich bin da. Das meine ich ernst.«

»Ich verlasse mich auf dich. Vielleicht bist du ja dann die einzige Freundin, die mir noch geblieben ist.«

Bevor Louise antworten konnte, kam Brigid mit einer Flasche Champagner aus der Küche zurück, und die Stimmung wurde ausgelassen. Als Louise Abschied nahm, schloss Brigid sie fest in die Arme.

»Bring ihn mit«, sagte sie. »Er gehört jetzt auch zur Familie. Ich hoffe, er kommt mit uns allen zurecht.«

»Danke«, sagte Louise und erwiderte die Umarmung, überrascht von Brigids Herzlichkeit. »Danke für alles. Wir werden jeden Frühling und Herbst die Ferien hier verbringen, so wie ich es immer getan habe.«

»Das will ich hoffen«, hatte Brigid geantwortet. »Und vergiss nicht, dass wir ihn kennen lernen möchten, sobald du genug Kraft geschöpft hast.«

Auf dem Rückweg zu ihrem Cottage empfand Louise eine überschwängliche Freude, die zu dem heulenden, stürmischen Wind passte, der übers Moor fegte. Die welken Farne beugten sich unter seinem kräftigen Atem, und die dunklen Zweige des Schwarzdorns zitterten. Das Wasser des Stausees brandete gegen die Steinmauern der Brücke und peitschte Gischt an das sandige Ufer. Louise ließ die Erinnerungen der letzten Monate Revue passieren, und als sie auf tiefere, geschütztere Wege gelangte, bedrückte sie nur noch die Sorge um Jemima. Es war schwierig, von ganzem Herzen glücklich zu sein, während Jemima so sehr litt. Jemima freute sich aufrichtig, dass Louises Schwierigkeiten in ein Happyend geführt hatten. Sie suchte nach einer neuen Wohnung, bemühte sich um eine positive Einstellung und freute sich im Stillen, dass sich nun ein engeres Verhältnis zu ihrer Schwester entwickelt hatte.

»Sie hat mir versprochen, dass ich in Foxhole wohnen kann, wenn ich nichts finde«, hatte Jemima berichtet. »Sie meint das wirklich ernst. Sie war so lieb. Aber ich brauche meine eigenen vier Wände. Ich weiß nicht, ob es zu schmerzlich wäre, in Salcombe zu bleiben, vorausgesetzt, ich kann mir dort eine kleine

Wohnung leisten, oder ob ich lieber anderswo leben soll.« Sie seufzte. »Wahrscheinlich werde ich einfach dahin ziehen, wo ich was finde.«

Louise hätte sie so gern unterstützt. Sie versuchte, Jemima das eigene Glücksgefühl nicht allzu deutlich zu zeigen, ohne sich die Vorfreude aufs Wochenende nehmen zu lassen.

»Vielleicht hast du Lust, Rory kennen zu lernen«, sagte sie, über sich selbst erstaunt. »Ich würde mich jedenfalls freuen. Es wäre dann sozusagen … realer, verstehst du? Manchmal fühle ich mich fast wie in einem Film.«

»Kommt doch zum Abendessen zu mir«, schlug Jemima vor. »Oder zum Lunch. Was euch lieber ist. Dann können wir meine tolle Aussicht ein letztes Mal so richtig genießen. Wir werden mit einem Paukenschlag ausziehen statt mit Katzenjammer.«

Das kleine Fest wurde ein großer Erfolg. Jemima hatte alle Register gezogen, und MagnifiCat begeisterte sich sofort für Rory, der die Zuneigung des Katers voll erwiderte. Es wurde viel gelacht, und nachdem sie ihre anfängliche Scheu bei einem Glas Wein abgelegt hatten, gaben sich Louise und Rory wie das glückliche Paar, das sie früher gewesen waren.

»Er ist umwerfend«, hatte Jemima am nächsten Tag am Telefon verkündet, »und MagnifiCat ist derselben Meinung. Er ist der erste Mann, der ihm gefällt, und das muss etwas über meinen Geschmack bezüglich Männern aussagen.«

Louise glühten die Wangen vor Freude über dieses Lob, sie war ganz überwältigt von ihrem Glück, aber trotz der gewonnenen Zuversicht wagte sie nicht, den letzten Schritt zu tun. Rory stieg nach wie vor im Hotel ab, sie blieb in ihrem Cottage, und beide wussten, dass auf dem Weg in die Zukunft nur noch ein letztes Hindernis zu überwinden war.

Während der Fahrt überlegte sie, wie der entscheidende Schritt erfolgen könnte, und malte sich das Wochenende aus, das vor ihnen lag.

DREIUNDVIERZIG

An einem kühlen Sonntagmorgen Anfang November versammelte sich eine kleine Gruppe, um Frummie und Margot nachzuwinken, die nach Salisbury aufbrachen. Graue Wolken hingen am Himmel, und ab und zu fielen ein paar eisige Regentropfen auf die Köpfe der Abschiednehmenden. Nun, da der Augenblick der Abreise gekommen war, hatte Frummie die Niedergeschlagenheit der letzten Tage abgeschüttelt und war von geradezu überschwänglicher Fröhlichkeit. »Du kommst doch zurecht, Herzchen?«, hatte sie Brigid am letzten Abend in einer seltenen Anwandlung mütterlicher Besorgtheit gefragt. »Gott sei Dank haben sie den Mörder endlich erwischt. Wenigstens können wir uns nun wieder sicher fühlen. Aber pass auf dich auf!«

»Das mach ich«, versprach Brigid gerührt. »Du darfst nicht vergessen, dass ich Alexander noch für ein paar Wochen hier habe.«

»Ja, das stimmt.« Ein bitterer Zug erschien auf dem Gesicht ihrer Mutter, was Brigid beunruhigend fand. »Und Humphrey kommt ja auch bald zurück.«

»Ende November.« Brigid strahlte. »Es ist wunderbar!«

»Und seine Pläne mit der Segelschule stören dich nicht? Es überrascht mich schon, dass er nun so überstürzt wieder etwas Neues anpackt.«

»Ehrlich gesagt, glaube ich, dass ihm das gut tut.« Brigid wechselte rasch das Thema. »Und es ist doch schön, dass wir an Weihnachten alle zusammen sind, nicht wahr? Julian und Emma mit dem kleinen Josh. Du und Jemima.«

»Ich bin froh«, sagte Frummie, als fiele ihr das Bekenntnis schwer, »und erleichtert, dass du dich mit Jemima … so gut verstehst.«

»Ich auch. Wir müssen jetzt nur eine hübsche Wohnung für sie finden. Sie könnte doch sicher über Weihnachten bei dir wohnen, falls sie so schnell nichts findet?«

Frummie schüttelte ungeduldig den Kopf. »Natürlich. Wenn du damit einverstanden bist.«

»Ich glaube, wir werden unseren Spaß miteinander haben.« Brigid stellte überrascht fest, dass sie aus tiefster Überzeugung sprach. »Wie lange bleibst du voraussichtlich bei Margot?«

»Das weiß ich noch nicht genau.« Frummie rümpfte die Nase. »Ehrlich gesagt, kann ich ihre Schwiegertochter Barbara nicht ausstehen, aber Harry ist ein Schatz. Dann wollen wir Gregory für ein paar Tage in London besuchen. Vielleicht wird ja auch Alexander dort sein.« Nach einer Pause fuhr sie etwas gereizt fort: »Wir haben immer noch keine Ahnung, wohin er geht. Ich finde diese Heimlichtuerei allmählich ärgerlich.«

Erstaunt über Frummies Heftigkeit, zuckte Brigid die Schultern. »Er sagt, es sei ihm sehr wichtig und er habe Angst, darüber zu sprechen, falls es doch schief geht.« Sie lachte. »Ich kann mir vorstellen, was er meint, du nicht? Es hat was mit Aberglauben zu tun.«

»Wenn du es sagst.« Nun war Frummie wieder die Alte, distanziert und leicht amüsiert. »Jedenfalls hat Gregory versprochen, uns zu verwöhnen: ein Theaterabend, die Ausstellung im Courtauld, ein Essen in seinem Lieblingsrestaurant. Klingt vielversprechend. Margot will außerdem einen Einkaufsbummel machen.«

»Da fällt mir was ein.« Errötend griff Brigid nach ihrer Handtasche. »In der Zeit hast du doch Geburtstag, und da habe ich mir überlegt, dass ich dir dein Geschenk … jetzt schon geben könnte.«

Frummie starrte wortlos auf den Scheck – ein ziemlich großzügiger Betrag –, während Brigid sie ängstlich beobachtete und inständig hoffte, dass sie sich nicht gedemütigt fühlen würde. Andererseits wusste sie, dass Frummie Mühe hatte, die Kosten für die Reise aufzubringen.

Frummie faltete den Scheck sorgfältig zusammen und steckte ihn in die Tasche, während Brigid erleichtert die Augen schloss.

»Danke«, sagte Frummie. »Das kann ich… sehr gut gebrauchen.« Sie blickte auf, und Brigid sah Tränen in ihren Augen. »Du bist ein liebes Mädchen. Verzeih mir, wenn… wenn…«

»Da gibt es nichts zu verzeihen«, erwiderte Brigid rasch. »Rein gar nichts. Mach dir ein paar schöne Tage!«

»Ja.« Das vertraute Lächeln umspielte Frummies Mund. Offensichtlich wollte auch sie diesen bewegenden Augenblick schnell hinter sich bringen. »Das habe ich auch vor.«

Das war ihr letztes Gespräch unter vier Augen gewesen. Danach wurde hektisch gepackt, und jetzt, am Morgen der Abreise, war Jemima vorbeigekommen, um sich zu verabschieden. Das unfreundliche Wetter sorgte dafür, dass die guten Wünsche für die Reise kurz ausfielen. Brigid und Jemima umarmten ihre Mutter, und Frummie stieg in Margots Wagen, der sich holpernd entfernte. Alexander ging in sein Cottage zurück. Und die beiden Schwestern suchten nur allzu gern Zuflucht in der warmen Küche. Auf dem Herd köchelte eine Suppe, und Brigid schenkte Jemima und sich selbst ein Glas Wein ein.

»Gut.« Sie fühlte sich gleichzeitig erleichtert und erschöpft. »Hoffen wir, dass sie wohlbehalten ankommen. Wie geht die Wohnungssuche voran?«

Jemima stellte ihr Glas auf die Kommode, lehnte sich an den Herd und wärmte sich die Hände. »In Kingsbridge wird ein Cottage frei. Es ist zwar nicht besonders groß, aber für mich und MagnifiCat reicht es. Und dann gibt es noch eine Wohnung, von der aus man die Bucht sehen kann. Aber nur, wenn man auf den Zehenspitzen steht und sich den Hals verrenkt. Ich muss mich einfach entscheiden.«

»Und wie geht's dir sonst?«, fragte Brigid vorsichtig.

»Miserabel«, antwortete Jemima ehrlich. »Ich bin einfach nur unglücklich. Ich krieg nichts auf die Reihe.« Sie lächelte tapfer. »Aber ich werd's schon schaffen. Ich muss ja an den Umzug denken, das lenkt ab. Sag mal …« – sie nahm einen Schluck Wein –, »… du hast wahrscheinlich keine Lust, mit mir eine Wohnung anzuschauen, oder? Ein ›Apartment‹, aber das Inserat klingt vielversprechend. Kein Ausblick, aber ein kleiner Innenhof, man kann also draußen sitzen. Wenn du zu tun hast, brauchst du's nur zu sagen …«

»Ich würde sie mir gerne ansehen«, antwortete Brigid herzlich. »Das macht doch Spaß!«

»Super! Danke!« Jemima wirkte erleichtert. »Der Besichtigungstermin ist um drei Uhr.«

»Dann lass uns mal zu Mittag essen.« Brigid stand auf. »Aber vergiss nicht, egal, was passiert, Weihnachten verbringst du hier bei uns. Dein Großneffe freut sich schon darauf, dich kennen zu lernen.«

Jemima traten Tränen in die Augen. »Ich kann es gar nicht erwarten«, sagte sie, ohne Brigid anzusehen. »Es wird sicher … wunderschön.«

»Er wächst so schnell.« Brigid deckte den Tisch. »Ich zeige dir gleich die letzten Fotos. Eins verspreche ich dir, Puddle-duck, das wird das schönste Weihnachtsfest aller Zeiten!«

Louise stellte den kleinen Rohrstuhl wieder an seinen Platz, schob das Eichenregal an die Wand und sah sich zufrieden im Schlafzimmer um. Es war fertig. Auftrag ausgeführt. Natürlich konnte sie die Lorbeeren nicht allein einheimsen, Rory hatte mitgeholfen, aber sie hatte etwas geleistet. Die Räume erstrahlten in neuem Glanz, und Louise war traurig, dass sie das kleine Haus, in dem sie Zuflucht gefunden hatte, wieder verlassen musste. Aber gleichzeitig empfand sie eine prickelnde Vorfreude, wenn sie an jenes andere Cottage im Wye Valley dachte.

»Du musst es dir unbedingt ansehen«, hatte Rory fröhlich verkündet. »Ich glaube, es wird dir gefallen.«

»Hört sich … gut an.«

Sie versuchten beide, sich die Situation vorzustellen. Kam sie als Gast oder als seine Frau? Irgendwie fiel es beiden hier leichter, die Distanz zu wahren. Hier hieß es immer »das Cottage« und »das Hotel«. Keiner drang in den persönlichen Bereich des anderen vor. Oft sagte Louise: »Komm auf eine Tasse Tee mit ins Cottage«, aber nie: »Komm noch mit zu mir.« »Wollen wir im Hotel zu Abend essen?«, fragte er. Aber das Cottage im Wye Valley war sein »Zuhause«. »Wenn ich nach Hause komme …«, sagte er manchmal. »Ich habe nämlich immer noch alle deine Bücher. Zu Hause …« Hin und wieder sprachen sie sogar von Hermione, warfen kurze, scheue Blicke in die Vergangenheit. Er war mutiger als sie, viel mutiger. »Weißt du noch …?«, fragte er manchmal – und ihr Herz bebte vor Angst, schreckte instinktiv vor dem Schmerz zurück. Doch so wie früher gelang es ihm nach und nach, sie zu einer friedvollen Gelassenheit zurückzuführen, sodass sie in aller Ruhe die Erinnerungen aus dem schmerzlichen Wirrwarr lösen konnte, zu dem sie sich verknotet hatten. Aber sie wusste, dass sie sich nach dem Cottage im Wye Valley sehnte; dort gehörte sie hin; das war der letzte Schritt – wenn sie es nur über sich brachte, ihn zu tun!

Louise ließ zum letzten Mal den Blick durchs Zimmer schweifen und ging dann hinunter. Auf dem Tisch lag die Karte von Frummie. Zwei dicke ältere Damen im Pelzmantel, die Arm in Arm flanieren. Die Bildunterschrift lautete: »Auf Männerfang«.

»Die beiden sehen doch aus wie ich und Margot, findest du nicht?«, stand in ihrer ausladenden Schrift darauf zu lesen. »Nur dass Margot eine scheußliche Erkältung hat. Die Ärmste ist zur Zeit nicht vorzeigbar. Triefaugen, rote Nase, dauerndes Schniefen, fleckige Wangen, strohiges Haar, Taschentücher in den Ärmeln. Siehst du sie vor dir? Trotzdem ist sie wild entschlossen, nach London zu reisen. Gregory hat schon Karten für eine aufregende Inszenierung im West End organisiert. Ein gerissener alter Knabe. Wir fahren also schon bald. Aber es wird auch Zeit. Barbara ist ein richtiger

Drachen, sie schleicht durchs Haus und kontrolliert, ob wir spätabends noch Licht anhaben oder frühmorgens schon Whisky trinken. Wie geht 's deinem reizenden jungen Mann? Kluges Mädchen, dass du ihn ergattert hast! Lass ihn nicht wieder los! Vergiss nicht, was ich dir gesagt habe – ich wünsche dir alles Glück der Welt.«

Louise kicherte, als sie den Text noch einmal durchlas. Sie sah das spitzbübische Funkeln in Frummies Augen förmlich vor sich. Leise summend brachte sie die Küche in Ordnung und ging ins Wohnzimmer, um Feuer im Kamin zu machen.

VIERUNDVIERZIG

Inmitten von Umzugskartons hockte Jemima auf der Armlehne des Sofas und betrachtete den Zettel mit dem Rezept. Beim Einpacken war ihr aufgefallen, dass sie den Sammeltrieb einer Elster besaß. Jemima musste feststellen, dass sie, anders als Frummie, die gern mit leichtem Gepäck reiste, ihr Herz an allerlei Krimskrams hängte, den sie als Teil ihrer Vergangenheit betrachtete. In ihrer Schreibtischschublade fand sie Karten von Freunden, Briefe, Theaterprogramme, Speisekarten – und dieses Rezept von einem der Gerichte, die sie in diesen glücklichen Sommerwochen genossen hatten. Jemima glättete das Blatt und dachte an den Abend, als sie, nicht lange nach ihrer ersten Begegnung, im *Gara Rock Hotel* gegessen hatten. Sie hatte darauf bestanden, selbst zu zahlen. Er hatte nicht widersprochen, weshalb sie vermutete, dass auch Annabel gern ihre Unabhängigkeit wahrte. Für Jemima war es immer noch unerträglich, sich die beiden zusammen vorzustellen. Stöhnend stopfte sie das Rezept in den schwarzen Müllsack, und MagnifiCat sprang neben ihr aufs Sofa, rieb den Kopf an ihr und schnurrte laut. Das Durcheinander behagte ihm gar nicht. Meist blieb er einfach zusammengerollt auf dem Korbstuhl am Fenster liegen.

»Ich frage mich, ob es dir in unserem Apartment gefallen wird«, sagte sie leise und nahm ihn in die Arme, wo er ruhig liegen blieb wie ein großes, zufriedenes Baby. »Dort hast du zwar keinen Balkon mehr, aber vielleicht fühlst du dich in dem hübschen kleinen Hof ganz wohl.«

Sie drückte ihn an sich, setzte ihn wieder auf dem Sofa ab und wandte sich erneut ihrer Arbeit zu. Als sie gerade einen Stapel Bücher einpackte, klingelte das Telefon.

»Hi«, meldete sie sich. Bestimmt war es Brigid. Die beiden transportierten die handlicheren Umzugskartons nach und nach mit Brigids altem Kombi in die neue Wohnung, sodass später für den Rest nur noch ein kleiner Möbelwagen benötigt wurde. Brigid wusste, wie man einen Umzug reibungslos über die Bühne brachte. »Wir sind so oft umgezogen«, hatte sie gelassen bemerkt. »Hallo?«

»Wie geht's dir?« Seine Stimme klang so vertraut und kam doch völlig unerwartet.

Sie ließ sich wieder auf die Armlehne sinken. »Mir … den Umständen entsprechend.«

»Ach, Jemima.« Zärtlichkeit und Reue schwangen in diesem Ausruf mit. »Ich rufe an, um dir zu sagen, dass mir alles so Leid tut –«

»Das haben wir schon hinter uns. Erinnerst du dich?«

»Ja, natürlich. Mir geht es ja nicht darum, mein Gewissen zu beruhigen. Ich habe mich wie ein Scheißkerl benommen, das ist mir klar. Ich rufe an, um … um dich zu fragen, ob du mir verzeihen kannst.«

Sie runzelte die Stirn, ihre Hand krampfte sich um das Handy. Worauf wollte er hinaus? »Verzeihen ist nicht meine Stärke«, erwiderte sie. »Warum soll das so wichtig sein?«

Er schwieg. »Ich glaube, ich habe einen schrecklichen Fehler gemacht«, erklärte er schließlich.

Sie holte tief Luft, legte den Kopf in den Nacken und schloss die Augen. »Du *glaubst* –«

»Ich weiß es«, verbesserte er sich rasch. »Diesmal bin ich sicher.«

MagnifiCat näherte sich wieder schnurrend, kletterte auf ihren Schoß, sodass sie das Gleichgewicht verlor und rücklings auf das Sofa plumpste. Der Kater lag auf ihrer Brust, sodass sie sich nicht rühren konnte.

»Jemima?« Seine Stimme klang besorgt. »Alles okay? Ich habe so ein komisches Geräusch gehört.«

»Das war MagnifiCat.«

»Ach.« Er lachte leise, als wäre mit dem Namen ein klein wenig von der alten Vertrautheit hergestellt. »Der alte Intrigant! Er hat mich nie besonders gemocht, stimmt's?«

»Nein«, erwiderte sie nachdenklich. Ihr fiel ein, dass MagnifiCat auf Rorys Schoß gesprungen war und begeistert geschnurrt hatte. »Hat er nicht.«

»Die Frage ist, wie es bei dir war?«

»Was denn?«

»Ob du mich ... besonders gemocht hast? Ob du mich immer noch magst? So sehr, dass du mich wiederhaben willst?«

»Hast du ... Annabel verlassen?«

»Wir sind nicht mehr zusammen.«

Einen Moment lang dachte sie über diese zweideutige Äußerung nach. »Verstehe. Darf ich fragen, wer wen verlassen hat?«

»Es beruhte auf Gegenseitigkeit«, erklärte er etwas zu hastig. »Wir haben beide eingesehen, dass es einfach nicht mehr funktioniert.«

»Verstehe.«

Schweigen.

»Ich möchte dich sehen«, bat er. »Ich weiß, dass es mit uns klappen würde. Ehrlich. Könnten wir es nicht probieren? Gemeinsam eine Wohnung suchen? Noch einmal von vorn anfangen?«

Jemima merkte, dass sie die Luft anhielt. Sie sah MagnifiCats rundes Gesicht vor sich; der Kater blickte ihr in die Augen. Dann stieß sie einen langen, zufriedenen Seufzer aus. Seltsam, dass sie vergessen hatte, wie sich dieses besondere Glück anfühlte: die Leichtigkeit, Gelöstheit, ein freudiges Aufjauchzen sozusagen. Nun, da dieses Gefühl zurückgekehrt war, würde es ihr viel leichter fallen, mit der Einsamkeit und dem Schmerz zurechtzukommen.

»Jemima?«, rief er voller Angst. »Was meinst du?«

»Nein«, erwiderte sie freundlich. »Nein, ich fürchte, das geht nicht. Nein.« Als er hastig weitersprach, erklärte sie: »Nein, das hat nichts mit Rache zu tun. Ich bin nur einfach sicher, dass es nicht klappen würde. Es tut mir Leid, aber ich ziehe gerade um. Trotzdem, danke für deinen Anruf und viel Glück.«

Sie drückte auf den Knopf und schnitt ihm das Wort ab. Eine Sekunde später klingelte es erneut. Diesmal prüfte sie die Nummer des Anrufers, bevor sie sich meldete.

»Hi«, sagte sie zu Brigid. »Hast du es schon mal versucht?«

»Ja«, entgegnete ihre Schwester fröhlich, »aber es war belegt. Hoffentlich nichts Wichtiges?«

»Nein.« Jemima lächelte. »Nichts Wichtiges. Wann kommst du vorbei?« Dann lachte sie laut. »Komisch«, meinte sie, »aber jetzt bin ich so weit, dass ich gern gehe. Seltsam, oder? Komm einfach, wann es dir passt. Wir erwarten dich.«

MagnifiCat verzog sich und hüpfte mit einem eleganten Sprung auf den Korbstuhl. Dort machte er es sich bequem und drapierte seinen wuscheligen Schwanz um seinen Körper. Als er den Kopf auf seine Pfoten legte und die Augen schloss, schien er zu lächeln.

Zwei Wochen später stand Brigid an ihrem Arbeitstisch und steckte schweren Brokatstoff ab, während Blot wie ein schwarzer Schatten neben ihr lag. Trotz des warmen Heizkörpers war es in ihrem Zimmer kalt. Ein eisiger Nordostwind strich ums Haus und drang durch alle Ritzen. Brigid hielt inne, rieb sich die starren Hände und merkte, dass auch ihre Füße langsam zu Eiszapfen wurden.

»Kaffee«, sagte sie. »Heißer Kaffee. Den kann ich jetzt gebrauchen. Komm, Blot.«

Jetzt, Ende November, ließ Brigid das Feuer in den beiden Öfen bei Tag und Nacht nicht ausgehen. Dennoch fühlten sich die Schieferplatten des Fußbodens kalt an. Auf dem Flur blieb sie stehen und hob die Post von der Fußmatte auf, dann ging sie in die Küche, schob den Wasserkessel auf die Herdplatte und sah die Briefe durch. Sogleich fiel ihr die markante Handschrift ihrer Mutter auf. Sie legte die übrige Post auf den Tisch und schlitzte den Umschlag auf. Vielleicht schrieb Frummie ja, dass sie bald nach

Hause kommen würde. Überrascht stellte Brigid fest, dass sie sich richtig darauf freute, ihre Mutter wiederzusehen. Lächelnd zog sie den Briefbogen hervor und überflog ihn. Einige Sätze sprangen ihr besonders ins Auge. Ungläubig las sie noch einmal, was Frummie geschrieben hatte.

»Liebste Brigid, bitte versuch, es nicht persönlich zu nehmen … Gregory und ich verstehen uns einfach so gut … Wir haben so viel gemeinsam … so viel Spaß. Er hat eine kleine Villa in Portugal, wo wir Weihnachten verbringen wollen. Eine wunderbare Vorstellung, die heiße Sonne zu genießen! Du weißt ja, was für eine Eidechse ich bin … Natürlich bin ich dir ungeheuer dankbar dafür, dass du mich aufgenommen hast, aber es ist einfach wunderbar, wieder in London zu sein, und der liebe Gregory ist so einsam … Außerdem steht ja auch ihr beide, du und Humphrey, vor einem Neuanfang. Ich hoffe, du wünschst mir für mein neues Leben viel Glück … Ich werde von jetzt an mit ihm in London leben, die Adresse findest du auf dem Briefkopf … Selbstverständlich werden wir euch bald besuchen.«

Brigid hatte keine Ahnung, wie lange sie so dastand, den Brief in der Hand, und ihn immer wieder las. Als sie völlig verstört aufblickte, stand Alexander in der Tür.

»Du hast nicht auf mein Klopfen reagiert«, erklärte er, »und da habe ich mich gefragt, ob alles in Ordnung ist.«

Sie starrte ihn an. »Der Brief ist von Mummie«, sagte sie mit tonloser Stimme. »Ich kann es nicht fassen. Sie ist … durchgebrannt.«

Ihre Lippen zitterten, und Alexander fürchtete, sie würde gleich in Tränen ausbrechen.

»Gregory?«, fragte er.

»Ja«, antwortete sie ärgerlich. »Ja, Gregory. Ich kann es einfach nicht glauben. Wir haben uns zum ersten Mal richtig gut verstanden. Und jetzt verschwindet sie einfach und lässt mich wieder allein.«

Er sah sie voller Mitgefühl an, schwieg aber.

»Ganz schön dumm von mir, dass es mir etwas ausmacht, was?«, fragte sie bitter. »Ich meine, kannst du das fassen? Einfach so, in einem Brief. Nicht mal ein Anruf. Einfach nur ein blöder Brief. ›Liebe Brigid, ich wollte dir nur sagen, dass ich mal wieder das Weite suche. Mach 's gut und danke für alles, deine dich liebende Mutter.‹ Mein Gott!« Sie lachte zornig auf. Er trat zu ihr, nahm ihr den Brief aus der Hand und schob ihr einen Stuhl hin.

»Schsch«, sagte er, als müsse er ein störrisches Tier beruhigen. »Beruhige dich! Phantasier dir nur nichts zusammen.«

»Was soll das denn heißen?« Gekränkt sah sie zu ihm auf. »Ich phantasiere überhaupt nicht. Da steht es. Lies es, wenn du willst. Warum auch nicht? Es ist schließlich kein Geheimnis.«

Er wandte sich von ihr ab, weil er den Anruf nicht erwähnen wollte, den er am Morgen von Frummie bekommen hatte. »Kümmere dich um Brigid«, hatte sie gesagt. »Ich kann nicht noch einen Winter in Dartmoor bleiben, das überlebe ich nicht. Hab ein Auge auf sie, wenn sie den Brief liest. Bitte.«

»Wird gemacht«, hatte er versprochen.

»Und verachte mich nicht«, hatte sie gebeten. »Ich bin nicht so stark wie du. Oder wie Brigid.«

»Mein liebes Mädchen«, hatte er erwidert, »ich habe in meinem Leben viel zu viele Fehler gemacht, um über andere Menschen zu richten.« Nach einer Pause fügte er hinzu: »Wie hat Margot reagiert?«

Wider Willen musste sie lachen. »Sie spuckt Gift und Galle«, erwiderte sie, »aber sie will kommen, wenn wir sie nach Portugal einladen.«

Alexander kicherte. »Bestell Gregory schöne Grüße von mir! Und sag ihm, dass er dich nicht verdient hat.«

»Ich wünschte, du wärst es gewesen«, hatte sie erwidert – und aufgelegt.

Jetzt machte er Kaffee, während die Uhr unermüdlich tickte und Blot Wasser aus seinem Napf schlabberte.

»So«, sagte er, stellte die Tassen auf den Tisch und setzte sich neben Brigid. »Du weißt es schon, oder?«, fragte sie.

»Ja«, antwortete er. »Ich weiß Bescheid.«

Sie zuckte die Schultern, griff nach der Tasse und sah ihn wütend an. »Das war's also.«

»Aber glaubst du nicht, dass Frummie in dieser Lebenssituation glücklicher ist? Sie ist nun mal kein Landmensch! Deine Mutter muss doch nicht nebenan leben, um dir zu beweisen, dass sie dich liebt. Du bist kein Kind mehr.«

»Das ist es nicht!«, rief sie empört.

»Was dann?«

»Es ist… Es ist…« Brigid suchte nach Worten. Trotz ihrer Erregung war ihr klar, dass Alexander nur die Wahrheit hören wollte, nicht mehr und nicht weniger. »Es ist so demütigend«, sagte sie schließlich ausweichend. »So verletzend, dass sie sich mir nichts, dir nichts aus dem Staub macht. Sie hätte zumindest anrufen und es mit mir besprechen können. So tut es einfach nur weh. Wo ich dachte, wir seien uns näher gekommen. Lieber Himmel, es ist unglaublich. Und Gregory schien so nett zu sein.«

»Er ist tatsächlich nett. Deshalb will sie auch bei ihm bleiben. Warum sollten zwei einsame alte Menschen nicht zusammen glücklich werden, anstatt den Jüngeren zur Last zu fallen?«

Brigid schwieg. Sie dachte an das letzte Gespräch mit ihrer Mutter, die Tränen in den Augen hatte, als sie sagte: »Verzeih mir…«

»Du hast Recht«, sagte sie mit tonloser Stimme.

»Glaub mir, es wird ihr gut bei ihm gehen. Und nun versuch dich für sie zu freuen. Sie liebt dich doch nicht weniger, nur weil sie Licht und Sonne braucht.«

»Ich liebe sie auch«, erwiderte Brigid langsam. »Das habe ich schon immer getan.«

»Dann sag ihr das, und wünsche ihr alles Gute. Und warte ab, was passiert.«

»Ich werd's versuchen.«

»Hast du dir schon mal überlegt«, begann er nach kurzem

Schweigen, »dass hinter deiner Sorge, ob ihr beide zurechtkommt, wenn Humphrey ständig zu Hause ist, vielleicht deine Furcht steht, wieder verlassen zu werden? Du hast ein Gefühl der Unzulänglichkeit kultiviert, das jeder Grundlage entbehrt. Frummie hat Foxhole vor Jahren – und heute wieder – wegen ihrer eigenen, nicht wegen deiner Schwächen verlassen. Lass dir das Leben nicht dadurch vergällen, meine liebe Brigid. Humphrey liebt dich. Er wird dich nie verlassen. Bist du sicher, dass hinter deiner Angst vor eurer gemeinsamen Zukunft nicht diese Furcht steckt?«

»Ich weiß nicht«, antwortete sie geradezu verstört. »Vielleicht. Ich fürchte, dass das Zusammenleben nach all den Jahren der Trennung ein Schock sein könnte. Für uns beide.«

»Du hast vermutlich unbewusst Angst, ihn zu verlieren. Du redest dir ein, dass er dein wahres Ich nicht kennt – dein Bedürfnis nach Einsamkeit zum Beispiel –, und fürchtest, dass er dich nicht mehr lieben wird, wenn er dich erst einmal richtig kennt.«

Schweigen. »Es macht mir solche Angst«, flüsterte sie schließlich.

»Ich weiß. Und zwar völlig grundlos. Weißt du denn nicht, wie sehr er dich liebt? In seinen Briefen an mich ging es nur um dich. Um sein Glück mit dir und seinen Jungen. Er hat mir geschrieben, wie stolz er auf dich ist. Und er hat allen Grund dazu, Brigid.«

Bevor sie etwas erwidern konnte, klingelte das Telefon. Brigid stand langsam auf – sie hatte sich von dem Schock noch nicht ganz erholt – und nahm ab.

»Brigid?« Jemima klang, als wäre sie gerade aus allen Wolken gefallen. »Hast du heute Morgen auch einen Brief von Frummie bekommen?«

»Hallo, Puddle-duck«, sagte Brigid. »Ja, habe ich.« Sie warf Alexander einen Blick zu, der verständnisvoll lächelte. »Ich bin immer noch sprachlos … Warum kommst du nicht einfach vorbei? Hast du Lust …?«

Alexander trank seine Tasse aus, winkte Brigid zu und stahl sich davon.

FÜNFUNDVIERZIG

Louise saß im Wintergarten, genoss die Sonne und wartete auf Rory. Auch bei schönem Wetter war es Ende November in dem gläsernen Anbau nicht gerade warm. In ihren Schal gehüllt, betrachtete sie die kleine ledergebundene Fotomappe, die vor ihr auf dem Tisch lag. Anscheinend hatte Rory sie gestern dort gelassen, denn sie hatte vorher im Wohnzimmer unter dem Sessel gelegen. Louise hatte sie aufgehoben, einen Blick auf die beiden Fotos geworfen und sie rasch wieder zugeklappt. Sie hatte die Mappe auf den Kaminsims gestellt, doch obwohl sie sie nicht mehr zur Hand nahm, standen ihr die Bilder deutlich vor Augen. Es war, als rufe die Mappe laut nach ihr, bis sie sie mit in den Wintergarten nahm.

Rory holte Louise ins Leben zurück. Es war wie früher, wenn es ihm nach langer Trennung gelungen war, ihre Liebe neu zu entfachen und sie mit freundlicher Beharrlichkeit aus ihrem Kokon herauszulocken, in den sie sich während seiner Abwesenheit zurückgezogen hatte. Er brachte ihr alles in Erinnerung, was sie verdrängt hatte: verleugnete Liebe, vergessenes Lachen. Dafür war sie ihm dankbar. Da sie selbst den ersten Schritt nicht tun konnte, brauchte sie seine Hartnäckigkeit, die sich von keinem Rückschlag entmutigen ließ.

»Man kann sich auch an die Vergangenheit klammern«, hatte Frummie gesagt – und sie hatte Recht. Die schlimmen Erfahrungen überschatteten die Gegenwart, erinnerten einen ständig an das Erlittene und hemmten jeden Fortschritt.

Aber ich liebe ihn, dachte sie. Ich liebe ihn so sehr.

Wie beflügelt von diesem Gedanken, griff sie nach der Fotomappe und öffnete sie vorsichtig. Hermione sah sie mit diesem ach so vertrauten Blick an: mit einer Bereitschaft, sich freudig überraschen zu lassen, mit Aufgewecktheit und Neugier. Sie saß rittlings auf dem Dreirad mit dem Ponykopf, an dessen Ohren sie sich festhalten konnte. Mit einem Patschhändchen umklammerte sie ein Ponyohr, mit dem anderen drückte sie einen Teddy an die Brust. *Eggy Bear.* Sie hatte ihren Vater stets »Gaggy« genannt, da ihr die Aussprache des D anfangs schwer fiel – und auch aus dem »Teddy« wurde ein »Teggy« und dann einfach »Eggy«. Es war die Zeit vor Percy dem Papagei, von dem sie sich niemals getrennt hatte.

Louise hielt ihrem Blick stand. Ihr wurde bewusst, dass die alte, quälende Sehnsucht verschwunden war und sie ihr Kind nun mit trauriger Zärtlichkeit betrachten konnte. Der Schmerz und die Leere hatten sich zu einem erträglicheren Leiden gemildert, mit dem sich leben ließ. Andere Bilder kamen ihr in den Sinn, und obwohl ihr Tränen in die Augen traten und das Foto Hermiones verschwamm, konnte sie diese Erinnerungen endlich zulassen.

Nach einer Weile sah sie sich das andere Foto an, auf dem eine jüngere Louise den Betrachter anstrahlte: Lachend strich sie sich das Haar aus der Stirn, mit dem anderen Arm hielt sie Rorys Taille umfasst. Er lächelte sie an, den Arm um ihre Schulter gelegt, und in seinen Augen lag dieselbe gespannte Aufmerksamkeit, die seine Tochter später an den Tag gelegt hatte. Das Bild war bei einem Grillabend entstanden. Rory hatte gerade Urlaub, und Louise wusste seit kurzem, dass sie schwanger war. Er hatte sich unglaublich gefreut.

»Man könnte meinen, es sei das erste Baby der Weltgeschichte«, hatte sie ihn geneckt.

»Was mich betrifft, ist es das auch«, hatte er überglücklich erwidert.

Louise stellte die Mappe auf den Tisch, sodass sie beide Fotos sehen konnte, und lehnte sich zurück. Kurze Zeit später hörte sie, wie es an die Haustür klopfte.

»So ein Frost«, sagte Rory, als sie ihn einließ, »aber im Sonnenschein leuchtet und funkelt alles nur so.«

Als er die Fotomappe entdeckte, warf er Louise einen raschen Blick zu und schaute wieder weg.

»Sie lag unterm Sessel«, sagte sie.

»Ist mir anscheinend aus der Jacke gefallen«, meinte er. »Das kommt davon, wenn man kein anständiges Jackett trägt. Es rutscht einem leicht etwas aus der Tasche. Ich habe sie einfach gern bei mir, weißt du.«

»Ja«, erwiderte sie. »Das kann ich mir vorstellen.«

Er überlegte, wie sich die Befangenheit, die sie beide erfüllte, verscheuchen ließ. Schließlich griff er nach der Fotomappe, aber statt sie einzustecken, behielt er sie in der Hand und betrachtete die Bilder.

»Weißt du noch?«, fragte er zärtlich. »Der gute alte Eggy. Als sie das D aussprechen konnte, war es zu spät. Er hieß ein für alle Mal Eggy. Ich habe ihn nämlich noch. Daheim.«

Daheim. Das Wort war ausgesprochen. Es klang verlockend, verheißungsvoll.

Louise schluckte. »Ja«, sagte sie. Ob er wusste, wie sehr sie sich wünschte, dass er sie aus dem Würgegriff der Vergangenheit befreite und in die herzerwärmende Gegenwart führte? Sie versuchte ihn zu ermutigen. »Ist das Foto nicht auf der Grillparty bei den Sewards entstanden?«

»Ja, stimmt.« Er hielt ihr das Foto hin. »Da ging es ziemlich hoch her, aber du wolltest keinen Alkohol trinken, um dem Baby nicht zu schaden. Wir hatten es gerade erfahren.« Er lachte leise und wechselte das Thema, damit der Schmerz sie nicht wieder überwältigte. »Erinnerst du dich an Phil und Jeff? Die beiden Offiziere, die nebenan wohnten?«

»Genau.« Sie kicherte. »Wir nannten sie Kahlkopfadler und Silberfuchs. Hermione war ganz hingerissen von den beiden.«

Sie verstummte, aber er blieb hartnäckig, ließ nicht zu, dass der Faden abriss.

»War es nicht Phil, der ihr Percy mitgebracht hat? Er hatte ihn doch in London gekauft, oder?«

»Ja, Jeannie hat ihn hergeschickt.« Sie biss sich auf die Lippen, unterdrückte die Tränen, folgte dem Weg, den er ihr zeigte, weg von den Schatten, hin zum Licht. »Sie war immer so nett. Phil kam herein und hat nach Hermione gefragt…« Sie sprach den geliebten Namen tapfer aus, doch dann versagte ihre Stimme.

»Stimmt.« Er nahm ihre Hand und spann den Faden weiter. »›Ich möchte dir einen Freund von mir vorstellen‹, hat Phil gesagt und Percy mit großem Trara hinter seinem Rücken hervorgezaubert…«

»Und sie ist aufgesprungen«, Louise umklammerte seine Hand, als ginge es um ihr Leben, »und hat gekreischt: ›Pretty Polly, Pretty Polly!‹ Weißt du noch, diese Fernsehsendung? Die hat sie so geliebt.«

Louise begann zu weinen. Rory legte die Fotomappe wieder auf den Tisch und nahm sie in die Arme. Auch ihm standen die Tränen in den Augen.

»Wir könnten noch mehr Kinder haben«, sagte er und drückte sie an sich. »Wir könnten es versuchen…«

Tief erschüttert nickte sie, das Gesicht an seiner Brust geborgen, und er schluchzte auf vor Erleichterung. Seine Tränen fielen auf ihr Haar. Verzweifelt suchte er nach den richtigen Worten, um ein für alle Mal die letzte Hürde zu überwinden. Doch sie kam ihm zuvor.

»Ich liebe dich«, sagte sie, ohne aufzublicken. »Ich habe nie aufgehört, dich zu lieben.«

»Ich auch nicht. Keinen Augenblick. Mein Liebling, jetzt ist alles vorbei. Keine Vorwürfe mehr. Keine Schuldgefühle.« Sie nickte, und beinahe wäre er wieder in Tränen ausgebrochen, diesmal vor Freude und Dankbarkeit. »Schluss damit!« Er atmete auf. *»Also! Wo waren wir stehen geblieben?«* Er spürte, dass sie ihn noch fester an sich drückte. Nun umfasste er ihr Gesicht mit beiden Händen und sah sie an. Die Gegenwart war hier und jetzt, vom nächsten Schritt hing alles ab – und den mussten sie gemeinsam tun. Und die Verantwortung für diesen entscheidenden Schritt sollte sie mit ihm teilen. Denn damit war auch der Weg in die Zukunft vorgezeichnet. »Was machen wir jetzt?«, fragte er zärtlich.

Sie stellte sich auf die Zehenspitzen und küsste ihn, die Arme immer noch um ihn geschlungen. »O Rory«, sagte sie, »gehen wir heim!«

Brigid setzte sich ins Auto, wo Blot sie geradezu hysterisch begrüßte. Einen Moment lang ließ sie den Blick zufrieden über ihre Weihnachtseinkäufe auf dem Beifahrersitz wandern, bevor sie sich auf den Heimweg machte.

Obwohl die Sonne schien, war es bitterkalt. An den Bäumen glitzerte Raureif, und die Pfützen am Straßenrand waren mit einer Eisschicht bedeckt. Nach tagelangem Regen genoss Brigid den Anblick der winterlichen Schönheit ringsum.

In zehn Tagen würde Humphrey nach Hause kommen. »Ich habe da eine Korallenkette entdeckt«, hatte er erzählt, »du wirst Augen machen.« Seiner Heimkehr sah sie nun ohne Furcht entgegen. Alexander hatte ihre geheimen Ängste beim Namen genannt, und damit war es gelungen, das Netz ihrer lebenslangen Selbstzweifel zu zerreißen. Humphrey liebte sie über alles; er war stolz auf sie; er brauchte sie. In letzter Zeit hatte seine Stimme so fröhlich geklungen, offenbar war er überzeugt, dass sie die richtige Entscheidung getroffen hatten, ja er hielt es sogar für richtig, Jenny weiterzubeschäftigen. Jenny wirkte da weniger zuversichtlich.

»Ich würde gerne bleiben«, hatte sie Brigid anvertraut. »Aber die Vorstellung, mit Humphrey zusammenzuarbeiten, macht mir Angst. Im Grunde hat er mich nie gemocht.«

Brigid gab sich alle Mühe, sie zu beruhigen.

»Er braucht dich«, versicherte sie der Freundin. »Für ihn ist das alles Neuland. Versuch es wenigstens, mir zuliebe« – und Jenny hatte schließlich ja gesagt.

Brigid überquerte die Holne Bridge, nahm den Fuß vom Gas, um die reißende Strömung zu betrachten, und fuhr dann ins Moor hinaus. Dank der klaren Luft konnte man meilenweit sehen: die Granitfelsen, die sich aus den blauen Schatten der Täler erhoben, die zerklüfteten Steilhänge mit den Baumskeletten und die leuchtenden Farben des Farnkrauts, das überall wucherte. Brigid verspürte ein inzwischen vertrautes Gefühl von innerem Frieden. Bis vor kurzem war sie so damit beschäftigt gewesen, die Angelegenheit mit der Segelschule zu klären, Humphrey Mut zu machen, die besorgte Jenny zu beschwichtigen, dass sie gar nicht darüber nachgedacht hatte, ob sie selbst das alles auch wollte. Da sie für das Problem verantwortlich war, konnte sie sich natürlich schlecht über die Lösung beklagen, aber inzwischen blickte sie zuversichtlich in die Zukunft. Den Schock über den Brief ihrer Mutter hatte sie dank Alexanders liebevoller Unterstützung überwunden. Und Jemimas Umzug in das Apartment in Kingsbridge, bei dem sie tatkräftig mithalf, bot eine willkommene Ablenkung. Die neue, vertrauensvolle Beziehung zu ihrer Schwester erfüllte sie mit tiefem Glück. Da sie nun nicht mehr unter jener lähmenden Angst litt, die sie in den dunklen Winkeln ihrer Seele genährt hatte, verflüchtigte sich auch die alles vergiftende Eifersucht. Eine aufrichtige Zuneigung war entstanden, und die beiden entdeckten das Glück der Geschwisterliebe. Das fiel ihnen seltsamerweise leichter, nachdem Frummie weggezogen war. Brigid hatte sogar ein entspanntes Telefongespräch mit ihrer Mutter geführt, ihr alles Gute gewünscht, sie und Gregory nach Foxhole eingeladen und versprochen, sich bald wieder zu melden. Danach fühlte sie sich merkwürdig erleichtert, und es stellte sich eine Gelassenheit und Zuversicht ein. Zum ersten Mal in ihrem Leben war das Gefühl der Unzulänglichkeit von ihr abgefallen, und sie empfand nur noch Zuneigung für ihre Mutter. Jene Sehnsucht, die sie vor Monaten an jenem

Abend auf dem Combestone Tor überwältigt hatte, fand vielleicht doch noch Erfüllung. Endlich war dieser ewig lockende, nie ganz erreichbare Zustand wahrer Zufriedenheit zum Greifen nahe. Als Brigid nun das schimmernde Wasser des Stausees vor sich sah, wurde ihre Freude nur durch Alexanders Abreise gedämpft.

»Ich werde dir schreiben«, hatte er versprochen, »und alles erklären. Ich kann nämlich immer noch nicht glauben, dass sie mich wirklich nehmen. In meinem Alter! Ich fürchte nach wie vor, dass sie es sich anders überlegen.«

Sie hätte gern nachgefragt, hielt sich aber taktvoll zurück. Zwar konnte sie sich auf seine Worte keinen Reim machen, aber insgeheim hoffte sie, dass sich seine Befürchtungen bewahrheiteten und er zu ihnen zurückkehren musste. Andererseits wusste sie, dass er im Hinblick auf Humphreys Reaktion Recht behalten hätte.

»Wann reist der alte Knabe ab?«, hatte Humphrey gefragt. »Noch bevor ich zurückkomme? Das ist wahrscheinlich das Beste für alle Beteiligten. Ich kann mir nicht vorstellen, dass wir uns auf unsere alten Tage plötzlich glänzend verstehen. Außerdem ist es doch schön, wenn wir wieder unter uns sind. Vermutlich wird er uns ja ohnehin irgendwann besuchen, nachdem er wieder im Lande ist.«

Brigid begriff, dass Humphrey viel zu sehr mit seiner aufregenden Zukunft beschäftigt war, um sich Gedanken wegen eines Mannes zu machen, dem er seit dreißig Jahren nicht mehr begegnet war. Allerdings hoffte sie nach wie vor, dass Vater und Sohn sich irgendwann wiedersehen würden.

Brigid fuhr vorsichtig den Weg hinunter und stellte den Wagen ab. Im Haus wurde sie von anheimelnder Wärme empfangen; endlich zeigten die beiden ständig geheizten Öfen und die Nachtspeichergeräte ihre Wirkung. Sie hob die Post von der Fußmatte auf, stellte die Einkäufe auf dem Küchentisch ab und ging, an den Herd gelehnt, die Briefe durch. Obwohl sie seine Schrift noch nie bewusst wahrgenommen hatte, stach ihr Alexanders Brief sofort ins Auge. Sie riss den Umschlag auf und las. Zunächst achtete sie nicht auf den Absender, erst als sie ein paar Zeilen überflogen hatte, schaute sie sich den Briefkopf genauer an. Sie runzelte die Stirn. Ein Kloster? Hatte er etwa doch eine Eigentumswohnung in einem umgebauten Anwesen bezogen, das auf die Bedürfnisse reicher Rentner zugeschnitten war, wie Margot gemutmaßt hatte?

Nun bin ich also an meinem Ziel, liebe Brigid, so wie ich es mir seit Monaten ausgemalt habe. Wie du weißt, bin ich römisch-katholisch, und obwohl ich als junger Mann vom Glauben abgefallen bin, habe ich vor zwanzig Jahren den Wunsch verspürt, in den Schoß der Kirche zurückzukehren. Ich habe hier zweimal im Jahr Einkehrtage gehalten, und bald stand fest, dass ich nach Agnetas Tod – sie war jahrelang krank, wusstest du das? – hier leben wollte. Um Postulant zu werden, bin ich zu alt, aber nach reiflicher Überlegung und eindringlicher Gewissensprüfung wurde mir gestattet, dem Orden als Laienbruder beizutreten. Das heißt, ich lebe in der Gemeinschaft und mache mich im Büro und in der Bibliothek nützlich. Man muss zweifelsfrei nachweisen können, dass man nicht eine Art Pflegeheim sucht, und zeigen, dass man weder geistig noch körperlich eine Belastung darstellt, vor allem aber, dass man von echtem, tiefem Verlangen nach Gott beseelt ist.

Zu meiner großen Freude wurde mir also gestattet, hier meine Zelte aufzuschlagen. Vielleicht begreifst du jetzt, warum es für mich schwierig gewesen wäre, in Foxhole darüber zu sprechen. Für Freunde und Verwandte ist es nicht immer leicht, einen solchen Schritt zu begreifen, aber du, liebe Brigid, in deinem steinernen Refugium mitten im wilden, öden Moor, wirst dafür wohl mehr Verständnis haben als die meisten anderen.

Ich habe mehrmals die Woche in Buckfast Abbey die Messe besucht und dir dort zum Andenken an mich ein paar Lavendelpflanzen gekauft. Mir ist klar, dass hierfür traditionell der Rosmarin angebracht wäre, aber ich hoffe, der Lavendel gefällt dir ebenso gut. Ich habe ihn in einer Ecke deiner Scheune abgestellt, weil ich bei unserem Abschied zu bewegt war, um ihn dir zu geben. Du bist das Einzige, was ich mit Bedauern zurücklasse, aber ich empfinde es als Ehre, dein Freund zu sein, und bin glücklich, dass mein Sohn dich in all den Jahren an seiner Seite hatte. Ich freue mich darauf, von dir zu hören, und werde dir oft schreiben. Sei glücklich, liebe Brigid …

Sie stand reglos da, starrte ins Leere und begriff allmählich, wie sich eins zum anderen fügte. Der Verlust traf sie schmerzlich, und sie konnte nur noch denken: Ich werde ihn nie wiedersehen. Auch regte sich leise Überraschung darüber, wie unaussprechlich öde die Zukunft ohne ihn zu sein schien. Dann bemerkte sie, dass noch eine Karte in dem Umschlag steckte, und zog sie mit zittrigen Fingern heraus. Eine Taube mit ausgestreckten Flügeln hielt einen Ölbaumzweig im Schnabel. Sie las die Verse mehrmals durch, bis sie die Aussage begriff.

Der Himmel kann nicht zu uns kommen,
wenn unser Herz im Heute keine Ruhe
findet. Nimm den Himmel!
Kein Frieden liegt in der Zukunft,
der nicht verborgen ist im gegenwärtigen
Augenblick. Nimm den Frieden!

Der Glanz dieser Welt ist nur ein Schatten.
Jenseits davon, doch greifbar für uns, ist Freude.
Da ist ein Leuchten in der Dunkelheit,
könnten wir es nur sehen, und um zu sehen,
müssen wir nur schauen.
Ich beschwöre dich zu schauen.

Und so grüße ich dich nun.
Nicht wie die Welt Grüße sendet, sondern in
tiefster Wertschätzung und mit dem Gebet,
dass es für dich jetzt und für immer Tag
werden und die Schatten weichen mögen.

Brigid rieb sich die Augen und trat durch den Flur in den Hof hinaus. Sie fand die Lavendelpflanzen in der Scheune, zerrieb ein paar Blüten zwischen den Fingern und roch daran. Bestimmt war es am besten, sie im Haus zu überwintern und erst im Frühling in die Beete unter den Fenstern zu setzen. Sie nahm die Töpfe und trug sie in den Wintergarten, wo sie sie auf das Fensterbrett in die Sonne stellte.

Blot stand in der Tür und wedelte erwartungsvoll mit dem Schwanz. Lächelnd streifte sie die Schuhe ab, zog die Gummistiefel an und griff nach ihrer warmen Jacke. Draußen im Hof blieb sie einen Moment stehen, beobachtete den Tanz der Tauben vor dem klaren Himmel, lauschte dem fernen Rauschen des Flusses und wusste, dass er für immer zu ihr gehörte. Ihre Traurigkeit war verschwunden, und sie glaubte seine Gegenwart zu spüren, als stehe er neben ihr, stark und Trost spendend. Ihr Herz klopfte vor Liebe, Hoffnung – und Dankbarkeit. Alexander hatte ihr geholfen, sich von der Vergangenheit zu befreien, sodass sie nun mit klarem, festem Blick in die Zukunft sehen konnte. Die Gedichtzeilen, die er ihr geschickt hatte, gingen ihr durch den Kopf:

> Und so grüße ich dich nun.
> Nicht wie die Welt Grüße sendet, sondern in
> tiefster Wertschätzung und mit dem Gebet,
> dass es für dich jetzt und für immer Tag
> werden und die Schatten weichen mögen.

Gleich nach ihrem Spaziergang wollte sie ihm einen langen Brief schreiben. Mit einem Mal war sie von Freude überwältigt über diese neue, ganz besondere Beziehung, die ihr in den kommenden Jahren eine Stütze sein würde. Zum ersten Mal seit Monaten hatte sie nun Foxhole ganz für sich, alle anderen Bewohner waren fort. Alexander fand sich in das Klosterleben ein; Frummie war bei Gregory in London; Louise wagte einen Neuanfang mit Rory. So vieles hatte sich zwischen Mai und November geändert! Sie hatte

Freundschaft mit ihrer Schwester geschlossen – und in zehn Tagen würde Humphrey nach Hause kommmen.

Sie lächelte, pfiff nach Blot und schlug den Weg zu den Felsen von Combestone Tor ein, die in der Sonne glänzten.

»Leserinnen von Maeve Binchy und Tamara McKinley werden sich freuen: Sie werden eine neue Lieblingsautorin erhalten.«

DAS INTERNATIONALE BUCH, DRESDEN

Eileen Ramsay
SCHMETTERLINGSTAGE
Roman
400 Seiten
ISBN 978-3-404-15332-9

Er lag auf dem Bauch im Gras und las, auf schlanke, sonnengebräunte Arme gestützt. Als sie sein Gesicht sah, wusste sie, dass es sie für den Rest ihres Lebens verfolgen würde, wenn sie es nicht sofort zeichnete. Noch ahnt die Kunststudentin Tony nicht, dass sie Blaise nie vergessen wird. Auch dann nicht, als er längst als Opernstar gefeiert wird und mit einer anderen Frau verheiratet ist.
Mit zarten Nuancen zeichnet Eileen Ramsay die Bilder einer überwältigenden Liebe, die alle Widerstände überwindet.

Bastei Lübbe Taschenbuch